ELIZABETH JANE HOWARD

Erntezeit

Buch

Juli 1945. Der Krieg ist vorbei, und aus Polly, Clary und Louise, die in den ersten Bänden der Cazalet-Chronik noch Teenager waren, sind erwachsene junge Frauen geworden. Auf nicht immer ganz einfachen Wegen haben sie inzwischen all die Dinge entdeckt, von denen die Erwachsenen nie sprechen wollten – Liebe und Leidenschaft, aber auch Einsamkeit und Verlust. Auch jetzt noch hält sich das Gute mit dem Schlechten die Waage: Während Polly weiterhin an ihrer Liebe zu Archie Lestrange festhält, verliert sich Clary beinahe an einen Mann, der außer einer schönen Fassade nicht viel zu bieten hat, und Louise kämpft um ihre Ehe.

Ebenso unruhig verläuft das Leben der anderen Mitglieder der Familie Cazalet. Rupert und Zoë sind einander entfremdet, Hughs Gefühle schwanken zwischen Ehefrau und Geliebter, und Edward wendet sich, von all den Geheimnissen angewidert, von der Familie ab. Erst als sich Archie, der schon immer im Zentrum der Gefühlsstürme stand, zu einem ungewöhnlichen und überraschenden Schritt entscheidet, finden die Töchter der Cazalet-Familie zu ihrem Lebensglück …

Erntezeit ist der vierte und letzte Band in Elizabeth Jane Howards großangelegter Familien- und Gesellschaftschronik, in deren Mittelpunkt die Töchter der Familie Cazalet stehen.

Autorin

Elizabeth Jane Howard, 1923 in London geboren, veröffentlichte ihren ersten Roman im Alter von fünfundzwanzig Jahren. Seither erschienen acht Romane von ihr.

Die Chronik der Familie Cazalet von Elizabeth Jane Howard

Sommerjahre. Roman (1. Band, 42747)
Septemberhimmel. Roman (2. Band, 42748)
Seelenstürme. Roman (3. Band, 35028)

ELIZABETH JANE HOWARD

Erntezeit

Roman

Aus dem Englischen
von Regina Winter

BLANVALET

Die Originalausgabe erschien 1995 unter dem Titel
»Casting Off« bei Macmillan, London

Umwelthinweis:
Alle bedruckten Materialien dieses Taschenbuches
sind chlorfrei und umweltschonend.
Das Papier enthält Recycling-Anteile.

Blanvalet Taschenbücher erscheinen im Goldmann Verlag,
einem Unternehmen der Verlagsgruppe Bertelsmann GmbH

Deutsche Erstveröffentlichung Februar 1999

Umschlaggestaltung: Design Team München
Umschlagillustration: Schlück/Chamberlain/Arena
Satz: Uhl + Massopust, Aalen
Druck: Elsnerdruck, Berlin
Verlagsnummer: 35067
Lektorat: Maria Dürig
Redaktion: Susanne Wallbaum
Herstellung: Heidrun Nawrot
Made in Germany
ISBN 3-442-35067-0

3 5 7 9 10 8 6 4 2

Für Sybille Bedford
in Liebe und Verehrung

Stammbaum der Familie Cazalet

William Cazalet ⚭ Kitty Barlow
geb. 1860 geb. 1867

Hugh ⚭ Sybil Carter
* 1896 * 1899
† 1942

Edward ⚭ Viola Rydal
* 1897 * 1896

Rachel
* 1899

Rupert ⚭ 1. Isobel Rush 2. Ehe mit Zoë Headford
* 1903 * 1896 * 1915
† 1903

Polly * 1925
Simon * 1926
William * 1937

Louise * 1923
Teddy * 1924
Lydia *1931
Roland * 1939

Clary * 1925
Neville * 1930

Juliet * 1940

Die Familien Cazalet und ihre Haushalte

William Cazalet (der Brig)
Kitty (die Duchy), seine Frau
Rachel, ihre unverheiratete Tochter

Hugh Cazalet, ältester Sohn
Sybil, seine Frau
ihre Kinder:
Polly, Simon, William (Wills)

Edward Cazalet, zweiter Sohn
Villy, seine Frau
ihre Kinder:
Louise, Teddy, Lydia, Roland (Roly)

Rupert Cazalet, dritter Sohn
Zoë (seine zweite Frau, Isobel starb bei Nevilles Geburt)
ihre Kinder:
Clary, Neville (aus Ruperts erster Ehe), Juliet

Jessica Castle (Villys Schwester)
Raymond, ihr Mann
ihre Kinder:
Angela, Nora, Christopher, Judy

Mrs. Cripps (Köchin)
Ellen (Kindermädchen)
Eileen (Dienstmädchen)
Tonbridge (Chauffeur)
McAlpine (Gärtner)

Vorwort

Die folgenden Hintergrundinformationen sind für jene Leser gedacht, die nicht vertraut sind mit der Cazalet-Chronik, einem Quartett von Romanen, dessen erste drei Bände die Titel *Sommerjahre, Septemberhimmel* und *Seelenstürme* tragen.

Im Sommer 1945 leben William und Kitty Cazalet, innerhalb der Familie Brig und Duchy genannt, noch auf ihrem Anwesen Home Place in Sussex. Der Brig ist inzwischen völlig erblindet. Sie haben eine unverheiratete Tochter namens Rachel und drei Söhne, die alle im Familienbetrieb – einer Holzimportfirma – arbeiten. Hugh ist verwitwet, Edward ist verheiratet, hat aber eine ernsthafte Affäre, und Rupert, der seit Dünkirchen als vermißt galt, ist gerade erst nach England und zu seiner Frau Zoë zurückgekehrt.

Edwards Tochter Louise ist in ihrer Ehe mit dem Porträtmaler Michael Hadleigh nicht glücklich. Sie haben einen Sohn, Sebastian. Louises Bruder Teddy, der in Arizona für die britische Luftwaffe ausgebildet wird, ist noch nicht mit seiner amerikanischen Braut zurückgekehrt.

Polly und Clary, Hughs und Ruperts Töchter, teilen sich in London eine Wohnung. Polly arbeitet für einen Innenarchitekten und Clary für einen Literaturagenten. Pollys Bruder Simon ist in Oxford, und Clarys Bruder Neville geht immer noch in Stowe zur Schule.

Während Ruperts Abwesenheit hat Zoë ihre Tochter Juliet zur Welt gebracht.

Rachel lebt nur für andere, was für ihre Freundin Margot Sidney (Sid), Geigenlehrerin in London, oft schwer zu ertragen ist.

Edwards Frau Villy hat eine Schwester, Jessica Castle, verheiratet mit Raymond. Sie haben vier Kinder: Angela, die mit einem Amerikaner verheiratet ist; Christopher, der mit seinem Hund in einem Wohnwagen lebt und für einen Bauern arbeitet; Nora, die mit einem Querschnittgelähmten verheiratet ist und das Haus der Castles in Surrey zu einem Pflegeheim für Schwerverwundete umgebaut hat, und Judy, die noch im Internat ist.

Miss Milliment ist die sehr alte Gouvernante der Familie, und es ist geplant, daß sie bei Villy und Edward wohnen wird, wenn diese wieder nach London ziehen.

Diana Mackintosh, Edwards Freundin, hat ein Kind von ihm.

Archie Lestrange, ein langjähriger Freund Ruperts, arbeitet immer noch für die Admiralität und ist der Vertraute fast aller in der Familie.

Erntezeit beginnt im Juli 1945, kurz nach Ruperts Rückkehr nach England.

Erster Teil

Die Brüder

Juli 1945

»Ich dachte daher, wenn ich bis zum Herbst bleibe, haben Sie genügend Zeit, eine passende Kraft zu finden. Selbstverständlich wollte ich Ihnen keine Ungelegenheiten bereiten.« In dem darauffolgenden Schweigen fischte sie im Ärmel ihrer Strickjacke nach einem weißen Spitzentaschentuch und putzte sich ebenso unauffällig wie nutzlos die Nase. Um diese Jahreszeit war ihr Heuschnupfen immer besonders schlimm.

Hugh sah sie unglücklich an. »Ich werde nie jemanden finden, der so gut auf diese Stelle paßt wie Sie.« Das Kompliment traf sie wie ein Schlag, und sie verzog schmerzlich das Gesicht: Sie hatte befürchtet, daß er nett sein würde.

»Es heißt doch immer, daß niemand unersetzlich ist«, erwiderte sie, obwohl sie, wenn es so wie jetzt darauf ankam, selbst das Gefühl hatte, daß das nicht stimmte.

»Sie haben so lange für mich gearbeitet; ich werde ohne Sie vollkommen verloren sein.« Als sie damals angefangen hatte, war für junge Mädchen gerade Herrenschnitt in Mode gewesen; jetzt war ihr Haar grau. «Es muß mehr als zwanzig Jahre her sein. Mein Gott, die Zeit vergeht wirklich wie im Flug.«

»So heißt es, ja.« Auch das stimmt nicht, dachte sie. Aber in all den dreiundzwanzig Jahren hätte sie nie auch nur im Traum daran gedacht, ihm zu widersprechen. Sie sah, wie aufgeregt er war: ein kleines Zucken an der Schläfe, und gleich würde er anfangen, sich über die Stirn und durchs Haar zu fahren.

»Und ich nehme an«, sagte er, als er die Hand wieder gesenkt hatte, »daß ich Sie nicht überreden kann, es sich noch einmal zu überlegen?«

Sie schüttelte den Kopf. »Wissen Sie, es geht um Mutter. Wie ich schon sagte, sie kommt nicht mehr allein zurecht.«

Er schwieg, als ihm klar wurde, daß sie zum Ausgangspunkt des Gesprächs zurückgekehrt waren. Sie schob ihm die Zigarettendose aus Lorbeerholz zu – sie hatte sie, wie immer, am Morgen aufgefüllt; es war soviel einfacher für ihn mit seiner einen Hand, als ein Päckchen zu öffnen –, und wartete, während er eine Zigarette herausholte und mit dem silbernen Feuerzeug anzündete, das Mrs. Hugh ihm im Krönungsjahr geschenkt hatte. In dem Jahr hatte die Firma sämtlichen Rüster für die Bestuhlung der Abteikirche geliefert: Sie hatte den Stuhl gesehen, den Mr. Edward später erworben hatte, ein hübsches Stück mit seinem blauen Samtbezug und den geflochtenen goldenen Paspeln. Sie war stolz gewesen, daß es *ihr* Holz war, das man für diesen historischen Augenblick ausgesucht hatte. Ihr Ruhestand würde voller Erinnerungen sein.

»Ich habe überlegt«, meinte sie, »ob ich Ihnen nicht vielleicht bei der Suche nach einer neuen Kraft behilflich sein könnte.«

»Kennen Sie jemanden, der geeignet wäre?«

»Nein! Ich dachte nur, ich könnte helfen, unter denen auszuwählen, die sich vorstellen wollen.«

»Ich bin sicher, daß Sie das viel besser können als ich.« Sein Kopf begann zu pochen.

»Soll ich das Fenster öffnen?«

»Bitte. Es tut nicht gut, sich an einem solchen Tag luftdicht abzuriegeln.«

Sobald sie den Fensterriegel geöffnet und das schwere Fenster ein paar Zoll hochgeschoben hatte, trug die warme Brise auch das Stakkatogeschrei des alten Zeitungshändlers von der Straßenecke herein. »Extrablatt zur Wahl! Zwei Kabinettsminister draußen! Großer Umschwung zugunsten von Labour! Extrablatt!«

»Schicken Sie bitte Tommy nach einer Zeitung, ja? Hört sich an, als wären es schlechte Nachrichten, aber wir sollten auf jeden Fall Bescheid wissen.«

Sie ging selbst, denn Tommy, der Laufjunge, verband chronische Abwesenheit mit einer Begabung zur Langsamkeit, die, wie Mr. Rupert einmal bemerkt hatte, einem Zweizehenfaultier zur Ehre gereicht hätte. Sie würden ihr *alle* fehlen, stellte sie fest, als sie versuchte, das schreckliche Verlustgefühl wenigstens auf so viele Personen wie möglich zu verteilen. Und das war erst der Anfang! Es würde eine Abschiedsparty geben, alle würden ihr viel Glück wünschen und auf ihre Gesundheit trinken, und es war sogar möglich – nein, *sehr wahrscheinlich* –, daß man für ein Geschenk sammeln würde. Dann würde sie auf den Bus warten müssen, der sie zum letztenmal nach New Cross bringen würde, von dort würde sie zwanzig Minuten bis zum Laburnum Grove Nummer vierundachtzig gehen, den Schlüssel ins Schloß stecken – und sich selbst einschließen. Mutter hatte sie immer abgelehnt, weil sie unehelich geboren war: Von einer wie ihr sei nicht viel zu erwarten, sagte Mutter für gewöhnlich, wenn sie von ihr genug hatte. Selbstverständlich würde sie noch aus dem Haus kommen, um einzukaufen und die Bibliotheksbücher umzutauschen, und vielleicht würde sie sich auch hin und wieder ins Kino davonstehlen können, wenngleich sie mit dem Geld sehr vorsichtig sein müßte. Da sie so viel früher als geplant in den Ruhestand ging, gab sie einen beträchtlichen Teil der Pension auf, die die Firma für alle Angestellten eingerichtet hatte. Urlaub war vollkommen unmöglich, es sei denn, daß Mutters Inkontinenz nachließ – was vermutlich der Fall sein würde, wenn sie demnächst den ganzen Tag zu Hause war.

In den vergangenen Wochen war ihr mehrmals der Gedanke gekommen, daß Mutter es vielleicht absichtlich machte, aber so etwas zu denken war nicht sehr freundlich.

Als sie mit der Zeitung zu Mr. Hugh zurückkam, war unübersehbar, daß er seine Kopfschmerzen hatte. Er hatte die obere Jalousie heruntergezogen, so daß kein Sonnenlicht mehr auf den Schreibtisch fiel und das silberne Tintenfaß aufblitzen ließ, das er nie benutzte. Sie legte die Zeitung auf den Tisch.

»Guter Gott!« sagte er leise. »Macmillan und Bracken sind draußen. Erdrutsch vorhergesagt. Armer alter Churchill!«

»Eine Schande, nicht wahr? Nach allem, was er für uns getan hat.« Sie ließ ihn allein, aber bevor sie sich in das kleine Hinterzimmer zurückzog, in dem sie ihre Schreibmaschine und ihre Aktenschränke stehen hatte, erlaubte sie sich noch zu sagen, daß sie selbstverständlich mindestens bis September bleiben würde – und auch noch länger, falls es bei der Suche nach einer geeigneten Nachfolgerin Schwierigkeiten gäbe.

»Das ist wirklich sehr nett von Ihnen, Miss Pearson. Ich muß Ihnen wohl nicht sagen, wie sehr ich es bedaure, daß Sie überhaupt gehen.«

Obwohl er lächelte, wußte sie, daß er Schmerzen hatte.

In der Damentoilette, wohin sie für ein paar lautlose Tränen geflüchtet war, kam ihr der Gedanke, wie anders es doch wäre, wenn sie ihre Arbeit aufgäbe, um sich um jemanden wie Mr. Hugh zu kümmern und nicht um ihre Mutter. Ein alberner Gedanke – sie konnte sich gar nicht erklären, wie sie darauf gekommen war.

Als sie die Tür hinter sich geschlossen hatte – auf jene Weise, wie sie es immer tat, wenn er Kopfschmerzen hatte (sie hatte ein Dutzend Arten, ihm zu zeigen, daß sie es wußte, was ihn maßlos geärgert hatte, bis er sich schließlich daran gewöhnt hatte und gleichgültig geworden war) –, schob Hugh die Zeitung weg, lehnte sich zurück, schloß die Augen und wartete, bis die Wirkung des Schmerzmittels einsetzte. Eine Labour-Regierung – und danach sah es tatsächlich aus – war eine unangenehme Aussicht. Das zeigte, daß in letzter Konsequenz Ideen tatsächlich wichtiger waren als Menschen, was moralisch überlegen sein mochte, aber es war auch auf eine vulgäre Weise überraschend. Churchill war – zu Recht – eine nationale Gestalt: Jeder kannte ihn, seine Neigung zur Großspurigkeit, seinen Redestil, seine Bronchitis, seine Zigarren, wohingegen man wenig oder gar nichts über Attlee wußte. Wahrscheinlich waren die Stimmen der Männer in der Armee entscheidend. Diese Gedanken wurden unterbrochen vom Erscheinen Cartwrights, der seinen Bericht über den Zustand der Lastwagen der Firma abgeben wollte. Die meisten Fahrzeuge befanden sich inzwischen in einem Zustand, der es unwirtschaftlich machte, sie weiter instand zu halten, aber es würde noch einige Zeit dauern, bis genügend neue erhältlich waren. »Sie müssen eben Ihr Bestes tun, Cartwright.« Und Cartwright, dessen Lächeln dem Grinsen eines Totenschädels glich – er entblößte mit einem Minimum an Heiterkeit eine erschreckende Menge gelblicher Zähne –, schloß mit seiner üblichen Beschwerde über die Neulackierung der Fahrzeuge. Cazalet-Wagen waren blau mit goldenem Schriftzug. In dieser Hinsicht waren sie einzigartig, denn das Blau verblaßte so schnell, daß man ununterbrochen nachlackieren mußte. Cartwright war dagegen, sein Budget dafür zu verwenden, vor allem für den derzeitigen antiquierten Fuhrpark, aber der Brig hatte schon vor Jahren beschlossen, daß die Wagen blau sein sollten, damit sie sich von allen anderen unterschieden. Weder Hugh noch Edward waren der Ansicht, daß man mit dieser Tradition brechen sollte, und erst recht nicht, seit ihr Vater nicht mehr in der Lage war, es überhaupt zu sehen. »Fangen Sie erst gar nicht mit diesem Thema an, Cartwright, aber warten Sie mit dem Nachstreichen, bis ich bei Rootes gewesen bin und mich erkundigt habe, was sie dort für uns tun können.«

»Seddons wäre besser als die, Sir, wenn wir die Wahl haben – so, wie der Benzinpreis im Augenblick ist.«

»Ja, genau. Gute Idee.«

Cartwright meinte, dann werde er mal gehen, machte aber keine Anstalten, es auch zu tun. Es stellte sich heraus, daß er einen Neffen hatte, der bald ausgemustert werden sollte – der Sohn des Bruders seiner Frau, erklärte er. Diese Verwandten wohnten in Gosport, und er wollte fragen, ob es wohl auf der neuen Kaianlage in Southampton eine Stelle für den jungen Mann gäbe. Hugh erklärte, er werde seinen Bruder fragen, und Cartwright sagte vielen Dank und das sei sehr nett. Dann ging er tatsächlich.

Der Anflug von Gereiztheit, den Hugh immer verspürte, wenn Southampton auch nur erwähnt wurde, setzte zum selben Zeitpunkt ein wie seine erneute und wachsende Beunruhigung über Miss Pearsons Kündigung. Er hatte nach all diesen Jahren nicht die geringste Lust, eine neue Sekretärin einzuarbeiten. »Du magst *überhaupt* keine Veränderungen«, hatte Sybil gesagt, als er sich daran gestört hatte, daß sie ihr Haar auf der anderen Seite scheitelte. Mein Gott, sie könnte mit ihrem Haar anfangen, was sie wollte, wenn sie nur noch am Leben wäre! Es war jetzt drei Jahre her – drei Jahre und vier Monate –, daß sie gestorben war, und es kam ihm so vor, als hätte er sich in dieser Zeit einfach nur auf eine schreckliche Weise daran *gewöhnt*, wie sehr sie ihm fehlte. Andere bezeichneten das als »darüber hinwegkommen«.

Wie immer sagte er sich an diesem Punkt, daß sie zumindest keine Schmerzen mehr hatte – er hätte es nicht ertragen, wenn sie noch mehr gelitten hätte. Es war besser, daß sie gestorben war und ihn allein gelassen hatte, als daß sie weiter diese Qualen erdulden mußte.

Er las und unterschrieb den Rest der Briefe, die Miss Pearson hereingebracht hatte. Wenn er beim Mittagessen war, würde sie sie abholen und in Umschläge stecken. Er bat sie, ihm ein Taxi zu rufen, und erklärte, es könne spät werden.

Er war mit Rachel zum Essen verabredet – wenigstens stand ihm keines dieser alkoholisierten Geschäftsessen bevor, die nach den Kopfschmerzen immer so anstrengend waren. Er merkte, daß er sich ununterbrochen mit solchen kleinen Dingen tröstete.

Sie trafen sich in einem kleinen italienischen Restaurant in der Greek Street, das er ausgewählt hatte, weil es ruhig war und weil es dort vermutlich Essen gab, das Rachel akzeptieren würde. Wie die Duchy, die außerhalb ihres eigenen Hauses niemals etwas zu sich nahm, mißtraute Rachel »gekauftem Essen« zutiefst – es war entweder zu fett oder zu kompliziert oder auf andere Art bedrohlich. Aber diesmal war sie es gewesen, die das gemeinsame Mittagessen vorgeschlagen hatte; sie würde ohnehin über Nacht in London sein, weil sie mit Sid zu einem Konzert wollte. »Ich muß unbedingt mit dir über Home Place und Chester Terrace und all das sprechen«, hatte sie gesagt. »Sie reden beide dauernd mit mir darüber und erklären, was sie machen wollen, aber sie wollen nie dasselbe. Es wäre hoffnungslos, an einem der Wochenenden darüber sprechen zu wollen, wir würden dauernd unterbrochen.«

Aber als er im Restaurant eintraf, begrüßte ihn Edda, die ältliche Besitzerin, mit der Bemerkung, die Damen seien oben, und als er an den Tisch kam, erwartete ihn nicht nur Rachel, sondern auch Sid.

»Ich hoffe, das stört dich nicht. Sid und ich hatten geplant, den Tag gemeinsam zu verbringen, und ich hatte unser Essen ganz vergessen, als ich ihr zusagte.«

»Selbstverständlich nicht. Schön, Sie zu sehen«, sagte er freundlich. Insgeheim fand er Sid ein wenig seltsam: In ihrem eher grob geschneiderten Tweedkostüm, das sie offenbar das ganze Jahr über trug, mit Hemd und Krawatte, ihrem unmodisch kurzen Haar und ihrem nußbraunen Gesicht sah sie aus wie ein kleiner alter Mann, aber sie war die beste, wenn nicht die älteste und einzige Freundin der lieben Rachel und hatte daher sein Wohlwollen verdient. »Ich betrachte Sie eigentlich immer als Familienmitglied«, fügte er hinzu und wurde mit einem Hauch Farbe auf dem angespannten Gesicht seiner Schwester belohnt.

»Ich hab's dir doch gesagt«, meinte sie zu Sid. »Ich mußte sie überreden mitzukommen«, erklärte sie ihm.

»Ich wußte, daß ihr Familienangelegenheiten besprechen wolltet – ich wollte nicht im Weg sein. Ich verspreche auch, mäuschenstill dabeizusitzen. Ich werde kein Wort sagen.«

Das erwies sich als ziemlich unwahr. Zunächst kamen sie ohnehin nicht dazu, etwas zu besprechen; zunächst mußte das Essen bestellt werden. Rachel fragte nach eingehender Betrachtung der Speisekarte, ob sie nicht einfach ein Omelett haben könnte – nur ein kleines? Und das, nachdem er und Sid sich für Minestrone und geschmorte Leber entschieden und außerdem Martinis bestellt hatten, von denen Rachel ebenfalls keinen wollte.

Sie rauchten, während sie auf ihr Essen warteten: Er hatte Rachel ein Päckchen Passing Cluds mitgebracht, denn er wußte, daß sie die nach ihren Ägyptischen, die kaum noch aufzutreiben waren, am liebsten mochte.

»Liebling, ich danke dir! Aber Sid hat meine alte Marke von irgendwo herbeigezaubert – ich habe keine Ahnung, wie sie das macht.«

»Es gibt nur einen einzigen Laden, der sie manchmal hat«, erklärte Sid wie jemand, für den auch kleine Triumphe zählen, wenn man sie nur häufig genug erzielt.

»Behalt sie trotzdem – als Reserve«, sagte er.

»Ich werde wirklich verwöhnt.« Rachel steckte das Päckchen in die Tasche.

Als die Minestrone serviert war, schlug er vor, sie sollten nun über die Probleme ihrer Eltern reden. Der Brig wollte wieder in die Chester Terrace ziehen, damit er näher am Büro war, »obwohl der Arme nicht mehr viel tun kann, wenn er dort ist«; die Duchy dagegen, die das Haus nie hatte leiden können und es für finster und ohnehin zu groß hielt, wollte in Home Place bleiben. »Sie mag London wirklich nicht, die Arme, sie will ihren Steingarten und ihre Rosen behalten. Und sie glaubt, es wäre schlecht für die Enkel, wenn sie kein Haus für die Ferien mehr hätten. Aber *er* wird dort so ruhelos, jetzt, da er nicht mehr ausreiten oder schießen oder neue Anbauten planen kann ... Und dann reden sie ständig mit *mir* über das, was sie wollen, aber miteinander sprechen sie nicht darüber. Du siehst also ...«

»Können sie es nicht einfach wieder so machen wie vor dem Krieg? Warum behalten sie nicht beide Häuser, dann könnte die Duchy so oft aufs Land, wie sie will.«

»Nein, ich glaube, das geht nicht. Eileen schafft die Treppen in London nicht mehr, und der Brig hat die Wohnung über der Garage Mrs. Cripps und Tonbridge versprochen, als sie geheiratet haben – es wäre ungerecht, wenn sie jetzt wieder umziehen müßten. Sie würden für Chester Terrace mindestens drei Dienstboten brauchen, und ich höre immer wieder, daß es heutzutage beinahe unmöglich ist, vertrauenswürdiges Personal zu bekommen. Die Leute in den Agenturen sagen, daß Mädchen einfach nicht mehr in den Dienst gehen.« Sie hielt inne und sagte: »Oje! Ich hoffe, ich verderbe dir nicht das Essen – die Suppe sieht köstlich aus.«

»Möchtest du versuchen?« Sid hielt ihr einen Löffel hin.

»O nein, danke, Liebes. Wenn ich jetzt Suppe esse, habe ich keinen Platz mehr für das Omelett.«

»Was wäre *dir* denn lieber?«

»Gute Frage«, warf Sid sofort ein.

Rachel schaute verdutzt drein. »Darüber habe ich noch gar nicht nachgedacht. Das, was sie am glücklichsten macht, denke ich.«

»Das hat er nicht gefragt. Er hat gefragt, was *dir* lieber wäre.«

»Wärst du nicht gern wieder in London?«

»Na ja, das wäre in so mancher Hinsicht angenehm.«

Nachdem die Suppenteller abgeräumt und die Hauptgänge serviert waren, erklärte Rachel, daß es für sie einfacher wäre, einen dritten Tag im Büro zu arbeiten, wenn sie in London wohnte. Sie kam mit der Arbeit in zwei Tagen kaum mehr zurecht. Bis sie sich alle Beschwerden angehört hatte ... und schon erzählte sie die schlimmste Geschichte: Wilson, dessen Frau ins Krankenhaus mußte – keine Großeltern, die sich um die Kinder kümmerten, und sie waren ausgebombt und wohnten in zwei Tiefparterrezimmern, und seine Schwester, die die Kinder vielleicht genommen hätte, wurde geschieden; ihr Mann, der bald von der Marine ausgemustert wurde, wollte ein Mädchen heiraten, das er in Malta kennengelernt hatte, jedenfalls war sie so durcheinander, daß sie sich nicht um Kinder kümmern konnte ...

Ihr Omelett vertrocknete auf dem Teller.

»Oje«, sagte sie und aß einen Bissen, »ich langweile euch mit meinen dummen Bürogeschichten ...«

Aber es sind nicht ihre Geschichten, dachte er, sondern die anderer Leute. Einen Augenblick lang fragte er sich, was die Angestellten eigentlich getan hatten, bevor sie in der Firma angefangen hatte. Offiziell hatte sie sich um Gehälter, Versicherungen und Urlaubsdaten der Angestellten zu kümmern und darüber hinaus um die Beschaffung von Büromaterial. Tatsächlich war sie diejenige, an die sich alle mit ihren Problemen wandten – ob nun Büroangestellte oder andere –, und sie wußte inzwischen mehr über alle, die für die Cazalets arbeiteten, als ihre Brüder je gewußt hatten.

Sid sagte: »Nichts davon hat damit zu tun, was *dir* am liebsten wäre.« In ihrer Stimme lag eine gewisse Schärfe, wie Hugh auffiel; sie klang beinahe anklagend.

»Nun, es wäre sicher angenehm, aber man kann solche Entscheidungen nicht nur aus egoistischen Erwägungen treffen.«

»Warum nicht?« Ein kurzes, angespanntes Schweigen folgte, und dann wiederholte Sid: »Warum nicht, um alles in der Welt? Warum sind die Gefühle aller anderen wichtiger als deine?«

Es ist beinahe, als spräche sie über ihre *eigenen* Gefühle, dachte er – und begann, sich reichlich unwohl zu fühlen. Arme Rach! Sie wollte einfach, daß es allen gutging; es war ungerecht, sie dafür anzuklagen. Sie war ziemlich blaß geworden und hatte es aufgegeben, so zu tun, als äße sie ihr Omelett.

»Nun«, meinte er, »ich denke, Chester Terrace sollte verkauft werden. Es ist viel zu groß, und es wäre besser, den Pachtvertrag weiterzuverkaufen, solange noch genug davon übrig ist, und außerdem wären sie dann nicht für die Reparaturen zuständig. Warum sollen sie Home Place nicht behalten und eine Wohnung für dich und den Brig mieten, für die Tage, an denen er in London sein möchte? Dann könnte die Duchy auf dem Land bleiben. Ihr bräuchtet nur ein Mädchen und eine Putzfrau für eine Wohnung, oder?«

»Eine Wohnung. Ich weiß nicht, ob einer von beiden daran auch nur denken würde. Der Brig würde so etwas für unbequem halten, und die Duchy fände es sicher billig. Sie ist der Ansicht, Wohnungen seien etwas für unverheiratete Männer.«

»Unsinn«, erklärte Sid. »Hunderte von Menschen werden sich an Wohnungen gewöhnen müssen, ebenso, wie sie lernen werden zu kochen.«

»Aber nicht, wenn sie so alt sind wie die Duchy! Du kannst nicht von einer achtundsiebzigjährigen Frau erwarten, daß sie noch kochen lernt.« Wieder senkte sich unbehagliches Schweigen über die drei, und dann sagte Rachel: »Nein. Wenn jemand kochen lernt, dann bin ich das.«

Sid legte ihr mit einem reuigen Blick die Hand auf den Arm. »*Touché*. Aber wir reden über dein Leben, oder?«

Sids Versuche, ihn einzuschließen, brachten Hugh immer mehr auf. Obwohl sie behauptet hatte, kein Wort sagen zu wollen, mischte sie sich ständig ein, und er war der Ansicht, daß die ganze Angelegenheit sie nichts anging. Er winkte dem Kellner mit der Speisekarte und sagte – zu Rachel: »Mach dir keine Sorgen, Schatz. Ich werde mit dem Brig über eine Alternative zu Chester Terrace reden, und du kannst dich schon mal nach einer passenden Wohnung umsehen. Schlimmstenfalls könntest du immer noch vorübergehend zu mir ziehen. Möchtest du jetzt ein Eis oder Obstsalat oder beides?«

Nachdem sie Rachel, die sofort erklärt hatte, sie könne auf keinen Fall noch mehr essen, zu einem Obstsalat überredet und er und Sid sich für beides entschieden hatten, bestellte er Kaffee für alle, hob sein Glas und fragte: »Worauf trinken wir? Auf den Frieden?«

Rachel meinte: »Ich finde, wir sollten auf den armen Mr.

Churchill trinken, nachdem wir ihn so sehr enttäuscht haben. Ist es nicht erstaunlich, daß sie ihn ausgerechnet in dem Augenblick, in dem der Krieg zu Ende ist, rauswerfen wollen?«

»Der Krieg ist noch nicht ganz vorüber. In Japan stehen uns noch gut zwei Jahre Kampf bevor, würde ich sagen. Ich nehme an, man muß den anderen zugute halten, daß sie ans Regieren gewöhnt sind – zumindest auf Kabinettsebene.«

Sid sagte: »Ich habe gar nichts gegen die anderen. Es war an der Zeit für einen Wechsel.«

»Ich denke«, meinte Hugh, »die meisten Leute wollen vor allem so bald wie möglich zurück zur Normalität.«

»Ich glaube nicht, daß es ein Zurück gibt«, erklärte Rachel. »Ich glaube, es wird alles anders werden.«

»Redest du vom Wohlfahrtsstaat und einer schönen neuen Welt?«

Er sah, wie ihr Gesicht zuckte, und es fiel ihm ein, daß Edward und er sie immer Äffchen genannt hatten, wenn sie sie hatten necken wollen.

»Nein, ich meine nur, daß der Krieg die Menschen verändert hat; sie gehen freundlicher miteinander um.« Sie wandte sich Sid zu. »Du denkst das doch auch, oder? Ich meine, sie haben so vieles miteinander geteilt – besonders die schrecklichen Erlebnisse, ausgebombt zu werden und von der Familie getrennt zu sein und die Rationierung und all die Männer, die umgekommen sind …«

»Ich glaube schon, daß es die alte arrogante Gleichgültigkeit nicht mehr gibt«, sagte Sid, »aber wenn wir keine Labour-Regierung bekommen, wird sich diese Haltung bald wieder einschleichen.«

»Ich habe nicht viel Ahnung von Politik, wie du weißt, aber es sagen doch sicher beide Seiten dasselbe? Bessere Wohnungen, längere Schulzeiten, gleiche Bezahlung für gleiche Arbeit …«

»So etwas sagen sie doch immer.«

»Wir sagen *nicht* dasselbe. Wir wollen die Eisenbahnen und Kohlengruben und so weiter *nicht* verstaatlichen.« Er warf Sid einen wütenden Blick zu. »Daraus wird nur Chaos entstehen. Und aus unserer Perspektive bedeutet das, daß wir nur noch einen Kunden haben werden statt einer größeren Anzahl.«

Der Kellner brachte den Kaffee – und das war gut so, wie Hugh fand; er wollte sich nicht mit Sid über Politik streiten; er fürchtete, er könnte unhöflich werden, und dann würde Rachel sich aufregen.

Jetzt sagte sie: »Was wirst du denn machen? Mit deinem Haus, meine ich? Wirst du dort wohnen bleiben? Edward und Villy wollen ihres verkaufen und suchen nach einem kleineren, was mir ganz vernünftig vorkommt.«

Damit er sich ein zweites Haus für diese Frau leisten kann, dachte er. Er sagte: »Ich weiß es nicht. Ich mag das Haus. Sybil hat immer gesagt, sie wolle dort niemals wegziehen.«

Sie schwiegen einen Augenblick lang. Dann erklärte Sid, sie käme in einer Minute wieder.

»Miss Pearson verläßt mich«, sagte er, um sie beide abzulenken.

»Oje. Das hatte ich befürchtet. Ihre Mutter ist so krank geworden. Sie hat mir erzählt, daß sie letzte Woche nach Hause gekommen ist und die alte Dame auf dem Boden gefunden hat. Sie war hingefallen, als sie aus dem Sessel aufstehen wollte, und hatte sich nicht aufrappeln können.«

»Sie wird mir fehlen.«

»Da bin ich sicher. Es ist ziemlich schlimm für sie, weil sie nicht die volle Pension erhalten wird. Ich wollte ohnehin mit dir darüber reden. Ich fürchte, sie wird ziemlich knapp dran sein.«

»Sie hat doch sicher einiges zurückgelegt – sie arbeitet seit zwanzig Jahren für uns.«

»Dreiundzwanzig. Aber ihre Mutter hat nur eine kleine Witwenrente, die mit ihrem Tod erlischt. Von dem Haus abgesehen, wird Muriel nichts mehr haben, und bis ihre Mutter stirbt, wird sie wahrscheinlich zu alt sein, um noch eine neue Stelle zu finden. Glaubst du nicht, daß wir ihr unter den Umständen die volle Rente zahlen sollten?«

»Der Alte würde erklären, daß man damit ein gefährliches Beispiel schafft. Wenn sie die volle Rente bekommt, werden alle anderen denken, sie hätten ebenfalls Anspruch darauf.«

»Das ist doch absurd«, sagte sie – ziemlich scharf für ihre Verhältnisse. »Er braucht es überhaupt nicht zu erfahren, und die anderen Angestellten ebensowenig.«

Er warf ihr einen Blick zu. Ihre Miene war ungewöhnlich entschlossen – ein Ausdruck, der so wenig zu ihr paßte, daß er am liebsten gelacht hätte. »Du hast selbstverständlich recht. Du hast mein hartes Tory-Herz zum Schmelzen gebracht.«

Sie lächelte und krauste dabei die Nase, wie sie es immer tat, wenn sie einem Lächeln besondere Zärtlichkeit verleihen wollte. »Dein Herz ist alles andere als hart, mein Lieber.«

Dann kam Sid zurück; er verlangte die Rechnung, und Rachel erklärte, sie wollte noch zur Toilette gehen.

Sobald sie verschwunden war, sagte Sid: »Danke für das Essen – es war sehr freundlich von Ihnen.«

Er blickte von seinem Scheckbuch auf: Sie spielte mit der Zuckerdose, und ihm fiel unwillkürlich auf, wie kräftig, elegant, aber auch irgendwie männlich ihre Hände waren.

»Ich hätte den Mund halten sollen«, meinte sie, »schließlich ging es um reine Familienangelegenheiten, aber sie gibt sich selbst *nie* eine Chance! Immer sorgt sie sich um andere – nie denkt sie an sich. Und ich dachte, jetzt, da der Krieg vorbei ist – zumindest in diesen Breiten –, sollte sie vielleicht an ihr eigenes Leben denken.«

»Vielleicht will sie gar kein eigenes Leben.«

Aus irgendeinem Grund schien diese harmlose Bemerkung sie zu treffen; er konnte sich kaum erklären warum, aber für einen Sekundenbruchteil sah sie vollkommen erschüttert aus, und dann sagte sie so leise, daß er es kaum verstand: »Ich hoffe, Sie haben unrecht.«

Rachel kam zurück. Sie trennten sich vor dem Lokal, er kehrte ins Büro zurück, und die beiden Frauen wollten noch in die Oxford Street, bei HMV Schallplatten und bei Bumpus Bücher kaufen. »Es ist so praktisch, daß sie beinahe nebeneinander liegen.« Über allem hing ein Hauch von gegenseitigen Entschuldigungen.

Viel später, am frühen Abend, als er im Büro fertig war, einen Siebenundzwanziger-Bus nach Notting Hill erwischt hatte, die Lansdowne Road zum Ladbroke Grove entlanggegangen war und sein stilles Haus betreten hatte, erinnerte er sich an Rachels Bemerkung darüber, daß sein Herz nicht hart war. Ihm kam es so vor, als sei weniger die Konsistenz von Bedeutung als die Frage, ob sein Herz überhaupt noch existierte. Die Anstrengung, Trauer in Bedauern zu verwandeln, gänzlich aus der Vergangenheit zu leben und die Erinnerung glaubwürdig zu erhalten (er mußte feststellen, daß er zu zweifeln begann und Probleme mit den Einzelheiten kleinerer Erinnerungen hatte), und vor allem das schreckliche Fehlen von allem, das ihren Platz auch nur annähernd einnehmen konnte, hatten ihn zermürbt. Empfindungen waren zu einer Pflichtübung geworden, die die Gegenwart keinesfalls verschönte; er schleppte sich von einem Tag zum nächsten, ohne zu erwarten, daß dieser Tag sich von einem anderen unterscheiden würde. Ja, er war noch fähig, sich zu ärgern, über Kleinigkeiten, wenn etwa sein Auto nicht ansprang oder Mrs. Downs wieder einmal vergessen hatte, seine Wäsche abzuholen, und er konnte auch beunruhigt – oder war das ebenfalls Ärger? – auf Edwards Affäre mit Diana Mackintosh reagieren (er hatte sich schlicht geweigert, sie kennenzulernen); seit er mit seinem Versuch, Edward zu bewegen, seine Geliebte aufzugeben, gescheitert war, hatte er sich geweigert, auch nur noch mit ihm über diese Angelegenheit zu sprechen. Das hatte dazu geführt, daß es äußerst schwierig geworden war, mit Edward über irgend etwas so ungezwungen zu sprechen, wie sie es einmal gekonnt hatten, und eine Atmosphäre allgemeiner Mißhelligkeit bezüglich solcher Dinge wie des Southampton-Projekts gefördert, das Hugh für durch und durch riskant hielt, für eine ungeeignete Kapitalanlage und für etwas, das er Edward vielleicht hätte ausreden können, wenn da nicht dieser andere, private Bruch gewesen wäre. Jedenfalls fehlte ihm ihre alte Vertrautheit und Zuneigung, was noch dadurch verstärkt wurde, daß diese ganze Sache genau zu jenen gehörte, über die er in früheren Jahren ausführlich mit Sybil gesprochen hätte, deren Aufmerksamkeit und gesunden Menschenverstand er nun, da sie nicht mehr bei ihm war, noch höher schätzengelernt hatte. Er versuchte, sich Gespräche mit ihr auszumalen, aber das nützte nichts, sie fehlte ihm ja gerade deshalb, weil er in diesen Dialogen ihre Position nicht einnehmen konnte. Er sagte, was er dachte – und dann folgte Schweigen, während er darum rang, sich vorzustellen, wie sie wohl reagiert hätte. Eine solche Vertrautheit hatte er mit Rupert nie erreichen können; die sechs Jahre, die zwischen ihnen lagen, waren zuviel gewesen. Als er und Edward 1914 nach Frankreich gegangen waren, war Rupert noch in der Schule gewesen. Als er und Edward zusammen in die Firma eingetreten waren, war Rupert am Slade gewesen, entschlossen, Maler zu werden und nichts mit dem Familienunternehmen zu tun zu haben. Als er dann doch in die Firma eingetreten war, hatte er es erst nach langem Zögern getan, und wohl vor allem, wie Hugh nun dachte, weil er mehr Geld wollte, um Zoë zufriedenzustellen. Und seit seinem erstaunlichen Wiederauftauchen – lange nachdem alle die Hoffnung längst aufgegeben hatten (auch wenn das niemand ausgesprochen hatte) – wirkte er, nach der ersten Freude, seltsam zurückhaltend. Hugh hatte einen guten Abend mit ihm verbracht – er hatte ihn zum Essen ausgeführt, nachdem die Marine ihn entlassen hatte, und vor dem Essen hatten sie zu Hause eine Flasche Champagner getrunken. Rupert hatte sich nach Sybil erkundigt, und Hugh hatte ihm von den letzten Tagen erzählt, als er und Sybil miteinander gesprochen und festgestellt hatten, daß sie beide wußten, daß sie sterben würde, und beide versucht hatten, den anderen zu schützen, und er hatte von der Erleichterung erzählt, als das nicht mehr notwendig gewesen war. Er erinnerte sich daran, wie Rupert ihn wortlos angestarrt hatte, die Augen tränenfeucht, und wie er sich zum erstenmal seit ihrem Tod getröstet gefühlt und gespürt hatte, wie die starre Trauer sich durch dieses schweigende und vollständige Mitgefühl aufzulösen begann. Sie waren danach zum Essen gegangen, und er hatte sich beinahe unbeschwert gefühlt. Aber so war es nie wieder gewesen; er spürte, daß es ein Geheimnis um Ruperts Jahre in Frankreich gab, und nach einem zögernden Versuch hatte er es aufgegeben, etwas darüber herausfinden zu wollen. Er hatte angenommen, daß es, wenn jemand so lange isoliert gelebt hatte, einfach schwierig sei, zum normalen Familienleben zurückzufinden, und es dabei belassen.

Und dann waren da die Kinder, aber seine Zuneigung zu ihnen wurde immer mehr von Sorge und dem Gefühl, unzulänglich zu sein, getrübt. Ohne Sybil fürchtete er permanent, die Nerven zu verlieren. Zum Beispiel Polly gegenüber – er war ziemlich sicher, daß sie sich verliebt hatte; um Weihnachten des vergangenen Jahres war ihm das aufgefallen, aber sie hatte ihm nichts erzählt, hatte seine (vermutlich ungeschickten) Versuche, sich mit ihr auszusprechen, abgewehrt. Offenbar war nichts daraus geworden. Monatelang war sie bedrückt gewesen, und ihre übliche Lebendigkeit war starrer Höflichkeit gewichen. Er machte sich Sorgen um sie, kam sich ausgeschlossen vor, hatte Angst, sie zu langweilen (das war das schlimmste, denn wenn das stimmte oder immer mehr zutraf, dann gab sie sich nur aus Mitleid mit ihm ab). Als er gehört hatte, daß Louise und Michael ihr Haus in St. John's Wood aufgaben, hatte er beiläufig bemerkt, sie und Clary seien in ihren alten Zimmern in seinem Haus immer willkommen, aber Polly hatte nur gesagt: »Das ist wirklich nett von dir, Dad«, und das Thema gewechselt, so daß er fast sicher war, daß sie nicht zu ihm ziehen würden. Und das machte es ziemlich absurd, daß er noch in dem Haus blieb. Er benutzte nur sein Schlafzimmer, die Küche und das kleine, nach hinten gelegene Wohnzimmer; alles andere war abgeschlossen und wurde vermutlich immer schmutziger, weil Mrs. Downs an den beiden Vormittagen, an denen sie kam, unmöglich das ganze Haus sauberhalten konnte. Das Haus brauchte Dienstboten, eine Familie – und vor allem eine Hausherrin ... Der Gedanke an einen Umzug entsetzte ihn: So etwas hatte er immer nur zusammen mit Sybil getan. Mit ihr war es jedesmal ein aufregendes Abenteuer gewesen. Sie hatten ihre Ehe in einer Wohnung in Clanricarde Gardens begonnen – mehr hatten sie sich nicht leisten können. Es war keine schöne Wohnung gewesen, ein schlecht umgebautes Stockwerk eines hohen Stuckhauses, dessen Besitzer das Geld gebraucht hatte. Die Decken waren enorm hoch gewesen, mit farbverkrusteten Friesen, hohen, zugigen Schiebefenstern und einer Gasuhr für die Heizung, die so gierig Münzen gefressen hatte, wie die breiten Risse in den Dielen Sybils Haarnadeln und die Knöpfe seiner Hemden verschlangen. Polly war dort zur Welt gekommen, aber bald danach waren sie in das Haus in Bedford Gardens gezogen. Das war ein wunderbarer Umzug gewesen. Ihr eigenes kleines Haus mit seiner schmalen Front und einem Garten dahinter und einer Glyzinie, die bis zu dem schmiedeeisernen Balkon vor ihrem Schlafzimmer reichte. Er erinnerte sich an ihren ersten Abend dort, als sie ihre erste Schweinefleischpastete aßen und eine Flasche Champagner getrunken hatten, die Edward mitgebracht hatte, als er Poll abholte, damit sie bei ihnen blieb, bis ihr Zimmer eingerichtet war. Hugh hatte eine Woche Urlaub genommen, und er und Sybil hatten das Haus zusammen gestrichen, hatten im Wohnzimmer gepicknickt und auf Matratzen geschlafen, solange er den Dielenboden in ihrem neuen Schlafzimmer verlegte. Das war eine der glücklichsten Wochen seines Lebens gewesen. Simon war in diesem Haus zur Welt gekommen, und sie waren erst in das Haus gezogen, in dem er jetzt wohnte, als Sybil zum drittenmal schwanger geworden war.

Inzwischen hatte er andere Schuhe angezogen, sich gewaschen, sich einen Whisky mit Soda eingegossen und hingesetzt, um sich die Sechsuhrnachrichten anzuhören. Churchill, gegen den keine Labour- oder liberalen Kandidaten angetreten waren, hatte bei der Abstimmung über ein Viertel der Stimmen an einen Unabhängigen verloren – einen Mann, von dem Hugh noch nie gehört hatte. Er beugte sich vor und schaltete das Radio aus. Schweigen breitete sich aus. Er blieb ein paar Minuten sitzen und dachte nach, ob es etwas zu tun gab, womit er sich ablenken konnte. Er konnte in seinen Club gehen, wo er vermutlich jemanden finden würde, der mit ihm zu Abend aß und vielleicht eine Runde Billard spielte, aber alle würden über die Wahlen reden, und die allgemeine Depression war keine angenehme Aussicht. Er konnte Polly anrufen – das *konnte* er, aber er wußte, daß er es nicht tun würde. Er zwang sich, sie nicht öfter als einmal in der Woche anzurufen, weil er ihr nicht das Gefühl geben wollte, daß er sich einmischte, und er wollte auch nicht lästig sein. Simon war mit seinem Freund Salter unterwegs, sie fuhren Rad in Cornwall. Ihm wurde klar, daß Simon im letzten Jahr so angestrengt gearbeitet hatte, um nach Oxford zu kommen, weil Salter dort ebenfalls hinging. Warum nicht? Er wußte, daß Sybil sich darüber gefreut hätte, schon allein deshalb, weil er dann nicht einberufen würde, und nun konnte das sogar bedeuten, daß er erst einberufen wurde, wenn der Krieg schon zu Ende war. Und sie wäre auf jeden Fall dafür gewesen, daß Simon auf die Universität ging, weil sie Bildung höher bewertete als seine Familie. Der Brig hielt so etwas für Zeitverschwendung, und Edward tat es ebenfalls ab, aber Edward hatte die Schule auch gehaßt und war froh gewesen, als der Krieg dem ein Ende machte. Jedesmal, wenn Universitäten erwähnt wurden, brachte Edward die Vorkriegsdebatte in der Oxford Union ins Spiel, die schlimme pazifistische Untertöne gehabt hatte, was, wie Edward immer wieder sagte, demonstrierte, wie degeneriert die Jugend war – er wollte damit sagen, daß die jungen Leute an Orten wie Oxford mit dekadentem Gedankengut vollgestopft wurden. Der Krieg hatte selbstverständlich das absolute Gegenteil bewiesen, aber das hatte an der Ansicht der Cazalet-Männer, daß Bildung so bald wie möglich ein Ende finden sollte, damit das wirkliche Leben beginnen konnte, nicht viel geändert. Daß Simon Medizin studieren wollte, hatte die Angelegenheit ein wenig akzeptabler gemacht: Die Duchy, Villy und Rachel waren ausdrücklich dafür, und es waren eigentlich nur der Brig und Edward, die es passiv ablehnten, und das nur, weil sie der Ansicht waren, daß alle männlichen Cazalets in die Firma eintreten sollten. Aber Simon konnte ihm jetzt ohnehin keine Gesellschaft leisten. Morgen würde er nach Sussex fahren, und er würde darüber nachdenken, was er mit Wills unternehmen könnte, der seiner Ansicht nach zu viele Frauen um sich hatte. Heute abend würde er jedenfalls nicht mehr ausgehen. Er goß sich noch etwas zu trinken ein und ging ins Tiefparterre, wo er nach einigem Suchen eine Dose Frühstücksfleisch und die ziemlich trockenen Überreste eines Brotlaibs fand, von dem er sich schon die ganze Woche seinen Frühstückstoast abgeschnitten hatte. Außerdem waren noch ein paar Tomaten da, die er am vergangenen Wochenende von Home Place mitgebracht hatte. Er packte alles zusammen mit dem Dosenöffner auf ein Tablett und ging zurück ins Wohnzimmer. Ein ruhiger Abend zu Hause, sagte er sich, konnte nichts schaden.

Sie waren spät dran, wie Edward feststellte, aber damit hätte er rechnen müssen. Immer, wenn er nach Southampton kam, tauchten unerwartete Probleme auf, und dieser Tag war keine Ausnahme gewesen. Er hatte mit ein paar Burschen reden wollen, die sich für den Posten des stellvertretenden Geschäftsführers der Kaianlage beworben hatten, und er hatte Rupert mitgenommen, weil Rupert den Betrieb noch nicht einmal gesehen hatte und – da es langsam so aussah, als wäre er der einzige Kandidat, die Anlage zu betreiben – weil es an der Zeit war, daß er ins Bild gesetzt wurde. Er hatte vorgehabt, mit den Leuten zu reden, dann ordentlich zu essen und anschließend Rupe alles zu zeigen und ihn ganz allgemein für das Projekt zu begeistern. Aber so war es nicht gelaufen. Der erste Bursche war hoffnungslos gewesen, viel zu sehr von sich überzeugt und voll mit albernen kleinen Anekdoten, die ihn in bestem Licht darstellen sollten, einen aber nur verärgerten – und zudem recht zurückhaltend, was seine Arbeitserfahrung anging. Der zweite Mann war zu spät gekommen, nicht mehr der Jüngste und reichlich nervös; er hatte sich vor jedem Satz geräuspert, aber seine Referenzen waren gut: Er hatte im Krieg eine Weichholz-Sägemühle geleitet und war dort nur weggegangen, weil sein Vorgänger aus dem Krieg zurückkam. Edward hatte den Eindruck, daß der Mann älter war, als er zugab, aber er bedrängte ihn nicht, und nachdem das Gespräch beendet war, fragte er Rupert, was er von dem Kandidaten hielt.

»Er macht einen ganz guten Eindruck, aber ich habe natürlich keine Ahnung, ob er dem Job gewachsen ist.«

»Es scheint, als hätten wir keine Wahl.«

»Im Augenblick ja. Aber demnächst werden es Hunderte sein – oder zumindest Dutzende –, die nach Arbeit suchen.«

»Aber wir brauchen *jetzt* jemanden. Es sei denn, du glaubst, du könntest als Lückenbüßer dienen.«

»Guter Gott! Ganz bestimmt nicht! Ich habe nicht die geringste Ahnung von diesen Dingen.« Er war entsetzt. Einen Augenblick später sagte er: »Und außerdem würde ich hier wohnen müssen, oder? Zoë hat sich in den Kopf gesetzt, wieder nach London zu ziehen.«

Das hatte er überhaupt nicht hören wollen. Er wußte, daß Hugh die Anlage auf keinen Fall leiten würde, weil er ohnehin dagegen war – immer gewesen war –, und sein eigenes Privatleben war viel zu kompliziert, als daß er es über eine so große Entfernung hinweg hätte führen können. Aber es mußte unbedingt ein Cazalet vor Ort sein.

»Na gut«, meinte er, »schlafen wir noch mal drüber. Ich würde dich gern herumführen, aber laß uns erst was essen.«

Das Essen im Polygon-Hotel hatte eine Ewigkeit gedauert. Es war ungewöhnlich voll gewesen, und die Bar, wo sie gesessen hatten, während sie auf einen Tisch warteten, quoll schier über vor Männern, die über der Frühausgabe der Lokalzeitung hockten und die Wahlergebnisse diskutierten. Man konnte die Schlagzeilen schon quer durch den Raum lesen: »Labour auf dem Weg zum Sieg!« – »Schlappe für die Konservativen!«

»Es gibt nicht viel, worauf man trinken könnte«, sagte er, als ihre Pink Gins eintrafen, aber Rupert meinte, die Ergebnisse seien doch gar nicht so schlecht. Sie stritten sich ein wenig. Edward war entsetzt. »Churchill loswerden?« fragte er mehrmals. »Das scheint mir der reine Wahnsinn. Immerhin hat er uns durch den Krieg gebracht.«

»Aber der Krieg ist vorbei. Zumindest hier.«

»Die anderen haben vor, das gesamte Empire und die Wirtschaft mit ihrem verfluchten Wohlfahrtsstaat zu ruinieren. Diese Leute wollen alles umsonst.«

»Wohl deshalb, weil sie jetzt schon ziemlich lange draufgezahlt haben.«

»Ehrlich, alter Junge, du wirst noch ein echter Roter.«

»Ich werde überhaupt nichts. Ich bin nie ein guter Tory gewesen, aber das macht mich noch nicht zum Kommunisten. Mir ist es nur lieber, wenn es etwas gerechter zugeht.«

»Was meinst du mit ›gerechter‹?«

Sie schwiegen beide einen Augenblick lang, während Rupert sich darauf konzentrierte, die Folie aus einer Zigarettenpackung zu falten.

»Ich denke an Körper«, sagte er schließlich. »Das ist mir aufgefallen, als ich Nummer Eins auf diesem Zerstörer war. Die Männer haben die Hemden ausgezogen, wenn sie das Deck geschrubbt oder im Maschinenraum gearbeitet haben, oder ich habe sie gesehen, wenn ich meine Runden machte. Mir ist aufgefallen, daß die Körper der meisten einfachen Seeleute ganz anders geformt waren: schmalere Schultern, Oberkörper wie Fässer, krumme Beine, schreckliche Zähne – du wärst überrascht, wie viele von ihnen ein Gebiß hatten. Sie sahen aus, als hätten sie nie die Chance gehabt, zu dem zu wachsen, was sie eigentlich werden sollten. Sicher gab es Ausnahmen, große Kerle, die Dockarbeiter oder Bergleute gewesen waren, aber es gab auch eine Unmenge, die aus den Städten kamen und in geschlossenen Räumen gearbeitet hatten. Wahrscheinlich waren es vor allem sie, die mir aufgefallen sind. Jedenfalls sahen sie ganz anders aus als die Offiziere. Und ich war der Ansicht, daß wir bis auf die Uniformen eigentlich hätten gleich aussehen müssen.« Er bedachte seinen Bruder mit einem kleinen Lächeln – einer lautlosen, freudlosen Entschuldigung. »Und es gab noch andere Dinge ...«

Vielleicht erzählt er mir jetzt von Frankreich, dachte Edward. Er hat nie darüber gesprochen. »Dinge?«

»Äh ... na ja, wenn man nicht viel zu verlieren hat, ist es viel schlimmer, wenn man das wenige auch noch verliert. Einer unserer Schützen hat sein Haus durch Bomben verloren. Wenn *wir* ein Haus verlören, hätten wir immer noch ein anderes. Oder wir könnten eins kaufen. Er hat sein Haus und sämtliche Möbel verloren, alles, was drin war.«

»Das könnte jedem passieren – es *ist* passiert ...«

»Zweifellos – aber das, was hinterher passiert, ist unterschiedlich.«

Nein, er würde nicht darüber sprechen, es sich nicht von der Seele reden. Edward war erleichtert, als der Kellner kam und sagte, ihr Tisch sei bereit.

Aber als sie schließlich saßen, wurden sie nur sehr schleppend bedient, und sie kamen erst nach drei wieder zum Kai. Er beschloß, nur einen schnellen Rundgang mit Rupert zu machen und sich dann davonzustehlen, weil er Diana versprochen hatte, daß er rechtzeitig zum Abendessen bei ihr sein und den Freitagabend mit ihr verbringen würde, bevor er nach Home Place fuhr. Aber als sie zurückkamen, erklärte der Mann, der sich um das Gebäude und die Instandsetzung der Sägemühle kümmerte, der Mann von der Bauaufsicht wolle ihm eine Liste von Änderungen übergeben, die wegen der Feuerschutzvorschriften vorgenommen werden müßten. Das bedeutete, die Liste auf der Baustelle durchzugehen, und irgendwie brauchten sie dafür beinahe zwei Stunden. Rupert machte sich nach einiger Zeit auf, um sich allein auf dem Gelände umzusehen.

Viele Veränderungen wären besser gleich beim Umbau der Sägemühle vorgenommen worden; jetzt würden sie viel teurer kommen. Er sagte Turner, dem Verantwortlichen, er solle ihm eine Kopie der Liste schicken; sie würden ihren eigenen Bauleiter fragen, wieso er sich nicht früher mit der Aufsichtsbehörde in Verbindung gesetzt hatte. Dann konnte er Rupert nicht finden, und nachdem er jemanden geschickt hatte, nach ihm zu suchen, rief er Diana an, um ihr zu sagen, daß er es nicht bis zum Abendessen schaffen würde. »Ich bin immer noch in Southampton. Ich muß Rupert zurück nach London bringen, bevor ich zu dir komme – tut mir leid, Liebling, aber ich kann nicht anders.«

Sie war offensichtlich sehr aufgebracht, und als er auflegte und sich mit dem Stuhl herumdrehte, um die Zigarette auszudrücken, stand Rupert hinter ihm in der offenen Tür zum Büro.

»He, ich hatte ja keine Ahnung, daß ich dich aufhalte. Ich kann mit dem Zug nach London fahren.«

»Schon gut, alter Junge.« Er war enorm verärgert; Rupert mußte jedes Wort gehört haben – wahrscheinlich hatte er sich vollkommen verraten …

»Ich wußte ja nicht, daß du noch woanders hinwolltest – bring mich einfach zum Bahnhof.«

Wenn er vom Bahnhof aus direkt zu Diana fuhr, konnte er in anderthalb Stunden dort sein …

»Na ja, wenn es dir wirklich nichts ausmacht … Laß uns erst schnell einen trinken. An der Straße gibt es eine nette Kneipe.«

Als sie dort saßen, erzählte er Rupert von Diana, wie lange sie schon zusammen waren, wie lange er »das« schon nicht mehr für Villy empfand, daß Dianas Mann gestorben war und sie mit vier Kindern und ohne Geld zurückgelassen hatte. »Es ist ein schreckliches Durcheinander«, sagte er. »Ich weiß nicht, was ich machen soll.« Es war eine enorme Erleichterung, endlich mit jemandem darüber reden zu können.«

»Willst du sie heiraten?«

»Na ja, das ist das Problem.« Und als er das sagte, wurde ihm klar, daß er es tatsächlich wollte, unbedingt. »Weißt du, wenn eine Frau ein Kind von dir hat ...«

»Das hast du nicht erwähnt ...«

»Nein? Die beiden letzten Kinder sind mit ziemlicher Sicherheit von mir. Du siehst, wie es ist – ich fühle mich verantwortlich, ich kann sie nicht einfach sitzenlassen.«

Rupert schwieg. Edward begann zu fürchten, daß auch er ihn jetzt verurteilen würde – wie Hugh. Schon den Gedanken daran konnte er kaum ertragen: Er wünschte sich verzweifelt, daß jemand auf seiner Seite wäre. »Ich liebe sie wirklich«, sagte er. »Es wäre nicht so lange gutgegangen, wenn ich sie nicht mehr als jede andere lieben würde. Und wie würde sie sich wohl fühlen, wenn ich sie einfach sitzenließe?«

»Ich nehme an, Villy würde das auch nicht leicht nehmen. Weiß sie davon?«

»Guter Gott, nein. Überhaupt nichts.«

Als Rupert weiter schwieg, sagte er: »Was, meinst du, soll ich tun?«

»Du hast wahrscheinlich das Gefühl, was immer du tust, könnte falsch sein.«

»Genau! Das ist es ganz genau!«

»Und ich nehme an, daß sie – Diana – dich ebenfalls heiraten will?«

»Na ja – wir haben noch nicht wirklich darüber gesprochen, aber ich bin ziemlich sicher.« Er lachte verlegen. »Sie sagt immer wieder, daß sie mich liebt – solche Sachen. Möchtest du noch einen?« Ihm war aufgefallen, daß Rupert jetzt schon minutenlang in sein leeres Glas gestarrt hatte, aber der schüttelte nur den Kopf.

»Du wirst dich wohl irgendwann entscheiden müssen.«

»Das ist ein verdammt schwieriger Entschluß.« Rupert hatte gut reden – er war in der Familie nicht gerade als entscheidungsfreudig bekannt. »Ich dachte«, meinte er, »daß ich vielleicht warten sollte, bis Villy ein Haus gefunden hat, das ihr gefällt, bis sie sich dort eingerichtet hat. Wir müssen fahren. Ich rufe nur schnell Diana an und sage ihr, daß ich doch zum Abendessen komme.«

Auf dem Weg zum Bahnhof sagte er: »Ich würde euch einander gern vorstellen.«

»Na gut.«

»Ja? Hugh hat sich strikt geweigert, sie kennenzulernen.«

»Hugh weiß also von ihr?«

»Irgendwie schon, aber er weigert sich, die Situation zu verstehen, er steckt den Kopf einfach in den Sand, während Diana und ich der Ansicht sind, daß es viel besser ist, offen darüber zu reden.«

»Nur nicht mit Villy?«

»Das ist etwas anderes, alter Junge, das mußt du doch einsehen. Ich kann es wirklich nicht mit ihr besprechen, bevor ich mich entschieden habe.«

Als Rupert am Bahnhof ausstieg, sagte er: »Übrigens – sonst weiß es niemand.«

Rupert meinte, es sei schon gut.

»Ich bin dir wirklich dankbar, daß du es mir so leicht machst.«

»Ich mache es dir ...«

»Ich meine, daß du den Zug nimmst, damit ich Diana nicht enttäuschen muß.«

»Ach so. Das ist schon in Ordnung – ich habe genug Zeit.«

Es war ein klarer, sonniger Abend, und Edward hatte die Sonne im Rücken. Die Aussicht auf ein Abendessen und eine Nacht mit seiner Geliebten war nicht so erregend wie sonst, diesmal gab sie ihm nicht dieses Gefühl wie am Vorabend eines Urlaubs; die Wand zwischen den sorgfältig voneinander getrennten Abteilungen, in denen er seine zwei Leben den ganzen Krieg hindurch untergebracht hatte, hielt nicht mehr stand, und Schuldgefühle drangen von einem Bereich in den anderen. Wahrscheinlich hatte das Gespräch mit Rupert dazu geführt, daß ihm auf einmal alles viel drängender erschien. Als er erklärt hatte, Diana und er hätten noch nicht über eine mögliche Heirat gesprochen, war das eine Vereinfachung gewesen. Sie hatte das Wort zwar nie ausgesprochen, aber es gelang ihr immer wieder, das Gespräch in die Nähe zu bringen. Zum Beispiel redete sie davon, daß sie nicht länger im Cottage bleiben könne. Sicher, damit hatte sie recht: Es war viel zu abgelegen, Diana war hier hoffnungslos isoliert. Aber was sie tun solle, hatte sie mehr als einmal gefragt und ihn dabei aus ihren schönen Augen angesehen. Sie stellte auch viele kleine Fragen, die darum kreisten, ob Villy wohl weiter auf dem Land leben oder nach London zurückkehren werde. Er hatte ihr noch nicht von dem Verkauf des Hauses in der Lansdowne Road erzählt, weil er befürchtet hatte, sie würde daraus übereilte Schlüsse ziehen. Sie hatte es wirklich furchtbar schwer, die Arme, mit all dieser Unsicherheit. Aber immerhin ging es ihm nicht besser. Nichts wäre ihm lieber gewesen, als Villy ein schönes Haus zu suchen, damit er sich um sie keine Sorgen mehr zu machen brauchte, und dann frei zu sein für ein wunderbares neues Leben mit Diana. Vielleicht, dachte er und griff nach seiner Schnupftabaksdose (wunderbares Zeug, wenn man beim Fahren schläfrig wurde), vielleicht sollte ich ihr das sagen. Ja, genau, das würde er tun.

Also berichtete er ihr nach dem Abendessen, als sie beim Cognac saßen, davon, und sie war ganz überwältigt und sagte: »O Liebling, wie wunderbar!« und war sehr verständnisvoll, was das Problem mit Villy anging. »*Selbstverständlich* verstehe ich das! Selbstverständlich mußt du zuerst an sie denken. Wir müssen *beide* zuerst an sie denken.«

Nachdem er sich eine Fahrkarte gekauft und herausgefunden hatte, daß der nächste Zug nach London in zwanzig Minuten fuhr, ging er den Bahnsteig auf und ab, am – geschlossenen – Zeitungsstand vorbei und ins Bahnhofsrestaurant: Vielleicht konnte er hier ja ein paar Zigaretten kaufen, er hatte nicht mehr viele. Es gab keine. Das Restaurant war bedrückend schmutzig, es roch nach Bier und Kohlenstaub; die Farbe an den Wänden, einstmals hellgrüner Hochglanzlack, blätterte ab und warf Blasen, und auf der langen Theke standen schwere Glasglocken über Sandwiches, die schon so alt waren, daß sie sich bogen. Gerade, als er sich fragte, wie um alles in der Welt jemand so etwas kaufen konnte, kam ein Seemann herein und kaufte eines und eine Flasche Bier. Rupert ging wieder nach draußen und zum Ende des Bahnsteigs. Es war ein wunderschöner Abend mit zartgelbem Licht und mottenfarbenen Schatten – nein, mottenfarben war zu einfach, es waren genaugenommen alle möglichen Farbtöne. Er sah nicht mehr hin. Er war jetzt Holzhändler und kein Maler mehr. Wie alles, was sein derzeitiges Leben betraf, erschien ihm diese Aussage vollkommen unwirklich; er sollte lieber über etwas anderes nachdenken. Also dachte er an seinen Bruder, seinen ältesten und einstmals so ruhmreichen Bruder, den er immer für einen Helden oder zumindest für eine heldenhafte Gestalt gehalten hatte, obwohl das eigentlich nur eine erstarrte Gewohnheit aus seinen Schuljungentagen im Ersten Weltkrieg war. Armer alter Edward! dachte er jetzt. Er steckt wirklich in einer Zwickmühle. Was immer er tut, es wird jemanden traurig machen ... Er stellte fest, daß er auch darüber nicht nachdenken konnte. »Ich nehme an, sie wird sich am Ende daran gewöhnen«, fiel ihm ein; beinahe hätte er es sogar laut gesagt, und er hatte dabei Villy im Sinn. Irgendwie wußte er, daß Edward tun würde, was er für das Einfachere hielt. Das mochte sich später als Irrtum erweisen, aber in dem Augenblick, da er es tat, würde er es für die einfachere Möglichkeit halten. Nur – wenn alles, was man tat, jemanden unglücklich machte, war es dann nicht besser, wenn Edward sich für die schwierigere Lösung entschied? Das Schwierigere war immer richtig, das wußte er, aber auch das war alles andere als tröstlich. Immerhin hatte Edward jetzt jahrelang beides gehabt; es war an der Zeit, daß er sich der Situation stellte und eine Entscheidung traf. Sein Leben mußte schon seit Jahren ein Gespinst aus Lügen, ausweichenden Antworten und Verschweigen wichtiger Wahrheiten gewesen sein.

Zornig zu werden lag ihm nicht. Alle Mißbilligung, die er für Edward zuwege brachte, verpuffte, sobald er sie in Worte fassen wollte: Es war nicht nur eine Frage von Entscheidungen, sondern es kam auch darauf an, wie man danach weiterlebte – der Entscheidung entsprechend – und mit den lebenslangen Konsequenzen zurechtkam ...

Sein Zug stand schon bereit. Er hatte gar nicht bemerkt, wie lange er schon dort stand, und beeilte sich einzusteigen. Er fand ein leeres Abteil und setzte sich in die Ecke, um zu schlafen. Aber sobald er die Augen schloß, war sein Kopf voll vertrauter Bilder, die nur darauf zu warten schienen, daß er sie in seinen Träumen belebte, daß er die Schlüsselmomente jener letzten drei Monate noch einmal durchlebte: Michèle, die den Kopf wieder aufs Kissen sinken ließ, nachdem er sie geküßt hatte und dann (so stellte er es sich vor) reglos liegenblieb und seinen Schritten lauschte, als er davonging – er hatte einmal zum Haus zurückgeschaut, um zu sehen, ob sie ans Fenster getreten war, aber das hatte sie nicht getan; die kurze Zeit auf dem Schiff, die ihm so quälend vorgekommen war und nun beinahe angenehm schien, wenn dieses Bild von ihr wiederauftauchte und er von reinem Schmerz überwältigt wurde. Er hatte eine Nacht allein in London verbringen wollen, bevor er sich zum nächsten Schritt seiner Heimreise aufmachte, aber er hatte kein Geld gehabt, nur das für die Fahrkarte, und das hatte er sich vom Kapitän des Schiffs geliehen. Er hatte nicht daran gedacht, um mehr zu bitten, also ging er von Waterloo direkt nach Charing Cross. Er war entsetzt gewesen, wie heruntergekommen und zerschlagen London aussah. Er hatte sich seine Fahrkarte gekauft und die vertraute Landschaft angeschaut und die letzte Zigarette aus dem Päckchen geraucht, das sie ihm auf dem Schiff gegeben hatten, und dann hatte er versucht, sich vorzustellen, wie die Begegnung mit Zoë verlaufen würde.

Dazu war er nicht in der Lage gewesen. Nichts, was ihm auf der Fahrt nach Battle in den Kopf kam, war auch nur annähernd lebendig oder glaubwürdig gewesen. Es mochte sein, daß sie unzufrieden war, überglücklich, vielleicht war sie ja nicht einmal da! Er wußte nichts, und am allerwenigsten, wie er selbst sich bei dieser ersten Begegnung fühlen würde. Als er Home Place endlich erreichte, am Nachmittag, war Zoë tatsächlich gerade ausgegangen. Er hatte das Gelände durch das alte weiße Tor betreten, das zum Vordereingang führte, und dort war seine Mutter gewesen, auf den Knien, im Steingarten. Gerade als er dachte, daß sein plötzliches Auftauchen vielleicht zuviel für sie sein könnte, wandte sie den Kopf und entdeckte ihn. Er ging schnell zu ihr, kniete sich neben sie und umarmte sie; ihre Miene brachte ihn zum Weinen. Sprachlos klammerte sie sich an ihn, dann legte sie ihm die Hände auf die Schultern, um ihn ein wenig wegzuschieben. »Laß dich ansehen«, sagte sie und lachte – ein keuchendes, ein wenig schrilles Geräusch –, und Tränen liefen ihr über die Wangen.

»Mein lieber Junge!«

Später erklärte sie, sie müßten jetzt ganz vernünftig sein. »Zoë ist mit Juliet nach Washington gegangen, zum Einkaufen. Ihr braucht ein bißchen Ruhe miteinander.« Sie hatte das weiße Taschentuch unter der Armbanduhr vorgezogen, um sich die Augen zu wischen, und voller Zärtlichkeit hatte er den erdbeerförmigen Leberfleck auf ihrem Handrücken registriert.

»Geht es ihr gut?«

Sie sah ihn an, und er erinnerte sich wieder an diesen geraden, offenen Blick, der jetzt ein wenig abweisend wurde.

»Ja«, sagte sie. »Es war eine schwere Zeit für sie. Ich habe sie wirklich sehr gern. Und deine Tochter ist ein Schatz. Warum gehst du ihnen nicht einfach entgegen?«

Das hatte er auch getan – er war zurück die Einfahrt entlang und zur Straße gegangen, und oben auf dem Hügel war er ihnen an einem Tor zu ihren Feldern begegnet. Juliet saß auf dem Tor, und Zoë stand neben ihr, und bevor er noch hören konnte, was sie sagte, wußte er, daß sie sich stritten.

»*... immer* diesen Weg zurück. Selbst *Ellen* weiß, daß es mein Lieblingsweg ist ...«

Er ging schneller.

»Ich habe heute einfach keine Lust, Autobus zu spielen.«

»Du hast *nie* Lust dazu!« Sie trug ein hellrotes Barett, aber sie hatte den Kopf abgewandt – er konnte ihr Gesicht nicht sehen.

»Ach, ich ...« hob Zoë an, und dann sah sie ihn und blieb reglos stehen, während er weiter auf sie zuging.

Sie starrten einander an; sie war bleich geworden. Als sie schließlich etwas sagte, klang sie verängstigt, heiser und ungläubig. »Rupert! Rupert? *Rupert*!« Beim drittenmal streckte sie eine Hand aus und berührte seine Schulter.

»Ja.« Ich sollte sie umarmen, dachte er, aber bevor er dazu kam, hatte sie sich Juliet zugewandt.

»Das ist dein Vater«, sagte sie.

Das Kind starrte ihn an.

»Sie hat ein Foto von dir in ihrem Kinderzimmer.«

Er wollte sie vom Tor heben, aber als er sich ihr näherte, klammerte sie sich mit beiden Händen am Holz fest.

»Gibst du mir einen Kuß?«

Sie betrachtete ihn nachdenklich. »Wenn du einen Bart hättest, würde ich das nicht tun. Wegen der Vögel. Das ist aus einem Gedicht.« Sie war unglaublich hübsch – eine Miniaturausgabe von Zoë mit den Augen der Cazalets.

»Wie du siehst, habe ich keinen Bart.«

Sie beugte sich zu ihm und gab ihm einen schmatzenden Kuß. Ihr Mund war hellrot und durchscheinend wie die Haut einer roten Johannisbeere. Er küßte sie ebenfalls, und dann wandte sie sich ab und kniff die Augen zu.

»Willst du runter?«

Sie schüttelte den Kopf und klammerte sich wieder fest. Er sah Zoë an: Sie trug einen alten Regenmantel und einen grünen Schal um den Hals. Sie war immer noch sehr blaß.

»Ich wollte dich nicht so erschrecken.«

»Das weiß ich«, sagte sie rasch. »Das weiß ich doch.«

»Spielen wir jetzt? Ich möchte so gern Autobus spielen!«

Also taten sie, was Juliet wollte, und gingen zu dem umgestürzten Baum im Wäldchen nahe dem Haus. Später dachte er, daß sie beide für die Anwesenheit Juliets dankbar gewesen waren: Sie verhinderte Vertraulichkeiten, oder besser gesagt, sie bewirkte, daß das Fehlen von Vertraulichkeiten nicht so sehr auffiel. Auch Zoë schien sich unbehaglich zu fühlen und war schrecklich schüchtern. Zum erstenmal berührte er sie, als er ihr von einem Ast half, nachdem sie das Spiel beendet hatten. Sie wurde rot, als er ihre Hand nahm.

»Ich kann es kaum glauben – es ist so seltsam ...«, sagte sie leise und hastig, aber sie wurde von Juliet unterbrochen, die gefährlich unsicher auf dem höheren Teil des umgestürzten Stamms stand und rief: »Fangt mich, ich springe!«

Er fing sie auf und setzte sie auf den Boden, und sie sagte: »Wenn wir jetzt heimgehen, halten wir uns an den Händen.« So gingen sie durch das Wäldchen, ihre Tochter zwischen sich. Auf dem Weg erfuhr er, daß Sybil gestorben war, daß sein Vater nun blind war, daß Neville in Stowe zur Schule ging und Clary in London wohnte, in Louises Haus, und für einen Literaturagenten arbeitete – ja, Louise hatte Michael Hadleigh, den Porträtmaler, geheiratet … diese Familiengeschichten machten alles ein wenig einfacher. Archie sei wunderbar gewesen, sagte Zoë: Er hatte die richtige Schule für Neville gefunden, nachdem dieser davongelaufen war; er kümmerte sich um Clary und Polly; er kam an den Wochenenden vorbei und heiterte sie alle auf. Einen Augenblick lang fragte er sich, ob sie sich wohl in Archie verliebt hatte, dann tat er es als schändlichen Gedanken ab, aber als der Gedanke später am Abend zurückkehrte, stellte er fest, daß ihn sein eigener Mangel an Sorge darüber am meisten erschreckte … Ja, als er zum erstenmal wieder das Haus betrat und all die zutiefst vertrauten Gerüche einatmete – Holzrauch, feuchte Regenmäntel, den Goldlack, den die Duchy jedes Jahr in eine große Schale in der Halle tat, den warmen Vanilleduft frisch gebackenen Kuchens, der jetzt zum Tee auf dem großen Tisch bereitstand –, hatte ihn die schlichte Freude des Wiedererkennen befallen; einen Augenblick lang hatte er sich zu Hause gefühlt und sich darüber gefreut. Er hatte bemerkt, daß er vollkommen ausgehungert war – er hatte seit dem Schiff nichts mehr gegessen, und das schien unglaublich, unwirklich lange her zu sein, aber er brauchte nur zu sagen, daß er sich auf den Tee freute, und es wurden ihm Unmengen von Essen gebracht. Zwei gekochte Eier, ein Käsetoast, ein Sandwich mit Hähnchenfleisch, zwei Stücke Kuchen. Das alles aß er unter den liebevollen Blicken der Duchy, Villys, Miss Milliments und Ellens und zunehmend von den Kindern beneidet: von Lydia, Wills – der kein Kleinkind mehr war, sondern ein Junge von *acht* –, Roland und seiner eigenen Tochter. Es waren die Kinder, die deutlich machten, wie lange er weggewesen war. »Wir bekommen nur am Geburtstag gekochte Eier zum Tee«, sagte eins von ihnen. »Wir bekommen keine Eier. Nur ein einziges dummes kleines Ei. Einmal im Jahr.« Und so weiter.

Und es waren auch die Kinder, die die direkten Fragen stellten. Wie war es, Gefangener zu sein? Wie war er entkommen? Warum war er nicht eher geflohen, nachdem der Krieg zu Ende war? Das wollte Lydia wissen, aber Villy sagte, ihr Onkel sei müde und wolle keinem Kreuzverhör ausgesetzt werden, kaum daß er nach Hause gekommen sei. Ihr Haar war inzwischen vollkommen weiß, aber ihre dichten Brauen waren dunkel geblieben.

Um von sich abzulenken, hatte er nach Neville und Clary gefragt, aber bevor einer der Erwachsenen antworten konnte, hatte Lydia gesagt: »Nevilles Stimme ist gebrochen, aber leider kann man nicht behaupten, daß sich sein Charakter verändert hat. Er ist jetzt einfach auf andere Art schrecklich. Er spielt um Geld, und er hat fast nie mehr Lust, etwas mit uns zu unternehmen. Clary ist viel netter. Du solltest sie anrufen, Onkel Rupe, sie wird sich schrecklich freuen. Sie hat immer gedacht, daß du zurückkommst – selbst als alle anderen dich für tot hielten.«

»Lydia! Rede nicht solchen Unsinn!«

»Das ist kein Unsinn.« Trotzig starrte sie ihre Mutter an, aber sie sagte nichts mehr.

Unwillkürlich hatte er Zoë angesehen, die neben ihm saß, aber sie hatte nur auf ihren leeren Teller geschaut. In diesem Augenblick hatte er sich so schuldig und gleichzeitig so unwirklich gefühlt – und beides derart heftig, daß es ihn vollkommen lähmte. Seine Entscheidung, noch all die Monate in Frankreich zu bleiben, nachdem er längst hätte zurückkehren können, eine Entscheidung, die ihm zu jenem Zeitpunkt auf eine sehr romantische Weise moralisch vorgekommen war, erschien ihm jetzt wie eine verwöhnte Narretei und extrem eigensüchtig. Und er kehrte nicht einmal reinen Herzens zurück ...

Der Zug bremste und fuhr in einen Bahnhof ein – Basingstoke. Er hoffte, daß niemand zu ihm ins Abteil kam; dieser Tage hoffte er zu oft, daß man ihn in Ruhe ließ, nicht, weil er die Einsamkeit so genossen hätte, aber er empfand das Alleinsein als weniger fordernd. Er war immer nur müde und wollte schlafen, aber normalerweise führte der Versuch nur zu einer Wiederholung kleiner, unzusammenhängender, verstörender Szenen aus seinem Leben. Der einzige Mensch, bei dem er sich wohl fühlte, war Archie, zu dessen Wohnung er nun auf dem Weg war. Er hatte Archie an jenem ersten Abend angerufen, und irgendwie hatte sich dessen Freude (»Mann! Was für ein Ding!«) genau richtig angefühlt – er hatte sich kein bißchen schuldig oder unfähig oder unehrlich gefühlt. Es war Archie, der gemeint hatte, er solle Clary nicht anrufen, sondern sich mit ihr treffen; Archie hatte auch, nachdem er von dem Fischerboot gehört hatte, gefragt, ob die

Marine wisse, daß er zurück sei, und als Rupert das verneint hatte, hatte er erklärt: »Dann solltest du lieber gleich vorbeikommen, und ich mache dir einen Termin bei der Admiralität. Ich warne dich, sie werden nicht erfreut sein.«

Er hatte recht gehabt. Er war am nächsten Morgen nach London gefahren, hatte sich am Whitehall-Eingang mit Archie getroffen und war von ihm zu einem Commander Brooke-Caldwell gebracht worden, der sich ausgesprochen feindselig verhalten hatte. Er war alles mit ihm durchgegangen. Warum hatte er sich nicht in Frankreich mit dem britischen Militär in Verbindung gesetzt? Warum hatte er so lange gewartet? Was zum Teufel hatte er sich eingebildet? Wer hatte ihn all die Jahre hindurch versteckt? Gehörte sie zum Widerstand? Wußte MI6 etwas von ihr? Warum hatte sie nicht versucht, ihn woandershin zu bringen? Sie gehörte zu gar nichts, hatte er gesagt. Nun, das ließ sich überprüfen – und das würde auch geschehen. Es sei gut, hatte der Commander grimmig geschlossen, daß Lieutenant Commander Lestrange Ruperts Identität bestätigen könne. Er hatte sich den Bericht von Ruperts Kapitän angesehen, also war der erste Teil der Geschichte bewiesen. Aber Rupert hatte immer noch keine Erklärung für seine verspätete Rückkehr, oder? Ein eisiger Blick unter buschigen schwarzen Brauen. Persönliche Gründe, Sir, hatte er schließlich zugegeben. Commander Brooke-Caldwell hatte nur geschnaubt.

»Persönliche Gründe stehen in der Marine an zweiter Stelle, wie Ihnen sicher klar ist.«

Das war es.

»Melden Sie sich in zwei Tagen wieder hier. Lassen Sie sich auf dem Weg nach draußen von meinem Sekretär einen Termin geben.«

Er war sich erbärmlich vorgekommen, als er das Büro verließ. Es war Archie, der dafür gesorgt hatte, daß er eine Lebensmittelkarte bekam, der ihm ein wenig Geld besorgt und arrangiert hatte, daß Clary zum Wiedersehen in seine Wohnung kam. »Sie kommt oft zum Essen zu mir, also wird sie es nicht weiter ungewöhnlich finden. Ich sorge für etwas zu essen, oder du kannst mit ihr ausgehen, was dir lieber ist.«

»Was wirst du tun?«

»Ach, ich kann einfach verschwinden. Es wird viel besser sein, wenn sie dich für sich allein hat. Sie hat es verdammt noch mal verdient.«

Sie hatten ein ziemlich miserables Essen in einem Café in der Nähe des Lancaster Square zu sich genommen. Archie hatte zurück ins Büro gemußt, aber erklärt, er werde um fünf fertig sein. Rupert hatte den Nachmittag für sich gehabt. Er war ziellos etwa zwei Stunden lang umhergeschlendert. Der Zustand der Stadt hatte ihn entsetzt. Sandsäcke, vernagelte Fenster, schmutzige Häuser, abblätternde Farbe – über allem hing ein Hauch von Schmuddeligkeit und Müdigkeit. Die Leute sahen grau, jämmerlich und erschöpft aus, wie sie so geduldig in langen Schlangen an den Bushaltestellen standen. Die Schaffner waren Frauen in steifen dunkelblauen Hosenanzügen aus Serge. Die Schlangen waren abschreckend, er beschloß, nicht mit dem Bus zu fahren. Hier und da entdeckte er eines der Plakate, die er auch schon auf den Bahnhöfen gesehen hatte: »Ist Ihre Reise wirklich notwendig?« Ein anderes behauptete: »Sorgloses Gerede kann Leben kosten«, und ein drittes forderte auf, für den Sieg zu graben – alles inzwischen ein wenig überholt, sollte man annehmen.

Er ging also zu Fuß – über den Trafalgar Square zum Haymarket und zum Piccadilly. Die Kirche dort war von Bomben zerstört; auf den Ruinen wuchsen Weiderich und Kreuzkraut. Er hatte die vage Idee, ein Geschenk für Clary zu kaufen, aber er wußte nicht, was. Vor fünf Jahren hätte er keinen Zweifel gehabt, aber jetzt ... die Kluft zwischen fünfzehn und zwanzig war gewaltig; er hatte nicht die geringste Ahnung, was ihr gefallen würde oder was sie brauchte – er hätte Archie fragen sollen. Er wollte ihr in einem der Läden in der Jermyn Street ein Männerhemd kaufen, aber als er endlich eins ausgesucht hatte – breite rosa und weiße Streifen –, stellte sich heraus, daß er es ohne Kleidermarken nicht bekommen würde. »Ich war lange Zeit weg«, erklärte er dem sehr alten Verkäufer, der ihn über seine Goldrandbrille hinweg anschaute und sagte: »Nun, Sir, das ist bedauerlich. Soll ich das Hemd für Sie zurücklegen, bis Sie sich die entsprechenden Marken besorgt haben?«

»Lieber nicht. Ich weiß nicht mal, ob ich welche bekommen werde.«

Er ging weiter, bis er zu einem Schreibwarengeschäft kam. Er würde ihr einen Füllfederhalter kaufen. Die hatte sie immer gemocht. Als er sich für einen entschieden hatte, fiel ihm ein, daß er besser auch noch Tinte mitnehmen sollte. Braune Tinte hatte ihr immer am besten gefallen; er erinnerte sich, daß sie einmal gesagt hatte: »Damit sieht das, was ich geschrieben habe, so hübsch alt und gesetzt aus.« Er fragte sich, ob sie überhaupt noch Geschichten schrieb, und begann, sich ein wenig zu fürchten, daß er sie irgendwie enttäuschen würde. Seine bisherigen Begegnungen mit der Familie waren kaum ein berauschender Erfolg gewesen. Er war froh gewesen, am Morgen nach London fahren zu können – nach all den gezwungen, nervösen Vertraulichkeiten des vergangenen Abends. Er hatte sich so davor gefürchtet, impotent zu sein, daß er Zoë nicht einmal berührt hatte. Bei der alten Zoë hätte das zu leidenschaftlichen Erklärungen, Forderungen und kleinen verführerischen Szenen geführt – er erinnerte sich, wie dann die breiten Seidenbänder ihrer Träger von den Schultern glitten, die Kämme aus dem Haar rutschten ... Er hatte nicht gewagt, einen solchen Kurs einzuschlagen.

Nach dem Essen hatten sie sie im Wohnzimmer allein gelassen. Zuvor hatte die Duchy Stücke, die er sich gewünscht hatte, auf dem Klavier gespielt. Nun stand er unentschlossen am Klavier und sah seine Frau quer durchs Zimmer an. Sie saß auf einem großen Sessel, dessen Leinenbezug kunstvoll geflickt und gestopft war, und nähte an einer weißen Musselinangelegenheit mit Rüschen, die ein Sommerkleid für Juliet werden sollte. Sie trug ein hellgrünes Hemd, das ihre Augen dunkelgrün wirken ließ, und um ihren Hals lag eine Goldkette mit einem kleinen Türkisherz. Sie mußte seinen Blick gespürt haben, denn sie blickte auf, und dann sprachen sie gleichzeitig. Beide hielten mitten im Satz inne und warteten darauf, daß der andere fortfuhr.

»Ich wollte nur fragen, ob du noch einen Whisky magst.«

»Nein danke.« Er hatte vor dem Essen mit seinem Vater einen getrunken und entdeckt, daß er den Geschmack daran verloren hatte.

»Was wolltest du sagen?«

»Ach, ich hätte gern gewußt, was du wohl von Pipette gehalten hast.« Die Geschichte war beim Essen aufgekommen, aber Zoë hatte, wie den ganzen Abend schon, kaum etwas gesagt.

»Ich bin ihm gar nicht begegnet. Ich war gerade bei meiner Mutter, als er herkam. Auf der Isle of Wight. Sie wohnt immer noch bei ihrer Freundin Maud Witting.«

»Wie geht es deiner Mutter?«

»Ganz gut.«

Sie schwiegen. Dann sagte er: »Geht ihr immer so früh ins Bett?«

»Nein. Ich glaube, sie wollen taktvoll sein.«

Ihr ängstliches Lächeln zeigte ihm, wie sehr sie an Entbehrungen, Traurigkeit und das Fehlen jeglicher Unbekümmertheit gewöhnt war. Unwillkürlich sagte er: »Für dich ist es viel schwerer gewesen.« Er zog sich einen Hocker zu ihr heran. »Selbst nachdem du die Nachricht hattest. Du hast bestimmt gedacht, ich wäre tot. Aber du konntest nicht sicher sein. Das muß sehr ... *schwierig* gewesen sein. Es tut mir leid.«

»Du konntest doch nichts dafür. Für gar nichts.«

Er sah, daß ihre Hände zitterten, als sie den weißen Musselin zusammenlegte.

Sie sagte: »Deine Familie war wunderbar. Besonders deine Mutter. Und ich hatte Juliet.« Rasch warf sie ihm einen Blick zu und wandte sich dann wieder ab. »Es war so ein Schock, als du da draußen auf mich zukamst. Ich kann es immer noch kaum glauben. Daß du wieder da bist, meine ich.«

»Mir kommt es auch unwirklich vor.«

»Das kann ich mir vorstellen.«

Wieder waren sie beim Schweigen angelangt. Die Erschöpfung traf ihn wie eine Flutwelle. »Gehen wir rauf?«

»Das wäre vielleicht besser.« Sie legte ihr Nähzeug auf den Tisch.

Er streckte die Hand aus, um sie hochzuziehen, und sah, wie sie errötete: Sie war blasser, als er sie in Erinnerung hatte, und ihre Hand war sehr kalt.

»Wir brauchen Zeit«, sagte er. »Wir müssen uns erst wieder aneinander gewöhnen, meinst du nicht auch?«

Aber im Schlafzimmer, das mit den riesigen mythischen Vögeln auf der Tapete verblüffend unverändert wirkte, war es dann darum gegangen, sich angesichts des kleinen Doppelbetts auszuziehen. Hatte sie einen seiner Schlafanzüge behalten? Ja; die meisten hatte sie Neville gegeben, aber einer war noch da. Die Sachen, die er anhatte – eine Baumwollhose, ein Seemannspullover, der Miches Vater gehört hatte, ein fadenscheiniges Hemd, das sie für seine Rückreise gewaschen und geflickt und gebügelt hatte –, waren nun überflüssig. Er zog sich aus, während Zoë ins Bad ging, und er drückte sich das Hemd ans Gesicht, um den scharfen, pfeffrigen Geruch einzuatmen, der immer in der großen Küche gehangen hatte, wenn Miche bügelte ... Er rieb sich die Augen mit dem Hemd und legte es dann auf den Stuhl, den er immer für seine Sachen benutzt hatte.

Als Zoë zurückkam, hatte sie sich umgezogen. Sie trug den uralten pfirsichfarbenen Kimono, den der Brig ihr vor Jahren geschenkt hatte, kurz nach ihrer Hochzeit. Sie legte ihre Sachen beinahe verstohlen auf den anderen Stuhl und ging zum Frisiertisch, um ihr Haar zu lösen. Früher war das einmal der Beginn eines langen abendlichen Rituals gewesen, in dessen Verlauf sie ihr Gesicht mit Lotion säuberte, Creme auflegte, sich drei Minuten lang das Haar bürstete, sich die Hände mit einer Spezialcreme einrieb, die sie beim Drogisten extra herstellen ließ, ihren Schmuck abnahm – das hatte Ewigkeiten dauern können. Er ging ins Bad.

Das hatte sich ebenfalls nicht verändert. Dieselbe grüne Wandfarbe, dieselbe Wanne mit den Klauenfüßen und dem grellgrünen Fleck von den tropfenden Hähnen und auf der Fensterbank die mit Zahnpasta verkrusteten Becher und verdrehten Tuben von Philips Dental Magnesia. Es gab einen neuen Handtuchständer mit feuchten Badehandtüchern darauf. Aus alter Gewohnheit öffnete er das Fenster, das nun nicht mehr verdunkelt war. Die frische, weiche Luft belebte ihn. Nicht in Zoës Nähe, selbst wenn es nur für ein paar Minuten war, konnte er über sie nachdenken, und er erkannte, daß er in ihrer Gegenwart von Schuld umschlossen und nicht in der Lage war, etwas anderes wahrzunehmen als seine eigenen Reaktionen. Sie war schüchtern, ihrer selbst ebensowenig sicher wie seiner. Man sollte eigentlich annehmen, dachte er müde – jeder, der nicht selbst in dieser Situation steckte, hätte das angenommen –, daß unser Zusammentreffen nach der langen erzwungenen Trennung ein klassisches glückliches Ende ist, bei dem es nichts weiter gibt als Entzücken und Erleichterung. Er erinnerte sich an die alte Geschichte, die die anderen Offiziere auf dem Zerstörer immer zitiert hatten. Ein Matrose hatte nach Hause geschrieben: »Ich hoffe, daß du viel an die frische Luft kommst, denn wenn ich erst zurück bin, wirst du lange Zeit nichts anderes sehen als die Schlafzimmerdecke.« Er schloß das Fenster. Ich habe sie geliebt, dachte er. Sie ist schön, und das hat sich nicht geändert, sie ist die Mutter meiner Tochter, und sie hat fünf Jahre lang darauf gewartet, daß ich zurückkomme. Irgendwie muß ich es versuchen. Aber noch als er diesen letzten Entschluß traf, erinnerte er sich, daß auch dies nichts Neues war: So hatte er in den Jahren seiner Ehe oft gedacht, er hatte es nur niemals ausgesprochen, nicht einmal vor sich selbst.

Als er wieder ins Schlafzimmer kam, lag sie im Bett, auf ihrer Seite und von ihm abgewandt. Sie schien zu schlafen, und er war dankbar für diese kleine Täuschung; er küßte ihre kalte Wange und schaltete das Licht aus …

Er war das Gehen nicht mehr gewöhnt – schon gar nicht auf Pflaster. Seine Füße schmerzten; er war auch nicht an englisches Leder gewöhnt, er hatte so lange Segeltuchschuhe getragen. Er beschloß, die Jermyn Street entlangzugehen, weiter nach St. James' und dann in den Park, wo er sich auf eine Bank setzen konnte.

Clary. Als Archie gesagt hatte: »Sie hat es verdammt noch mal verdient«, war ihm plötzlich eingefallen, wie Clary in ihrem Bett auf dem Bauch gelegen und sich die Seele aus dem Leib geweint hatte, weil er mit Zoë nach Frankreich in Urlaub gefahren war. Er hatte sich aufs Bett gesetzt und versucht, sie zu trösten – es war doch nur für zwei Wochen. »*Zwei Wochen*! So fühlt es sich aber gar nicht an. Du *sagst* das nur, um es für mich erträglich zu machen.« Er hatte sie herumgedreht, so daß sie ihn ansehen mußte. Wie oft hatte er dieses sommersprossige Gesicht tränenüberströmt gesehen, und schmutzig, weil sie immer versuchte, sich die Tränen abzuwischen. Wie oft hatte er gesehen, wie sich ihr Blick vor Trotz und Schmerz verfinsterte. »Woher soll ich denn wissen, daß du *überhaupt* zurückkommst?« hatte sie damals gesagt. Als er zurückgekommen war, war sie schüchtern gewesen, hatte geschmollt und nicht reagiert, bis er dann irgendwie doch zu ihr durchgedrungen war und sie zum Lachen gebracht hatte. Da hatte sie ihn umarmt und gesagt: »Tut mir leid, daß ich mich so an dich geklemmt habe.« Und ein paar Tage später hatte sie ihn gerügt: »Dad! Du hättest mir sagen sollen, daß es nicht ›geklemmt‹, sondern ›geklammert‹ heißt. Manchmal bist du wirklich gemein.« Sie war auf Neville eifersüchtig gewesen und ebenso auf Zoë. Er fragte sich, ob sie jetzt auf Juliet eifersüchtig war. Er hatte sie immer beschützen wollen; von den drei Mädchen war immer sie es gewesen, deren Knie aufgeschürft waren, deren Haar wirr ins Gesicht hing, die unweigerlich Flecken auf ein neues Kleid machte oder ein altes zerriß, deren abgebissene Fingernägel stets schwarze Ränder hatten, die immer alberne Lücken zwischen den Milchzähnen hatte oder schwere Drahtklammern, die die neuen hielten. Sie hatte nie auch nur eine Spur von Louises dramatischem Flair gehabt, ebensowenig wie von Pollys Eleganz. Er wußte auch, daß Ellen, die in jeder anderen Hinsicht eine solche Stütze für ihn gewesen war, Neville vorgezogen und Clary immer schwierig gefunden hatte, und auch wenn sie ihren Pflichten als Kinderfrau zuverlässig und taktvoll nachgekommen war, hatte sie Clary doch wenig Zuneigung entgegengebracht; seine Tochter hatte nur ihn gehabt. Deshalb hatte er, als er in diesem Graben lag, mit schmerzendem Fußgelenk und ohne jede Hoffnung auf eine Flucht mit Pipette, den kurzen Brief an Zoë geschrieben und eine andere kleine Botschaft für sie, als einzigen Trost, den er ihr geben konnte. Aber damals war sie noch ein Kind gewesen, und Kinder kamen über Dinge hinweg – immerhin hatte sie ihre Mutter nie wieder erwähnt, nachdem Isobel gestorben war. Vielleicht, dachte er, würde er ihr wie ein Fremder vorkommen… Er war entmutigt. Wie leicht fiel es ihm denn selbst, über etwas hinwegzukommen? Seltsamerweise erhoffte man immer nur von anderen, daß sie über etwas hinwegkamen. Wie lange würde er brauchen, um über Miche hinwegzukommen? Er hatte geglaubt, der Entschluß, sie zu verlassen, sei der schwierigste Teil; jetzt wurde ihm klar, daß er erwartet hatte, für diese Entscheidung belohnt zu werden, indem sich zeigte, daß sie in der Praxis weniger schmerzlich war als zu dem Zeitpunkt, da er sie vorweggenommen hatte. Noch auf dem Schiff hatte er das gedacht. Er hatte geglaubt, daß es ihm, wenn er erst einmal zu Hause war, irgendwie gelingen würde, wieder in sein altes Leben hineinzurutschen, bestärkt dadurch, daß er die richtige Entscheidung getroffen hatte. Aber das war nicht so: Es war nicht nur in Zusammenhängen schwierig, die er sich nie ausgemalt hatte – zum Beispiel mit einer Person in einem Doppelbett zu liegen, die ihm wie eine vertraute Fremde vorkam –, sondern die Stunden mit Zoë hatten auch seine Sehnsucht nach Miche nur noch quälender werden lassen. Auch die Moral hatte Zwickmühlen entwickelt: Er konnte gegenüber keiner der beiden handeln oder auch nur etwas empfinden, ohne der anderen irgendwie Unrecht zu tun – zumindest schien es ihm nun so. Und nun, da er auf einmal aus der Marine ausgemustert war, würde man von ihm erwarten, daß er in das Familienunternehmen zurückkehrte, und seine lange Abwesenheit hatte ihm mehr als deutlich gemacht, daß er einfach nicht das Herz dafür hatte. Aber wie konnte er erwarten, daß Zoë sich mit neuerlicher Armut abfand, wenn er wieder irgendwo unterrichtete und versuchte, seine Bilder zu verkaufen? Wahrscheinlich mußte er auch den Wunsch, Maler zu werden, überwinden, aber Dinge zu überwinden, erschien ihm jetzt als eine ziemlich erbärmliche, unschlüssige Art, mit ihnen umzugehen.

Als er mit Archie im Bus zu dessen Wohnung zurückfuhr, rang er sich zu dem Geständnis durch, daß er wegen der Begegnung mit Clary ziemlich nervös sei. »Glaubst du nicht, es wäre besser, wenn wir den Abend zu dritt verbrächten? Ich meine, es hört sich so an, als würde sie dich viel besser kennen.«

»Ich finde, das sollten wir ihr überlassen.« Archie schwieg einen Augenblick, dann fragte er: »Wie war es denn, nach Hause zu kommen?«

»Na ja, du weißt schon – sehr *merkwürdig*. Irgendwie nicht, wie ich es mir vorgestellt hatte.« Er überlegte einen Augenblick, dann sagte er. »Es ist verblüffend, zu einer ganz neuen fünfjährigen Tochter nach Hause zu kommen.«

»Jede Wette.« Wieder schwiegen sie, und ihm fiel auf, daß Archie Zoë nicht erwähnt hatte.

»Ich wußte nicht, was ich ihr schenken sollte. Am Ende habe ich einen Füller gekauft. Was meinst du, wird das gut ankommen?«

»Sicher. Sie mag solche Sachen.«

»Schreibt sie noch?«

»Sie ist ein bißchen zurückhaltend, was das angeht – aber ich nehme es an. Während des Krieges hat sie für dich Tagebuch geführt. Damit du es lesen kannst, wenn du zurückkommst. Sie hat immer daran geglaubt, daß du zurückkommen würdest.«

Als Archie den Schlüssel in die Haustür eines großen, ziemlich finsteren Backsteingebäudes steckte, sagte er: »Vielleicht solltest du lieber warten, bis sie dir von dem Tagebuch erzählt.« Archies Wohnung war klein, aber sie hatte einen Balkon, der auf einen Garten hinausging, in dem gerade Flieder und Goldregen blühten.

»Wann kommt sie?«

»Direkt nach der Arbeit. Zwischen halb sieben und sieben. Magst du einen Whisky?«

»Nein danke.«

»Gin? Ich glaube, ich habe noch welchen. O nein – das ist Wodka. Wodka ist dank unserer russischen Alliierten ziemlich in Mode gekommen. Du kannst Wodka mit Eis haben, Wodka mit Tonic oder einfach nur Wodka. Dazu rate ich allerdings nicht – er hat einen leicht öligen Geschmack, wenn er auch nur ein bißchen warm ist.«

»Wodka und Eis, das ist genau das Richtige.« In Wahrheit war er nicht dieser Ansicht, aber er war müde und hoffte, daß der Alkohol ihn wieder beleben würde.

Archie schien zu spüren, wie nervös er war, denn er begann, über die anstehenden Wahlen zu sprechen, über das Ende der Koalition und die Wiederkehr der Parteipolitik mit allen Mitteln. »Sie brüllen einander im Parlament derart an, daß sie ihr eigenes Wort nicht mehr verstehen«, meinte er. »Ich fände es besser, wenn sie damit warten würden, bis wir Japan erledigt haben.«

»Möchtest du über Frankreich reden?« fragte er ein paar

Minuten später, als klar war, daß er mit politischen Themen nicht weiterkam.

»Im Augenblick nicht.« Wahrscheinlich nie, dachte er, und dann fragte er sich, ob er es je über sich bringen würde, auch nur das zu sagen – selbst zu Archie.

Archie meinte: »Wenn es klingelt, gehe ich runter. Es wird ein gewaltiger Schock für sie sein. Ich würde sie gern vorwarnen.«

»Das klingt, als wäre ich eine Katastrophe.«

»Nein. Aber es gibt alle Arten von Schocks.«

Als es – endlich – klingelte, zuckten sie beide zusammen, und Rupert wurde klar, daß auch Archie nervös war. Er stellte sein Glas ab und hinkte schnell zur Tür, wo er noch einmal stehen blieb.

»Äh. Eins noch. Sie hat sich wirklich Sorgen um dich gemacht. Sie – na ja.« Er zuckte die Achseln. Seine ungleichmäßigen Schritte auf der Treppe verklangen, und dann war es still. Rupert stand auf und ging zum Balkon, der weiter von der Tür entfernt war. Er hörte Stimmen, Archies und ihre, und dann sagte Archie: »Eine kleine Überraschung für dich«, und sie: »Archie? Schon wieder eine? Ich fange erst gar nicht an zu raten, weil du mir letztes Mal tatsächlich etwas geschenkt hast, das ich früher mal geraten hatte – wenn du verstehst, was ich ...«

Dann war sie im Zimmer – erstarrte bei seinem Anblick –, und dann, wie von einer Feder angetrieben, in seinen Armen.

»Ich weine nur, weil ich mich so freue«, sagte sie Augenblicke später. »Ich weine dauernd über irgendwas.«

»Das war schon immer so.«

»Ja?« Sie stand vor ihm, beinahe so groß wie er, und strich ihm mit fahrigen Bewegungen über die Schultern. In ihre Augen zu sehen war, als blickte man in die Sonne. »Wäre es nicht schrecklich«, sagte sie, und er merkte, wie sie sich an der Vorstellung weidete, »wenn du gar nicht wirklich wärst? Wenn ich mir das alles nur eingebildet hätte?«

»Schrecklich. Liebste Clary, du hast mir so gefehlt.«

»Ich weiß. Ich habe deinen Brief bekommen, daß du jeden Tag an mich gedacht hast. Das hat mir so geholfen. O Dad! Du bist *da*! Können wir uns vielleicht setzen? Ich glaube, ich falle gleich um.«

Archie, der ihr ein Glas auf den Tisch beim Sofa gestellt hatte, war verschwunden.

»Er badet vielleicht. Er bleibt immer stundenlang drin und macht Kreuzworträtsel«, sagte sie.

Sie setzten sich aufs Sofa.

»Laß dich ansehen«, sagte er. »Du bist so sehr gewachsen.«

»Na ja, größenmäßig«, meinte sie. »Aber nicht … in anderer Hinsicht. Nicht wie die anderen. Louise ist so was wie eine Schönheit – das ist allgemein anerkannt –, und Poll ist so hübsch und elegant. Sie sind beide ziemlich exotisch, aber ich bin einfach eine größere Raupe geworden – oder eine Motte, wenn man mich mit solchen Schmetterlingen wie den beiden vergleicht.«

Er sah sie an. Ihr Gesicht war schmaler, aber immer noch rundlich und jetzt vor Aufregung gerötet und voller Tränenspuren. Ihre Wimpern waren feucht, und die Offenheit ihres liebevollen Blicks traf ihn mit beinahe schmerzhafter Kraft.

»Das ist der schönste Tag meines Lebens«, sagte sie.

»Du hast Augen wie deine Mutter.«

»Das hast du mir nie gesagt.« Sie begann zu lächeln, aber ihr Mund zitterte.

»Und du hast keine Sommersprossen mehr, sehe ich.«

»Dad, du weißt doch, daß sie immer erst im Sommer richtig rauskommen.«

Er drückte ihre Hand. »Ich freue mich jetzt schon darauf.«

Während des restlichen Abends – sie konnten Archie überreden, bei ihnen zu bleiben –, sah er immer wieder, wie erwachsen sie geworden war und wie ungeheuer er ihr gefehlt hatte; letzteres wurde ihm in vielem deutlich, was sie fragte oder sagte. Bei Pipettes Besuch in Home Place war ihr klargeworden, daß viele ihrer Phantasien über ihn zugetroffen hatten. »Es waren nicht genau dieselben Abenteuer«, sagte sie, »aber von derselben Art.«

»Und nach der Landung der Alliierten in Frankreich«, meinte sie später, »dachte ich, du könntest jeden Augenblick hier auftauchen. Das war vermutlich ziemlich dumm von mir.« Aber sie spürte sofort, daß sie sich auf gefährlichem Boden befand: Sie hatte ihn schon früher gefragt, wieso er nicht eher gekommen sei und was geschehen sei, und als er erklärt hatte, das sei eine zu lange Geschichte, um sie an diesem Abend zu erzählen, hatte sie sofort das Thema gewechselt; die alte – oder, genauer gesagt, die jüngere – Clary hätte ein gnadenloses Kreuzverhör begonnen, aber an diesem ersten Abend schien sie zu spüren, daß er nicht darüber sprechen wollte.

Was für ein Kontrast, dachte er jetzt, als er wieder im Zug nach London saß, zum Verhalten der Admiralität und der anderen in der Familie. Selbstverständlich hatte die Admiralität ein Recht darauf gehabt: Ihm wurde mit einiger Verspätung klar, daß er sich nach Ansicht seiner Vorgesetzten sehr unklug verhalten hatte, daß die vier Jahre der Isolation und intensiven Intimität sein Gefühl für die Wirklichkeit oder für Werte beeinträchtigt hatten. Andere Dinge waren unmerklich wichtiger geworden: Der Drang, seine eigene Haut zu retten, war einer unaufhörlichen Sorge um Miche gewichen – wenn man herausfand, daß sie ihm Zuflucht gewährte, würde man sie erschießen. Sie hatten diverse Verstecke gesucht, und immer hatte er alles, was sich auf dem Hof tat, genau registriert – ein Motorrad oder andere Motorengeräusche hatte er sogar noch vor Miche gehört. Denn die Deutschen tauchten tatsächlich von Zeit zu Zeit auf, in unregelmäßigen Abständen, um Essen von ihnen und den anderen Bauern zu beschlagnahmen. Sie nahmen Hühner, Eier, Obst, Butter, wenn es welche gab, und einmal hatte Miche hinterher vor Zorn geweint, weil sie eines ihrer drei Schweine mitgenommen hatten. Manchmal wurden diese Dinge peinlich genau bezahlt, manchmal nicht. Aber abgesehen von der Hauptbeschäftigung, am Leben zu bleiben, hatte es damals für ihn noch zwei Elemente gegeben, die zunächst aus dem Mangel an Alternativen entstanden waren und die ihn immer mehr in ihren Bann geschlagen hatten. Er hatte zu zeichnen begonnen, weil er nichts Besseres oder, genauer gesagt, gar nichts zu tun hatte. Sie hatte einen Block mit dünnem, liniertem Papier gehabt, auf dem sie hin und wieder Briefe an Verwandte schrieb – an ihre Schwester in Rouen oder eine Tante, die in einem Kloster in Bayeux lebte. Selbst auf der Rückseite schimmerten die Linien noch durch, aber er gewöhnte sich daran. Er hatte mit Teilen der Küche begonnen, die sehr groß war und in der sich außer dem Schlafen alles abspielte. Hier kochte und wusch Michèle, hier bügelte sie und flickte und packte Eier und Hühner und Kaninchen – letztere lebendig – ein, um sie alle vierzehn Tage auf dem Markt zu verkaufen. Sie kochte Obst und Gemüse ein, sie trocknete Kräuter; alles, was sie anbaute oder züchtete, wurde verarbeitet, damit sie es auf ihrem Fahrrad mit dem kleinen Anhänger transportieren konnte. Hier saß er oft tatenlos herum, bis sie sich eine Beschäftigung für ihn einfallen ließ, aber er mußte immer darauf gefaßt sein, schnell fliehen und sich verstecken zu müssen. Die ersten Zeichnungen waren einfach nur Ablenkung gewesen, aber bald hatte er begonnen, die Arbeit ernster zu nehmen, und war kritischer geworden: Er erkannte, daß er aus der Übung war, und nach einiger Zeit war ihm aufgefallen, daß Jahre vergangen waren, seit er gezeichnet hatte, ohne sich dabei vage schuldig und egoistisch zu fühlen (Zoë hatte es nie leiden können, wenn er seine Freizeit damit verbrachte). Jetzt hatte er Zeit zum Üben, soviel er wollte. Und Michèle strengte sich, nachdem sie gemerkt hatte, daß es für ihn mehr als nur Zeitvertreib war, sehr an, ihm Material zu besorgen – vor allem Papier, ein paar Bleistifte und einmal sogar Kohle. Sie kaufte die Sachen für gewöhnlich an Markttagen; es gab nicht viel, nur das Nötigste für die Schulkinder des Dorfs, aber einmal kam sie sogar mit einer kleinen Schachtel Wasserfarben zurück.

Seine zweite Beschäftigung war schließlich Michèle selbst gewesen. Nach vier Monaten auf dem Hof hatte er zum erstenmal mit ihr geschlafen, einfach nur aus Begierde und dem Bedürfnis nach Trost. Sie hatten einen schlechten Tag hinter sich gehabt. Am Morgen hatten sie die Ziege tot aufgefunden – eine Katastrophe, da es ein Zicklein gab, das nun mit der Flasche und kostbarer Kuhmilch aufgezogen werden mußte. Miche war schrecklich besorgt gewesen, weil sie sich nicht erklären konnte, wieso die Ziege gestorben war. Sie brachte das Zicklein in die Küche und band es in einer Ecke an, und als sie aus einem Lederflicken eine Zitze improvisierten, hörten sie plötzlich eine Autotür und Männerstimmen. Es war keine Zeit mehr, ihn in den geheimen Kellerraum zu bringen, weil sie dazu die Dielen hätten verschieben müssen, und er konnte auch nicht mehr in die Scheune fliehen. Sie hatte auf die Treppe gezeigt, und er war hinaufgeeilt, als es bereits an der Tür klopfte. Er hatte nicht gewagt, die zweite Treppe – eine einfache Leiter – in den Speicher hinaufzuklettern, denn das hätte Lärm machen können. Ihre Schlafzimmertür hatte offengestanden, aber das große Bett war zu hoch und das Bettzeug nicht üppig genug, um jemanden zu verbergen. Er konnte nichts weiter tun als hinter der offenen Tür stehen und hoffen, daß bei einer Durchsuchung niemand dort nachsehen würde. Die ganze Sache hatte etwas von einer Farce an sich gehabt, aber dann hatte er schließlich gehört, wie sie wieder gingen. Selbst danach hatte er noch – wie Michèle es ihm beigebracht hatte – gewartet, bis sie ihn rief.

Sie stand in der offenen Küchentür und beobachtete, wie sich der Staub auf dem Weg zur Straße wieder legte. Sie ging zum Spülbecken und spuckte die Knoblauchzehe aus, die sie schnell gekaut hatte, als die Deutschen kamen. »Das mögen sie nicht«, hatte sie ihm erklärt, als die Deutschen sie zum erstenmal überraschend heimgesucht hatten. Es waren drei gewesen, ein Offizier, sein Fahrer und ein anderer, den sie für einen SS-Mann hielt – der einzige, der Französisch sprach. Sie hatten die üblichen Fragen gestellt: Wer wohnte noch auf dem Hof? Wie schaffte sie es, alles allein zu bewirtschaften? Was baute sie an? Und so weiter. Es hatte nur deshalb so lange gedauert, weil sie sich Deutschen gegenüber immer dumm stellte. Erst verstand sie nicht, was sie sagten, und dann gab sie dumme Antworten. Schließlich wandte sie sich ihm zu und erklärte, es sei seine Sache, zu horchen, ob Leute kämen – sie habe genug anderes zu tun. Dummerweise sagte er so etwas wie, der Automotor sei diesmal leiser gewesen, und da ging sie regelrecht auf ihn los. Wie leise sie auch sind, sie würden uns töten, sagte sie, so dumm könne er doch wohl nicht sein, daß er das nicht verstehe. Deutsche in Autos seien gefährlich – Offiziere, Leute, die Befehle gäben. Wenn er sich nicht einmal die Mühe mache zu horchen, könne er gleich die ganze Zeit im Keller bleiben, wo er vollkommen nutzlos sein und ihr nur Ärger machen würde. Den Rest des Tages hatte sie kein Wort mehr mit ihm gesprochen und ihn auch nicht angesehen, dafür aber mit Töpfen und Pfannen eine Menge Lärm gemacht, ihm einen Teller Suppe vorgesetzt, aber selbst nichts gegessen und dem Zicklein Dinge zugemurmelt, von denen er glaubte, daß sie für ihn bestimmt waren. Das war der bis dahin schlimmste Tag gewesen, seit dem Morgen, an dem er entdeckt hatte, daß der Zerstörer ohne ihn abgefahren war. Als sie ihn am Abend aus seinem Zimmer nach unten rief, standen eine Flasche Calvados und zwei Gläser auf dem Tisch. Sie hatte sich gewaschen und das Haar ordentlich hochgesteckt (sie hatte es sich zerzaust, als die Deutschen kamen, damit sie ungepflegt aussah). Sie fragte, ob er etwas trinken wolle, und er sagte ja, sehr gern. Als sie ihnen eingegossen und ihm die Packung Gauloises zugeschoben hatte, erklärte er, er habe nachgedacht und sei zu dem Schluß gekommen, daß er nicht bleiben dürfe. Wo wollte er hin? Er meinte, er sollte versuchen, in Concarneau auf ein Schiff zu kommen. Das würde er nicht schaffen; man hatte entdeckt, daß jemand das Land auf diese Weise verlassen hatte, und jetzt wurden alle Boote von den Deutschen überprüft. Er würde keins bekommen. Schweigen. Dann sagte er, Boot oder nicht, er sollte lieber gehen. Warum? Weil es ihr gegenüber einfach ungerecht sei. Wäre er nicht hier, wäre sie vollkommen in Sicherheit und müßte nicht ständig Angst haben. Das könne man von niemandem verlangen, schon gar nicht von einer – er erinnerte sich, an dieser Stelle sehr unsicher geworden zu sein – ganz und gar Fremden.

Sie hatte ihn auf eine Art angesehen, die er nicht zu deuten vermochte. Eine Fremde, hatte sie schließlich wiederholt. Sie haben hier vier Monate gewohnt – mit einer Fremden! Nein, so hatte er es nicht gemeint. Nur, daß er nicht das Recht hatte, ihre Sicherheit aufs Spiel zu setzen.

Das ignorierte sie; sie ging davon aus, daß es an seiner Nationalität lag, daß er sie als Fremde empfand. Die kalten Engländer, hatten die Leute immer gesagt, aber sie hatte vor ihm nie einen Engländer gekannt. Sie saßen einander gegenüber. Sie zog sich ihr schwarzes Tuch fester um und verschränkte die Arme. Nun, wenn er tatsächlich ginge, würde er nicht weit kommen. Sein Französisch sei nicht so gut, daß er als Franzose durchgehen werde, er habe keine Papiere, und außerdem sei bekannt, daß er etwas mit ihr zu tun habe – jedenfalls werde das sehr bald der Fall sein, wenn sie ihn erst einmal erwischten. Das verstand er nicht, und als er nachfragte, erklärte sie, daß zwar niemand davon sprach, daß aber einige etwas vermuteten. Außerdem gab es eine Akte über sie, seitdem Jean-Paul umgekommen war. Die Deutschen hatten hervorragende Akten über solche Dinge. Also gut, schloß sie. Also gut! Sie zuckte die Achseln und goß Calvados nach. Er fühlte sich herausgefordert, aber auch verwirrt und unangenehm machtlos. Ihm ging auf, daß er ihr zwar ausgesprochen dankbar war, sie aber nicht leiden konnte. Sie strahlte eine Bitterkeit, eine unterschwellige Ablehnung aus, die ihn abschreckte. Dieser verfluchte Knöchel, dachte er. Wäre das nicht passiert, wäre ich längst weit weg von hier und inzwischen vielleicht zu Hause. Und dann war etwas Seltsames geschehen, das er sich im nachhinein nicht erklären konnte. Eine Sekunde lang hatte er sich vollkommen in sie hineinversetzen können: Zumindest hatten sich seine eigenen Gefühle, Reaktionen, Bedürfnisse und Sorgen aufgelöst und waren von den ihren ersetzt worden. Sie war allein, hatte ihre Eltern bis zu deren Tod gepflegt, ihr Mann war ihr brutal entrissen worden und mit ihm ihre gesamte Zukunft, jeglicher Gedanke an Ehe und Kinder war unmöglich nach diesem Mord unter einem Regime, in dem die Gerechtigkeit keine Macht hatte. Sie mußte auf diesem abgelegenen Hof für zwei arbeiten. Einsame Frauen wurden vom Feind vergewaltigt, das wußte jeder. Jedesmal, wenn sie kamen, war die Möglichkeit – die Wahrscheinlichkeit – gegeben. Auch an diesem Tag hatte sie diese Angst durchgemacht. Sie hatte Pipette außer Landes geholfen, sie hatte ihn, Rupert, versteckt: Das hatte ihr selbst nicht den geringsten Vorteil gebracht. Ihre heftige Forderung, daß es seine Sache sei, zu horchen, ob sich Fahrzeuge näherten, war vollkommen gerechtfertigt. Er war nachlässig geworden, und dann zu erklären, er müsse gehen, und sie als vollkommen fremd zu bezeichnen war kalt und beleidigend.

»Es tut mir leid, daß ich Sie eine Fremde genannt habe. Es tut mir leid, daß mein Französisch so schlecht ist. Es tut mir leid, daß ich gehen wollte, ohne die Folgen für Sie zu bedenken ...«

Er hatte ihre Hand genommen, und nun legte sie sie ihm auf den Mund. »Das reicht. Sie haben genug geredet!« sagte sie. Sie lächelte – er konnte sich nicht erinnern, sie je lächeln gesehen zu haben, und in ihren dunklen Augen stand ein Ausdruck, der zynisch und zärtlich zugleich war. Sie waren beide andere Menschen geworden.

An diesem Abend waren sie nach dem Essen – einem Eintopf aus Kaninchen, Äpfeln und Zwiebeln – und nachdem sie die Türen verriegelt und das Zicklein gefüttert hatten, nach oben gegangen, und als sie vor der Tür zu ihrem Zimmer standen, hatte sie seine Hand genommen und ihn mit sich gezogen. Er hatte die Arme um sie gelegt und ihren kleinen roten Mund geküßt. »Viel Knoblauch«, hatte sie gesagt, und er hatte erwidert, er sei schließlich keiner von diesen verfluchten Deutschen, nur ein kalter Engländer. Wieder hatte sie gelächelt. »Ich werde dich wärmen«, hatte sie gesagt.

Monatelang hatte er sie in diesem weiten schwarzen Rock gesehen – oft mit einer Schürze darüber –, dazu ein Seemannspullover, dicke Baumwollblusen, ein Tuch. Nackt war sie atemberaubend. Hoch angesetzte Brüste, eine unerwartet schlanke Taille und darunter die großzügige Wölbung ihrer Hüften, Beine und Arme waren muskulös, Hand- und Fußgelenke zierlich – diese Enthüllung war ein wunderbarer Schock.

Noch jetzt, in diesem staubigen Zug, spürte er, wie sein Körper auf die Erinnerung an diesen ersten Anblick reagierte.

Nach der ersten Nacht waren sie nicht länger *Monsieur* und *Madame* gewesen, hatten einander nicht mehr *vous* angesprochen, aber es hatte noch Monate gedauert, bis sie erfaßten, was mit ihnen geschah.

Er mußte aufhören – jenseits dieser Grenze lag der Schmerz, das Wissen, daß es keine Zukunft mit ihr geben konnte, daß diese besondere Isolation mit ihr eines Tages ein Ende haben würde, und je näher sie einander kamen, desto vollständiger würden sie sich trennen müssen. Zunächst, zu Beginn der Trennung, auf dem Schiff und in den ersten schwierigen Tagen danach, hatte er geglaubt, alle Gedanken an sie verbannen zu müssen; inzwischen wußte er, wie schwer das auch nur ein paar Stunden durchzuhalten war. Und es wurde nicht leichter durch seine Beziehung zu Zoë, die bisher nichts war als die nervöse Höflichkeit zweier Menschen, die zusammen in einem Fahrstuhl festsaßen – eine Art mißtrauischen Zwischenzustands, den keiner von ihnen zu beenden vermochte.

Vielleicht, dachte er nun, ginge es ihm besser, wenn er mit jemandem darüber reden könnte: Es würde ihm einiges klarer werden, und er würde vielleicht besser mit der Situation umgehen können. Und selbstverständlich war Archie der Richtige für ein solches Gespräch.

Die Mädchen

August 1945

»Ich wünschte wirklich, wir hätten ihn nicht gefragt. Er wird uns alles wegfressen und bestimmt ins Kino gehen wollen. Und wahrscheinlich kann er nicht mal gut anstreichen.«

»Er kann die einfachen Stellen übernehmen.«

»Er hat mich doch tatsächlich gefragt, ob wir ihn für die Arbeit bezahlen würden. Mein eigener Bruder!«

»Clary, er hat bestimmt nur einen Witz gemacht. Sind die Würstchen fertig?«

»Müßten sie eigentlich. Sie braten schon seit einer Ewigkeit.«

»Wenn du mit den Kartoffeln weitermachst, probiere ich sie mal.« Ihr taten die Arme weh, und die Kartoffeln waren immer noch klumpig.

»Poll, ich denke, für Kartoffelbrei braucht man auch Butter und Milch.«

»Das geht nicht. Die Butter ist alle, und die Margarine brauchen wir für morgen, für Brote. Und es ist nur noch ein halber Liter Milch da. Wir dürfen kein Müsli mehr zum Frühstück essen.«

»Statt dessen gibt es dann schwarzen Toast und gelbe Margarine?«

»Er muß nicht schwarz werden, wenn man die ganze Zeit aufpaßt.«

»Ich habe den Eindruck«, sagte Clary, als sie die Würstchen und den klumpigen Kartoffelbrei verteilte und sie sich an den Küchentisch setzten, »daß Kochen nur funktioniert, wenn man sich vollkommen darauf konzentriert und nichts anderes tut. Wie Mrs. Cripps.«

»Ich nehme an, es wird im Lauf der Zeit besser werden. Und es wird mehr Lebensmittel geben, mit denen sich gut kochen läßt.«

»Noch lange nicht. Tausende von Deutschen hungern.«

»Noël sagt, daß Unmengen Lebensmittel, die eigentlich an uns gehen sollten, zu ihnen geschickt werden, deshalb wird es mit der Rationierung noch schlimmer werden. Er sagt, demnächst wird auch noch Brot rationiert.«

»Oje.« Die Prophezeiungen von Noël, Clarys Chef, die Clary wie das Evangelium weitergab, waren unweigerlich finsterer Natur. »Immerhin haben wir unser eigenes Haus.«

»Ja. Meinst du, es wird nicht mehr so seltsam riechen, wenn wir damit fertig sind?«

»Wir werden den Geruch schon wegkriegen. Das Haus wird wunderbar sein, wenn wir erst mal fertig sind.«

Das »Haus« waren genaugenommen sechs Zimmer, zwei pro Stockwerk, in einem kleinen Haus aus dem achtzehnten Jahrhundert in der Nähe der Baker Street. Im Erdgeschoß befand sich ein Lebensmittelgeschäft, und im Tiefparterre rupften die Green Brothers, denen das Geschäft gehörte, das Geflügel und nahmen es aus. Die Federn schwebten bis zum ersten Stock herauf, und mit ihnen kam ein brenzliger Geruch, der der allgemein modrigen Atmosphäre des Hauses eine weitere Dimension hinzufügte. Es war in einem schrecklichen Zustand gewesen, als sie es übernommen hatten; der Gips war von den Wänden gebröckelt, die Farbe von den Fensterrahmen geplatzt. Jemand hatte mit Bleistift wilde Botschaften an Wände und Türen geschrieben: »Die Bude verschimmelt«, hieß es da und »Hoffnungsloses Dreckloch«, »Muffig und dreckig«, und so weiter. Das alles traf zu, aber sechs Zimmer für hundertfünfzig Pfund im Jahr waren billig und das Äußerste, was sie sich leisten konnten. Die Familie unterstützte sie ein wenig. Pollys Vater hatte ihnen Sisalteppiche für die drei Treppen gegeben, und die Duchy hatte eine große Menge alten Teppichbodens aus dem Haus an der Chester Terrace gestiftet, der für ihre Zimmer zugeschnitten werden sollte. Clary hatte den ersten Stock für sich, Polly den zweiten, und ganz oben befanden sich die Küche und das Eßzimmer. In einer Art Passage, die hinten ans Haus angebaut war, war eine Toilette, in der sich mit einiger Mühe ein sehr kleines Bad hatte installieren lassen. In der Küche hatten sie noch ein Waschbecken hinzugefügt. Sie hatten die meisten Wände neu verputzen lassen, nun blieben noch die Anstreicharbeiten. Polly, die für einen kleinen, aber anspruchsvollen Inneneinrichtungsbetrieb arbeitete, war der Ansicht, sie müßten unbedingt Tapeten haben, und hatte versprochen, sie könnten beim Einkauf einen kleinen Preisnachlaß bekommen. Clary, die ihrem eigenen Geschmack nicht traute, überließ solche Entscheidungen gern ihrer Cousine. Aber bevor sie tapezieren konnten, mußten sie streichen, und das würden sie selbst erledigen. Es war ein warmer Freitagabend im August, und sie saßen einander am Tisch gegenüber und hatten das verzogene Schiebefenster geöffnet, um die braune staubige Luft von der Straße hereinzulassen.

»Ist noch was zu essen da?«

»Apfelkompott. Ich habe sie geschält und klein geschnitten und sie mit ziemlich viel Wasser in den Topf getan, damit sie nicht anbrennen – wie letztes Mal.«

Polly räumte die Teller weg und löffelte das Kompott in ihre Müslischalen.

»Ist es in Ordnung?«

»Ganz gut. Ein bißchen sauer.« Clary erwähnte die harten Stellen nicht, die sie an Fingernägel erinnerten, aber Polly erklärte, es tue ihr leid, es sei unerwartet schwierig gewesen, die Kerne rauszuschneiden und dennoch ein wenig Äpfel übrigzubehalten. »Louise hatte einen Apfelentkerner in der Küche«, sagte sie. »Wir sollten uns vielleicht auch einen anschaffen.«

»Ich habe den Eindruck, wir werden beim Kochen immer schlechter.«

»Das glaube ich nicht. Es liegt nur daran, daß wir jetzt immer kochen *müssen.* Ich kann mir nicht vorstellen, daß wir je eine Köchin haben werden. Noël sagt, die gesamte Gesellschaft wird nie wieder werden, was sie einmal war.«

»Wie vor dem Krieg? Wenn ich an meine Arbeit denke, sieht es so aus, als würde *alles* wieder wie früher. Dauernd schicken sie mich in riesige Häuser, wo die Leute ihre Küchen ins Erdgeschoß verlegen, damit die Dienstboten nicht so weit laufen müssen.«

»Aber nur reiche Leute können es sich überhaupt leisten, Innenarchitekten zu beschäftigen. Tausende von Menschen werden wegen der Bomben in Fertighäuser ziehen müssen.«

»Na ja«, meinte Polly friedfertig, »vielleicht hat Noël ja recht. Vielleicht wird nur für meine Kunden alles bleiben, wie es war – für eine Minderheit, das gebe ich zu –, und für alle anderen wird es besser.«

»Er sagt nicht, daß irgendwas *besser* wird. An so etwas glaubt er nicht.«

Eine Pause entstand, während derer Polly, die Noëls Ansichten und Clarys Begeisterung für ihn ärgerlich fand, darüber nachdachte, wie sie sie ablenken konnte.

»Hören wir für heute mit dem Streichen auf, und suchen wir lieber die Tapeten aus. Ich habe ein paar wunderschöne Musterbücher von Cole's mitgebracht, das sind die besten.«

Zuerst spülten sie, aber alles, was sie in der Küche taten, war irgendwie deprimierend. Es gab keine Regale und keine Schränke; sie mußten beinahe alles auf dem Boden abstellen. Das Spülbecken hatte nicht einmal ein Ablaufbrett, und ihre beiden Abtrockentücher schienen immer feucht zu sein. Sie hatten eine Liste an die Wand genagelt, auf der sie notierten, was sie alles noch brauchten, und diese Liste war schon erschreckend lang. Die Küche war immer warm, weil das Fenster, wie alle Fenster des Hauses, nach Süden hinausging und weil der Boiler, ein Potterton, den sie gebraucht gekauft hatten, hier installiert war.

»Gehen wir in dein Zimmer«, schlug Clary vor. »Es ist mit Abstand das hübscheste.« Das lag nicht nur daran, daß Polly bereits alles gestrichen hatte, sondern hatte nach Clarys Ansicht auch damit zu tun, daß Polly einfach ein Talent dafür hatte, Räume gemütlich und bewohnt wirken zu lassen. Sie hatte eine Patchworkdecke aufs Bett gelegt, einen Farn auf den Kaminsims gestellt, Türen und Leisten weiß lackiert und braunes Packpapier auf den Boden genagelt, und es war alles so ordentlich und sauber, als wagten die Gerüche von Moder und angesengten Federn nicht, hier einzudringen. Eine Tür verband dieses Zimmer mit dem zweiten, kleineren. Auch hier war alles sauber und bereits gestrichen, und Pollys Kleider hingen ordentlich an einer Kleiderstange.

»Soll das dein Schlafzimmer werden?«

»Nein. Da werde ich nur meine Kleider und Arbeitssachen aufbewahren und sehen, ob ich vielleicht ein Waschbecken einbauen lassen kann. Dann werden hier nur der Diwan und die Sessel und so stehen. Was hast du vor?«

»Ich weiß nicht. Ich dachte, da ich nicht annähernd so ordentlich bin wie du, werde ich das kleine Zimmer als Schlafzimmer nutzen und den Schreibtisch und das andere Zeug im großen Zimmer aufstellen.« Und niemals, dachte sie, werde ich jemanden in mein Schlafzimmer lassen, weil es ein einziges Durcheinander ist.

»Das solltest du dir genau überlegen, bevor wir die Tapeten aussuchen.«

»Ich glaube nicht, daß es eine Rolle spielt, was ich aussuche.«

»Clary, sei doch nicht so bescheiden. Deine Wünsche *sind* wichtig.«

Sie setzten sich nebeneinander auf Pollys Bett, mit dem Rükken an die Wand gelehnt und die riesigen Tapetenbücher auf dem Schoß.

»Ich mag Rot«, sagte Polly nach einer Weile. »Aber ich möchte auf keinen Fall Leute auf Pferden oder Harfen oder so etwas überall auf der Wand.«

»Unsere Zimmer sind ohnehin nicht groß genug für solche Muster.«

Nach einer Weile wichen die Harfen Streifen unterschiedlichsten Ausmaßes, und Clary zeigte auf ein Muster mit schmalen, roten. »Das ist es! Genau wie in der Oper in Covent Garden. Alle Flure sind damit tapeziert.«

»Ich dachte, du magst keine Opern?«

»Nicht sonderlich – nun ja, ich weiß es nicht genau, aber Noël nimmt mich manchmal mit, damit ich meine Bildung vervollständige. Er sagt, die Oper sei nicht mehr das, was sie einmal war, aber ich möchte trotzdem die wichtigsten kennen. Ich muß fast immer weinen – sie sind so traurig.«

»Rot ist ein bißchen warm für ein Zimmer, das nach Süden rausgeht.«

»Du hast doch gesagt, ich soll mir selbst etwas aussuchen. Und ich möchte Rot.«

»Und Streifen werden auf diesen krummen Wänden schwierig sein.«

»Wieso sagst du erst, ich soll mir etwas aussuchen, wenn dir dann nichts recht ist?«

»Ich habe nur versucht, dir ein paar gute Ratschläge zu geben.«

»Entweder du sagst mir, was ich nehmen soll, oder ich suche selbst aus. Ich kann gute Ratschläge nicht ausstehen.«

Schließlich wählte sie die roten Streifen für das kleinere Zimmer und ließ sich von Polly zu einer hellgelben Tapete mit goldenen Sternen für das größere raten.

Aber, dachte sie später, als sie im Bett lag, ich werde immer von jemandem angeleitet. Sie überlegte weiter und wußte, daß sie die Formans meinte – vor allem Noël, aber auch Fenella, obwohl die längst nicht soviel Einfluß nahm. Das lag auch daran, daß die beiden so vollkommen anders waren als alles, was sie von anderen Leuten wußte, und wenn sie mit ihnen zusammen war, brauchte sie ständig Erklärungen. Fenella hatte ihr ziemlich viel über Noël erzählt. Er war ein Einzelkind, oder genauer gesagt, er war eins gewesen (seine Eltern waren tot, und als sie noch lebten, hatten sie sich überhaupt nicht für ihn interessiert). Er war in einem kleinen Haus in Barnet aufgewachsen, aber von seinem dritten Lebensjahr an hatte man von ihm erwartet, daß er allein zurechtkam. Er hatte mit vier gelernt, die *Times* zu lesen, und danach sämtliche Bücher im Haus verschlungen, hatte sich seine eigenen Mahlzeiten bereitet (wie um alles in der Welt hatte er das gemacht?), war auf eine Tagesschule nach Highgate gegangen, hatte dort aber nie Freunde gefunden, da seine Eltern nicht zuließen, daß er jemanden mit nach Hause brachte. Männer mochte er nicht sonderlich, sagte Fenella, nur Frauen; er liebte es, in Gesellschaft von Frauen zu sein. Er war, seit er acht gewesen war, allein ins Theater, ins Kino und in Konzerte gegangen (sie hatte sich gefragt, wie er an das Geld dafür gekommen war, aber sie hatte die Frage nie laut gestellt). Er war ohne jegliche Liebe oder Pflege aufgewachsen und war im elterlichen Haushalt wie ein nicht sonderlich wünschenswerter Erwachsener behandelt worden. Sein Vater war ein erfolgloser Architekt gewesen, der vor allem von einer kleinen Erbschaft lebte, deren Reste nach seinem Tod an Noël gefallen waren. Seine Mutter hatte immer wieder

Vorstöße in alle möglichen Vereine und Sekten gemacht, ins Oxford Movement, zu Gurdjieff und zu einem Inder mit einer japanischen Frau, der in einem Haus in Bayswater Ansprachen hielt, aber nichts davon war von Dauer gewesen, und dazwischen hatte sie auf dem Sofa gelegen, Romane gelesen und Kuchen gegessen. Dann war sie eines Tages gegangen – was für Noël bedeutete, einfach verschwunden. Sein Vater hatte ihm das beim Frühstück mitgeteilt und hinzugefügt, daß er nicht vorhabe, sich weiter über dieses Thema auszulassen. Ihr Verschwinden schien auf das einsame und abgeschiedene Leben von Mann und Sohn keine spürbaren Auswirkungen zu haben. Eine Frau, die ohnehin zweimal wöchentlich putzte, kaufte fortan für die beiden ein. Noël lebte von Schulmahlzeiten und Brot und Butter und an den Abenden von Lammkoteletts. Eine schreckliche Kindheit, sagte Fenella. Man konnte Noël nicht behandeln wie andere Menschen.

Clary mußte ihr zustimmen. Es hörte sich an, als wären seine Eltern Ungeheuer gewesen. Sie konnte sich nicht vorstellen, wie schrecklich es sein mußte, von einer Mutter verlassen zu werden, die noch lebte – ihre war immerhin bei Nevilles Geburt gestorben, was etwas ganz anderes war, und sie mochte überhaupt nicht daran denken, wie es wohl war, einen Vater zu haben, der sich nicht für einen interessierte. Sie konnte verstehen, wieso Noël Familienleben jeder Art verachtete, ja sogar die Institution der Ehe. Als sie Fenella fragte, wieso er sie dennoch geheiratet habe, wo er doch so dagegen sei, hatte sie erklärt, er sei Kriegsdienstverweigerer, und es sei nur darum gegangen, daß sie nicht einberufen wurde. »Ich habe die Zeitungen gelesen«, hatte er eines Morgens gesagt, »und ich glaube, ich sollte dich lieber heiraten.« Das schien Clary der faszinierendste Heiratsantrag, von dem sie je gehört hatte, und sie lauschte dem Bericht darüber in ehrfürchtigem Schweigen. Wie sie sich kennengelernt hätten, fragte sie schließlich. Er hatte nach einer Sekretärin für die Literaturagentur gesucht, und Fenella hatte vorgesprochen und war engagiert worden. Er hatte eine Wohnung am Bedford Square gemietet, wo er wohnte und arbeitete, und kurz darauf war Fenella bei ihm eingezogen. Man konnte sich kaum vorstellen, wie er einmal ohne sie ausgekommen war. Sie erledigte nicht nur all seine Schreibarbeiten, sie kochte, wusch seine Hemden, putzte (er mochte es nicht, wenn Fremde ins Haus kamen), sie begleitete ihn auch auf seinen langen Spaziergängen in London oder auf dem Land, sie las ihm jeden Abend bis weit nach Mitternacht vor, und dann bereitete sie seine letzte Mahlzeit des Tages zu – Joghurt, Brot und Butter und ein Glas heiße Milch –, die er für gewöhnlich im Bett einnahm, ebenso wie das Frühstück. Er frühstückte gern früh, hatte Fenella erzählt, und las die Zeitungen im Bett. Das bedeutete, wie Clary sehr wohl wußte, daß Fenella kaum Schlaf bekam, und tatsächlich hatte sie einmal zugegeben, daß sie bei den Gelegenheiten, wenn Noël mit Freundinnen ins Theater oder in die Oper ging, gern früh ins Bett ging und schlief, bis er wiederkam. Im Gegensatz zu Noël, der klein und drahtig dünn war und eine dicke Goldrandbrille trug, war Fenella groß, grobknochig und hatte eine matronenhafte Figur und große braune Augen – das Schönste an ihr –, die vor Intelligenz funkelten. Noël, so hatte sie Clary gesagt, war der faszinierendste und interessanteste Mann, dem sie je begegnet war. Wenn das schon für Fenella zutraf, die mindestens fünfunddreißig, vielleicht sogar älter war, wie offensichtlich war es dann erst für Clary selbst. Ihr Leben zerfiel zusehends in zwei deutlich voneinander getrennte Hälften: das Leben mit Noël und Fenella und das mit Polly und der Familie; und manchmal hatte sie das Gefühl, daß sie zu zwei unterschiedlichen Personen geworden war – der alten Clary, die mit ihrer besten Freundin und Cousine »zusammen wohnen« spielte, die die unglaubliche Freude der Rückkehr ihres Vaters aus Frankreich erlebt und sich nun schon so daran gewöhnt hatte, daß sie begann, sich Sorgen zu machen, weil er so verändert war und – das spürte sie deutlich – nicht sehr glücklich; und der neuen Clary, die in jeder Hinsicht eine gründliche und ernsthafte neue Erziehung erhielt. Jeder Tag mit den Formans eröffnete neue Ausblicke auf ihre eigene Unwissenheit. Informationen über die schönen Künste, das Paranormale, Verkehr, Geschichte, Krankheiten – Noël schien von jeder Berühmtheit, die man erwähnte, zu wissen, woran sie gestorben war –, über den Zustand der Fußwege, Kanäle, Eisenbahnen, den Preis für Gebäck im elisabethanischen England, darüber, wie Korallenbänke entstanden, über die letzten Worte einer erstaunlichen Menge berühmter Männer, die exzentrischen Vorlieben anderer – Nietzsche und Cremetörtchen, Savarin und Austern, ein Millionär auf der Isle of Man, der mit Schiffsmodellen auf einer Karte spielte und gleichzeitig eine echte Frachtschifflinie betrieb ... Er sprudelte scheinbar mühelos die außergewöhnlichsten und unglaublichsten (wobei Clary nie wagte, etwas davon in Frage zu stellen) Tatsachen hervor. Wenn er schon nicht alles wußte, so doch von allem ein wenig, und Fenella wußte selbstverständlich, da sie mit ihm zusammenlebte, auch relativ viel. Aber das schönste war, daß die beiden sie, obwohl sie selbst so wenig wußte, wie eine Gleichgestellte behandelten, eine ernstzunehmende Erwachsene wie sie selbst – sie äußerten sich häufig lediglich amüsiert und überrascht, wenn Clary zugab, daß sie nicht wußte, was Blue John war oder wer das St. Georg's Hospital gegründet hatte oder auf welchem Roman die *Traviata* basierte. Das alles war ausgesprochen aufregend, und sie genoß es, wenn Noël ihr Briefe diktierte und sie sie tippte, weil für gewöhnlich lauter verblüffende Wörter darin vorkamen, die sie nie gehört hatte. Um halb eins schickten sie sie zur Post, Briefmarken holen, oder sie ging mit dem Einzahlungsbuch der Firma zur Bank, und wenn sie zurückkam, hatte Fenella das Essen fertig: Nußkoteletts – sehr unbeliebt bei Noël, so daß sie und Clary sie ziemlich oft aßen und Noël Fenellas Fleischration bekam – und dazu Berge von Kartoffelbrei und Kohl und Möhren, gefolgt von Reispudding, den er sehr liebte, und dann einer Tasse eher dünnen grauen Kaffees. Diese Mahlzeit wurde im obersten Stockwerk eingenommen, in einem Dachzimmer, das einmal ein Dienstbotenzimmer gewesen sein mußte. Es war das schönste Zimmer der Wohnung, denn der Raum darunter mußte als Büro und Wohnzimmer zugleich dienen. Es gab noch ein kleines Zimmer hinter dem Büro, in dem Noël und Fenella schliefen, aber das bekam Clary nie zu sehen. Die Toilette und ein kleines, dunkles Badezimmer lagen ein halbes Stockwerk tiefer – ein Bad war für Noël ein seltenes und eher bedrohliches Ereignis, das er schon Tage zuvor erwähnte und das an dem Tag, an dem es stattfand, so ziemlich alles andere in den Hintergrund drängte. Es war interessant, jemanden zu kennen, der so selten badete, aber als sie Polly davon erzählte, reagierte die widerwärtig berechenbar.

»Nein, das stimmt nicht!« hatte Clary erwidert. »Das ist es ja! Er ist genauso sauber wie alle anderen.

»Und was ist mit Fenella?« hatte Polly gefragt.

»Das weiß ich nicht.«

Nein, sie wußte es wirklich nicht, sie wußte kaum etwas über sie. Wenn sie allein waren – was nicht häufig vorkam –, sprach Fenella nur von Noël. Sie selbst schien keine Familie und keinen erwähnenswerten Hintergrund zu haben. Als Clary sie fragte, was sie vor ihrer Begegnung mit Noël getan habe, hatte sie vage geantwortet, sie sei die Privatsekretärin eines mehr oder weniger im Ruhestand befindlichen Bühnenautors gewesen. Aber so kann sie schließlich nicht zur Welt gekommen sein, hatte Clary gedacht, sie muß doch Eltern gehabt haben und irgendwo zur Schule gegangen sein... Eines Tages fragte sie Noël danach. »Fens Eltern? Mit denen war nicht viel los. Ihr Vater hat sich totgesoffen, und ihre Mutter hat sich umgebracht. Du weißt doch, wie Eltern so sind. Nichts weiter als eine biologische Notwendigkeit, wenn du mich fragst.«

Bei dieser Gelegenheit war ihr die Szene eingefallen, als ihr Vater aus Frankreich zurückgekommen war und sie den beiden diese Neuigkeit berichtet hatte: Sowohl Noël als auch Fenella hatten nur höfliches Interesse gezeigt, und nach dem Essen hatte Fenella gesagt, daß Gespräche über Frankreich Noël deprimierten, also solle sie das Thema lieber vermeiden. »Weil er nach Amerika gehen will, weißt du«, hatte sie (unzulänglich) erklärt. Und Clary, die das Gefühl hatte, sie müsse verstehen, was gemeint war, es aber nicht tat, hatte von da an den Mund gehalten.

Noëls Empfindlichkeiten waren so zahlreich, wie sie extrem waren, und das bedeutete, daß in jedem Gespräch Fallen lauerten. Sein Lieblingsthema war, wieviel besser alles doch früher gewesen sei, und sie konnten sich gemütlich und nostalgisch ins neunzehnte Jahrhundert versenken, und dann empfahl er ihr zum Beispiel Lytton Stracheys *Eminent Victorians* als Lektüre, aber wenn ihm dann zufällig Kardinal Newman einfiel – der in diesem Buch beschrieben wurde –, verfinsterte sich seine Miene, und er verfiel in Schweigen. Alles, was mit Religion zu tun hatte, war gefährlich, weil er befürchtete, es könne doch einen Gott geben, ein rachsüchtiges höheres Wesen, das ihn zweifellos in die Hölle schicken würde. Bei solchen Gelegenheiten versuchte Fenella ihn zu beschwichtigen, sie ging aus und kaufte Teekuchen, und nachdem Clary nach Hause gegangen war, setzte sie sich zu ihm und las ihm zum Trost etwas von Bertrand Russell oder Mencken oder Erich Fromm vor.

Noël hatte Clary sehr geholfen, als sie und Polly nach einer Bleibe suchten – nun ja, am Ende doch nicht, aber er hatte ein paar interessante Vorschläge romantischer Art gemacht, etwa, daß sie sich ein Haus in einer Straße suchen sollten, deren Namen sie mochten: Shelley, hatte er berichtet, hatte sich aus diesem Grund in der Poland Street niedergelassen; oder, hatte er gemeint, sie könnten herausfinden, ob es möglich sei, in einem der Türme der Tower Bridge zu wohnen – man stelle sich die außerordentliche Aussicht aus dem Fenster vor. Aber dann hatte sich herausgestellt, daß sich in den Türmen die Maschinen zum Hochziehen der Brücke befanden, außerdem war die Bridge meilenweit entfernt, und Polly hielt insgesamt nicht viel von der Idee. Clary war der Ansicht, daß die Floral Street in Covent Garden einen sehr angenehmen Namen hatte; dort gab es zwar keine freien Wohnungen, aber sie fand einen Makler in Covent Garden, der das Haus, indem sie nun wohnten, anbot, und so hatte sich Noëls Vorschlag vielleicht doch noch als hilfreich erwiesen.

Das beste an den Formans aber war, daß sie Clarys Schreiben ernst nahmen. Sie hatte Noël eine halbfertige Geschichte über zwei Leute gezeigt, die miteinander aufgewachsen waren, dann voneinander getrennt lebten, sich als Erwachsene schließlich wieder begegneten und ineinander verliebten. Es war Noël gewesen, der ihr aufgezeigt hatte, daß sie diese Idee in einer Kurzgeschichte kaum interessant abhandeln konnte, daß sich in einem Roman dagegen allerhand Nebenhandlungen einflechten ließen. »Zum Beispiel«, meinte er, »daß sie beide zur gleichen Zeit am gleichen Ort sind, es aber nicht wissen. Oder es stellt sich heraus, daß sie gleiche Erlebnisse hatten – zum Beispiel ein wundervolles Konzert –, sie aber unterschiedlich empfunden haben.« Er hatte ihr auch eine ausführliche Lektion über ihren Mißbrauch des Plusquamperfekts erteilt und sie, indem er Kleopatra zitierte, davon abgebracht, zu viele Ausrufezeichen zu verwenden. Sie hatte das zum Anlaß genommen, ihren Roman nach einem der Zitate zu benennen, aber er hatte erklärt, sie solle ihn erst einmal zu Ende schreiben, und dann würden sie schon sehen. An den Abenden und Wochenenden hatte sie daran weitergearbeitet, war aber nicht sonderlich vorwärtsgekommen, bis Dad zurückgekehrt war, was irgendwie eine Blockierung aufgehoben hatte, und in den letzten beiden Monaten hatte sie beinahe die Hälfte des Buchs fertiggestellt. Noël hatte auf diesen plötzlichen Ausbruch von Kreativität eher ablehnend reagiert: Er selbst verbrachte Stunden damit, sich mit abstrusen Kritiken für intellektuelle Zeitschriften herumzuplagen oder, was überraschender war, mit Artikeln für Liebhaberfachblätter – zum Beispiel begeisterte er sich für Straßenbahnen und verfaßte eine leidenschaftliche Verteidigung ihrer Vorteile. Er brauchte eine oder zwei Wochen für einen solchen Artikel, und Clary lernte schnell, lieber nicht zu erwähnen, daß sie an einem Wochenende zehn Seiten geschrieben hatte, nachdem Fenella ihr erklärt hatte, wie sehr ihn das deprimierte. Jede Woche verbrachte Clary nun einen Abend mit ihrem Vater. Er und Zoë würden im Herbst wieder nach London ziehen, und in der Zwischenzeit wohnte er bei Archie, so daß sie Archie, wenn überhaupt, nur an den Wochenenden allein sah, an denen sie nicht nach Hause fuhr, und selbst das war schwierig, weil sie befürchtete, daß Polly immer noch in ihn verliebt war. Polly hatte erklärt, sie wolle niemals wieder darüber sprechen, ein Wunsch, den Clary respektierte – aber es zeigte auch, wie unsicher Polly noch war. Wenn sie Archie immer noch gern hatte, wäre es viel besser gewesen, wenn sie darüber hätte sprechen können – aber das war wieder einmal ein Beispiel dafür, wie schwer es Mitgliedern ihrer Familie fiel, über das zu reden, was ihnen wirklich wichtig war, und Polly hing wohl derselben Gewohnheit an. Trotzdem, dachte sie, wenn sie nicht so wären, hätte ich wohl kaum die Idee gehabt, eine der Hauptpersonen meines Buchs so ähnlich zu machen und die andere ganz anders. Und dann dachte sie weiter über ihr Buch nach, bis sie einschlief.

Neville kam kurz nach zehn am nächsten Morgen und verkündete, er wolle erst mal frühstücken.

»Unmöglich. Du bist viel zu spät. Ich wette, du hast zu Hause schon gefrühstückt.«

»Nur einen Bissen. Gerade mal vier Scheiben Toast.«

»Wir hatten auch nur Toast und keine vier Scheiben.«

»Die hat Mrs. Cripps mir für euch mitgegeben.« Es war ein Karton mit sechs Eiern. »Ich hab sie bis hierher geschleppt, also kann ich nun wohl auch eins davon essen«, erklärte er, nachdem sie die Eier erfreut entgegengenommen hatten.

»Gib ihm eins«, meinte Polly. »Reisen macht hungrig.«

»Mir fällt kaum etwas ein«, sagte Neville, »das mich nicht hungrig macht. Aber einige Dinge sind zweifellos schlimmer als andere.«

»Du wirst doch nicht direkt nach einer Mahlzeit schon wieder Hunger haben.«

»Eine Stunde danach schon«, verkündete er. »Und das ist wohl kaum überraschend. Wußtet ihr, was uns in einer Woche zusteht? Ein Ei, zwei Liter Milch, ein halbes Pfund Fleisch, ein Viertelpfund Schinkenspeck, ein Achtel Tee, ein Viertel Zucker, ein Viertel Wurst, ein Achtel Butter, ein Achtel Schweineschmalz, ein Viertel Margarine, achtzig Gramm Käse und ein winziges bißchen Innereien. Und in der Schule kriegen wir nicht mal das. Ich habe mir eine Waage besorgt und eine Woche lang ein Experiment durchgeführt. Das Fleisch war im Irish Stew, und mindestens dreißig Gramm davon waren Knochen, die Wurst bestand fast ausschließlich aus Brot und ekligen Kräutern, und das Ei schmeckte nach Gebetbüchern. Ich mußte die ganze Woche ohne Zucker auskommen, um alles wiegen zu können, und natürlich war es viel weniger als ein Viertelpfund …«

»Sie werden einiges von deiner Ration zum Kochen verwendet haben«, unterbrach Polly ihn, »und außerdem hast du die Sachen nicht aufgezählt, die man für Punkte bekommt. Und wen verdächtigst du denn, deine Rationen wegzuessen?«

»Die Lehrer. Vor allem Mr. Fothergill. Er ist unglaublich fett, und seine Schwester schickt ihm immer selbstgebackenen Kuchen. Außerdem stinkt er manchmal nach Alkohol.«

»Hier ist dein Ei.«

»Prima. Viel besser als Trockenei.«

Dieser unvorsichtigen Bemerkung entnahmen sie, daß er im Zug bereits ein zweites Mal gefrühstückt hatte.

»Ehrlich, Neville, du schummelst! Du hast schon zweimal gefrühstückt!«

»Du hast wirklich eine unangenehm unehrliche Seite«, fügte Clary hinzu.

»Überhaupt nicht. Ich habe es einfach nicht erwähnt. Ich hatte es ganz vergessen. Und ich habe wirklich schrecklichen Hunger. Wenn ihr wollt, daß ich für euch arbeite, könnt ihr mich wenigstens vor dem Verhungern bewahren.«

Tatsächlich arbeitete er überraschend gut und strich Clarys größeres Zimmer vollständig, so daß sie ihm die beiden gewaltigen Schinkenbrote zum Mittagessen nicht übelnahmen, ebensowenig wie die glasierten Kaffeestückchen, die Polly vom Bäcker geholt hatte. Für die Brote brauchten sie ihren gesamten Schinkenspeck für diese Woche auf, aber manchmal bekam Polly von Mr. Southey, dem der Laden im Erdgeschoß gehörte, etwas extra. Die Kaffeestückchen hatten sie eigentlich zum Tee essen wollen, also mußten sie neue holen. »Er ist im letzten Jahr ungeheuer gewachsen; wir können ihm das nicht übelnehmen«, sagte Polly. Am Abend gingen sie in ein Kino in Notting Hill und sahen sich *Die Marx Brothers im Zirkus* an, und danach aßen sie Nudelauflauf und tranken Kakao. Das ganze Haus roch jetzt nach Farbe, was erheblich besser war als Geflügel und angesengte Federn. Am Sonntag erklärte Neville, er wolle Archie besuchen, also könnte er nur morgens anstreichen. »Aber zum Abendessen bin ich sicher zurück.«

Er überragte sie inzwischen um mehr als einen Kopf, fiel über alles und hatte immer neue Bitten: »Ich hab meine Zahnpasta vergessen«, »Kann ich mir diesen Schal leihen, dann brauche ich keine Krawatte?« und so weiter und so weiter.

»Es ist erstaunlich, daß du dir überhaupt die Zähne putzt«, sagte Clary, als er zwei Zoll Zahnpasta in einer doppelten Reihe auf seine abgenutzte Zahnbürste drückte.

»Früher hab ich Zahnpasta einfach nur gegessen. Aber nachdem ich Mr. Fothergills Zähne gesehen habe, putze ich meine wie verrückt. Er putzt seine nie. Sie sehen aus wie diese steinalten gelben Mandeln in Teekuchen.« Seine Stimme wechselte nicht mehr zwischen Kreischen und Knurren hin und her. Als er den Kopf zurücklegte, um den Mund zu spülen, sah Clary, daß sein Adamsapfel genauso aussah wie der von Dad. Er war noch im Schlafanzug. Die Jacke hatte keine Knöpfe mehr, und durch die Löcher im Ärmel konnte man seine knochigen Ellbogen sehen. All seine Sachen sahen irgendwie ähnlich aus: Die Aufschläge seiner grauen Flanellhose hingen weit oberhalb der Knöchel, die von vielgeflickten Socken bedeckt waren, die ihrerseits in riesigen schwarzen Schuhen steckten. Diese Schuhe trug er so wenig wie möglich, er hatte sie sofort nach seiner Ankunft ausgezogen und zwängte seine Füße erst wieder hinein, als sie ins Kino wollten. »Die Schnürsenkel sind schon vor einer Ewigkeit gerissen, also kann ich sie nicht mehr aufmachen. Aber das ist mir gleich.«

Er erledigte den zweiten Anstrich von Pollys Fenstern noch im Schlafanzug, und dann verschwand er, um sich anzuziehen. Nachdem er weg war, redeten sie über ihn.

»Er ist genau wie Simon früher«, meinte Polly.

»Ich glaube, er ist schlimmer.« Clary dachte an seine hoffnungslos leichtfertigen Antworten auf ihre Fragen, was er nach der Schule machen wollte. »Ich hätte gern einen eigenen Nachtclub«, hatte er gemeint. »Dann könnte ich die ganze Nacht aufbleiben und tonnenweise Geld scheffeln.«

»Ist das *alles*, was dir einfällt?«

»Nein. Natürlich will ich mich auch amüsieren. Ich könnte auch ein Theater aufmachen oder Dirigent werden, einfach nur zum Spaß.«

»Willst du denn gar nichts für andere tun?« Sobald sie es ausgesprochen hatte, wurde ihr klar, wie spießig das klang. Aber nun war es zu spät. Er hatte sie einen Augenblick lang angesehen und dann gemeint: »Ich will nicht anderen Gutes tun, ich will, daß man *mir* etwas Gutes tut.«

»Wir sind selbst schuld«, sagte Polly. »Wir haben auf dieselbe Art mit ihm geredet, wie die langweiligen alten Erwachsenen früher mit uns gesprochen haben.«

»Aber Archie hat er gern.« Wieder etwas, was sie besser nicht gesagt hätte.

Polly, die mit einer Dose Frühstücksfleisch kämpfte, erwiderte allerdings nur: »Na ja, Archie ist so was wie sein Vater geworden, oder? Als Onkel Rupert weg war.«

Als Neville zurückkehrte und verlangte, sie sollten ihm den Schal, den er sich von Polly geliehen hatte, ordentlich umbinden, wurden sie regelrecht mütterlich: Clary versuchte, ihn dazu zu überreden, seine Schuhe zu putzen, und Polly wollte ihm das dichte Haar kämmen, das in Büscheln abstand; sinnlos, der Kamm zerbrach praktisch sofort, und Zähne dieses und eines anderen Kamms – sie hatten eine andere Farbe – rieselten zu Boden.

»Deine Haare sind widerborstig! Was hast du denn damit gemacht?«

»Oder eher *nicht* gemacht«, fügte Clary hinzu; sie hatte zugesehen.

»Ich mache gar nichts damit. Manchmal schneiden sie sie. Und wenn mir jemand ein bißchen Bryl leiht, schmiere ich das Zeug rein. Kämmen ist sinnlos. Solange sie glänzen, zwingen sie einen nicht, sie zu waschen. Wir haben es mit diesem Öl probiert, das man für Sachen verwendet, die quietschen, aber das fängt an zu stinken. Bryl ist viel besser. Und hört auf, die Augen zu verdrehen – es ist schließlich *mein* Kopf.«

Danach ging er, aber für den Rest des Tages – während sie Clarys Zimmer ein zweites Mal anstrichen, badeten und in der heißen Küche gekochte Eier und Frühstücksfleisch aßen und vom Fenster aus zusahen, wie zwei Männer unten auf der heißen, staubigen Straße mit Messern aufeinander losgingen – stand der Gedanke an Archie unausgesprochen zwischen ihnen.

»Wir sollten die Polizei rufen«, meinte Clary. Eine kleine Menschenmenge hatte sich versammelt. Einer der Männer hatte Blut auf dem Hemd.

»Da drüben ist ein Polizist.«

Aber jedesmal, wenn er an den Männern vorbeikam, legten sie wie freundschaftlich die Arme umeinander – und die Messer waren nicht mehr zu sehen. Da der Polizist nicht verschwand, gaben die Männer schließlich auf und gingen in entgegengesetzte Richtungen davon.

»Ich glaube, das waren Zyprioten«, sagte Clary.

»Woher weißt du das?«

»Es gibt hier schließlich welche, und Engländer gehen nicht mit Messern aufeinander los. Aber diese Straße ist wirklich interessant.«

»Mhm. Ich wünschte nur, wir könnten von unserem Fenster aus auch einen Baum sehen.«

»Ist keiner da?«

»Clary, hast du das etwa noch nicht bemerkt? Aus keinem unserer Fenster sieht man auch nur das kleinste bißchen Grün.«

Neville kam nicht am Abend zurück – er rief nicht einmal an. Sie aßen den Rest des Frühstücksfleischs mit ein paar Tomaten. Das Brot war ziemlich alt, also toasteten sie es.

»Morgen früh werden wir Müsli essen müssen.«

»Es ist keine Milch mehr da.«

»O Gott! Wie schaffen es andere Leute bloß, irgendwelche Mahlzeiten zuzubereiten?«

»Wenn Neville recht hat, was die Rationen angeht, kann ich mir nicht vorstellen, wie das gehen soll.«

»Warum ist es nicht besser geworden, seitdem der Krieg vorbei ist?«

»Ich habe dir doch erzählt, was Noël sagt.«

»Im Laden«, meinte Polly nachdenklich, »hat Caspar fast immer Sandwiches mit Räucherlachs zu Mittag. Oder eine kleine Dose Kaviar.«

»Gibt er dir was ab?«

»Manchmal. Wenn Gervase unterwegs ist. Aber dann geht Caspar auch oft allein essen, und ich muß auf den Laden aufpassen. Ich esse ein Sandwich, und er gibt mir ein Bündel Rechnungen, um die ich mich kümmern muß. Das dauert ewig, weil ich sie nicht tippen darf – sie müssen alle mit Füllfederhalter und brauner Tinte auf furchtbar schwerem weißen Papier geschrieben werden. Wenn er zurückkommt, geht er sie nach Fehlern durch.«

»Klingt langweilig.«

»Ja, aber sonst ist die Arbeit in Ordnung.«

»Du meinst, wenn ihr in die Häuser geht und mit den Kunden sprecht?«

»Ja. Die Kunden sind meistens schrecklich, aber die Häuser sind oft wunderbar.« Sie schwieg, und ihre dunkelblauen Augen wurden glanzlos und schiefergrau, was Clary als ein Zeichen von Traurigkeit kannte.

»Poll?«

»Ich weiß nicht. Die Weltlage, nehme ich an. Ich meine, wir haben uns so auf das Kriegsende gefreut, weil wir dachten, daß das Leben danach ganz anders und wunderbar sein würde, aber so ist es nicht. Wir wollten den Frieden unbedingt, aber er scheint uns nicht glücklicher zu machen. Und es geht ja nicht nur um uns. Unseren Vätern geht es auch nicht gut – jedenfalls weiß ich, daß meiner nicht glücklich ist, und du sagst, du machst dir Sorgen um deinen, und Simon ist allein schon der Gedanke, eingezogen zu werden, verhaßt. Alles scheint so trüb und schwierig, und nichts von dem Wunderbaren, auf das wir gehofft hatten, passiert.«

Sie griff nach ihrer Näharbeit und starrte blind darauf, dann ließ sie sie wieder sinken. »Die Sache ist«, meinte sie unsicher, »daß ich mich nicht dazu bringen kann, Archie *nicht* zu lieben. Es war irgendwie der Sinn meines Lebens. Es hört einfach nicht auf. Bevor ich es ihm gesagt habe, habe ich mir immer Dinge vorgestellt – du weißt schon, wie ich mit ihm leben würde und so, aber nachdem ich es ihm gesagt hatte und es nicht gut ausging, konnte ich das nicht mehr. Oder ich ertrage es nicht. Ja, genau, das ist es, ich kann es einfach nicht ertragen.«

Clary war verblüfft. Polly hatte Archie mit keinem Wort mehr erwähnt, seit sie erklärt hatte, sie wolle nicht mehr darüber reden, und irgendwie hatte sie angenommen, daß Poll vielleicht noch ein bißchen erschüttert sei, aber nie hätte sie geglaubt, daß es ihr so schlecht ging. Sie hätte sie so gern getröstet, sie von ihrem Schmerz abgelenkt oder ein paar weise und freundliche Worte gesprochen, die ein neues, hoffnungsvolleres Licht auf die Angelegenheit geworfen hätten, aber ihr fiel nichts ein.

»Ich weiß nichts vom Verliebtsein«, sagte sie schließlich. »Ich bin dir keine Hilfe. Ich wünschte, ich könnte etwas für dich tun.«

»Es ist schon eine Erleichterung, einfach darüber zu sprechen.

Ich dachte, es würde aufhören, wenn ich nicht darüber spreche, aber das funktioniert nicht.«

Viel später sagte sie: »Glaubst du, daß ich mich mein ganzes Leben lang so fühlen werde? Es wird doch irgendwann aufhören, oder?«

»Da bin ich ganz sicher«, erwiderte Clary, aber in Wirklichkeit war sie alles andere als überzeugt. »Du sagst mir doch, wenn es aufhört, oder?«

»Bestimmt.«

Danach verspürte Clary eine Art ehrfürchtiger Sorge um Poll – Ehrfurcht, weil Poll so klaglos mit ihrer Traurigkeit umging, und Sorge, weil sie insgeheim fürchtete, daß man, wenn man erst einmal von solch einem intensiven Gefühl besessen war, sein Leben lang nicht davon loskam.

Louise saß unter einer dröhnenden Trockenhaube. Es war halb sechs Uhr morgens, ihr zweiter Tag in den Ealing Film Studios als Statistin in einem Film über das alte Rom – einer Komödie mit Tommy Trinder und Frances Day. Selbstverständlich hätte sie lieber eine richtige Rolle gehabt, aber sie war schon froh, überhaupt mitspielen zu dürfen. Die Metallwickler, auf die man ihr langes Haar gedreht hatte, waren stellenweise so heiß geworden, daß sie ihr die Kopfhaut verbrannten. Jeden Morgen wurde hier allen das Haar gewaschen: Das hatte sie an diesem zweiten Tag herausgefunden. Wenn sie der Ansicht waren, daß das Haar trocken genug war, mußte man sich um Make-up anstellen – ein erstaunlich kunstvolles Verfahren, das alle älter, aber auch einander erheblich ähnlicher aussehen ließ. Als Louise an der Reihe war, lehnte sie sich in einem Sessel vor einer Spiegelwand, die mit starken weißen Glühbirnen beleuchtet war, zurück, während Patsy oder Beryl die Grundierung (Pfirsich-Karamel) auftrug. Die Augenbrauen wurden in Bögen nachgezogen, dann folgte Lidschatten, der die Farbe von Kohlepapier hatte. Dann mußte sie die Augen schließen und wurde gepudert. Danach zogen sie ihr die Lippen nach – ein dunkler Umriß, gefüllt mit leuchtendrotem Lippenstift, der mit einem Pinsel aufgetragen wurde. Der letzte und für Louise erschreckendste Teil der Prozedur bestand darin, daß ihr falsche Wimpern an die oberen Lider geklebt wurden; der Klebestreifen wurde mit Lidstrich verdeckt, und dann wurde eine dicke Schicht blauer Wimperntusche aufgetragen. Sie kam sich vor wie eine Motte, deren Flügel zu schwer zum Fliegen waren – es war schon anstrengend, nur die Augen offenzuhalten.

»Lecken Sie sich die Lippen. In Ordnung. Wenn Sie wollen, können Sie jetzt zur Garderobe gehen.«

Am ersten Morgen hatte sie in den Spiegel gesehen: Unterhalb der Lockenwickler und des Haarnetzes befand sich eine makellose Schicht Pfirsich-Karamel, inmitten derer sie ihre eigenen Augen erkannte; sie sahen aus, als wären sie von Stacheldraht umgeben. Ihr Mund – unglaublich üppig – schimmerte wie ein Satinkissen. Glamour, dachte sie; nie im Leben war sie sich so glamourös vorgekommen.

In der Garderobe zwängte man sie in eine Korsage, die so gewaltig gepolstert war, daß sie ihre Füße nicht mehr sehen konnte. Ein winziger Rock mit einem Schlitz an der Seite vervollständigte das Kostüm, das aus gelbem Samt mit goldenen Fransen bestand. Ihre Taille war nackt, aber schließlich sollten sie und elf andere in identischer Kleidung Sklavinnen darstellen, und Louise nahm an, daß knappe Kleidung etwas über ihren niedrigen Status aussagte.

Endlich kehrte sie zum Frisör zurück, wo man die Lockenwickler herausnahm und ihr auf einer Seite das Haar hochsteckte und auf der anderen künstliche Locken befestigte, die über die rechte Schulter fielen. Dann wurde sie wieder in ihre Garderobe geschickt, die sie mit fünf anderen teilte; dort sollten sie warten, bis sie aufgerufen wurden. Gestern hatte man sie überhaupt nicht gebraucht; sie hatten den ganzen Tag in dünnen Morgenmänteln dagesessen, geraucht, Tee getrunken und sich über Jobs unterhalten, die ihnen nur knapp entgangen waren. Die einzige Aufregung war entstanden, als ein Mann namens Gordon hereingekommen war, um sie zu inspizieren, und gefragt hatte, was mit ihren Füßen sei. Er schickte nach der Garderobiere, und diese erklärte, niemand habe ihr etwas von Füßen gesagt. Danach wurden diverse Leute herbeigerufen, um ihre Ansichten zum besten zu geben. Der historische Berater erklärte, Sandalen seien das

Richtige, der Art Director meinte, sie seien Sklavinnen, warum sollten sie also nicht barfuß laufen? Der Produktionsassistent, der als letzter kam, sagte, Unsinn, das sei schließlich kein künstlerischer Film, sondern eine Komödie für die ganze Familie, und Mädchenbeine sähen mit hohen Absätzen nun mal besser aus. »Es ist mir gleich, in welcher Farbe, solange es schön hohe Pumps sind.« Der Art Director meinte, hochhackige Pumps paßten irgendwie nicht recht zum Rest des Kostüms. Der historische Berater seufzte gereizt, es stimme überhaupt nichts mehr und er frage sich, was er überhaupt bei diesem Film solle. Die Garderobiere schlug vor, man könne, wenn die Mädchen schon Pumps tragen sollten, weiße Satinschuhe passend zum Kostüm einfärben. Gordon erklärte, es sei das beste, ein paar der Mädchen rauszubringen und Cyril nach seiner Meinung zu fragen. Louise war entzückt, zu diesen Mädchen zu gehören; sie brannte darauf, richtige Dreharbeiten zu sehen.

Also folgte sie Jeanette und Marlene, die ihrerseits Gordon folgten, einen langen Flur entlang und durch eine Tür, die nach draußen führte, wo man über einen schmalen betonierten Pfad zu einem gewaltigen Schuppen gelangte, über dessen Tür ein rotes Licht brannte.

»Warum warten wir hier?« fragte Marlene, nachdem sie einige Zeit vor der Tür gestanden hatten.

»Sie drehen gerade, Schätzchen.«

»Oh.«

Zwei sehr kleine Männer kamen den Pfad entlanggestolpert und schleppten eine mit Delphinen verzierte große flache Schale, in der eine Figur eines kleinen nackten Jungen stand, der eine Art Flöte spielte. Die Schale roch nach frischer Farbe. Die Männer setzten sie ab, und einer von ihnen holte eine Zigarettenkippe hinter dem Ohr hervor und zündete sie an.

Gordon starrte die Schale angewidert an. »Was habt ihr denn damit vor?«

»Ist zurückgeschickt worden – war nicht verfallen genug.«

Das rote Licht ging aus, und Gordon öffnete die Tür. »Also gut, Mädels – mir nach!«

Sie gingen durch einen ziemlich düsteren Raum, über Betonboden, auf dem hier und da dicke Kabel lagen, vorbei an Segeltuchstühlen, einem Make-up-Wagen, Männern, die unten an Leitern standen und »Alles in Ordnung, Bill?« nach oben brüllten, an Männern mit Kopfhörern, die sich über große schwarze Geräte beugten, und schließlich traten sie ins helle Licht des Szenenaufbaus, der aus einem ovalen Teich mit einer milchigen Flüssigkeit, einer Marmorbrüstung und einem Marmorthron an einem Ende bestand. Auf diesem Thron saß eine Dame mit aschblondem Haar, in einem rosafarbenen Chiffonkleid, das eine ihrer Schultern freiließ und über der anderen mit einem Straßträger befestigt war. Ein dünner Mann in Hemdsärmeln hockte vor ihr und stimmte allem zu, was sie sagte.

»Das weiß ich doch, Darling. Das ist ja das Problem«, sagte er, als die Mädchen in Hörweite kamen.

»Ich meine, das würde sie auf keinen Fall tun! Nicht in so einem Kleid.«

»Du hast unbedingt recht. Auf keinen Fall würde sie das tun.«

»Ich versteh sowieso nicht, wieso ich in diese Wanne steigen soll.«

»Eselsmilch, Darling.«

»Scheiß auf die Eselsmilch. Es wird eiskalt sein.«

»Nein, Darling, Brian hat es mir versprochen.«

»Eben war es absolut *eisig*.«

»Das war doch nur eine Probe. Ich verspreche dir, wenn wir drehen, wird es warm sein.«

Dann bemerkte er Gordon. »Was ist denn nun schon wieder?« fragte er in vollkommen anderem Tonfall.

Gordon erklärte es ihm.

Louise bemerkte, daß er den Blick über ihren Körper schweifen ließ – ins Gesicht schaute er ihr nicht.

»Die Kamera wird nicht auf ihre Füße gerichtet sein«, meinte er. »Wir haben unser Budget ohnehin überzogen. Mal ihnen einfach die Zehennägel an – golden oder so.«

Und das war alles. An diesem Tag geschah nichts weiter.

Nachdem sie sich am Abend weitgehend abgeschminkt hatte – man hatte ihr Cold Cream und Baumwollwatte gegeben, aber es hatte eine Ewigkeit gedauert –, war sie mit der U-Bahn zum Notting Hill Gate und von dort aus mit dem Taxi zum Edwardes Square gefahren, wo sie jetzt mit Sebastian und Michael wohnte (der Urlaub hatte, bevor er an Bord eines neuen Zerstörers gehen sollte, den er im Pazifik befehligen würde). Außerdem wohnten hier Sebastians Nannie und eine Frau, die Mrs. Lines von der Agentur als Köchin et cetera bezeichnet hatte, eine Mrs. Alsop, und ihr kleiner Junge. Mrs. Alsop und Nannie vertrugen sich nicht: Nannie hatte irgendwie herausgefunden, daß Mrs. Alsop überhaupt keine Mrs. war, sondern einfach und schändlicherweise nur die Mutter des kleinen, bleichen, verängstigten David. Die Fehde hielt sich noch in Grenzen, da beide Damen versuchten, einen möglichst guten Eindruck auf Michael zu machen, der in Unkenntnis dieser Spannung lebte, aber Louise befürchtete für die Zeit, da sie mit den beiden allein zurechtkommen mußte, das Schlimmste.

Michael hatte die Marine verlassen, um sich als Kandidat der Konservativen zur Wahl zu stellen, und man hatte ihm einen Sitz in einer Londoner Vorstadt zugedacht, den man für relativ sicher hielt. Louise hatte ihn drei Wochen lang jeden Tag begleitet; sie hatte neben ihm auf Podien gesessen, wenn er erhebende Ansprachen über Bildung und Wohnungen und kleine Unternehmer gehalten hatte, und dann hatten sich Damen und Herren für den Nachmittag getrennt, und die Frau des örtlichen Vorsitzenden hatte sie den anderen Gattinnen vorgestellt. Oft hatte sie drei- oder viermal hintereinander mit Damen mit Hüten und passenden Handtaschen ausführlich Tee trinken und Kuchen aus Körben essen müssen, und sie hatten sie über ihr Kind ausgefragt und festgestellt, wie erleichtert sie doch sein müsse, daß ihr Mann wieder zu Hause sei. Louise kam halbwegs damit zurecht, indem sie so tat, als wäre das Ganze ein Stück: Drei Wochen lang spielte sie die Rolle der hingebungsvollen Frau eines Kriegshelden und glücklichen jungen Mutter. Zee brachte mehrere hochrangige Konservative – darunter zwei Kabinettsmitglieder – dazu, für Michael zu sprechen, und diese wichtigen Persönlichkeiten waren offenbar angenehm überrascht von Louises Vorstellung, denn Michael sagte ihr, sie hätten sich bei Zee wohlwollend über sie geäußert. Das freute einen kleinen Teil von ihr, aber nur einen

Teil. Sie kam sich vor, als bestünde sie nur noch aus kleinen Teilen, die kaum mehr in Beziehung zueinander standen – als wäre sie, wie sie in einem seltenen klareren Moment dachte, eine Glasscheibe, die man mit einem Hammer zerschlagen hatte, worauf nur noch Stücke zurückgeblieben waren, die nicht mehr zueinander paßten, weil ein Teil des Glases einfach zermalmt war. Jedesmal, wenn sie sich einen dieser Teile ansah und eine Spiegelung ihrer Selbst erkannte, war ihr unbehaglich zumute, und manchmal schämte sie sich sogar. Zum Beispiel, wenn sie merkte, daß sie selbst von Menschen anerkannt werden wollte, die sie eigentlich nicht mochte. Sie wollte, daß die Leute sie für etwas anderes hielten, als sie wirklich war. Daher das Sichzerteilen, die Schauspielerei, und selbst diese Fähigkeit spaltete sie erneut. Sie staunte selbst darüber, wie leicht es ihr fiel, und war entsetzt angesichts ihrer Unehrlichkeit. Sie nahm an, daß es deshalb so einfach war, weil sie nicht viel empfand – mildes Unbehagen, Gereiztheit über einen häuslichen Streit oder Langeweile, wenn sie etwas tun mußte, wovon sie wußte, daß es sie nicht interessierte. Sie vermied es soweit wie möglich, mit Michael zu schlafen, der seinerseits ein wenig geschmollt hatte, nun aber offenbar woanders Trost gefunden hatte – da war sie relativ sicher, denn er hatte mehr oder weniger aufgehört, von einem zweiten Kind zu sprechen.

Der Gedanke, daß Michael eine Affäre hatte, störte sie nicht sonderlich, und als er bei der Wahl dreihundertzweiundvierzig Stimmen an den Labour-Kandidaten verlor, setzte er sofort alle Hebel in Bewegung, um zur Marine zurückzukehren. Was bedeutete, daß man ihn in den Pazifik schicken würde. »Für wie lange?« hatte Louise gefragt. »Höchstens zwei Jahre«, hatte er erwidert. Der Gedanke an diese Abwesenheit brachte eine Art Erleichterung. Louise war der Ansicht, keine wirkliche Entscheidung über ihre Ehe treffen zu können, solange Michael nicht tatsächlich zu Hause und der Krieg zu Ende war, und der Gedanke, einen solchen Schritt auch nur zu erwägen, machte ihr solche angst, daß sie froh war, einen neuen Grund zu haben, sich zunächst nicht weiter damit befassen zu müssen. Sie hatte gesagt, sie werde versuchen, wieder mit der Schauspielerei anzufangen, und er hatte nichts dagegen gehabt. »Ich wäre begeistert, eine berühmte Frau zu haben«, hatte er gesagt, und das nur halb im Scherz. Aber all ihre Anstrengungen hatten lediglich zu dieser Statistenrolle in einem vermutlich reichlich schrecklichen Film geführt. Und als sie am ersten Abend aus dem Studio nach Hause gekommen war, hatte sie feststellen müssen, daß sich wieder alles geändert hatte.

»Die Amerikaner haben eine Atombombe auf Japan abgeworfen.«

»Das weiß ich«, sagte sie. Irgendwer hatte es morgens, als man sie in ihre gepolsterte Korsage zwängte, kurz erwähnt.

»Was werden sie wohl als nächstes anstellen?« hatte Marlene nach der Mittagspause gefragt, aber niemandem war eine Antwort eingefallen.

»Wenn noch jemand diese Bombe erwähnt, bekomme ich einen Anfall«, hatte eine Frau namens Goldie verkündet.

Niemand hatte ihr den Gefallen getan.

»... verstehst du denn nicht, Liebling? Das könnte bedeuten, daß der Krieg zu Ende ist.«

»Guter Gott!« erwiderte sie. Sie glaubte ihm kein Wort. Er redete einfach gern über den Krieg.

Am Abend des zweiten Tags im Studio hatten sie die Cargills zum Abendessen da, und sie erzählte, wie sie in einer Ecke des Szenenaufbaus Tommy Trinder begegnet war. Er hatte einen sehr kurzen Faltenrock getragen und mutterseelenallein einen kleinen Tanz aufgeführt, bei dem er den Rock mit beiden Händen hochgewirbelt und verkündet hatte: »Jetzt seht ihr's – jetzt nicht!«

Das war kein sonderlicher Erfolg. Patricia Cargill sagte: »Meine Güte!«, und ihr Mann, künftiger Erster Offizier auf Michaels Zerstörer, lächelte nervös und sagte: »Schrecklich witzig«, bevor er sich wieder Michael zuwandte, der Louise nun bat: »Nimm Patricia mit nach oben, Liebling, überlaßt uns unserem Portwein.« Dabei gab es gar keinen Portwein, es ging nur darum, sie loszuwerden.

Sie führte Patricia Cargill nach oben in das hübsche L-förmige Wohnzimmer. Sie hatte die Wände weiß gestrichen und Vorhänge aus Matratzenstoff aufgehängt – grau-weiß gestreift und mit gelben Kordeln zurückgebunden. Sie mochte dieses Zimmer, auch wenn kaum Möbel darin standen, ein Sofa, zwei Sessel und ein wunderschöner Spiegel, den sie zusammen mit Hugo gefunden hatte. »Dreißig Eier, wenn Sie ihn selbst heimtragen«, hatte der Mann gesagt, und Hugo hatte erwidert: »Gekauft!« Er hatte sogar einen Taxifahrer überredet, den Spiegel aufs Dach zu schnallen. Jetzt reflektierte der Spiegel die beiden großen Fenster, die auf den Platz hinausgingen. Wann immer Louise diesen Spiegel ansah, schien ihn noch eine Aura des Glücks zu umgeben, und deshalb konnte sie nie hineinschauen, wenn sie allein war. Nachdem sie erfahren hatte, daß Hugo tot war, daß sie ihn nie wiedersehen würde und daß sein einziger Brief an sie zerstört worden war, hatte sie alle Gedanken an ihn verdrängt. In diesem erfrorenen Zustand brannte eine solche Erinnerung um so heißer; es schien einfacher, überhaupt nichts zu spüren.

Sie erinnerte sich an ihre Pflichten als Gastgeberin. »Möchten Sie sich die Nase pudern?«

»Nein danke.«

»Ich fürchte, der Kaffee ist ins Eßzimmer gebracht worden, aber ich könnte Ihnen welchen holen, wenn Sie wollen.«

»Nein danke. Ich bekomme kein Auge zu, wenn ich abends Kaffee trinke.« Patricia lachte verlegen und fingerte an der Perlenkette herum, die sich ungleichmäßig über die Salzfässer an ihrem Hals zog. »Ihr kleiner Junge ist jetzt zwei, nicht wahr? Sie müssen schrecklich jung geheiratet haben.«

»Ich war neunzehn.«

»Wir mußten warten, bis Johnny seinen zweiten Streifen hatte. Er wollte mich nicht heiraten, solange er nur Unterleutnant war. Aber wir hatten Glück, er ist wegen des Krieges schneller befördert worden. Wir haben achtunddreißig geheiratet – Johnny war im Mittelmeer, und ich habe einen wunderbaren Monat in Gibraltar verbracht. Wir hatten solchen Spaß! Tanzabende und Partys auf den Schiffen, und Schnitzeljagden und Picknicks. Dann wurde Johnny versetzt, und ich mußte nach Hause zurück. Da war ich schon mit den Zwillingen schwanger.« Wieder dieses verlegene Lachen. »Aber damit darf ich Sie nicht langweilen. Sie müssen sehr enttäuscht gewesen sein, als Ihr Mann nicht gewählt wurde.«

»Nun ja, ich glaube, ich wäre keine gute Politikerfrau. Und ich glaube auch nicht, daß es ihm viel ausgemacht hat. Er ist mit seinem Zerstörer viel glücklicher.«

»Aber genau das habe ich gemeint! Er wird so lange weg sein. Gerade jetzt, als Sie dachten, er würde endlich zu Hause bleiben.«

»Für Sie ist es doch das gleiche, oder?«

»Eigentlich nicht. Johnny ist Berufssoldat, also bin ich an so etwas gewöhnt. Aber die Frauen von Männern, die nur wegen des Krieges zur Marine gegangen sind, tun mir leid.« Der freundlich fragende Blick ihrer ein wenig vorstehenden Augen ruhte auf Louises Gesicht. Sie beugte sich vor. »Wenn Sie mich nicht für unverschämt halten, würde ich Ihnen gern einen guten Rat geben.«

Louise fragte sich, was um alles in der Welt sie wohl im Sinn hatte.

»Ich an Ihrer Stelle würde mich wirklich anstrengen, wieder schwanger zu werden. Sie werden verblüfft sein, wie schnell die Zeit dann vergeht. Und sie können den unattraktiven Teil hinter sich bringen, während Ihr Mann unterwegs ist.«

»Haben Sie das vor?«

»Oh, ich wünschte, ich könnte es! Aber wir haben schon vier, und ich glaube nicht, daß wir uns noch eins leisten können. Dabei hätte ich so gern noch mehr Kinder, weil ich glaube, das das der wirkliche Sinn einer Ehe ist. Ein Teil davon«, ihr bleiches Gesicht wurde ein wenig rosiger, »wird doch wahrhaftig überbewertet, wenn Sie wissen, was ich meine.«

Während des darauffolgenden kurzen Schweigens überlegte Louise fieberhaft, wieso sie wohl die einzige auf der Welt war, die kein zweites Kind wollte. Nannie sprach auch andauernd davon: »Sebastian fragt sich schon, wann er endlich eine kleine Schwester haben wird, Mami«, war eine ihrer garstigeren Möglichkeiten, das Thema zur Sprache zu bringen. Um davon abzulenken, sagte Louise: »Glauben Sie, daß diese Bombe dem Krieg ein Ende machen wird?«

»Oh, ich wünschte, es wäre so! Aber Sie kennen doch die Japaner!«

»Also eher nicht.« Sie war nie im Leben einem Japaner begegnet und wußte nicht das geringste über sie. Seit sie mit Michael verheiratet war, stellte sie immer wieder fest, daß sie über sehr viele Dinge nichts wußte und auch überhaupt nichts wissen wollte.

Aber zwei Tage später fiel die nächste Bombe, und vor Ablauf der darauffolgenden Woche ergaben sich die Japaner. Michael bekam seinen Zerstörer also doch nicht und plante, aus der Marine auszumustern und sich wieder der Porträtmalerei zuzuwenden.

Als sie das erfuhr, rückte die Notwendigkeit, eine Entscheidung über ihr künftiges Leben zu fällen, wieder bedrohlich näher, und sie versank in lähmende Angst. Die Dreharbeiten waren beendet – sie hatten nur eine Woche gedauert –, und sie war wieder nur eine schlechte Ehefrau und Mutter. Sie mußte mit jemandem sprechen, und der einzige Mensch, der ihr einfiel, war Stella. Voller Schuldgefühle stellte sie fest, daß sie nicht einmal wußte, wo Stella sich aufhielt oder was sie tat. Michael hatte Stella nie gemocht, und obwohl Stella ihm gegenüber immer eine rätselhafte Neutralität gewahrt hatte, hatte Louise das unangenehme Gefühl gehabt, daß ihre Freundin ihren Mann ebenfalls nicht sonderlich mochte. Sie rief bei Stellas Eltern an und sprach mit Mrs. Rose.

»Louise! Es ist so lange her, daß wir uns gesehen haben! Geht es Ihrem Sohn gut? Und Ihrem Mann! Gut. Stella. Sie ist nicht hier. Sie arbeitet außerhalb, für eine kleine Zeitung – schreibt irgendwelchen Unsinn, was die Bräute bei den kleinstädtischen Hochzeiten tragen und so weiter. Ihr Vater ist überhaupt nicht glücklich darüber – so eine Verschwendung ihrer Bildung! Selbstverständlich habe ich ihre Nummer. Augenblick, ich suche sie. Und bitte, wenn Sie mit ihr reden, versuchen Sie doch, ihr klarzumachen, daß sie sich eine vernünftigere Arbeit suchen sollte.«

Am nächsten Tag trafen sie sich zum Mittagessen in einem Pub in Bromley.

»Das Essen wird nicht sonderlich gut sein«, hatte Stella am Telefon gesagt, »aber es ist ruhig dort, falls du reden willst.«

Das Pub war beinahe leer. »Woher wußtest du, daß ich reden wollte?«

»Na ja, ich nehme nicht an, daß du extra herkommst, um mich anzusehen.«

»Aber ich freue mich, dich zu sehen. Es tut mir leid, daß wir ein wenig den Kontakt verloren haben.«

»Wir mögen uns nicht oft sehen, aber ich bezweifle, daß wir den Kontakt verloren haben.« Sie griff nach der Speisekarte. »Bestellen wir erst mal. Also: Es gibt Suppe – Tomatensuppe oder Grapefruit. Beides aus der Dose. Immerhin sind es unterschiedliche Dosen. Dann hast du die Wahl zwischen Cottage Pie und Schollenfilet. Ich rate zur Scholle. Dazu gibt es nämlich Pommes frites, die sie aus echten Kartoffeln machen müssen, während die oberste Schicht des Pie aus diesem schrecklichen Kartoffelflockenzeug besteht.«

»Entscheide du.«

Aus einem Grund, den sie nicht recht verstand, traten ihr Tränen in die Augen. Sie blinzelte und sah, daß ihre Freundin sie mit jener vertrauten Mischung aus Zynismus und Zuneigung betrachtete, von der Louise wußte, daß sie in der Familie lag: Stellas Vater hatte das gleiche Lächeln.

Stella bestellte und schob dann ein Päckchen Zigaretten über den Tisch.

»Ich wußte gar nicht, daß du angefangen hast zu rauchen.«

»Hab ich auch nicht. Die sind für dich. Nimm eine. Es wird eine Ewigkeit dauern, bis das Essen kommt. Erzähl mir, was du mir erzählen wolltest.«

»Ich weiß nicht, wo ich anfangen soll.«

»Geht es um Michael?«

Sie nickte. »Es geht einfach nicht gut. Ich hätte ihn nie heiraten dürfen.«

»Bist du in einen anderen verliebt?«

»Nein. Ich war es einmal.«

»Was ist passiert?«

»Er ist gestorben. Gefallen.«

»Und jetzt wirst du ihn nicht mehr los.«

»Michael?«

»Deinen Geliebten. Es ist schwer, von jemandem loszukommen, der gestorben ist. Es tut mir wirklich leid«, fügte sie hinzu. »Aber ich wußte, daß du Michael nicht liebst.«

»Ich dachte, ich würde ihn lieben.«

»Das weiß ich. Wie lange wird er noch bei der Marine sein?«

Louise erklärte ihr alles.

Während sie damit beschäftigt war, wurde die Suppe serviert und dazu ein Teller mit zwei Stücken ziemlich grauen Brots.

»Du siehst also, ich dachte, ich hätte zwei Jahre Zeit, in denen ich über alles nachdenken kann – wie ich mich entscheiden soll und so.«

»Die könntest du doch trotzdem haben, oder?«

Der Gedanke verblüffte sie, und sie wies ihn augenblicklich zurück.

»Das ist nicht dasselbe. Ich meine, er wird beinahe die ganze Zeit hier sein. Und wir müssen mindestens einmal in der Woche mit seiner Mutter essen, die jetzt wieder in London wohnt. Sie haßt mich. Er hat ihr von dem anderen Mann erzählt, und seitdem haßt sie mich noch mehr als je.«

»Und was ist mit deinem Sohn?«

»Dem geht es gut. Wir haben eine sehr gute Kinderfrau. Zee liebt ihn abgöttisch. Er sieht genauso aus wie Michael in diesem Alter – sagt sie jedenfalls.« Sie spürte, daß Stella sie beobachtete; sie versuchte, sie anzusehen, aber sie schaffte es nicht.

Der Fisch wurde serviert.

»Alles in Ordnung?« fragte die Kellnerin, als sie die vollen Suppenteller abräumte.

»Ja, danke. Wir haben uns unterhalten, und sie ist kalt geworden.«

Als sie wieder allein waren, sagte Stella: »Wenn du ihn verläßt, was würdest du dann tun wollen?«

»Weiß ich nicht. Wahrscheinlich sollte ich versuchen, Arbeit zu finden. Ich habe kein Geld, also wird mir nichts anderes übrigbleiben. Und ich brauche eine Wohnung.«

»Das klingt nicht, als wärst du davon sonderlich begeistert.«

»Bin ich auch nicht. Wieso sollte ich von irgendwas begeistert sein? Mein ganzes Leben ist eine Katastrophe.«

»Iß deinen Fisch, Louise. Hungern hilft nichts.«

Sie löste ein Stück Fisch aus der schwarzen Haut und schob es sich in den Mund. »Sie schmecken scheußlich, nicht wahr? Wie dickes, geronnenes Wasser.«

»Schollen?«

»Nannie will immer, daß Sebastian welche ißt. Er kann sie nicht ausstehen.« Sie griff nach einem Kartoffelstäbchen und aß es mit den Fingern. »Wenn du der Ansicht warst, ich sollte Michael nicht heiraten, wieso hast du es mir dann nicht gesagt?«

»Louise, was hätte das denn genützt? In solchen Dingen nimmt doch niemand den Rat anderer Leute an.«

»Aber jetzt frage ich dich danach.«

»Ja?«

»Ja.«

»Also gut. Da du ihn nun einmal geheiratet hast und ihr ein Kind habt, solltest du dich davon überzeugen, daß du auch wirklich alles versucht hast, mit deiner Ehe zurechtzukommen. Das wäre nicht möglich, wenn er bei der Marine geblieben wäre, aber jetzt sieht es anders aus.«

»Er schläft mit einer anderen. Oder mit mehreren anderen.«

Das schien Stella nicht zu interessieren. »Bist du ihm denn treu gewesen?«

Louise spürte, wie sie rot wurde. »Nein. Ich hatte eine Affäre nach Hugos Tod. Aber das hatte nichts zu bedeuten.«

»Darum geht es doch gar nicht.«

»Wie meinst du das?«

»Ich meine, was du über etwas denkst, das du getan hast, ändert nichts an den Tatsachen.«

»Nein. Ich hätte es nicht tun sollen.«

»Ich wollte dich nicht verurteilen ...«

»Willst du doch!«

»Nein. Ich will nur feststellen, was los ist. Ich denke, du solltest mit jemandem sprechen.«

»Ich spreche doch mit dir.«

»Nein, ich meine, mit jemandem, der sich auskennt. Ich glaube, es gibt vieles, was du mir nicht gesagt hast. Und einiges, was du dir vermutlich nicht einmal selbst eingestehst.«

»Glaubst du, ich wäre verrückt oder so? Du meinst, ich sollte zum *Psychiater* gehen?« In ihrem ganzen Leben hatte sie nicht einmal von jemandem *gehört*, der das getan hatte. »Glaubst du wirklich, ich wäre verrückt?«

»Sei nicht albern. Natürlich halte ich dich nicht für verrückt, aber es ist nicht zu übersehen, daß du unglücklich bist, und ich habe den Eindruck, du tust alles, um das noch schlimmer zu machen. Vielleicht solltest du herausfinden, woher das kommt.«

»Du meinst, wenn mir jemand erklärt, daß ich das alles nur tue, weil ich in meinen Vater verliebt bin – all dieses freudianische Zeug –, würde alles wieder gut? Diese Leute glauben doch, daß alle Probleme auf Sex oder die Eltern zurückzuführen sind, oder?« Sie hätte gern geraucht, aber ihre Hände zitterten, und sie wollte nicht, daß Stella – die sich plötzlich in eine Feindin verwandelt hatte – das bemerkte.

Stella griff über den Tisch, holte eine Zigarette aus dem Päckchen, steckte sie Louise in den Mund und gab ihr Feuer. »Alles, was wir sind, hat irgendwie mit unseren Eltern zu tun«, sagte sie, »und einiges sicher auch mit Sex. Nicht, daß ich davon die geringste Ahnung hätte. Aber ich verstehe etwas vom Unglücklichsein, wegen meiner Tante, Pappys Schwester, die bei uns wohnt.«

»Warum ist sie denn unglücklich?«

»Onkel Louis wurde nach Auschwitz gebracht. Wir haben Wochen gebraucht, um das rauszufinden. Und wir wissen nur, daß sie ihn im Juni vierundvierzig dorthin gebracht haben. Onkel Louis und seine uralten Eltern und seine Schwester. Ein Freund hat gesehen, wie sie abgeholt wurden.«

Louise starrte sie entsetzt an, aber in Stellas graugrünen Augen standen keine Tränen, und ihr Blick war fest, als sie sagte: »Ich kann mir nicht vorstellen, daß seine Eltern den Transport überlebt haben. Zwei Tage in einem Viehwaggon ohne Essen und Wasser, ohne auch nur genug Luft zum Atmen. Ich hoffe, sie sind gestorben. Jedenfalls, Tante Anna *weiß* das jetzt alles. Sie hat darüber herausgefunden, was nur herauszufinden war, obwohl Pappy versucht hat, sie davon abzuhalten.«

Stella hielt inne, um einen Schluck Wasser zu trinken, und Louise versuchte sich vorzustellen, wie Menschen anderen so etwas antun konnten. »Sie hat doch eine Tochter, oder? Du hast mir erzählt, sie hätte ein Enkelkind, das sie nie gesehen hat.«

»Sie sind in ein anderes Lager geschickt worden. Schon früher. Sie haben nicht am selben Ort gewohnt.«

»Die arme Anna! Das ist wirklich mehr, als ein Mensch ertragen kann.«

»Ja. Sie kann nur noch an sich selbst und ihre Trauer denken.«

»Das kann man ihr wohl kaum verdenken.«

»Das tue ich auch nicht. Ich versuche nur, dir etwas übers Unglücklichsein zu erzählen. Ich sage nicht, daß man dies oder jenes tun sollte oder nicht – ich berichte nur, was passiert.«

»Ich verstehe nicht, wie du meine Art von Unglück auch nur annähernd mit dem deiner Tante vergleichen kannst.«

»Darum geht es auch gar nicht, Louise. Ich glaube einfach, wenn Menschen über ein gewisses Maß hinaus unglücklich werden, leben sie praktisch isoliert von allen anderen. Sie spüren nichts mehr von der Sorge oder dem Trost oder der Zuneigung anderer – all das verschwindet einfach in einem Faß ohne Boden, und wenn die anderen das merken, hören sie langsam auf, trösten zu wollen oder freundlich zu sein. Magst du lieber grauen Kaffee oder rosabraunen Tee?«

Sie entschied sich für Kaffee, und während Stella bestellte, ging sie auf die Toilette. Dort fiel ihr ein, daß Mrs. Rose sie gebeten hatte, auf Stella einzuwirken, daß diese sich eine »vernünftigere« Arbeit suchte. Der Gedanke kam ihr jetzt noch absurder vor: Stella schien keinerlei Ratschläge zu brauchen. Dann wurde ihr klar, daß sie über Stellas Leben überhaupt nichts wußte, daß es die ganze Zeit nur um ihre eigenen Probleme gegangen war und daß Stellas Rat – sich zu überzeugen, ob ihre Ehe wirklich nicht mehr zu retten war – nicht feindselig gemeint gewesen war, sondern, im Gegenteil, nur vernünftig.

Aber als sie an den Tisch zurückkehrte, auf dem nun nur noch die drei lila Astern in einer grünen Glasvase und ihre Kaffeetassen standen, war Stella diejenige, die sagte: »Tut mir leid, Louise. Ich hab dich nur rumkommandiert. Ich fürchte, das liegt in der Familie. Zu Hause sagt auch ständig einer dem anderen, was er tun soll. Es ist fatal, einen von uns um einen Rat zu bitten – du kriegst ihn tatsächlich, und das mit Zins und Zinseszins.«

»Nein, ich habe dich ja gefragt, weil ich wußte, daß dir etwas

Vernünftiges einfallen würde. Es ist nur eine ziemlich furchteinflößende Perspektive.« Dann fügte sie hinzu: »Ich möchte nicht so werden wie die arme Anna.«

Stella warf ihr einen scharfen Blick zu. »Ich weiß, daß du das nicht willst, also wird es auch nicht passieren.«

»Erzähl mir von dir. Ich weiß nichts über deine Arbeit oder so.«

»Ich lerne, Journalistin zu sein.«

»Und wieso hier?«

»Irgendwo muß man schließlich anfangen. Und die allgemein akzeptierte Methode besteht darin, zu einem Provinzblatt zu gehen, wo man über absolut alle lokalen Vorkommnisse berichtet. Ich kümmere mich um Hochzeiten, Theatervorstellungen von Amateurgruppen, Sport, Unfälle, Preisverleihungen, Wohltätigkeitsbasare – alles. Pappy kocht vor Wut. Er hätte nichts dagegen, wenn ich für die Bildungsbeilage der *Times* arbeiten würde oder sogar für die *Times* selbst, aber er verabscheut es, daß ich über die Farbe der Kleider von Brautjungfern schreibe oder darüber, wieviel Geld beim Basar eingenommen wurde. Er sagt, ich verschwende alles Geld, das er für meine Bildung aufgewendet hat. Ich sollte Medizin oder Jura studieren – das ist *seine* Ansicht. Und Mutti träumt immer noch von einer großartigen Hochzeit mit einem sehr reichen, sehr englischen Mann. Ich mußte zu Hause ausziehen, weil sie immer, wenn sie aufhörten, auf mich einzuhacken, aufeinander losgingen. Und Tante Anna meint, ich sollte mich um die Kinder kümmern, die aus den Lagern hierher geschickt worden sind.«

»Ich wußte gar nicht, daß solche Kinder hier sind.«

»An mehreren Orten im Land. Pappy hat angeboten, als ärztlicher Berater tätig zu sein, aber er hat sich mit ihnen zerstritten, weil sie wegen des koscheren Essens so streng waren. Er sagte, wenn man den Zustand der Kinder *und* die Lebensmittelrationierung berücksichtige, sei es idiotisch, ihnen das Gesundwerden noch schwerer zu machen. Darüber habe ich mich mit ihm auch gestritten.«

»Warum denn? Du bist nicht religiös und ganz bestimmt ein praktisch denkender Mensch. Sicher bist du doch, zumindest was *das* angeht, auf seiner Seite?«

»Ach, es ging nicht darum, daß ich ihm nicht persönlich zustimmen konnte; ich war nur der Ansicht, er sollte auch den Standpunkt der anderen anerkennen.«

»Und wie sieht der aus? Man sollte doch annehmen, daß im Augenblick nur zählt, daß sie wieder gesund werden.«

»Ihr Judentum ist auch wichtig. Weil sie Juden sind, haben sie alles verloren – ihre Familien, ihr Land, ihr Zuhause. Ihr Judentum ist alles, was ihnen geblieben ist. Die älteren Juden wollten nicht, daß die Kinder das vergessen oder geringschätzen, und Religion ist tatsächlich wichtig. Aber Pappy kann sich nicht über seine eigene Ungläubigkeit hinwegsetzen. Er meint, alle Menschen sollten genauso denken wie er. Und selbstverständlich sollen sie tun, was er sagt.« Sie lächelte ihr zynisches, zärtliches Lächeln. »Weit weg von ihm ist es einfacher, zu tun, was man will.«

»Also hast du hier eine Wohnung?«

»Ein Zimmer. Ich wohne ganz ähnlich wie du damals in Stratford. Eines Tages werde ich zu einer besseren Zeitung gehen – in London oder Manchester oder Glasgow. Zumindest bin ich ehrgeizig. Das muß sogar Pappy anerkennen.« Einen Augenblick lang schwieg sie, dann sagte sie abrupt: »Ich habe tatsächlich daran gedacht, etwas für diese Kinder zu tun. Aber als es darum ging, mich zu bewerben, konnte ich den Gedanken daran einfach nicht ertragen.«

Das war eine Vertraulichkeit, ein Geständnis – Louise wußte nicht genau, was.

»Wir sind dem nur um Haaresbreite entgangen, weißt du. In den dreißiger Jahren war Pappy an einem großen Krankenhaus in Wien. Er hatte eine neue Methode der Behandlung von Magengeschwüren entwickelt, und eines Morgens kam er ins Krankenhaus und stellte fest, daß ein anderer Arzt seine Anordnungen aufgehoben hatte. Er hatte einen heftigen Streit mit diesem Mann, der ihn einen verdammten arroganten kleinen Juden genannt hat, also verließ er das Krankenhaus und beschloß, nach England zu gehen. Er wußte, daß er sämtliche Prüfungen nochmals würde ablegen müssen, um hier praktizieren zu dürfen, aber das hat er auf sich genommen. Schon eine Woche nach diesem Vorfall haben wir Wien verlassen. Ich war damals dreizehn, und es hat mir sehr leid getan, meine Freunde und die Schule und alles zurücklassen zu müssen. Aber wenn dieser Mann Pappy an jenem Morgen nicht beschimpft hätte, wäre er vielleicht nicht hergekommen.«

Louise starrte sie an und begann zu begreifen.

»Manchmal macht einem das Wissen darum, wie knapp man einem bestimmten Schicksal entkommen ist, nur noch mehr angst.«

Die Frauen

Oktober – Dezember 1945

»*Wie* lange, sagst du, kennst du diesen Kerl schon?«

»Ich habe gar nichts darüber gesagt, aber ich kenne ihn schon eine Ewigkeit. Er war eine Art Freund von Angus.«

»Aber du sagtest doch, daß er verheiratet ist.«

»Ja, John. Aber er will mich heiraten.«

»Das wird nicht viel nützen, wenn er schon verheiratet ist, oder? Ich meine, es funktioniert irgendwie nicht.«

Sie sah, wie der Gedankenblitz einschlug.

»Es sei denn, er läßt sich scheiden.«

In all den Jahren, während derer sie sich kaum gesehen hatten, hatte sie vergessen, wie lange ihr Bruder zum Denken brauchte.

»Ja, das hat er vor.«

Sie sah ihn an. Sein Gesicht, das einen Augenblick zuvor noch voller Falten gewesen war, die zeigten, vor welche Rätsel ihn so vieles stellte, hatte nun jenen leeren Ausdruck angenommen, den offenbar jeder noch so kleine Entschluß erforderte; seine Haut war nicht mehr rosig wie früher, sondern hatte die Farbe vergilbten Papiers, der rötliche Schnurrbart war abrasiert, und sein einstmals so dichtes, kupferfarbenes Haar war stumpf und trocken und schütter geworden – sein ganzer Körper schien in der Uniform geschrumpft zu sein.

»Ich mache mir eben Sorgen um dein Glück, Diana, altes Mädchen. Du hast so schlimme Zeiten hinter dir – Angus tot und all das.«

Er hatte die Kartoffelchips gegessen, den Whisky mit Soda dagegen kaum angerührt. Er war drei Jahre jünger als sie, aber er sah wie ein gebrechlicher Mann mittleren Alters aus. Er war schon vor dem Krieg bei der Armee gewesen, war nach dem Fall von Singapur vermißt gemeldet worden, und sie hatten beinahe zwei Jahre lang nichts von ihm gehört. Sie hatte ihn für tot gehalten, doch dann waren Informationen durchgedrungen, daß er sich in einem Kriegsgefangenenlager befand. Vor einem Monat war er zurückgekommen, nach ein paar Wochen in einem Krankenhaus in New York, wo man ihn, wie er berichtete, ein wenig gemästet hatte. Gott weiß, wie er davor ausgesehen hat, dachte sie. Sie hatte den alten Jungen sehr gern, auch wenn er sich, wie immer, als schwer von Begriff erwies.

»Schatz, du bist derjenige, der schlimme Zeiten hinter sich hat.«

Sie stand auf und schüttete mehr Chips aus der Tüte in die kleine Schale, die vor ihm stand, und er begann zu essen, während sie noch am Nachschütten war.

»Ich soll oft essen und immer kleine Portionen«, sagte er mit verlegenem Lächeln. »Mit dem ›oft‹ habe ich keine Schwierigkeiten.«

»Wenn du jahrelang hungern mußtest, wundert mich das nicht.«

»Ach, ich bin einfach ein verfressenes Schwein.« Er griff nach der Schale. »Unsere Tagesration war eine Schale Reis von dieser Größe.«

»Das war alles?«

»Manchmal haben wir es geschafft, ein bißchen Gemüse anzubauen, und hin und wieder konnten wir etwas eintauschen. Aber die meiste Zeit gab es Reis und sonst nichts. Vielleicht noch das Wasser, in dem er gekocht worden war. Wir haben versucht, Sachen anzubauen, aber oft sind die Japse mit dem Jeep drübergefahren und haben alles umgepflügt. Manchmal haben sie gewartet, bis das Zeug fast erntereif war, und dann – Bingo!« Er sah ihr Gesicht und fügte hinzu: »Aber das haben sie nicht immer getan. Es war eine ihrer Strafen, wenn sie glaubten, jemand hätte gegen die Regeln verstoßen.« Er griff in die Tasche und holte eine neue Pfeife heraus. »Stört es dich, wenn ich rauche?«

»Selbstverständlich nicht.«

Während er den Ölhautbeutel öffnete, den Tabak herausholte und mit unsicheren Fingern die Pfeife stopfte, mußte sie wieder daran denken, daß Edward vielleicht eine Arbeit für ihn hatte, und sie betete, daß die beiden miteinander auskommen würden. Wobei die Probleme zweifellos nicht auf Edwards, sondern auf Johns Seite liegen würden. Ihr Bruder brauchte lang, bis er bestimmte Ansichten und Gedanken entwickelte, aber wenn er sie einmal hegte, hielt er daran fest. Sie hatte nicht gewagt, ihm zu sagen, daß Edward ihr bei der Pacht für die Wohnung am Regent's Park, in der sie jetzt mit Jamie und Susan wohnte, »geholfen« hatte. Und ganz sicher würde sie ihm nicht gestehen, wer Susans Vater war. Das hatte sie Edward vorsorglich alles erklärt, damit er nicht aus Versehen die Katze aus dem Sack ließ. O Gott! Wie sie sich danach sehnte, endlich mit diesen Heimlichkeiten aufhören zu können, ein richtiges Haus zu haben, das groß genug war für alle vier Kinder, und vielleicht sogar Dienstboten und ein eigenes Auto. Edward hatte seiner Frau immer noch nichts von seinen Absichten erzählt, und sie würde sich nicht sicher fühlen, solange er das nicht hinter sich gebracht hatte, wobei sie wußte, daß es sinnlos war, ihn zu drängen. Aber sie machte sich auch schreckliche Sorgen um ihren Bruder, der nach vier Jahren in der Hölle so vollkommen ungeeignet für ein Leben im Frieden schien. Er war sein Leben lang bei der Armee gewesen und nun, nach längerem Urlaub, ausgemustert worden. In den Wochen seit seiner Rückkehr war ihr klargeworden, wie krank er war: Malariaanfälle und eine obskure Magenkrankheit machten ihn immer wieder bettlägerig. Und obwohl er nicht viel darüber sprach, spürte sie, wie einsam und vollkommen hilflos er sich fühlte. Wäre er nur verheiratet gewesen! Aber die einzigen beiden Mädchen, mit denen er vor dem Krieg ausgegangen war, hatten sich nicht lange für ihn interessiert. Bei dem derzeitigen Frauenüberschuß sollte es allerdings möglich sein, eine Frau für ihn zu finden. Er war nicht klug, aber umgänglich und anständig; er würde eine Frau vielleicht langweilen, aber er würde sich um sie kümmern. Sie wußte, daß sie ihm eigentlich anbieten sollte, zu ihr zu ziehen, aber das hätte bedeutet, daß Edward niemals hätte über Nacht bleiben können.

»Und wenn seine Frau nicht mit der Scheidung einverstanden ist?« Er dachte einen Augenblick lang nach, und dann fügte er hinzu: »Das könnte man ihr nicht übelnehmen. Scheidung ist ein bißchen anrüchig, oder? Ich wäre nicht gerade versessen darauf.«

»Ach, Johnnie, ich weiß es nicht. Edward glaubt offenbar, daß sie einwilligen wird.«

Es klingelte (gut, er hat daran gedacht, so zu tun, als hätte er keinen Schlüssel zur Wohnung), und als sie aufstand, um an die Tür zu gehen, sagte sie: »Reden wir heute abend lieber nicht darüber. Ich wollte nur, daß ihr euch kennenlernt. Er wird uns zum Abendessen ausführen. Wir sollten das einfach genießen.«

Edward war wunderbar mit John; wenn er charmant sein wollte, war er wirklich nicht zu schlagen ...

»Laßt uns Champagner trinken – schließlich habe ich Geburtstag«, sagte er, als sie ins Ivy kamen.

»Tatsächlich? Herzlichen Glückwunsch.«

»Er behauptet immer, daß er Geburtstag hat, wenn er Champagner trinken will«, erklärte sie.

»Glauben Sie, Sie würden keinen bekommen, wenn Sie nicht Geburtstag hätten?«

»Ach, Johnnie, selbstverständlich. Das war nur ein Witz.«

»Ein Witz.« Er dachte eine Weile darüber nach. »Tut mir leid. Hab ich irgendwie nicht verstanden.«

»Er glaubt, er müßte eine Ausrede haben«, erklärte sie.

»Und selbst eine dumme Ausrede ist besser als gar keine.«

»Ah.«

Edward bestellte das Essen: Austern für sie, John nahm Räucherlachs; Rebhühner für sie, John entschied sich für ein einfaches Steak vom Grill; Mousse au chocolate – John wollte kein Dessert. Als sie bei Kaffee und Likör angekommen waren, fragte John, ob er wohl Crème de menthe *Frappé* haben könne. »Darüber haben wir im Lager immer gesprochen«, sagte er, »wißt ihr, wir haben zusammengesessen, und jeder hat erzählt, worauf – bei der Heimkehr – er sich am meisten freute.« Er rührte die Mischung mit dem Strohhalm um. »Es ging auch einfach um das Eis – es war so verdammt heiß, daß es uns wie unglaublicher Luxus vorkam.«

»Ich weiß genau, was Sie meinen«, sagte Edward. »In den Schützengräben ging es immer darum, wie gern wir ein heißes Bad hätten.«

»Verdammt schwierig, in einem Graben ein Bad zu nehmen ...«

»Nein, ich meine, als wir in den Gräben saßen, haben wir von heißen Bädern geträumt. Und von frischer, leinener Bettwäsche, von all diesen Dingen. Aber selbstverständlich«, fügte er hinzu, »war es für mich anders. Ich hatte hin und wieder Urlaub. Ihr armen Schweine mußtet es aussitzen.«

»Aber in deinem Krieg sind viel mehr Leute umgekommen, oder, Liebling?« fragte sie.

»Keine Ahnung. Ich habe gelesen, in diesem hier seien fünfundfünfzig Millionen gestorben.«

»Und es heißt auch, daß immer noch Leute von diesen schrecklichen Atombomben sterben«, meinte sie.

John, der zwischen ihnen saß, hatte während dieses Gesprächs den Kopf von einem zum anderen gedreht – wie ein Zuschauer beim Tennis.

Jetzt sagte er: »Aber immerhin haben die Japaner sich ergeben. Ich weiß nicht, wie viele noch gestorben wären, wenn sie die Bombe nicht abgeworfen hätten.«

»Aber es hört sich an, als wäre es eine schreckliche Art zu sterben!«

Sie registrierte, daß die beiden Männer einander kurz ansahen und sich dann wieder abwandten; es war, als hätten sie eine unausgesprochene, unaussprechliche Botschaft ausgetauscht. Dann sagte Edward: »Wenigstens ist der Krieg endlich vorbei, Gott sei Dank. Jetzt können wir uns Vergnüglicherem zuwenden – wie den verdammten Dockarbeitern.«

Und als John fragte, was so vergnüglich sein sollte an ... wie vielen? – dreiundvierzigtausend streikenden Dockarbeitern, daß eine sozialistische Regierung die Einkommenssteuer senken würde, obwohl es wahrhaftig an der Zeit gewesen war; das mußte man Mr. Dalton, dem er einmal kurz begegnet war, als er Präsident der Handelskammer gewesen war, zugute halten – ein angenehmer, bescheidener Mann übrigens. Dann wandte er sich beinahe liebevoll John zu und fragte ihn nach seinen Zukunftsplänen.

»Hab noch nicht weiter darüber nachgedacht. Mußte mich

irgendwie erst mal ans normale Leben gewöhnen. Hab noch sechs Monate Urlaub, dann muß ich was finden.«

»Sie bleiben nicht bei der Armee?«

»Ich würde gern, aber ich fürchte, sie wollen mich nicht mehr.«

»So ein Pech! Noch einen von diesen Cocktails?«

»Nein danke. Einer reicht mir.«

»Danke für das wunderbare Essen«, sagte er, als sie ihn in seinem Club absetzten. »Laß von dir hören«, meinte er, als er sie auf die Wange küßte, in einem Tonfall, der irgendwie zwischen Befehl und flehentlicher Bitte lag.

»Aber selbstverständlich«, sagte sie.

Sie sahen ihm nach, wie er die Treppe hinaufging, sich noch einmal umdrehte, um ihnen zuzuwinken, und dann vom Portier in Empfang genommen wurde.

»Armer alter Bursche«, sagte Edward.

»Du warst reizend zu ihm.«

Er legte ihr die Hand aufs Knie. »Ist es nicht ein bißchen einsam für ihn in diesem Club? Könntest du ihn nicht im Zimmer eines der Jungen einquartieren?«

Sofort erwiderte sie: »Ach, ich denke, er ist lieber allein – zumindest für die erste Zeit. Er sagt, daß er sich an so vieles erst gewöhnen muß.«

Aber sie hatte Schuldgefühle – und ärgerte sich, daß ihr Mangel an Großzügigkeit so aufgefallen war. Für *ihn* mochte es einfach sein, großzügig mit der Wohnung zu sein … Dann fiel ihr ein, daß er vielleicht im Sinn gehabt hatte, daß sie sich dann weniger sehen würden, und sie bekam Angst. Natürlich hatte Edward keine Ahnung von Johns viktorianischen Ansichten über Scheidung, aber diese Ansichten waren auch das letzte, worüber sie im Augenblick mit ihm sprechen wollte.

»Was macht die Haussuche?« fragte sie, als sie wieder in der Wohnung waren und er ihnen einen Schlaftrunk eingoß.

»Geht ziemlich langsam voran. Das Problem ist, daß viele Häuser so beschädigt sind, daß man genaue Gutachten einholen muß, und der Bursche, den ich damit beauftragt habe, hat einfach zuviel zu tun. Und selbstverständlich sucht man nicht schon das nächste Haus, wenn man noch auf das Gutachten zu einem anderen wartet. Villy hatte eins gefunden, das ihr gefiel, aber dann stellte sich heraus, daß es vollkommen von Schwamm durchsetzt war; die Sporen werden aus all den ausgebombten Häusern durch die Gegend geblasen.«

Womit er nur ein wenig ausführlicher sagte, daß sich nichts getan hatte. Es war seltsam, daß ihre Gespräche neuerdings vor allem aus kodierten Botschaften zu bestehen schienen. Diana wagte nicht mehr zu fragen: »Hast du es Villy gesagt? Und wenn nicht, warum nicht?« Und Edward war nicht in der Lage zu sagen: »Ich lasse alles auf sich beruhen, weil ich mich einfach nicht dazu durchringen kann, es ihr zu sagen.« Also erkundigte sie sich nach der Haussuche, und er erklärte ihr, wie schwierig es war, etwas Passendes zu finden. Hin und wieder wurden die Botschaften allerdings deutlich – wie bei jener Gelegenheit, als sie in Tränen ausgebrochen war und erklärt hatte, daß sie keinen weiteren Winter im Cottage würde ertragen können. Er war erstaunt gewesen: Er schien tatsächlich keine Ahnung gehabt zu haben, wie sehr ihr die Abgeschiedenheit und die Kälte zu schaffen gemacht hatten. Außerdem war es schrecklich eng gewesen, wenn die älteren Jungen in den Sommerferien nach Hause kamen, und am Ende hatte sie kapitulieren und Angus' Eltern in Schottland bitten müssen, Ian und Fergus für den Rest des Sommers zu sich zu holen, wo sie sich ohnehin viel wohler fühlten. Aber der Ausbruch wegen des Cottages hatte immerhin dazu geführt, daß er ihr geholfen hatte, diese Wohnung zu mieten, und sie hatte es sich sogar leisten können, Norma mitzunehmen, ein Mädchen, das sie auf dem Land kennengelernt hatte, das die Kinder mochte und versessen darauf war, in London zu arbeiten. Sie mußte immer noch selbst kochen, was sie haßte, aber die Kinder hatten nichts gegen einfache Mahlzeiten, und sie selbst versuchte, so wenig wie möglich zu essen, weil sie in der letzten Zeit mit erschreckender Geschwindigkeit zunahm.

»Gehen wir schlafen?«

Er legte ihr den Arm um die Schultern. »Du bist meine Lieblingsfrau«, sagte er.

»Das hoffe ich, Schatz. Es wäre wirklich beunruhigend, wenn ich das nicht wäre.«

Leise gingen sie den langen, schmalen Flur entlang, vorbei an den Zimmern der Kinder und dem Raum, in dem Norma schlief: Alles war still. Norma wußte, daß Edward manchmal über Nacht blieb; sie wußte auch, daß die beiden vielleicht heiraten würden, und fand diese illegitime Romanze aufregend. Sie betete Edward an, weil er ihr Strümpfe schenkte und immer wieder sagte, daß sie ohne sie nicht auskommen würden.

Romanze, dachte Diana, als sie sich abschminkte, während Edward im Bad war. Sie war hier die Romantikerin; sie hätte nicht einmal im Traum daran gedacht, eine Affäre mit jemandem zu haben, den sie nicht leidenschaftlich liebte. Das Problem war, daß sie sich inzwischen ebenso leidenschaftlich nach Sicherheit sehnte; sie wollte wissen, daß die Kinder versorgt waren, daß sie die Rechnungen bezahlen konnte, und Romantik und Sicherheit schienen nicht so recht zusammenzupassen. Selbstverständlich, wäre Edward nicht verheiratet gewesen, hätten sie sowohl Romantik als auch Sicherheit haben können. Dann hätte Johnnie auch bei ihnen wohnen können – sie versuchte angestrengt, ihre Schuldgefühle niederzukämpfen; schließlich war sie nicht wirklich egoistisch. Im Gegenteil: Edward hatte einmal gesagt, sie sei die am wenigsten eigensüchtige Person, die er je getroffen habe – von seiner Schwester einmal abgesehen. Sie erinnerte sich noch, wie sehr es sie gestört hatte, daß er diese Ausnahme machte. Denn sie selbst wußte sehr genau, wie eifersüchtig sie war, und dabei hatte sie Eifersucht immer verachtet und für ein Gefühl gehalten, das eines guten Menschen einfach nicht würdig war. Wieder wußte sie, daß sie nicht *wirklich* zur Eifersucht neigte; es war die Situation, die diese unwillkommenen Gefühle heraufbeschwor – zum Beispiel hatte Edwards offensichtliche Unfähigkeit, Villy zu sagen, daß er sie verlassen wollte, doch sicher auch mit Empfindungen zu tun, die nicht nur auf moralischer Verpflichtung beruhten? Und dann war da noch seine Tochter, die ältere, die mit Michael Hadleigh verheiratet war. Er war ganz versessen darauf, daß sie Louise kennenlernte, die er, wie er sagte, über alles liebte; und er hatte ihr erzählt, daß Louise sie beide einmal im Theater gesehen und sich schrecklich darüber aufgeregt hatte, und seitdem war es zwischen Vater und Tochter nie mehr so gewesen wie früher. »Wenn wir einmal zusammen ausgehen könnten, wäre sicher alles wieder in Ordnung«, sagte sie. Aber dann schien er doch davor zurückzuschrecken, konkrete Pläne für diese Begegnung zu machen. Es war beinahe, als wäre dieses Treffen eine Art von *Test*, und sie empfand die Vorstellung, von einem jungen Mädchen – sie war zweiundzwanzig, um Himmels willen! – darauf begutachtet zu werden, ob sie ihres Vaters würdig sei, als ausgesprochen demütigend.

Inzwischen hatte sie sich ausgezogen und das mitternachtsblaue Satinnachthemd übergestreift, das Edward ihr zum Geburtstag geschenkt hatte. Es hatte einen tiefen V-Ausschnitt, aus dem immer wieder eine ihrer Brüste herausrutschte. Seit sie Susan gestillt hatte, waren sie nicht wieder richtig fest geworden. Edward hatte erklärt, das Blau passe zu ihren Augen, aber es war mehr ein dunkles Pfauenblau, und ihre Augen waren hyazinthenblau. Zumindest ihre Augen hatten sich nicht verändert, doch das schien die anderen Veränderungen nur zu unterstreichen. Ihre Oberarme begannen schlaff zu werden, die winzigen geplatzten Äderchen auf ihren Wangen mußten unter Make-up verborgen werden, die leichte, aber spürbare Schlaffheit der Haut an ihrem Kinn und am Hals, der nicht mehr so glatt und weiß war wie einst ... Wie sehr einem Dinge fehlen, die man für selbstverständlich gehalten hatte, dachte sie, und sofort folgte die Frage, ob sie wohl jemals überzeugt sein würde, bekommen zu haben, was sie wollte – oder würden sich ihre Wünsche ebenfalls ständig verändern, so daß dies gar nicht möglich war? Sie wollte Edward, und es war allein seine Schuld, daß sie ihn nicht bekommen hatte; ebenso wie es an ihm lag, daß sich ihre Gründe, ihn haben zu wollen, immer wieder änderten. Als sie blindlings in ihn verliebt gewesen war, hatten ihre Liebe und ihr Unglücklichsein ihren Ansichten über ihn und über sich selbst keinerlei Abbruch getan: Er war ihr als der begehrenswerteste Mann erschienen, dem sie je begegnet war; diese Kombination aus Schlichtheit und Genußfähigkeit hatte sie bezaubert. Es war nichts Unwürdiges daran gewesen, von einem solchen Mann bezaubert zu sein, vor allem, da all seine Eigenschaften ihr zeigten, was ihr all die Jahre an ihrem Mann gefehlt hatte. Edward war kein Snob, er war kein Verschwender, er gab sein Geld mit hinreißender Extravaganz aus, aber immerhin hatte er welches – er benutzte es nicht, um vor anderen Leuten auf Kosten der Haushaltsführung anzugeben. Was Angus anging, so war sie schon lange, bevor sie Edward kennengelernt hatte, ernüchtert und enttäuscht gewesen. Aber inzwischen kannte sie Edward seit über acht Jahren und hatte ihm mindestens ein Kind geboren – Susan –, und wahrscheinlich war auch Jamie von ihm, wenngleich ihr aufgefallen war, daß Jamie die Mackintosh-Nase hatte – etwas, auf das sie Edwards Aufmerksamkeit nicht lenken würde. Unweigerlich hatte sie Edward besser kennengelernt, hatte bemerkt, daß seine Schlichtheit einfach damit zu tun hatte, daß er unfähig war, sich die Empfindungen anderer auszumalen, und daß seine Fähigkeit zum Genießen etwas ausgesprochen Egoistisches an sich hatte; darüber hinaus schien er nie sonderlich aufmerksam dafür oder auch nur interessiert daran zu sein, was sie im Bett empfand. All das hatte sie die meiste Zeit entschuldigen, wegerklären oder ignorieren können. Männer waren nun einmal egoistisch, und Mangel an Einfühlungsvermögen war vermutlich etwas, wogegen diejenigen, die darunter litten, überhaupt nichts tun konnten. Er schien nicht willens, vielleicht nicht einmal in der Lage, einem anderen Menschen etwas zu sagen, das der unangenehm finden könnte. Anfangs hatte sie das Freundlichkeit genannt, aber als dieser Charakterzug begann, ihr eigenes Leben zu beeinflussen, hatte er nicht mehr so freundlich gewirkt. Manchmal fürchtete sie, daß er sich nie dazu durchringen würde, Villy zu verlassen, wenn sie ihn nicht dazu zwang. Mit jeder Woche, die verging, spürte sie, wie ihr Respekt vor ihm mehr und mehr schwand, was dazu führte, daß eine Ehe mit ihm immer weniger wünschenswert erschien. Als er ihr im Sommer, an einem der letzten Abende im Cottage, mitgeteilt hatte, er sei entschlossen, Villy alles zu sagen, war sie so glücklich gewesen, daß sie die Voraussetzung, daß Villy zunächst ein Haus in London gefunden haben müsse, bereitwillig akzeptiert hatte. Aber das war Monate her, und bisher war nichts passiert, und nichts bahnte sich auch nur an.

Sie legte sich ins Bett, und er kam gleich darauf zu ihr. Sie war nicht in der Stimmung für Sex, aber nach all den Andeutungen darüber, wie sehr Villy Sex ablehnte, verbarg sie dies, wie immer, hinter jener atemlosen Begeisterung, die er, wie sie festgestellt hatte, sehr mochte. »Liebling!« sagte er immer wieder, bis er kam. Und danach fragte er sie, wie jedesmal, ob alles in Ordnung gewesen sei. Später verkündete er mit liebevoller Zufriedenheit: »Ich überlege, ob wir nicht in der Firma eine Arbeit für deinen Bruder finden könnten. Es wäre nicht sonderlich gut bezahlt, zumindest am Anfang nicht, aber er hätte etwas zu tun.«

»Das wäre wunderbar! Ich weiß, er wäre begeistert!«

»Ich werde mal mit Hugh reden. Es könnte allerdings sein, daß es in Southampton wäre.«

»Ich bin sicher, das würde ihm nichts ausmachen.«

»Sag ihm lieber noch nichts, falls es nicht klappt. Wir müssen erst diesen verdammten Dockarbeiterstreik hinter uns bringen.«

»Selbstverständlich. O Liebling, das wäre so schön!« Sie war ihm doppelt dankbar – weil er ihrem Bruder helfen wollte und vielleicht noch mehr, weil er sich dadurch wieder einmal als jemand erwies, den sie ebenso bewundern wie lieben konnte.

Vierzehn Tage später erklärte Edward, er habe den Termin festgelegt, an dem sie Louise kennenlernen sollte. Er schlug vor, daß sie sich in seinem Club trafen, weil es dort ruhiger sei, und bat sie, erst gegen Viertel nach acht hinzukommen, weil er Louise zunächst vorbereiten müsse. Sie werde allein kommen, fügte er hinzu, er habe sie ausdrücklich darum gebeten. »Ich bin sicher, ihr beide werdet einander mögen«, sagte er zweimal im Verlauf dieses Gesprächs, was ihr deutlich machte, wie wichtig ihm diese Begegnung war.

Als sie sich für diesen Abend ankleidete, erinnerte sie sich, daß er ein- oder zweimal angedeutet hatte, daß Villy sehr streng mit Louise war. Sie hatte bereits beschlossen, das hyazinthenfarbene Crêpekleid, das eine ihrer Schultern unbedeckt ließ, nicht anzuziehen, weil es vielleicht zu nuttig und – für feindselige Augen – zu sehr nach ausgehaltener Frau aussah. Jetzt entschied sie sich auch gegen das aus schwarzem Moiré mit dem herzförmigen Ausschnitt (zu dem sie Edwards Amethystkette hatte tragen wollen) – auch dieses Kleid zeigte zuviel Dekolleté, was irgendwie ein falsches Licht auf sie warf – und wählte ein sehr altes schwarzes Wollkleid mit langen engen Ärmeln und einem hohen Kragen. Sie fand es todlangweilig, aber cs war halbwegs elegant, ohne glamourös zu sein. Aus demselben Grund benutzte sie statt des üblichen blutroten Lippenstifts einen matteren rosenroten. Sie wollte gepflegt aussehen, aber auch ein wenig mütterlich, weil das Louise wohl am vertrauenerweckendsten vorkommen würde.

Sie hatte beschlossen, Geld zu sparen und den Bus zu nehmen – genauer gesagt, mehrere Busse, denn am Marble Arch mußte sie umsteigen. Es war einer dieser ruhigen, kalten Abende, an denen einen die Windstille sofort Nebel befürchten ließ. Es war ausgesprochen kalt an der Haltestelle, aber wenn sie jetzt aufgab und ein Taxi nahm, würde sie viel zu früh dasein. Sie mußte warten.

Am Ende mußte sie am Marble Arch doch ein Taxi heranwinken, denn als nach einer weiteren eisigen Wartezeit kein Dreiundsiebziger in Sicht war, wußte sie, daß sie andernfalls zu spät kommen würde.

Sie war zuvor nur ein einziges Mal in Edwards Club gewesen – zumindest in diesem Club, und im Lauf der Jahre hatte sie einsehen müssen, daß sie sich als Geliebte nicht an Orten sehen lassen durfte, die zum Territorium der Familie gehörten. Sie wußte, daß er Teddy jahrelang nach der Schule hier zum Essen eingeladen hatte; hier traf er sich mit seinen Brüdern zu einem ruhigen Abend, und hierher nahm er selbstverständlich auch Villy mit. Die meisten anderen Mitglieder kannten ihn, und wenn er sich dort mit einer Frau sehen ließ, die nicht seine Frau oder Verwandte war, würde es Gerede geben. Das alles verstand sie, aber es hatte sie auch immer mit einem gewissen Unbehagen erfüllt. Jetzt, nahm sie an, fungierte Louise als eine Art Anstandsdame.

Sie fand die beiden in jenem Raum, in dem Damen mit den Mitgliedern einen Aperitif zu sich nehmen konnten, direkt neben dem Speisesaal, in den man auch Damen einließ. Die schweren Samtvorhänge waren zugezogen, und außer einem gewaltigen Kronleuchter gab es viele kleine Lampen mit Pergamentschirmen, die Kegel sanfteren Lichts warfen. Edward und Louise waren halb in dick gepolsterten Sesseln versunken, in einer Ecke des Raums, in der auch einige andere Clubmitglieder und ihre Gäste saßen.

Als Edward sie sah, erhob er sich. »Da bist du ja, Liebling«, sagte er, als wäre sie ein wenig zu spät, was er ihr aber keinesfalls vorwerfen wollte (sie war nicht zu spät, sondern absolut pünktlich). Er küßte sie auf die Wange. »Louise, das ist Diana.« Er schnippte mit den Fingern, und der Kellner, der gerade am anderen Ende des Zimmers beschäftigt war, reagierte sofort. Sie bedachte Louise mit einem mißtrauischen Lächeln. Edwards Tochter war schön, das mußte sie zugeben: langes, glänzendes Haar und Edwards Augen, aber schwerere, dunklere Brauen. Sie trug ein schwarzes Seidenkleid mit einem tiefen, runden Ausschnitt. Als sie das Haar nach hinten strich, sah Diana, daß sie beneidenswert hohe Wangenknochen hatte und Ohrringe mit Opalen und Diamanten trug.

»Wir trinken Martini – ist dir das recht, Liebling?«

Aber ihr war so kalt, daß sie erklärte, ein Whisky sei ihr lieber. Nachdem er bestellt hatte und sie sich auf den dritten riesigen Sessel gesetzt hatte, sagte Edward: »Ich habe Louise schon ins Bild gesetzt. Sie ist ungeheuer verständnisvoll – ich wußte, daß sie so reagieren würde.«

Diana, die nicht wußte, wie weit er Louise ins Bild gesetzt hatte, lächelte abermals. Da sie auch den ganzen Abend lang nichts weiter darüber herausfinden konnte, konzentrierte sie sich darauf, Louise für sich einzunehmen. Zunächst schien sie damit nicht weit zu kommen. Louise wollte offenbar weder über ihren berühmten Mann noch über ihr Kind reden und beantwortete die meisten Fragen mit einem dünnen, geringschätzigen Lächeln, worauf Schweigen folgte und irgendwann ein neuer Gesprächsversuch. Sie bewunderte Louises Kleid – eine ungewöhnliche Kreation mit einem vorn gerafften Rock und lockerer Schärpe. Sie war erstaunlich schlank, mit langen, kindlichen Armen und hübschen schmalen Händen (Dianas eigene waren groß und ungeschlacht, deshalb achtete sie bei anderen Frauen immer auf die Hände).

»Ich habe es machen lassen«, erwiderte Louise. »Michael hat

die Seide aus Paris mitgebracht, und ich habe in Soho diesen Schneider namens Mr. Perfect entdeckt. Er kann alles – man muß ihm nur beschreiben, was man will. Er hat eine große dicke Frau, die vom Hals bis zu den Knien in einem Korsett steckt – sie sieht aus wie ein Torpedo, aber sie ist sehr nett. Und die Ohrringe habe ich von Dad. Er kauft leidenschaftlich gern Schmuck, aber das werden Sie wohl wissen.«

Plötzlich erinnerte sie sich daran, wie sie einmal mit ihm in der Landsdowne Road gewesen war und Villys Schmuckkasten aufgegangen war – ihr war vor Eifersucht beinahe übel geworden. Dann riß Louise sie aus dieser Erinnerung, indem sie sich mit erheblich freundlicherem Lächeln erbot, ihr Mr. Perfects Adresse und Telefonnummer zu geben.

Edward betrachtete sie beide liebevoll. »Meine beiden Lieblingsfrauen«, sagte er.

Das Eis brach endgültig, als sie über das Theater sprachen und Diana Louise fragte, in welchen Stücken sie aufgetreten war. Louise wurde sehr lebhaft und erzählte von einem Studententheater und dem erstaunlichen Haus, in dem sie gewohnt hatten, und wie sie alle von einer Mahlzeit am Tag gelebt und sich angeblich ohnmächtig auf die Straße gelegt hatten, damit irgendwelche Autofahrer sie morgens mit in die Stadt nahmen – bis zum Theater waren es drei Meilen gewesen, und sie hatten sich den Bus nicht leisten können.

Edward war entsetzt und sagte, er habe ja keine Ahnung gehabt, wie spartanisch es dort zugegangen sei, und Louise wandte sich ihm zu und meinte: »Du bist ja auch nie hingekommen, um mich zu sehen. Ihr wart die einzigen Eltern, die niemals aufgetaucht sind, selbst dann nicht, als ich in *Granit* die Hauptrolle gespielt habe.« Diana sah, wie weh ihm dieser Vorwurf tat. Er rutschte unruhig hin und her und murmelte etwas vor sich hin, aber Louise fuhr fort: »Meine Mutter dachte, ich sollte irgend etwas tun, was mit dem Krieg zu tun hat, und natürlich hat Dad ihr zugestimmt. Zumindest hat er ihr nicht widersprochen, nicht wahr, Dad?«

Aus der Art, wie Louise »meine Mutter« sagte, war deutlich zu erkennen, daß das Verhältnis zwischen ihr und Villy ziemlich angespannt sein mußte. Diana sagte: »Man möchte doch immer, daß die Kinder etwas tun, das sie erfüllt, das sie glücklich macht. Aber sie wissen so oft nicht, was sie überhaupt wollen. Ich finde es wunderbar, daß Sie so sicher waren.«

Und Louise – die schließlich kaum älter war als ein Kind – strahlte beinahe.

Dann sprachen sie über die Stücke, die derzeit in London liefen. Hatte sie Coward in *Geisterkomödie* gesehen? Die phantastische Margaret Rutherford spielte das Medium, und Kay Hammond war als Geist einfach großartig. Edward meinte, er sehe sie wirklich gern – sie hatte auch in einem unglaublich witzigen Stück mit dem Titel *Französisch ohne Tränen* mitgespielt. Sie habe einfach Pfiff, erklärte er, und Diana wechselte einen verschwörerischen Blick mit Louise, der besagen sollte, daß Männer »Pfiff« doch immer mit Schauspielkunst verwechselten. Edward versprach, sie zu *Geisterkomödie* auszuführen, wenn sie wollten. Es schien ihm nichts auszumachen, daß Diana sich mit seiner Tochter gegen ihn verbündete – er war offenbar viel zu froh, daß sie miteinander auskamen.

Als Kaffee und Cognac serviert wurden, war Louise soweit, daß sie Diana – auf deren ausdrückliche Bitte hin – mit dem Vornamen ansprach, und sie nahm einen zweiten Cognac. Sie hatte auch vor und während des Essens ziemlich viel getrunken, und Diana war überrascht, wieviel sie vertrug. Was sich als Irrtum herausstellte. Als Louise zur Toilette ging, gratulierte Edward Diana. »Liebling, sie hat dich wirklich gern! Du hast genau die richtigen Worte gefunden. Ich kann nie mit ihr über Shakespeare und Aufführungen und all diese Dinge reden.«

»Was genau hast du ihr eigentlich gesagt?«

»Oh. Daß du für mich die einzige Frau auf der Welt bist – so was in der Art.«

»Weiß sie auch von Susan?«

»Äh – nein. Das habe ich nicht erwähnt. Ich habe ihr allerdings gesagt, daß wir schon lange zusammen sind. Sie hat gefragt, ob du verheiratet seist, und ich habe ihr von Angus erzählt.« Er hielt einen Augenblick inne, dann sagte er: »Du magst sie doch wirklich, oder?«

»Sie ist reizend. Und sie sieht dir sehr ähnlich.«

»Unsinn«, meinte er und war eindeutig geschmeichelt. »Sie meint auch, daß es besser ist, ein Haus für Villy zu suchen, bevor ich es ihr sage.«

»Ja?«

»Als ich davon sprach, hat sie mir jedenfalls zugestimmt.«

Was nicht ganz dasselbe ist, dachte sie, sprach es aber nicht aus.

Der Kellner kam, um die letzten Bestellungen aufzunehmen – sie waren jetzt wieder im Damenzimmer – und Louise war immer noch nicht zurück. Diana erklärte, sie werde nach ihr sehen. Sie mußte den Kellner nach dem Weg fragen, und er führte sie zu einem Flur, der von der Halle abzweigte.

Louise stand über ein Waschbecken gebeugt und wusch sich das Gesicht mit kaltem Wasser. Sie blickte auf, als Diana hereinkam; sie war kreidebleich. »Ich hätte keinen Hummer essen dürfen«, sagte sie. »Ich hätte eigentlich wissen müssen, daß mir davon schlecht wird.«

Diana reichte ihr ein Handtuch. »Armes Mädchen!« aber als sie das Tuch entgegennahm, sagte Louise nur: »O Gott, es geht wieder los!«, und zog sich in die Toilette zurück.

Als sie endlich wieder auftauchte, hatte Diana ihr Make-up erneuert und dachte schon darüber nach, ob sie kurz zu Edward gehen und ihm sagen sollte, daß es noch eine Weile dauern würde.

»Nett, daß Sie gewartet haben. Tut mir leid, daß ich so widerwärtig bin.«

»Es muß schrecklich für Sie sein. So ein Pech.« Im Spiegel über dem Waschbecken sah sie Louises bleiches Gesicht – und sie sah auch, daß das Mädchen Tränen in den Augen hatte.

»Als ich schwanger war, *mußte* ich dauernd Hummer essen«, sagte sie, »und danach wurde mir immer furchtbar übel. Es war dumm, daß ich es überhaupt probiert habe.«

Diana schwieg. Diese Geschichte klang sehr seltsam, aber sie erinnerte sich daran, daß sie als junge Frau auch nur ungern zugegeben hatte, zuviel getrunken zu haben.

»Oje, ich sehe ja richtig grün aus.«

»Ich habe ein wenig Rouge dabei, wenn Sie wollen.«

»Danke. Dann brauche ich Dad nichts zu sagen. Und er wird nicht fragen, ob ich wieder schwanger bin.«

Diana war gerade eingefallen, daß dies tatsächlich die Ursache sein könnte. »Sind Sie?«

»O *nein*! Das ist unmöglich. Auf keinen Fall.«

Sie war fertig mit dem Rouge und zog einen Kamm durch die wirren, feuchten Haarsträhnen. »Lieben Sie ihn?«

Diese Frage hatte etwas so Drängendes, daß Diana mit Staunen reagierte – im Spiegel starrte sie Louise an, die ihrem Blick mit unwiderstehlicher Neugier begegnete.

»Ja«, hörte sie sich sagen, und dann, ganz erleichtert, daß sie es aussprechen konnte: »Ja. Sehr.«

»Na dann. Ihr solltet nicht aufgeben. *Nichts* sollte euch davon abhalten können.«

Diana sah, daß sie wieder, oder immer noch, Tränen in den Augen hatte.

Sie kehrten zu Edward zurück, und ihm schien gar nicht aufzufallen, daß sie lange weggewesen waren oder daß Louise elend aussah. Diana bestand darauf, Louise noch zum Edwardes Square zu bringen, bevor sie zurückfuhren.

»Mach dir um mich keine Gedanken. Ich komme schon zurecht.«

Aber als das Taxi anfuhr und sie sich noch einmal umdrehte und ihre Mutter winkend am Gartentor stehen sah, als wehrte sie Fliegen ab, war Zoë ziemlich sicher, daß sie nicht zurechtkommen würde. Maud war so plötzlich gestorben, daß Mrs. Headford sich immer noch in einer Art Schockzustand befand. Zoë war auf die Insel gefahren, nachdem sie das Telegramm erhalten hatte: »Maud letzte Nacht verschieden. Sehr plötzlich. Mummy.« Nachdem sie vergeblich versucht hatte, ihre Mutter telefonisch zu erreichen, hatte sie sich sofort auf den Weg gemacht. Als sie Cotter's End erreichte, war die Tür verschlossen gewesen, aber gerade als sie sich auf die Suche nach einem Telefon machen wollte, um die Lawrences oder die Fenwicks anzurufen, waren die letzteren vorbeigekommen. Miss Fenwick fuhr einen verbeulten alten Vauxhall, dessen Vordersitz vollständig von Mrs. Fenwick eingenommen wurde. Auf dem Rücksitz saß Zoës Mutter.

»Da!« rief Miss Fenwick. »Was habe ich dir gesagt? Ich wußte doch, daß deine Tochter kommen würde.«

»Wir wollten nur kurz vorbeifahren und sehen, ob alles in Ordnung ist«, erklärte sie, als sie Mrs. Headford aus dem Auto half. »Aber ich hatte so eine Vorahnung, daß Sie hier sein würden. Ist das nicht ein wunderbarer Zufall?« Ihre aufreizende Fröhlichkeit schlug augenblicklich in einen tragischen Tonfall um, als sie zu Zoë sagte: »Es war ein schrecklicher Schock für sie. Ich glaube nicht, daß sie es verkraften wird. Schon gut, Mutter, ich komme gleich. Mutter wollte vor dem Mittagessen eigentlich nicht fahren, aber ich konnte sie nicht allein lassen.«

Zoës Mutter kam zögernd um das Auto herum. Sie trug ihren alten Kamelhaarmantel und einen schwarzen Wollturban, der nicht ganz gerade saß.

»Hast du deinen Schlüssel, Cicely?« rief Miss Fenwick aus dem Auto.

»Ich dachte, du hättest ihn.«

»Ich habe ihn in deine Handtasche getan, Liebes. Aber sieh vorsichtshalber noch einmal nach.«

Mrs. Headford fingerte an ihrer steifen, glänzenden Handtasche herum, die plötzlich aufklappte. Ein Tablettenröhrchen, ein rosafarbener Kamm, ein kleiner Handspiegel und die Hälfte eines Füllfederhalters fielen auf den reifüberzogenen Pfad. »Oje!« Zoë, die ihrer Mutter gerade einen Kuß hatte geben wollen, bückte sich, um alles aufzuheben.

»Hast du ihn gefunden, Liebes?«

»Was denn? Ach – den Schlüssel.« Sie wühlte in der Tasche und holte einen Geldbeutel aus Schlangenlederimitat mit einem Reißverschluß heraus. Die offene Tasche baumelte trunken an ihrem Arm, während sie mit dem Reißverschluß des Geldbeutels kämpfte.

»Laß mich das machen.« Zoë nahm ihn ihr ab. Der Reißverschluß klemmte, weil er sich im Futter verfangen hatte, und sie mußte ihn mit Gewalt öffnen. Der Geldbeutel enthielt einen Zehnshillingschein und ein Sixpencestück, aber keinen Schlüssel.

»Jetzt fällt es mir wieder ein: Ich habe ihn in die Manteltasche gesteckt, damit ich ihn gleich zur Hand habe.«

Zoë räumte alles wieder in die Handtasche.

»Ich bringe dir die Sachen, die du bei uns gelassen hast, nach Mutters Mittagsschlaf vorbei«, rief Miss Fenwick, und dann setzte sich der Wagen mit einem Ruck in Bewegung.

»Ich hätte ihr sagen sollen, daß das nicht nötig ist. Ich habe genug Sachen hier, und ich will ihnen auf keinen Fall zur Last fallen.«

Sie waren den Weg hinauf zur Haustür gegangen, die Zoës Mutter nun nicht aufbekam. »Maud hatte immer den Schlüssel«, sagte sie und trat zur Seite, um Zoë das Aufschließen zu überlassen.

»Du mußt den Schlüssel gegen den Uhrzeigersinn drehen, Mummy – deshalb ging es nicht auf.«

Im Haus stand die schale Luft einer Wohnung, in der sich länger als vierundzwanzig Stunden niemand aufgehalten hatte. Es war ausgesprochen kalt.

»Wir sollten gleich ein Feuer anmachen, Mummy, noch bevor wir etwas essen.«

»Ja? Maud hat das Feuer immer erst nach dem Tee angemacht.«

»Ist dir denn nicht kalt?«

»Nun, es ist kalt draußen, Liebes, also ist das ja wohl zu erwarten.«

Sie waren den Flur entlang in das kleine Wohnzimmer gegangen. Auf dem wackligen Tisch am Fenster, wo die Vorhänge zugezogen waren, standen zwei Gläser und eine Sherrykaraffe. Zoë zog die Vorhänge auf, und in dem hereinfallenden Licht zeigte sich eine Schicht aschenen Staubes, die sich auf alles gelegt hatte. Die Häkelarbeit ihrer Mutter lag auf dem Sessel. Der Kamin war voller Asche, und auf dem Sims stand eine Vase mit verblühten Chrysanthemen, daneben Weihnachtskarten, die an Porzellankaninchen und Fläschchen mit gestreiftem und gefärbtem Sand lehnten.

»Wir sollten einen Sherry trinken.« Ihre Mutter ging zu der Vitrine, in der die Gläser und Teetassen standen. »Lieb von dir, daß du gekommen bist«, sagte sie, und ihre vom Weinen geröteten Augen füllten sich mit Tränen. Zoë umarmte sie, und sie brach in

Schluchzen aus. »Gestern früh ging es ihr noch gut. Zum Frühstück hatten wir ein kleines Stück gebratenes Brot; jemand hatte Maud eine Dose Pilze gegeben, und wir haben die Reste gegessen, weil es für eine Mahlzeit zuviel war. Sie wollte hinterher einkaufen gehen – das machte sie dienstags immer –, und sie wollte mein Buch zurück in die Leihbücherei bringen, aber ich hatte es oben gelassen. Sie bestand darauf, selbst nach oben zu gehen – sie wollte es mich einfach nicht holen lassen. Ich hörte ein Krachen und dachte, sie wäre gefallen, also ging ich nach oben, und da lag sie.«

Einen Augenblick lang versagte ihr die Stimme, und sie drückte sich das Taschentuch, das Zoë ihr gegeben hatte, an die Augen. »Ich dachte, sie wäre ohnmächtig geworden, und ging ein Glas Wasser holen, aber du weißt ja, wie das ist, wenn etwas Unerwartetes passiert – ich konnte kein sauberes Glas finden, und dann mußte ich das Wasser längere Zeit laufen lassen, weil die Rohre hier ihre Tücken haben und Maud immer sagte, laß es erst eine Weile lang laufen. Als ich zu ihr zurückkam, merkte ich – ich merkte, daß sie nicht atmete. Ich habe den Doktor angerufen, und dann habe ich mich zu ihr auf die Treppe gesetzt. Ach, Zoë! Es war so ein schrecklicher Schock!«

Zoë nötigte sie, sich in den Sessel zu setzen, und goß ihnen Sherry ein. »Und was ist dann passiert?« Sie nahm an, daß es ihrer Mutter guttun würde, die ganze Geschichte zu erzählen.

»Ich habe ihr den Hut abgenommen.« Sie sah ihre Tochter an, als flehte sie um Anerkennung. »Es schien irgendwie falsch, sie mit dem Hut daliegen zu lassen.«

»Trink einen Schluck, Mummy, das wird dir guttun.«

Während sie den Rest tranken – es reichte noch für zwei Gläser für jede von ihnen –, erfuhr Zoë, daß der Arzt schließlich gekommen war und erklärt hatte, Maud habe einen Herzinfarkt erlitten. Er hatte organisiert, daß sie weggebracht wurde, und dann hatte er Miss Fenwick angerufen. »Sie meinten, ich sollte nicht allein bleiben, weißt du. Alle waren sehr freundlich und sehr rücksichtsvoll.« An diesem Morgen war sie gekommen, um sich ein paar Kleider zu holen und nachzusehen, ob mit der Katze alles in Ordnung war. »Ich habe dir das Telegramm geschickt, weil ich dachte, du solltest es wissen.«

Zoë hatte Feuer gemacht und ging in die Küche. Sie aßen eine Dose gebackene Bohnen auf Toast.

In den Tagen bis zur Beerdigung erfuhr sie noch mehr: Zum Beispiel sagte ihr der Arzt, daß Maud schon länger Herzprobleme gehabt hatte. Aber sie hatte nicht gewollt, daß man es auch nur erwähnte, weil sie ihre Freundin nicht beunruhigen wollte. Ein Anwalt aus Ryde kam und teilte ihnen mit, daß Maud das Cottage und alles darin Mrs. Headford hinterlassen hatte, dazu mehrere tausend Pfund. »Ihre Pension wird selbstverständlich nach ihrem Tod nicht weiter ausgezahlt.« Und von ihrer Mutter selbst erfuhr Zoë, daß sie vorhatte, im Cottage zu bleiben. Zoë hatte vorgeschlagen, sie solle mit nach London kommen, aber Mrs. Headford hatte nur gesagt: »Nein, Liebes. Ich habe hier Freunde. Cotter's End ist mein Zuhause. Und ich bin daran gewöhnt, allein zu sein.«

Aber die Jahre mit Maud hatten sie weicher gemacht. Es war Maud gewesen, die eingekauft und gekocht hatte; Maud hatte alle wichtigen Entscheidungen getroffen und den Wagen gefahren – Mrs. Headford konnte nicht fahren. Es war Maud gewesen, die die Rechnungen zahlte, die Reparaturen am Haus durchführen ließ und die Medikamente aus der Apotheke holte.

In den Tagen vor der Beerdigung hatte Zoë ihrer Mutter geholfen, Mauds Kleider auszusortieren, die alle wegen ihrer Haltbarkeit gekauft und weit darüber hinaus beansprucht worden waren. Der Vikar meinte, sie könnten sie auf dem Weihnachtsbasar verkaufen, und Zoës Mutter nahm an, daß dies Mauds Wünschen entsprochen hätte. Immer wieder stellte sie Mutmaßungen über die Wünsche ihrer Freundin an, und vor allem ging es darum, daß Maud sicher gewollt hätte, daß sie im Cottage bliebe. »Ich bin überzeugt, daß sie es mir nur deshalb hinterlassen hat«, sagte sie immer wieder. Nach der Beerdigung hatten sich die Freunde in das kleine Wohnzimmer gedrängt, zu Tee, Sandwiches und Sherry, einer freundlichen Stiftung von Colonel Lawrence, dessen Hund die meisten Sandwiches – Dosenfleisch und Mauds Ingwermarmelade – gefressen hatte.

Zoë hatte mit dem Arzt über die Gesundheit ihrer Mutter gesprochen, die, wie er sagte, erheblich besser war als Mauds. Die

Lawrences und Miss Fenwick hatten sich bereit erklärt, ihre Mutter abwechselnd zum Einkaufen mit in die Stadt zu nehmen. Doris Patterson, die einmal in der Woche für die gröberen Arbeiten ins Cottage gekommen war, bot an, demnächst zweimal zu kommen, was Zoës Mutter sich nun wohl leisten konnte. Alle waren freundlich und hilfsbereit gewesen, aber Zoë, der aufgefallen war, daß ihre Mutter nur dabeistand, während sie selbst kochte und spülte, machte sich dennoch Sorgen. Sie schlug vor, einiges von Mauds Geld (vielleicht sogar alles) in die Installation einer Zentralheizung zu stecken, aber ihre Mutter war absolut dagegen; sie war sicher, daß Maud das nicht gewollt hätte. »Sie hat immer gesagt, eine Zentralheizung ist der Tod guter Möbel.« Als »gute Möbel« konnte man bestenfalls die Vitrine und eine Kommode in Mauds Zimmer bezeichnen, aber es hatte keinen Sinn, darüber zu streiten.

Und nun, eine Woche später, rumpelte sie mit dem Inseltaxi wieder zum Zug zur Fähre, die sie zum Zug nach London bringen würde.

In diesem Zug, der wegen der nahen Weihnachtstage überfüllt war, wurde sie von Erinnerungen an ihre Begegnung mit Jack heimgesucht. Damals hatte sie geglaubt, unglücklich zu sein – Schuldgefühle wegen ihrer Mutter und natürlich die Ungewißheit, ob Rupert noch lebte … Und dann war plötzlich Jack dagewesen, und hatte – wie es ihr damals vorgekommen war – ihr ganzes Leben verändert.

Nun hatte sie das Gefühl, daß nichts mehr, ganz gleich aus welcher Richtung, ihr Leben verändern konnte, obwohl sich die Art ihres Unglücklichseins geändert hatte – die Schuldgefühle wegen ihrer Mutter waren das einzig Altvertraute. Der Unterschied bestand darin, überlegte sie (sie war zu müde zum Lesen), daß sie vor Jack geglaubt hatte, eine Art *Recht* darauf zu haben, unglücklich zu sein: Immerhin war ihr Mann vermißt und wahrscheinlich tot. Und nun war es Jack, den sie vermißte: Selbst nach all diesen Monaten war sie nicht in der Lage, länger als ein paar Sekunden über seinen Tod und die Art, wie er gestorben war, nachzudenken. Jedesmal, wenn sie an ihn dachte – ein dutzendmal während des Tages oder in der Nacht –, spulte sich ihre Vorstellung von seinem letzten Tag wieder vor ihren Augen ab: wie er versucht hatte, ihr zu schreiben, das dann aber aufgegeben und sich lieber an Archie gewandt hatte (was wäre geschehen, wenn sie ihn nicht an jenem Abend mitgenommen hätte, um ihn Archie vorzustellen; an wen hätte er sonst schreiben können, und wenn ihm niemand eingefallen wäre, hätte sie überhaupt je von seinem Tod erfahren?), seine Rückfahrt von einem Militärflugplatz zu dem entsetzlichen Lager, wo er sich einen Platz suchte, an dem er die letzten Minuten seines Lebens allein verbringen konnte, bevor er ihm ein Ende setzte – eine Tat, die Mut und Verzweiflung in einem Ausmaß erforderte, an das sie nicht einmal denken mochte.

Sie war in seine Wohnung gegangen, um ihre Kleider abzuholen, bevor sie dem Makler die Schlüssel zurückgegeben hatte. Sie hatte diesen Augenblick gefürchtet, wäre beinahe nicht hingegangen, aber am Ende war sie der Ansicht gewesen, daß es sein mußte. Mit ihrem leeren Koffer in der Hand war sie durch das dunkle, staubige Treppenhaus gegangen, entschlossen, so wenig Zeit wie möglich in der Wohnung zu verbringen; einfach nur zu packen und dann zu gehen. Aber als sie die Tür öffnete, war ihr klargeworden, daß er sich nach ihrer letzten Begegnung dort noch aufgehalten hatte: Das Bett war ungemacht, und auf dem Nachttisch stand ein Aschenbecher voller Kippen. Sie ging in die winzige Küche, um das Fenster zu öffnen, und fand eine Kanne mit Kaffeesatz und eine Tasse auf dem Abtropfbrett. Sein Morgenmantel hing an der Badezimmertür, in der Seifenschale lag eine benutzte Rasierklinge, und im Waschbecken war ein gräulicher Ring aus Seifenschaum angetrocknet. Sie berührte ihn mit einem Finger und sah die dunklen Stoppeln, die sich darin verfangen hatten. All dies hatte aufgehört zu existieren.

Als sie ins Zimmer zurückkehrte, traf die Trauer sie wie eine schwere, kalte Flut, die sie beinahe erstickt hätte; sie konnte nicht mehr stehen und brach auf dem wackligen Diwan zusammen. Das Kissen hatte immer noch eine Delle. Sie drückte das Gesicht hinein, dorthin, wo sein Kopf gelegen hatte, und weinte.

Einige Zeit später, nachdem sie sich ausgeweint hatte, stand sie auf und begann zu packen. In der Tasche seines Bademantels steckte das übliche Päckchen Lucky Strikes. Sie rauchte eine, bevor sie den Rest wegwarf, aber selbst der vertraute Geruch nach verbranntem Karamel bewirkte nichts. Sie fühlte sich schwerelos und leer – trocken wie Laub. Sie hatte zu Ende gepackt, die Kaffeetasse und die Aschenbecher gespült, das Waschbecken gesäubert und das Bett abgezogen, und dann hatte sie den Ort, an dem sich ihr gemeinsames Leben abgespielt hatte, verlassen und den Schlüssel zurück zum Makler gebracht.

Danach war die Tatsache, daß er tot war, kein Schock mehr, aber die Art, wie er gestorben war, quälte sie weiterhin, und sie konnte es weder verstehen noch akzeptieren noch vergessen. Manchmal kam es ihr vor wie eine heroische Geste mutiger Liebe, manchmal wie eine vollständige Zurückweisung ihrer selbst, ohne die geringste Spur von Zärtlichkeit. Und immer wieder entsetzte und erschreckte sie, wie *schwer* er es sich gemacht hatte: Wie konnte jemand eine solche Entscheidung treffen und noch Stunden weiterleben, bevor er sie schließlich in die Tat umsetzte?

Und dann, an einem ganz normalen Nachmittag, mitten in einem Streit mit Juliet, die entschlossen war, ihren Willen durchzusetzen – gehen wir nun durch den Wald zurück oder nicht? –, hatte sie sich umgedreht, und Rupert war auf sie zugekommen. Sie hatte ihn zunächst für eine Erscheinung gehalten, einen Geist, hatte die Hand ausgestreckt, um ihn zu berühren, um ihn zu bannen, aber als er sprach, hatte eine andere Art von Angst sie ergriffen, und sie hatte bei Juliet Zuflucht gesucht, hatte die Begegnung der beiden beobachtet – die so einfach war im Vergleich zu ihrer eigenen mit ihm. Juliet hatte es leichter gemacht, sie hatten miteinander gespielt, und erst als er ihr von dem Baumstamm geholfen hatte, war ihr klargeworden, daß er ebenso schüchtern und nervös war wie sie selbst. Sie hatte auf dem ganzen Heimweg über die Familie geredet und war erst wieder unsicher geworden, als die Rede auf Archie kam und sie sich erinnerte, wie freundlich er zu Jack gewesen war, und einen Augenblick lang hatte sie geschwiegen … Bis nach dem Abendessen waren sie dann nicht wieder miteinander allein gewesen. Sie hatte dagesessen und versucht, an Juliets Kleid weiterzunähen, während er von Pipette und ihrer Mutter sprach. Dann hatte er versucht, etwas über seine Abwesenheit zu sagen und wie es für sie gewesen sein mußte, und sie war von Verwirrung und Schuldgefühlen vollkommen überwältigt worden. Am liebsten wäre sie davongerannt; sie schämte sich, daß sie ihn nicht einfach willkommen heißen konnte, und entschuldigte das wiederum damit, daß sein plötzliches Auftauchen ein Schock gewesen war (zumindest dies entsprach der Wahrheit).

Sie hatte sich im Bad umgezogen, und als sie die Haarnadeln löste, war ihr das Türkisherz in ihrer Halsgrube aufgefallen. Jacks Geschenk an Juliet. Sie hatte es aufheben wollen, bis Juliet älter war, aber nachdem Archie ihr gesagt hatte, daß er tot war, hatte sie es an eine Kette gehängt und getragen wie eine Art Talisman oder als Zeichen der Trauer, sie wußte es selbst nicht genau. An dem Abend nahm sie es ab und steckte es weg. Sie legte sich ins Bett und wartete dort auf ihn, reglos. Aber als er sie einfach auf die Wange küßte und das Licht ausmachte, verspürte sie plötzlich das intensive Bedürfnis, es ihm zu sagen, ihm alles zu erzählen, was mit Jack passiert war, in seinen Armen zu weinen – um Jack – und zu hören, daß Rupert ihr vergab. Früher einmal, dachte sie, wäre sie so egoistisch und so in ihren eigenen Schmerz versunken gewesen, daß sie nicht einmal daran gedacht hätte, was er dabei empfinden mochte. Viel später – nicht in dieser Nacht – hatte sie erkannt, daß sie Jack, wenn sie Rupert von ihm erzählte, weiter in die Vergangenheit schieben würde, als sie selbst es wollte. Ruperts Wiederauftauchen hatte sie nicht nur bei ihrer Trauer unterbrochen, es hatte auch bewirkt, daß sie sich deswegen schuldig fühlte.

In den folgenden Wochen hatte sie sich oft gefragt, ob Rupert etwas gespürt hatte. Er war mit Sicherheit anders als früher – zurückgezogen, zögerlich, beinahe verlegen. Er sei müde, sagte er, und es gebe so vieles, an das er sich erst wieder gewöhnen müsse, das Leben habe sich verändert – obwohl er sich kaum darüber ausließ, in welcher Hinsicht es sich für ihn verändert hatte.

Auf Anraten der Duchy waren sie für ein Wochenende nach Brighton gefahren, im August, nachdem Rupert ausgemustert worden war. Sie wußte nicht mehr, wie sie ausgerechnet auf

Brighton gekommen waren. Die Duchy hatte es vorgeschlagen, und Rupert hatte Zoë angesehen und gefragt: »Würde dir das gefallen?« Bei dieser ganzen Angelegenheit hatte es von vornherein an Begeisterung gefehlt, und das hatte sie nur noch nervöser gemacht, aber als ihr aufging, daß Rupert sich, aus welchen Gründen auch immer, ganz ähnlich fühlte, hatte sie Angst bekommen. Was sollten sie tun? Über was sollten sie reden? Und sie würden im selben Bett schlafen müssen, voller Unsicherheit, ob er mit ihr schlafen oder es zumindest versuchen würde – beides war schon geschehen, in großen Abständen, und es war gewesen, als begegne man auf einer Party jemandem, den man kaum kennt, und beide sind nackt und tun so, als sei das nichts Ungewöhnliches. Es hatte sicherlich viel mit So-tun-als-Ob zu tun. Sie gab vor, das zu empfinden, was er an Empfindungen erwartete; auf eine seltsame Weise fühlte sie sich verantwortlich für das, was beim Sex geschah, was ihr früher nie in den Sinn gekommen wäre; aber sie fühlte sich auch Jack gegenüber verantwortlich – nur so zu tun als ob, war kein Betrug an ihm, aber Vergnügen zu empfinden wäre irgendwie verachtenswert gewesen. Einmal hatte sie sich vorgestellt, wie es wohl wäre, wenn jemand ihre und Jacks Geschichte erzählte, ein Mann einem anderen – als der Erzähler bei Jacks Tod angekommen war, fragte der Zuhörer nach einer angemessenen Pause: »Und was wurde aus der Frau?« – »Sie? Sie ist einfach zu ihrem Mann zurückgekehrt, so als wäre nichts geschehen.« Und beide würden beim Gedanken an eine so oberflächliche, gefühllose Person weltmännisch und verächtlich lächeln.

Aber Jack hatte in seinem Brief an Archie geschrieben: »Vielleicht wird ja ihr Mann zurückkommen?«, also hatte er auch an eine solche Lösung gedacht. Und da war er nun, saß ihr im Zug nach Brighton gegenüber, ein sanfter, freundlicher Mensch, der so viel älter und hagerer aussah – als hätte er in diesen unendlich langen vier Jahren wirklich vieles durchgemacht. Aber inzwischen schien der Altersunterschied zwischen ihnen nicht mehr so groß zu sein wie damals, als sie geheiratet hatten und sie erst Anfang Zwanzig gewesen war. Er würde immer zwölf Jahre älter sein, aber nun, mit dreißig, fühlte sie sich selbst alt – zu alt, als daß dieser Abstand noch von Bedeutung sein konnte.

Er blickte von der Zeitung auf und merkte, daß sie ihn angeschaut hatte. »Dein Haar sieht sehr hübsch aus.«

In den frühen Jahren ihrer Ehe, als sie eifersüchtig auf die Kinder gewesen war und die Mutter der beiden, die verstorbene Isobel, eine noch schlimmere Bedrohung dargestellt hatte, weil er nie über sie sprach, hatte Rupert oft versucht, sie durch Komplimente zu trösten, durch Bewunderung, die sie nur wahrnahm, wenn sie sie vermißte. Wie sehr hatte sie sich danach gesehnt, für etwas anderes bewundert zu werden als für ihr Aussehen – für ihre Intelligenz, ihren Charakter, für Aspekte, die, wie sie nun dachte, einfach keiner Erwähnung wert gewesen waren.

Sie lächelte und schwieg.

Das Hotel war riesig – Mahagoni und dunkelrote Teppiche, uralte Gepäckträger mit Westen mit Wespen, endlose, trüb beleuchtete Flure. Schließlich blieb der alte Mann, der ihre Koffer trug, am Ende eines dieser Flure stehen, vor einer Tür direkt neben der Feuertreppe. Er ächzte, nestelte am Schloß herum und zeigte ihnen ihr Zimmer. Sofort registrierte Zoë das kleine Doppelbett und die Vorhänge, die nicht verbergen konnten, daß das Fenster auf eine weitere Mauer voller Hotelfenster hinausging.

Rupert sagte: »Ich hatte um ein Zimmer mit Seeblick gebeten.«

»Damit habe ich nichts zu tun, Sir. Sie könnten beim Empfang anrufen.«

Das tat er, und nach einigem Hin und Her bot man ihnen ein Zimmer zwei Stockwerke höher an. Ein Page würde den Schlüssel zu dem neuen Zimmer bringen.

In diesem Zimmer standen zwei getrennte Betten. Rupert schien das nicht weiter aufzufallen. Er gab dem Gepäckträger Geld und trat ans Fenster. »Das ist erheblich besser, findest du nicht?«

Sie stellte sich neben ihn und sah aufs Meer hinaus, das im Sonnenuntergang wie geschmolzenes Blei heranrollte, und auf den Pier auf seinen Spinnenbeinen. Die Wolken am Himmel waren zartlila und aprikosenfarben.

Er legte den Arm um sie. »Wir werden uns eine schöne Zeit machen«, sagte er. »Du hast Ferien wirklich verdient. Sollen wir uns eine Flasche Champagner schicken lassen?«

Ja, sagte sie, das wäre schön.

Er wandte sich zum Telefon und bemerkte die getrennten Betten. »Oje! Sie haben nicht erwähnt – soll ich noch mal anrufen?«

Aber sie meinte nur, er solle es lassen. Sie konnten die Betten doch zusammenschieben – ein weiterer Umzug wäre einfach zuviel. Sie glaubte, war aber nicht ganz sicher, daß er erleichtert war, und ein wenig beschämt erinnerte sie sich an die Szenen, die sie früher gemacht hatte, wenn etwas nicht genau ihren Wünschen entsprach. Sie erklärte, sie werde auspacken und ein Bad nehmen, und er sagte, er werde einen Spaziergang machen und in einer halben Stunde mit dem Champagner wiederkommen.

An diesem ersten Abend, an dem sie beide viel getrunken hatten – eine Flasche Burgunder nach dem Champagner und zu dem gräulich aussehenden Hotelkaffee schließlich noch Cognac –, sagte er: »Zoë. Wir müssen reden.«

Schrecken und, irgendwo im Hintergrund, Erleichterung – jedenfalls so etwas ähnliches – überfielen sie. Er wußte von Jack. Oder er wußte irgend etwas – oder er wollte etwas wissen? Jedenfalls, wenn er fragte, würde sie es ihm sagen müssen, und das war etwas anderes, als es ihm ungefragt zu erzählen ... es kam ihr vor wie der Unterschied zwischen Ehrlichkeit und dem Schmerz, den man jemandem willkürlich zufügte. Sie trank ihren Cognac aus und nahm sich eine von seinen Zigaretten.

»Du hast früher nie geraucht.«

»Ach, hin und wieder. Ich bin keine richtige Raucherin geworden.« Und nicht richtig untreu, dachte sie. Jemandem, den man für tot hält, kann man nicht untreu sein. Damit meinte sie Rupert, aber dann ging ihr auf, daß das gleiche nun für Jack gelten konnte.

Er gab ihr Feuer, und dann zündete er sich selbst eine Zigarette an. »Ich dachte zum Beispiel an das Haus. Sollen wir es behalten, oder möchtest du lieber nach einem suchen, das näher an einem Park gelegen ist. Wir könnten auch eine Wohnung nehmen. Ich glaube nicht, daß die arme alte Ellen es noch mit den Treppen in Brook Green aufnehmen kann. Edward will, daß ich mich um die Anlage in Southampton kümmere. Ich habe ihm gesagt, daß ich mir das überhaupt nicht zutraue, aber wenn du auf dem Land wohnen möchtest, könnte ich es versuchen. Und Hugh – ich möchte, daß du alle Möglichkeiten kennst – meinte, wenn wir bei ihm einziehen wollten, wären wir herzlich willkommen. Ich denke, er hat dabei auch ein bißchen an Wills gedacht, daß es gut für ihn wäre, wenn er im selben Haus bliebe wie Ellen. Ich erwarte nicht, daß dir das zusagt, aber du sollst wissen, daß er uns dieses Angebot gemacht hat.«

Wieder Erleichterung, diesmal verbunden mit der Art von Gereiztheit, die entsteht, wenn man erschrocken ist und dann feststellt, daß man seinen Mut ganz umsonst aufgebracht hat. Es gab nichts, wozu sie Mut gebraucht hätte, also war sie einfach entgegenkommend. »Was wäre dir denn am liebsten?«

Aber das wußte er natürlich nicht: Entscheidungen waren nie seine Stärke gewesen. Sie wußte, wenn sie sich für eine dieser Möglichkeiten ausgesprochen hätte, hätte er ihr zugestimmt, aber sie konnte nur an all das denken, was sie nicht wollte. Sie wollte Ellen nicht verlieren, sie wollte nicht zurückkehren in das Haus am Brook Green, das ihr immer trübselig vorgekommen war und außerdem Isobels Haus gewesen war, aber ansonsten …

Sie verbrachten den Rest des Abends mit höflichen und fruchtlosen Gesprächen.

In der Nacht erwachte sie, und ihr kam der Gedanke, daß Rupert vielleicht deshalb so unschlüssig war, weil ihm keine der Möglichkeiten zusagte. Vielleicht sollte er jetzt wieder anfangen zu unterrichten und/oder zu malen, und wenn sie weniger Geld hätten, würde sie sich eine Stelle suchen müssen. Vielleicht konnten sie nach Frankreich ziehen und mit Archie zusammenwohnen. Ein vollkommen neues Leben: In der Nacht erschien ihr das als die beste Antwort.

Aber als sie es ihm vorschlug, war er entsetzt: »O nein, lieber nicht. Ich glaube, es ist ein bißchen spät, an so etwas zu denken.«

»Aber du hast doch so oft betont, wie sehr du Frankreich liebst …«

»Frankreich? Was hat denn Frankreich damit zu tun?«

»Ich dachte, du malst dort besonders gern …«

Aber er unterbrach sie kalt: »Ich verspüre nicht den leisesten Wunsch, in Frankreich zu leben.«

Das darauffolgende Schweigen hatte etwas Mürrisches an sich.

»Weil ... weil es dir dort so schlechtgegangen ist?«

»Nein. Na ja – vielleicht auch. Ich will einfach nicht.«

Sie gingen am Strand entlang – ihr taten die Füße weh vom Kies, und sie setzten sich, mit dem Rücken zu den Wellenbrechern. Als er wieder schwieg, sah sie ihn an. Er starrte aufs Meer hinaus, nachdenklich, in sich zurückgezogen. Er schluckte, als kämpfe er mit etwas sehr Schmerzlichem, aber er sah sie nicht an.

»Würde es vielleicht helfen, wenn du es mir erzählst?«

»Was erzählen?«

»Was passiert ist. Wie es war. Ich meine – warum bist du nach der Invasion nicht gleich zurückgekommen? Warum hat es so lange gedauert? Haben sie dich irgendwie gefangengehalten?«

»Nein – nicht richtig. Na ja, sozusagen. Es war ein sehr abgelegener Ort – der Bauernhof ...« Er hielt inne, dann sagte er schnell: »Sie hatten mich so lange versteckt und für mich gesorgt, als es äußerst gefährlich war, und es waren einfach nicht genug jüngere Männer da. Ich hatte das Gefühl, ich müßte noch ein bißchen bleiben und helfen – du weißt schon, Ernte und so.«

Sie dachte einen Augenblick nach, und dann sagte sie: »Aber geerntet wird doch vor allem im Herbst!«

»Um Himmels willen, Zoë, hör auf, mir Fallen zu stellen! Ich hatte versprochen, so lange zu bleiben, wie ich geblieben bin. Reicht das?«

Ein Zorn, von dem sie zuvor nicht gewußt hatte, daß er überhaupt vorhanden war, trieb sie weiter. »Nein, das reicht nicht. Du hättest zumindest einen Brief schicken können. Was glaubst du wohl, wie es für deine Mutter war? Für Clary? Für mich. Kein Wort zu hören, nachdem die Alliierten gelandet waren, bedeutete einfach, daß wir endgültig von deinem Tod ausgehen mußten. Du hast uns alle grundlos leiden lassen. Begreifst du nicht, wie unglaublich egoistisch das war?«

Er gab keine Antwort, sondern schlug einfach die Hände vors Gesicht und schluchzte. Bevor sie etwas tun konnte, hatte er die Hände wieder weggenommen und sah sie an. »Ja, das weiß ich. Es ist mir klar. Und ich kann nichts mehr dagegen tun. Es gibt keine Entschuldigung – es war einfach ein anderes Leben, andere

Probleme, Schwierigkeiten. Ich kann nur sagen, so verrückt dir das vorkommen mag, daß es mir damals als das einzig Richtige erschien. Aber es tut mir leid – und ich schäme mich, daß ich euch so weh getan habe.«

Er versuchte zu lächeln, er hatte Tränen in den Augen. Es fiel ihr nicht schwer, ihn zu umarmen und zu küssen. Der Rest des Wochenendes war ausgesprochen ruhig: Sie waren sehr sanft miteinander, sie gingen spazieren, aßen in einem schlechten Restaurant, gingen ins Kino, wühlten in Antiquariaten, aßen im Hotel, beschlossen, das Haus in Brook Green aufzugeben, kamen aber nicht weiter. »Du weißt ja, wie ich bin, wenn es um Entscheidungen geht«, sagte er. »Eine ist mehr als genug.« Während der ganzen Zeit gingen sie ausgesprochen vorsichtig miteinander um. Zoë war erleichtert, weil er offenbar nicht mehr von ihr wollte als das, und sie war dankbar für jene Stunden des Tages – im Buchladen, wo er eine Erstausgabe von Katherine Mansfield für sie entdeckte, über die sie sich sehr freute, und während eines ausführlichen Gesprächs darüber, ob Juliet einen Welpen bekommen sollte oder nicht, was im Augenblick der sehnlichste Wunsch der Kleinen war –, nach denen ihr auffiel, daß sie längere Zeit nicht an Jack gedacht hatte.

Am Montag kehrten sie nach London zurück; Rupert blieb dort, und Zoë fuhr weiter nach Home Place.

Die Duchy hatte sie liebevoll willkommen geheißen. »Du siehst aus, als wärst du wirklich ein wenig zur Ruhe gekommen«, sagte sie, und dann kamen Juliet und Wills die Treppe heruntergerannt.

»Mummy! Als du weg warst, ist Wills geschlafwandelt! Er ist die ganze Treppe heruntergewandelt bis ins Eßzimmer! Sie haben ihn wieder ins Bett gebracht, und am nächsten Morgen hat er überhaupt nichts mehr davon gewußt! Am nächsten Abend bin ich geschlafwandelt, aber ich bin beinahe die Treppe runtergefallen, weil man gut die Treppe runter gar nicht schlafwandeln kann, wenn man die Augen zu hat, und sie haben mich wieder ins Bett gebracht, und ich kann mich noch genau erinnern! Und Wills sagt, das könnte nicht sein, denn wenn man schlafwandelt, muß man die Augen offen haben. Das stimmt doch nicht, oder? Jedenfalls, wenn *ich* schlafwandele, tue ich das mit geschlossenen Augen!«

»Sie tut nur so«, warf Wills ein. »Sie kann es nicht richtig – sie ist sowieso noch viel zu klein für so was.«

»Ich bin nicht zu klein! Ich sehe vielleicht nicht so aus, aber drinnen bin ich schon viel älter. Wie du, Mummy. Ellen sagt, du bist älter, als du aussiehst.«

»Ha, ha, *ha*«, sagte Wills sehr schleppend. »Willst du meinen Zahn sehen?«

»Will sie nicht. Ich habe ihn gesehen, und er ist langweilig. Weißt du, was die Duchy uns erzählt hat? Als sie noch klein war und ihre Zähne gewackelt haben, haben sie einen Faden drumgebunden und das andere Ende am Türgriff festgemacht und die Tür zugeworfen, und der Zahn ist rausgekommen, und dann hat sie einen Penny gekriegt, weil sie so tapfer war.«

»Ich würde viel mehr verlangen, wenn jemand so was mit mir machen will«, meinte Wills, und Zoë sagte, sie sei derselben Ansicht.

»Mummy, du darfst nicht auf Wills Seite stehen, schließlich bist du *meine* Mutter!« Und sie umklammerte Zoës Beine und warf Wills, dessen Miene plötzlich ausdrucklos wurde, einen herausfordernden Blick zu.

»Ich trage deinen Koffer rauf, Tante Zoë«, sagte er.

Ein paar Tage später war sie allein mit der Duchy. Sie hatten Zuckererbsen gepflückt – das war etwa alle zwei oder drei Tage fällig – und saßen auf der Bank am Tennisplatz. Die Duchy holte eine Zigarette aus der Chagrinlederdose und wollte die Dose gerade wieder in die Tasche ihrer Strickjacke stecken.

»Kann ich auch eine haben?«

»Aber sicher, meine Liebe. Ich wußte gar nicht, daß du rauchst.«

»Das tue ich auch eigentlich nicht. Nur hin und wieder.«

Sie schwieg, weil sie nicht wußte, wie sie beginnen sollte. Sie betrachtete das ruhige, offene Gesicht ihrer Schwiegermutter. Eigentlich galten Beziehungen zwischen Schwiegermüttern und Schwiegertöchtern als schwierig, aber Zoë empfand nichts als tiefste Dankbarkeit für die stetige, teilnahmsvolle Freundlichkeit der Duchy, und das war von Anfang an so gewesen – seit Rupert sie in diese Familie gebracht hatte, ein verwöhntes, eigensüchtiges junges Mädchen –, durch all die Schuldgefühle und Depressionen nach dem Tod ihres ersten Babys und dann während all der Kriegsjahre, als Rupert vermißt war. Es war die Duchy gewesen, die sie ermutigt hatte, in dem Verwundetenheim in der Mill Farm zu arbeiten, und niemals hatte die Duchy ihre Unzulänglichkeit im Umgang mit Clary und Neville auch nur im geringsten kritisiert. Vor allem aber hatte sie Zoë nie zur Rede gestellt, wenn sie nach London fuhr, obwohl sie wußte, daß sie dort einen Geliebten hatte, und sie hatte sie auch später mit keinen Wort verraten. Jetzt hätte Zoë gern ihren Dank zum Ausdruck gebracht. »Du bist immer so gut zu mir gewesen. Auch in den ersten Jahren, als ich so unglaublich eigensüchtig und verantwortungslos war.«

»Liebes, du warst einfach nur jung. Als du geheiratet hast, warst du nur ein Jahr älter, als ich es bei meiner Heirat war.« Sie hielt einen Augenblick inne, dann fügte sie hinzu: »Ich fand es damals sehr schwierig, meine romantischen Vorstellungen der Wirklichkeit anzupassen. Ehemänner verbringen nicht ihr ganzes Leben auf den Knien vor einem und schenken einem Blumen, aber die Mädchen meiner Jugendzeit hatten genau diese Vorstellung – wir lasen Romane, in denen es häufig um solche Dinge ging, und natürlich sagten einem die Eltern kein Wort über das, was Ehe und Mutterschaft wirklich bedeuten. Man hielt es nicht für notwendig oder wünschenswert, den jungen Leuten mitzuteilen, was ihnen bevorstand.«

Als die Duchy sich zurechtsetzte, um sie ansehen zu können, befürchtete Zoë schon, daß sie nun doch verurteilt würde, aber das geschah nicht.

»Ich fand immer, daß du es sehr schwer hattest – immerhin hatte Rupert schon zwei Kinder, und vor allem Clary hat ihre Mutter so sehr vermißt. Und dann der Schmerz über das erste Baby und Ruperts lange Abwesenheit und all diese Unsicherheit. Ich finde, du hast dich sehr gut geschlagen.«

Als die Duchy das erste Baby erwähnte, spürte Zoë, wie sie rot wurde. Sie hatte die kurze Affäre mit dem Arzt ihrer Mutter, die demütigende Ernüchterung und die gefürchteten Konsequenzen beinahe vollständig aus ihrer Erinnerung verdrängt. Nun wußte sie, daß das alles immer noch vorhanden war, wie ein Eisberg inmitten ihres Gewissens, und in diesem Augenblick wußte sie auch, daß sie Philip sicher niemals würde erwähnen können, daß es ihr aber möglich sein mochte, mit Rupert über Jack zu reden. Und die Duchy, weise, freundlich und unerwartet verständnisvoll, war die geeignete Person, die man in einer solch delikaten Angelegenheit um Rat bitten konnte.

Also fragte sie.

»O nein, Liebes! Nein, nein! Glaub nicht, daß ich dir wegen dieses armen jungen Mannes Vorwürfe mache, aber es liegt in deiner Verantwortung, mit diesen Erlebnissen allein fertig zu werden. Belaste deinen Mann nicht damit.«

Zoë spürte, daß die Duchy nach ihren Händen griff und sie drückte, doch sie wandte den Blick nicht von ihrem Gesicht.

»Aber wenn ...« Sie rang mit sich, weil sie unsicher war, wieviel sie gestehen sollte. »Er – Rupert – ist überhaupt nicht froh. Er ... ich glaube, er macht sich Vorwürfe, weil er uns nicht früher mitgeteilt hat, daß er noch lebt. Er möchte nicht darüber reden, aber es fiele ihm vielleicht leichter, wenn ich ihm vorher erzählte ...«

Hinterher war sie nicht ganz sicher, aber sie hatte den Eindruck gehabt, daß der stetige Blick geflackert hatte, die Offenheit von etwas anderem überschattet worden war, doch der Augenblick war vergangen, ehe sie es so recht bemerkte. »Ich finde«, sagte die Duchy, »du solltest ihn nicht drängen, etwas über Frankreich zu sagen. Überlaß es ihm. Wenn er darüber sprechen möchte, wird er es schon tun.« Sie beugte sich vor und hob ihren Korb mit Erbsen auf. »Ihr habt noch so viele Jahre vor euch. Ich rate dir, dich lieber darauf zu konzentrieren.« Sie nahm Zoës Arm und drückte ihn ein wenig. »Schließlich hast du mich gefragt.«

Sie hatte gefragt, dies war der Rat gewesen, und sie hatte ihn angenommen.

Im Herbst hatten sie das Haus am Brook Green zum Verkauf ausgeschrieben, aber in London standen so viele Häuser zum Verkauf, und da sie kein neues kaufen konnten, ehe sie das alte losgeworden waren, waren sie zu Hugh gezogen, der froh war, sie aufnehmen zu können.

Insgesamt verlief das Zusammenleben recht angenehm, wobei Zoë nicht so recht wußte, ob das nur darauf zurückzuführen war, daß alle davon ausgingen, daß es von kurzer Dauer sein würde, oder auch darauf, daß sie so daran gewöhnt war, mit Verwandten zusammenzuwohnen. Den Kindern schien es zu gefallen. Wills war glücklich, weil er noch nicht ins Internat mußte, und Juliet ging gern in ihre Tagesschule und fand dort schnell Kontakt, was eine endlose Reihe von Einladungen zum Tee und zu Geburtstagsfeiern bedeutete. Ellen – sie wohnte in einem Zimmer im Erdgeschoß, das Hugh für sie eingerichtet hatte – übernahm den größten Teil des Kochens und schien erleichtert, daß sie nicht mehr den ganzen Tag Treppen steigen mußte. Die Kinder aßen in der Küche, und Ellen wusch, bügelte und flickte noch ihre Sachen, aber Zoë war diejenige, die sie morgens weckte und sich darum kümmerte, daß sie nach dem Abendessen ins Bad und ins Bett kamen. Hugh hatte darauf bestanden, ihr und Rupert sein Schlafzimmer zu überlassen, und verbrachte jede Woche zwei Abende in seinem Club, damit sie allein sein konnten. Mrs. Downs, eine dicke, traurige Frau, die sich zu Ruperts Entzücken selbst als »kräftig gebaut, aber zerbrechlich« beschrieb, kam nun an vier Vormittagen in der Woche zum Putzen. Sie gehörte zu jenen Menschen, die immer die finstere Seite von allem sahen, das aber mit einer Fröhlichkeit taten, die ans Makabre grenzte. Als der Krieg zu Ende ging, hatte sie laut Hugh gesagt: »Na ja, wir können uns immerhin schon auf den nächsten freuen. Man kann eben nicht alles haben.« Und als General Patton nach seinem schrecklichen Unfall in Frankfurt erst gelähmt war und schließlich starb, hatte sie festgestellt, daß jeden schließlich sein Schicksal ereile: »Man muß nur abwarten.« Rupert hatte angefangen, am Frühstückstisch aus der Zeitung vorzulesen und die Neuigkeiten mit einem Kommentar im Stil von Mrs. Downs zu versehen. Überhaupt war er bei solchen Anlässen wieder mehr und mehr wie früher; nur wenn er mit Zoë allein war, wirkte er nach wie vor angespannt. Er war freundlich und liebevoll und fragte sie bei jeder Gelegenheit nach ihrer Meinung, welche Stücke und Filme sie sich ansehen und in welche Restaurants sie nachher gehen sollten, er fragte sie, ob das Essen ihr schmeckte, ob sie später noch tanzen gehen wollte (was nie der Fall war). Im Bett hatten sie eine Art verschwörerischer Ruhe erreicht: Sie sprachen nur im Flüsterton, als hätten sie beide Angst, daß jemand lauschte – als bewegten sie sich auf unbekanntem Territorium. Und wenn sie redeten, ging es darum, ob es dem anderen auch gefiel, oder um Komplimente und Trost. Sie versuchte, ihm alles recht zu machen, und er erklärte, das tue sie; er fragte sie, ob es ihr gefallen habe, und sie log zu ihrem und seinem Schutz.

Als das Telegramm ihrer Mutter eingetroffen war, hatte er gesagt: »Wenn du meinst, daß deine Mutter lieber herkommen und bei uns wohnen sollte, dann soll sie; es würde mich nicht stören. Du weißt, daß ich sie ein bißchen schwierig finde, aber wenn sie allein nicht zurechtkommt, werden wir es schon irgendwie schaffen.«

Als sie nun in der Taxischlange stand, dachte sie, daß es zumindest nicht so aussah, als ob ihre Mutter die Isle of Wight verlassen wollte, was schon allein deshalb gut war, weil in Hughs Haus einfach kein Platz mehr für sie war.

Im Taxi dachte sie darüber nach, daß ihre Mutter immerhin erst Mitte Fünfzig war und daß sie selbst in fünfundzwanzig Jahren auch so alt sein würde. Würde sie ihre Tochter dann genauso langweilen und ihr auf die Nerven gehen? War das der ganze Sinn des Lebens? Sie war dreißig, und sie hatte nichts weiter getan, als Rupert zu heiraten, ein Kind zu bekommen und sich in einen anderen zu verlieben. Das genügte einfach nicht. Sie würde etwas finden müssen, das sie beschäftigte, das ihr mehr gab. Sie konnte sich nicht vorstellen, was das sein sollte, und fragte sich mit einer gewissen Erregung, ob das wohl bedeutete, daß sie sich nun auf die Suche nach etwas vollkommen Unbekanntem machen sollte.

»Du hast immer gesagt, daß du Häuser magst, die nach Osten und Westen ausgerichtet sind.«

»Ich weiß, aber die Gartenseite wird in der Sonne liegen.«

»Ja, aber die andere Hälfte nicht.«

Gerade als Villy sich zu wünschen begann, sie hätte Jessica nicht gebeten, mit ihr Häuser anzusehen (sie schien schlechter Stimmung zu sein, aber es war auch teuflisch kalt), tauchte der

Makler auf. »Ich bitte um Entschuldigung, Mrs. – Cazalet, nicht wahr? Mein Auto ist nicht angesprungen.« Er wühlte in den Taschen seines Armeemantels und holte schließlich einen gewaltigen Schlüsselbund heraus, an dem außer den Schlüsseln ein paar schmutzige Etiketten hingen. Er war furchtbar erkältet. »Da haben wir ihn.« Er steckte einen Schlüssel in die pseudogotische Tür, die sich zu einer unerwartet großen, dunklen Halle hin öffnete. Der Makler schaltete das Licht ein – eine nackte Glühbirne, die von einer Schnur inmitten der getäfelten Decke hing – und sie erblickten mehrere Türen, die der, durch die sie hereingekommen waren, ganz ähnlich waren.

»Dieses Haus hat viele interessante Züge«, meinte der Makler, »haben Sie die Auflistung mitgebracht, Mrs. Cazalet? Wenn nicht, habe ich hier eine Kopie.« Er nieste und putzte sich die Nase mit einem schon ziemlich benutzten Taschentuch.

»Ich habe sie, aber ich würde mich gern erst einmal umsehen.«

»Selbstverständlich. Ich werde Sie herumführen, und dann lasse ich Sie allein weiterstöbern.« Er ging zu der am weitesten entfernt gelegenen Tür. »Hier ist das Hauptwohnzimmer. Wie Sie sicher bemerkt haben«, verkündete er, ehe sie auch nur Gelegenheit dazu gehabt hatten, »geht dieser Raum nach Süden und hat attraktive gotische Fenster zum Garten hin und eine Terrassentür, die direkt hinausführt. Es gibt auch einen gekachelten Kamin und Parkett.«

Das Zimmer war recht groß, und das sagte sie auch zu Jessica, die allerdings der Ansicht war, es wirke wegen der niedrigen Decke größer, als es eigentlich sei.

Der Makler fragte, ob es ihnen recht sei, wenn er ihnen rasch den Rest des Hauses zeige und sie dann allein lasse. Er hatte noch einen Termin, ein Haus in Belsize Park, also in größerer Entfernung, selbst mit dem Auto »Ich kann mich sicher darauf verlassen, daß Sie abschließen und uns hinterher den Schlüssel vorbeibringen.«

Der Rest des Hauses bestand aus einem weiteren großen, aber dunklen Zimmer und einer kleinen Küche im Erdgeschoß sowie vier Schlafzimmer, zwei großen und zwei kleinen, und einem Bad im ersten Stock.

Villy sagte, sie wolle sich auch den Garten ansehen, und bevor er sich verabschiedete, gab der Makler ihr noch einen weiteren Schlüssel.

»Du kannst den Garten doch vom Haus aus sehen«, meinte Jessica.

»Ich will das Haus vom Garten aus sehen.«

Sie gingen über den kleinen rechteckigen Rasen, auf dem Unmengen verfaulenden Laubs lagen, und drehten sich zum Haus um. Wie die Vorderfront war auch die Rückseite verputzt, und der Putz hatte ein schmutziges Grau angenommen. Das Dach hatte einen spitzen Giebel, und eigentlich hätte man annehmen müssen, daß die oberen Zimmer schräge Wände hätten, aber das war nicht der Fall. Das Ganze hatte etwas Ländlich-Romantisches an sich, was für Häuser in London recht ungewöhnlich war, und Villy wußte gleich, daß sie gern hier wohnen würde. Jessicas Mangel an Begeisterung störte sie.

»Was hast du denn nun dagegen?«

»Ich kann mir einfach nicht vorstellen, daß Edward in einem solchen Haus wohnen möchte. Es ist eine Art aufgetakeltes altmodisches« – und es gelang ihr, das Wort wirklich schrecklich klingen zu lassen – *»Cottage.«*

»Das gefällt mir ja gerade. Und denk daran, wie leicht es zu pflegen sein wird! Kein finsteres Tiefparterre, kaum Treppen. Und aus diesem Garten könnte man wirklich etwas machen.«

»Aber wo sollen die Dienstboten wohnen?«

»Liebling, sei doch nicht so altmodisch! Ich werde keine haben, die im Haus wohnen. Ich suche mir eine richtig gute Putzfrau und koche selbst. Das hast du immerhin auch getan.«

»Mir ist nichts anderes übriggeblieben. Ehrlich, Villy, das willst du dir doch nicht wirklich aufhalsen?«

»Warum nicht? Ich werde mich um Roly kümmern müssen, weil Ellen bei Rupert und Zoë bleiben wird, also bin ich ohnehin ziemlich ans Haus gebunden. Es wird mir gefallen, endlich etwas Sinnvolles zu tun zu haben.«

»Nun ja«, meinte Jessica, als sie im Taxi zu ihrem Haus am Paradise Walk saßen, »ich kann mir immer noch nicht vorstellen, daß Edward dort wohnen möchte. Er hat es gern geräumig, damit er Leute einladen kann.«

»Er hat gesagt, ich soll mir aussuchen, was ich möchte. Er wird sich eine Yacht kaufen, um an den Wochenenden segeln zu können. Und für die Kinder in den Ferien haben wir immer noch Home Place.«

Zwei Tage später führte sie ihn zu dem kleinen Haus. Er sagte nicht viel; er fragte nur, ob die vorderen Räume nicht zu dunkel seien, aber dann meinte er, wenn es ihr gefalle, werde er es nehmen, falls sich das Gutachten als positiv erweise. Er reagierte auch sehr freundlich auf ihren Plan, Miss Milliment aufzunehmen. »Sie wird nicht mit uns essen, Liebling. Ich werde ihr das große Zimmer, das nach vorn liegt, einrichten, und ansonsten kann sie mit Roly und mir essen.« Er lächelte, sagte, das sei in Ordnung und gab das Gutachten über die Bausubstanz in Auftrag; nach Weihnachten würden sie es erhalten.

Obwohl der Krieg vorbei war, fühlte es sich irgendwie wie die letzte Kriegsweihnacht an und unterschied sich in so mancher Hinsicht nur wenig von den anderen. Es war kaum einfacher, Essen zu beschaffen, auch wenn Archie zwei Seiten Räucherlachs mitbrachte, aber bei zwanzig Personen (Simon hatte einen Freund von der Universität mitgebracht, der beinahe vollkommen sprachlos war, es sei denn, es ging um Mozart) reichten auch die nicht sehr weit. Alle waren gekommen, bis auf Louise, die nach Hatton gefahren war, und Teddy und seine Frau, die noch nicht aus Amerika zurück waren. Die älteren Kinder zogen unter Aufsicht von Rachel und Sid in die Mill Farm, aber zu den Mahlzeiten – mit Ausnahme des Frühstücks – trafen sich alle in Home Place.

Alle, so dachte sie, sind, wie sie schon immer waren, nur noch ein bißchen ausgeprägter. Der Brig hatte sich in Angelegenheiten, die ihm früher gleichgültig gewesen waren, zu einem Tyrannen entwickelt. »Ich werde *nicht* zulassen, daß in meinem Haus ein Baum stirbt«, hatte er gesagt, als sie mit dem Weihnachtsbaum, den sie in Battle gekauft hatte, in die Halle gestolpert war.

»Es hat keinen Zweck, Schatz«, hatte die Duchy gemeint. »Wir lassen diesen Baum verschwinden, und McAlpine muß einen aus der Schonung ausgraben.« Villy dachte daran, daß der Brig den Unterschied doch ohnehin nicht sehen konnte, aber es brauchte nur einen Blick ins Gesicht der Duchy, um zu wissen, daß solche Heimlichkeiten nicht in Frage kamen, also gaben sie den Baum jemandem aus dem Dorf. Dann war da noch die Frage, für wen man Strümpfe aufhängen sollte. Sie war davon ausgegangen, daß sie das nur für die tun würde, die jünger als Lydia waren, aber als sie beim Tee darüber sprach, stellte sie fest, daß die Kinder anderer Meinung waren.

»Ich verlasse mich seit Monaten darauf«, sagte Neville. »Wenn ich keinen habe, werden alle nur kleine Geschenke für mich haben, die sie sonst in den Strumpf gesteckt hätten, und keine richtigen. Ich bin einfach nicht darauf vorbereitet, meine Ansprüche derart zu senken.«

Clary warf ihm einen verächtlichen Blick zu. »Wer noch Strümpfe will, nachdem er schon jahrelang weiß, daß es keinen Weihnachtsmann gibt, ist einfach zu materialistisch. Du bist so habgierig!«

»Ach ja? Und du willst gar nichts? Mir ist aufgefallen, daß du auf einiges ziemlich versessen bist.«

»Selbstverständlich wünsche ich mir das eine oder andere. Ich bin nur nicht so mörderisch entschlossen wie du, es auch zu kriegen.«

Neville tat, als dächte er darüber nach. »Nein«, sagte er schließlich, »das funktioniert einfach nicht. Was ist der Sinn dabei, sich Dinge zu wünschen, wenn es einem egal ist, ob man sie bekommt oder nicht?«

»Ich verstehe, was er meint«, sagte Lydia. »Das üben wir immer in der Schule. Wir diskutieren über etwas und versuchen, die Ansicht der anderen zu verstehen. Miss Smedle sagt, das sei ungeheuer wichtig.«

»Als dein Vater noch klein war«, erzählte die Duchy, »war er so gierig, daß er einmal statt eines Strumpfs einen Kissenbezug aufgehängt hat, weil er dachte, daß der Weihnachtsmann dann mehr reinsteckt.«

Wills blickte plötzlich interessiert auf. »Und was ist passiert?«

»Am nächsten Morgen war der Kissenbezug voller Kohle. Und er hat nicht ein einziges Geschenk bekommen.«

Das schockierte alle.

»Oh! Armer Dad!«

»Was hat er mit der Kohle gemacht?« wollte Wills wissen.

»Darum geht es doch nicht. Er konnte mit der Kohle nichts anfangen.«

»Wenn mir das passiert wäre«, erklärte Neville sofort, »hätte ich die Kohle an Leute verkauft, die frieren und die anständig dafür bezahlen. Oder ich hätte die einzelnen Stücke eingepackt und sie den anderen als Weihnachtsgeschenke überreicht. Das hätte sie gelehrt, mich besser zu behandeln. Und bitte hör auf zu verstehen, was ich meine«, sagte er zu Lydia, die wieder etwas einwenden wollte. »Das ist *mein* Standpunkt, ich will nicht, daß du ihn verstehst.«

»Hat es Onkel Edwards Charakter gebessert?« fragte Wills.

»Jedenfalls hat er nie wieder einen Kissenbezug aufgehängt.«

Dann schlug Archie, der sich alles schweigend angehört hatte, vor, daß man denen, die von der Strumpfliste gestrichen wurden, vielleicht ein Jahr geben sollte, um sich daran zu gewöhnen, und das hielten alle für eine gute Idee.

Während der Weihnachtsfeiertage – sie hatte immer noch das Gefühl, daß es irgendwie das letzte Fest dieser Art war – kümmerte Villy sich um die unterschiedlichen Bedürfnisse der einzelnen Familienmitglieder, von Großtante Dolly, die nun einundachtzig wurde und deren Gedächtnis fest in ihrer Mädchenzeit in den achtziger Jahren des vergangenen Jahrhunderts verankert war, bis zu Juliet, die jetzt fünf war und in der Zukunftswelt lebte, in der sie erwachsen sein würde – »ich werde zwölf Kinder haben und sie alle im Bett lassen und immer nur eins nach dem anderen rauslassen, damit sie sauber bleiben!« –, und dabei wurde ihr klar, wie sehr sie die Aussicht begeisterte, endlich wieder ein eigenes Haus zu haben, wo sie selbst entscheiden konnte, was geschah, und wo es Gelegenheit gab, sich ein bißchen zu verwöhnen und wieder einmal allein zu sein. Es war Jahre her, daß sie so etwas wie Urlaub gehabt hatte. Wenn Edward erst die Yacht hatte, würden sie dort ein paar Wochen verbringen können. Zoë hatte versprochen, sich dann um Roly zu kümmern, und sie war überzeugt, daß Miss Milliment allein zurechtkommen würde, immer vorausgesetzt, sie fand eine gute Putzfrau. Als sie und Edward sich am Weihnachtsabend aufs Schlafengehen vorbereiteten, sprach sie davon.

»Ich weiß nicht«, meinte er. »Ich habe das Boot noch nicht – vielleicht warte ich bis zum Frühjahr. Es ist ohnehin nicht die beste Jahreszeit zum Segeln.«

Er klang nicht annähernd so gutgelaunt wie sonst.

»Na gut«, meinte sie. »Es wird im Haus genug zu tun geben. Ich habe beschlossen, die Anstreicharbeiten alle selbst zu erledigen. Findest du es eine gute Idee, das Wohnzimmer in Enteneiblau zu streichen?«

»O Gott, das weiß *ich* doch nicht – es hat keinen Zweck, mir solche Fragen zu stellen.«

Plötzlich fiel ihr auf, daß er immer gereizt reagierte, wenn sie von dem Haus sprach, und sie fragte sich, ob er es – im Gegensatz zu allem, was er gesagt hatte – im Grunde nicht mochte. Jessicas Bemerkungen fielen ihr wieder ein.

»Liebling«, sagte sie, »ich habe das Gefühl, daß du mit dem neuen Haus nicht so recht zufrieden bist und nur versuchst, mir einen Gefallen zu tun. Das solltest du nicht. Diese Entscheidung ist viel zu wichtig, als daß wir es uns leisten können, darüber uneins zu sein. Es würde mir nichts ausmachen, mir noch ein paar andere Häuser anzusehen; wirklich nicht.«

Er schwieg so lange, daß sie bereits befürchtete, recht zu haben. Dann sagte er: »Unsinn. Ich finde, du hast eine sehr gute Wahl getroffen. Es ist nicht zu groß und all das. Sollten wir jetzt nicht lieber die Weihnachtsmannrunde machen?«

Also schlichen sie in Morgenmänteln durch die Schlafzimmer der kleineren Kinder und verteilten die wohlgefüllten Golfstrümpfe, die Hugh und Edward für diesen Zweck zur Verfügung gestellt hatten. Als letztes kamen sie ins Zimmer von Lydia, die mit demonstrativ zugekniffenen Augen dalag.

»Sie hat nicht geschlafen.«

»Ich weiß. Aber es war besser, so zu tun als ob.«

Als sie sich ins Bett legte, sagte sie: »Fühlt es sich nicht an, als wäre es das letzte Weihnachtsfest? Für mich schon.«

»Wie meinst du das?«

»Na ja, wir wohnen jetzt alle seit sechs Jahren hier – nein, sogar länger –, und nun wird plötzlich jeder wieder seiner eigenen Wege gehen. Ich weiß, wir werden uns in den Ferien und an Feiertagen wieder hier treffen, aber es wird nicht mehr so sein wie früher.«

»So plötzlich kommt das nun auch wieder nicht«, sagte er – und klang irgendwie defensiv. »Ich meine, Teddy und Louise sind verheiratet, und Lydia ist im Internat. Eigentlich ist nur noch Roly übrig, oder? Und die Dinge verändern sich, ob uns das nun gefällt oder nicht.«

»Ja, aber darauf freue ich mich. Wenn Roly in die Schule geht, werde ich versuchen, Arbeit zu finden. Ich will nicht wieder so leben wie vor dem Krieg. Ich würde gern eine richtige Arbeit haben und richtige Ferien. O Liebling, ich freue mich schon so auf das Boot! Erinnerst du dich an unseren ersten Segelurlaub in Cornwall? Dieser schrecklich heiße Sommer – wie wir Makrelen gefangen und sie noch am selben Abend gegessen haben? Und die Ameisen! Erinnerst du dich an den Tag, als wir sie auf der Treppe zu diesem kleinen Hotel gesehen haben? Sie haben Sachen rauf- und runtergetragen, und wenn sie an die Kante einer Stufe kamen, haben sie den Krümel, oder was es immer war, einfach runtergeworfen, sind hinterhergeklettert und haben es sich unten wieder aufgeladen. Die Mannerings waren auch da. Ich erinnere mich, daß du Enid äußerst attraktiv fandest und ich ziemlich eifersüchtig war.«

»Unsinn«, sagte er. »Komisch – an die Ameisen kann ich mich gar nicht erinnern. Ich erinnere mich an diesen schrecklich holprigen Tennisplatz, auf dem wir gespielt haben, und daran, wie schlecht Rory beim Bridge war.«

Inzwischen war er auch im Bett.

»Du hast das Segeln so schnell gelernt, als hättest du nie etwas anderes getan«, sagte er, legte den Arm um sie und zog mit der anderen Hand ihr Nachthemd hoch.

Als sie einschlief, war sie froh, daß er getan hatte, was er wollte, und erleichtert, daß es diesmal schneller gegangen war als sonst.

Die Außenseiter

Januar – April 1946

Wenn jemand in den scheinbar endlosen sechs Kriegsjahren angedeutet hätte, daß ihm der Krieg einmal *fehlen* werde, wenn er vorüber sei, hätte er mit Zorn reagiert und angenommen, man wolle ihn einfach provozieren. Aber nun, da er in dem Spielzeughaus, das Jessica so praktisch fand, ziellos vor sich hinlebte, mußte er sich eingestehen, daß genau das der Fall war – und in mehr als nur einer Hinsicht. Das erste Problem war im Herbst aufgetaucht, als er nach Frensham zurückgekehrt war, um nachzusehen, was in seinem Haus dort vor sich ging. Er war natürlich sehr erfreut gewesen, als Nora und Richard nach ihrer Hochzeit dort eingezogen waren, denn weil Nora ein Heim für behinderte Exsoldaten hatte einrichten wollen, war das Anwesen nicht für andere militärische Zwecke übernommen worden. Aber er war davon ausgegangen, daß Nora ihr Projekt nicht über den Krieg hinaus fortsetzen würde, und er hatte sich immer vorgestellt, daß er dort wieder einziehen würde, um zum erstenmal so zu leben, wie er es von jeher für angemessen gehalten hatte – als Herr in einem Herrenhaus. Jessica hatte ihm warnend berichtet, daß Nora große Veränderungen vorgenommen hatte, aber er hatte sie nicht recht ernst genommen. Im Zug hatte er bereits begonnen, Pläne für eine Wohnung für Nora und Richard innerhalb des Hauses zu schmieden (Jessica hatte ihn auch darauf hingewiesen, wie grausam es für Nora wäre, wenn sie einfach vor die Tür gesetzt würde).

Auf dieser vertrauten Reise hing er ausgesprochen liebevollen Erinnerungen an Tante Lena nach, der dieses Haus einmal gehört hatte, und daran, wie oft er genau diesen Zug – den um drei Uhr fünfunddreißig – genommen hatte, wenn man ihn während der Ferien zu einem Wochenendbesuch bei seiner Tante geschickt hatte. Er hatte diese Besuche geliebt: Seine kinderlose Tante hatte ihn sehr verwöhnt. Am Bahnhof holte ihn Parkin ab, der ihn Master Raymond nannte und allem zustimmte, was er sagte. Wenn er im Haus angekommen war, ging er sofort zu seiner Tante und küßte sie auf die Wange, die weich war wie ein Kissen. Zu jeder Jahreszeit brannte im Kamin ein Kohlefeuer, und schon zehn Minuten nach seiner Ankunft brachte das Mädchen einen wunderbaren Tee herein. Sandwiches mit Ei, Scones mit Erdbeermarmelade und köstliche Butter mit Wasserperlen darauf, Sandwiches mit Senf und Kresse, Ingwerkekse und als Krönung des Ganzen außer einem Mohn- oder einem Kirschkuchen auch noch eine glasierte Angelegenheit, auf der in andersfarbiger Glasur »Herzlich willkommen, Raymond« stand. Die Teetassen waren sehr flach, mit Drachen auf dem Boden. Tante Lena sagte immer, sie habe keinen Hunger, aber dann aß sie doch von jedem etwas und ermutigte ihn, es ihr nachzutun. Nach dem Tee, wenn das Mädchen alles weggeräumt hatte, las ihm Tante Lena aus einem Buch vor, in dem es um die Abenteuer einer spitzbübischen, aber wohlmeinenden Fee ging. Als er älter war, spielten sie Halma und Dame. Auf dem Kamin stand eine emaillierte Uhr, die mit zarten Glockenklängen die Viertelstunde schlug, und um sechs klingelte Tante Lena nach Barker, ihrer Zofe, die ihn zu seinem Bad abholte, wonach man ihn in einen Raum führte, der seltsamerweise das Schulzimmer genannt wurde und wo eine Schale mit Brot und Milch und braunem Zucker und ein gekochtes Ei auf ihn warteten. Wenn er im Bett lag, kam Tante Lena noch einmal zu ihm und sagte ihm gute Nacht. Sie hatte sich inzwischen umgezogen und trug ein schwarzes Seidenkleid mit einem weißen Kaschmirschal und lange, kunstvolle Ohrringe mit Süßwasserperlen, die wie Blumenkörbe geformt waren. Er mußte sein Nachtgebet sprechen, und dann drückte sie ihm einen Kuß auf die Stirn und schickte manchmal noch einmal nach Barker: »Das Haar des Jungen ist noch feucht vom Baden – es sollte getrocknet werden –, bitte kümmern Sie sich darum, Barker.« Und dann hörte er ihre ungleichmäßigen Schritte und das Aufsetzen ihres Stocks, wenn sie die Treppe hinunterging. So begannen wundervolle sieben Tage des Verwöhntwerdens, in denen er im Mittelpunkt der

Aufmerksamkeit nicht nur seiner Tante, sondern auch all ihrer Dienstboten stand, für die sein Besuch eine geringfügige, aber willkommene Abwechslung von der erdrückenden Einförmigkeit ihres Alltags darstellte. Er bekam all seine Lieblingsgerichte, und sie unternahmen kleine Ausflüge – der beste war eine Fahrt nach Guilford, wo Tante Lena und er seine Weihnachts- und Geburtstagsgeschenke aussuchten –, aber am meisten genoß er es doch, im Mittelpunkt dieser vollkommen unkritischen Aufmerksamkeit zu stehen. Alles, was er tat, war gut und klug, er sei »so ein gutes Kind«, erzählte Tante Lena jedem, und er genoß es, diesen verlockenden Erwartungen gerecht zu werden. Es war ganz anders als zu Hause, wo sein Vater sich immer wieder und vor allen Leuten über seine Begriffsstutzigkeit ausließ – über seine mittelmäßigen Zeugnisse, seine lähmende Unfähigkeit, die richtigen Antworten auf einschüchternde Fragen zu wissen, die sich auf das bezogen, was sein Vater als »grundlegendes Wissen« bezeichnete, und mit denen dieser seine Tischgespräche bestritt. »Was bringen sie euch eigentlich in der Schule bei?« sagte er dann immer. »In meinem ganzen Leben ist mir keine solche Unwissenheit untergekommen.« Seine Mutter kritisierte ihn nicht, sie nahm nur so wenig wie möglich Notiz von ihm. Ihr gesamtes Interesse konzentrierte sich auf seinen älteren Bruder Robert, der dann im Krieg umkam. Robert hatte ihn einmal zu einem Besuch bei Tante Lena begleitet, hinterher aber behauptet, es habe ihn nur gelangweilt; er hatte sich dabei auch auf eine unaussprechliche Art (zumindet hatte Raymond niemals jemanden dazu bringen können, darüber zu sprechen) äußerst ungezogen benommen. »Ich fürchte, er ist kein gutes Kind«, hatte Tante Lena an dem Abend, an dem Robert in Schande nach Hause geschickt worden war, verkündet (Raymond hatte sie erlaubt zu bleiben).

Danach hatte Raymond das Monopol für Frensham und Tante Lena gehabt, und sie hatte ihm nach ihrem Tod alles hinterlassen: das Haus, das er so sehr liebte und das er als sein wahres Heim betrachtete, und darüber hinaus eine verblüffende Anzahl von äußerst konservativ verwalteten Aktien. Er, dem es nie gelungen war, nennenswertes Geld zu verdienen, war plötzlich vergleichsweise reich gewesen. Aber bevor er sich in dem Haus hatte niederlassen und alles genießen können, war der Krieg ausgebrochen; er hatte sich verpflichtet gefühlt, seine Dienste zur Verfügung zu stellen, und die Arbeit, die man ihm zugeteilt hatte, hatte es unmöglich gemacht, in Frensham zu wohnen. Man hatte ihn für die gesamte Kriegsdauer nach Woodstock und später nach Oxford verbannt. Da Jessica nicht allein in Frensham wohnen wollte, hatten sie das Haus nicht genutzt, bis Nora Richard, diesen armen Kerl, geheiratet und die Idee entwickelt hatte, dort ein Heim für gelähmte Veteranen zu eröffnen. Schön und gut, aber nun war der Krieg zu Ende, und Raymond wollte nach Hause. Er hatte nichts dagegen, die Ställe und das Kutschhaus zu einem Heim für Nora und Richard umbauen zu lassen, aber er wollte sein Haus zurückhaben, was immer Jessica darüber denken oder sagen mochte. *Sie* wollte natürlich dieses Puppenhaus am Paradise Walk behalten, das, wie er ihr bereits mehrmals auseinandergesetzt hatte, kaum groß genug war für sie beide – und vollends unmöglich sein würde, wenn Judy in den Ferien nach Hause kam. Und natürlich war es undenkbar, Angela dort einen anständigen Abschied zu bereiten.

Beim Gedanken an Angela mußte er seufzen – hörbar, wie er merkte, als der Fahrgast gegenüber plötzlich von seinem Buch aufblickte; verlegen wandte er sich dem Fenster zu. Angelas Ehepläne hatten sowohl ihn als auch Jessica schockiert, wenn auch auf recht unterschiedliche Art. Jessica hatte etwas dagegen, daß der Verlobte ihrer Tochter beinahe zwanzig Jahre älter war, aber das kam Raymond gar nicht so problematisch vor, Angela brauchte jemanden, der sich um sie kümmerte. Jessica störte sich auch daran, daß der Mann bereits einmal verheiratet gewesen war; dem konnte Raymond teilweise zustimmen, aber er hatte sie darauf hingewiesen, daß es sicher auch kein gutes Zeichen gewesen wäre, wenn Major – oder Doktor, wie man ihn jetzt vermutlich ansprechen mußte – Black sein Alter von mittlerweile fünfundvierzig Jahren erreicht hätte, ohne verheiratet gewesen zu sein. Jessica hatte auch beanstandet, daß dieser Mann alles andere als großartig sei (Black war in die Staaten zurückgekehrt, ehe Raymond ihn hatte kennenlernen können), aber eingedenk Jessicas Liaison mit diesem schleimigen kleinen Wurm Clutterworth konnte er nur sagen, daß sie ja wohl kein Recht hatte, über so etwas zu urteilen. Daß Black Psychiater war, war zweifellos unangenehm: Raymond mißtraute Irrenärzten und all diesen Dingen zutiefst, aber immerhin war er Arzt, und er war Major der amerikanischen Armee gewesen. Raymond hatte sich allerdings sehr geärgert, als er erfahren hatte, daß die Hochzeit nicht hier stattfinden würde, weder in London noch in Frensham, wie es selbstverständlich angemessen gewesen wäre. Es ging nicht einmal darum, daß Dr. Black sich geweigert hätte, noch einmal nach England zu kommen, nein, Angela hatte hartnäckig erklärt, daß sie keine große Feier wollte, keine Familienfeier, sie wollte einfach nach New York fahren und dort ohne großes Getue heiraten, wie sie es ausgedrückt hatte. Also würde sie in wenigen Wochen mit der *Aquitania* ganz allein in ein neues Leben reisen, was vielleicht sogar bedeutete, daß er sie niemals wiedersah. Und das entsetzte ihn. Es bedeutete, daß sie nie Gelegenheit haben würden, ihr schwieriges, unbeholfenes Verhältnis zueinander zu verbessern – etwas, das er sich seit jenem katastrophalen Mittagessen in Lyons Corner House wünschte, der letzten Gelegenheit, bei der er überhaupt mit ihr allein gewesen war und die jetzt schon fünf, nein, sechs Jahre zurücklag. Danach war er von der Gleichgültigkeit seiner Tochter so entmutigt gewesen, daß er nur noch zwei- oder dreimal einen Anlauf gemacht hatte, sie zu treffen, und da sie immer sofort oder – noch schlimmer – in der letzten Minute abgesagt hatte, hatte er es sehr bald aufgegeben. Er hatte nie Gelegenheit gehabt, ihr zu sagen, daß er verstand, daß sie nun erwachsen war, daß er nicht mehr nur ihr Vater war, sondern ihr Freund sein wollte, ihr gleichgestellt, und daß er nichts weiter verlangte als Liebe und Vertrauen; daß er es nicht ertragen konnte, wie ein Fremder behandelt zu werden, den sie – wie sie es wohl betrachtete – noch weniger mögen würde, wenn sie ihn näher kennenlernte. Aber so war es mit ihnen – oder soweit war es gekommen. Er erinnerte sich, wann ihm sein Versagen Angela gegenüber vollständig klargeworden war: im Sommer 1943, am Abend nach jenem schrecklichen Essen mit Villy, bei dem er – hoffnungslos, wie sich herausgestellt hatte – versucht hatte, von ihr ein wenig Schützenhilfe gegen Jessicas Schändlichkeit zu erhalten. Wie furchtbar er sich geschämt hatte, als er erfuhr, daß seine Frau eine Affäre hatte! Es wäre in jedem Fall schlimm gewesen, ganz gleich, mit wem sie sich eingelassen hätte, aber daß es dieser entsetzliche kleine Mann gewesen war, hatte die grausamste Demütigung dargestellt. Seine Jessica hatte ihn belogen – nicht nur einmal, sondern wiederholt, monatelang, beinahe über ein Jahr hinweg. Der Gedanke, daß sie ihn für so dumm gehalten hatte, daß sie keinen Deut um ihn gegeben hatte, daß er sich ihre Liebe nur eingebildet und sie seine Anbetung, seine Liebe bestenfalls ertragen, aber niemals erwidert hatte! Er war in nachtschwarzer Verzweiflung und Isolation versunken, und der Zorn auf sie hatte ihn, wenn er allein war, keinen Augenblick lang gestützt. Er hatte als Ehemann versagt und ebenso als Vater, und was sonst auf der Welt war er denn, wenn nicht Ehemann und Vater?

Er war in Oxford aus dem Zug gestiegen und hatte den ganzen heißen, drückenden Abend in einem Pub gesessen, das er ansonsten nie betreten hätte und von dem er zu Recht annahm, daß seine Kollegen es nie aufsuchten. Dort hatte er zwei Whisky getrunken – mehr hatte der Wirt einem Fremden nicht servieren wollen –, und dann hatte sein neues Magengeschwür ihm solche Schmerzen verursacht, daß er unbedingt etwas hatte zu sich nehmen müssen.

Die folgenden Wochen waren die schlimmsten in seinem Leben gewesen. Er hatte dieses Essen mit Villy arrangiert, weil er einfach mit jemandem hatte reden, seinen Zorn und sein Entsetzen hatte mitteilen müssen, und ihm war niemand eingefallen außer Villy, von der er sicher war, daß sie vom Verhalten ihrer Schwester ebenso erschüttert sein würde wie er. Aber auf dem Weg zu dieser Verabredung war ihm der entsetzliche Gedanke gekommen, daß sie es vielleicht schon wußte, und von da war es nur noch ein kleiner Schritt zu der alptraumhaften Möglichkeit – Wahrscheinlichkeit – gewesen, daß *alle* es wußten, daß nicht nur Jessica, sondern die ganze Welt hinter seinem Rücken über ihn lachte. Aber Villy hatte es offensichtlich nicht gewußt und schien angemessen schockiert. Und dann, als er ihr erklärte, wie er empfand, kam ihm die Idee, daß er Villy vielleicht dazu bringen könnte, mit Jessica zu reden – etwas, wovor er selbst zurückschreckte. Aber schon einen Tag nach dem Essen mit Villy und dem schrecklichen Abend im Pub hatte er sie angerufen und gebeten, lieber doch nichts zu unternehmen. »Vielleicht legt sich ja alles wieder«, hatte er gesagt und versucht, forsch und optimistisch zu klingen. Sie hatte sich bereit erklärt zu schweigen (er war ziemlich sicher, daß sie ohnehin nichts gesagt hätte), und sie hatten nie wieder davon gesprochen. Selbstverständlich hatte er sich endlos Szenen vorgestellt, in denen er selbst Jessica darauf ansprach und ihr unmißverständlich sagte, was er von ihrem widerwärtigen Benehmen hielt. Aber dabei war er – nach der ersten Begeisterung, die diese Idee entfacht hatte – jedesmal an der Hürde gescheitert, daß er nicht wußte, wie sie reagieren würde. Was, wenn sie diesen elenden Schuft wirklich liebte? Was, wenn sie die Scheidung wollte – wenn sie ihn verließ und mit Clutterworth auf und davon ging? Der Gedanke lähmte ihn geradezu; die Vorstellung, daß Jessica ihn verließ, konnte er schlicht nicht ertragen. Eine Scheidung wäre eine öffentliche Demütigung gewesen, von der er sich bestimmt nie erholt hätte, aber darüber hinaus machte ihm die Aussicht auf ein Leben ohne Jessica solche angst, daß er es nicht nur nicht wagte, sie mit seinem Wissen zu konfrontieren, sondern nie auch nur die geringste Andeutung davon verlauten ließ.

Er begann, sich so früh wie möglich anzukündigen, wenn er nach London kommen wollte, und behauptete, nur mittwochs frei zu bekommen – und selbst das nicht jede Woche. Diese Besuche verursachten ihm eine andere Art von Schmerz als jene, die er den Rest der Zeit verspürte. Er ging mit ihr ins Theater und in Restaurants – letzteres, wenn möglich, mit anderen zusammen –, damit sie nicht miteinander allein waren. Einmal, als er über Nacht geblieben war, hatte er versucht, mit ihr zu schlafen, und versagt. Er hatte behauptet, zuviel getrunken zu haben, weil er glaubte, eine Grippe zu bekommen, und sie hatte das scheinbar akzeptiert – sie war sogar ausgesprochen nett gewesen. Danach hatte er sich von ihr abgewandt und angespannt und elend im Dunkeln gelegen und geweint, bis sein Hals vor lauter Tränen ganz kalt geworden war. Von da an brachte er immer die Ausrede vor, er müsse den letzten Zug noch erreichen, und entwickelte krampfartige Magenschmerzen, die der Arzt als das gefürchtete Magengeschwür diagnostizierte. Er erhielt den Rat, nicht mehr zu trinken und weniger zu rauchen, aber er fühlte sich so elend, daß er sich nicht daran hielt, und das Magengeschwür wurde schlimmer. Bei der Arbeit war er gereizt, und er wußte, daß seine Kollegen ihn nicht leiden konnten, aber das störte ihn wenig. Die Arbeit wurde sein größter Trost: Er stürzte sich hinein und war unerwartet erfolgreich. Er entdeckte, daß er die Fähigkeit besaß, bestimmte Probleme zu durchdenken, und in einem Fall entwickelte er eine Lösung. Aber selbst die Keime der Selbstachtung, die dadurch sprossen, betonten nur sein gewaltiges und tödliches Versagen auf allen anderen Gebieten.

Und dann war völlig unerwartet etwas geschehen, das alles verändern sollte.

Eines Morgens erhielt er einen Bericht, der so schlecht getippt war, daß er ihn kaum begreifen konnte. Das war nicht das erstemal in dieser Woche, und er wurde wütend und machte sich auf die Suche nach dem Täter, um ihm oder ihr eine Standpauke zu verpassen.

Es war ein Mädchen. Sie saß im Tiefparterre, in einem Raum, der einmal eine Spülküche gewesen sein mußte und mit den vergitterten Fenstern und dem Steinfußboden wie eine Zelle wirkte. Sie saß über die Schreibmaschine gebeugt und weinte. Als er hereingestürmt kam, blickte sie auf, und als er sie sah, vergaß er alles, was er hatte sagen wollen. Ihr Gesicht war fleckig und glänzend vom Weinen, und eine Seite war geschwollen, als hätte sie Mumps. Sie sah furchtbar aus.

»Was ist denn mit Ihnen los?«

Sie habe Zahnschmerzen, sagte sie, schreckliche Zahnschmerzen.

»Dann sollten Sie lieber zum Zahnarzt gehen.«

Sie hatte einen Termin ausgemacht, aber dann war sie nicht hingegangen.

»Warum denn nicht?«

Sie hatte es einfach nicht gekonnt.

»Dann rufen Sie jetzt an und entschuldigen sich und sagen, Sie seien auf dem Weg.«

»Es war doch schon am vergangenen Montag.«

»Wollen Sie etwa behaupten, daß Sie seit« – er dachte nach – »über einer Woche schon Zahnschmerzen haben?«

Sie hatte gehofft, es würde wieder aufhören. Wieder brach sie in Tränen aus. »Ich weiß, ich bin schrecklich feige, aber ich kann mich einfach nicht dazu durchringen. Ich weiß, daß ich gehen muß – aber ich kann nicht!« Sie versuchte, sich mit einem völlig durchnäßten Taschentuch die Nase zu putzen, und zuckte zusammen. Sie berührte die geschwollene Seite ihres Gesichts und jammerte leise.

Er fragte sie, wo der Zahnarzt seine Praxis habe, und sie erwiderte, er sei in Oxford.

»Ich bringe Sie hin«, sagte er. »Ich leihe mir ein Auto und bringe sie hin.«

Und das tat er. Normalerweise hätte er es peinlich und schwierig gefunden, einen Kollegen um sein Auto zu bitten – Benzin war knapp, und er hatte keine Zuteilung bekommen, weil Jessica den Wagen hatte –, aber nun fand er sich zu seinem Erstaunen entschlossen: Dieses dumme Mädchen mußte zum Zahnarzt, und er hatte die Sache in die Hand genommen. Er rief den stellvertretenden Abteilungsleiter an und erklärte, eine der Sekretärinnen sei krank geworden und er wolle sie zum Arzt bringen, dann holte er sich die Autoschlüssel und ging wieder zu ihr. Sie saß immer noch an ihrem Schreibtisch.

»Haben Sie Ihre Papiere?«

Sie nickte. »In der Handtasche.« Sie schauderte. Im Auto sagte sie dann: »Das ist schrecklich nett von Ihnen.« Und einen Augenblick später: »Sie lassen mich doch nicht allein? Bleiben Sie bei mir?«

»Selbstverständlich.«

»Das ist wirklich schrecklich nett von Ihnen.«

»Wie heißen Sie eigentlich?«

»Veronica. Veronica Watson.«

Der Zahnarzt hatte seine Praxis in der Nähe der Headington Road im Norden Oxfords. Sie mußten einige Zeit warten, denn die säuerliche Sprechstundenhilfe erklärte, Mr. McFarlane habe gerade einen Patienten, und ein weiterer werde um halb drei erwartet, und irgendwann müsse er schließlich auch zu Mittag essen. Veronica fragte, ob sie ins Bad gehen könne, und in ihrer Abwesenheit gelang es ihm, die Sprechstundenhilfe zu erweichen – mit einer Selbstsicherheit, die ihn insgeheim verblüffte.

Das indirekte Ergebnis war, daß man ihm schließlich erlaubte, Veronica ins Sprechzimmer zu begleiten und ihre Hand zu halten, während ihr der Zahn gezogen wurde. »Sie haben einen Mordsabszeß! Sie hätten wirklich schon letzte Woche kommen sollen, dann hätten wir den Zahn vielleicht retten können.« Als er fertig war und sich die Hände wusch, sagte der Zahnarzt: »Sie können sich glücklich schätzen, daß Ihr Vater mit hergekommen ist.«

Raymond sah, daß sie widersprechen wollte, und legte den Finger an die Lippen. Beide schauten zu Mr. McFarlane hin, der immer noch mit dem Rücken zu ihnen stand und sich gerade die Hände abtrocknete.

Auf der Straße sagte sie: »Tut mir leid, daß er das gedacht hat. Ich hoffe, es hat Ihnen nichts ausgemacht.«

»Überhaupt nicht. Ich bin schließlich alt genug, um Ihr Vater sein zu können.«

»Aber Sie sind ganz anders als er.«

»Geht es Ihnen jetzt besser?«

»O ja! Es tut ein bißchen weh, aber nicht annähernd so schlimm wie vorher.«

Er fuhr sie nach Hause. Sie könne unmöglich wieder zur Arbeit gehen, sagte er und riet ihr, ein paar Aspirin zu nehmen und sich ins Bett zu legen.

Es stellte sich heraus, daß sie im selben Gebäude wohnte wie er.

»Ich bin Ihnen so schrecklich dankbar«, sagte sie, als sie aus dem Wagen stieg. »Ich weiß überhaupt nicht, wie ich Ihnen danken soll.«

»Keine Ursache, meine Liebe.«

Sie sah ihn an, und ihre kleinen samtigen Augen glänzten. »Es ist, als hätten Sie mir das Leben gerettet!«

Auf der Rückfahrt nach Woodstock war er glücklicher gewesen als Wochen, ja Monate zuvor. Er war nicht nur Hirn, er war ein Mensch, der angesichts eines plötzlichen Notfalls die Initiative ergreifen und die Sache regeln konnte; er war imstande, mit Schwung und Sicherheit das Richtige zu tun. Als er sich an die glänzenden Augen in dem geschwollenen Gesicht erinnerte, fühlte er sich noch besser: Sie war nicht hübsch, er hatte nicht aus einem zweitrangigen Grund gehandelt, es war reine Freundlichkeit gewesen. Das arme kleine Ding hatte jemanden gebraucht, der sich um sie kümmerte, und er hatte es getan. Ihr Vater, also wirklich!

Zwei Tage später fand er auf seinem Schreibtisch ein Päckchen. Es enthielt eine Schachtel kandierte Früchte und eine kleine Karte: »Ich wußte nicht, wie ich Ihnen sonst danken sollte, aber ich hoffe, Sie mögen dieses Zeug. Ihre Veronica.«

Na so was! Das Geschenk und die Karte mit dem Bild eines kleinen blauen Vogels in der rechten oberen Ecke hatten etwas Rührendes. Sie hatte eine große, runde, ziemlich kindliche Handschrift. Er öffnete die Schachtel, entschied sich für eine grüne Frucht und aß sie: Stachelbeere – ziemlich gut. Er beschloß, zu ihr zu gehen und sich zu bedanken.

Das war der Anfang ihrer Freundschaft gewesen, aus der für Veronica mit einer Schnelligkeit, die ihn ein wenig beunruhigte, bald viel mehr geworden war. Kurz gesagt, sie hatte sich schrecklich in ihn verliebt, und er war gerührt und bald auch mehr als das. Sie war so jung; es war schmeichelhaft, von jemandem geliebt zu werden, der soviel jünger war – und eigentlich nicht schlecht aussah. Ihr Gesicht – nachdem es abgeschwollen war – war rundlich, und sie hatte rosige Wangen. Ihr dunkles, lockiges Haar trug sie kurz geschnitten und mit Stirnfransen, und der kleine, volle Mund gab ihr etwas Schmollendes. Das Schönste an ihr waren die Augen, in denen meist ein etwas beunruhigter Ausdruck stand, aber wenn sie mit ihm zusammen war, wich das reiner Anbetung. Sie sei wie ein kleines dunkles Stiefmütterchen, wie ein Spaniel, sagte er ihr, als sie das hinreißende Stadium erreichten, in dem sie einander erzählten, was sie vom anderen dachten.

Zu Anfang hatte er sie fast wie eine Tochter betrachtet; sie vertraute ihm, blickte in einer Weise zu ihm auf, wie er es sich immer von Angela erhofft hatte. Aber als ihm klarwurde, daß sie tatsächlich in ihn verliebt war, hatte er ihr selbstverständlich gesagt, daß er verheiratet war – *er* war schließlich kein billiger kleiner Schuft wie ein gewisser anderer. »Das dachte ich mir schon«, hatte sie gesagt, aber er hatte gespürt, daß es ein Schock für sie war. Er hätte es ihr wohl früher sagen sollen, aber irgendwie hatte es sich nie ergeben. Dennoch hatte es die Situation verändert, ob zum Besseren oder zum Schlechteren, hätte er wirklich nicht sagen können. Es fügte der Bedeutung, die sie für ihn hatte, eine weitere Dimension hinzu: Sie linderte nicht mehr nur seinen Schmerz über sein Versagen als Vater, die Beziehung zu ihr wirkte sich auch darauf aus, wie er sich als Ehemann, als Mann fühlte. Es war ungemein tröstlich, als romantische Gestalt betrachtet zu werden, es ließ Jessica in seinem Bewußtsein weit zurücktreten, und seine elende Eifersucht legte sich, bis er am Ende statt Verzweiflung nur noch Widerwillen verspürte. Er sagte Veronica, wie gern er sie hatte, wie sehr er es genoß, mit ihr zusammenzusein (sie verbrachten fast jeden Abend miteinander, gingen am Kanal spazieren, verbrachten Stunden in den Gärten diverser Pubs, tranken in ihrem Zimmer Kakao). Bei der Arbeit taten sie mit Begeisterung so, als würden sie einander kaum kennen, sie waren betont förmlich und benutzten einen Code, um ihre Treffen zu arrangieren. Sein Magengeschwür machte ihm immer weniger Probleme und schließlich überhaupt keine mehr. Zum einundzwanzigsten Geburtstag hatte er Veronica ein Tuch von Jacqmar geschenkt, gelb mit roten Hämmern und Sicheln darauf – russische Motive waren gerade in Mode –, und ein silbernes Armband, in das ihr Name eingraviert war. Sie hatte sich schrecklich gefreut und war nur traurig gewesen, weil sie an diesem Tag zu ihren Eltern fahren mußte. Sie hatte ihn gebeten mitzukommen, aber er hatte abgelehnt. Und dann war sie mit dem Auto zurückgekommen, einem leuchtendroten MG, den ihre Eltern ihr geschenkt hatten. Das war wunderbar gewesen. Er hatte Benzin organisiert, und sie hatten sich weiter von Oxford oder Woodstock entfernen und an Orte fahren können, wo sie nicht Gefahr liefen, irgendwelchen Kollegen zu begegnen.

Er hatte die Gelegenheit genutzt und war an ihrem Geburtstag nach London gefahren, und da er sich diesmal nicht angekündigt hatte, war er tatsächlich Clutterworth begegnet. Es schien, als trinke er nur mit Jessica Tee, aber Raymond nahm an, daß zuvor viel mehr geschehen war. Es erschreckte ihn, wie elend er sich bei dieser Begegnung fühlte: Er hatte kaum ein Wort herausgebracht, hatte nur gestottert, er sei gekommen, um ein paar wichtige Papiere mitzunehmen, die er bei seinem letzten Besuch vergessen habe. Er war nach oben gegangen, in das Zimmer, in dem er schlief, und hatte geräuschvoll Schubladen geöffnet und geschlossen. Ihr Zimmer lag am Ende des Flurs. Die Tür stand offen, das Bett war unberührt. Offenbar tranken sie den Tee immer *vorher*. Er ging die Treppe hinunter und aus dem Haus. Sollten sie doch machen, was sie wollten! Er ging zur U-Bahn und nahm den ersten Zug nach Piccadilly, dann setzte er sich in ein Wochenschaukino und blieb zwei Vorstellungen lang dort. Anschließend ging er ins nächstbeste Restaurant und bestellte sich etwas: Von Essen wurde ihm übel, aber er trank eine Flasche Wein und ein Glas spanischen Cognac. Als er zum letzten Zug wieder nach Paddington kam, war er betrunken und fühlte sich fiebrig. In seiner Unterkunft fand er eine Nachricht: »Ihre Frau hat angerufen. Sie sollen zurückrufen.« Ha! Er ging ins Bett und wachte ein paar Stunden später mit einem Mund wie eine Sandgrube, Magenkrämpfen und schmerzendem Kopf wieder auf. Den Rest der Nacht wanderte er zwischen Schlafzimmer und Toilette hin und her, und nach einer fruchtlosen Suche nach Aspirin legte er sich wieder ins Bett und stellte sich immer wieder dieselben Dialogfragmente vor: »Glaubst du, er vermutet etwas?« – »Du lieber Himmel, nein! Er hat nicht die geringste Ahnung!« – »Bist du sicher? Er kommt doch sicher wieder.« – »Wirklich, der gute Raymond ist nicht gerade der Klügste, was solche Dinge angeht.« Und dann lächelten sie müde oder kicherten höhnisch über seinen Mangel an Klugheit …

Veronica kehrte am Abend des folgenden Tages zurück und wartete mit dem Wagen an der Bushaltestelle, als er von der Arbeit kam. »Er gehört mir«, sagte sie. »Das Geburtstagsgeschenk meiner Eltern. Ist er nicht wunderbar? Ich werde dich sofort zu einer Spazierfahrt mitnehmen – wir könnten zu den Drei Tauben fahren und dort etwas trinken. Oh, ich bin so froh, daß ich wieder hier bin – was ist denn los?« Inzwischen saß er im Auto. »Du siehst schrecklich aus!«

»Nicht hier«, sagte er. »Fahren wir aus der Stadt raus.«

Aber als sie eine ruhige Landstraße erreicht hatten und sie sich ihm wieder zugewandt und ernstlich beunruhigt gefragt hatte, was denn los sei, hatte er angefangen, es ihr zu erzählen, und hatte es einfach nicht gekonnt – er war zusammengebrochen. All sein Zorn und sein Haß, auf sich selbst und auf die beiden, all seine Verzweiflung war aus ihm herausgebrochen. Er hatte die Hände vors Gesicht geschlagen und geschluchzt und nichts dagegen tun können.

Sie war so süß gewesen! So sanft und besorgt, so sehr auf seiner Seite. Denn am Ende hatte er es ihr doch erzählt – die ganze Geschichte, und es war eine solche Erleichterung gewesen, mit jemandem zu reden, der ihn gern hatte, der genauso entsetzt zu sein schien wie er selbst. »Wie furchtbar für dich! Wie kann man einem Mann wie dir so etwas antun?« hatte sie gesagt.

»Es tut mir leid, dich mit dieser Sache zu belasten«, sagte er später, aber es tat ihm überhaupt nicht leid, er war einfach nur erleichtert, es sich endlich von der Seele geredet zu haben und sich in der tröstlichen Atmosphäre ihrer Sorge und Hingebung zu entspannen. Denn dies war der Augenblick, als ihm klarwurde, daß sie ihn tatsächlich liebte. »Armer Liebling! Ich liebe dich so sehr. Ich würde alles tun, um dich glücklich zu machen. Du bist der wunderbarste Mensch, den ich je kennengelernt habe.«

»Ja? Denkst du das wirklich?«

»Aber selbstverständlich. Oh, Liebling, kein Wunder, daß du so erschüttert warst. Jeder, der so tapfer und empfindsam ist wie du, würde so reagieren.«

Tapfer, empfindsam. Niemand hatte ihn je so bezeichnet. Dabei war er einmal tapfer gewesen, Jahre zuvor, in Frankreich, in den Gräben, als dieser verrückte Major sechs Wochen lang versucht hatte, ihn umbringen zu lassen. Er hatte jeden einzelnen Ausfall, den dieser verrückte kriegsneurotische Kerl ihm befohlen hatte, ausgeführt, und er hatte überlebt. Und natürlich war er empfindsam – niemand in seiner Familie hatte das je bemerkt. *Sie* dagegen wußte es. Dieses junge Mädchen erkannte, wie er wirklich war. Er umarmte sie. »Ich liebe dich auch«, sagte er. »Ich weiß nicht, was ich ohne dich getan hätte.«

Es war ein Wendepunkt in ihrer Beziehung gewesen, auch wenn er das damals nicht erfaßt hatte. Als Jessica ihn, nachdem sie mehrere Nachrichten in seiner Unterkunft hatte hinterlegen lassen, endlich telefonisch im Büro erreichte, fiel es ihm nicht schwer zu sagen, er habe einen Zug erwischen müssen und habe geglaubt, er hätte ihr das erklärt.

Dieser Herbst war so etwas wie eine Wiedergeburt für ihn gewesen. Die Stunden mit ihr waren so angenehm und angstfrei; er sonnte sich in ihrer Freude darüber, verliebt zu sein. Sie war nicht so schön wie Jessica oder auch nur annähernd so begehrenswert, aber er mochte sie: Sie war liebenswert und attraktiv, immer guter Laune und begierig, ihm alles recht zu machen – vor allem letzteres war neu für ihn. Bei Jessica war er der Anbeter gewesen und hatte sich um ihre Bewunderung und ihren Respekt bemüht; bei Veronica war es umgekehrt. Da er sich daran erinnerte, wie es war, in dieser verwundbaren Position zu sein, ging er sehr behutsam mit ihr um; er war entschlossen, ebenso verantwortungsvoll wie liebevoll zu sein. Das bedeutete auch, nicht mit ihr zu schlafen. Am Anfang war ihm das nicht allzu schwer gefallen: Er küßte und streichelte sie und genoß es, und den ganzen Herbst hindurch hatte er geglaubt, daß sie damit ebenso zufrieden war wie er selbst. Aber als sie eines Tages zu ihm kam und erzählte, jemand sei in ihr Zimmer eingebrochen – abends, als sie gerade habe ins Bett gehen wollen –, und gestand, dies sei nicht das erste Vorkommnis dieser Art gewesen, beschloß er, zur Tat zu schreiten, und suchte ihnen etwas außerhalb des Keble-Gebäudes, wo die meisten ihrer Kollegen untergebracht waren: eine Wohnung auf der anderen Seite von Oxford. Sie war entzückt. Die Wohnung, das obere Stockwerk eines kleinen Reihenhauses, bestand aus zwei Schlafzimmern, einem Badezimmer und einem kleinen Wohnzimmer mit einer Kochnische. Sie war nur mit dem Nötigsten möbliert. Für Gas und heißes Wasser mußten Münzen eingeworfen werden, die Betten waren von der Art, wie man sie in Internaten fand, schmal und mit Roßhaarmatratzen und Decken, die starr und verfilzt waren und nicht viel Wärme versprachen. Die Teppiche waren schmutzig und abgetreten, und auf den Sessel durfte man sich nur vorsichtig niederlassen.

Aber diese Nachteile schienen Veronica nicht einmal aufzufallen. »Ich werde für uns kochen können!« hatte sie gerufen, als sie den kleinen Herd und das Spülbecken mit den vielen Sprüngen erblickt hatte. »Ich finde es wunderbar, daß du etwas so Gemütliches für uns gefunden hast!«

An diesem ersten Abend hatten sie ausgepackt und eine Picknickmahlzeit aus schottischen Eiern und roten Beeten zu sich genommen, die sie in einem Pub gekauft hatten. Sie hockten im Wohnzimmer vor dem Gasfeuer. Er saß in dem wackligen Sessel, sie auf dem Boden neben ihm; sie waren beide ein wenig berauscht von diesem Abenteuer und vom Whisky, und er darüber hinaus von dem Gefühl, sie gerettet zu haben. Sie hatte gesagt, sie hätte sich nie träumen lassen, daß er so schnell eine Lösung für ihre Probleme finden würde ...

Und dann hatte sie plötzlich geschwiegen.

Nach einer Weile hatte er ihr die Hand auf die dunklen Locken gelegt. »Und?«

»Nichts – wirklich nicht.«

»Komm schon«, sagte er tadelnd. »Du hast doch keine Geheimnisse vor mir? Du wolltest doch gerade etwas sagen – ich kenne dich schließlich.« Er hatte ihr die Hand unters Kinn gelegt und ihr Gesicht zu sich gedreht.

»Ich *dachte* nur gerade daran«, sagte sie, als bedeute das keinesfalls, daß sie es auch hatte aussprechen wollen, »daß wir jetzt wirklich allein sind.« Sie sah ihm in die Augen und errötete. »Ich meine nur, es wäre jetzt vollkommen in Ordnung, wenn du mit mir schläfst. Niemand würde es erfahren.«

Irgendwo in seinem Hinterkopf ging eine Warnsirene los: Verpflichtungen, endgültige Verantwortung, Scheidung, eine zweite Familie, Jessica endgültig für ihn verloren ...

»Liebes, es ist Zeit, daß wir uns einmal ernsthaft unterhalten.«

Das Gespräch verlief tatsächlich sehr ernsthaft. Er sagte ihr, da er verheiratet sei – ganz gleich, wie diese Ehe im Augenblick aussehe –, könne er sie auf keinen Fall ausnutzen, das wäre vollkommen falsch, da sie soviel jünger sei als er und ihr ganzes Leben noch vor sich habe (langsam glaubte er selbst, was er sagte, und dementsprechend wurde er auch überzeugender). Seine Frau würde sich niemals von ihm scheiden lassen, erklärte er, und daher könne er nicht einmal im Traum daran denken, eine Affäre mit ihr anzufangen, die keine Zukunft habe. Nicht, daß er sie nicht liebe (da hatte sie bereits Tränen in den Augen) – das müsse sie verstehen (sie nickte, und die Tränen begannen zu fließen); es gebe einfach Dinge, die jemand wie er nicht tue. Sosehr er es auch wünschen möge, so schwer es ihm auch falle ...

Sie reckte sich und schlang die Arme um ihn. »Raymond, Liebling! Ich wollte es dir auf keinen Fall schwermachen! Du bist so gut zu mir – und so ehrlich. Und ich liebe dich vor allem, weil ich deinen Charakter so sehr bewundere. Für dich ist es nicht nur eine Frage von Sex, wie für so viele Männer. Du bist wirklich anders.«

Während er ihr mit seinem Taschentuch die Tränen abwischte, sagte sie: »Ich bin froh, daß ich dich überhaupt habe!«

Sie müßten beide stark sein, erklärte er. Und war ungemein erleichtert.

Aber es bestand kein Zweifel, daß sich damit ein dunklerer Aspekt in ihre Beziehung eingeschlichen hatte, der auf die eine oder andere Weise alles änderte. Natürlich nicht vollständig, und auf keinen Fall die ganze Zeit; es war eher, als habe sich das Gelände rund um ihren bisher unschuldigen Spielplatz nun als Niemandsland erwiesen. Sie trafen sich immer noch an den meisten Tagen zum Mittagessen – es war inzwischen Winter –, sie gingen ins Kino oder ins Pub und manchmal auch essen, sie verbrachten ruhige Abende zu Hause, an denen sie kochte, und dann spielten sie Karten, oder er hörte Radio oder schrieb Briefe, während sie bügelte und ihre Strümpfe flickte. Aber wenn er sie nun küßte und ihre kleinen, spitzen Brüste streichelte, von denen er aus sorgloseren Zeiten wußte, daß sie hinreißend weiß waren, wurde sie unnatürlich ruhig, und wenn er fortfuhr, begann sie zu zittern und schließlich zu weinen. Dann entschuldigte sie sich und erklärte, wie sehr sie ihn liebe und seine Selbstbeherrschung achte. Es gab nun auch mehr Anlaß zu dieser Art von Respekt, denn nachdem er erst einmal befunden hatte, daß er sie nicht haben dürfe, fand er sie begehrenswerter als zuvor. In gewisser Weise war er dafür dankbar: Es war irgendwie besser, als solche Gesten und

Worte nur einzusetzen, um ihren Stolz nicht zu verletzen. Dennoch, in ihren Umgang miteinander hatte sich eine gewisse Theatralik eingeschlichen, eine ganze Reihe festgeschriebener Dialoge über das, was sie tun würden, wenn die Situation nur eine andere wäre, und diese Dialoge wurden mit jedem Mal vertrauter, auf eine Art, die ihn ärgerlich machte. Sie schien einfach nicht genug davon zu bekommen, es verging kaum ein Tag, an dem sie nicht darauf bestand, ihre hoffnungslose, quälende Situation zur Sprache zu bringen. Er entwickelte zwei Varianten, dem zu entgehen: Entweder er beschloß, eher in Worten als in Gesten zärtlich zu ihr zu sein, oder, wenn dies sie gelegentlich so sehr entflammte, daß sie selbst die Initiative ergriff – sich in seine Arme warf, seinen Kopf zwischen die Hände nahm und ihren roten Schmollmund auf seinen drückte –, er begann seinerseits, sich gequält zu geben, und bat sie, das doch sein zu lassen, weil es zuviel für ihn werde.

Als er von einem Besuch in London zurückkehrte, um den Jessica ihn gebeten hatte, und die Nachricht mitbrachte, daß Nora heiraten würde, reagierte sie mürrisch und desinteressiert. »Ach, *das* war alles, was sie von dir wollte«, sagte sie. Sie fragte nicht nach den Einzelheiten der Verlobung und benahm sich insgesamt ungewöhnlich, sie wich seinem Blick aus und verschwand in die Küche, wo sie mit Töpfen und Pfannen gewaltigen Lärm machte. Er nahm an, daß sie ihre Periode bekam – manchmal war das eine schlimme Zeit für sie –, aber als er den Anzug aus- und Kordhose und Pullover angezogen hatte, die ihn wärmer halten sollten – das Gasfeuer war viel zu klein für dieses Zimmer, in dem es aus den unglaublichsten Richtungen zog –, kam sie aus der Küche und entschuldigte sich. »Weißt du, ich dachte, sie hätte dich vielleicht aus einem anderen Grund gebeten, nach London zu kommen.«

»Ach ja? Weshalb denn?«

»Nun ja, ich dachte, es ginge um euch, um eure Ehe.« Sie war rot geworden. »Dumm von mir. Ich hatte nur irgendwie gehofft …«

»Liebling, ich habe dir doch gesagt, daß sie das niemals tun wird.« Er umarmte sie. Immer, wenn er eine Zukunft für sie unmöglich machte, hatte er das Gefühl, mit der Gegenwart nachsichtig sein zu können.

Sie hatte einen ziemlich wäßrigen Eintopf gekocht, und während sie aßen, erzählte er ihr von Noras Verlobtem.

»Bedeutet das, daß sie keine Kinder haben können?«

»Ich fürchte ja. Es bedeutet offenbar, daß sie überhaupt nichts haben werden.«

»Meinst du, daß er nicht mit ihr schlafen kann?«

»Ja.«

»Wie schrecklich für sie!« Sie dachte einen Augenblick lang nach. »Sie muß ein erstaunlicher Mensch sein.« Danach erkundigte sie sich weiter nach Nora und schien sich sehr für die Hochzeit zu interessieren.

Im Jahr darauf wurde ihm irgendwie deutlich, daß Jessicas Affäre abgeklungen und schließlich zu Ende gegangen war. Seine Gefühle dabei waren zwiespältig. Er war ungeheuer erleichtert, als sie eines Tages mit deutlicher Herablassung von der »armen Mercedes«, Clutterworths Ehefrau, sprach. Wieso »arm«? hatte er gefragt. Oh, sie müsse es ununterbrochen ertragen, daß Schülerinnen und Chormädchen sich in ihren Mann verliebten. »Das muß ziemlich deprimierend sein.«

Aha, dachte er. Er hat sie verlassen. Es war ein Augenblick des Triumphs. Aber dieser Triumph dauerte nicht an, genauer gesagt, er mischte sich mit anderen, weniger festlichen Gefühlen. Wenn Clutterworth Jessica verlassen hatte, wie er aus ihrer bedrückten Stimmung schließen konnte, sollte er dann nicht versuchen, sie wieder für sich zu gewinnen? Aber wenn er das tat, was sollte dann aus Veronica werden? Was, wenn er Veronica verließ und sein Eheleben mit Jessica wiederaufnahm und Jessica irgendwann einen anderen fand? Oder wenn sie keinen anderen fand und er versuchte, wieder mit ihr zu leben, und es ihm so erging wie beim letztenmal? Was sollte er dann tun? Sie würde ihn zweifellos verachten, wenn er sich als impotent erwiese. Am Ende beschloß er, gar nichts zu tun, außer öfter nach London zu fahren und die Entwicklung dort im Auge zu behalten.

Ein paar Monate später hatte Jessica erklärt, sie und Villy hätten beschlossen, das Rydal-Haus in St. John's Wood zu verkaufen, und sie werde mit ihrem Anteil ein viel kleineres Haus mieten. Sie hatte bereits eins gefunden, in Chelsea.

Das Leben mit Veronica in Oxford war äußerlich gleich geblieben, aber je mehr er Jessica gegenüber wieder an Selbstbewußtsein gewann, desto weniger empfand er Veronicas Bewunderung als angenehm – manchmal ärgerte sie ihn regelrecht. Sie ist so *jung*, dachte er, aber nun hatte dies eine andere Bedeutung für ihn. Einst war es Balsam für seine verletzte Eitelkeit gewesen, daß eine so junge Frau ihn attraktiv fand, jetzt stellte er fest, daß sie einem mit ihrer Jugend auch viel Geduld abverlangte. Sie war so durchschaubar! Es war, als wüßte er immer genau, was sie denken, sagen oder empfinden würde, was dazu führte, daß er kaum noch Wert darauf legte, darüber zu reden. Armes kleines Ding! Sie konnte nichts dafür – sie wurde immer mehr zu seiner Tochter.

Im Lauf dieses Jahres hatte er sich mit dem Gedanken getröstet, daß sich mit dem Kriegsende alles ändern und besser werden würde. Seine Arbeit würde ein Ende finden, und das würde automatisch auch das Ende seines Lebens in Oxford bedeuten. Er würde nach Hause zurückkehren, und Jessica würde sich nicht mehr herumtreiben können, weil er immer da war. Er würde sie wieder mit nach Frensham nehmen, und dort würden sie ein ruhiges, angemessenes Leben führen ...

Nichts davon war geschehen. Vielmehr war er vom Kriegsministerium nach London versetzt worden, betraut mit einer seltsamen Tätigkeit, und die Büros lagen überraschenderweise in Wormword Scrubs. Das führte selbstverständlich zu einigen unglücklichen Szenen mit Veronica. »Könntest du nicht wenigstens am Wochenende herkommen?« – »Könntest du nicht beantragen, daß ich auch versetzt werde?« Aber das konnte oder wollte er nicht. Es war Zeit, sich zu verabschieden, und er versuchte, dies so umsichtig und schonend zu tun, wie er nur konnte (er verbrachte eine schlaflose Nacht damit, sie auf ihrem schmalen Bett im Arm zu halten, während sie schluchzte und einschlief und dann wieder aufwachte, um weiter zu weinen). Wieder und wieder erklärte er, daß er seine Frau nicht verlassen könne. Er würde sie – Veronica – immer lieben, aber da es für sie beide keine Zukunft gebe, sei es wichtig für sie, daß sie ihr eigenes Leben beginne, und sie werde bald, da sei er ganz sicher, jemanden finden, mit dem sie glücklich sein könne.

Ein paar Tage später, als er von einem Abend in London zurückkehrte, an dem er Jessica von seiner neuen Arbeit erzählt hatte, und seine Sachen in der Wohnung in Oxford packen wollte, fand er Veronica in einer Blutlache auf dem Küchenboden. Sie hatte sich an beiden Handgelenken die Pulsadern aufgeschnitten, war aber glücklicherweise nicht sonderlich erfolgreich gewesen. Dennoch befiel ihn eine Panik, die ihn an den Ersten Weltkrieg erinnerte. Sie lag mit dem Gesicht nach unten, und zuerst dachte er, sie sei tot, aber als es ihm endlich gelungen war, sich auf ein Knie niederzulassen (das andere war steif) und an ihrer Schulter zu ziehen, bis er sie umgedreht hatte, stellte er fest, daß sie noch atmete. Ihr Gesicht war von einer erschreckend gräulich-weißen Färbung; an einem Handgelenk war das Blut geronnen, aber aus dem anderen floß es immer noch schwach. Er band es fest mit seinem Taschentuch ab und rief einen Krankenwagen. Dann holte er ein paar Decken aus dem Bett und wartete. Er kam sich vor wie ein Mörder: Wenn sie starb, war er dafür verantwortlich. Die Minuten, bis der Krankenwagen eintraf, waren die schlimmsten seines Lebens.

Die Sanitäter waren unglaublich professionell und trösteten ihn rasch. Sie legten Veronica auf eine Bahre, lösten seinen Verband und legten einen Druckverband an. »Sie wird wieder auf die Beine kommen, Sir. Sie hat nicht soviel Blut verloren. Es sieht immer schlimmer aus, als es ist. Sie können mitkommen, wenn Sie wollen.« Das tat er. Im Krankenwagen sagten sie dann, daß sie die Polizei informieren müßten und die werde sicher eine Aussage von ihm verlangen. »Sie ist doch Ihre Frau, oder?« Er verneinte.

Im Krankenhaus wurde sie weggebracht, und ihn bat man, in einem kleinen Zimmer Platz zu nehmen, wo er saß und sich darüber Gedanken machte, was um alles in der Welt die Polizei von ihm würde wissen wollen. Selbstverständlich würde nun herauskommen, daß sie zusammengelebt hatten. Sie würden feststellen, daß er verheiratet war, und annehmen, Veronica sei seine Geliebte gewesen. Ihre Eltern würden es erfahren, Jessica würde es herausfinden, und wahrscheinlich würde man ihn entlassen. Hatte sie gewollt, daß er sie fand? Sicher hatte sie das gewollt, aber ob sie gewußt hatte, daß er sie rechtzeitig finden würde, war unsicher. Er kam immer mit demselben Morgenzug aus London zurück und ging fast immer erst in die Wohnung, bevor er sich auf den Weg zur Arbeit machte. Langsam begann er zu denken, daß sie ihn einfach nur hatte erschrecken und sich gar nicht wirklich hatte umbringen wollen. Er verspürte einen stumpfen Zorn auf sie. Mit einer einzigen dummen, unverantwortlichen Tat hatte sie alles verdorben. Dann kam ihm der wirklich schreckliche Gedanke, daß sie vielleicht doch nicht hatte gefunden werden wollen und es am Ende wieder tun würde. Er hatte das Gefühl, unausweichlich in der Falle zu sitzen, und war nicht in der Lage weiterzudenken.

Die Polizei kam, und er machte seine Aussage. Er hielt sich an die Tatsachen, was hätte er sonst tun können? Aber als man ihn fragte, ob er etwas über mögliche Gründe für ihre Tat wisse, wich er aus. Er vermittelte den Polizisten den Eindruck, wenn nicht die Gewißheit, daß sie etwas überspannt und leicht zu beeindrucken war, daß sie Gefühle für ihn entwickelt hatte, die er nicht erwidern konnte, daß er aber wegen des Altersunterschieds versucht hatte, geduldig und väterlich zu sein. Er habe nicht geahnt, daß sie so etwas tun würde. »Sie hat immer gewußt, daß ich verheiratet war«, sagte er. Er erklärte, daß das Ministerium ihn nach London versetzt hatte, und fügte hinzu, er nehme an, dies habe sie mehr verstört, als ihm klargewesen sei. Er deutete so zart, aber so häufig er konnte an, daß sie niemals seine Geliebte gewesen war, aber er war nicht sicher, ob sie ihm glaubten.

Schließlich ließen sie ihn nach Hause gehen. Sie schlafe ruhig, hieß es. Er könne sie später sehen, wenn er wolle.

Er kehrte in die Wohnung zurück – zu dem blutigen Fußboden und dem sechs Seiten langen Brief, den Veronica geschrieben und auf sein Bett gelegt hatte. Er trank einen steifen Whisky und verbrachte eine halbe Stunde damit, den verdammten Boden zu wischen, ehe er den Brief las.

Aber selbst nachdem er ihn zweimal durchgelesen hatte, wußte er nicht genauer, was sie nun eigentlich vorgehabt hatte. Man konnte vielleicht sagen, sie hätte überhaupt nicht geschrieben, wenn sie nicht wirklich vorgehabt hätte, sich umzubringen, aber andererseits: Wenn sie ihn einfach nur hatte erschrecken oder schlicht und ergreifend erpressen wollte zu tun, was sie wollte, hätte sie auch geschrieben, weil sie schließlich gewollt hätte, daß ihr Versuch ernst gemeint aussah. So oder so, es hat nicht funktioniert, dachte er grimmig. Und nun wollte er nur noch weg. Seine Regungen für sie, worin immer sie bestanden haben mochten, waren einer Mischung aus Ärger und Verantwortungsgefühl gewichen. Er goß sich noch einen Whisky ein. Der Schock hatte nachgelassen und sich in etwas verwandelt, das er als aufgeklärtes Eigeninteresse bezeichnete.

Er fuhr mit ihrem Auto zur Arbeit und bat um ein Gespräch mit seinem Vorgesetzten, dem er einen kurzen – und wie er glaubte, fairen – Bericht über die Situation erstattete. Anstruther war ein Mann von durchdringendem Intellekt, der Gefühle jeder Art eher zu verachten schien. Er gab sich auf eine forsche Art teilnahmsvoll. »Unangenehme Situation. Hysterisch, nehme ich an. Bißchen unklug, sich mit ihr einzulassen, nicht wahr? Haben Sie ihre Eltern schon erreicht? Ich würde Ihnen dazu raten, denn die Polizei oder das Krankenhaus wird es ohnehin tun, und es wäre besser, wenn sie es von Ihnen erfahren.«

»Daran hatte ich noch gar nicht gedacht. Das sollte ich wirklich tun.«

»Sie ist doch nicht schwanger?«

»Nein. Unmöglich.« Und er erklärte, diesmal ohne Umschweife, wieso das unmöglich war.

Darauf reagierte Anstruther mit einer Mischung aus Unglauben und Gereiztheit und erklärte, er wolle keine Einzelheiten wissen und Raymonds Wort darauf genüge ihm.

»Ich werde veranlassen, daß Miss Watson Urlaub erhält, und Sie sollten vielleicht dafür sorgen, daß ihre Eltern sie abholen. Wir wollen schließlich keinen weiteren Ärger. Wann fangen Sie in London an? Nächste Woche. Dann sollten Sie sich auch ein paar Tage freinehmen.«

Er hatte etwas gemurmelt wie, er wolle seiner Frau die Aufregung ersparen.

»Selbstverständlich.«

»Danke, Sir.«

Er rief die Eltern an, bekam die Mutter ans Telefon und gab die abgeschwächteste Version zum besten, die ihm eingefallen war. Veronica sei überarbeitet gewesen; er fürchte, sie habe ihn ein wenig zu liebgewonnen, obwohl sie gewußt habe, daß er verheiratet und Vater von vier Kindern sei, und als sie gehört habe, daß er versetzt würde, habe sie sich zu dieser dummen Tat hinreißen lassen. Sie werde wieder vollständig gesund werden, wiederholte er (damit hatte er das Gespräch auch begonnen), aber ihr Chef sei der Ansicht, ein langer Urlaub zu Hause werde ihr guttun. Ob sie vielleicht kommen und sie so bald wie möglich heimholen könnten?

Mrs. Watson schien nicht in der Lage zu sein, das alles zu begreifen. »Ich verstehe das einfach nicht«, sagte sie immer wieder. »Veronica ist so ein *vernünftiges* Mädchen. Sie hat sich mit einem *Messer* geschnitten? Das verstehe ich nicht!«

Er betonte, wie leid es ihm tue, und er wiederholte Anstruthers Bemerkung über Hysterie. Mrs. Watson sagte, sie würden beide gleich am nächsten Tag nach Oxford kommen.

Er fuhr zurück zur Wohnung und packte. Er beschloß, keine Spur seiner Anwesenheit zurückzulassen, also brauchte er einige Zeit. Er zog das Bett bis auf die nackte gestreifte Matratze ab, nahm seine Socken und Hemden von der Wäscheleine in der Küche und ließ nur ihren flauschigen rosa Pullover hängen, dessen Fusseln ihn immer zum Niesen gebracht hatten. Er durchsuchte sogar ihre Kommode und entdeckte ein Bündel mit kurzen Briefen, die er ihr geschrieben hatte. Die verbrannte er, zusammen mit ihrem letzten Brief. Inzwischen kam er sich vor wie auf der Flucht, und der Gedanke, sie im Krankenhaus besuchen zu müssen, beunruhigte ihn. Er fürchtete sich vor dem, was sie sagen würde – und was andere würden hören können. »Immerhin habe ich nie mit ihr geschlafen«, sagte er sich immer wieder. Als er fertig gepackt und ein Taxi gerufen hatte, hatte er das Gefühl, daß die ganze Sache wirklich nicht sein Fehler war.

Er besuchte sie nicht mehr.

Wenn er danach an »diese Episode« dachte – wie er es nun bei sich nannte –, wurde er nur noch von einem gewissen Unbehagen befallen, von leichten Schuldgefühlen, die er schnell zu rationalisieren lernte. Nicht wenige Angestellte in Woodstock hatten außereheliche Affären begonnen; es hatte immer Gerüchte über Schwangerschaften und Abtreibungen gegeben, und es war sogar zu zwei Scheidungen und neuen Ehen gekommen. Er hatte sich nicht anders verhalten als die anderen, eher besser. Sein Pech, daß er an eine Frau geraten war, die darauf bestanden hatte, mehr in die Geschichte hineinzudeuten, als je dran gewesen war. Er hörte gerüchteweise, sie sei nach Haue gefahren und so lange nicht zurückgekommen, daß man sie schließlich entlassen hatte. Er war nach London und zu Jessica zurückgekehrt, mit der er eine (beinahe) keusche Ehe führte. Sex schien keinen von ihnen beiden mehr zu interessieren oder zu beleben. Er war der Ansicht, daß das an seiner Arbeit lag, die ihn sehr forderte, und an dem schrecklichen kleinen Haus, auf dem sie bestanden hatte: ein Puppenhaus, in dem er sich eingeengt fühlte. Wenn der Krieg zu Ende war und sie nach Frensham zurückziehen konnten, würde alles anders – und besser – werden.

Dann ging der Krieg tatsächlich zu Ende, aber sein Besuch in Frensham war enttäuschend verlaufen, und das war noch milde ausgedrückt. Nora hatte John, den alten Mann, der im Garten arbeitete – er war zu Tante Lenas Zeiten Gärtnerjunge gewesen –, an den Bahnhof geschickt, um ihn abzuholen. John wirkte, als sei er seit Raymonds letztem Besuch zwanzig Jahre älter geworden; er schlurfte rheumatisch herum und schien das meiste von dem, was man zu ihm sagte, nicht mehr zu verstehen. »Sie werden feststellen, daß sich vieles geändert hat«, sagte er während der kurzen Fahrt mehr als einmal.

Und so war es tatsächlich. Von dem Augenblick an, als sie auf der Kiesfläche vor dem Haus anhielten, war ihm das klar gewesen. Der Rasen war nur noch gefrorener Schlamm, durchbrochen von einigen jämmerlichen Rosenkohlpflanzen. Die Kletterpflanzen, die die Fassade so anmutig berankt hatten, waren verschwunden, und irgend jemand hatte die abbröckelnden Ziegel mit schrecklicher gelber Farbe überstrichen. Das Buntglas in der Haustür war ebenfalls weg, und an seine Stelle war dieses halbdurchsichtige Zeug getreten, das man, wie er dachte, vorwiegend in Toiletten verwendete.

Drinnen war es noch schlimmer. Raymond stand in der Halle und starrte das dunkelgrüne Linoleum an, das nun den Boden bedeckte, und die gelbe Farbe an der Wand, wo früher Tante Lenas William-Morris-Weidentapete gewesen war. Es roch nach Desinfektionsmittel, Kohleintopf, Karbolseife und Paraffin.

Dann erschien Nora. Sie trug einen dunkelblauen Kittel und Tennisschuhe mit Söckchen, ansonsten waren ihre kräftigen Beine nackt. »Hallo, Dad. Ich hoffe, du rechnest nicht damit, noch Tee zu bekommen, wir sind nämlich schon fertig. Aber um halb sieben gibt es Abendessen, also wirst du nicht lange warten müssen. Wir essen alle zusammen, weil es bei einigen der Jungs lange dauert, sie ins Bett zu bringen. Ich zeige dir dein Zimmer, und dann kannst du dich mit Richard unterhalten.«

»Ich finde mein Zimmer schon.«

»Ja? Es ist ganz oben, das kleine Dachzimmer rechts.«

Wortlos griff er nach seinem Koffer und hinkte nach oben. *Dachzimmer?* Wieso um alles in der Welt mußte er in einem Dachzimmer schlafen? Dort hatten die Dienstboten gewohnt, immer zu zweit in einem Raum. An der Wand des Treppenhauses war ein verchromter Handlauf angebracht worden. Nora hatte sich mit dem Haus wirklich einige Freiheiten herausgenommen; er würde warten, bis sie etwas getrunken hatten, und dann versuchen herauszufinden, was sie sich eigentlich dabei gedacht hatte.

In dem Dachzimmer standen noch die Dienstbotenmöbel: eine kleine, alte Kommode, ein Eisenbett und die alten Verdunkelungen, die man noch nicht abgenommen hatte. Es war eiskalt hier – so dicht unter dem Dach war nichts anderes zu erwarten. Er hatte sich vorgestellt, mit Nora und Richard vor dem Kamin im Wohnzimmer Tee zu trinken, was um halb fünf ja wohl nicht zuviel verlangt war. Er legte den Koffer aufs Bett und hinkte auf der Suche nach dem Bad wieder nach unten. Auch hier hatte sich einiges verändert: Der Toilettensitz war erhöht worden, und es gab eine Art Treppe zur Badewanne, in der auch ein Sitz angebracht war. Auf der Fensterbank stand eine Reihe Bettpfannen mit einer milchigen Flüssigkeit.

Nora stand in der Halle. »Ich dachte schon, du würdest dich verlaufen.«

Wie kann man sich in seinem eigenen Haus verlaufen, dachte er gereizt, aber er beschloß zu warten, bis sie sich in Ruhe niedergelassen hatten; dann würde er sie sich vorknöpfen.

Das erwies sich als schwieriger, als er gedacht hatte. Sie ließ sich überhaupt nicht nieder, sie war ständig unterwegs, weil jemand etwas von ihr wollte oder einfach, wie er dachte, weil sie glaubte, gebraucht zu werden. Eine halbe Stunde saß er mit Richard im ehemaligen Morgenzimmer, das Nora nun als »unsere Zuflucht« bezeichnete. Es war stickig hier und roch nach dem Paraffinöfchen, das mürrisch flackerte und ein Minimum an Wärme abgab.

»Warum macht ihr kein Feuer an? Der Kamin ist vollkommen in Ordnung.«

»Nora sagt, das ist zuviel für die Angestellten. Es ist ohnehin schwierig genug, Leute zu bekommen. Sagt sie.«

Richard saß in seinem Rollstuhl. Er trug ein Flanellhemd und eine dicke Strickjacke; die leeren Ärmel waren ordentlich an den Seiten festgesteckt. Auf einem Tablett, das man auf die Armlehnen des Rollstuhls gestellt hatte, stand ein Becher mit einem Strohhalm. Hin und wieder neigte Richard den Kopf, um einen Schluck Gin Tonic zu trinken. »Tut mir leid, daß kein Eis da ist«, sagte er. »Aber ich kann dir sagen, schon ein Gin Tonic ist eine Ausnahme.«

»Ist es immer noch so schwierig, hier auf dem Land an Gin zu kommen?«

»Ich glaube nicht, daß es *schwierig* ist. Ich denke, es gilt als Luxus.«

»Oh.«

»Wo du gerade stehst« – er saß noch –, »könntest du mir eigentlich nachgießen. Bevor der Boß zurückkommt.«

Raymond tat, worum er gebeten wurde, und goß sich selbst ebenfalls nach.

»Wenn ich hier etwas zu sagen hätte«, meinte Richard nach einem weiteren Schluck, »würde es hier genug Gin geben. Aber da hast du's. Ich habe nichts zu sagen. Nicht einmal, was mich selbst angeht.«

Peinliches Schweigen entstand, während dessen Raymond Unbehagen und Mitleid empfand, was irgendwie verhinderte, daß ihm eine Antwort einfiel.

»Dennoch«, fuhr Richard schließlich fort, »ich nehme an, wir sind erheblich besser dran als die anderen armen Kerle. Du solltest den Gin in ihrem Beisein nicht erwähnen. Denn wenn sie nicht gerade Besuch von Verwandten haben, kriegen die armen Schweine keinen Tropfen.«

Wieder schwieg er kurz.

»Könntest du vielleicht so gut sein, mir die Zigaretten zu holen, die hinter dem Wörterbuch dort auf dem Bücherregal sein müßten, und mir eine anstecken? Nimm dir auch eine, wenn dir danach ist. Aber wir müssen uns beeilen; wir sollten damit fertig sein, bevor sie zurückkommt.«

Er fand das beinahe leere Päckchen und eine Schachtel Streichhölzer, zündete eine Zigarette an und steckte sie Richard in den Mund. Richard inhalierte zweimal tief und bedeutet ihm, daß er die Zigarette wieder aus dem Mund genommen haben wollte.

»Tut mir leid. Wenn du deinen Stuhl hier rüberziehst, brauchst du dabei nicht zu stehen. Steck sie wieder rein. Rauch ruhig selbst eine, aber bitte versteck die Schachtel wieder.«

Nora kehrte zurück, ehe die Zigarette zu Ende geraucht war.

»Der arme Leonard! Er ist aus dem Stuhl gefallen, und Myra hat es allein nicht geschafft, ihm aufzuhelfen. Mir war, als hätte ich ein Krachen gehört, und es war gut, daß ich – Richard! Woher hast du die Zigarette?«

»Raymond hat sie mir gegeben.«

»Oh. Er darf nicht rauchen, Dad. Ich dachte, du wüßtest das.«

»Jetzt kann ich sie auch zu Ende rauchen«, sagte Richard, und er sah Raymond so entschlossen an, daß dieser ihm die Zigarette wieder zwischen die Lippen steckte. Richard inhalierte und begann zu husten.

»Ich habe es dir doch gesagt, Liebling!« Sie nahm sie ihm ab und drückte sie aus. »Davon hustest du nur. Er muß mit seinen Lungen vorsichtig sein, weil er nicht genug Bewegung hat.«

»Wie du siehst, ist es wichtig, daß ich in guter Verfassung bleibe.«

Die Ironie war nicht zu überhören, aber Nora verstand sie

nicht. »Selbstverständlich«, sagte sie fröhlich. Sie griff nach dem Becher und schüttelte ihn. »Lieber Gott! Du hast nicht einmal ausgetrunken.«

»Um Himmels willen, nimm mir das nicht auch noch weg.«

»Daran würde ich nicht mal im Traum denken, das weißt du doch«, sagte Nora sanft. »Aber trink aus, Liebling, das Essen ist fertig.«

Sie aßen im alten Eßzimmer, wo nun ein langer Tisch auf Böcken stand, um den die fünf Rollstühle plaziert wurden, dazwischen die normalen Stühle für die Helfer – außer Nora gab es noch zwei. Raymond registrierte, daß die anderen weniger behindert waren als Richard: Die meisten konnten allein essen, auch wenn zwei von ihnen einen Löffel benutzten. Nora verteilte das Irish Stew, aus dem, wie sie sagte, die Knochen entfernt worden waren, und dann fütterte sie Richard. Sie hatten den Teppich weggenommen, wohlweislich, denn einiges von dem Essen landete auf dem Boden. Die Gespräche waren gezwungen und verkrampft. Die Patienten redeten nicht viel miteinander und schienen sich für das, was die anderen sagten, nicht sonderlich zu interessieren. Sie konzentrierten sich auf das Essen – dem Stew folgte ein schwerer Sirupkuchen.

Erst einige Zeit nach dem Essen hatte er Gelegenheit, mit Nora zu sprechen. Man hatte die Patienten in das alte Wohnzimmer gebracht. Auch dieses Zimmer war seines viktorianischen Inhalts entledigt worden; an den Wänden hingen ziemlich grelle (wie er dachte) Plakate (»Die Tapete war so abgewetzt, wir mußten etwas unternehmen«), und auf dem linoleumbedeckten Boden standen kleine, filzbespannte Tischchen für Karten- oder Brettspiele. Das Radio schien ununterbrochen zu laufen. Nachdem man Raymond dies alles vorgeführt und Richard erklärt hatte, er wolle bleiben, um sich die Neunuhrnachrichten anzuhören, erklärte Nora sich bereit, in die »Zuflucht« zurückzukehren, damit er, wie er angekündigt hatte, mit ihr sprechen konnte.

Das Ergebnis dieses Gesprächs war für ihn zutiefst deprimierend. Er fand heraus, daß Jessica Nora offenbar zugesichert hatte, sie könne in dem Haus bleiben und es als Heim weiterführen. »Mummy meinte, ihr wolltet hier nicht mehr wohnen, wo wir nun alle erwachsen sind. Von Judy einmal abgesehen, aber auch sie wird bald aus dem Haus sein. Sie hielt es für eine großartige Idee, daß ich hierbleibe. Und ich kann mich auf diese Weise nützlich machen. Wenn es mein Heim nicht gäbe, wären meine Patienten in einem großen Krankenhaus, und hier können wir viel familiärer leben.« Sie hatte für die angeblichen »Ausbauten« des Hauses offenbar eine beträchtliche Summe aufgebracht. »So, wie es war, war es wirklich nicht für die Patienten geeignet. Aber natürlich habe ich das Geld nur unter der Voraussetzung erhalten, daß wir hierbleiben können.«

Er erklärte, er verstehe nicht, wieso sie ihn nicht vorher gefragt habe.

»Ich hatte solche Angst, daß du nein sagen könntest«, meinte sie. Sie war errötet. »Die Sache ist, Daddy, wenn man sich wirklich zu etwas berufen fühlt, darf man nicht zulassen, daß sich einem jemand in den Weg stellt. Du könntest selbstverständlich jederzeit herkommen. Wann immer du willst. Das Haus deprimiert Mummy, aber das liegt daran, daß sie eine ein wenig egoistische Seite hat. Ich glaube nicht, daß sie sich jemals klargemacht hat, wie es wäre, an Richards Stelle zu sein – oder der einer der anderen. Richard ist jetzt mein Leben. Es ist eine Aufgabe, mich um ihn zu kümmern. Und ich habe das Gefühl, daß es gut für ihn ist, andere um sich zu haben, die mehr oder weniger in derselben Lage sind. Das gibt ihm ein Gefühl von Verhältnismäßigkeit.« Das waren ihre Argumente. Dann mußte sie Richard zu Bett bringen.

Als sie zurückkam, fragte er, ob sie Whisky im Haus habe.

»Es könnte sein, daß noch ein bißchen übrig ist. Ich habe ihn für besondere Gelegenheiten aufgehoben.« Sie fand eine beinahe leere Flasche, goß ihm einen winzigen Schluck in sein Ginglas und reichte ihm das Glas zusammen mit einem Krug Wasser.

»Immerhin zahlen wir Miete für das Haus«, sagte sie.

»Das wußte ich nicht.«

»Ich habe sie an Mummy gezahlt. Es ist nicht viel, das weiß ich, aber mehr können wir uns nicht leisten.«

Auf dem Wasser schwamm Staub.

»Mummy hat doch immerhin dieses Haus in London. Und sie

sagt, du hättest genug Geld, ein anderes zu kaufen, wenn du wolltest. Ich habe alle Möbel und die anderen Sachen ins Kutschhaus gebracht. Ich hoffe, es stört dich nicht, aber ich muß jetzt ins Bett. Ich muß nachts oft für Richard aufstehen.«

Er fragte, wann es Frühstück gebe.

»Ich frühstücke um sechs, weil ich mich danach um das Frühstück für die anderen kümmern muß. Sie essen in ihren Zimmern.«

»Wir müssen wirklich noch ein bißchen ausführlicher über diese Sache reden.«

»Morgen habe ich keine Zeit, weil ich Albert schon ziemlich früh zum Zahnarzt bringen muß. Und außerdem, Dad, habe ich eigentlich nicht mehr viel zu sagen. Ich denke, du solltest mit Mummy reden, sie weiß alles darüber. Machst du bitte das Licht aus, wenn du nach oben gehst?«

Das war alles. Sie hatte ihn einfach sprachlos gemacht. Sie schien nicht die geringste Ahnung zu haben, wie unverschämt sie war. Er trank den Whisky und schenkte sich noch einen ein. Er würde ihr eine neue Flasche kaufen, aber jetzt brauchte er etwas zu trinken, um sich zu beruhigen. Er hinkte die Treppe hinauf ins Bett (wie um alles in der Welt schaffte sie es, die armen Kerle hier raufzuschleppen?), in sein eiskaltes Zimmer. Es war so kalt, daß er die Unterwäsche unter dem Schlafanzug anließ. Den größten Teil der Nacht lag er wach, und seine zornigen Gedanken drehten sich im Kreis. Er hatte den Eindruck, einer gutgeplanten Verschwörung gegenüberzustehen, deren Ziel darin bestand, ihn aus seinem Haus und Heim zu vertreiben. Daß Jessica solchen Anteil daran hatte, machte ihn wütend, aber er fürchtete sich auch. Wenn sie sich wirklich weigern sollte, London zu verlassen, wie sollte er dann hier leben? Er konnte sich nicht vorstellen, hier allein zu sein.

Am nächsten Morgen reiste er ab, sobald er konnte, und im Zug spielte er mehrere Möglichkeiten durch, Jessica zur Rede zu stellen. Noras ruhige Überzeugung, daß sie praktisch ein *Recht* auf das Haus hatte, hatte ihm zwar die Worte geraubt, aber er konnte es ihr nicht nur übelnehmen. Ihm war klar, daß vor allem Jessica für die Situation verantwortlich war. Er schwankte zwischen dem Drang, sie seinen Zorn spüren zu lassen, »ihr zu zeigen, wo ihr Platz ist«, und der bangen Frage, wie er sie dazu bringen konnte, auf dem Land leben zu wollen. Denn eins hatte er inzwischen begriffen: Sie hatte bereits auf unterschiedlichste Weise angedeutet, daß sie gern in London bleiben würde. Er hatte wenig auf diese Andeutungen geachtet, auf die Bemerkungen am Rande, die hin und wieder gefallen waren. Aber nun erkannte er, daß sie die ganze Zeit entschlossen gewesen war, in London zu bleiben, und er hatte Angst vor dieser Entschlossenheit.

»Du hättest mir vielleicht sagen sollen, was dort vorgeht«, sagte er schließlich.

»Liebling, ich wußte doch, wieviel du um die Ohren hast. Ich habe nur versucht, es dir leichter zu machen.«

»Was sie alles mit dem Haus angestellt hat!«

»Nur Umbauten, die wegen der Patienten notwendig waren.«

»Sie hat die Kletterpflanzen von der Fassade genommen. Das kann für die Patienten ja wohl keine Rolle gespielt haben.«

»Das Haus war schrecklich feucht. Die Wände mußten behandelt werden.«

Und ein paar Minuten später sagte sie: »Aber ich habe eine gute Idee.«

»Was denn?«

»Ich dachte, wir könnten das Kutschhaus in ein Wochenendhaus für uns umbauen. Wäre das nicht schön? Ein kleines, gemütliches Häuschen, das leicht sauberzuhalten ist.«

»Ich will aber in keinem kleinen gemütlichen Häuschen wohnen, das leicht sauberzuhalten ist.«

»Ich schon! Ich habe mein ganzes Leben damit verbracht, mit diesen Häusern fertig zu werden, in denen ich alles selbst machen mußte, und jetzt, wo ich damit gerechnet hatte, damit aufhören und ein paar Dienstboten einstellen zu können, gibt es keine mehr. Du solltest das Problem einmal von meiner Warte aus sehen.«

Das ist die einzige Warte, die man mir zugestehen wird, dachte er verbittert. Er schwieg, als sie sagte, *er* werde schließlich keine Hausarbeit erledigen und nicht kochen müssen, und sie habe wirklich genug davon. »Ich will alles so einfach wie möglich, damit ich endlich ein bißchen Zeit für andere Dinge habe.«

Als er ein paar Wochen später anmerkte, es sei eine Schande, daß sie Angelas Abschied nicht in Frensham feiern könnten, meinte sie nur: »Das wäre ohnehin unmöglich gewesen, selbst wenn wir dort wohnen würden. Wir hätten nicht genug Platz gehabt, um die Gäste über Nacht unterzubringen. Es hätte auf jeden Fall in London stattfinden müssen.«

Früher war sie nicht so, dachte er. Bevor sie diesen Wurm Clutterworth kennengelernt hatte, hatte sie immer versucht, sich anzupassen. Jetzt war sie in den Bachchor eingetreten und nahm Gesangsunterricht.

»Wo würde Angela denn gern feiern?«

»Ihr ist es gleich. Ich dachte, Claridges wäre das beste.«

»Wie viele Gäste möchte sie dabei haben?«

»Sie macht eine Liste. Ungefähr zwölf, hat sie gesagt – selbstverständlich ohne die Verwandten. Wir müßten um die Fünfzig sein, wenn man die Kinder mitzählt. Und nur wenige zum Abendessen.«

»Sollten wir denn nicht alle zum Abendessen einladen?«

»Das wäre schrecklich teuer.«

»Das ist mir gleich. Ich möchte, daß sie eine schöne Abschiedsfeier hat.«

»Also gut, Liebling. Wie du willst.«

Sie beugte sich vor, damit das Mädchen die Kissen so zurechtrücken konnte, daß sie sitzen konnte – Mama hatte immer gesagt, man solle versuchen, den Dienstboten ihre Arbeit in jeder Hinsicht zu erleichtern –, und wartete, bis ihr Frühstückstablett auf dem Bettisch vor ihr stand. Sie war sehr aufgeregt.

»Wußten Sie, daß ich nach Indien reisen werde, Harrison?«

»Nein. Liebes, das wußte ich nicht. Mit wem denn?«

Das war gar nicht Harrison, das war Kittys kleine Tochter, wie hieß sie noch? Beryl? Barbara? Es fing mit einem B an, sie war ganz sicher … Rachel, ja, genau. Wie sie gewachsen war! Hoch aufgeschossen, wie Papa immer gesagt hatte, zu einer für ein Mädchen gar nicht schmeichelhaften Größe. Sie schaute wieder zu dem Tablett hin. Das ist doch Rührei, oder? Rühreier sind viel leichter zu verdauen als gekochte. Ich muß gut frühstücken, weil ...« Aber sie konnte sich nicht mehr erinnern warum, obwohl sie wußte, daß sie einen sehr guten Grund gehabt hatte.

»Lady Tregowan!« rief sie triumphierend. Jetzt fiel ihr alles wieder ein. »Mamas Freundin, Lady Tregowan, nimmt mich mit, als Anstandsdame. Ich finde wirklich, daß ich vor einer solchen Reise mehr als nur ein Ei essen sollte.«

»Liebes, wir haben nicht viele Eier. Ich weiß, der Krieg ist vorbei, aber es ist immer noch schwierig.«

Krieg? Was sollte der Krieg mit Eiern zu tun haben? Manchmal hatte sie den Eindruck, daß die Leute versuchten, sie mit den jämmerlichsten Ausreden hereinzulegen. Aber es gehörte sich nicht, deshalb Theater zu machen. So aufgelegt, gestattete sie ihrer Nichte, ihr in ein Bettjäckchen zu helfen und ihr eine Serviette um den Hals zu binden.

»Eigentlich wollen wir nach London, Tante Dolly. Erinnerst du dich nicht?«

Sie lächelte, um ihre Verwirrung zu verbergen. »*Zuerst* ja. Meine Liebe, ich bin schließlich nicht so dumm zu glauben, daß wir hier an Bord gehen könnten. Natürlich fahren wir zunächst nach London. Und von dort aus vielleicht nach Liverpool, oder«, sie sann auf andere Hafenstädte, »oder nach Brighton. Das weiß ich nicht genau. Niemand hat mir etwas darüber gesagt.«

»Soll ich dir den Toast buttern?«

»Das wäre sehr nett von dir.« Sie akzeptierte ein dünnes Dreieck, von dem die Krusten abgeschnitten waren. Es war nur wenig Butter darauf, wie sie bemerkte, aber als sie das erwähnte – selbstverständlich taktvoll –, kam Rachel mit einer unverständlichen Ausrede, etwas mit Rationierung. Vielleicht machte sich Mama Sorgen um ihre Figur. Ach, auch dieses Rätsel würde sie irgendwann lösen.

»Maud Ingleby ist ein sehr nettes Mädchen, aber Papa sagt, sie sei unansehnlich. Unter uns, ich glaube nicht, daß sie besonders gut heiraten wird – auch nicht in Indien.« Als sie sah, daß ihre Nichte verwirrt dreinblickte, erklärte sie: »Maud ist Lady Tregowans Tochter.« Sie stocherte in ihrem Ei und aß einen winzigen Bissen. Es mußte ein sehr kleines Ei gewesen sein.

»Flo ärgert sich, weil sie nicht mitkommen darf. Aber Lady

Tregowan wollte nur eine von uns mitnehmen, und Papa meinte, ich sollte diejenige sein. ›Wenn Kitty heiratet, mußt du hier die Festung halten‹, habe ich zu ihr gesagt, aber ich fürchte, sie hat kein glückliches Naturell, denn es sieht nicht so aus, als wäre sie bereit, das Beste daraus zu machen.« Sie legte die Gabel nieder. »Weißt du, ich befürchte, daß Flo etwas passiert ist.« Sie schaute Rachel forschend an, um festzustellen, ob ihre Nichte etwas vor ihr verbarg.

»Sie scheint mich zu meiden.«

Schweigen. Rachel war ans Fenster getreten und zog die Vorhänge zurück. »Vergiß nicht, deinen Tee zu trinken, Liebes, bevor er kalt wird«, sagte sie, und dann ging sie.

Als Dolly allein war, kamen ihr plötzlich die verstörendsten Gedanken. Irgend etwas stimmte nicht, das wußte sie. Sie war nicht zu Hause, das hier war nicht Stanmore – sie war irgendwo anders. Sie wohnte bei Kitty! Das war es. Aber wo steckte Flo? Sie erinnerte sich, daß jemand – ein Mann, den sie ganz bestimmt nicht kannte – so etwas gesagt hatte, wie, Flo sei zu ihrem Vater gegangen, aber was um alles in der Welt konnte das bedeuten, und wer war der Mann? Alle hatten ihm zugehört – man hätte eine Nadel fallen hören können. Flos Vater war selbstverständlich auch ihr Vater. Und Flo konnte gar nicht zu ihm gegangen sein, denn er war tot; er war im Winter gestorben, und sie hatte dann doch nicht nach Indien fahren können, sondern zu Hause bleiben und Flo helfen müssen, sich um die arme Mama zu kümmern. Es war immer noch schrecklich verwirrend. Wenn sie damals nicht hatte nach Indien fahren können, dann würde sie auch jetzt nicht hinfahren ... all die freudige Aufregung hatte sich gelegt, und sie war nur noch enttäuscht und verängstigt. »Das war die schlimmste Enttäuschung meines Lebens«, sagte sie sich. Aber zumindest bedeutete das, daß Flo keinen Grund hatte, zu schmollen und sich so grausam von ihr fernzuhalten; sie würde Mama bitten, mit ihr darüber zu reden. Aber das hatte auch keinen Sinn, denn plötzlich wußte sie ganz genau, daß auch Mama tot war.

Das Problem war nicht, daß sie sich an nichts erinnern konnte – es gab einfach zu viele Erinnerungen, mehr, als die meisten anderen Menschen hatten, nahm sie an, und das machte es schwierig, sie in die richtige Reihenfolge zu bringen. Sie war zum Beispiel vollkommen sicher, daß Flo früher, wenn sie hier, bei Kitty, gewohnt hatte, in einem Bett da drüben geschlafen hatte – am Fenster, weil sie immer gern frische Luft gehabt hatte. Mama war an einer Erkältung gestorben, also lag das vielleicht in der Familie. Es war eine recht kleine Beerdigung gewesen, erinnerte sie sich, nur Flo und Kitty und sie selbst, der Hausarzt und seine Frau und selbstverständlich die Dienstboten. Sie hatte schon an erheblich größeren Beerdigungen teilgenommen – sie konnte sich nur nicht erinnern, wann das gewesen war; einerseits schien es schrecklich lange her zu sein, und andererseits fühlte es sich so an, als wäre es gestern gewesen. Aber gestern, das war Unsinn, denn gestern hatte sie gepackt, Sachen aussortiert und gepackt. Und das war so verwirrend: Man packte doch nicht, wenn man nicht verreisen wollte.

Ihr Ei war kalt geworden, aber sie aß es dennoch, denn ohne anständiges Frühstück zu verreisen war, wie Papa gesagt hätte, reine Dummheit. Ich habe immer noch meinen gesunden Menschenverstand, dachte sie, als sie das restliche Ei vom Teller kratzte. Vielleicht ging ihr Besuch bei Kitty einfach zu Ende, und sie würde nach Hause fahren. Und vielleicht war Flo schon vorher abgereist, um das Haus vorzubereiten. Sie war diejenige mit dem gesunden Menschenverstand, aber Flo war immer die Praktischere gewesen, und wer wußte schon, was diese schrecklichen Zeppeline mit dem Haus gemacht hatten? Aber *selbstverständlich*! Das hatte die kleine Rachel (nur, daß sie jetzt nicht mehr so klein war, eine richtige Bohnenstange war sie geworden) gemeint, als sie gesagt hatte, es gebe kaum Eier, auch wenn sie immer noch nicht wußte, was Eier mit den Zeppelinen zu tun haben sollten. Das kann ich mir wirklich nicht vorstellen, dachte sie bei sich, aber sie war froh, eine so absurde Erklärung dafür gefunden zu haben. Langsam wurde ihr alles klar. Es hatte einen schrecklichen Krieg gegeben (oder war der Krieg etwa noch nicht zu Ende? Sie war nicht ganz sicher), und es waren so viele tapfere junge Männer umgekommen, daß es kein Makel mehr war, unverheiratet zu bleiben – es gab einfach nicht mehr genug Männer. Und überhaupt, sie hatte immer gedacht, daß es recht erfreulich sein könnte, mit jemandem *verlobt* zu sein, aber verheiratet?

»Wahrscheinlich ist Flo einfach schon vor mir gegangen«, sagte sie zu Rachel, als diese das Tablett abholte.

Rachel beugte sich vor und gab ihr einen Kuß. »Ja«, sagte sie. »So ist es wohl.«

»Sehen Sie mich einfach einen Augenblick lang an, ja? Nein, nicht den Kopf bewegen – nur die Augen. Wunderbar.« Er lächelte bewundernd. Lady Alathea unterdrückte ein Gähnen und erwiderte das Lächeln.

Ihre Augen waren klein und hellblau, aber zum Glück lagen sie weit genug auseinander. Daraus konnte er etwas machen. Er hatte sie selbstverständlich dunkler und größer gemacht und ihren leeren Blick durch einen lebhaften, fragenden Ausdruck ersetzt – als wollte Lady Alathea gerade eine kluge Frage stellen. Die Kunst bestand darin, ein schmeichelhaftes Abbild anzufertigen. Sie hatte eine ziemlich knollige Nase, die er ein wenig begradigt hatte, und es war ihm sogar gelungen, ihrem Gesicht ein wenig Form zu geben, indem er die Farbe unmittelbar unter ihren Augen veränderte. Aber ihr Mund war eine echte Herausforderung. Er war klein und schmal, eher ein Schlitz mit einer schmalen Kante als ein Mund, und diesen Zustand hatte sie noch verschlimmert, indem sie mit dunklem Lippenstift einen ganz anderen Mund aufgemalt hatte. Während der Sitzungen leckte sie für gewöhnlich den größten Teil des Lippenstifts ab; so auch heute. Es war Mittag, und er sollte mit seiner Mutter essen.

»Ich glaube, Sie haben für heute genug«, sagte er. »Ich weiß, wie ermüdend es ist.«

»Ich fürchte, ich bin kein gutes Modell«, sagte sie, zog ihren hellblauen Satinrock hoch und stieg von dem Podest herunter. »Darf ich es sehen?«

»Wenn Sie wollen. Es ist aber noch nicht fertig.«

»Mein Gott! Das Kleid sieht wunderbar aus. Und Mummys Halskette ist Ihnen hervorragend gelungen. Diamanten sind wahrscheinlich ziemlich schwer zu malen, oder?«

»Sie sind sehr bescheiden«, meinte er. »Was ist denn mit Ihnen selbst? Meinen Sie, ich habe Sie gut getroffen?«

Wieder starrte sie das Bild an. Er sah genau, wie fasziniert sie war. »Ach, ich weiß nicht«, sagte sie. »Damit kenne ich mich nicht aus. Aber ich glaube, meine Eltern werden sehr erfreut sein.«

Und das ist schließlich das wichtigste, dachte er, während sie in den durch einen Vorhang abgetrennten Teil des Ateliers ging, um sich umzuziehen. Er verlangte zweihundert Guineen, und dafür konnte man schon ein erfreuliches Ergebnis erwarten. Es gab drei Töchter, und bisher war nur die hübsche von ihnen verheiratet. Er hoffte, die andere auch noch malen zu können. Mummy hatte ihm beim Kauf des Hauses am Edwardes Square ausgeholfen, aber selbstverständlich würde er ihr das Geld zurückzahlen müssen. Wenn nur der Haushalt nicht soviel verschlingen wurde: Sebastians Kinderfrau und eine Köchin und eine Putzfrau, nicht zu reden von der jungen Frau, die er als Teilzeitsekretärin, Kaffeeköchin und Mädchen für alles in seinem gemieteten Atelier eingestellt hatte. Und bis vor kurzem hatte er auch noch den Psychiater bezahlen müssen, zu dem Louise gegangen war. Aber letzte Woche hatte sie aufgehört und erklärt, es sei sinnlos, sie werde nie wieder hingehen. Er seufzte. Sie war wirklich schwierig, und er fürchtete, daß dies Mummy nicht entging und daß sie bald unangenehme Fragen stellen würde.

Lady Alathea erschien wieder, diesmal in Twinset und Flanellrock. Ein Glück, daß ich ihre Beine nicht malen muß, dachte er, als er sie in ein Taxi setzte, ihr die Hand küßte und ihr die Bemerkung »Ich finde, Sie sind ein wunderbares Modell« mit auf den Weg gab.

Draußen war es kalt, und auf dem Bürgersteig lag schmutziger Schnee. Es war seit Wochen ekelhaft, entweder neblig oder verregnet oder kalt, und es hatte ihn ein Vermögen gekostet, das Atelier angemessen zu heizen. Der Ofen, den er hatte installieren lassen, war so gut wie nutzlos, weil man einfach nicht genug Kohlen bekam. Immerhin konnte er bei Mummy ein besseres Mittagessen erwarten als zu Hause. Mrs. Alsop war eine schreckliche Köchin – ihre Mahlzeiten bestanden grundsätzlich aus gräulichem Hackfleisch, Kohl und Kartoffeln mit seltsamen grauen Stellen. Louise schien sich nicht daran zu stören. Nun ja, das war vermutlich gut für seine Figur, schließlich hatte er die unglückliche Neigung, zu schnell Fett anzusetzen.

Seine Mutter lag, wie immer, auf dem Sofa am Fenster zu dem kleinen Garten. Sie trug, was sie ihre russische Jacke nannte – dunkelroter Samt mit schwarzem Pelz um den hohen Kragen und die Manschetten der weiten Ärmel. »Wie reizend!« rief sie, als er sich über sie beugte, um ihr einen Kuß zu geben. »Wie wunderbar, dich ganz für mich zu haben! Gieß dir etwas zu trinken ein, Liebling, und dann erzähl mir, was du so treibst.«

Auf dem Tisch standen Karaffen mit Sherry und Gin und daneben ein kleiner Silberkrug mit Wasser. Er goß sich Gin ein und zog einen Hocker neben ihr Sofa. »Heute früh habe ich Alathea Creighton-Green gemalt«, sagte er. »Ziemlich schwierig.«

Seine Mutter lächelte mitfühlend. »Arme Ione! Drei Töchter und kein Sohn! Und nur eine Tochter war präsentabel. Ist Alathea so häßlich?«

»Ja. Sehr.«

Sie lächelten einander zu. Mit manchen seiner Modelle ging er ins Bett, und irgendwie wußte er, daß sie es wußte, obwohl sie beide nie davon sprachen. Ihre Frage nach Alatheas Aussehen war ihre Art, sich danach zu erkundigen, und seine Antwort war die Verneinung.

»Jetzt wird gleich einer von uns sagen, daß Schönheit nicht alles ist.«

Er spürte, daß dies ein sehr vorsichtiger Versuch war, über Louise zu reden, und er wechselte das Thema. »Wie geht es dem Richter?«

»Er geht ganz in seinem Komitee auf. Und als wäre das nicht genug, auch noch in anderer Leute Komitees. Letzte Woche war Horder zum Abendessen da. Der British Medical Council will einen Fonds einrichten, um die vorgeschlagene Gesundheitsreform zu finanzieren. Sie wollen, daß Peter sie unterstützt. Und dann gibt es noch ein Komitee, dem es darum geht, die Gehälter der Parlamentsmitglieder auf tausend pro Jahr zu erhöhen. Ein ziemlicher Schritt von vierhundert bis dahin. Vielleicht solltest du noch einmal darüber nachdenken, Liebling. Ich bin sicher, ich könnte dir einen sicheren Platz besorgen.«

»Es ist serviert.«

»Guten Tag, Sarah.«

Er lächelte das ernste ältliche Stubenmädchen an, das diskret zurücklächelte. »Guten Tag, Sir.«

Als er seiner Mutter vom Sofa half, sagte sie: »Eins kann ich dir versprechen: Wir werden keine Eichhörnchenpastete essen.«

»Eichhörnchenpastete?«

»Liest du denn nie Zeitung? Das Ernährungsministerium hat beschlossen, daß wir Eichhörnchen essen sollen, und zu diesem Zweck ein Rezept für Eichhörnchenpastete veröffentlicht. Klingt das nicht schrecklich?«

Während sie ihr Käsesoufflée zu sich nahmen, fragte sie ihn nach weiteren Porträtaufträgen und nach den Vorbereitungen für eine Ausstellung, und er spürte, wie er sich in ihrem lebhaften Interesse sonnte, das stillschweigend voraussetzte, daß er ein höchst begabter Maler war, der eine große Zukunft vor sich hatte. Draußen sanken riesige weiße Flocken vom dunkler werdenden Himmel, aber hier im Eßzimmer schuf sie ein anderes Klima, gemütlich und anregend zugleich; ihr offensichtlicher Stolz auf ihn, ihre Sicherheit hinsichtlich seiner Arbeit beflügelten ihn – ihr Selbstvertrauen war ansteckend wie ein köstliches Fieber.

Sie hatte eine Flasche Wein für ihn aufgestöbert, trank aber selbst nur Gerstenwasser, und als sie beim Pudding waren, merkte er, daß er die Flasche beinahe geleert hatte. Sie hatten ausgemacht, daß seine Mutter mit ins Atelier kommen sollte, um ihm bei der Auswahl der Bilder für die Ausstellung zu helfen oder sich zumindest Fotos davon anzusehen. »Es ist gleich, ob ein Viertel der Bilder bereits verkauft ist oder nicht«, sagte sie. »Das wichtigste an der Ausstellung ist, daß du mehr Aufträge bekommst.«

»Wir werden der Galerie einen Anteil daran einräumen müssen.«

»Darüber läßt sich verhandeln. Und jetzt habe ich eine Überraschung für dich.« Sarah hatte abgeräumt und war mit einem Silberteller zurückgekehrt, auf dem etwas Geheimnisvolles dampfte.

»Das riecht nach Bananen!«

»Es sind Bananen. Unsere ersten. Ich habe sie für dich aufgehoben. Und Peter hat von der Admiralität eine Zitrone bekommen.« Sie sagte es, als wäre das ein ganz und gar üblicher Weg des Obsteinkaufs.

»Der liebe Bubbles James hat sie ihm gegeben. War das nicht reizend? Also können wir gebackene Bananen mit braunem Zucker und Zitrone essen!«

Die Bananen waren köstlich. Zee aß nur wenig, was bedeutete, daß er zwei Portionen bekam.

Aber als sie ins Wohnzimmer zurückkehrten, um ihren Kaffee am Kamin zu trinken, und sie wieder auf dem Sofa saß, wandelte sich die Stimmung. Zee begann, indem sie sich nach ihrem Enkel erkundigte, »den ich schon viel zu lange nicht mehr gesehen habe.«

»Sebastian? Dem geht es gut. Er redet jetzt ziemlich viel. Was er vermutlich auch sollte – immerhin ist er beinahe drei. Soll ich Nannie diese Woche mit ihm zum Tee rüberschicken?«

»Ja, tu das, Liebling.« Sie griff nach ihrer Stickarbeit. Und wenig später fragte sie beiläufig: »Wie geht es Louise?«

»Gut. Sie hat letzte Woche für die BBC ein paar Gedichte gelesen, was sie sehr aufregend fand.«

»Und was tut sie ansonsten?«

»Wie meinst du das?«

»Nun, ich kann mir nicht vorstellen, daß ein einziges Mal Gedichte zu lesen in den vergangenen Monaten ihre gesamte Zeit beansprucht hat. Ich habe sie seit Weihnachten nicht mehr gesehen.«

»Du machst ihr angst, weißt du.«

»Das weiß ich *nicht*. O nein, ich schüchtere sie nicht ein, sie mag mich einfach nicht.« Und bevor er etwas einwenden konnte, fügte sie hinzu: »Sie mag mich nicht, weil ich sie durchschaue.«

»Liebste Mummy, was meinst du damit?«

Sie legte ihre Stickarbeit hin und sah ihn durchdringend an. »Ich denke seit langem darüber nach, ob ich mit dir darüber sprechen soll oder nicht. Aber wir hatten nie Geheimnisse voreinander, nicht wahr?«

»Selbstverständlich nicht«, log er hastig.

»Selbstverständlich nicht.« Die einzigen Geheimnisse, die sie vor ihm gehabt hatte, waren zu seinem Nutzen gewesen.

Wieder entstand bedeutungsschweres Schweigen.

»Ich fürchte – wie kann ich das nur ausdrücken? –, daß Louise ein sehr ungezogenes kleines Mädchen ist.«

»Mummy, ich weiß, daß du sie für eine schlechte Mutter hältst, aber sie ist noch sehr jung ...«

»Alt genug, um sich unverzeihlich zu benehmen?«

»Was willst du damit andeuten?«

Und dann kam alles heraus. Louise war ihm untreu gewesen. Als er einwandte, er sei sicher, daß sie nicht mit dem armen Hugo geschlafen habe – Hugos Tod hatte Michaels Zorn irgendwie besänftigt –, sagte sie nein, es sei *nach* Hugo gewesen, zu der Zeit, als er sie mit nach Holyhead genommen hatte, mit einem Marineoffizier, dem sie dort begegnet sei, und später wieder in London. Sie nannte den Namen des Mannes, und er erinnerte sich.

»Aber woher weißt du, daß sie ...«

»... eine Affäre mit ihm hatte? Liebster Junge, man hat sie gesehen, wie sie abends zusammen in eine Wohnung gingen und diese erst morgens – getrennt – wieder verließen.« Und dann fügte sie hinzu: »Es könnte durchaus immer noch so weitergehen.«

»Nein. Rory hat vor acht Monaten geheiratet. Wir waren zur Hochzeit eingeladen.« Aber sie hatte ihn erschüttert. Ein neuer Schock: Er hätte nie gedacht, daß nach der Geschichte mit Hugo so etwas geschehen würde.

»Liebling, ich sehe, wie sehr dich das schockiert. Es tut mir unendlich leid. Und ich bin verärgert. Womit hast du das verdient?«

»Das mag Gott wissen – ich weiß es nicht.«

Sie streckte die Hand aus, und er griff danach. Erinnerungen an Louises Gleichgültigkeit im Bett, etwas, woran er zuvor nie gedacht hatte, drangen plötzlich auf ihn ein. »Es ist jedenfalls zu Ende, was immer es war«, sagte er schließlich mit großer Anstrengung.

»Was ist zu Ende?« In ihrem Tonfall lag eine solche Schärfe, daß er aufblickte und sie ansah.

»Diese Affäre. Mit Rory. Sie wohnen jetzt in Cornwall.«

»Ah.«

»Was hast du denn geglaubt, wovon ich spreche?«

»Ich dachte, du meinst etwas anderes. Egal.«

»Sie ... sie ist zu diesem Arzt gegangen. Diesem Psychiater.«

»Hat sie damit etwa aufgehört?«

»Letzte Woche. Ich weiß nicht warum. Aber sie sagt, nichts könnte sie dazu bringen, wieder hinzugehen.«

»Warum sprichst du nicht einmal mit ihm?«

»Ich wüßte nicht, was das nützen sollte. Ich bin ihm einmal begegnet, und ich muß sagen, ich mochte ihn nicht.« Etwas anderes beunruhigte ihn. »Mummy, wie um alles in der Welt hast du von Rory gehört – von der Wohnung und allem?«

»Ach, jemand hat es mir erzählt. Das ist doch gleich. Wichtig ist nur dein Glück und daß es dir gutgeht. Und Sebastian. Ich mache mir Sorgen um ihn. Louise ist nicht nur eine schlechte Mutter, sie ist überhaupt keine Mutter.« Dann brach es plötzlich aus ihr heraus: »Ach Mikey, ich gebe mir an allem selbst die Schuld. Ich glaube, ich habe einen schrecklichen Fehler gemacht.«

»Unsinn, Mummy. Du hast mich schließlich nicht gezwungen, Louise zu heiraten, ich wollte es doch selbst.« Aber noch während er das sagte, wurde ihm klar, daß er ihr wieder einmal in die Falle gegangen war.

»Nein, aber ich habe dich dazu ermutigt. Und du bist derjenige, der darunter leidet. Ich dachte, sie wäre jung und leicht zu formen. Woher hätte ich wissen sollen, daß sie sich als so durch und durch eigensüchtig und ichbezogen erweist?«

»Ach, komm, so schlimm ist es nun auch nicht. Du darfst nicht vergessen, daß wir einen schlechten Anfang hatten. Ich war beinahe die ganze Zeit weg und ganz mit meinem Schiff beschäftigt. Mittlerweile verstehe ich, daß es ihr in dieser Zeit gar nicht gutging.«

»Sie hatte Sebastian.«

»Ja, gut, aber sie hat so schnell kein Baby gewollt.«

»Wirklich erstaunlich! Du hättest umkommen können, und sie hätte keinen Sohn von dir gehabt!«

»Nicht jede Mutter ist wie du.«

Die kleine Uhr auf dem Kaminsims schlug drei. »Gott! Ich muß gehen, Liebe, ich habe noch einen Termin.«

Er beugte sich über sie, um sie zu küssen, und sie schlang die Arme um ihn. »Mikey, eins mußt du wissen. Ganz gleich, wie du dich entscheidest, ich werde hinter dir stehen. Und wenn das Sebastian einschließt, ist es nur besser so.« Sie sah ihn mit ihren durchdringenden Augen an, von denen er einmal gesagt hatte, sie hätten die Farbe von Aquamarinen. »Das wirst du doch nicht vergessen, oder?«

»Nein, bestimmt nicht.« Wieder fühlte er sich tröstlich in ihrer Liebe geborgen.

Aber als er im Wagen saß und durch London fuhr, war er trübsinnig und verwirrt. Es gab so vieles, was er seiner Mutter nicht gesagt hatte, zum Beispiel, daß Louise sich weigerte, mit ihm zu schlafen, worauf er mit Schmollen reagierte und sie so tat, als merke sie es nicht. Er fand sie immer noch ungeheuer attraktiv – tatsächlich hatte sie sich in den vergangenen vier Jahren von einem schlaksigen, langbeinigen jungen Mädchen in eine Frau verwandelt, deren Ausstrahlung sofort auffiel. Sie war keine klassische Schönheit, aber wenn sie einen Raum betrat, drehten sich alle nach ihr um. Er konnte stolz auf sie sein, und es quälte ihn, daß sie nicht, wie er es ausdrückte, mehr auf seiner Seite stand. Wenn er zum Beispiel nach Sandringham eingeladen würde, was durchaus möglich war (er hatte eine der jungen Prinzessinnen gezeichnet und hoffte, ihre Mutter malen zu können), würde sie nicht einfach nur aufgeregt sein und alles tun, was in ihrer Macht stand, um ihm zu helfen, wie die meisten jungen Frauen es wohl getan hätten; sie würde wahrscheinlich das falsche Kleid anziehen, die falschen Dinge sagen und sich ganz allgemein so benehmen, als sei ihr die Wichtigkeit des Anlasses nicht im mindesten bewußt. Und wenn er eingeladen wurde, wollte er, daß es auf jeden Fall ein Erfolg wurde. Vielleicht war es besser, sie gar nicht mitzunehmen. Er hätte Mummy um Rat fragen sollen. Es wäre zweifellos einfacher. Außerdem hatte er Mummy nicht erzählt, daß Rowena in sein Leben zurückgekehrt war. Sie waren sich vor ein paar Monaten auf der King's Road begegnet, als er aus der Werkstatt des Mannes kam, der seine Bilder rahmte. Sie war auf der gegenüberliegenden Straßenseite gegangen, einen champagnerfarbenen Pudel an der Leine.

Er hatte ihren Namen gerufen, und sie war stehengeblieben. »Michael!«

Er war einem Bus ausgewichen und hatte die Straße überquert. Sie trug ein kurzes Pelzjäckchen über einem schwarzen Rock und hatte ein schwarzes Samtbarett auf dem blonden Haar. Sie sah sehr hübsch aus.

»Wie schön, dich zu sehen! Was machst du denn hier?«

Sie errötete zart. »Ich wohne hier um die Ecke. Am Carlyle Square.«

»Es ist wirklich schön, dich zu sehen.«

Sie sah ihn aus ihren hellen, weit auseinanderliegenden Augen an, dann bückte sie sich zu dem Hund, der an der Leine zog. »Hör auf, Carlos! Ich hab dich bei Green and Stone rauskommen sehen, aber ich dachte nicht, daß du mich bemerken würdest.«

»Ich habe ein paar Bilder zum Rahmen hingebracht. Du hast wohl keine Lust, mich zu einem Tee in deine Wohnung einzuladen?«

Das schien sie zu beunruhigen. »Oh! Ich dachte nicht ...«

»Bitte! Es ist so lange her. Ich möchte wirklich gern hören, wie es dir inzwischen ergangen ist.«

»Es ist nicht viel passiert. Na gut. Komm mit.«

Der Klang ihrer eher flachen, mädchenhaften Stimme, die sich kaum veränderte, ganz gleich, was geschah oder was sie gerade sagte, brachte Erinnerungen zurück. Die arme kleine Rowena, wie Mummy sie nannte. Sie hätte ihn so gern geheiratet; wahrscheinlich hatte er sie wirklich schlecht behandelt. Aber es wäre, wie Mummy gesagt hatte, unpassend gewesen. »Ein liebenswertes Nichts«, hatte Mummy sie genannt, aber das alles war sechs oder mehr Jahre her; sie mußte sich verändert haben.

Das Haus, in dem sie wohnte, war ziemlich beeindruckend, recht groß und bestens möbliert. Sie bat ihn ins Wohnzimmer und ging wieder hinaus, um Tee zu machen. Als sie die Handschuhe auszog, hatte er ihre Ringe gesehen – einen Ehering und einen mit einem großen Saphir und Diamanten. Selbstverständlich hatte sie geheiratet; er erinnerte sich vage, daß Mummy es erwähnt hatte.

»Ich habe Ralph Fytton geheiratet«, sagte sie, nachdem sie das Teetablett hereingebracht und er sie gefragt hatte.

»Den Naturwissenschaftler?«

Sie nickte. »Er ist letztes Jahr gestorben. Er hat den ganzen Krieg überlebt, und dann ist er an einer Lungenentzündung gestorben.«

»Das tut mir leid.«

»Ja, es war sehr traurig für ihn.«

»Und für dich nicht?«

»O doch, es war auch für mich traurig. In gewisser Weise. Aber es hat irgendwie nicht funktioniert. Die Ehe, meine ich. Ich wollte Kinder, weißt du, und er nicht.« Sie goß Tee ein und reichte ihm eine Tasse.

»Merkwürdig!« meinte er.

»Ich weiß. Aber er fand, die Welt sei kein Ort mehr für Kinder. Er wußte von der Bombe, verstehst du – lange bevor sie eingesetzt wurde. Das hat ihn schrecklich deprimiert. Er sagte immer, es sei an der Zeit, daß die Menschheit endlich ausstirbt. Ich konnte ihm nicht widersprechen, ich konnte nie mit ihm über irgend etwas diskutieren, er war so entsetzlich klug.«

»Klingt, als hättest du eine schwere Zeit hinter dir.« Am liebsten hätte er gefragt: »Wieso hast du ihn überhaupt geheiratet?«, aber das ließ er bleiben. Statt dessen sagte er: »Er war erheblich älter als du, oder?«

Und sie antwortete mit ihrer tonlosen, dünnen Stimme: »Beinahe dreißig Jahre.«

Sie war jetzt fünfunddreißig, das wußte er, nur drei Jahre jünger als er, und ihr Alter war ein weiteres Argument gewesen, das seine Mutter gegen eine Ehe mit ihr vorgebracht hatte – sie sei zu alt, hatte Zee gesagt.

»Und?« fragte sie, ohne ihn anzusehen. »Wie geht es dir? Ich habe gesehen, daß du beinahe ins Parlament gekommen wärst. So ein Pech.«

»Eigentlich nicht. Ich glaube, ich wollte gar nicht wirklich Politiker werden.«

»Und du hast einen kleinen Sohn! Das habe ich in der *Times* gelesen. Wie schön für dich.« Sie hielt einen Augenblick inne, und dann sagte sie: »Es war sehr freundlich von deiner Mutter, mich zu deiner Hochzeit einzuladen. Aber ich hatte, ehrlich gesagt, nicht das Gefühl, daß es richtig wäre hinzugehen.«

Er erinnerte sich an ihren letzten Spaziergang, nach dem Mittagessen in Hatton; er hatte ihr gesagt, daß er Louise heiraten wolle, und sie hatte sofort erwidert: »Ich weiß. Das wußte ich in dem Augenblick, als ich ins Zimmer kam und sie sah. Sie ist sehr schön, und ich konnte auch sehen, daß sie sehr klug ist.« Und dann hatte sie geweint. Er hatte versucht, sie in den Arm zu nehmen, aber sie hatte sich losgerissen und sich an einen Baum gelehnt und weitergeweint. Und die ganze Zeit hatte sie sich entschuldigt. »Es tut mir so leid – in einer Minute ist alles wieder in Ordnung – tut mir leid ...« Und er, verlegen und nervös, hatte gesagt: »Ich habe dir nie versprochen, daß ich ...«

»Ich weiß«, hatte sie gesagt. »Das weiß ich doch. Ich hatte nur irgendwie gehofft ...« Ihre flache, kindliche Stimme war immer leiser geworden. Dann hatte er ihr das obligatorische Taschentuch angeboten, und sie hatte sich das Gesicht abgewischt und erklärt, sie werde jetzt heimgehen. Er erinnerte sich noch, wie er ihr gesagt hatte, daß er sie sehr gern habe und daß sie eine gute Zeit miteinander verbracht hätten. Sie waren ins Haus zurückgekehrt, Rowena hatte sich bei Zee für das Mittagessen bedankt, und dann hatte er sie zu ihrem Wagen gebracht. Er hatte kaum mehr an sie gedacht. Aber nun kamen frühere Erinnerungen an ihre gemeinsame Zeit zurück: wie sie sich zum erstenmal ausgezogen hatte – Gott, was für einen schönen Körper sie hatte! –, ihre stetige Bewunderung, wie gut sie selbst in schlechten Zeiten immer angezogen war (sie nähte selbst), ihr Interesse an allem, was er tat ...

Er beugte sich vor und nahm ihre Hände. »Wir hatten Spaß, nicht wahr?«

»Ich habe es nie als Spaß betrachtet«, erwiderte sie.

Danach sah er sie wochenlang nicht. Dann begegnete er ihr auf dem Weg zu seiner Galerie in der Bond Street und erfuhr bei dieser Gelegenheit, daß sie drei Tage in der Woche in einer anderen Galerie arbeitete. Er nahm sie mit ins Ritz, wo sie jeder zwei Martinis tranken, gefolgt von einem ausgedehnten Mittagessen. Sie sagte, sie müsse zurück zur Arbeit, sie sei schon spät dran, und ganz spontan, und vielleicht weil Louise in Sussex bei ihren Verwandten war, fragte er sie, ob sie mit ihm zu Abend essen würde. »Danach könnten wir tanzen gehen«, fügte er hinzu. Sie war immer eine gute Tänzerin gewesen und konnte ihm in jeder Bewegung folgen.

Damit hatte es angefangen. Er hatte ihr erzählt, daß es zwischen ihm und Louise nicht gut stand, und sie hatte sich mitfühlend gezeigt, ohne boshaft zu werden – sie war immer gutmütig gewesen, er konnte sich nicht erinnern, daß sie auch nur ein einziges Mal schlecht von jemandem gesprochen hatte. Sie nahm ihm nichts übel, wozu sie, wie er begriff, als sie einander wieder näherkamen, durchaus ein Recht gehabt hätte. Er hatte sie tatsächlich schlecht behandelt. Er schämte sich jetzt für diesen Augenblick bei dem letzten Spaziergang in Hatton, als er versucht hatte, sich herauszureden, indem er erklärte, er habe nie vorgehabt, sie zu heiraten, und am Ende sagte er ihr das auch. »Es war egoistisch und pompös und ganz und gar widerwärtig von mir«, sagte er, aber sie meinte nur: »O Mike, du übertreibst bei so etwas immer, damit die Leute dir widersprechen.«

Die Wahrheit dieser Äußerung und die Tatsache, daß sie nicht oft etwas sagte, das ihn dermaßen überraschte, gab ihm einen Augenblick lang – nur einen kurzen Augenblick – das Gefühl, in sie verliebt zu sein. Und sie war wirklich reizend. Sie war immer schön gewesen mit ihren regelmäßigen Zügen, einer breiten Stirn, großen, weit auseinanderstehenden Augen, die weder grau noch blau noch grün waren, aber zu unterschiedlichsten Zeiten unterschiedliche Anteile dieser Farben enthielten, einer kleinen Nase und einem breiten Mund, der in den Winkeln leicht nach unten gezogen war, was ihrem Ausdruck eine gewisse Ernsthaftigkeit verlieh, die sie noch schöner wirken ließ und in ihrem flächigen Gesicht besonders auffiel. Er hatte all diese Züge in seinen Zeichnungen erforscht, als sie damals ihr Verhältnis begonnen hatten; nun entdeckte er sie wieder und bemerkte die winzigen Veränderungen, die Zeit und Erfahrung bewirkt hatten – beides hatte ihre Attraktivität erhöht. Sie hatte nun Haltung und war lebhafter, und sie stimmte ihm nicht mehr in allem zu.

Sie trafen sich nicht oft; er hatte viel zu tun und arbeitete immer länger, als die Tage länger wurden, und an den meisten Abenden hatte er irgendwelche Verpflichtungen mit Louise. Aber es gab Tage, an denen Louise verkündete, sie werde den Abend bei ihren Cousinen Polly und Clary oder ihrer Freundin Stella verbringen, die er nie so recht gemocht hatte, oder sie wollte sich ein Stück ansehen, von dem er wußte, daß es ihm nicht gefallen würde, und dann rief er Rowena vom Atelier aus an und plante etwas mit ihr. Sie hatte offenbar immer Zeit, und als er bei einer Gelegenheit einmal eine Bemerkung darüber machte und sagte, sie habe doch sicher auch andere Freunde, antwortete sie, sie habe andere Verpflichtungen abgesagt. Das war der Abend, als sie zum erstenmal wieder miteinander schliefen, und es war ein großer Erfolg. Es war immer leicht mit ihr gewesen, und er hatte sein Vergnügen und genoß auch seine Wirkung auf sie, ohne jede Schwierigkeit. Sie verband Passivität mit offensichtlicher sexueller Befriedigung – eine perfekte Kombination, wie er fand.

Danach lag er in ihrem Bett und hielt einen ernsten (und abgedroschenen) Monolog darüber, daß er verheiratet sei und keine Unruhe wolle – das Kind und so weiter –, und sie hörte zu und akzeptierte alles, was er sagte, genauso, wie er es sich wünschte. »Ich bin glücklich«, sagte sie. »Alles andere ist mir gleich. Ich bin da, wenn du mich brauchst.«

Seine Ehe schien einen toten Punkt erreicht zu haben. Aber eine Galerie in New York, wo vor dem Krieg einige seiner Bilder gezeigt worden waren, hatte sich gemeldet und gefragt, ob er an einer weiteren Ausstellung interessiert sei. Er hatte mit seiner Mutter darüber gesprochen, die das für eine hervorragende Idee hielt, wenngleich sie ihm geraten hatte, einen Termin zu wählen, der so weit in der Zukunft lag, daß er bis dahin genügend Porträts angefertigt haben würde. Wenn die Ausstellung zustande kam, würde er Louise mitnehmen: Ein Szenenwechsel mochte auch ihrer Ehe zuträglich sein. Es würde sie vom Theater ablenken und ihnen eine Gelegenheit bieten, wirklich miteinander allein zu sein. Sebastian und Nannie konnten zu seiner Mutter nach Hatton ziehen. Es würde eine Art zweiter Hochzeitsreise sein, und Louise, die noch nie in ihrem Leben im Ausland gewesen war, wäre sicher begeistert. Rowena kam in diesen Plänen nicht vor – wie denn auch? –, aber zu wissen, daß sie da war, im Hintergrund, verlieh ihm neues Selbstvertrauen, das er dringend benötigte. Das Frühjahr 1947 war wohl der richtige Zeitpunkt, um nach Amerika zu gehen, und das schrieb er dem Galeristen.

Auf dem Weg vom Bauernhof zu seinem Wohnwagen bemerkte Christopher erfreut, daß der Wind nachgelassen hatte, zwar nicht vollständig, nicht bis hin zu jener Windstille, die um diese Jahreszeit für gewöhnlich Regen bedeutete, aber zu einer sanfteren, erträglicheren Brise. Vielleicht wurde es doch noch ein schönes Wochenende – er hoffte es wirklich. Er hatte sein allwöchentliches Bad bei den Hursts genommen und mit ihnen zu Abend gegessen, einen Tag früher als sonst, weil morgen Polly zu Besuch kam. Sie war nie zuvor länger hier gewesen, es hatte überhaupt nie jemand bei ihm im Wohnwagen übernachtet, und seine Freude über diese Aussicht wich immer mehr der Unruhe. Obwohl es dunkel war, brauchte er keine Lampe – er hätte seinen Weg auch mit verbundenen Augen gefunden. Aber Polly würde eine brauchen. Er mußte nachsehen, ob die Batterie in seiner alten Taschenlampe noch intakt war, und vor allem mußte er die Lampe überhaupt erst einmal finden. Auch das würde er auf seine Liste setzen müssen. Zum Glück hatte er sich morgen frei genommen, denn es gab noch sehr viel zu tun, bevor Polly eintraf.

Er hatte sie bei der Abschiedsfeier für seine Schwester Angela gefragt, ganz spontan. Nach Noras Hochzeit war er zu dem Schluß gekommen, daß Familienfeiern nichts für ihn waren, sie deprimierten ihn nur und gaben ihm das Gefühl, ganz allein dazustehen – etwas, das er in seinem alltäglichen Leben überhaupt nicht bemerkte. Aber er mochte Ange, sie war seine Schwester, und er fürchtete, sie vielleicht nie wiederzusehen. Da er sich noch an das Fiasko mit dem alten Anzug, den er zu Noras Hochzeit hatte tragen wollen, erinnerte (seine Mutter hatte ihn schließlich gezwungen, sich etwas von Onkel Hugh zu leihen, das ihm ebenfalls nicht paßte, aber auf andere Weise), war er mit dem Rad nach Hastings gefahren und hatte sich einen dunklen Anzug und ein einfaches Hemd gekauft. Dann war ihm eingefallen, daß er seine Krawatte benutzt hatte, um das Bein der Füchsin zu schienen, und er hatte eine neue gekauft: grün mit blauen Tupfen. Sie war nicht aus Seide, was bedeutete, daß sie sich vermutlich nicht gut binden ließ, aber das machte nichts, denn er nahm an, daß er sie nicht oft tragen würde. Mrs. Hurst hatte ihm zu Weihnachten ein paar Socken gestrickt. Er hatte nicht mehr genug Marken übrig, um auch noch Schuhe zu kaufen, also würde er entweder die schrecklichen alten tragen müssen, die viel zu eng waren, oder seine Stiefel. Am Ende entschied er sich für die Stiefel. Er selbst sah sich nie die Füße anderer Leute an, also ging er davon aus, daß das niemandem auffallen würde. Er würde am Abend der Party in London bleiben müssen, und er wollte auf keinen Fall bei Mom und Dad wohnen, deshalb griff er zum verhaßten Telefon, rief Ange an und fragte, ob er bei ihr bleiben könne; sie wußte, wie er Dad gegenüber empfand. Sie war wirklich nett und sagte, wenn es ihm nichts ausmache, auf dem Boden zu schlafen, könne er selbstverständlich kommen. »Sie haben sowieso keinen Platz in diesem winzigen Haus; Judy wird ja auch da sein«, sagte sie.

Also hatte er an jenem stürmischen Samstag Oliver zu den Hursts gebracht und war gegen heftigen Gegenwind zum Bahnhof geradelt. Es war bitter kalt, und Hagelkörner hatten ihn wie Geschosse im Gesicht getroffen; er war froh gewesen, daß er die Ölhautjacke hatte.

Reisen beunruhigten ihn immer. Der Zug war ganz in Ordnung, weil er nichts weiter tun mußte als dasitzen, bis sie in London ankamen. Aber dann mußte er die richtige Haltestelle für den richtigen Bus finden, der ihn zu einer Haltestelle nahe Lyons Corner House in der Tottenham Court Road bringen würde, und von da mußte er zur Percy Street gehen, in der Ange wohnte. Aber es war schön, als er schließlich ankam. Ange schien sich wirklich zu freuen, ihn zu sehen, und setzte ihm Tee und Toast vor. Sie hatte ihr Haar aufgedreht und trug einen Morgenmantel, aber das wichtigste war, daß sie glücklich aussah. Das ließ sie so anders aussehen, daß ihm erst jetzt klarwurde, daß sie zuvor wohl sehr unglücklich gewesen sein mußte.

Als sie so dicht wie möglich an dem kleinen elektrischen Heizofen saßen und Tee tranken, sagte er: »Erinnerst du dich noch, wie wir uns in der Einfahrt zur Mill Farm begegnet sind, nachdem wir erfahren hatten, daß es keinen Krieg geben würde? Du warst so unglücklich und konntest nicht mit mir darüber sprechen.«

»Ja. Jetzt kann ich es. Damals dachte ich, ich wäre in Rupert verliebt …«

»*Onkel* Rupert?«

»Ja, ich dachte, es wäre das Ende der Welt. Ich habe wirklich gedacht, daß er mich auch liebt, weißt du. Nun ja, ich habe es mir wohl irgendwie eingebildet. Und natürlich war es nicht so.«

»Arme Ange!«

»Keine Sorge, das ist vorüber. Jeder braucht eine erste Liebe, und ich nehme an, es geht meistens schief.«

»Ist es danach wenigstens besser geworden?«

»Nicht viel. Ich habe mich in einen anderen verliebt, und das war viel schlimmer. Er war ebenfalls verheiratet.«

»War das der Mann, den du beinahe geheiratet hättest?«

»Ja – nein. Es war der Mann, von dem Mummy dachte, daß ich ihn heiraten sollte. Aus einem offensichtlichen Grund.« Sie schaute ihn an, um zu sehen, ob er sie verstanden hatte, und gerade als er dazu ansetzte zu fragen, wieso seine Mutter geglaubt habe, sie solle jemanden heiraten, der bereits verheiratet war, sagte sie: »Ich war schwanger.«

»O Ange! Hast du das Baby verloren?«

Sie antwortete nicht sofort, aber dann sagte sie ganz sanft, als wollte sie ihn trösten:»Ich bin froh, daß ich es nicht bekommen habe.«

Sie bot ihm eine Zigarette an, aber er rauchte nicht.

»Und jetzt«, sagte er, »hast du Lord Black, nicht wahr? Ich wußte gar nicht, daß es in Amerika Lords gibt.«

»Er ist kein Lord! Das ist ein Name. Earl. Ich werde Mrs. Earl C. Black sein. Und in New York wohnen. Ich kann es kaum erwarten.«

Er sah, daß sie glücklich war, und das war die Hauptsache. Aber sie würde sehr weit weg sein. Sie sagte, sie müsse sich für die Feier fertig machen – »diese wahrscheinlich schreckliche Feier« –, und zeigte ihm, wo das Badezimmer war.

»Meinst du, ich sollte mich noch mal rasieren?«

Sie strich ihm über die Wange. »Hm, hast du dich heute früh rasiert?«

»Gestern. Normalerweise tue ich es nur jeden zweiten Tag.«

»Du bist ein bißchen kratzig. Und wahrscheinlich wirst du Leute küssen müssen. Es wäre wohl besser.«

Also rasierte er sich, und es gelang ihm, sich nicht zu schneiden.

Die Feier fand in einem großen Raum in einem sehr großartigen Hotel statt. Die ganze Familie war da – jedenfalls kam es ihm so vor. *Seine* Familie. Dad trug einen Smoking und Mum ein langes, fließendes blaues Kleid. Sie standen rechts und links von Angela und sprachen mit jedem, der hereinkam. Judy war ziemlich dick geworden, und sie trug das Brautjungfernkleid, das sie schon zu Noras Hochzeit angehabt hatte. Sie lief überall herum und stibitzte Sachen von den Tellern, die auf den Tischen standen und herumgereicht wurden. Er war sehr stolz auf Angela; sie trug ein rotes Samtkleid, das gerade bis zu den Knien ging, und wunderbare Strümpfe, von denen sie sagte, daß Earl sie ihr geschickt habe. Sie hatte sich das Haar hochgesteckt und trug lange rote und goldene Ohrringe. »Du siehst absolut umwerfend aus«, hatte er erklärt, bevor sie ihre Wohnung verlassen hatten, und sie hatte ihm einen Kuß gegeben. Sie roch wie ein Gewächshaus voller Blüten.

Nora kam ein wenig zu spät und schob Richard neben ihre Eltern. »Damit er jeden sieht, der hereinkommt«, erklärte sie. Jeder neue Gast bekam ein Glas Champagner, und Nora hielt Richard sein Glas an den Mund, damit er in kleinen Schlucken trinken konnte, aber Christopher registrierte, daß sie das nicht zu oft tat.

Er stand ein wenig abseits von seinen Verwandten und beobachtete, wie die Cazalets eintrafen. Er hatte sie seit drei Jahren – seit Noras Hochzeit – nicht mehr gesehen. Als erste kamen Onkel Edward und Tante Villy, die aussah, als wäre sie in ihrem Kleid geschrumpft. Sie hatten Lydia mitgebracht, die in einem dunklen Kleid, das ihre Taille winzig aussehen ließ (das Gegenteil von Judy, dachte er betrübt), sehr elegant wirkte. Roland trug graue Flanellshorts mit einer passenden Jacke – sein Haar war stachelig vor Brillantine –, und Wills war genauso angezogen wie er. Er sah, wie Wills und Roland kurz miteinander sprachen und sich dann auf Richard stürzten, den sie von da an ununterbrochen mit den kleinen Bissen fütterten, die herumgereicht wurden. Dann kamen Onkel Rupert und Tante Zoë, und Tante Zoë sah in dem dunkelgrün- und weißgestreiften Kleid und mit den baumelnden Diamantohrringen beinahe so umwerfend aus wie Ange. Christopher schaute genau hin, als Onkel Rupert Ange küßte, aber es schien ihr nichts auszumachen. Dann kam die Duchy mit Tante Rachel, beide gekleidet, wie er sie seit jeher in Erinnerung hatte, in mattem Hyazinthenblau, aber mit langen Röcken. Onkel Rupert holte der Duchy einen Stuhl, und Tante Rachel ging sofort zu Richard, um sich mit ihm zu unterhalten. Andere Leute kamen, die er nicht kannte – er nahm an, daß es Freunde von Ange waren. Einige von ihnen kannten einander, aber sie schienen niemanden aus der Familie zu kennen. Dann – und das war der Punkt, an dem die ganze Feier für ihn eine Wendung nahm – kamen Clary und Polly. Clary sah genauso aus, wie er sie in Erinnerung hatte, aber Polly war so außergewöhnlich schön, daß er, obwohl er sie selbstverständlich überall wiedererkannt hätte, das Gefühl hatte, sie zum erstenmal in seinem Leben zu sehen .

Sie kamen gleich zu ihm. »Christopher! Hallo, Christopher!« sagten sie mehrmals. Wie betäubt ließ er sich von ihnen umarmen. Pollys Kleid hatte die Farbe von Buchenblättern im Herbst, und sie roch nach einem wunderbar üppigen Parfüm.

»Du riechst ganz erstaunlich«, hörte er sich sagen.

»Es ist ein Parfüm, das sich Russisches Leder nennt«, meinte Clary, »und ich sage ihr immer wieder, daß sie viel zuviel davon benutzt. Es genügt doch, wie *ein* teurer Ledersessel zur riechen, es muß nicht gleich eine ganze Reihe sein.« Dann fügte sie hinzu: »Es kommt aus Frankreich. In Frankreich heißt es Cuir de Russie.«

»Wenn ich mich für ein Parfüm entscheiden müßte, würde ich eins nehmen, das Gebratener Frühstücksspeck heißt.« Jemand ragte hoch hinter den Mädchen auf.

»Neville, solche Parfüms gibt es nicht. Du mußt schon mit dem vorliebnehmen, was auf dem Markt ist.«

»Nicht, wenn ich Erfinder von Parfüms werde, was eine gute Möglichkeit sein könnte, viel Geld zu verdienen: Die Blütengerüche sind doch längst alle aufgebraucht. Außerdem mögen manche vielleicht einen Duft, der andere Leute ärgert. Essenz von Grasschlangen könnte so was sein. Oder Einbrecherscheiß oder – oh, hallo, Christopher!«

Neville war jetzt so groß wie er selbst.

»Sei nicht so albern und widerwärtig«, meinte Clary. »Das hier ist ein Fest. Es soll den Leuten Spaß machen.«

Sie ging mit Polly zu Ange, um ihr guten Tag zu sagen. Neville blieb bei ihm.

»Ich finde, daß solche Feiern gewaltig überschätzt werden. Man darf sich nicht vernünftig unterhalten, aber man ist verpflichtet, die schrecklichsten Leute zu küssen und mit den langweiligsten von ihnen Platitüden auszutauschen. Bist du nicht auch dieser Ansicht?«

»Nun ja, ich gehe nicht zu vielen Feiern. Genaugenommen zu überhaupt keiner.«

»Ja? Wie schaffst du das?«

»Wo ich wohne, gibt es keine.« Nachdem er das gesagt hatte, befiel ihn eine gewisse Panik. Er lebte tatsächlich ziemlich abgeschieden von anderen Menschen; außer mit den Hursts und Tom, ihrem anderen Helfer, hatte er kaum mit Leuten zu tun. Natürlich begegnete er einigen, beim Einkaufen zum Beispiel, aber davon einmal abgesehen, lebte er mit Oliver zusammen, mit einer halbwilden Katze, die vorbeikam, wann immer ihr danach war, und hin und wieder mit anderen Tieren, um die er sich kümmerte, wenn es ihnen schlechtging, etwa die Füchsin, die er letzten Herbst in einer schrecklichen Falle gefunden hatte, diverse Igel, die von Flohbissen geschwächt waren, aus dem Nest gefallene Vögel und der junge Hase, den Oliver ihm gebracht hatte und dem Vögel die Augen ausgehackt hatten, als er erstarrt dagelegen hatte – er mußte irgendein Gift gefressen haben. Aber diese Verwandten, bei denen er vor Jahren hin und wieder die Ferien verbracht hatte, die alle einmal Teil seines Lebens gewesen waren, *sie* schienen einander alle zu kennen, waren weiterhin miteinander aufgewachsen, während er von ihnen abgeschnitten gewesen war. Ich habe mich selbst abgeschnitten, mußte er zugeben: In seiner Entschlossenheit, so wenig wie möglich mit seinem Vater zu tun zu haben, hatte er sich auch von allen anderen isoliert. Er sah Neville an, der mit großer Entschiedenheit ein Wurstbrötchen von einem Teller genommen hatte. Er konnte sich an ihn nur als an einen kleinen Jungen erinnern.

»Wie alt bist du jetzt?«

»Sechzehn. Sechzehneinhalb. Aber ich arbeite daran, ziemlich reif für mein Alter zu sein. Es ist vor allem eine Frage des Vokabulars, und man darf sich niemals überrascht zeigen.«

Er beugte den Kopf vor, um von seinem Brötchen abzubeißen, und eine Locke rötlichbraunen Haars fiel ihm in die pickelige Stirn, aber am Hinterkopf standen die Haare in zwei Wirbeln ab.

»Kommen Teddy und Simon auch?«

Teddy ist noch in Amerika; allerdings wird er bald zurückkommen, mit einem Mädchen namens Bernardine, das er geheiratet hat. Simon büffelt für die Prüfungen.«

Christopher wußte nicht, ob ihm das leid tat oder ob er sich darüber freute.

In diesem Augenblick bat sein Vater um Schweigen und hielt eine ziemlich lange, nicht immer verständliche Rede. Christopher hörte schon bald nicht mehr zu, weil Polly zu ihm trat; wieder traf ihn ihre unglaubliche Schönheit so heftig, daß er nur noch sie sah. Sie hörte seinem Vater tatsächlich zu, so daß er sie betrachten konnte – ihr glänzendes Haar mit dem leichten Kupferton, das kurz geschnitten war, so daß es sich deutlich von ihrem schlanken weißen Nacken abhob –, und als sein Vater eine Art Witz machte und es Gelächter gab – kein richtiges Lachen, nur aus Höflichkeit –, wandte sie sich ihm zu, und ein Wirbel ihres Dufts entstand. Sie zog die Nase kraus, genau wie Tante Rach es immer getan hatte, wenn sie sich mit jemandem über etwas Witziges verständigen wollte, und ihre dunkelblauen Augen blitzten verschwörerisch. Aber was genau wollte sie ihm eigentlich mitteilen? Daß sie wußte, daß sie beide wußten, daß sein Vater nicht komisch war? Oder freute sie sich einfach, ihn zu sehen?

Jedenfalls wurde geklatscht, als sein Vater aufhörte zu sprechen, und bevor Ange zu einer Erwiderung ansetzen konnte, hatte Christopher tief Luft geholt und Polly gefragt, ob sie ihn einmal für ein Wochenende in seinem Wohnwagen besuchen würde.

Und jetzt war sie auf dem Weg. Er hatte sie vorgewarnt, hatte gesagt, daß es kein Badezimmer und kein elektrisches Licht gab. Er hatte betont, daß es nur ein Wohnwagen war. Aber er hatte nicht erwähnt, daß es nur eine Art Außentoilette gab, die er im Wald gebaut hatte, und daß sich in dem winzigen Schlafzimmer nur eine Holzpritsche befand. Die würde er ihr überlassen, und er selbst würde in dem anderen Raum auf dem Boden schlafen.

Er verbrachte den gesamten nächsten Tag damit, sauberzumachen und aufzuräumen und eine Gemüsesuppe zu kochen. Mrs. Hurst, die ungemein hilfsbereit war, hatte ihm einen Obstkuchen und Puddingtörtchen gebacken, mit Eiern und Milch, also würden sie auch Nachtisch haben. Er entschied sich für Nudelauflauf als Hauptgericht, den er in seinem eigenen kleinen Ofen machen konnte. Er sammelte Unmengen Holz für den Ofen, putzte die Fenster, die immer von Holzrauch und Kondenswasser trübe waren, und seinen Vorratsschrank – eine Kiste mit einer Fliegendrahttür, die vom Dach des Wohnwagens hing. Darin würde er den größten Teil des Essens für das Wochenende aufbewahren. Als er wieder einmal auf dem Hof erschienen war, um sich etwas zu leihen, hatte Mrs. Hurst gemeint, seine Cousine würde vielleicht lieber im Haus schlafen, aber er hatte das Gefühl, das würde alles verderben. Im Lauf des Tages kamen ihm allerdings Zweifel, und als es beinahe an der Zeit war, Polly vom Bahnhof abzuholen, fragte er sich, ob er nicht vielleicht einen Fehler gemacht hatte; vielleicht schlief sie wirklich lieber in einem richtigen Zimmer in einem richtigen Bett.

Aber er hätte sich keine Sorgen zu machen brauchen. Es war schon gegen Abend, als sie ihm auf dem Bahnsteig entgegenkam. Sie trug Hosen und eine dunkle Jacke und hatte ein Tuch um den Kopf gebunden. Sie umarmten einander, und er nahm ihren kleinen Koffer.

»Ich wußte gar nicht, daß du ein Auto hast.«

»Es gehört mir auch nicht, es gehört den Leuten, für die ich arbeite. Der Bauer hat es mir geliehen, damit ich dich abholen kann.«

Als er vorsichtig durch Hastings fuhr – er fuhr nicht sonderlich oft, und überhaupt hatte er das Gefühl, mit Polly besonders vorsichtig sein zu müssen; ihr Gesicht hatte sich wie kühles Porzellan angefühlt, als er sie geküßt hatte –, warnte er sie noch einmal: »Es ist alles ziemlich primitiv.«

»Ach, es wird bestimmt wunderbar sein«, sagte sie so überzeugt, daß er tatsächlich zu hoffen begann, daß es ihr gefallen würde.

Aber als er den Wagen vor dem Bauernhaus abstellte und Polly im Dunkeln den Weg entlangführte, kehrte seine Angst zurück. Er hätte die Öllampe anlassen sollen, damit sie ihnen entgegenleuchtete, er hätte die Taschenlampe mitbringen sollen ... »Nimm lieber meine Hand«, sagte er, »in diesem Weg sind ziemlich tiefe Fahrrinnen.« Ihre Hand fühlte sich sehr weich und kalt an.

»Hast du Oliver noch?« fragte sie.

»Ja. Ich habe ihn hiergelassen, damit er auf alles aufpaßt.«

Sie blieb still im Dunkeln stehen, während er nach Streichhölzern suchte. Dann strahlte das weiche, gelbe Licht auf.

»Wie schön! Was für ein hübsches Licht.«

Oliver, der mitten im Wagen gestanden hatte, ging zu ihr und sah sie mit seinen feuchten braunen Augen an. Während sie den Hund begrüßte und dessen Interesse an ihr sich schnell von Höflichkeit zu Freundlichkeit und dann zu leidenschaftlicher Hingabe steigerte, sah Christopher sich besorgt in seinem Zuhause um und versuchte, es mit ihren Augen zu sehen. Der Tisch sah nett aus mit seinem rotweißkarierten Tischtuch und dem Marmeladenglas mit Beerenzweigen darin, aber der kleine Teppich vor dem Ofen, dessen Türen er jetzt öffnete, war abgewetzt und ziemlich schmutzig, und der einzige bequeme Korbsessel – er war einmal weiß gewesen – war inzwischen ziemlich grau, und überall standen lose Enden hervor, und das Kissen, das das Loch in der Sitzfläche verbergen sollte, war aus beinahe kahlem Plüsch und von einer Farbe, wie Moos sie niemals haben würde. Auf den Regalen, die er eingebaut hatte, standen Porzellan – nichts paßte zueinander – und seine Bücher, und an jedem Haken hingen Kleidungsstücke, keines davon neu oder sonderlich sauber. Die Wände des Wohnwagens und die Trennwand zum Schlafzimmer waren, bis auf die vier Fenster, vollkommen zugehängt und -gestellt, so daß es enger und voller aussah, als es wirklich war. Olivers Korb nahm ebenfalls viel Platz ein: Christopher schob ihn vom Ofen weg und holte einen Hocker unter einem Regal hervor.

»Ach, Christopher, es ist wirklich wunderschön hier! Und so gemütlich!« Sie nahm das Tuch ab und zog die Jacke aus; ihr Haar hatte die Farbe von Roßkastanien, von denen man die stachelige grüne Schale entfernt hatte. Er hängte ihre Jacke auf und bat sie, sich auf den Korbstuhl zu setzen; er brachte ihren Koffer in das winzige Schlafzimmer, kam zurück und bot ihr Tee an, »es gibt allerdings auch Cidre« – an Alkohol hatte er gar nicht gedacht; sie war vermutlich so etwas wie Cocktails gewöhnt –, aber sie sagte, Tee sei vollkommen in Ordnung. Ihre Gegenwart an diesem Ort, an dem er bisher, von Oliver einmal abgesehen, immer allein gewesen war, berauschte ihn, ihre vollkommene Schönheit erfüllte ihn mit Freude, und vor allem – und das war vielleicht das Beste daran – war sie keine Fremde, sie war eine seiner Cousinen, jemand, den er sein Leben lang gekannt hatte. Wenn ich sie nicht schon so lange kennen würde, dachte er, als er den Kessel aufsetzte, hätte ich auf Anges Feier niemals auch nur gewagt, sie anzusprechen. Und selbst wenn sich der erstaunliche Glücksfall ergeben hätte, daß sie mit ihm gesprochen hätte, ihn *gebeten* hätte, ein Wochenende bei ihm verbringen zu können, wäre er von ihrem Strahlen so eingeschüchtert gewesen, daß er niemals ein Wort herausgebracht hätte.

Sie tranken Tee, und bald danach aßen sie etwas von dem Nudelauflauf.

Sie fragte nach der Toilette, und er begleitete sie zum Waldrand, mit der Taschenlampe, die er ihr dann überließ.

»Ich habe eine Eule gehört«, sagte sie, als sie wiederkam. »Das ist ein wunderbar wilder Ort. Ein wenig wie dein Lager im Wald bei Home Place, aber viel schöner.«

Sie hatten sich inzwischen ein wenig über die Verwandten unterhalten, und nun erzählte sie ihm von ihrer Arbeit in einem offenbar sehr vornehmen Dekorationsgeschäft und von ihrem Leben mit Clary in der gemeinsamen Wohnung. Er fragte, ob sie gern in London wohne.

»Ich glaube schon. Als wir während des Krieges in Home Place waren, habe ich mir immer gewünscht, wieder in London sein zu können, einen Job und eine eigene Wohnung und so zu haben, aber so etwas kommt einem immer viel aufregender vor, solange es weit entfernt ist. Wahrscheinlich sind deshalb Aussichten so beliebt. Du weißt schon. Etwas, wovon man viel sehen kann, ohne selbst drin zu sein.«

Er dachte darüber nach. »Nein«, meinte er schließlich. »Ich verstehe, was du meinst, aber auf mich trifft das, glaube ich, nicht zu.«

»Du hast immer von allem weggewollt, nicht wahr?«

»Von einigem.« Er hatte das Gefühl, mit dem, was er sagte, vorsichtig sein zu müssen.

»Und gefällt es dir, nun, da du es erreicht hast?«

»Darüber habe ich noch gar nicht nachgedacht. Soll ich uns heiße Schokolade machen? Ich bekomme hier jede Menge Milch.«

Sie sagte, das wäre nett. Er ging die Milch holen, und als er zurückkam, fragte sie: »Was ist mit dem Abwasch? Sagst du mir, wie ich das machen soll?«

»Ich kümmere mich später darum.« Er nahm den Kessel mit dem Wasser vom Kocher und löffelte das Schokoladenpulver in den Topf. Plötzlich bedrängten ihn so viele Themen, über die er reden wollte und von denen er wissen wollte, wie sie dazu stand.

»Glaubst du, daß man auf der Welt ist, um glücklich zu sein?«

»Wozu denn sonst?«

»Na ja, nützlich zum Beispiel – man kann anderen helfen. Versuchen, die Welt zu verbessern. Solche Dinge.«

»Ich finde, Glücklichsein würde die Welt schon besser machen.«

»Um das zu erreichen, muß man ziemlich klug sein, glaubst du nicht? Ich meine, es ist nicht so einfach, wie es aussieht.«

»Nein.« Das klang traurig, aber dann lachte sie plötzlich. »Mir fällt gerade ein, daß Miss Milliment einmal ein Sprichwort aus ihrer Jugendzeit zitiert hat: ›Sei ein gutes Mädchen, und überlaß die Klugheit anderen.‹ Das hat sie unglaublich wütend gemacht! Sie sagte, schon mit zehn habe sie nicht einsehen können, wieso

Gutsein eine Alternative zur Klugheit darstellen sollte. Aber es wäre vielleicht eine Alternative zum Glücklichsein.«

»Aber was, wenn du es dir aussuchen könntest?« beharrte er. Er sah, wie sie grübelnd ihre weiße Stirn runzelte, angestrengt nach der Wahrheit suchte. Und dann verschwanden die Furchen wieder. »Ich dachte an Nora«, sagte er. »Sie lebt nur dafür, sich um Richard zu kümmern – und um andere.«

»Und, ist sie dabei nicht glücklich?«

»Das weiß ich nicht. Ich glaube, sie sieht die Dinge nicht auf diese Art.«

»Ich nehme an«, meinte Polly, »in diesem Fall geht es ohnehin darum, ob sie das Leben für die anderen glücklicher macht.«

Sie schwiegen, und Christoph erinnerte sich, wie Richard bei Angelas Abschiedsfeier dagesessen hatte. Er hatte wahrhaftig nicht glücklich ausgesehen, sein Gesicht schien jeglichem Gefühl verschlossen zu sein, wenn man einmal von einer gewissen Gier absah, wenn Wills oder Roly ihn fütterten.

»Es kann natürlich auch sein«, meinte er, »daß man bei dem, was man anstrebt, versagt – ob man nun ein guter Mensch oder glücklich sein will.«

»Nicht in unserem Alter«, sagte Polly. »Wenn wir Fehler machen, haben wir immer noch Zeit, es noch einmal zu versuchen.«

Er suchte nach einem Becher, der nicht angeschlagen war, und sie fragte nach seiner Arbeit auf dem Hof. »Erzähl mir, wie du den Tag verbringst.«

»Nicht immer gleich. Es hängt von der Jahreszeit ab.«

»Und wie ist es im Augenblick?«

»Im Augenblick ist Tomatenzeit«, sagte er. »Tom Hurst hat zwei große Gewächshäuser für Tomaten, und er versucht, sie so früh im Jahr wie möglich zum Reifen zu bringen. Ich habe in der letzten Woche Setzlinge eingetopft – Hunderte. Davor habe ich die Pflanzerde gemischt. Im Winter erledige ich meist irgendwelche Reparaturen – zum Beispiel am Hühnerstall –, und dann sind auch die Kühe die meiste Zeit drin und brauchen Heu. Wir haben nicht viel Vieh, nur ein paar von jeder Sorte, aber das ist immer so gewesen. Tom Hurst lebt von den Tomaten und dem

Obst und Salaten, die wir im Frühjahr und im Sommer anbauen. Er hat ein paar Schafe – nur etwa ein Dutzend –, aber er hat kein Land für den Getreideanbau. Sie kommen zurecht, und sie haben keine Kinder – sein einziger Sohn ist in Burma gefallen. Und das ist eins meiner Probleme.«

»Du bist für sie zu einer Art Sohn geworden?«

Er nickte. Es gefiel ihm, wie schnell sie begriff. »Ja. Marge, seine Frau, hat mir erzählt, daß er mir den Hof hinterlassen will – das Haus und alles.«

»Und du weißt nicht, ob du das willst?«

»Nein. Aber wenn er mir alles hinterläßt, würde ich mich schrecklich fühlen, wenn ich es einfach verkaufte und mich davonmachte.«

»Hast du mit ihm darüber gesprochen?«

»O Gott, nein! Das könnte ich nicht. Eigentlich darf ich es ja gar nicht wissen. Sie hat es mir hinter seinem Rücken gesagt. Sie dachte, ich würde mich freuen.«

Er stand auf und stellte den Kessel wieder auf den Kocher. Er hatte immer noch das Gefühl, ihr so viel sagen zu müssen, aber er fürchtete, sie zu langweilen: Menschen, die mit anderen zusammenlebten, sprachen nicht soviel mit ihnen – oder zumindest nicht die ganze Zeit, wie er es jetzt offenbar tat.

»Lies einfach irgendwas, wenn du willst«, sagte er. »Ich werde alles in eine Schüssel stellen – du brauchst nichts zu tun.«

»Woher bekommst du dein Wasser?« Sie hatte gesehen, wie er mehrmals den Kessel aus einem Hahn über dem kleinen Spülbecken nachgefüllt hatte.

»Aus einem Tank draußen. Das Regenwasser vom Dach wird dort hineingeleitet, und einmal die Woche fülle ich mit einem Schlauch nach. Ich bade im Haus, und Marge hat gesagt, du wärst dort jederzeit willkommen.«

»Sie scheint sehr nett zu sein.«

»Ja. Das macht es auch so schwer, einfach wegzugehen.«

»Aber warum willst du gehen? Du magst doch Tiere und das Land und Pflanzen.«

»Es geht nicht nur darum, was ich mag. Es ist mehr wegen … Na ja, diese Sache, mich vor allem zu drücken – gegen Dinge zu sein. Am Ende ist mir aufgefallen, daß ich mit meiner Weigerung, in den Krieg zu ziehen, nur anderen die Arbeit – die Dreckarbeit – überlassen habe; Leuten, die vielleicht genauso dagegen waren wie ich. Also dachte ich, ich sollte zur Armee zurückkehren. Aber es stellte sich heraus, daß sie mich nicht haben wollten, weil ich krank gewesen bin – damals, als ich mich an gar nichts mehr erinnern konnte. Aber ich habe es wenigstens versucht, und das war ein besseres Gefühl. Trotzdem, hierherzukommen war auch eine Art Flucht. Vor allem vor Dad, nehme ich an, und ich wollte nicht mit den anderen in London wohnen. Aber als ich Richard und Nora gesehen habe, dachte ich, vielleicht sollte ich ihr anbieten, ihr zu helfen. Sie kümmert sich um mehrere Behinderte, und sie hat gesagt, es sei wirklich schwierig, Leute zu bekommen, vor allem welche, die stark genug sind, die Männer zu heben. Was meinst du, Poll? Deine Ansicht zählt für mich.«

Sie schwieg einen Augenblick. Dann sagte sie: »Möchtest du Nora denn wirklich helfen?«

»Es geht nicht darum, was ich möchte ...«

»Christopher, das muß es aber! Auf die eine oder andere Weise mußt du wollen, was du tust, sonst funktioniert es einfach nicht. Selbst wenn du es dir einfach so schrecklich wie möglich machen wolltest – selbst das wäre eine Art Wunsch. Aber du kannst dich nicht nur für etwas entscheiden, von dem du glaubst, daß du es tun solltest oder daß irgendwer es tun sollte. Dann würdest du es furchtbar schlecht machen.«

»Ja?«

»Du wärst einfach nicht mit dem Herzen dabei.«

»Was soll ich denn sonst tun? Es sieht so aus, als wollte ich überhaupt nichts!« Etwas an der Art, wie er das sagte, brachte sie zum Lachen. Oliver allerdings stand auf, kam zu ihm und stieß mit dem Kopf so fest gegen Christophers Knie, daß dieser den Teller, den er gerade in der Hand hatte, fallen ließ.

»Ich glaube, Oliver will dich darauf hinweisen, daß du ihn willst. Oder es jedenfalls solltest.«

Er legte die Hand auf Olivers Hals und kratzte ihn hinter dem Ohr, und der Hund gab ein leises zufriedenes Ächzen von sich. »Das beruht auf Gegenseitigkeit«, meinte er.

»Erinnerst du dich an den Tag, als Dad ihn mitbrachte?« fragte Polly. »Er hatte vor allem Angst. Nur nicht vor dir.«

»Er kann es immer noch nicht ertragen, wenn ein Auto eine Fehlzündung hat oder wenn jemand schießt.«

Wieder waren sie bei Erinnerungen angelangt, und bald, nachdem sie die Schokolade getrunken hatten, begannen sie mit den Vorbereitungen für die Nacht. Das dauerte länger als normalerweise. Er machte Polly eine Wärmflasche und zeigte ihr das Schlafzimmer. »Du legst dich in den Schlafsack und dann nimmst du noch die Decken obendrauf.« Er zündete ein Nachtlicht an, stellte es neben ihr Bett und bot ihr an, ihr warmes Wasser in die große Porzellanschüssel zu füllen, damit sie sich waschen konnte.

»Wo wirst du denn schlafen?«

»Hier, in einem anderen Schlafsack, direkt vor dem Ofen. Das wird schon gehen. Im Winter schlafe ich oft hier.« Er gab ihr die Taschenlampe für den Weg zur Toilette.

»Meine Güte, wie gemütlich es hier ist«, sagte sie, als sie zurückkam.

Er ging mit Oliver raus, während sie sich wusch. Es war eine klare, frostige Nacht; die Sterne waren zu sehen, und der Mond hing wie eine Perlmuttscheibe am Himmel. Es war schön, daß Polly hier war, und es war erst Freitagabend: Sie hatten noch beinahe zwei Tage.

Am Samstag gingen sie lange im Wald spazieren und über die schmalen Feldwege mit den steilen Böschungen, die den Hof umgaben. Der Tag begann schön, die Sonne hing wie eine Tomate am grauen Himmel, und bereifte Spinnweben schmückten die Hecken, in denen immer noch ein paar Beeren hingen. Sie sprachen ein wenig über Angela, die nun mit Hunderten anderer GI-Bräute auf dem Weg nach Amerika war. Polly sagte, sie finde es sehr tapfer, in ein unbekanntes Land zu fahren und alle Verwandten und Freunde zurückzulassen, und er meinte, Angela sei so lange unglücklich gewesen und einfach nur froh über diese Veränderung.

»Sie war zweimal verliebt, und beide Male schrecklich unglücklich«, erzählte er.

»Die Arme!« Das klang so mitfühlend, daß es ihn plötzlich

drängte, ihr von Ange und Onkel Rupert zu erzählen. »Das muß schrecklich gewesen sein.«

»Ja. Ich habe sie eines Tages gefunden, als sie weinte, und ich wußte nicht, um was es ging. Natürlich hat er ihre Liebe nicht erwidert. Ich denke, das hat alles noch schlimmer gemacht – damals jedenfalls.« Sie schwieg, also fuhr er fort: »Aber auf lange Sicht war es besser so. Weil er verheiratet ist und alles. Und er war sowieso viel zu alt für sie – es war wirklich hoffnungslos.«

»Ich finde überhaupt nicht, daß er zu alt für sie war. Es sind keine zwanzig Jahre Unterschied.«

Das sagte sie so heftig, daß er sie überrascht anschaute. Sie ging weiter, die Hände tief in die Jackentaschen geschoben und mit einer für ihre Verhältnisse geradezu zornigen Miene.

»Poll ...«

»Natürlich war es hoffnungslos, weil er verheiratet ist. Aber sein Alter hat überhaupt nichts damit zu tun.« Nach kurzem Schweigen sagte sie so leise, daß er sie kaum verstehen konnte: »Das schlimmste ist natürlich, daß er sie nicht geliebt hat. Das traurigste für sie, meine ich.«

Er wollte eigentlich sagen, daß das ja nun keine Rolle mehr spielte, weil Ange sich bald nach Onkel Rupert in einen anderen verliebt hatte, aber er zögerte, weil Polly plötzlich so feindselig war, also erklärte er statt dessen: »Nun, das ist alles lange her. Jetzt wird es ihr bessergehen.«

»Du hast ihn nie kennengelernt, nicht wahr?«

»Nein, aber sie hat mir ein Foto von ihm gezeigt.«

»Wie ist er denn?«

Er dachte nach. »Ziemlich *behaart*. Er sah aus, als wäre er nett. Er ist übrigens auch viel älter als sie.« Daran hatte er vorher gar nicht gedacht.

»Siehst du? Das macht überhaupt nichts. Ich habe es dir doch gesagt.« Aber nun wirkte sie wieder freundlicher. Dann sah sie ein paar Beeren, die sie pflücken wollte, und danach entdeckte sie immer mehr Dinge. Ich weiß nicht annähernd genug über Menschen, dachte er und überlegte, ob man wohl fragen sollte, wenn man etwas nicht wußte, aber er fürchtete, das würde sie wieder zornig machen, und das wollte er auf keinen Fall.

Sie gingen wieder in den Wohnwagen, und während er die Suppe aufwärmte, arrangierte sie die Beerenzweige. Es sah wunderschön aus. Er befürchtete, daß sie sich vielleicht langweilte, und fragte, was sie am Nachmittag gern machen würde, und sie sagte, sie würde gern nach Hastings fahren. »Ich bin seit einer Ewigkeit nicht mehr dort gewesen.«

Das bedeutete, daß er sich das Auto noch einmal leihen mußte, aber das schien den Hursts nichts auszumachen. »Viel Spaß«, sagte Mrs. Hurst nur.

Polly sagte, sie wollte in den alten Teil der Stadt, in dem die Antiquitäten- und Ramschläden waren. »Ich stöbere furchtbar gern. Stört dich das?«

Ihm war alles recht; er wollte einfach nur in ihrer Nähe sein und sie so oft wie möglich anschauen, wenn sie es nicht merkte.

Auf der Fahrt fragte er sie nach ihrer Arbeit. Er konnte sich nicht vorstellen, was Innenausstatter überhaupt taten.

»Na ja, wir hören uns an, was die Leute mit ihrer Wohnung oder ihrem Haus anfangen wollen, und dann sehen wir uns die Häuser an und machen Vorschläge, und am Ende wählen sie etwas aus und tun danach so, als hätten sie alles allein gemacht.«

»Was wählen sie denn nun genau aus?«

»Zum Beispiel Tapeten oder die Farben für Wände und Türen, Teppiche und Gardinen und Polster für die Möbel – manchmal kümmern wir uns sogar um die Möbel. Einmal mußten wir in einem besonders ekligen Haus in der Bishop's Avenue – das ist hinter Hampstead – praktisch alles erledigen. Ich mußte sogar das Porzellan aussuchen, ein komplettes Eßservice und Leuchter und kleine Silberklauen für die Tischkarten. Für einen unglaublich reichen Ausländer. Ich dachte, er wäre nicht verheiratet, weil er all diese Dinge uns überließ, aber er war es. Er hat seiner Frau einfach nicht erlaubt, etwas dazu zu sagen. Gervase hat gesagt, sie sei wie eine Gefangene gewesen und hätte kaum das Haus verlassen dürfen.«

»Wer ist Gervase?«

»Gervase ist so was wie mein Chef. Einer von ihnen, genauer gesagt. Es gibt auch noch Caspar. Caspar kümmert sich um den Laden und Gervase um die Entwürfe – wie die Vorhänge drapiert werden, er entwirft Stuckarbeiten und Pläne für die Badezimmer und Küchen und so etwas, du weißt schon.«

Er wußte es nicht. Er fand es verblüffend, daß Leute so etwas taten, und noch mehr verblüffte ihn, daß andere auch noch dafür bezahlten. »Und was machst du?«

»Na ja, ich lerne noch, was bedeutet, daß ich immer die langweiligsten Arbeiten abkriege – alles, was man mir sagt.«

»Gibt es in den meisten Häusern nicht sowieso schon Küchen und Badezimmer?«

»Ja, aber sie sind oft schrecklich – oder sie reichen nicht aus.«

Sie fand sich in den Antiquitätenläden bestens zurecht: Sie entdeckte Dinge und schien alles über sie zu wissen – wie alt sie waren und in einigen rätselhaften Fällen auch, wofür sie gedacht waren. Sie kaufte drei silberne Gabeln, die sehr schwer und schlicht waren. »George der Zweite«, sagte sie, aber trotzdem kamen ihm zwei Pfund zehn für drei Gabeln sehr teuer vor. Dann kaufte sie vier Paar verzierte Messingringe, die an einer Stelle offen waren. Sie erklärte, die wären für Vorhänge, Ormolu, und daß Caspar sicher begeistert wäre, sie im Laden zu haben. Dann fand sie einen kleinen Nußbaumschreibtisch, den sie als Davenport bezeichnete und von dem sie meinte, daß er Caspar ebenfalls gefallen würde. Der Tisch sollte zwanzig Pfund kosten, und sie sagte, sie werde von London aus anrufen, wenn sie den Schreibtisch wollten, und ob der Ladenbesitzer so gut wäre, ihn bis Montag für sie zu reservieren? Aber selbstverständlich. Sie kaufte ein kleines Stück grünen Samts, das, wie sie sagte, auf einem der Tische in ihrem Zimmer schön aussehen würde. Und dann verliebte sie sich in ein Teeservice in Rosa und Gelb mit kleinen grünen Blüten. »Sieh nur, Christopher, eine Teekanne – wunderschön – und sieben Tassen und neun Teller und zwei Kuchenteller! Das ist das schönste Service, das ich je gesehen habe.«

Es kostete neun Pfund, das waren beinahe zwei Wochenlöhne, aber er beschloß, es ihr zu schenken. »Ich kaufe das«, sagte er und sah, wie sich ihre Miene verfinsterte und dann wieder aufhellte, als sie sagte: »Nun ja, diesmal bist du dran«, und sich ein paar Bechern zuwandte, von denen sie zwei kaufte.

Während das Porzellan in vergilbte Zeitungen gepackt wurde,

schlenderten sie weiter herum. »Sieh mal! Ein Regency-Eßtisch! Was für ein eleganter Anblick! Das ist Rosenholz.« (Mit Holz kannte sie sich natürlich wegen ihres Vaters gut aus.) »Und schau dir nur diese leicht abgeschrägten Flächen für die Teller an, und die reizenden Beine!«

Es erstaunte ihn, wie gut sie sich auskannte.

Sie brachten ihre Einkäufe zum Auto. Es wurde Abend, und es hatte angefangen zu regnen.

Auf dem Heimweg sagte sie: »Das letzte Mal war ich mit Dad in diesen Läden«, und dann schwieg sie, und er spürte so etwas wie Trauer.

Morgen um diese Zeit, dachte er, werde ich diese Straße ohne sie entlangfahren.

Beim Abendessen – Kartoffeln und für Polly ein Stück von dem Huhn, das Mrs. Hurst gebraten hatte, und Rüben – fragte sie, ob er noch zeichnete.

Das hatte er seit einer Ewigkeit nicht mehr getan.

»Aber du konntest es so gut!«

»Du auch.«

»Längst nicht so gut wie du. Ich erinnere mich an deine Eulen, wie schön sie waren.«

»Du wolltest doch eigentlich auf eine Kunstschule gehen.«

»Das habe ich auch getan. Und dort habe ich begriffen, daß ich nicht gut genug bin. Stört es dich, wenn ich meinen Knochen abnage?«

»Natürlich nicht. Ich wohne schließlich mit jemandem zusammen, der seine Knochen abnagt.«

»Wenn wir Personen in einem Roman oder ein Stück wären«, sagte sie traurig, »würde sich herausstellen, daß zumindest einer von uns ein schrecklich guter Maler ist. Und in einem schlechten Roman wären wir es beide. Aber so ...«

»... bin ich eine Art Bauer.«

»Und ich arbeite in einem Laden«, schloß sie. Sie legte den Hähnchenknochen hin und leckte sich die Finger ab – wie ein Kätzchen, dachte er. Er räumte ihre Teller ab und legte zwei Schokoladenriegel auf den Tisch.

»Oh! Ist das unser Nachtisch?«

»Ich wußte, daß du sie magst. Erinnerst du dich an den Tag, als du auf der Mauer vor dem Küchengarten gesessen und mir ein Stück von deinem Riegel abgegeben hast?«

Sie dachte kurz nach, dann schüttelte sie den Kopf. »Nein, leider nicht.«

»Du hattest ein blaues Kleid an und ein Haarband aus schwarzem Samt, und du hast mir etwas von dem Riegel angeboten, und ich habe zuviel abgebissen, aber dann hast du mir den Rest auch noch geschenkt, weil ich den Tee verpaßt hatte.«

»Komisch, daran kann ich mich überhaupt nicht erinnern.«

»Ich hoffe, du magst sie immer noch.« Er war irgendwie enttäuscht, daß sie es vergessen hatte.

»Leidenschaftlich!«

Als er vorschlug, sie sollten Tee trinken, schenkte sie ihm die beiden Becher, die sie gekauft hatte. »Einer für dich und einer für deinen Besuch.«

»Aber ich habe nie Besuch«, sagte er, nachdem er sich bedankt hatte.

»Nie?«

»Du bist die erste.«

»Aber hast du denn – keine Freunde hier?«

»Die Hursts. Und es gibt einen Jungen, der mit mir zusammenarbeitet, aber ich würde ihn nicht als Freund bezeichnen.«

»Und du hast Oliver«, sagte sie.

Sie sagte das irgendwie beschützend, was zur Folge hatte, daß er sich noch schlechter fühlte (offenbar hatte sie erwartet, daß er Freunde hatte, und wieso hatte er eigentlich keine?). »Ich führe ein ziemlich zurückgezogenes Leben.«

»Aber es gefällt dir?«

»Ich habe nie darüber nachgedacht.« Jetzt tat er es. Morgen um diese Zeit würde sie in London sein, und er würde zu Abend essen und sich mit seinem Griechisch plagen. Er versuchte, ein paar Fragmente von Menander zu übersetzen – Mr. Milner, einer seiner Lehrer, hatte Menander immer besonders gern gemocht, und Mr. Milner war einer der wenigen Menschen gewesen, mit denen er hatte sprechen können. Er hatte nie jemandem von dem Griechisch erzählt, weil er Angst hatte, man würde es für absurd oder für sinnlos halten, und dann hätte es ihm keinen Spaß mehr gemacht. Dann hätte er überhaupt nichts mehr gehabt. Aber er fürchtete Pollys Abreise – so sehr, daß er sich beinahe wünschte, sie wäre nie gekommen. Als er an diesem Abend versuchte einzuschlafen, sagte er sich immer wieder, wie dumm es sei, sich so etwas zu wünschen.

Am nächsten Morgen erwachte er früh wie immer, hörte den Regen aufs Dach des Wohnwagens trommeln und fragte sich, was sie zu ihrer Unterhaltung noch tun könnten. Sie hatte gesagt, sie wollte den Hof sehen, aber es war zu naß, als daß ihr das großen Spaß machen konnte. Der Ofen war ausgegangen – zuviel Feuchtigkeit im Schornstein. Er stand so leise wie möglich auf, zog die Stiefel und den Regenmantel an und ging nach draußen, um etwas von dem Holz zu holen, das er unter einer Plane gestapelt hatte. Als er mit einem Armvoll zurückkam, war sie schon aufgestanden und angezogen. Sie trug die Hose und einen dunkelblauen Rollkragenpullover, und das Haar hatte sie sich mit einem blauen Band zurückgebunden. Er erklärte, wieso das Feuer ausgegangen war, und sie sagte, er solle den Kocher anzünden, dann werde sie sich um den Haferbrei kümmern.

Das Feuer war schon lange nicht mehr aus gewesen, und der Ofen mußte dringend saubergemacht werden. Wolken von Asche stiegen auf, als er an dem kleinen Gitter rüttelte. Er trug einen Eimer Asche nach draußen. Dann mußte er zum Hof gehen und Milch holen, und Mrs. Hurst gab ihm einen kleinen Krug Sahne. »Du hast nicht gerade das Wetter erwischt, das wir dir gewünscht hätten«, sagte sie. »Wenn du deine Cousine zum Essen herbringen willst, seid ihr beide herzlich willkommen.« Er bedankte sich und sagte, er werde fragen, was Polly wollte, und ihr nach dem Frühstück Bescheid sagen. Er war hin- und hergerissen: Einerseits wollte er keine Minute der Zeit mit Polly verschwenden, und andererseits war er unsicher, ob Rühreier ihr als Sonntagsessen genügen würden.

Als er zurückkam, war sie nicht im Wohnwagen. Im Regen auf dem Weg zur Toilette, armes Mädchen. Er sah sich in seinem Heim um und betrachtete es plötzlich mit den Augen eines Außenstehenden. Es war ein ziemlich schäbiger, trübseliger kleiner Raum, das schmutzige Geschirr vom vergangenen Abend noch im Spülbecken. Polly hatte den Haferbrei vom Kocher genommen und den Kessel aufgesetzt.

Als sie zurückkam, sah sie aus, als wäre ihr kalt: Ihre Nase war rosig und ihr Haar feucht vom Regen. Aber irgendwie schien ihre Gegenwart trotz des schlechten Wetters alles zu verändern: Nichts war mehr schäbig und trübselig, es war alles in Ordnung. Sie aßen den Haferbrei, und sie sagte, es sei schön, einmal wieder Sahne dazu zu haben. Und während sie spülten – das Geschirr vom Abendessen und vom Frühstück –, sagte sie: »Da es ohnehin regnet, könnten wir den Morgen mit Saubermachen verbringen. Ich tue das wirklich gern – ich liebe es, aufzuräumen und zu putzen.«

Er wollte widersprechen – das sei zu langweilig, und es mache ihm nichts aus, sich später darum zu kümmern –, aber sie nahm seinen Finger und schrieb damit »Polly« in den Staub auf dem Regal am Spülbecken und sagte: »Siehst du? Es ist wirklich nötig.«

So verbrachten sie also den Morgen, und es stellte sich heraus, daß es in jeder Hinsicht eine gute Idee war. Sie konnte nicht nur gut saubermachen, sie hatte auch tolle Ideen, wie man den Wohnwagen umräumen könnte. Sie holte all seine Bücher von den diversen Borden und stellte sie auf ein einziges Brett, wo er sie nicht nur leichter finden würde, sondern wo sie auch noch schöner aussahen. »Du hast viele griechische Bücher«, sagte sie. »Ich wußte gar nicht, daß du Griechisch kannst. Was ist denn das hier?«

»Das Neue Testament.«

»Meine Güte! Kannst du das wirklich lesen?«

»Mehr oder weniger. Ich habe mich mit Übersetzen versucht. Nur um zu sehen, ob dabei dasselbe herauskommt wie in der englischen Version, die wir alle kennen.«

»Und?«

»Nicht immer, aber ich bin natürlich nicht sonderlich gut. Es gibt griechische Wörter, die viele verschiedene Bedeutungen haben, und dann fragt man sich immer, welche denn nun gemeint war. Manchmal kommt es mir sehr anders vor als unsere Version.«

»Ich habe gar nicht gewußt, daß du das tust«, sagte sie. Sie schien beeindruckt, und er beeilte sich, ihr zu sagen, daß er blutiger Anfänger sei und es nur tue, um sich an den Abenden ein wenig zu unterhalten.

Sie kümmerte sich auch noch um andere Dinge: Sie räumte sein Porzellan und die Küchenutensilien um. Sie brachte ihn dazu, an der Wand neue Haken anzubringen, damit er seine Töpfe und Pfannen aufhängen konnte. Er hatte die Haken schon vor einer Ewigkeit gekauft, aber nie benutzt. Sie wusch die Wände sogar ab, bevor er die Haken befestigte – so etwas hatte er nie getan –, und es sah gleich heller aus. Er war damit beschäftigt, ihr Wasser zu holen und es heißzumachen, einen Putzlumpen und einen Schrubber zu besorgen und sich auf dem Hof ein Stück Seife zu holen und zu erklären, daß sie es nicht zum Essen schaffen würden. Aber kurz nach eins kam Mrs. Hurst vorbei und brachte ihnen einen Korb mit zwei zugedeckten Tellern; das Sonntagsessen.

»Ihr habt ja wirklich schwer gearbeitet! Chris wird sein Zuhause kaum mehr wiedererkennen, wie, Chris?« Er sah, daß Polly ihr gefiel. Sie erbot sich, den Teppich mitzunehmen und einmal ordentlich durchzuwaschen und in der Küche zu trocknen. »Laßt das Essen nicht kalt werden.«

Unten im Korb war eine kleine Flasche, die früher einmal Arznei enthalten hatte, in der sich nun aber eine dunkle Flüssigkeit befand; auf dem Etikett stand »Schlehenbrand 1944«. Normalerweise bekam Christopher eine große Flasche zu Weihnachten.

Sie beeilten sich mit dem Saubermachen und holten eine Schüssel frisches Waschwasser. Polly hatte Schmutzflecke im Gesicht, und als er ihr das sagte, tunkte sie ein Abtrockentuch ins Wasser und bat ihn, ihr das Gesicht abzutupfen. »Es sieht nicht so aus, als hättest du hier irgendwo einen Spiegel.«

Er nahm das Tuch und rieb über die Flecken, zunächst so sanft, daß er den Dreck nur verteilte. »Nimm Seife«, sagte sie, und er strich mit dem Finger über das Seifenstück und dann über ihre zarte Haut, und dann benutzte er wieder das Tuch, und sie stand die ganze Zeit vollkommen still und sah nicht ihn an, sondern geradeaus. Mittendrin hatte er ein ganz seltsames Gefühl – als wäre sie seine liebste, älteste Freundin und zugleich das geheimnisvollste, unbekannteste Geschöpf, das ihm je begegnet war. Seine Hand zitterte, und er mußte fest schlucken, um sich zu beruhigen. Sein Herz klopfte heftig. In diesen wenigen Augenblicken veränderte er sich, und nichts war wie zuvor, als er sie noch nicht berührt hatte.

Sie kosteten beide von dem Schlehenbrand; er mochte ihn nicht, und er glaubte auch nicht, daß er ihr schmeckte. Sie sagte, dies sei eins der Getränke, von denen man immer nur ganz wenig trinken sollte, »und dadurch ist es eigentlich kein Getränk mehr – es ist mehr wie mit sehr dunkler Schokolade; die ist auch nicht dazu gedacht, den Hunger zu stillen.«

Sie vertilgten das Sonntagessen, das inzwischen kalt geworden war: Yorkshirepudding und Rinderbraten für Polly – Mrs. Hurst wußte, daß er kein Fleisch aß, und kochte immer Gemüse für ihn.

Dann nähte Polly Lederflicken auf die Ellbogen seiner Jacke. Er wollte sie davon abhalten, aber sie bestand darauf. Er kochte Tee, während sie packte – ihre Abreise rückte bedrohlich näher.

Im Wagen fragte sie ihn, ob er je Urlaub habe.

»Eigentlich nicht. Dieses Wochenende, weil du hier warst.«

Nach kurzem Schweigen sagte sie. »Es wäre vielleicht schön, wenn du hin und wieder ein bißchen Abwechslung hättest. Vielleicht solltest du Nora mal besuchen, dann könntest du herausfinden, ob du wirklich dort arbeiten willst.«

»Das wäre möglich, ja.« Er antwortete nur mechanisch. Er war so mit der Zwiespältigkeit seiner Gefühle für sie beschäftigt, daß er sich beinahe wünschte, sie wäre nicht da; wenn sie miteinander sprachen, war sie wieder die alte Freundin aus seiner Kindheit – seine Cousine –, wenn er sie aber ansah, überraschte, ja überwältigte ihn ihre Schönheit immer wieder, als wäre es das erste Mal. Während des Essens und als sie sich von Oliver verabschiedete und dann den Weg entlang zum Bauernhof hatte er sich mit der Cousine unterhalten, er hatte sich bedankt, weil sie ihm so geholfen hatte, und sie gebeten, Clary zu grüßen, und ja gesagt, er werde Mrs. Hurst für das Essen danken, aber dieser neuen Schönheit, dieser Fremden, hatte er nichts zu sagen.

Sie kamen früh zum Bahnhof (wie sehr er sich später wünschte, es wäre nicht so gewesen und er hätte gerade eben Zeit gehabt, ihr den Koffer zum Zug zu tragen). So standen sie einen Augenblick auf dem Bahnsteig, und dann schlug sie vor, sie sollten lieber in den Warteraum gehen, wo es wärmer sei. »Es sei denn, du willst gleich heimfahren«, sagte sie. »Mach das ruhig.« Bevor er sich bremsen konnte, hörte er sich sagen (als hätte er gar nichts damit zu tun): »Ich würde dich am liebsten überhaupt nicht mehr weglassen.«

Sie gingen in den Warteraum und setzten sich. Im Kamin glühte ein kleines Feuer vor sich hin, und an zwei Wänden standen Holzbänke. Sie setzten sich schweigend auf eine davon, und gerade als Christopher mit einer seltsamen Mischung aus Bedauern und Erleichterung dachte, daß sie seine letzte Bemerkung wohl nicht gehört hatte, sagte sie: »Wie hast du das eben gemeint?«

»Wir sind eigentlich nicht direkt miteinander verwandt«, sagte er. Er wünschte sich verzweifelt, klar denken und seine Worte mit großer Sorgfalt wählen zu können, aber er war vollkommen unfähig zu denken.

»Weil unsere Eltern nicht verwandt sind? Ich glaube nicht, daß das etwas ausmacht. Wir sind uns immer verwandt vorgekommen.« Sie sah sein Gesicht und hielt inne. »Entschuldige. Sprich weiter.«

»Wir könnten heiraten«, sagte er. »Glaubst du, daß du in irgendeiner Weise darüber nachdenken und es in Erwägung ziehen könntest? Ich meine, nicht sofort, aber vielleicht im nächsten Jahr – oder vielleicht in ein paar Monaten? Ich werde darüber nachdenken müssen, wo wir wohnen könnten, denn ich will auf keinen Fall, daß du in einem Wohnwagen lebst – das ist ganz bestimmt nicht gut genug für dich, und du magst vielleicht auch keinen Bauern heiraten, also werde ich mir etwas anderes ausdenken müssen. Aber das werde ich schon schaffen, ich verspreche es dir. Wir könnten sogar in London wohnen, wenn du dir das wünschst. Ich liebe dich so sehr, daß ich dich heiraten möchte, wenn irgend möglich.« Plötzlich konnte er nicht mehr weitersprechen.

»Christopher, hast du mich deshalb gebeten, dich zu besuchen?«

»Nein! Ich habe es erst heute gemerkt – heute früh, vor dem Mittagessen. Ansonsten hätte ich es dir früher gesagt.« Er dachte einen Augenblick lang nach. »Das nehme ich jedenfalls an. Aber eigentlich wollte ich es dir auch jetzt nicht sagen – ich konnte einfach nicht anders. Ich weiß, ich habe mich nicht besonders gut ausgedrückt, aber ich denke, das ist so wichtig, daß es auf die Worte nicht so ankommt. Oder?« Er sah sie an.

»Nein.«

»Vielleicht«, sagte er schnell, bevor sie ihn zurückweisen konnte, »vielleicht kommt es dir nur seltsam vor, weil du noch nicht darüber nachgedacht hast.«

»Nein, das ist es nicht. Ich kann dich nicht heiraten, aber das hat nichts mit dir zu tun. Du bist einer der interessantesten und besten Menschen, die ich kenne. Und ich finde, du bist sehr mutig – und freundlich – und ...« Ihre Stimme erstarb. Offenbar fällt ihr nichts weiter ein, dachte er bedrückt.

Sie legte ihre kleine weiße Hand auf seine Hand. »Ach Christopher! Ich will dich nicht traurig machen, aber ich bin in einen anderen verliebt.«

Er hätte es eigentlich wissen müssen. »Und du wirst ihn heiraten.«

»Nein! Nein, das werde ich nicht. Er liebt mich nicht. Also wird es nie zu etwas führen.«

»Und du glaubst, du wirst ihn immer lieben?«

»Ich weiß es nicht. Es fühlt sich jedenfalls so an.«

Ihm traten Tränen in die Augen, mehr um ihret- als um seinetwillen. »Ach Poll! Das tut mir ehrlich leid. Ich kann mir beim besten Willen nicht vorstellen, daß es jemanden gibt, der dich nicht liebt!«

Die Tür zum Warteraum ging auf, und ein Paar mit einem Kind im Kinderwagen kam herein. »Das ist alles Zeitverschwendung«, sagte der Mann, »der Zug wird jeden Augenblick kommen.« Er schleppte zwei Koffer, die er am Feuer abstellte. Das Kind trug eine Mütze und hatte einen Schnuller im Mund. Die Frau ruckelte mit dem Kinderwagen, und der Schnuller fiel dem Kind aus dem Mund und auf den Boden. Das Kind begann zu weinen, und der Mann hob den Schnuller auf und steckte ihn wieder zurück.

»Die Bazillen!« rief die Frau und verdrehte die Augen, um Christopher und Polly in ihren Protest einzuschließen.

»Wenn du im Zug ganz vorn sitzen willst, sollten wir uns lieber auf den Weg machen«, sagte er. Er konnte den Gedanken, seine letzten Minuten mit ihr mit anderen Leuten teilen zu müssen, nicht ertragen.

Sie hatten kaum den kurzen Weg zum Ende der Plattform zurückgelegt, als der Zug auch schon kam und sie einstieg.

Sie sagte, es sei ein schönes Wochenende gewesen, bedankte sich, küßte ihn ein wenig unsicher, und dann mußte er schon wieder aussteigen und sah sie nur noch durch das dicke Glasfenster, das sie öffnen wollte, aber nicht konnte. Sie verzog das Gesicht und warf ihm – immer noch mit nervösem Blick – eine Kußhand zu. Ein schrilles Pfeifen ertönte, der Schaffner stieg ein, und der Zug setzte sich langsam in Bewegung. Bald wurde er so schnell, daß Christopher nicht mehr sehen konnte, hinter welchem Fenster Polly stand.

Er wartete, bis der Zug außer Sichtweite war, dann ging er langsam zurück zum Bahnhofsplatz. Es hatte aufgehört zu regnen, und die kalte, graue Dämmerung senkte sich über die Stadt.

Er fuhr zurück, parkte den Wagen und ging zum Wohnwagen. Oliver wartete mit seiner üblichen höflichen Begeisterung auf ihn. Er zündete die Lampe an und öffnete die Ofentüren, dann setzte er sich auf den Stuhl, auf dem sie gesessen hatte. Alles, seine Bücher, sein Porzellan – alles im Wohnwagen war von ihr berührt worden, war verändert, so wie sie ihn verändert hatte von wilder Freude zu Verzweiflung. Hätte er das nur nicht gesagt, wäre er nur nicht auf diese dumme Weise damit herausgeplatzt, bloß weil sie zu früh am Bahnhof gewesen waren – hätte er das nicht getan, hätte er sich an die erstaunliche Freude klammern und weiterhin diese neue und außergewöhnliche Empfindung verspüren können: daß er liebte und diese Liebe vielleicht erwidert wurde. Am Ende hätte er natürlich erfahren, daß sie einen Idioten liebte, der ihre Liebe nicht erwiderte, aber so früh davon zu wissen bedeutete, daß die reine Freude kaum angedauert hatte, wohingegen für seine Hoffnungslosigkeit kein Ende abzusehen war. Was hatte er ihr schon zu bieten? Er hatte nur sagen können, daß er sein

Leben ändern würde – woanders wohnen, etwas anderes tun –, vage Versprechungen ohne Hintergrund. Er erinnerte sich, wie sie gesagt hatte: »Aber hast du denn keine Freunde hier?«, und wie sie dann Oliver erwähnt hatte, was ihm nur deutlich gemacht hatte, daß sie wußte, wie einsam er war. Er hatte kein richtiges Leben geführt, er war vor Dingen, die er nicht ertrug, einfach nur davongelaufen und hatte sie kaum durch etwas anderes ersetzt. Wie konnte man einen solchen Menschen lieben? Er war dreiundzwanzig und hatte absolut nichts mit seinem Leben angefangen. Er erinnerte sich, daß sie gesagt hatte: »Man muß das, was man tut, auch wollen, sonst funktioniert es nicht.« Nun, er wollte eigentlich nur Polly, er wollte sie lieben, für immer und ewig, und für sie leben. »Du kannst dich nicht nur für etwas entscheiden, von dem du glaubst, daß du es tun solltest – du wärst nicht mit ganzem Herzen dabei«, hatte sie gesagt. In gewisser Weise hatte sie sein Herz ihm gegeben – die Tatsache, daß es weh tat, war vermutlich nicht entscheidend.

Er nahm Oliver wahr, der auf den Hinterbeinen stand, die Vorderbeine auf den Armlehnen des Stuhls, und ihm die Tränen ableckte. Als er wieder klar sehen konnte, sah er den Pappkarton mit dem Teegeschirr, das er ihr hatte schenken wollen, neben der Tür des Wohnwagens stehen. Das hatte er vollkommen vergessen. Wenn er es ihr jetzt gab, würde sie dann glauben, daß er sie bestechen wollte? Aber das war ohnehin gleich, er hatte es nur gekauft, weil es ihr gefallen hatte, und er hatte ihr etwas schenken wollen, das ihr gefiel. Er konnte es ihr immer noch geben. Oliver saß inzwischen wieder, hatte den Kopf an sein Bein gelehnt und sah ihn liebevoll an. Die Leute lachten immer über diesen Hundeblick, nannten ihn sentimental. Aber das gehört zu dieser Art von Liebe, dachte er, als er sich später in den Schlafsack legte, in dem sie geschlafen hatte, und den Kopf auf ihr Kissen legte. Sentimentalität allein war zu nichts nütze, aber er wußte, daß es sowohl bei ihm als auch bei Oliver mehr war als nur das.

Oliver wartete, bis er die Kerze ausgeblasen hatte, dann ließ er sich wie immer neben seinem Freund nieder, den Rücken an seinem Bauch, den Kopf an der Schulter, ein Bollwerk gegen die Verzweiflung.

Den ganzen Morgen waren in Schürzen gehüllte Möbelpacker damit beschäftigt gewesen, Möbel und Kisten in das neue Häuschen zu tragen, und Sid hatte Rachel geholfen, ihre Aktionen zu lenken. Um elf Uhr waren alle größeren Stücke im Haus untergebracht – eines der Klaviere, die Standuhren (zwei davon), die riesigen Mahagonischränke (drei), der Sekretär der Duchy, der schwere Schreibtisch des Brig, die Betten, der Eßzimmertisch, die Frisiertische, eine Unzahl von Stühlen, ein Sofa, die Nähmaschine und das Grammophon der Duchy, die Lorbeerholz-Bücherschränke des Brig mit den Glastüren. Sie meinte, Rachel solle sich hinsetzen und ausruhen, während die Männer in ihrem Wagen Tee tranken und Brötchen aßen, aber Rachel wollte ihr den Garten zeigen und vor der Ankunft der Duchy vielleicht ein wenig dort aufräumen, also gingen sie hinaus in den beißenden Wind. Der Garten war so klein, daß sie dachte, sie hätte ihn sich ebensogut vom Haus aus ansehen können. Ein kleines Rechteck, Rasen, der im Augenblick aus nassem, zu hohem Gras bestand, und schmale schwarze Beete mit den Überresten von Astern, braun vom Winterfrost, ein paar Farnen und einem alten Birnbaum. Er war umgeben von niedrigen Backsteinmauern, und in der hintersten Ecke stand eine windschiefe Hütte.

»Wenn wir nur das Gras mähen könnten, bevor sie kommen«, sagte Rachel. »Könnte ich mir deinen Rasenmäher ausleihen?«

»Das kannst du, aber damit läßt sich gegen dieses Gras nichts ausrichten. Es muß erst mit der Sense gemäht werden. Laß uns reingehen, Liebes. Ich sehe doch, daß du frierst. Sieh mal – da sind ein paar Osterglocken!«

»Die Duchy sagt, das sind King Alfreds, und die kann sie nicht leiden. Oh, ich hoffe nur, daß ich es richtig gemacht habe! Das Haus kommt mir jetzt, da die ganzen Möbel hier sind, doch sehr klein vor. Aber es ist hübsch – und ganz in deiner Nähe.« Sie hakte sich unter, mit einem Lächeln, das Sids Herz schmelzen ließ.

Den Nachmittag verbrachten sie mit dem Auspacken der Teekisten, die in einem so stetigen Strom eintrafen, daß Rachel die Männer am Ende anwies, sie einfach alle ins Wohnzimmer zu stellen. Das bedeutete, daß die Bettwäsche und das Bettzeug später nach oben getragen werden mußten. Die Wohnung bestand aus einem großen Wohnzimmer, einem Eßzimmer, einem Arbeitszimmer, einer kleinen Küche und einer Toilette im Erdgeschoß und zwei großen und zwei kleinen Schlafzimmern und einem Bad im ersten Stock. Selbstverständlich hatte Rachel die beiden großen Schlafzimmer für ihre Mutter und Tante Dolly vorgesehen und das nach Süden gehende kleinere Zimmer für den Brig; sie selbst wollte in das kleinste Zimmer ziehen (kaum mehr als eine Abstellkammer, dachte Sid zornig). »Es ist groß genug für mich«, hatte sie gesagt. »Ich habe ohnehin nicht viele Sachen, und meine Kleider sind alle steinalt. Es ist Zeit, einiges davon dem Roten Kreuz zu geben.«

Sie hatten die Kisten ausgepackt, Küchenutensilien, Porzellan – »wo sollen wir das nur alles hintun?« hatte Rachel gesagt. »Ich fürchte, die arme Duchy wird sich schrecklich eingezwängt vorkommen.« Und irgendwann hatte sie gesehen, daß Rachel vollkommen »erledigt« war, wie sie es ausgedrückt hätte.

»Liebes, wir müssen aufhören. Ich nehme dich jetzt mit nach Hause und flöße dir einen gewaltigen Gin ein, und dann kannst du ein heißes Bad nehmen und bekommst dein Abendessen im Bett.«

Und trotz Rachels Protest hatten sie genau das getan. Sid hatte die Schweinefleischpastete aufgeschnitten, die sie gekauft hatte, und einen Salat gemacht, aber als sie das Tablett in Rachels Zimmer hinaufbrachte, hatte Rachel im Morgenmantel auf dem Bett gelegen, auf dem Rücken, und fest geschlafen. Sie hatte das Tablett auf den Frisiertisch gestellt, den Sessel so herumgerückt, daß sie Rachel von dort aus sehen konnte, und sich niedergelassen, um zu warten.

Als der Gedanke, die älteren Cazalets sollten nach London zurückziehen, festere Formen angenommen hatte, war sie erleichtert gewesen, weil sie endlich nicht mehr so weit voneinander entfernt wohnen würden. Sie hatte sogar die Phantasie – wie sie es jetzt verbittert nannte – entwickelt, daß Rachel ihren Eltern irgendwo eine Wohnung einrichten und zu ihr ziehen würde, um mit ihr zu leben. Das hatte sich schnell zerschlagen: Rachel hatte mit einiger Ausführlichkeit erklärt, sie könne die Duchy – die nicht mehr das gewohnte Personal hatte – auf keinen Fall mit dem blinden Brig allein lassen. Danach war nur noch die Frage geblieben, wo sie eine Wohnung finden würden, und das Haus – die Haushälfte, um genauer zu sein – in Carlton Hill hatte sich als Antwort geradezu angeboten. Jetzt fragte sie sich, wieviel Zeit, Freiheit und Zweisamkeit ihnen das wirklich bringen würde. Die Größe des Hauses schloß aus, daß sie bei einem Besuch dort jemals würde mit Rachel allein sein können; damit blieben nur noch Rachels Besuche bei ihr, die selten genug sein würden. Und das warf ein neues Dilemma auf. Vor einer Ewigkeit – es mußte mindestens zwei Jahre her sein – hatte sie beschlossen, daß Thelma, wenn sie ihrer Beziehung zu Rachel je im Weg sein sollte, eben würde gehen müssen. Aber irgendwie war diese Situation nie eingetreten; sie und Rachel hatten sich so selten getroffen, und diese Begegnungen waren so lange im voraus geplant gewesen, daß nie die Notwendigkeit entstanden war, sich an diesen Entschluß zu halten. Und Thelma? Sie war ziemlich sicher, daß Thelma längst vermutete, daß es noch jemanden in ihrem Leben gab, aber sie erwähnte es nie. Thelma hatte die einfallsreiche Flexibilität einer Efeuranke, die entschlossen war, eine Mauer oder einen Baum zu erobern; sie klammerte sich unauffällig an, sie machte winzige Fortschritte, und wenn Sid ihr eine bestimmte Richtung verstellte, fand sie eine ganze Reihe scheinbar harmloser Ausreden: Sie hatte nur noch einen Tag länger bleiben wollen, weil sie vorgehabt hatte, die Wände im Treppenhaus abzuwaschen, und damit würde sie sehr früh am Morgen anfangen müssen, wenn sie es an einem Tag schaffen wollte; sie blieb nur noch diesen einen Abend, weil sie wußte, daß Sid spät aus Hampshire zurückkommen würde, wo sie an einer Mädchenschule unterrichtete, und dann wäre sie doch sicher zu müde, um noch selbst zu kochen? Sid war nicht mehr allzu versessen darauf, mit ihr ins Bett zu gehen, aber auf eine seltsame, unerwartete Weise machte es das nur leichter. Und daß sie es nicht mehr so genoß wie zu Beginn, führte zumindest dazu, daß sie nun weniger Schuldgefühle hatte. Eine seltsam verdrehte Moral, dachte sie nun, als sie Rachels friedliches Gesicht betrachtete. Im Schlaf schienen die Jahre von ihr abzufallen: Man sah deutlich, wie schön sie als junges Mädchen gewesen war. Thelma mußte einfach gehen.

Am nächsten Tag ging sie das Problem an.

»Das verstehe ich nicht!«

»Es ist nun mal so, daß diese Situation mir nicht richtig vorkommt – jedenfalls nicht mehr. Es tut mir sehr leid, aber ich muß es dir einfach sagen. Ich kann so nicht weitermachen.«

Thelma sah sie mit ihren glühenden braunen Augen an – verletzt und verwirrt. »Ich verstehe das einfach nicht. Was ist denn passiert, das alles so verändert?«

Wie konnte sie darauf antworten? Sie empfand einfach nicht mehr wie früher. Und überhaupt, es war in jedem Fall auch besser für Thelma, wenn sie ging. »Ich kann dir längst nicht alles geben, was du willst, und du bist jung genug, um eine andere zu finden.«

Sie wußte, noch ehe sie es ganz ausgesprochen hatte, daß dies ein schwerer taktischer Fehler gewesen war.

»Aber ich hätte viel lieber das wenige, das du mir geben kannst, als mehr mit einer anderen! Das mußt du doch wissen.« Nun hatte sie Tränen in den Augen, und aus Erfahrung wußte Sid, daß eine größere Szene bevorstand.

»Thelma, ich weiß, es ist schwer für dich, aber du wirst es akzeptieren müssen.«

»Daß du mich nicht mehr liebst?«

»Daß ich dich nicht liebe.«

»Aber du hast mich geliebt. Es muß irgendwas passiert sein.«

»Es ist einfach Zeit vergangen, das ist passiert.«

Tränen, Schluchzen, leidenschaftliches Weinen: Sid schaffte es, sie dennoch nicht zu berühren, sie blieb neben dem Klavier stehen und wiederholte immer wieder, daß es ihr leid tue.

»Besonders leid kann es dir nicht tun, sonst würdest du mir das nicht antun! Du könntest nie so unglaublich grausam sein, wenn du wirklich etwas für mich übrig hättest.«

Sie habe keine Wahl, sagte sie. Es sei zu Ende.

»Willst du damit sagen, daß ich nicht mehr herkommen darf? Ich meine, selbst wenn du ... du willst vielleicht die Nächte nicht mehr mit mir verbringen, aber du willst mich doch nicht etwa ganz verbannen?«

Ein sauberer Bruch, sagte sie, sei die einzige Möglichkeit.

Aber Thelma hatte die unermüdliche Kraft der Unterwürfigen. Sie werde nur einmal in der Woche kommen. Sie werde putzen und einkaufen. Sie werde keinerlei Bezahlung dafür erwarten. Sie werde sich eine Arbeit suchen, von der sie leben könne. Sie werde keine weiteren Musikstunden erwarten. Und nie, *niemals* werde sie unangekündigt auftauchen. Sie werde sich damit zufriedengeben, mit ihr in der Küche Kaffee zu trinken, wenn sie mit dem Putzen fertig sei.

Endlich drang zu ihr durch, daß auch dies nicht stattfinden würde, und Sid registrierte beinahe erleichtert, wie Ablehnung in den Blick des Mädchens trat. Sie sagte, sie nehme an, sie werde ja wohl noch Zeit zum Packen haben, oder ob Sid es vorziehe, daß sie morgen zu diesem Zweck zurückkehre? Sid bemerkte diesen Versuch, die Oberhand zu gewinnen, gerade noch rechtzeitig. Nein, Thelma solle jetzt alles packen. Sie werde das Taxi bezahlen. Als Thelma nach oben verschwunden war, suchte Sid ihre Noten zusammen, die auf dem Klavier lagen, und steckte sie in die Tasche. Sie zitterte vor Scham bei der schrecklichen Erkenntnis, daß sie Thelma nicht mehr nur nicht liebte, sondern auch nicht einmal mehr mochte, und bei der Einsicht, daß sowohl ihr eigenes als auch Thelmas Wesen es unmöglich machten, diesen Bruch friedlicher zu vollziehen. Jeder Zoll an Boden würde zu einer Elle werden, jeder Strohhalm zu einem Seil, an dem sie mit Sicherheit baumeln würde: Etwas anderes als ein brutales, plötzliches und definitives Ende bekam sie nicht hin.

Sid hatte vor, Thelma ein wenig Geld zu geben, fand einen zweiten Koffer für sie (sie besaß erheblich mehr Dinge, als Sid bewußt gewesen war) und rief ein Taxi, während Thelma weiterpackte. Sie war sehr darauf bedacht, daß keine Zeit mehr blieb, wenn Thelma mit dem Packen fertig war.

Das Taxi kam, und das beträchtliche Gepäck wurde verstaut. Es kam der schreckliche Augenblick, in dem sie Thelma um den Schlüssel bitten mußte; sie hätte es beinahe vergessen, und aus Thelmas Miene, während sie in der Tasche danach suchte, konnte sie schließen, daß das Mädchen darauf gehofft hatte. Als Thelma – nun ohne Tränen und blaß vor Zorn – endlich im Taxi saß, taumelte sie zurück ins Haus. Zu ihrem Ärger mußte sie sich eine gewisse Angst eingestehen; sie hatte dieses scheinbar so schwache und anlehnungsbedürftige Mädchen fürchten gelernt und hatte nun – mit mehr als nur einem Hauch Hysterie – das Gefühl, daß Thelma, wenn sie den Schlüssel behalten hätte, durchaus imstande gewesen wäre zurückzukommen, um das Haus anzuzünden oder anderweitig Schaden anzurichten.

Es war früher Abend. Sie hatte sich einen großen Gin eingegossen. Ein Teil von ihr wünschte, daß Rachel in London wäre, aber ein anderer Teil fühlte sich so beschmutzt von dem, was sie getan hatte, daß sie sich unwürdig vorkam. Sie beschloß, an diesem Abend auszugehen.

Zwei Tage später erhielt sie einen elf Seiten langen Brief von Thelma, unter dem Vorwand, sie brauche ein Zeugnis. Sie nehme an, Sid werde ihr zumindest *das* nicht verweigern. Es sei ja wohl nicht zuviel verlangt, wenn man bedenke, wie ihre Liebe und Loyalität mit Füßen getreten worden sei. Der Rest des Briefes bestand aus Beschreibungen von Sids Lieblosigkeit und Thelmas Reaktion darauf. Sid habe sie ausgenutzt, wenn ihr danach gewesen sei, und nie auch nur einen Gedanken darauf verschwendet, wie *ihr* dabei zumute gewesen sei. Thelma hatte Verachtung, Selbstsucht und das vollkommene Fehlen jeder Rücksicht ertragen und war von Sids sonstigem Leben ausgeschlossen gewesen – zum Beispiel hatte sie nie jemanden aus dieser Familie kennengelernt, die Sid immer in Sussex besuchte. Den größten Teil der Zeit war sie wie ein Dienstmädchen behandelt worden, was demütigend gewesen war, vor allem angesichts der anderen Aspekte ihrer Beziehung. Und so ging es weiter: die Klage über das Ende einer Beziehung, die Thelma als unerträglich beschrieb. Thelma schien es für einen besonderen Triumph zu halten, daß ihre Liebe in einem solchen Klima dennoch aufgeblüht war, und konnte sich nun nicht vorstellen, wie sie den Rest ihres Lebens verbringen sollte – ganz abgesehen davon, daß sie nie wieder imstande sein würde, jemandem zu vertrauen.

Sid mußte den Brief zweimal lesen. Es kam ihr erstaunlich vor – schon nach nur zwei Tagen –, daß sie eine so verlogene Situation so lange aufrechterhalten hatte, nachdem sie sie als solche erkannt hatte. Sie fühlte sich ganz allein dafür verantwortlich, und sie war wütend und schämte sich. Sie hatte sich immer für ehrenhaft, ehrlich und entschlossen gehalten, und nun erwies sich, daß sie nichts davon war.

Sorgfältig verfaßte sie ein großzügiges Zeugnis und schickte es zu dem Haus in Kilburn, in dem Thelma ein Zimmer gemietet hatte. So etwas durfte nie wieder passieren. Sie würde nie eine andere als Rachel lieben, also hatte sie auch nicht das Recht, mit einer anderen zu schlafen.

»Und das hier ist Ihr Zimmer, Miss Milliment. Ich dachte, es würde Ihnen nichts ausmachen, im Erdgeschoß zu wohnen, denn es gibt nebenan eine kleine Toilette mit Waschbecken, und Sie brauchen sich die Treppe nur zuzumuten, wenn Sie ein Bad nehmen wollen.«

»Das ist sehr rücksichtsvoll.« In letzter Zeit fiel es ihr immer schwerer, Treppen zu steigen, vor allem, weil sie sie nicht mehr sehen konnte.

»Vielleicht sollte ich Ihnen die Koffer aufs Bett legen, dann können Sie besser auspacken. Der Tee wird in einer halben Stunde fertig sein.« Viola hob die Koffer aufs Bett und ließ sie allein.

Miss Milliment war an diesem Nachmittag mit dem Zug nach London gekommen. Es war sehr seltsam gewesen, Home Place zu verlassen; es war so lange eine so wunderbare Zuflucht gewesen. Natürlich war sie der lieben Viola ausgesprochen dankbar, daß sie ihr ein Heim geben wollte. Und hatte sie sich in den Kriegsjahren nicht manchmal nach London und seinen Galerien gesehnt? »Es ist offenbar unmöglich, dich zufriedenzustellen, Eleanor«, tadelte sie sich.

Das Zimmer war recht dunkel, also ging sie zur Tür, um das Licht einzuschalten. Außer dem Bett gab es einen netten, stabilen Schrank in einer Ecke, eine Kommode, einen Schreibtisch, einen Sessel und zwei Stühle. Die Wände waren hellblau gestrichen. Es gab einen Kamin mit einem Gasfeuer und einem Läufer davor, und daneben stand der Nachttisch mit einer kleinen Lampe darauf. Und nun entdeckte sie auch den Bücherschrank, den sie zunächst nicht bemerkt hatte, weil er auf der anderen Seite des Kleiderschranks stand. Sie würde endlich ihre Bücher auspacken können, wozu sie in Home Place nie genug Platz gehabt hatte. Sie hatten hinten in der Garage gelegen, in derselben Kiste, in der sie seit Papas Tod gewesen waren. Sie mußte für so vieles dankbar sein! Ihr war klar, daß dieses Haus nicht sonderlich groß war und daß man ihr einen der größeren Räume überlassen hatte; er war als Wohnschlafzimmer gedacht, und sie hatte vor, bei der Benutzung des restlichen Hauses ausgesprochen taktvoll zu sein. Ich muß lernen, mich zurechtzufinden, dachte sie. Und ich darf mich der lieben Viola und ihrer Familie nie aufdrängen. Womit sie vor allem Edward meinte; was Roly anging, konnte sie sich immer noch nützlich machen: Sie bereitete ihn gerade für die Grundschule vor, und man hatte auch schon davon gesprochen, daß Zoë Juliet zum Unterricht herüberbringen würde. Lydia sollte endlich ihr Herzenswunsch erfüllt werden, in dasselbe Internat zu kommen wie ihre Cousine Judy. Und wenn die älteren Cazalets erst in ihre neue Wohnung eingezogen waren – die, wie Viola gesagt hatte, von hier aus zu Fuß zu erreichen war –, würde sie dem Brig auch weiterhin bei seinem Buch helfen können. Sie glaubte nicht, daß er diese Arbeit jemals beenden würde, da er seine Ansichten über den Aufbau des Buches so oft änderte – sie waren inzwischen tief in der historischen Geographie der Wälder verstrickt, obwohl das Buch ursprünglich als Werk über die einheimischen und importierten Baumarten Großbritanniens geplant gewesen war. Dennoch, damit hatte er etwas, worüber er nachdenken und sprechen konnte, und sie fand das Thema, das vollkommen neu war, ausgesprochen interessant.

Sie war so in diese Gedanken versunken, daß sie einfach alles aus dem Koffer in eine Schublade gelegt hatte, und plötzlich war die Lade so voll, daß sie sie nicht mehr schließen konnte. Was für ein Durcheinander! Jetzt lagen ihre Strümpfe neben den Unterhemden und Unterhosen, und selbst ein Pullover, der dringend gewaschen werden mußte, fand sich in dem Gewühl. »Also wirklich, Eleanor! Man kann dir die einfachsten Arbeiten nicht mehr anvertrauen!« Aber dann beschloß sie, die Schublade zunächst so zu lassen, wie sie war, und den zweiten Koffer auszupacken. Der enthielt ein ähnliches Chaos; Sommerkleider – ihr bestes gelbbraunes Kleid, das sie an den Sommerabenden trug, obwohl nicht zu übersehen war, daß die Löcher unter den Armen trotz ihrer Flickarbeit solche Ausmaße angenommen hatten, daß vermutlich nicht mehr viel dagegen getan werden konnte. Ihre Strickjacken – alle drei – verlangten ebenfalls Aufmerksamkeit; es schien kaum wert, sie wegzupacken. Diejenige, mit der sie diesen kleinen Unfall mit dem Sirup gehabt hatte, war viel klebriger, als man nach diesem kleinen Mißgeschick hätte annehmen sollen, und die hübsche erikafarbene, die die liebe Polly ihr gestrickt hatte und deren Ärmel sich an irgendeinem vorstehenden Gegenstand verfangen hatte, hatte ein Loch, das vermutlich nicht mehr zu flicken war. Sie seufzte. Manchmal ärgerte sie sich darüber, wie nutzlos sie nun war. Sie konnte nicht mehr gut genug sehen, um einen Faden einzufädeln, aber ihre Ehrlichkeit zwang sie, sich einzugestehen, daß sie selbst zu Zeiten, in denen ihr Augenlicht noch besser gewesen war, eine armselige Näherin gewesen war. Und Viola hatte vor, für den gesamten Haushalt zu kochen! Sicher würde sie dabei helfen können! Vielleicht konnte sie Kartoffeln schälen, das würde sie doch bestimmt lernen können oder – aber hier ließ ihre Phantasie sie im Stich. Sie hatte nur wenig Ahnung, was man mit Lebensmitteln machte; wahrscheinlich wusch und schnitt und mischte man die Sachen und kochte oder buk sie. Sie hatte nie mehr getan, als ihrem Vater einen Toast zu streichen oder Tee zu kochen. Nach seinem Tod hatte sie in Teestuben oder Pensionen gegessen, bis die liebe Viola sie nach Home Place eingeladen hatte, wo es selbstverständlich immer das köstliche Essen von Mrs. Cripp gegeben hatte. Auch Viola war nicht ans Kochen gewöhnt: Bisher hatte sie immer eine Köchin und Dienstboten gehabt. Miss Milliment beschloß, soviel wie möglich zu helfen und (obwohl das ein Widerspruch zu sein schien) darauf zu achten, daß sie nicht im Weg war.

Als Viola sie zum Tee rief, verließ sie ihr Zimmer mit einiger Erleichterung. Beim Auspacken war inzwischen ein solches Durcheinander entstanden, daß sie nicht glaubte, es jemals wieder in Ordnung bringen zu können.

An diesem Abend war sie eingeladen, gemeinsam mit Viola und Edward zu essen. »An unserem ersten Abend hier müssen Sie sich zu uns gesellen, Miss Milliment«, hatte Viola gesagt. Roly und Lydia waren nicht da, da Viola erst noch ihre Zimmer einräumen wollte, also waren sie nur zu dritt. Edward kam recht spät aus dem Büro – sie hörte, wie Viola ihn in der Halle begrüßte: »Liebling! Aber selbstverständlich, du hast noch keinen Schlüssel zu deinem eigenen Haus! Du siehst erschöpft aus. Hattest du einen schweren Tag?«

»Ziemlich übel.«

Ihre Tür war nur angelehnt gewesen, deshalb hatte sie die beiden hören können – sie mußte in Zukunft daran denken, sie immer zu schließen, aber die Wände waren offenbar auch recht dünn, denn selbst nachdem sie sie geschlossen hatte, hörte sie die beiden noch in der Küche.

Man bat sie, auf ein Glas Champagner, den Edward mitgebracht hatte, ins Wohnzimmer zu kommen.

»Auf das neue Haus!« sagte Viola, und dann tranken sie.

Aber es war ein seltsamer Abend. Viola bestritt den größten Teil der Konversation. Sie sah zwar erschöpft aus (sie habe sich nicht umgezogen, sagte sie, weil sie gekocht habe), aber sie hörte kaum einmal auf zu reden. Sie hatte sich wirklich sehr angestrengt. Ein Feuer brannte – was an diesen kühlen Frühlingsabenden recht angenehm war –, und davor hatte sie einen kleinen runden Tisch gedeckt. »An normalen Abenden essen wir wahrscheinlich in der Küche«, sagte sie, »aber ich dachte, heute sollten wir das Wohnzimmer einweihen.«

Edward sagte: »Gute Idee.«

Obwohl er Viola bei all ihren Plänen zustimmte, hatte er etwas Bedrücktes an sich gehabt – die gesamte Atmosphäre war seltsam gewesen, wie sie später dachte. Aber sie waren auch alle so an einen großen Tisch mit mindestens zehn, zwölf Familienmitgliedern gewöhnt, an den Lärm von mehreren gleichzeitig stattfindenden Gesprächen, daß es sich selbstverständlich seltsam anfühlte, in so kleiner Runde zusammenzusitzen. Sie beschloß, der lieben Viola vorzuschlagen, daß sie demnächst in ihrem Zimmer essen würde, damit die beiden ungestört waren.

Nach dem Essen – einem sehr akzeptablen Stew mit Reis und einem Apfelpudding – räumte Viola den Tisch ab und stellte alles auf einen Servierwagen, um es in die Küche zu bringen. Miss Milliment, die nun mit Edward allein war, hielt das für den angemessenen Augenblick, ihm für seine Freundlichkeit, sie in seinem Haus aufzunehmen, noch einmal zu danken.

»Nichts zu danken, Miss Milliment. Ich weiß, wie gern Villy Sie hat, und Sie werden ihr Gesellschaft leisten können.« Dann fragte er sie, was sie von der Auflösung des Völkerbundes halte, und fügte hinzu, er persönlich sei nie der Meinung gewesen, diese Vereinigung sei zu etwas nütze. Als sie dazu ansetzte zu sagen, eine internationale Organisation könne im Prinzip ganz wünschenswert sein, steckte Viola den Kopf herein und fragte, ob sie Kaffee wollten.

Das schien das Stichwort für ihren Rückzug.

Ihr Zimmer war so durcheinander, daß sie Mühe hatte, ein Nachthemd zu finden, und sie war viel zu müde, um noch aufzuräumen. Sie hatte das Gasfeuer nicht entzündet, also war es kalt im Zimmer, und die Birne in ihrer Nachttischlampe war kaputt. Lange lag sie im Dunkeln wach, ohne ihre übliche Wärmflasche, und fragte sich, wieso sie bei aller Dankbarkeit, die sie – zu Recht – empfand, sich doch auch ein wenig unbehaglich fühle.

Sie hatte am Tor zur Einfahrt gestanden und zugesehen, wie sie alle abgefahren waren. Frank hatte die Koffer schon vorher nach draußen gebracht und hinten an den Wagen geschnallt. Dann hatten sie Mrs. Cazalet senior geholfen, ihre Schwester auf den Rücksitz zu bugsieren. Die arme alte Miss Barlow machte einen ziemlich verwirrten Eindruck: Sie hielt immer wieder inne, um etwas zu sagen, und dann wollte sie die Narzissen pflücken, die unter der Schuppentanne wuchsen, aber Mrs. Senior war sehr geduldig mit ihr, und am Ende saß sie tatsächlich, wo sie sitzen sollte, und Madam saß neben ihr, und Frank breitete ihnen die alte Autodecke über die Knie.

»Auf Wiedersehen, Mrs. Tonbridge«, sagte Mrs. Cazalet. »Ich weiß, ich kann es ruhig Ihnen überlassen, alles im Haus abzuschließen.« Was nur der Wahrheit entsprach. Dann kam Frank zurück, um Mr. Cazalet zu holen und ihn zum Vordersitz zu führen. Natürlich wußte er nicht, daß sie da war, also konnte sie kaum erwarten, daß er etwas zu ihr sagte. Als er sicher im Auto saß, nickte Frank ihr knapp zu und zwinkerte. Er trug seine beste graue Uniform, mit schwarzen Gamaschen und der Mütze. Er sollte in London übernachten und dann für eine Woche Urlaub zurückkommen, in der sie ernsthaft beginnen würden, das Cottage über der Garage zu ihrem Heim zu machen. Der Wind war ziemlich kalt, und sie war froh, als sie endlich abfuhren. Sie winkte ihnen nach, bis der Wagen außer Sichtweite war, und dann ging sie zurück ins Haus und schloß die Tür hinter sich ab. *Die* würde sie nicht wieder benutzen. Morgen kam Edie aus dem Dorf, um die Betten abzuziehen, die Kamine auszuräumen und mit dem Frühjahrsputz anzufangen.

Sie blieb einen Augenblick lang in der Halle stehen: Das Haus fühlte sich seltsam an, nun, da niemand mehr hier war. Sie konnte sich nicht erinnern, es je so leer erlebt zu haben. Den ganzen Krieg hindurch waren sie hier gewesen; die arme Mrs. Hugh hatte in ihrem Zimmer oben William zur Welt gebracht; die Schwester der armen Miss Barlow war im Morgenzimmer gestorben; Mr. Rupert war nach all den Jahren eines schönen Tages wiedergekommen ... Und selbstverständlich hatte Mrs. Rupert Juliet hier zur Welt gebracht – ein süßes kleines Mädchen war sie, war sie immer schon gewesen. Sie selbst diente der Familie erst seit Anfang 1937, und sie würde jetzt nicht mit nach London ziehen. Sie hatte vage befürchtet, daß Mrs. Senior das von ihr erwarten würde, und sie war nicht begeistert gewesen von diesem Gedanken, denn die Häuser in London hatten so viele Treppen, und ihre Beine würden das nicht mehr schaffen – aber nein, es hatte sich schließlich herausgestellt, daß Madam wollte, daß sie in Home Place blieb und in den Ferien und an den Wochenenden für sie kochte.

Das Geschirr im Eßzimmer mußte abgeräumt werden. Sie hatte ihnen zu ihrem letzten Mittagessen eine schöne Kaninchenpastete gemacht – das Kaninchen in einer hübschen weißen Soße mit viel Zwiebeln, und Blätterteig, zur Feier des Tages. Und danach hatte es einen netten Brot-und-Butter-Pudding gegeben. Edie hatte serviert. Noch vor nicht allzulanger Zeit hätte sie nie gestattet, daß dieses Mädchen auch nur die Küche verließ, aber die Zeiten hatten sich nun mal geändert – und wenn man sie fragte, nicht zum Besten. Sie brauchte sich nur den Eßzimmertisch anzusehen, um darin bestätigt zu werden. Die arme Eileen hätte einen Anfall erlitten. Keine Buttermesser, nur ein Glas für die Getränke, und die Plätze nach Gutdünken verteilt. Eileen hatte sie im letzten Jahr verlassen: Ihrer Mutter ging es schlecht, und sie hatte die Tochter bei sich haben wollen. Eileen war noch richtig ausgebildet gewesen; inzwischen würde man keine jungen Mädchen mehr finden, die sich die Mühe machen wollten, so viel zu lernen. Dottie und Bertha waren nach London gegangen, aber nicht in Dienst, sondern um in einem *Laden* zu arbeiten. Danach hatten nur noch Edie und Lizzie helfen können, wenn die Familie in den Ferien herkam. Sie hatte lieber gar nicht fragen wollen, wie Mrs. Senior glaubte, in London zurechtkommen zu können (sie hatte gefürchtet, dann würde sie sie doch noch bitten, mit umzuziehen), aber Miss Rachels Bemerkung, sie werde das Kochen übernehmen, war sicher nur ein Scherz gewesen. Miss Rachel hatte niemals auch nur ein Ei gekocht, und so sollte es bei jungen Damen aus gutem Haus schließlich auch sein. Frank würde ihr erzählen, was in London los war, wenn er zurückkam.

Sie hatte angefangen, die Teller auf ein Tablett zu räumen – es hatte wenig Sinn, sie stehenzulassen, bis Edie kam; die Essensreste würden nur antrocknen, und dann würden sie um so schwerer zu spülen sein. Sie stapelte alles auf den Wagen, um es in die Spülküche zu fahren.

Nachdem sie die Teller eingeweicht hatte, beschloß sie, sich erst mal eine schöne Tasse Tee zu kochen und ein paar Minuten im Wohnzimmer der Dienstboten die Füße hochzulegen – in dem kleinen Zimmer mit dem netten Kohlenfeuer aßen sie und Frank immer ihr zweites Frühstück, sie tranken Tee, und manchmal nahmen sie hier auch das Abendessen ein.

Es war bereits kalt geworden im Haus, und das Zimmer war der einzige gemütliche Ort. Sie stellte die Teekanne auf den Tisch, um sich nachschenken zu können, und zog die Schuhe aus, die Frank poliert hatte, bis man sich fast darin spiegeln konnte. Er war nicht sonderlich geschickt, aber Schuhe putzen konnte er gut. Ihre Pantoffeln, ausgetreten und bequem, standen in diesem

Zimmer bereit, und nun, da sie mit ihm verheiratet war, trug sie sie auch vor Frank.

Die Ehe hatte sich überwiegend als das erwiesen, was sie erwartet hatte. Manches war einfacher geworden und manches schwieriger. Einerseits brauchte sie sich keine Sorgen mehr zu machen – über Franks Absichten oder darüber, was aus ihr werden sollte, wenn sie zu alt zum Arbeiten war –; andererseits mußte sie weiterhin so tun, als sei sie am Lauf der Welt interessiert und vor allem daran, was Frank darüber dachte. Sie hatte gehofft, daß das mit dem Krieg ein Ende haben würde, aber nein, das war ganz und gar nicht der Fall. Nun hatte er es mit etwas, das sich Völkerbund nannte, mit der Verstaatlichung, damit, daß jemand namens Cripps (er witzelte darüber, ob das wohl einer ihrer Verwandten sei) nach Indien reisen sollte, um dort mit indischen Politikern zu sprechen (wieso dieser Mensch das wollte, war ihr unklar), und damit, wie schockierend es sei, daß es neuerdings weibliche Diplomaten gab, was immer das bedeuten sollte. Und selbstverständlich gab es allabendlich diese Peinlichkeit, wenn sie ins Bett ging. Sie war einfach nicht daran gewöhnt, sich vor einer anderen Person auszuziehen, schon gar nicht vor einem Mann, und ihr war aufgefallen, daß er das ebenfalls schwierig fand. Sie hatten eine Methode entwickelt, es mit dem Rücken zueinander zu tun, und sie ermutigte ihn – das war die einzige Gelegenheit, bei der sie das tat –, über die Welt zu reden, so viel er wollte. Gestern abend war es um Hitler und Göring gegangen, darum, daß sie nichts von der Endlösung gewußt haben sollten. Von diesen beiden hatte sie immerhin gehört – in den letzten Jahren hatte man dem nicht aus dem Weg gehen können –, und er hatte ihr von diesen unangenehmen Morden an den Juden erzählt. Sie nannten es alles mögliche, aber es war Mord, da ließ sie sich nicht beirren. Wenn er erst sicher im Schlafanzug war und sie ihr Nachthemd anhatte, konnten sie sich ins Bett legen und das Licht ausmachen, und alles war wieder in Ordnung. Sie schmusten und manchmal – nicht so oft, wie es ihr lieb gewesen wäre – taten sie auch mehr. Aber auch das war nicht so einfach. Er war so aufgeregt, all seine Bewegungen waren ein bißchen hektisch, wie bei einem kleinen Jungen, der ein Törtchen stehlen will, hatte sie einmal gedacht, aber sie hatte gelernt, daß die geringste Andeutung von Aktivität ihrerseits ihn schlicht erstarren ließ. Sie mußte daliegen, nicht unbedingt so, als würde nichts geschehen, aber so, als hätte das alles nichts mit ihr zu tun, bis er es schließlich, mutig geworden durch ihre scheinbare Gleichgültigkeit, tun konnte. Wenn es erfolgreich war, fühlte sie sich regelrecht mütterlich, aber sie wußte, daß das das letzte war, was er wollte. Er wollte der Herr sein, wie die Männer, die sie im Kino sahen, und sie hielt es für richtig, ihm dieses Gefühl zu geben. Sie hatte ihn wirklich gern, und ihre Langeweile und gelegentliche Gereiztheit angesichts seiner Vorstellungen von einem guten Gespräch hatten wohl vor allem damit zu tun, daß er ein Mann war. Sie hätte lieber über Leute gesprochen, die sie kannte – was sie taten und warum und ob das nun gut oder schlecht für sie war. Früher hatte sie sich oft und gern mit Eileen über solche Dinge unterhalten, und Eileen fehlte ihr.

Sie goß sich Tee ein, legte die Füße auf den anderen – Franks – Stuhl und spürte, wie der Schmerz in ihren Beinen langsam nachließ, wie immer, wenn sie ihnen die Gelegenheit dazu gab.

Als sie aufwachte, war es dunkel, und das Feuer war beinahe aus. Sie hatte nicht einmal die zweite Tasse getrunken, was für eine Verschwendung. Mühsam kam sie auf die Beine und goß den restlichen Tee in den Topf der Aspidristra, die Frank ihr geschenkt hatte. Das Haus war still. Kein abfließendes Badewasser war zu hören, keine Kinder, keine Klaviermusik und auch kein Radio. Nichts. Sie zog die Vorhänge zu und legte nach. Sie würde die Reste der Kaninchenpastete für morgen aufheben und sich jetzt lieber ein Ei auf Toast machen. Sie hätte auch gern gebadet, aber sie mochte nicht baden, wenn sie allein im Haus war. Und wenn ich im Ruhestand und allein geblieben wäre, dachte sie, wäre jeder Abend so. Die Angst, die schon der Gedanke auslöste, wich sofort der Erleichterung darüber, daß Frank ja morgen wieder dasein würde mit seinen kurzen krummen Beinen und mageren Armen und nervösen Augen – Frank, der ihren Busen anstarren und erklären würde, daß sie für eine Frau doch einen recht brauchbaren Verstand hatte.

Zweiter Teil

Archie

Mai – Juni 1946

»Es ist furchtbar spät, Archie, ja, aber ich weiß einfach nicht, was ich tun soll! Ich fürchte, ich verliere den Verstand. Ich ...«

»Wo ist Edward?«

»Um den geht es doch gerade! Er hat mich verlassen! Er ist weg! Einfach so! Ohne vorher auch nur eine Andeutung zu machen, verkündet er plötzlich, daß er mich verläßt und – und ...« Ihre Stimme versagte, und er hörte nur noch ihre verzweifelten und fruchtlosen Versuche, nicht zu schluchzen. Er schaute auf die Uhr, es war zwei Uhr morgens.

»Du willst, daß ich rüberkomme.« Es war nicht einmal eine Frage; er wußte, daß sie es wollte.

Im Taxi, das er schließlich gefunden hatte, fragte er sich, wieso sie ausgerechnet mit ihm sprechen wollte. Warum nicht mit ihrer Schwester? Aber es war sinnlos, darüber nachzudenken. Sie hatte einfach die Angewohnheit der anderen Cazalets übernommen, sich an ihn zu wenden, wenn sie Mitgefühl und die Art von Rat brauchte, die Leute suchen, wenn sie Unterstützung für etwas benötigen, das sie ohnehin tun werden. Archie, der unbeteiligte Zuschauer, dachte er, und gleich darauf schämte er sich dafür. Arme Villy! Von allem anderen abgesehen, war an ihrer Stimme zu erkennen gewesen, daß sie einen schrecklichen Schock erlitten hatte. Er hatte Gerüchte gehört: Rupe hatte es erwähnt, aber eher als etwas, von dem er nicht glaubte, daß Edward es wirklich tun würde, und Archie war auch aufgefallen, daß Hugh kaum noch mit seinem Bruder sprach, wenn die Familie zusammentraf. Villy mußte doch irgendwie gemerkt haben, daß etwas nicht in Ordnung war. Aber es ihr am Abend der Feier für Teddy und Bernardine zu sagen war wirklich stark. Er war auch dort gewesen, war aber früh wieder gegangen, weil er das Gefühl hatte, sich eine

Erkältung eingefangen zu haben, und es hatten sich so viele Leute im Wohnzimmer von Villys neuem Haus gedrängt, daß er hatte stehen müssen, was seinem Bein überhaupt nicht guttat. Beinahe die ganze Familie war erschienen, um Teddys Braut zu begrüßen – eine wahrhaftig spektakuläre Erscheinung. Sie war im Abendkleid eingetroffen, weißer Crêpe, eng, mit einem langen Schlitz im Rock, dazu goldene Sandaletten und im Haar etwas, das wie ein halber Knallbonbon aus Gold aussah. Aber als er ihr vorgestellt wurde und sie sagte, wie wunderbar alle zu ihr seien, sah er, daß sie mindestens zehn Jahre älter sein mußte als Teddy, der strahlend vor Stolz an ihrer Seite stand. Sie hatte eine dicke Schicht Make-up aufgelegt, wie eine Bühnenschauspielerin, und daraus hervor bedachten ihre beinahe runden, hellgrauen Augen ihn mit einem sexuell abschätzenden Blick, der seiner Ansicht nach aus vielfältiger Erfahrung herrührte. Sie trug lange, klirrende Ohrgehänge, eine dicke goldene Kette und zwei Armbänder mit Anhängern, und ihre Fingernägel waren lang und leuchtend rot. Sie war sehr lebhaft und lachte über alles, was er sagte. Dies alles fiel ihm auf, weil er sie nicht mochte, und im Verlauf des Abends stellte er fest, daß es Rupert ebenso ging. »Ein bißchen dschungelmäßig«, hatte Rupe gesagt, »aber immerhin hört man sie schon von weitem kommen und kann vermeiden, daß sie einen anspringt.«

»Teddy nicht«, hatte er erwidert.

»Nein, Teddy nicht.« Und sie hatten sich beide nach Teddy umgesehen, der neuerdings einen kleinen Schnurrbart trug und offensichtlich und recht erfolgreich versuchte, wie sein Vater auszusehen.

Archie fiel auf, daß Edward zu seiner neuen Schwiegertochter sehr charmant war und daß sie sich gern von ihm bezaubern ließ. Falls *er* sie für unpassend hielt, ließ er es sich jedenfalls nicht anmerken; er war, wie immer, ein sehr guter Gastgeber.

Dennoch, als Archie das Gefühl gehabt hatte, lange genug geblieben zu sein, hatte er sich still davongemacht. Er hatte die Mädchen gefragt, ob er sie mitnehmen solle, und Polly hatte bejaht, Clary dagegen hatte noch nicht gehen wollen. Am Ende hatte Polly sich entschlossen, doch noch auf Clary zu warten, also war er hinaus auf die Abbey Road gehumpelt, hatte sich ein Taxi gesucht und war nach Hause gefahren, zu einem heißen Bad und einem Whisky, mit dem er die Erkältung, oder was immer es sein mochte, im Keim zu ersticken hoffte. Er war gerade eingeschlafen, als Villy anrief.

Sie öffnete die Tür noch ehe er geklingelt hatte. Im Flur war es dunkel. Ohne ein Wort führte sie ihn ins Wohnzimmer, in dem immer noch die Überreste der Feier standen. Stapel schmutziger Teller, ein Tablett mit benutzten Weingläsern auf dem Tisch, auf dem sie das Essen angerichtet hatte, und überquellende Aschenbecher auf den Armlehnen der Sessel und auf Beistelltischchen. Das Feuer brannte noch – es war erst vor kurzem nachgelegt worden –, und die Lampen mit ihren matten Schirmen warfen Kegel von buttrigem Licht auf das Durcheinander.

Villy schloß die Tür und legte den Finger an die Lippen. »Wir dürfen Miss Milliment nicht wecken«, sagte sie, und dann bedeutete sie ihm mit einer Geste, sich hinzusetzen – »ich weiß, wie ungern du stehst« – und bot ihm etwas zu trinken und eine Zigarette an. Als er beides ablehnte, sagte sie: »Es war sehr nett von dir herzukommen.« Sie lächelte, und er wand sich innerlich. »Hast du von dieser Sache gewußt?« Sie war zu dem Tisch mit den Flaschen geschlendert und sprach über die Schulter hinweg.

»Nein.« Im Taxi war er zu dem Schluß gekommen, daß er von ihrem Standpunkt aus nichts wissen konnte – genaugenommen *wußte* er ja auch nichts. »Meinst du nicht, es wäre besser, wenn du dich hinsetztest und mir alles erzähltest?«

»Ich hole dir nur etwas zu trinken.«

Sie kam mit einem Glas Whisky und einem Siphon zurück. »Wahrscheinlich mißt du das Soda lieber selbst ab.« Noch ein schreckliches kleines künstliches Lächeln. Sie bot ihm eine Zigarette aus einer Rosenholzdose an, und wieder lehnte er ab.

Dann setzte sie sich plötzlich auf einen Sessel ihm gegenüber – es war fast, als wäre sie zusammengebrochen – und starrte ihn mit gequältem Blick an. »Ich kann es einfach nicht glauben. Es ist wie ein schlechter Traum – ein Alptraum! Als alle gegangen waren, sagte er, er müsse mit mir über etwas reden. Ich hatte ja keine Ahnung!« Sie lachte verbittert. Mit ihrem weißen Haar, den dunklen Brauen und dem für ihre Verhältnisse ungewöhnlich verquollenen Gesicht sah sie aus wie eine kleine, wütende Puppe. Sie fing an, ihm ehrlich leid zu tun, als sie das Gesicht wieder zu diesem Lächeln verzog und sagte: »Mein Leben in Trümmern. Meine Ehe eine Farce« – und sein Mitleid verschwand, ohne daß er etwas dagegen tun konnte.

»Warum ...« setzte er an, aber sie unterbrach ihn.

»Ach, so eine verfluchte Goldgräberin hat ihre Klauen in ihn geschlagen und läßt ihn nicht mehr los. Eine echte Zerstörerin – so werde ich sie nennen, die Zerstörerin! Es ging schon seit Jahren so, und alles hinter meinem Rücken. Unsere ganze Ehe war nichts anderes als Lügen und Betrug seinerseits! Ich nehme an, ganz London hat es vor mir gewußt. Diese Demütigung! In meinem Leben hat es nie einen anderen gegeben – ich habe alles für ihn aufgegeben – alles! Ich habe ihm das Haus geführt und seine Kinder großgezogen, und jetzt wirft er mich weg wie einen alten Besen. Er hat dieses Haus nur gekauft, um mich hier zurückzulassen. Und jetzt werde ich den Rest meines Lebens allein sein ...«

Das war nur ein Teil dessen, was sie sagte, und vieles wiederholte sie mehrmals. Dabei schwankte sie zwischen der Ansicht, daß die Situation vollkommen hoffnungslos sei, und der Überzeugung, daß Edward sich doch sicher noch anders entscheiden werde. Sie wußte nicht, ob sie ihm je würde verzeihen können, aber sie würde es selbstverständlich müssen. Wenn er nur einsähe, daß er sie nicht so verlassen konnte. Vielleicht konnte ihm jemand klarmachen, daß das einfach nicht ging. Diana Sowieso hieß sie. Sie war ihr einmal begegnet: Edward hatte sie eines Abends mit in die Lansdowne Road gebracht, nicht damit rechnend, daß sie dort war. Ihr wurde ganz übel bei der Vorstellung, wie die beiden darüber gelacht hatten, so knapp davongekommen zu sein. Aber wieso hatte er sich ausgerechnet jetzt zu diesem Schritt entschlossen? Hatte Archie eine Ahnung, wieso?

Die Gründe, die ihm einfielen, wollte er lieber nicht nennen, also schüttelte er nur den Kopf (inzwischen war er froh über den Whisky). Er war ratlos: Er spürte, wie entsetzt sie war, aber ihr Zorn und ihre Bitterkeit waren so überwältigend, daß einfach kein Platz mehr war für sein Mitgefühl oder auch nur etwas so

Einfaches wie ihre eigene Traurigkeit. Scheinbar für Stunden tobte sie weiter, bis sie – kurzfristig – erschöpft war.

»Es tut mir sehr leid«, sagte er schließlich, als er sich vorbeugte, um ihr Feuer für die fünfte oder sechste Zigarette zu geben.

»Die Kinder«, sagte sie. »Was um alles in der Welt soll ich ihnen sagen? Teddy und dieser schrecklichen Person, die er geheiratet hat. Lydia ist Gott sei Dank in der Schule. Und Roly ist viel zu klein, um zu verstehen, was geschehen ist. Louise, nehme ich an, wird es nicht sonderlich interessieren, aber der arme kleine Roly hat keinen Vater mehr! Denn Edward soll sich bloß nicht einbilden, daß ich Roly auch nur in die Nähe dieser Frau lasse!«

Sie schwieg einen Augenblick, und ein Stück Kohle fiel durch den Rost.

»Ich habe für Edward das Tanzen aufgegeben«, sagte sie, und zum erstenmal klang sie einfach nur traurig. »Und jetzt hat es keinen Zweck mehr, sich etwas anderes zu wünschen, denn inzwischen bin ich ohnehin zu alt. Zu alt, um daran noch etwas zu ändern.«

Sie war fünfzig, das wußte er – im Januar hatten sie ihren Geburtstag gefeiert, in Hughs Haus.

»Was soll ich deiner Meinung nach tun?«

»Ich finde, du solltest dich erst mal ausruhen, bevor du darüber nachdenkst.«

»Ich kann auf keinen Fall ... in unser Zimmer gehen.«

Was für eine Erleichterung, endlich wieder Mitleid zu spüren – und sei es nur für eine Sekunde. Er sagte, das brauche sie auch nicht, sie könne sich aufs Sofa legen und er werde sich ums Feuer kümmern und sie mit dem Tuch zudecken, das über dem Klavier hänge. Er werde ihr etwas Heißes zu trinken bringen, sagte er – nein, nein, er finde sich schon zurecht ... Endlich legte sie sich hin; ihr Gesicht war nicht mehr verquollen, sondern nur noch hager und schlaff vor Müdigkeit. Aber als er sie zudeckte, sah sie ihn an und sagte mit dieser scherzhaft heroischen Haltung, bei der sich ihm die Haare sträubten: »Nun gut. In hundert Jahren ist das alles vorbei.« Er schwieg. Er steckte den Schal rund um sie fest und kniete sich vor den Kamin, um sich ums Feuer zu kümmern – es wurde kalt im Zimmer. Sie regte sich nicht mehr, und als er wieder auf die Beine kam und zu ihr hinüberspähte, sah es aus, als schliefe sie. Trotzdem, ich werde lieber noch einen Tee kochen, dachte er und schlich sich zur Tür. Aber als er die Tür öffnete, sagte sie: »Archie? Du redest doch mit ihm, oder? Versuch, ihm klarzumachen …«

»Ich werde tun, was ich kann«, erwiderte er. Was konnte er sonst auch sagen?

Als er mit dem Tee zurückkam, schlief sie tatsächlich. Er goß sich selbst eine Tasse ein und trank sie dankbar. Er hatte Kopf- und Halsschmerzen und fühlte sich insgesamt ziemlich elend. Es war beinahe sechs Uhr, gerade noch Zeit, nach Hause zu fahren, ein Bad zu nehmen, sich zu rasieren und zur Arbeit zu gehen. Er schrieb ihr einen kurzen Brief diesen Inhalts und ging.

Im Taxi ging ihm durch den Kopf, daß sie in all den Stunden, in denen sie ihrem Schock, ihrer Wut und ihrer Demütigung freien Lauf gelassen hatte, kein einziges Mal auch nur angedeutet hatte, daß sie Edward liebte. Eigentlich fragte er sich weniger, wieso Edward sie verließ, als vielmehr, wieso er sie überhaupt geheiratet hatte. Er hatte sie immer bewunderungswürdig gefunden, aber kein bißchen liebenswert.

»Du hättest mich viel früher anrufen sollen, wirklich!«

Er öffnete den Mund, um zu sagen, daß er sie überhaupt nicht angerufen hatte, und das Thermometer fiel heraus.

Sie steckte es ihm wieder in den Mund und fuhr fort: »Hätte Marigold mir nichts gesagt, hätte ich es überhaupt nicht erfahren. Wie lange geht es dir schon so schlecht?«

Er nahm das Thermometer heraus und sagte »Vier Tage«, dann steckte er es wieder in den Mund. Sie sagte, sie werde lieber rausgehen, dann müsse er still sein, und ging tatsächlich.

Er holte das Thermometer heraus und sah es sich an. Es war bei 38,4 stehengeblieben. Seine Temperatur fiel. Am Tag nach der Nachtwache bei Villy hatte er sich bei der Arbeit ziemlich elend gefühlt, aber er hatte den Tag irgendwie überstanden – mit Hilfe von Aspirin und vielen Tassen Tee, die ihm eine Angestellte aus der Registratur gebracht hatte, die ihm im Lauf der Jahre schon unzählige Gefallen getan hatte. Gegen vier, als er schon glaubte, es hinter sich zu haben, hatte man nach ihm geschickt. Sein Chef, ein hektischer Mensch, hatte ihm erklärt, er habe an diesem Nachmittag an einer sehr wichtigen Besprechung teilgenommen, und das Ergebnis sei, daß die Formulare, die derzeit bei der Verwaltung der Ausmusterungen verwendet würden, stark abgeändert werden mußten, was, wie sein Chef verkündete, weitreichende Konsequenzen haben würde. Archie hatte schweigend abgewartet, bis ihm dies weiter erläutert wurde, aber er hatte es sich denken können: Die Konsequenzen reichten nicht weiter als bis zu ihm, er sollte die letzten eingegangenen Informationen noch einmal in die neuen Formulare eintragen – die ganze langweilige Arbeit von zwei Wochen war umsonst gewesen. Eine Aktennotiz sollte noch am selben Nachmittag an alle wichtigen Abteilungen entsandt werden: Formulare, die das Haus bereits verlassen hatten, wurden für null und nichtig erklärt, und die neuen sollten ausgegeben werden, sobald die veränderte Version vom stellvertretenden Abteilungsleiter genehmigt war. Es war nicht ganz klar, wann dies geschehen würde, aber Archie sollte sich auf jeden Fall bereithalten.

Er hatte salutiert, und dann hatte er den stickigen Raum und das Gebäude verlassen. Es regnete. Da er schon den Gedanken an den Bus oder einen Fußmarsch zu seiner Wohnung nicht ertragen konnte, nahm er ein Taxi. Das Wetter war für Mai ziemlich schlecht, der Himmel dunkelgrau, es regnete, und noch während Archie auf dem Heimweg war, brach ein Gewitter los. Als er in seiner Wohnung eintraf, hatte er Schüttelfrost und wollte nur noch ins Bett und sich aufwärmen. Am nächsten Tag, nach einer elenden und fiebrigen Nacht, rief er im Büro an, sagte, daß er nicht zur Arbeit kommen werde, und stöpselte das Telefon aus. Am vierten Tag hatte es geklingelt, und Nancy hatte vor der Tür gestanden. Er hatte vollkommen vergessen, daß er am Tag zuvor vor dem Curzon-Kino mit ihr verabredet gewesen war. Sie war ein nettes Mädchen – genauer gesagt eine Frau; sie schimpfte nicht mit ihm und wollte ihm offensichtlich nur helfen. Sie hatte schnell herausgefunden, daß er nichts zu essen im Haus hatte, und war erst einmal einkaufen gegangen. Dann hatte sie ihm ein Bad einlaufen lassen, und während er in der Wanne lag, hatte sie ihm das Bett neu bezogen. Und nun kam sie mit einem Teller Suppe und Toast zurück. Er war völlig ausgehungert und entsprechend dankbar.

»Das ist Schildkrötensuppe«, sagte sie. »Soll sehr nahrhaft sein. Ich habe noch eine Dose gekauft. Du hast vermutlich nicht den Arzt gerufen?«

»Sinnlos. Es ist nur eine Grippe. Außerdem geht es mir schon wieder besser.«

»Dein Telefon scheint kaputt zu sein – ich habe es gemeldet.«

»Ich habe nur den Stecker rausgezogen.«

»Soll ich ... über Nacht bleiben? Ich könnte im Wohnzimmer schlafen.«

»Das ist sehr nett von dir, aber ich möchte lieber allein sein.«

Sie schien enttäuscht, aber nicht überrascht. »Na gut. Aber steck das Telefon wieder ein, damit ich dich morgen anrufen und fragen kann, wie es dir geht.«

Er löffelte den kleinen geleeartigen Würfel Schildkrötenfleisch, der in jeder Dose war. »Danke, daß du so nett warst.«

»Keine Ursache. Ich hab dich wirklich gern.«

Sie sagte das beiläufig, aber es beunruhigte ihn. »Du brauchst morgen wirklich nicht zu kommen, du hast ja genug eingekauft. Und denen in der Admiralität kannst du sagen, daß ich Montag wiederkomme.«

»Wenn du dann schon lange genug fieberfrei warst.«

Sie nahm das kleine Tablett von seinem Schoß. »Ich werde nur noch spülen, und dann mache ich mich auf den Weg.« Sie hatte schon den Regenmantel angezogen; er bedeckte ihre Knie, die zuvor unter dem kurzen Dirndlrock hervorgelugt hatten.

»Ich gebe dir lieber keinen Kuß«, sagte sie. Das klang wie ein Zugeständnis. »Ich gehe dann«, sagte sie zum drittenmal, als sie sich, schon an der Tür, einen Seidenschal umband – Königsblau mit senfgelben Violinschlüsseln darauf.

»Ich bin dir wirklich dankbar. Schön, daß du gekommen bist.«

»Schon gut.«

»Wenn's mir wieder besser geht, holen wir das Kino nach.«

»In Ordnung.«

Nachdem die Tür hinter ihr ins Schloß gefallen war, stellte er sich vor, wie sie zur South Ken ging, dort die Circle Line zum Notting Hill Gate nahm, in einen Einunddreißiger-Bus nach Swiss Cottage umstieg und dann eine dieser Straßen mit dunkelroten Backsteinhäusern entlangging, bis sie das erreichte, in dem sich ihre kleine Wohnung befand. Sie würde mehr als eine Stunde brauchen.

Er hatte immer noch Hunger, also stand er auf und ging in die Küche, wo er sich ein Ei kochte und noch etwas Toast machte. Er fühlte sich nach wie vor ziemlich schwach.

Zum Teil hatte er das Telefon einfach deshalb abgestellt, weil er sich nicht in der Lage gesehen hatte, mit irgend jemandem aus der Familie über Edward zu reden. Aber er hatte auch gewußt, daß Nancy, hätte er ihr gesagt, daß er krank war, sofort gekommen wäre. Dummerweise hatte er nicht daran gedacht, daß sie es ohnehin erfahren würde, da sie im selben Haus arbeitete. Sie hatten sich dort vor etwa einem Jahr in der Kantine kennengelernt, nachdem sie bei einer seiner besonders sinnlosen Besprechungen Protokoll geführt hatte. Der gemeinsame Haß auf seinen Chef und das Interesse an alten Filmen hatten sie vereint. Sie war Mitglied im Filmverein und lud ihn ein, an den Sonntagnachmittagen mit ins Scala zu gehen, wo eine Reihe von Klassikern gezeigt wurde. Danach lud er sie im Lyons Corner House in der Tottenham Court Road zu einem Essen ein, einem Zwischending zwischen gehaltvollem Tee und leichtem Abendessen. Nach und nach hatte er mehr über sie erfahren: Ihr Verlobter war in El Alamein gefallen, ihr Bruder in Burma in Gefangenschaft geraten und als Wrack zurückgekehrt. Er war dem Alkohol verfallen, war nicht in der Lage, längere Zeit zu arbeiten, und lieh sich ständig Geld von ihr. Sie hatte einen Siamkater namens Moon, dem sie kritiklos ergeben war. Seiner Ansicht nach verlangte und erhielt sie sehr wenig vom Leben; sie war offen, schlicht – und gutmütig. Nie sagte sie etwas besonders Albernes oder Intelligentes, auch wenn er sich zunächst von ihrem gewaltigen Wissen über Filme hatte verleiten lassen, sie für gebildeter zu halten, als sie war. Auf ähnliche Weise konnte sie, wenn sie über Moon sprach, manchmal wirklich witzig sein, und demzufolge hatte er auch ihren Humor überschätzt.

Moon starb. Er verschwand aus der Wohnung, ließ sich eine Woche lang nicht sehen, und als er wiederauftauchte, hatte er eine schreckliche Wunde, die bereits unheilbar infiziert war. Als sie Archie davon erzählte, liefen ihr die Tränen über die Wangen und sie sprach rasch und monoton, ohne auf die Tränen zu achten. »Dieser schreckliche Mensch, der die Gasuhr abliest«, sagte sie. »Er hat die Tür offengelassen, obwohl ich ihm so oft gesagt habe, daß er das nicht tun soll, und Moon war immer auf der Suche nach Abenteuern. Der Tierarzt hat gesagt, es sei zu spät; er hat noch versucht, die Wunde zu säubern – es war entsetzlich. Moon hatte einen Abszeß, der immer wiederkam, und am Ende war er so krank und hatte solche Schmerzen, daß der Tierarzt meinte, es sei das beste, ihn einzuschläfern. Und das hat er dann getan. Ich hab ihn in meinen Armen gehalten, aber er hat sicher nicht mehr gehört, was ich gesagt habe. Ich habe keinen Garten, wo ich ihn begraben könnte, also wird er nicht einmal ein Grab haben. Es ist so schrecklich, in die Wohnung zu kommen und zu wissen, daß er nicht mehr da ist, daß er nicht mehr mit mir über sein Essen redet oder mich anschreit, weil ich so spät komme.«

An diesem Abend hatte er sie mit in seine Wohnung genommen, und sie hatte die Nacht mit ihm verbracht. »Ich bin ein bißchen aus der Übung«, hatte sie gesagt, als sie ins Bett gegangen waren. »Ich habe seit Kevins Tod mit niemandem mehr geschlafen. Aber ich nehme an, ich werde mich schon wieder erinnern.« Sie war ungeschickt und zärtlich und wirklich reizend.

Trotzdem, dachte er während seines einsamen Wochenendes, es kann so nicht weitergehen, denn sie wird denken, daß es so nicht weitergehen kann. Sie wird sich einbilden, daß ich mich nicht so oft mit ihr getroffen hätte, wenn ich nicht noch öfter mit ihr zusammensein wollte. Und das wollte er nicht. Was bedeutete, daß er ihr seinen Mangel an Absicht klarmachen mußte. Ich scheine immer recht genau zu wissen, was ich *nicht* will, dachte er gereizt – er hatte das Stadium der Rekonvaleszenz erreicht, in dem Schwäche sich mit Selbstmitleid und Langeweile verbündet und zu allgemeiner Unzufriedenheit führt. Erheblich weniger sicher schien er zu sein, was er wollte. Zum Beispiel Frankreich: Wenn er endlich seinen derzeitigen Job loswurde, wollte er dann wirklich nach Frankreich zurückkehren? Er würde es wohl versuchen müssen, um das festzustellen. Jahrelang war er so daran gewöhnt gewesen, sich nach Rachel zu sehnen und über sie hinwegzukommen, daß sein gesamtes Leben davon bestimmt gewesen war. Nun, jetzt war er frei davon, und seine Liebe war einer sehr liebevollen Zuneigung gewichen, für sie und für ihre ganze Familie, die beinahe zu seiner eigenen geworden war. Wenn er nach Frankreich ginge, würde er sie viel seltener zu sehen bekommen, und einige von ihnen vielleicht überhaupt nicht mehr.

Früh am Sonntagmorgen ging er spazieren, um frische Luft zu schnappen. Es tat ihm gut, draußen zu sein. Es war wärmer geworden, und auf dem Bürgersteig lagen hier und da Blütenblätter. Hin und wieder wehte Fliederduft aus den Gärten herüber. Katzen hockten auf Mauern und genossen das bleiche Sonnenlicht, das sich auch in den hohen Fenstern der Reihenhäuser spiegelte, von denen viele dringend einen neuen Anstrich gebraucht hätten. Aber wenn man der Notwendigkeit gegenüberstand, zwanzig neue Städte für eine Million Menschen bauen zu müssen, die wahrscheinlich im Augenblick überhaupt kein Dach über dem Kopf hatten, stand der Anstrich von Häusern, die ansonsten noch in Ordnung waren, kaum an erster Stelle. Er fragte sich, wie lange es dauern würde, bis die äußerlichen Folgen des Krieges verschwunden waren, bis die Menschen wieder besser angezogen und ernährt und weniger müde wären. Als er wieder in die Wohnung kam, nahm er sich vor, sich jetzt zusammenzureißen und endlich anzurufen. Villy. Oder vielleicht Rupe, um zu hören, wie die Stimmung war. Immerhin konnte Edward sich tatsächlich entschlossen haben, bei ihr zu bleiben – nein, er hätte sich sicherlich nicht aufgerafft, es Villy zu sagen, wenn er sich seiner Sache nicht sicher gewesen wäre. Und er würde Nancy anrufen und sich mit ihr fürs Kino verabreden, und nach dem Film würde er ihr sagen, daß es für sie beide keine Zukunft gab. Ich mag vielleicht in der Luft hängen, dachte er, aber es ist ungerecht, sie ebenfalls in eine solche Situation zu bringen. Von diesen Vorsätzen gleichermaßen gestärkt wie deprimiert, machte er sich ans Werk.

Er verabredete sich für den folgenden Freitagabend mit Nancy. Dann rief er Rupert an, weil ihm nicht danach war, es mit Villy aufzunehmen.

»Archie! Ich habe schon das ganze Wochenende versucht, dich zu erreichen. Dein Telefon funktioniert nicht. Ich habe leider ziemlich schlechte Nachrichten.«

»Ich weiß. Ich war in der Nacht nach der Feier noch bei ihr.«

»Bei wem?«

»Villy.«

»Ach, das. Nein, darum geht es nicht.« Er hielt einen Augenblick inne, und dann sagte er: »Der Brig ist am Donnerstag gestorben.«

»O Gott.«

»Er hatte wieder einen seiner Bronchitisanfälle, und daraus ist eine Lungenentzündung geworden. Sie haben ihm Antibiotika gegeben, aber es hat nichts mehr geholfen. Es hieß, sein Herz sei auch nicht mehr in Ordnung gewesen. Jedenfalls ist er um drei Uhr nachts friedlich eingeschlafen. Wir waren alle dort. Rachel und die Duchy waren bei ihm; er konnte nicht sprechen, aber er hat sie erkannt. Es war ein guter Abschied, aber es ist trotzdem furchtbar. Schwer zu begreifen. Rachel wollte, daß ich es dir sage.«

»Ich hatte eine Grippe und hatte den Telefonstecker rausgezogen. Es tut mir leid. Wie geht es ihnen?«

»Die Duchy scheint es ganz gut zu verkraften.«

»Und Rachel?«

»Weniger. Natürlich hat sie den größten Teil der Pflege übernommen – besonders nachts –, deshalb denke ich, daß sie auch einfach erschöpft ist. Und sie hat sich beim Heben den Rücken verrenkt, was es auch nicht besser macht.«

Beide schwiegen einen Augenblick.

»Kann ich irgendwas tun? Du weißt, ich helfe euch gern«, sagte er.

»Das weiß ich – du gehörst praktisch zur Familie, alter Junge.« Dann sagte er: »Komm zur Beerdigung. Ich fürchte, es wird eine

Einäscherung; das wollte er so. Am Freitag um halb drei in Golders Green. Ich sehe dem mit Grauen entgegen, vor allem wegen der anderen Dinge. Hugh ist so wütend auf Edward, daß er überhaupt nicht mehr mit ihm redet. Unter uns, ich bete, daß Villy nicht zur Beerdigung kommt. Sie ist vollkommen durchgedreht, das arme Ding. Sie hat Hugh dazu gebracht, mit Edward zu reden, und natürlich ist daraus nur ein schrecklicher Streit entstanden. Familien. Manchmal beneide ich dich. Wenn das so weitergeht, werden Zoë und ich uns bald ein eigenes Haus suchen. Ich kann es nicht den ganzen Tag im Büro ertragen *und* noch abends zu Hause.« Dann entschuldigte er sich. »Das ist schließlich nicht dein Problem.«

»Laß uns mal zusammen ausgehen. Nur wir beide.«

»Das würde ich gern, alter Junge, aber nicht diese Woche. Ich rufe dich nach der Beerdigung an.«

Archie lieh sich einen Wagen, um nach Golders Green zu fahren, traf pünktlich ein und beobachtete, wie sich überall kleinere Gruppen bildeten. Es war regnerisch und windig, und die Leute hatten Mühe mit ihren Schirmen; selbst vom Auto aus war die Atmosphäre gedämpfter, unbehaglicher Freundlichkeit zu spüren, die bei solchen Anlässen vorherrscht. Es sah so aus, als wären sehr viele Leute gekommen, aber als er ausstieg, stellte er fest, daß zur gleichen Zeit mehrere Beisetzungsfeiern in verschiedenen Kapellen stattfanden.

Es zog sich eine Weile hin: Sie mußten warten, bis die vorangegangene Beisetzungsfeier zu Ende war. Inzwischen war der größte Teil der Familie versammelt (mit Ausnahme von Rachel und der Duchy, die wahrscheinlich im Wagen warteten). Mehrere würdig aussehende Herren in Regenmänteln mit schwarzen Armbinden waren ebenfalls erschienen; er nahm an, daß es sich um Angestellte der Firma handelte. Es waren auch ein paar alte – zum Teil uralte – Männer da, Mitglieder der diversen Clubs des Brig, und eine oder zwei Damen in mittleren Jahren, Sekretärinnen, Geliebte, unmöglich zu sagen. Sie trugen Schwarz, und eine von ihnen hatte sich einen Strauß künstlicher Veilchen an das Revers ihres Mantels geheftet.

Die Tür öffnete sich, und alle gingen schweigend hinein.

»Setz dich zu uns.« Das war Clary, ganz in Schwarz. Sie mußte sich diese Sachen geliehen haben; sie sah darin schrecklich aus. Sie hatte in der letzten Zeit merklich abgenommen und sah müde aus. Polly dagegen wirkte ausgesprochen elegant in ihrem dunkelblauen Mantel. Sie bedachte ihn mit einem distanzierten Lächeln und wandte den Blick wieder ab.

Die Kapelle war nicht groß und bald voller Menschen. Am hinteren Ende stand der Sarg mit einem Kranz dunkelroter Rosen darauf. Wie traurig, dachte er, daß es hier so häßlich und deprimierend aussieht: Eine Kirche, beinahe jede Kirche, wäre besser als diese Eiche, dieses Messing und die kleinen trübseligen Buntglasfenster. Nicht einmal schlechter Geschmack, sondern die vollkommene Abwesenheit jeglichen Geschmacks. Er versuchte sich vorzustellen, welche Anweisungen man dem Architekten gegeben hatte. Etwas Praktisches, hatten sie ihm wohl gesagt, man muß dort so viele Zeremonien wie möglich abhalten können. Also eine ganze Reihe von Kapellen, nichtkonfessionell, damit Angehörige jeden Glaubens sie benutzen können; und diskret – wir wollen nicht, daß die Öfen zu sehr auffallen. Rund um das Gebäude eine nette, friedvolle Anlage, und ein Vordach, wo die Leute sich hinterher die Blumen ansehen können. Das war's in etwa, Mr. Cubitt, Nash, Kent, Sir Christopher, wer auch immer … Und die Kunden kamen natürlich nur, weil ihnen nichts anderes übrigblieb, und verweilten so kurz wie möglich; es würde keine aufgebrachten Bürger geben, die Kritik an dieser Anlage anmeldeten …

Die Duchy kam herein, an Hughs Arm, gefolgt von Rachel. Man geleitete sie zur ersten Bank links des Ganges. Archie war entsetzt darüber, wie schlecht Rachel aussah: Ihr Gesicht war grau und hager, beinahe, als könnte sie jeden Augenblick zusammenbrechen. Er hatte sich wegen seines Beins direkt an den Gang gesetzt, und sie kam so dicht an ihm vorbei, daß er sie hätte berühren können, aber sie bemerkte ihn nicht; sie hatte den Blick starr auf den Sarg gerichtet und sah niemanden an.

Der Gottesdienst begann. Der müde Priester sprach ein Gebet, dann sangen sie ein Kirchenlied. Ein Psalm, das Vaterunser, noch ein Lied, und dann gingen die Tore am Ende der Kapelle auf und der Sarg glitt langsam davon. Archie konnte den Blick nicht von

Rachel wenden, und er sah, wie sie gequält Luft holte, als der Sarg verschwand. Es war vorbei. Die fünfzehn Minuten waren vorüber, andere Türen öffneten sich, und geführt von der Duchy, Hugh und Rachel verließen alle die Kapelle.

»Meine Güte«, sagte Clary. »Was für ein schreckliches, jämmerliches Ende. Armer Brig!« Sie hatte Tränen in den Augen.

»Ich glaube nicht, daß er es weiß«, sagte er.

»Woher willst du das wissen?«

»Ich weiß es nicht.«

Sie schniefte laut, dann sagte sie: »Das ist wohl das übliche, wie? An nichts zu glauben macht keinen Spaß.«

»Beisetzungen sollen auch keinen Spaß machen, Clary«, sagte Polly, aber sie hakte sich bei Clary ein.

Draußen schlenderten Leute umher und sahen sich die Kränze und Blumensträuße an, die auf dem Boden lagen. Archie entdeckte Edward, aber Villy war nirgendwo zu sehen. Er wollte mit Rachel sprechen. Als er auf sie zuging, sah er, wie Sid näher kam und ihr die Hand auf den Arm legte. Rachel trat einen Schritt beiseite; beobachtete, wie sie sich hektisch nach jemandem umsah, dann bemerkte sie ihn, und er hörte sie sagen: »Ich fahre mit Archie, aber trotzdem danke.« Sid wandte sich ab.

Er nahm Rachels Arm. »Willst du gehen?«

Sie nickte. Anscheinend bekam sie kein Wort heraus.

Sie stolperte, als sie zum Wagen gingen.

»Hast du Rückenschmerzen?«

»Mhm.«

Er setzte sie ins Auto, und sie sagte: »Fahr einfach nur – ich will hier weg.«

Er fuhr. Eine Straße entlang, die nach Hampstead Heath führte, bis er eine ruhige Stelle fand, wo er anhalten konnte. Als er sich ihr zuwandte, sah er, daß sie starr dasaß und geradeaus schaute. »Liebste Rachel, tut dein Rücken sehr weh?«

»Alles tut weh.« Und dann fing sie an zu weinen. Sie weinte, als wäre das Weinen selbst unglaublich quälend. Natürlich, er ist auch ihr Vater gewesen, dachte er. Es kam ziemlich plötzlich, und außerdem hat sie sich bei der Pflege vollkommen verausgabt.

»Du hast dich so gut um ihn gekümmert. Du hättest nicht

mehr tun können.« Dann begriff er, daß es besser war, nichts zu sagen und sie einfach weinen zu lassen. Er legte ihr den Arm um die Schulter – wie einfach das jetzt war! Früher einmal hätte ihn das sowohl in Ekstase als auch in schlimmste Qualen versetzt. Nach einiger Zeit holte er sein Taschentuch heraus und gab es ihr.

»Ach, Archie, es ist ein Segen, daß es dich gibt. Nichts ist besser als alte Freunde.« Aber aus irgendeinem Grund ließ sie das aufs neue in Tränen ausbrechen.

»Er hatte ein sehr glückliches und erfolgreiches Leben, nicht wahr?« Er nahm an, daß es sie jetzt beruhigen würde, ein wenig zu reden.

»O *ja*! Du solltest die Briefe sehen, die die Duchy bekommen hat. Einige der nettesten sind von Leuten, die für ihn gearbeitet haben. Und am Tag vor seinem Tod hat er mir noch gesagt, wie sehr er immer gefürchtet hat zu sterben, ohne zu wissen, was aus Rupe geworden ist. Und er war nicht lange krank ...«

In dieser Weise fuhr sie eine Weile fort und reihte kleine, tröstliche Tatsachen aneinander, aber irgendwie schien das alles sie nicht zu trösten. Sie hatte aufgehört zu weinen, aber er hatte das Gefühl, daß dies noch nicht alles war, daß sie noch mehr auf dem Herzen hatte.

»Sollen wir jetzt zu Hugh fahren?« In seinem Haus sollte es Tee und Getränke geben.

»Ich kann einfach nicht«, sagte sie. »Ich kann das jetzt nicht ertragen.« Sie sprach mit einem Nachdruck, der ihn überraschte, und ihm kam der Gedanke, daß das vielleicht der Anfang eines Zusammenbruchs war.

»Dann fahre ich dich nach Hause«, sagte er, so ruhig und gutgelaunt er nur konnte.

»Danke, liebster Archie. Stört es dich, wenn ich rauche?«

»Aber natürlich nicht.«

»Weißt du«, sagte er, als sie Hampstead erreichten, »ich glaube, du solltest die Duchy und Dolly zurück nach Home Place schicken und erst mal Urlaub machen. Kannst du nicht mit Sid irgendwo hinfahren, wo es angenehm ist und du dich ausruhen kannst?«

»O nein!« sagte sie, und dem folgte eine neue Tränenflut. Sie wurde von Schluchzen geschüttelt, und das wiederum schien ihr so starke Rückenschmerzen zu verursachen, daß sie keuchte.

»Liebe Rachel, ich bringe dich jetzt einfach heim und stecke dich ins Bett.« Ein Arzt, dachte er, könnte ihr zumindest etwas gegen die Rückenschmerzen und zum Schlafen geben.

Als sie das Haus erreichten, holte er den Schlüssel aus ihrer Tasche und ging dann zu ihrer Seite des Autos, um ihr herauszuhelfen. Irgendwie gelang es ihm, sie die Treppe zur Haustür hinauf und ins Wohnzimmer zu bugsieren, und dort zu dem Sessel, der am bequemsten aussah. »Aufrecht sitzen ist das beste.« Sie bat ihn, ihr das Aspirin von ihrem Frisiertisch oben zu bringen. Ihr Zimmer war sehr kalt und kahl – die Zelle einer Nonne, dachte er. Sie bat ihn, Hugh anzurufen, und das tat er. Er schlug vor, auch mit ihrem Hausarzt zu telefonieren, aber das lehnte sie ab; sie brauchte jetzt vor allem den Osteopathen. »Es war nicht einmal Zeit, ihn zu holen – oder einen Termin auszumachen.« Er rief an und setzte seine gesamte Überzeugungskraft ein, damit Mr. Goring ihr noch an diesem Tag um sechs einen Termin einräumte. »Ich bringe dich hin«, sagte er. Er ging in die Küche und kochte Tee. Sie fing an, sich um Nebensächlichkeiten Gedanken zu machen: Hörten Leute wie Mr. Goring nicht schon vor sechs Uhr auf zu arbeiten, und wenn ja, war es dann nicht ungerecht, ihn noch zu bemühen? Und was sollte aus dem Abendessen der Duchy werden? Sie aß gern früh, »und ich fürchte, ich werde eine Ewigkeit brauchen, um etwas zuzubereiten«.

Wieder rief er Hugh an, um von dem Termin beim Osteopathen zu berichten, und Hugh erklärte, er werde sich um die Duchy kümmern. »Gut, daß du für Rach da bist«, sagte er.

Archie hatte versucht, Rachel mit dem Aspirin auch einen Schluck Whisky einzuflößen, aber sie hatte sich geweigert. »Wenn ich auf leeren Magen Whisky trinke, werde ich sturzbetrunken bei dem armen Mr. Goring eintreffen.« Ihm wurde klar, daß Rachel damit nicht nur meinte, daß sie nichts zu Mittag gegessen hatte, sie hatte vermutlich auch kein Frühstück bekommen. Er fragte sie, sie wich aus, aber am Ende gab sie zu, morgens nur eine Tasse Tee getrunken zu haben, und nach Mittagessen sei ihr nicht zumute gewesen. Sie ließ zu, daß er das

Gasfeuer anzündete und ihr ein wenig Brot toastete – sie und die Duchy aßen zur Teezeit immer Toast.

Nun schien sie langsam ruhiger zu werden. Sie sprach mit Zärtlichkeit und einem halbwegs vernünftigen Maß an Trauer über den Brig und wie er über ihre jämmerlichen Kochkünste gewitzelt hatte, über die Schwierigkeiten, die Dolly ihnen mit ihrer immer brüchiger werdenden Verbindung zur Gegenwart machte (man hatte sie, als der Brig krank wurde, zur alten Schwester Crouchback geschickt, die jetzt im Ruhestand war, aber zweifellos würde sie bald zurückkehren).

»Aber Rachel, wie willst du den mit den beiden alten Damen ohne eine Hilfe im Haus zurechtkommen? Solltest du nicht wenigstens versuchen, eine Köchin zu bekommen?«

»O nein, es wird mir guttun, eine Beschäftigung zu haben.«

»Und was ist mit einer Putzfrau?«

Sie hatten eine Mrs. Jessup gehabt, aber die war nach nur zwei Wochen spurlos verschwunden.

»Sid hat doch sicher jemanden, und selbst wenn diese Frau nicht selbst kommen kann, kennt sie vielleicht jemanden. Oder du könntest im Zeitungsladen einen Zettel aufhängen. Das machen viele Leute.«

»O nein!« Er hatte gerade die Toastgabel wieder am Kamin aufhängen wollen, aber ihr schmerzlicher Unterton bewirkte, daß er sich umdrehte. Sie runzelte die Stirn, biß sich auf die Lippen, starr vor Anstrengung, nicht zusammenzubrechen. Als sich ihre Blicke begegneten, sagte sie: »Das habe ich getan. Einen Zettel aufgehängt. Und dann ist jemand gekommen …« Ihre Stimme versagte, und sie begann zu zittern. Und noch bevor er bei ihr war, schlug sie die Hände vors Gesicht und weinte wieder los – ein leises, herzzerreißendes Geräusch, das ihn heftiger traf als alles zuvor.

Er zog den Stuhl heran, damit er ganz nahe bei ihr sitzen konnte. »Rachel, sag mir, was passiert ist. Du mußt jemandem erzählen, was dich so unglücklich macht.«

»Ja, aber ich weiß nicht wie. Es ist so entsetzlich!«

Am Ende erzählte sie es ihm. Oder, genauer, er glaubte, aus dem, was sie sagte, und aus dem, was sie unausgesprochen ließ, erraten zu können, was geschehen war.

Nachdem sie einen Zettel im Zeitungsladen aufgehängt hatte, hatte sich ein Mädchen gemeldet. Sie war nachmittags gekommen; zum Glück hatten sich die Duchy und Dolly gerade hingelegt, und der Brig war ausgegangen. Rachel war allein gewesen. Wenigstens das. Das Mädchen machte einen netten, ruhigen und anständigen Eindruck – und kam Rachel vage bekannt vor. Nachdem sie also die angemessenen Fragen gestellt und die richtigen Antworten erhalten hatte, gerade als sie ihr die Stelle hatte geben wollen, hatte das Mädchen plötzlich erklärt, sie sei wegen etwas anderem gekommen. »Ich hatte keine Ahnung, was das sein sollte, aber aus irgendeinem Grund bekam ich Angst.«

Und dann war alles herausgekommen. Dieses Mädchen kannte Sid – ob Rachel je von ihr gehört hätte? Selbstverständlich, sie war ihr einmal in Sids Haus begegnet. Sie hatte Sid *jahrelang* gekannt. »Sie sagte so etwas wie, sie hätte gewußt, daß ich eine Freundin von Sid bin, aber sie hätte immer gedacht, daß ich tatsächlich nur eine Freundin sei. Ich habe gesagt, daß das stimmt, daß wir schon sehr lange befreundet sind – seit der Zeit vor dem Krieg.«

Das Mädchen meinte, Freundschaft sei *eine* Sache, aber Sid habe sie belogen, habe so getan als ob Thelma – so hieß sie – die einzige Liebe in ihrem Leben sei. »Und dann sagte sie ... sie sagte ... es war so *schrecklich*... Sid hätte sie in dem Augenblick aus dem Haus geworfen und aus ihrem Leben verbannt, als ich wieder nach London gekommen sei. Ich habe das alles nicht verstanden, ich wußte nicht, wieso sie sich so aufregte und, noch schlimmer, wieso Sid so unfreundlich zu ihr gewesen war. Aber als ich sagte, es müsse doch einen Grund gegeben haben – ich mochte sie nicht sonderlich, aber sie hat mir leid getan –, hat sie mich plötzlich angeschrien: Sie sind es! Sie sind der Grund!«

Nun schaute sie ihn an, und er sah, wieviel Kraft es sie kostete fortzufahren. »Sie hat über sich und Sid gesprochen, über das, was sie miteinander getan haben ...« Sie wurde dunkelrot. »Darüber kann ich nicht reden. Es war zu schrecklich. Ich habe sie gebeten zu gehen, aber sie ist einfach geblieben. Ich saß da und hatte Angst aufzustehen – ich meine, ich hatte Angst, ich würde nicht stehen können ...« Sie schluckte, als wäre ihr übel. Sie starrte in ihren Schoß und schluckte weiter.

Er wollte sagen, daß Eifersucht furchtbar sei, daß er aber sicher glaube, daß Sid sie liebe, daß das Mädchen wahrscheinlich gelogen oder zumindest übertrieben habe, aber irgend etwas hielt ihn davon ab. Statt dessen fragte er: »Wie bist du sie am Ende losgeworden?«

»Meine Mutter rief von oben. Als das Mädchen merkte, daß wir nicht allein im Haus waren, stand sie auf und sagte, sie habe das Gefühl gehabt, es mir sagen zu müssen, mich warnen zu müssen. Ich würde sicher nicht wollen, daß mein Leben von Sid zerstört werde wie das ihre. Sie hat tatsächlich behauptet«, und hier schlich sich eine Spur von Verachtung in ihre Stimme, »daß es ihr leid täte, mich aufgeregt zu haben. Aber das glaube ich nicht. Sie sagte, sie werde allein nach draußen finden, aber ich bin mit ihr zur Haustür gegangen und habe gesagt: ›Kommen Sie nie wieder her.‹ Und dann habe ich hinter ihr abgeschlossen.« Wieder hatte sie Tränen in den Augen. »Jetzt weißt du, wieso ich Sid nicht sehen will – ich wüßte nicht, wie ich mit ihr reden sollte.«

Dann war es Zeit, sie zum Osteopathen zu bringen.

Im Wagen sagte sie: »Danke, daß du mich hast reden lassen. Ich denke, es wird mir guttun, daß ich es jemandem erzählen konnte. Aber nur dir und niemandem sonst.«

»Selbstverständlich.«

Während sie bei Mr. Goring war, rief er Nancy an, um ihr zu sagen, daß er die Verabredung nicht würde einhalten können. Sie war sehr nett und geduldig.

Als er in dem trübseligen Wartezimmer saß – vier Stühle und ein Stapel alter Ausgaben von *Punch* – versuchte er, sich in Rachel oder Sid hineinzuversetzen, und versagte bei beidem. Er konnte sich nicht vorstellen, was Sid veranlaßt haben mochte, Rachel über so lange Zeit zu betrügen, und er hatte keine Ahnung, warum Rachel so überhaupt nicht in der Lage war, sie darauf anzusprechen. Er wußte, daß Rachel einen schrecklichen Schock erlitten hatte, daß sie sich von Sids Lügen und Heimlichkeiten zutiefst gedemütigt fühlte. Und so wie Rachel das Mädchen beschrieben hatte – was um alles in der Welt hatte Sid, die Rachel doch liebte, in diesem Geschöpf gesehen? Aber er wußte auch, daß er nie eine Antwort auf diese Fragen erhalten würde. Rachel war ein so offener, gutmütiger und irgendwie unschuldiger Mensch, daß es eine ungeheure Belastung für sie gewesen sein mußte, ihre einzige Liebe vor allen zu verbergen. Und dann, gerade als die Umstände es erlaubt hätten, daß die beiden häufiger zusammenkamen (er war sicher, daß Rachel dafür gesorgt hatte, daß ihre Eltern ein Haus ganz in der Nähe von Sid kauften), mußte sie von einer vollkommen Fremden erfahren, daß sie betrogen worden war. Kein Wunder, daß sie so außer sich war. Es wäre zu jeder Zeit schlimm gewesen, aber daß es auch noch mit dem Tod ihres Vaters zusammenfiel, war einfach zuviel. Trotzdem, wenn Sid das Mädchen weggeschickt hatte, dann ja wohl, weil sie Rachel liebte, und wenn das so war, dann lag die einzige Chance einer Versöhnung darin, daß Rachel mit Sid sprach – die ihrerseits, ihrem Verhalten auf dem Friedhof nach zu schließen, nicht ahnte, was Thelma getan hatte. Er beschloß, alles daran zu setzen, Rachel klarzumachen, daß sie mit ihrer Geliebten sprechen mußte. »Offenbar lebe ich nur noch anderer Leute Leben«, sagte er mit nicht geringer Verachtung zu sich selbst.

Als Rachel aus dem Sprechzimmer kam, war deutlich, daß die Behandlung erfolgreich gewesen war. Sie bewegte sich ganz anders und sah viel entspannter aus.

»Ich muß in einer Woche noch mal herkommen«, sagte sie, »aber er hat ein wahres Wunder gewirkt. Irgendwas war ausgerenkt, und er hat dafür gesorgt, daß es wieder einschnappt.«

»Tut es nicht mehr weh?«

»Doch, aber er sagt, es wäre ein Nerv eingeklemmt gewesen, und es wird eine Weile dauern, bis der Schmerz nachläßt. Trotzdem, ich fühle mich viel besser. Ich danke dir, Archie, daß du mich hergebracht hast. Allein hätte ich das nie geschafft.«

»Hast du etwas zu essen im Haus?«

»O ja. Berge. Und Eier kann ich inzwischen sehr gut braten. Die Duchy ißt sie gern, also werden wir Eier essen. Möchtest du mitkommen?« Sie sah ein wenig bange aus, und er war ziemlich sicher, daß sie nur zwei Eier im Haus hatten.

»Ich dachte eigentlich daran, dich zu einem etwas nahrhafteren Essen auszuführen«, sagte er.

Aber sie lehnte ab mit der Begründung, sie könne die Duchy

nicht allein lassen. Als sie zurück nach Carlton Hill kamen, stand allerdings ein roter MG vor der Tür.

»Sid!« rief sie. »Wahrscheinlich hat sie die Duchy von Hugh zurückgebracht.« Es war erschreckend, wie bedrückt sie gleich wieder war. »O Archie, ich kann sie jetzt einfach nicht sehen. Was soll ich nur tun?«

Er fuhr mit ihr zum nächstbesten Restaurant – einem eher zweifelhaften Laden – und rief von dort aus die Duchy an, um zu sagen, daß er Rachel noch zum Essen einlud. Dann fügte er hinzu, Rachel sei nach der Behandlung schrecklich müde und wolle niemanden mehr sehen, sondern einfach nur etwas essen und dann ins Bett. Er hatte keine Ahnung, ob die Duchy damit etwas anfangen konnte – er durchschaute nie, was und wieviel sie von dem wußte, was sich innerhalb der Familie ereignete –, aber er hoffte, daß sie die Nachricht irgendwie an Sid weiterleitete und daß diese die Andeutung verstand.

Er konnte sie bewegen, zwei Gin zu trinken, bevor sie aßen, und strengte sich an, das Gespräch bewußt oberflächlich zu halten. Sie aß die Hälfte ihres Huhns mit Reis und eine komplette Portion Crème Caramel und bekam wieder ein bißchen Farbe.

Erst als er auf die Rechnung wartete, sprach er an, was sie beide während des Essens im Sinn gehabt hatten. »Ich weiß, das kommt dir jetzt sehr schwierig vor«, sagte er, »aber es würde sicher einiges klären, wenn du mit Sid sprechen könntest. Es wird nicht besser, wenn du dich ihr weiterhin entziehst.«

»Aber was soll ich denn *sagen*?«

»Du könntest sie nach diesem Mädchen fragen. Sag ihr, daß du von ihr weißt und wie unglücklich dich das gemacht hat. Du könntest«, fügte er hinzu, »dabei sogar herausfinden, daß es nicht wahr ist. Das Mädchen hat vielleicht übertrieben – aus Eifersucht. Viele Menschen haben, selbst wenn sie nur ein einziges Mal mit jemandem geschlafen haben, das Gefühl, ein Recht auf den anderen zu haben. Das verstehst du doch sicher.«

»Aber ich ...« begann sie. Sie legte eine Hand auf die andere, vergeblich bemüht, ihr Zittern zu beruhigen; dann wurde sie wieder rot, und schließlich sagte sie mit leiser, unsicherer Stimme:

»Schlafen denn viele ... die meisten ... alle ... Menschen mit ... mit denen, die sie lieben?«

»Rachel, das mußt du doch wissen.«

Sie sah ihm in die Augen. Der Schmerz in ihrem Blick bewirkte, daß er eine Sekunde lang die Augen schließen mußte. Er hörte sie sagen: »Ich habe nie mit Sid geschlafen. Nicht so. Niemals.« Sie schwieg einen Augenblick, und dann sagte sie: »Ich glaube, ich bin der eigensüchtigste Mensch der Welt.«

Er fuhr sie nach Hause. Sie weinte auf dem ganzen Weg. Als er sie im Licht der Straßenlampen betrachtete, sah er, daß sie wieder blaß geworden war und Tränenspuren auf den Wangen hatte.

Sids Auto war weg, und das Haus war dunkel bis auf das Licht im Flur. Er half ihr aus dem Wagen und brachte sie die Treppe hinauf. »Kommst du denn zurecht? Rachel, soll ich mit reinkommen?«

Sie schüttelte den Kopf. »Nein, danke.« Sie versuchte zu lächeln. »Ich bin dir wirklich sehr dankbar.« Sie schloß die Tür auf, ging hinein und machte die Tür leise wieder zu.

Auf der Heimfahrt, während des Bads, von dem er glaubte, daß es ihn beruhigen würde, während des Whiskys, den er sich gönnte, und all der Stunden, in denen er wach lag, dachte er über die beiden nach – über Sid ebenso wie über Rachel. Die Monate, wenn nicht Jahre in Frankreich, in denen er sich nach Rachel gesehnt und gewußt hatte, daß er sie nie für sich gewinnen konnte, fielen ihm wieder ein. Er hatte es ertragen und überlebt und schließlich überwunden, aber er hatte sich ihr auch entzogen; er hatte sein Leben so gestaltet, daß er sie nicht mehr sehen würde. Sids Situation war unendlich viel quälender. Rachel hatte ihn niemals geliebt, aber daß sie Sid liebte, war klar, und daher hatte für die beiden kein Grund bestanden, sich zu trennen; Sid hatte Rachel all die Jahre geliebt, aber ihre Liebe war nicht vollständig erwidert worden. Jetzt verstand er, wieso Sid eine Affäre mit einer anderen angefangen hatte, und sie tat ihm nur noch leid. Diese erstaunliche, naive Frage, die Rachel gestellt hatte – ob denn die meisten, *alle* Menschen mit denen, die sie liebten, schliefen? –, warf ein neues Licht auf diese Beziehung, und es fiel ihm schwer, sich Sids Situation auch nur vorzustellen. Und dann – diese drei

Dinge, die Rachel gesagt hatte, gingen ihm wieder und wieder durch den Kopf – hatte sie erklärt, daß sie niemals mit Sid geschlafen habe, und sich bezichtigt, der eigensüchtigste Mensch der Welt zu sein. Rachel, deren Leben ihm immer wie der Gipfel der Selbstverleugnung vorgekommen war, die immer, seit er sie kannte, die Bequemlichkeit und das Glück anderer vor ihre eigenen Bedürfnisse gestellt hatte, mußte nun mit dem Wissen leben, daß sie dem Menschen, den sie liebte, das vorenthalten hatte, was dieser Mensch am meisten wollte, brauchte. Hatten sie denn nie darüber gesprochen? Offenbar nicht. Aber warum nicht? Er konnte nur annehmen, daß Sid, die Rachels Haltung, Rachels Wesen verstand, gefürchtet hatte, das, was sie von ihr bekam, auch noch aufs Spiel zu setzen. Aber warum empfand Rachel so? Als er zum erstenmal nach Home Place gekommen war, um die Familie wiederzusehen, und Rachel, die er einmal so sehr geliebt hatte, mit Sid gesehen hatte, hatte er geglaubt, alles zu verstehen: Sie liebte Frauen. Nun konnte er sich nur vorstellen, daß Rachel in ihrer unglaublichen Unschuld angenommen hatte, daß Liebe zu einer Angehörigen des eigenen Geschlechts Liebe ohne Sex bedeutete.

Er konnte nicht schlafen. Was würde sie tun, nun, da sie wußte, wie sehr Sid gelitten hatte (obwohl sie das eigentlich ja nicht nachfühlen konnte, da sie diesen Mangel weder verstand noch einschätzen konnte)? Sie liebte Sid, sie war nicht bewußt eigensüchtig gewesen – wenngleich er bezweifelte, daß sie sich das zugute halten würde. Aber wie konnte Sid eine Geste annehmen – immer vorausgesetzt, sie wurde ihr angeboten –, die nur dem Bedürfnis entsprang, nicht mehr egoistisch zu sein? Es mochte Männer geben, die das konnten, er brauchte sich nur an Kneipengespräche über relativ beharrliche und herzlose Ausnutzung zu erinnern, aber Sid fiel, selbst wenn man von ihrem Geschlecht einmal absah, sicher nicht in diese Kategorie.

Er stand auf, kochte sich eine Kanne Tee und setzte sich in die Küche. Ich muß hier raus, dachte er. Ich brauche ein bißchen eigenes Leben – mehr als diese Existenz, in der ich nichts weiter tue, als meinen Kopf über die Wasseroberfläche zu recken. Er beschloß, mit Nancy reinen Tisch zu machen und zumindest für einen Urlaub in seine Wohnung in Frankreich zurückzukehren.

Als er sich zum zweitenmal ins Bett legte, kam ihm der Gedanke, Polly und Clary mitzunehmen. Sie waren beide noch nie im Ausland gewesen – es würde Spaß machen, ihnen die Schönheit der Provence zu zeigen.

Am nächsten Tag traf er Nancy in der Kantine, und sie aßen zusammen. Er erklärte, wieso er sie am Abend zuvor versetzt hatte, und sie sagte, das könne sie verstehen. Sie fragte, wie alt die Witwe sei, und er erwiderte, neunundsiebzig. »Die arme Frau!« sagte sie. »Es muß schrecklich sein, Witwe zu werden, wenn man so alt ist.«

Ihm fiel auf, daß er so sehr mit Rachel beschäftigt gewesen war, daß er kaum über die Duchy nachgedacht hatte.

»War es eine glückliche Ehe?«

»Das weiß ich eigentlich gar nicht«, sagte er. Er wußte nichts über diese Ehe, wie er nun feststellte, und er erinnerte sich, daß er kaum je gehört hatte, wie die beiden miteinander sprachen. Sie schienen außer ihren Kindern und deren Kindern kaum etwas gemeinsam gehabt zu haben. Ihre Interessen hatten sich nur selten überschnitten: Sie liebte ihren Garten, er war ein leidenschaftlicher Forstmann; sie liebte die Musik, die ihm vollkommen gleichgültig war; er war ein begeisterter Reiter und Schütze, ging in seinen Club, lud alle möglichen Leute ein, aß und trank – am liebsten guten Burgunder oder Port; sie verließ kaum das Haus, außer um in den Garten oder in ein Konzert zu gehen oder in Haushaltsangelegenheiten; sie schien außerhalb der Familie keine Freunde zu haben, bezeichnete beinahe alle Mahlzeiten als zu üppig und trank nie. Seit Archie die beiden kannte, hatten sie getrennte Schlafzimmer gehabt. Nach außen hin wirkte das kaum wie eine besonders glückliche Ehe. Und dennoch, vielleicht war sie, verhüllt von viktorianischen Schleiern einer Diskretion, die beinahe in Geheimniskrämerei ausuferte, nicht ganz *un*glücklich gewesen. Nie hatte er jenes unbehagliche Vakuum bemerkt, in dem jene Spannungen deutlich zu spüren waren, die er mit unglücklichen oder schwierigen Ehen assoziierte. Die beiden waren so lange die Oberhäupter der Familie gewesen, daß vermutlich niemand, er selbst eingeschlossen, sich mehr gefragt hatte, wie sie eigentlich miteinander auskamen.

»Du hast Glück, eine so große Familie zu haben.«

»Es ist nicht meine Familie. Sie haben mich im Krieg sozusagen adoptiert. Zuvor war ich mit einem der Söhne an der Kunstschule, und wir haben uns angefreundet.«

»Ich wußte gar nicht, daß du auf einer Kunstschule warst.«

Er zuckte die Achseln und schämte sich dann, weil das nur zeigte, wie wenig es ihn interessierte, was sie über ihn wußte und was nicht.

Er wußte, er würde ernsthaft mit ihr reden müssen, und die Kantine um die Mittagszeit war zweifellos nicht der richtige Ort, aber inzwischen fiel es ihm schwer, überhaupt mit ihr zu sprechen.

»Sie muß einmal sehr schön gewesen sein«, sagte er.

»Also stört es sie wahrscheinlich, so alt zu sein.«

»Ich glaube nicht. Sie hat sich nie im geringsten um ihr Aussehen gekümmert.«

»Trotzdem. Aber du sagtest, sie hätte eine Tochter. Das muß ein großer Trost sein.«

Er stimmte ihr zu.

Nachdem sie sich fürs Kino verabredet hatten, verabschiedeten sie sich, und er ging wieder in sein Büro. Er dachte darüber nach, ob die Ehe des Brig und der Duchy vielleicht auf Rachels Kosten erhalten geblieben war. Alle hatten es für selbstverständlich gehalten, daß sie alles für ihren Vater tat – selbst Dinge, die man normalerweise von seiner Frau erwartet hätte.

Am Nachmittag hatte er eine Besprechung mit seinem Chef und erlebte ihn, wie üblich, voller Zorn auf die Regierung.

»Attlee muß den Verstand verloren haben! Wenn wir die Streitkräfte aus Ägypten zurückziehen, werden diese Kanaken uns den Kanal vor der Nase wegschnappen. Und was wird dann aus uns?«

»Ich dachte immer, es sei *ihr* Kanal, Sir«, wagte er einzuwerfen, aber das stieß sofort auf Widerspruch.

»Unsinn! Keinesfalls! Wissen Sie, wieviel Geld die ägyptische Regierung in den Bau des Kanals gesteckt hat? Zehntausend Pfund! Für wieviel Meter Kanal wird das wohl gereicht haben?« Er starrte Archie aus blitzenden blauen Augen an.

»Es heißt, es bleiben genügend Truppen zurück, um den Kanal angemessen zu verteidigen, Sir.«

Commander Carstairs schnaubte. »Wir wissen alle, was das bedeutet: gerade noch genug Leute, um nach Hilfe zu rufen, wenn das Kind schon in den Brunnen gefallen ist. Merken Sie sich, was ich jetzt sage: Diese Regierung ist felsenfest entschlossen, alles zu verschenken. Das Empire wird zerfallen – sehen Sie sich doch Indien an! Diese verdammten Sozialisten werden dafür sorgen, daß wir in den nächsten zehn Jahren zu einer Weltmacht zweiter Klasse absteigen, aber es interessiert sie einen Dreck. Noch fünf Jahre mit ihnen, und wir sind wieder da, wo wir siebenunddreißig waren, mit einer Armee und einer Marine, die nicht ausreichen, um den eigenen Hinterhof zu verteidigen.« (Er mochte die Air Force nicht, also hielt er sie für gewöhnlich aus seinen Berechnungen heraus.)

Das Problem von Leuten wie Carstairs war, daß sie dazu ausgebildet waren, auf See zu sein und ein Schiff zu befehligen; wenn sie nur noch in einem Büro hockten und Verwaltungsarbeit erledigten, wurden sie vor lauter Frustration barsch und engstirnig.

Er ließ Carstairs weiterknurren, bis dieser das Jedermann-in-diesem-Land-wird-einen-Anzug-und-sein-eigenes-kleines-Auto-haben-Stadium erreichte; dann war es möglich, das Thema anzusprechen, um dessentwillen er ihn aufgesucht hatte.

So kommt es, sagte er sich, wenn man Tag für Tag etwas tut, das man nicht mag, nur weil man genug Geld zusammenkratzen muß, um damit weitermachen zu können; genau das tue ich selbst gerade, und das muß endlich ein Ende finden.

Frankreich. Frankreich bedeutete Malen – er spürte einen nervösen Schauder bei diesem Wort. Er war so sehr an ein regelmäßiges Einkommen gewöhnt und daran, nicht mehr die Befürchtungen und die Aufregung zu verspüren, die jeder Versuch, etwas Schwieriges zu tun, und die Aussicht, dabei zu versagen, mit sich brachte. Beim Malen fing man etwas an, und alles konnte daraus entstehen. Und während er arbeitete, wurde die Kluft zwischen dem, was er gesehen hatte, und dem, was er von dem Gesehenen zeigen konnte, unweigerlich breiter; manchmal bis zu dem Grad, daß er das Bild nicht vollendete. Manchmal schien es wert, sich weiter zu mühen, und oft war das Ergebnis dann weder das, was er ursprünglich im Sinn gehabt hatte, noch ein reiner Fehlschlag, sondern eine Art Kompromiß. Und dann, hin und wieder und ohne, daß er es zuvor ahnte, gelang ihm etwas ... Ich muß wieder anfangen, dachte er und ging ruhelos zu seinem Balkonfenster, um auf den Platz hinauszuschauen.

Es war ein windiger Abend. Blüten wurden von den Bäumen gerissen und gesellten sich zu denen auf dem Boden – es hatte zuvor geregnet. Ein kleines Kind trat lustlos einen Ball über einen der geraden Kiespfade. Diese Gärten auf den Plätzen entsprechen dem, was Erwachsene sich als einen angenehmen Ort für Kinder vorstellen, dachte er. Sie wirkten grün – Rasen, Büsche, Bäume und ein paar Blumen –, aber sie waren so ordentlich und abgegrenzt, daß man darin keine Abenteuer erleben, keine Geheimnisse erforschen konnte; es war schwer, Spaß zu haben, wenn man alles immer schon voraussah. Plötzlich sehnte er sich nach der Aussicht aus den Fenstern seiner Wohnung in Frankreich, nach den Reihen von Oliven- und Aprikosenbäumen in rötlichem Boden, den schmalen Feldern mit Sonnenblumen oder Mais und dem spektakulären Blick von der anderen Seite des Hauses aus, auf das Tal mit den Hügeln am Horizont und die weit entfernten Weinberge, unterhalb derer der Fluß unsichtbar vorbeiströmte, der Verlauf markiert von den Pappeln an seinem Ufer. Aber vor allem war es das Licht, nach dem er sich sehnte, diese klare, durchscheinende Helligkeit, die dem Auge so wohltat und die, was vielleicht das Beste war, jeden Tag aufs neue da war, immer und immer wieder. Landschaftsmalerei in England, das hatte er rasch entdeckt, war ein Alptraum aus lauter falschen Anfängen, denn das Licht blieb kaum einmal zwei Tage lang gleich und konnte sich, noch schlimmer, während dieser Tage von einer Stunde zur anderen ändern.

Ja, er würde hinfahren, zunächst nur für ein paar Tage. Und er würde die Mädchen einladen, ihn zu begleiten.

»Das ist sehr nett von dir, Archie, aber ich glaube, ich werde nicht mitkommen. Ich weiß natürlich nicht, was Clary denkt – na ja, ich glaube, ich weiß es, aber du solltest sie lieber selbst fragen. Sie wird jeden Augenblick hier sein.«

Sie bügelte etwas, das sie gerade genäht hatte, und eine Locke ihres kastanienbraunen Haars war nach vorn gefallen, so daß er ihr Gesicht von der Seite nicht sehen konnte. Sie trug einen langen schwarzen Baumwollrock und weder Schuhe noch Strümpfe; ihre Füße waren weiß wie Alabaster.

Sie hatte ihr Zimmer verblüffend schön eingerichtet: Die Wände waren im hellen Blau von Rotkehlcheneiern gestrichen, Türen und Leisten weiß, und der Boden war mit gelblichem Teppichboden bedeckt. Die Vorhänge waren aus Matratzenstoff, hellgrau und weiß gestreift, und sie hatte gelbe Wollfransen angenäht. Über dem Kaminsims hing eines von Rupes Bildern; er hatte es ihr zum einundzwanzigsten Geburtstag geschenkt. Es wurde flankiert von zwei großen blau-weißen Delfter Kerzenleuchtern mit vielen Rissen, die sie als Kind gekauft hatte, angeblich für Sixpence.

»Das Zimmer ist sehr schön geworden. Wie sieht es bei Clary aus?«

»Sie wollte unbedingt eine rotgestreifte Tapete, also wirkt es immer heiß und irgendwie schief. Aber sie hat vollkommen das Interesse daran verloren, also wird sie wohl nichts verändern.«

Sie legte das gebügelte Kleidungsstück auf den Diwan und begann, das Brett zusammenzuklappen.

»Schade, daß du nicht mit nach Frankreich kommst.«

»Findest du?«

Er wollte gerade sagen, daß er sie wirklich gern dabeigehabt hätte, als sie ihm zuvorkam: »Wir sehen dich wochenlang nicht, und dann tauchst du einfach hier auf, ohne jede Vorankündigung – du rufst nicht mal an –, und schlägst in aller Ruhe vor, daß ich mit dir nach Frankreich fahren soll! Als ob ... als ob ich überhaupt keine Gefühle hätte! Oder als ob sie nicht zählten! Wie soll ich denn jemals ...« Unten fiel die Wohnungstür krachend ins Schloß. »Das ist Clary. Du solltest runtergehen und sie fragen.« Sie griff nach dem Bügelbrett und verließ das Zimmer.

Er war verblüfft. Nie hatte er sie so wütend gesehen – eigentlich hatte er sie überhaupt nie wütend gesehen. Um was ging es ihr? Aber er wußte es und schämte sich seiner Rücksichtslosigkeit. Er riß ein Blatt aus seinem Notizbuch, schrieb: »Tut mir ehrlich leid, Poll. Bitte verzeih mir«, und legte es auf den Kaminsims. Dann ging er nach unten zu Clary.

Ihre Tür stand offen, und sie kniete vor einer Kommode. Ihm fiel auf, daß sie ihr Haar jungenhaft kurz geschnitten hatte.

»Ich bin's. Darf ich reinkommen?«

Sie drehte sich um, und er sah, daß sie sich auch anderweitig verändert hatte. Sie hatte eine Art weißes Make-up aufgelegt, ihre Augen waren rußig vor Wimperntusche, und sie hatte den Lippenstift so dick aufgetragen, daß er beinahe schwarz wirkte.

»Archie! Ja, komm rein. Such dir einen Stuhl, wenn möglich. Schmeiß einfach die Sachen da runter.« Sie stand auf, und man hörte etwas reißen. »Verflucht! Das war mein Rock. Das passiert mir immer.«

Sie trug einen engen schwarzen Rock, schwarze Strümpfe wie eine Krankenschwester und ein Männerhemd mit Kragen und schwarzer Krawatte. Es stand ihr nicht sonderlich gut, wie er fand. Er legte ihren Schlafanzug auf das ungemachte Bett und setzte sich auf den Stuhl.

»Das Problem ist, daß Polls Nähmaschine nur Kettenstich näht, also fällt das ganze Ding jedesmal auseinander, wenn eine Naht reißt. Warte einen Augenblick.«

Sie verschwand in dem kleineren Nebenzimmer.

Während er auf sie wartete, dachte er darüber nach, daß er die beiden tatsächlich lange nicht mehr gesehen hatte. In der ersten Zeit, nachdem sie hier eingezogen waren, war er öfter vorbeigekommen, hatte sie zum Essen oder ins Kino ausgeführt, aber jetzt ging ihm auf, daß sie zwar öfter zu dritt unterwegs gewesen waren oder er hin und wieder auch mit Clary allein, daß er aber nie einen Abend allein mit Polly verbracht hatte.

Clary kam in einer ziemlich weiten schwarzen Hose zurück, in der sie, wie er dachte, wie ein Clown aussah.

»Trägst du jetzt immer Schwarz?«

»Meistens. Hast du Polly schon gesehen? Normalerweise kommt sie früher als ich.«

»Ja. Ich wollte fragen, ob ihr Lust habt, mit mir nach Frankreich zu kommen – nur für einen kurzen Urlaub.«

»Was hat sie gesagt?«

»Sie will nicht. Ich fürchte, ich bin ziemlich ins Fettnäpfchen getreten. Ich dachte ... na ja, ich dachte, sie wäre darüber hinweg.«

»Nein. Ist sie nicht. Hast du eine Zigarette?«

»Ich wußte nicht, daß du angefangen hast zu rauchen.«

»Na ja – es hilft irgendwie.« Mit der Wimperntusche sahen ihre Augen riesig aus. Nachdem er ihr Feuer gegeben hatte, setzte sie sich ihm gegenüber auf den Boden und stellte einen großen Steingutaschenbecher zwischen sie.

»Ich fürchte, sie glaubt immer noch, daß sie in dich verliebt ist. Also wäre es reiner Masochismus, mit dir wegzufahren.«

»Oje. Und was ist mit dir?«

»Was soll mit mir sein?«

»Na ja – alles. Warum ziehst du dich so seltsam an? Wie läuft es mit deiner Arbeit? Wie *geht* es dir? Ich habe ewig nichts mehr von dir gehört. Ach ja, und was ist mit Frankreich?«

»Ich kann leider auch nicht mitkommen, und zwar aus demselben Grund.«

Er starrte sie entsetzt an. »O Gott, Clary, du bist doch nicht etwa auch in mich verliebt?«

Sie mußte lachen. »Ehrlich, Archie«, sagte sie, »was für ein blöder Gedanke! Du bist ein bißchen eingebildet, wie?«

»Du hast gesagt, du könntest aus demselben Grund nicht mitkommen.«

»Ja. Ich kann nicht mitkommen, weil ich verliebt bin – in einen anderen. Komisch – auf den Gedanken wärst du nie gekommen, oder?«

»Wahrscheinlich«, sagte er. Komisch, wirklich. »Erzähl mir von ihm, Clary. Was macht er? Wie hast du ihn kennengelernt?«

Sie erzählte es ihm. Es war der Mann, für den sie arbeitete. Er hieß Noël, und er war verheiratet.

»Oje.«

»Das macht nichts. Ich glaube sowieso nicht an die Ehe. Er auch nicht. Er hat Fenella nur aus praktischen Gründen geheiratet. Sie ist ein wunderbarer Mensch. Sie ist sehr verständnisvoll, was Noël und mich angeht. Und er braucht uns *beide*. Er ist so unglücklich, weißt du. Er haßt alles in dieser modernen Welt. Er ist der ungewöhnlichste, intelligenteste, begabteste Mensch, dem ich je begegnet bin. Er weiß ungeheuer viel über alles. Er versucht, mir Bildung zu vermitteln. Er hat solche Energie! Wenn man nur zwei Tage mit ihm verbracht hat, ist man schon vollkommen erschöpft. Und das geht nicht nur mir so, sondern auch Fenella. Er braucht kaum Schlaf, weißt du, und wenn er wach ist, passiert ständig irgendwas. Also teile ich ihn mir mit ihr.«

»Hat er keine anderen Freunde?«

»Nicht viele. Männer mag er nicht sonderlich. Er sagt, Frauen seien viel angenehmer und sensibler und intelligenter.«

»Das klingt alles sehr ernst und düster.«

»Na ja, das Leben *ist* düster. Zum Verzweifeln, ehrlich. Man muß sehen, wie man das Beste daraus macht.«

»Er macht nie Witze?« fragte er – ohne Hoffnung; er war ziemlich sicher, daß dieser Mann nichts für Witze übrig hatte.

»Noël sagt, es sei eine Sache, geistreich zu sein – er ist sehr dafür –, wie Oscar Wilde zum Beispiel. Aber alberne Witze seien nur der Versuch, etwas zu bemänteln. Wie es meine Familie die ganze Zeit macht.«

»Nicht die ganze Zeit, Clary.«

»Ich meine, sie stellen sich den Dingen einfach nicht. Nimm nur Onkel Edward und Tante Villy! Das ist ein gutes Beispiel für die Sinnlosigkeit der Ehe und diese Unfähigkeit, sich den Tatsachen zu stellen.«

»Ich glaube, sie haben noch andere Gründe.«

»Sex selbstverständlich. Noël sagt, Sex ist schrecklich wichtig, aber es hält niemals an. Er sagt, Romantiker verstehen das. Man muß immer darauf vorbereitet sein, daß alles schiefgeht. Noël ist Romantiker. Er sagt, man kann keine ernsthafte Beziehung zu jemandem haben *und* Kinder haben und finanziell abhängig sein – alles zusammen. Man muß etwas riskieren können – und leiden, wenn es sein muß.«

»O Gott.« Alles, was sie sagte, fand er so entsetzlich, daß er wußte, er mußte jetzt ungemein vorsichtig sein.

»Bist du ... glücklich mit ihm?«

»Nicht glücklich!« erwiderte sie verächtlich. »Nicht einfach nur glücklich! Ich bin einfach vollkommen, absolut in ihn verliebt. Es ist das Wunderbarste, was mir je passiert ist.«

»Liebste Clary. Ich bin froh, daß du es mir erzählt hast. Glaubst du, so etwa das Zweiunddreißigstbeste, was dir passieren könnte, wäre ein Abendessen mit mir?«

Sie hatte nichts dagegen. Sie wollte nur schnell raufgehen und Poll fragen, ob sie Lust hatte mitzukommen.

Polly wollte nicht. Er ging mit Clary zu einem Zyprioten in der Nähe des Piccadilly.

»Wir waren am Abend der Siegesfeier hier, erinnerst du dich?«

»Ja.«

»Du hast mir damals schon ein bißchen von Noël erzählt.«

»Ja?«

Nachdem sie mit ihrem Kebab fertig war, war der schwarze Lippenstift so gut wie verschwunden. Sie aß viel und glühte vor Freude, es ihm erzählt zu haben. Mit ihrem kurzen Haar, dem weißen Gesicht und den schwarzgeränderten Augen sehe sie aus wie ein Krallenaffe, sagte er. Sie habe wunderschöne Augen, fügte er hinzu, für den Fall, daß sie diesen Vergleich für oberflächlich hielt – derzeit ihr Lieblingswort.

»Ich habe auch abgenommen«, sagte sie.

»Das sehe ich. Ich glaube, du bist jetzt dünn genug.«

»Ich esse ziemlich viel. Aber Noël macht gern ungeheuer lange Spaziergänge, und dann liest er mir laut vor bis tief in die Nacht. Den ganzen Morgen diktiert er Briefe – er und Fenella haben eine Literaturagentur, und ich bin ihre Sekretärin. Und dann essen wir – Fenella kocht –, und danach arbeiten wir den ganzen Nachmittag. Jedes zweite Wochenende fahre ich mit ihm weg... Manchmal werde ich ein bißchen müde. Aber Fen auch«, erklärte sie defensiv. »Deshalb ist es ganz vernünftig, wenn wir ihn uns teilen.«

»Was ist aus deiner Schreiberei geworden?«

»Ich komme nicht so recht voran. An den Tagen, an denen ich nicht arbeite, ist mir irgendwie nicht danach. Und Noël hat sich mein Buch angesehen und sagt, vieles davon taugt nichts, also mußte ich wieder von vorn anfangen. Das Problem ist, daß ich nur die Wochenenden habe, an denen ich nicht bei ihm bin, und dann gibt es immer soviel zu tun – du weißt schon, waschen und das Haus saubermachen und so. Und bevor ich so recht angefangen habe, ist es schon wieder Montag, und ich muß zur Arbeit. Noël findet es auch extrem schwierig zu schreiben. Er sagt, ich sollte nachts schreiben, aber da bin ich einfach zu müde.«

»Was hält dein Vater von all dem?«

»Dad? Ich habe ihm nichts erzählt. Bitte, tu du es auch nicht. Poll weiß es selbstverständlich, aber sonst niemand. Ich glaube nicht, daß sie es begreifen würden.«

»Ich verstehe.«

»Ja?«

»Na ja, ich bin nicht sicher«, sagte er vorsichtig. »Ich will einfach, daß du glücklich bist. Bist du?«

»Glücklich!« sagte sie voller Verachtung. »Darum geht es nicht. Er ist nicht glücklich, wie könnte ich es also sein? Er hat Angst, den Verstand zu verlieren, weißt du. Und ich bin die einzige, die ihn davon abhält. Und selbstverständlich Fenella. Er *braucht* mich. Darum geht es.«

Auf dem Heimweg sagte er beiläufig: »Ich würde ihn gern mal kennenlernen. Wäre das möglich?«

»Ich fürchte nein. Er sagt, er will nichts mit meinen Verwandten zu tun haben.«

»Ich bin kein Verwandter, Clary, ich bin dein Freund.«

»Das läuft auf dasselbe hinaus. Er will einfach nicht, daß irgendwas aus dem Rest meines Lebens zwischen uns tritt.«

Er schwieg, in dem Gefühl, nichts von dem, was er sagen wollte, aussprechen zu können.

»Ich habe das Gefühl, daß du nicht mit mir zufrieden bist, Archie. Ich wünschte, das wäre anders.«

»Mir gefallen diese schrecklichen Sachen nicht, die du immer trägst. Hemden mit Kragen und Krawatten? Ich nehme an, er will es so.«

»Er zieht es vor, wenn Frauen sich so anziehen. Wir ebenfalls.«

»Fenella und du.«

»Fenella und ich.«

»Nun«, sagte er, als sie sich verabschiedeten, »nur eins noch. Ich fühle mich wirklich geehrt, daß du es mir erzählt hast. Wirst du mich auf dem laufenden halten, wie es weitergeht? Ich meine, was auch immer geschieht, bleibst du mit mir in Verbindung?«

Sie dachte einen Augenblick nach. »Na gut.«
»Versprichst du es?«
Sie umarmte ihn flüchtig. »Ja, sicher.«

Archie

Juli – August 1946

Das Wasser war bernsteinfarben im Sonnenlicht, als er über den sandigen Kies hineinstakste. Das Ufer war abschüssig, und bald stand er bis zum Hals im Fluß. Das Wasser war klar und angenehm kühl, wenn man aus der heißen Sonne kam, und es bewegte sich träge um ihn her. Schimmerndes Gras wogte vom Grund herauf wie langes, grünes Haar, das unablässig gekämmt wird. Es gab gefährliche Strömungen hier, aber diese Stelle war sicher, er hatte schon oft hier gebadet. Er schwamm ein Stück und drehte sich dann auf den Rücken, um sich treiben zu lassen. Hier in der Flußmitte spiegelte das Wasser nur noch den Himmel, ein zartes, ausgebleichtes Blau, aber nahe dem anderen Ufer, wo die Bäume sich über den Fluß neigten, gab es dunkle und öliggrüne Flecken. Hinter den Bäumen schimmerten die Weinberge und zitterten im weißen Licht. Er drehte sich um, um zum gegenüberliegenden Ufer zurückzuschwimmen, wo hellgraue Felsen aus dem Kies aufragten.

Er hatte sich angewöhnt, frühmorgens hierherzukommen, hatte sich Marcels Fahrrad geliehen, auf dem er seinen Rucksack mit dem Mittagessen und den Malutensilien mitnahm. Es drängte ihn, seine Wohnung, die ihn aus unerklärlichen Gründen deprimierte, zu verlassen.

Es war seltsam gewesen, das alles vorzufinden: Staubig und verwahrlost, aber es waren seine Möbel, seine Töpfe und Pfannen, die Staffelei, die Farben und Bücher und sogar ein paar alte Kleidungsstücke. Wir wußten, daß du zurückkommst, hatten sie gesagt. Sie hatten ihn gleich willkommen geheißen; am ersten Abend und am folgenden Tag war ihm ganz schwindlig gewesen vom Händeschütteln, Wangen küssen, von den Unmengen Pastis und Kaffee, und er hatte sich nach all ihren Kindern erkundigt, die mittlerweile erwachsen waren; aber dann hatte ihn eine Art Lethargie überfallen, und er hatte sich allein gefühlt. Ihm war schnell klargeworden, daß man ihn als Außenseiter betrachtete – als sie im Café zusammen getrunken hatten und er gefragt hatte, wie es in seiner Abwesenheit zugegangen sei. Kurzes, abweisendes Schweigen und dann Achselzucken. Pierre, der Besitzer der *épicerie*, hatte ausgesehen, als wollte er etwas sagen, aber sein Vater, der immer das Oberhaupt der Familie gewesen war und seine Frau und seine Söhne schuften ließ, während er auf einem Stuhl vor dem Laden saß, hatte gegrunzt, und sein Sohn hatte geschwiegen.

Früh am nächsten Morgen hatte er bei Madame Gigot Brot gekauft, und sie hatte eine Bemerkung über sein lahmes Bein gemacht. Er hatte ihr erzählt, wie es dazu gekommen war, und sie hatte gesagt, ach ja, der Krieg. Der Krieg war für alle schrecklich gewesen. Aber als er sich nach ihrer Familie erkundigte, hatte sie geschwiegen. Yvette, hatte er nachgebohrt, die hübsche Yvette hatte doch sicher inzwischen geheiratet? Das sei nicht möglich gewesen, sagte sie. Ihre Augen, schwarz wie Schlehen, waren vollkommen ausdruckslos. Wo sie denn jetzt sei? Sie sei nach Norden gezogen, nach Lyon. Es sei notwendig geworden, vieles habe sich nicht vermeiden lassen. Sie würde nicht wiederkommen. Es sei besser, sie im Dorf nicht zu erwähnen. Dann seufzte sie, knallte sein Baguette auf die Theke und wünschte ihm einen schönen Urlaub. Wie alle im Dorf wußte sie, daß er nur kurze Zeit blieb.

Und als er zu Marcel gegangen war und ihn gefragt hatte, wo er ein Fahrrad leihen könne und ob Jean-Jacques, ein Vetter Marcels, der in der Autowerkstatt gearbeitet hatte, so etwas vielleicht wüßte, hatte Marcel gesagt, er sei nicht mehr im Dorf. Man hatte ihn weggebracht – sie hatten ihn 1944 nach Deutschland gebracht, zum Arbeiten. Er war nicht wiedergekommen, und man wußte nichts von ihm. Das waren die einzigen Informationen, die er ihnen hatte abringen können, und er hatte schnell gelernt, nicht weiter zu fragen. Die Atmosphäre hatte etwas Gezwungenes: Die Beziehungen der Dorfbewohner untereinander hatten sich genauso verändert wie die Beziehung zwischen ihnen und ihm. Also fühlte er sich einsam, isoliert, und spürte, daß die

Zurückhaltung etwas mit Scham zu tun hatte, aus der schließlich eine passive Feindseligkeit entstand, die er weder ganz verstehen noch überwinden konnte. Agathe, die früher bei ihm geputzt und für ihn gewaschen hatte, war gestorben; das hatte Marcels Frau ihm gleich am ersten Abend gesagt, als er in dem kleinen Restaurant im Hinterzimmer des Cafés gegessen hatte. Sie war krank geworden, etwas mit ihrem Unterleib, und hätte operiert werden müssen, aber als sie nach Avignon ins Krankenhaus kam, war es bereits zu spät. Archie hatte selbst ein wenig saubergemacht, gerade genug, um es aushalten zu können, aber dann hatte er festgestellt, daß er nur ungern in der Wohnung war, und so verbrachte er die Tage überwiegend am Fluß und radelte immer erst zurück, wenn die Sonne unterging.

Dieses Gefühl der Entfremdung, mit dem er überhaupt nicht gerechnet hatte, brachte ihn dazu, die ganze Zeit an jene zu denken, die er zurückgelassen hatte. An Nancy, mit der er einen letzten trübseligen Abend verbracht hatte. Sie war gelassen geblieben. »Danke, daß du es mir sagst«, hatte sie gemeint. »Ich glaube, ich wußte schon Bescheid, als du ständig abgesagt hast.« Es war sinnlos, ja sogar unfreundlich, zu erklären, daß das nichts miteinander zu tun gehabt hatte; es schien sinnlos und unfreundlich, überhaupt noch mit ihr zu sprechen, und trotzdem war es notwendig gewesen. Er hatte versucht, ihren Stolz nicht zu verletzen, und festgestellt, daß sie keinen hatte. »Ja, ich hatte gehofft, daß etwas daraus würde«, hatte sie gesagt und sich die Tränen abgewischt, »aber jetzt weiß ich, daß das dumm war. Du bist viel intelligenter und interessanter als ich.«

Als er sie gefragt hatte, ob er mit ihr in Verbindung bleiben solle oder ob sie es vorziehe, ihn nicht mehr zu sehen, hatte sie gesagt: »Am Anfang nicht. Ich muß erst mal darüber wegkommen. Und ich weiß, daß das geht.« Nun, hatte er erwidert, sie könne ihm ja schreiben, wenn ihr danach sei. »Na gut.« Sie hatten sich auf der Straße verabschiedet. Er hatte sie zum Bus gebracht – hatte gesehen, wie sie sich auf der Plattform noch einmal nach ihm umsah, bevor der Bus anfuhr.

Am nächsten Samstag morgen war er zu Harrods gegangen und hatte ihr ein Kätzchen gekauft. In der ganzen Abteilung hatte man das Zwitschern und Trillern und Schreien der Vögel gehört, die in ihren Käfigen saßen. Es gab Käfige voll weicher, ängstlicher Kaninchen und kleinere Käfige mit Mäusen, Hamstern, einer weißen Ratte und Schildkröten und zwei Gehege mit Kätzchen. Ein Wurf Perserkatzen und ein Wurf Kartäuser. Er entschied sich für eins der Kartäuserkätzchen, ein Weibchen – eine wahre Königin, sagten sie. Während der Angestellte sie in einen Katzenkorb packte, schrieb er einen kurzen Brief. »Es wird Zeit, daß du einen neuen Freund findest. Archie.« Dann brachte er die Katze im Taxi zu ihrer Wohnung. Sie protestierte während der ganzen Fahrt. Er bat den Fahrer, zu klingeln und die Katze abzuliefern, und ließ ihn ein paar Häuser weiter anhalten. Er wollte sie nicht traurig machen, indem er selbst mit ihr sprach, aber er wollte sichergehen, daß sie zu Hause war. »Sagen Sie nicht, daß Sie Taxifahrer sind«, meinte er. »Sagen Sie nur, man hätte sie beauftragt, die Katze abzugeben.« Aus dem Rückfenster beobachtete er, wie sie die Tür öffnete, wie der Mann ihr den Korb gab und sie erstaunt und dann erfreut dreinschaute. Sie nahm den Korb, schloß die Tür, und der Mann kam zurück. »Das ist ziemlich gut angekommen«, sagte er.

Sie hatte ihm eine Postkarte geschickt, auf der nur stand: »Ich danke Dir. Sie ist reizend.«

Aber alles andere ...

Er dachte an Villy und ihre Bitterkeit und fragte sich, ob die, die von ihr abhängig waren – Roly und Lydia und Miss Milliment –, ihr das Gefühl geben konnten, daß ihr Leben einen Sinn hatte, oder ob sie in ihrem verletzten Stolz und ihrem Kummer alle mit ihrer Verzweiflung anstecken würde. Lydia war noch am besten dran – das Internat würde ihr ein anderes Leben bieten –, aber Roly und Miss Milliment saßen in der Falle. Er erinnerte sich, daß Rupert einmal gesagt hatte, Villy benehme sich immer, als sei ihr ganzes Leben eine geheime Tragödie, die niemand verstehe. Nun war die Tragödie nicht mehr geheim. Edward hatte immer mehr oder weniger getan, was er wollte, aber inzwischen wußte Archie – Rupert hatte es ihm gesagt –, daß die neue Frau ein oder zwei Kinder von ihm hatte, und das mochte einiges geändert haben. Welche Alternativen hatte er gehabt? Bei Villy zu bleiben und Diana Sowieso sich selbst zu überlassen? Für seine Freiheit zu zahlen, wenn er sich das leisten konnte? Oder Villy sitzenzulassen und diese neue Verantwortung zu übernehmen? Er würde für Villy zahlen müssen, aber das mochte einfacher sein. Was immer er getan hatte, was immer er wollte, er mußte sich schuldig fühlen. Rupert hatte nach dieser Affäre in Frankreich zumindest einen klaren Bruch vollzogen. Als Rupe ihm das erzählt hatte, hatte er ihm wirklich leid getan; alle drei hatten ihm leid getan, denn Zoë hatte mit Jacks Tod fertig werden müssen – und das war um so schwerer gewesen, weil Jack sich umgebracht hatte. Er erinnerte sich an den Abend in seiner Wohnung, als Rupert ihm von all seinem Kummer erzählt und er die ganze Zeit an Zoë gedacht hatte und an den unsäglich schmerzlichen Ausdruck auf ihrem Gesicht, als er ihr gesagt hatte, daß Jack sie geliebt hatte und ihr für die Zeit mit ihr dankte. Es hatte ihm fast das Herz zerrissen – sie hatte gemeint, er denke jetzt sicher schlecht von ihr, weil sie sich verliebt hätte, und hinzugefügt, sie glaube nicht, daß Rupert jemals zurückkäme. An dem Abend mit Rupert hatte er an ihre emotionale Symmetrie gedacht und daß genau das sie beide retten konnte: Sie hätten einander nur erzählen müssen, was sie ihm erzählt hatten, und alles wäre gut gewesen. Aber eine solche Lösung schien zu einfach und zu gefährlich, als daß sie es auch nur versucht hätten. Natürlich hatte er Rupert dazu gedrängt, aber Rupert hatte erwidert, er könne es Zoë erst dann sagen, wenn er Michèle wirklich nicht mehr liebte. Und er liebe sie immer noch. Er könne ihr fernbleiben, aber an seinen Gefühlen für sie könne er nichts ändern.

Jetzt war er wieder am Ufer und trocknete in der brennenden Sonne. Es war Zeit, etwas zu trinken und zu essen. Er holte die Flasche, die zwischen zwei Felsen im Fluß kühlte, und zog den Korken heraus. Es war ein Rosé aus den hiesigen Kellereien, leicht und erfrischend. Er packte Brot und Käse aus und die Pfirsiche. In den alten Zeiten hätte er sich beim Essen die Umgebung angesehen, nachgedacht, geplant, was er malen würde. Jetzt schaute er nicht einmal hin; sein geistiges Auge war geschlossen.

Viel später im vergangenen Jahr, in Home Place, war er mit Zoë spazierengegangen. Es war kurz vor ihrem Umzug nach London, zu Hugh, gewesen, und er hatte sie gefragt, ob sie das wirklich wollte. Sie hatte gemeint. »Ich glaube, es wird *leichter* sein – in vielerlei Hinsicht. Daß noch jemand im Haus ist, verstehst du.«

»Ist das tatsächlich einfacher?«

»Es kommt mir so vor.«

»Liebe Zoë. Trauerst du immer noch um ihn?«

»Das werde ich immer tun. Wenn auch auf andere Weise, als du vielleicht denkst.« Sie sah, daß er das nicht verstand, und fügte hinzu: »Ich meine, ich weiß jetzt, daß er davon überzeugt war, daß ich ohne ihn zurechtkommen würde, und er hatte ja auch recht. Aber er hat sein Leben nicht *verloren*, er hat es sich genommen, und es tut mir so leid, daß er geglaubt hat, das tun zu müssen. Er war ein sehr liebevoller Mensch, weißt du.« Sie schwieg einen Augenblick, und dann sagte sie so leise, daß er sie kaum verstand: »Vielleicht werde ich nie einem liebevolleren Menschen begegnen.«

Er nahm ihren Arm, und sie gingen zusammen weiter, bis er das Gefühl hatte, sagen zu können: »Glaubst du nicht, es wäre gut, Rupe alles zu erzählen?«

Aber sie wich sofort zurück. »Nein! Das könnte ich nicht! Er würde es nicht verstehen. Er wäre nur verletzt. Und alles zwischen uns ist so ... so zerbrechlich. Ich meine *alles* – du weißt schon. Es ist meine Schuld. Ich mache ihm keine Freude, wir können uns nicht zusammen verlieren – eigentlich sind wir beide verloren, von Anfang an ...« Dann hielt sie inne und versuchte angestrengt, nicht zu weinen.

Er legte den Arm um sie, und als sie sich ein wenig beruhigt hatte, nahm er den Faden so sanft, aber beharrlich wie möglich wieder auf. »Ich denke trotzdem, du solltest es versuchen. Vielleicht würde er dich überraschen – vielleicht wäre es ganz anders, als du glaubst.«

Aber sie war beinahe wütend geworden: »Du verstehst das einfach nicht, Archie! Ich weiß, du glaubst es zu verstehen, aber du hast unrecht. Es würde alles in die Brüche gehen.«

Er hatte aufgeben müssen. Er hatte es bei Rupert noch einmal versucht, gleichfalls ohne Erfolg, und dann hatte er die beiden in Ruhe gelassen, hoffnungslos und endgültig frustriert. Es ging ihn nichts an, sagte er sich, man konnte die Leute nicht dazu zwingen, etwas zu tun, und wenn es noch so vernünftig und richtig war. Und wer war er schon, über Vernunft und Unvernunft zu entscheiden? Als Außenstehender konnte man oft vor lauter Wald die Bäume nicht mehr sehen. Sich einzumischen, aus welchem Grund auch immer, war wirklich nur eine stellvertretende Art von Leben.

Zumindest bei Clary habe ich nicht versucht, mich einzumischen, dachte er, als er sich den letzten Rest Wein eingoß und eine Gauloise anzündete. Und dabei hätte er es so gern getan! Je mehr Clary Noëls Tugenden betont hatte, desto paranoider, eigensüchtiger und manipulativer war ihm dieser Mann vorgekommen. Und auch Mrs. Forman. Immerhin *gab* es eine Mrs. Forman – er war ziemlich sicher, daß Clarys Ansichten über die Ehe von ihnen stammten. Wäre Noël alleinstehend gewesen, hätte er Clary wahrscheinlich in die Falle gelockt, wie er es mit seiner Frau gemacht hatte. Wie ein Bomber brauchte er eine gute Bodenmannschaft, um funktionsfähig zu sein. Archie hatte es kaum ertragen können, Clary so müde zu sehen, aufgetakelt wie eine Filmschauspielerin der zwanziger Jahre und ohne Freude am Leben. *Und* dieser Mann hatte auch noch ihr Buch kritisiert, so daß sie sogar daran die Freude verloren hatte. Noël hatte Mühe mit dem Schreiben, also sorgte er dafür, daß es Clary ebenso ging. Wenn das stimmte, und Archie hätte darauf gewettet, war es unverzeihlich. Aber ihm war ohnehin nicht danach zumute, diesem Mistkerl irgend etwas zu verzeihen. Was für ein Pech für Clary, daß sie gleich bei ihrem ersten Job einem solchen Menschen begegnet war. Sie war ein Mensch, der sich rückhaltlos engagierte, immer so extrem in ihren Gefühlen: Wenn sie sich einmal entschieden hatte, jemanden zu lieben, blieb sie durch dick und dünn dabei. Sie war jetzt fast zweiundzwanzig – sie hatte diesen Monat Geburtstag –, und es war das erste Mal für sie. Natürlich ging sie mit diesem Kerl ins Bett. Der Gedanke widerte ihn an; mehr als das. Sie hatte nicht darüber gesprochen, aber er war vollkommen sicher. Diese Wochenenden, die sie mit ihm verbrachte! Sie hatte ihm ein wenig davon erzählt. Noël besaß noch das Haus seiner Eltern in Barnet, ein kleines, einzeln stehendes Häuschen mit einem verwilderten Garten. Es klang schrecklich: Seit dem Tod von Noëls Vater hatte niemand dort gewohnt, und er hatte alles so belassen, wie es immer gewesen war. Nun lag es unter einer dicken Staubschicht, wie Clary berichtet hatte, ein bißchen wie bei Miss Havisham. Sie sagte, es sei kalt dort – »aber wir lassen einfach die Mäntel an« – und ziemlich feucht. Er hatte sie gefragt, was sie dort machten, und sie hatte erwidert, sie gingen spazieren und Noël spiele auf dem Grammophon seine Opernplatten. Ob er schon Rosa Ponselle oder die Martinelle gehört habe? Sie briet Lammkoteletts, und im Garten wuchs Spinat. Noël las ihr bis zwei Uhr morgens vor. Er wollte keine anderen Leute im Haus haben, also gab es keine Putzfrau. Es gab kein heißes Wasser, aber ein Gasfeuer im Wohnzimmer. Clary fand das alles romantisch und aufregend. Immerhin war sie noch sehr jung – und darüber hinaus ausgesprochen jung für ihr Alter, dachte er, beinahe bedauerlicherweise. Er versuchte sich zu erinnern, wie er mit zweiundzwanzig empfunden hatte, und schaffte es einfach nicht. Er hatte sich in Rachel verliebt und war gleichzeitig glücklich und sehr unglücklich gewesen. So etwas konnte er für Clary nicht wünschen, eine unerwiderte, hoffnungslose Liebe. Er erinnerte sich, wie sie gelacht hatte, als er dummerweise angenommen hatte, sie wollte aus demselben Grund wie Polly nicht mit ihm nach Frankreich fahren. Ein wenig, als glaubte sie, er sei zu alt, als daß sich noch jemand in ihn verlieben könnte. Auch das hatte wieder gezeigt, wie jung sie war. Jeder über vierzig hatte es hinter sich. Er hatte gefragt, wie alt Noël sei, und sie hatte erklärt, achtunddreißig, aber er gehöre einfach zu den Menschen, die nicht alt würden. Aha, hatte er gesagt, ehe er sich bremsen konnte, er altert nicht, er wird nur reifer. Sie hatte ihn mit ihren erstaunlichen Augen in diesem absurden Make-up angesehen und gesagt: »Sei nicht sarkastisch, Archie; alle haben dich gern. Die ganze Familie. Das weißt du. Und das schließt mich selbstverständlich ein.«

Es war ein Versuch gewesen, ihn zu trösten.

Ich muß mich an die Arbeit machen, dachte er. Ein Kahn war in Sicht gekommen, oder ein Boot, das wie ein Kahn aussah, mit einem alten Mann darin, der angelte. Archie holte seinen Block und ein Stück Kohle heraus und begann zu zeichnen. Er zeichnete einen Angler in einem Boot, und die Pappeln dahinter – es erwies sich als zähe, deutliche kleine Zeichnung. Er versuchte sich an den Weinbergterrassen; ihre Steigungen und die leichten Wellenlinien waren ihm sehr vertraut. Er sah hin, aber ohne jede Wachheit. Ich muß wieder in Übung kommen, dachte er, ich bin nur ein bißchen eingerostet. Aber Zeichnen erforderte stetige Übung, und seit seinen letzten ernsthaften Versuchen waren Jahre vergangen. Und das bedeutete, daß er in sämtliche Anfängerfallen ging. Man machte etwas falsch und versuchte, es so hinzubekommen, daß es richtig aussah, und darüber ging das Lebendige verloren. Der erste Anblick, der ihn zu der Zeichnung angeregt hatte, war verschwunden, und er schaffte es nicht, daran festzuhalten. Er hatte beinahe vergessen, wie sich das anfühlte – sich nach einer Pause wieder in die Arbeit hineinzutasten. Aber ihm war auch klar, daß er nur hin und wieder kämpfte; er versuchte es nicht oft oder nicht angestrengt genug, um einen Durchbruch zu erreichen, denn er hatte nur noch eine Woche, ehe er nach England zurückkehren würde.

Als er zusammengepackt hatte, ging die Sonne bereits unter, und ein Teil des Flusses war dunkel geworden. Auf dem Weg durch die schmale, gerade Platanenallee beschloß er, seine Büroarbeit aufzugeben. Wenn er es wirklich gewollt hätte, hätte er das schon vor Monaten tun können, aber eine Mischung aus Trägheit und Verstrickung in die Angelegenheiten der Cazalets hatte das verhindert.

Als er, wieder in dem leeren stillen Haus, die steile Treppe hinaufstieg, seinen Rucksack auspackte und sich einen Pastis eingoß, dachte er, daß er vielleicht auch Angst gehabt hatte. Es gelang ihm nicht mehr besonders gut, allein zu leben und hin und wieder als gelegentlichen Trost weibliche Gesellschaft zu finden. Er kam sich ziellos vor, und das fürchtete er. Obwohl sein Geld zur Neige ging – man hatte ihm nur gestattet, fünfzig Pfund mitzunehmen, und was er noch auf der Bank hatte, war für Miete und Steuern gedacht –, beschloß er, im Restaurant zu essen. Das *prix fixe* war nicht teuer, und eine Karaffe Wein war inklusive. Er nahm ein Buch von Arthur Koestler mit. Er hatte es auf dem Bahnhof in Paris gekauft und bisher noch nicht einmal aufgeschlagen.

Marcels Frau brachte ihm seine *hors d'œuvres*: dünne Scheiben Wurst, saftige schwarze Oliven, mit Basilikum bestreute Tomaten und grünliches Öl, dazu einen Korb Brot. Das Essen war nach England und dem Krieg einfach köstlich.

»Haben Sie das Telegramm gefunden, Monsieur?«

»Nein.«

»Der Junge hat es unter der Tür durchgeschoben – das habe ich mit eigenen Augen gesehen.«

»Ich muß es übersehen haben.«

Er stand auf und ging zurück zu seiner Tür. Als er sie öffnete, fand er den kleinen bräunlichen Umschlag, der zur Seite gerutscht war, so daß er direkt an der Wand lag.

»Bitte ruf nach sechs an. Probleme. Polly.«

Er brauchte fast eine Stunde, um durchzukommen, und dann war die Verbindung schrecklich. Er konnte Polly kaum verstehen.

»Es geht um Clary«, sagte sie. »Clary hat Probleme. Sie ist ...« Und dann verstand er gar nichts mehr.

»Was ist mit ihr? Polly? Bist du noch da?«

Es knisterte laut, und dann hörte er sie wieder, wenn auch sehr leise. »Könntest du bitte zurückkommen, Archie? Ich weiß nicht, wer sonst ...« Und dann verklang ihre Stimme wieder, und die Verbindung brach ab.

Also blieb er keine zweite Woche mehr. Er beendete nicht einmal sein Abendessen. Madame machte ihm ein Brot, während er packte, die Wohnung abschloß und ein Taxi rief, das ihn nach Avignon bringen sollte. Es gab einen Nachtzug nach Paris, und er verbrauchte seine letzten Francs für das Taxi zum Gare du Nord. Den ganzen Weg auf der Fähre grübelte er, was mit Clary geschehen sein mochte. Sie war durchgebrannt; Fenella hatte versucht, sie umzubringen; sie war lebensgefährlich erkrankt ...

In Newhaven setzte er sich in den Speisewagen. Er war erschöpft nach der durchwachten Nacht, und er hatte nicht gefrühstückt. Ein untadeliger Kellner, der sich wie ein alter Familienbutler benahm, servierte ihm ein abscheuliches Mittagessen.

»Schön, Sie zu sehen, Sir. Ich hoffe, Sie hatten einen angenehmen Urlaub«, sagte er, als er einen Teller brauner Windsorsuppe vor Archie plazierte. Archie aß die Suppe und ein wenig von dem gummiartigen Schollenfilet, dann gab er auf und schlief ein.

Der Kellner wartete mit der Rechnung, bis sie in Victoria einfuhren. »Wollte Sie nicht wecken, Sir.«

Er hatte überlegt, ob er erst nach Hause fahren und von dort aus anrufen sollte, aber das tat er nun doch nicht. Er nahm sich ein Taxi in die Blandford Street. Es waren keine achtzehn Stunden vergangen, seit er das Telegramm erhalten hatte. Er klingelte, wartete, klingelte wieder, und endlich kam sie herunter.

»Ich dachte, du wärst in Frankreich.«

»Das war ich auch. Laß mich rein, Clary.«

Sie war unentschlossen stehen geblieben.

»Oh – na gut.«

Sie führte ihn in ihr Zimmer, wo das übliche Durcheinander herrschte. Die Erleichterung, die er verspürt hatte, als er sie an der Tür sah, wich einer anderen Angst. Sie sah schrecklich aus. Ohne das absurde Make-up, mit dem er sie das letzte Mal gesehen hatte, war ihr Gesicht grau und verquollen, und sie hatte Ringe unter den Augen. Sie trug einen alten pfirsichfarbenen Kimono, von dem er wußte, daß er einmal Zoë gehört hatte. Es muß mit Noël zu tun haben, dachte er. Alles, was mit ihm zusammenhing, mußte sie schwer treffen.

»Ich habe im Bett gelegen«, sagte sie. Ihre Stimme war leblos, ihr Ton angestrengt beiläufig. Trotzdem kehrte seine Erleichterung ansatzweise zurück.

»Wieso bist du wiedergekommen?«

»Poll hat mir ein Telegramm geschickt. Sie sagte, du hättest Ärger.«

»Hat sie erwähnt, welcher Art?«

»Die Verbindung war so schlecht, daß ich es nicht verstehen konnte.«

»Du sagtest doch, sie hätte ein Telegramm geschickt.«

»Ja, und dann habe ich sie angerufen.«

»Ach so.«

Sie schwieg. Sie stand ihm gegenüber, und er bemerkte, daß sie zitterte.

»Was ist denn?«

»Ach, was soll's, dann erzähle ich es dir eben. Sieht so aus, als wäre ich schwanger. Ziemlich dumm von mir, wie?«

»Weißt du es genau?«

»Ja. Ich habe mir einige Zeit Sorgen gemacht – und seit letzter Woche weiß ich es definitiv.«

Das war das letzte, was er erwartet hätte.

»Sonst weiß es niemand«, sagte sie, »nur Poll.« Einen Augenblick später fügte sie in demselben leblosen Tonfall hinzu: »Und selbstverständlich Noël. Und Fenella.« Sie runzelte die Stirn, als versuchte sie, ihr Gesicht zusammenzuhalten. »O Archie, sie sind so *wütend* auf mich! Als hätte ich es mit Absicht getan! Es war einfach ein schrecklicher Fehler – ich weiß nicht, wie es passieren konnte! Ich weiß es einfach nicht!« Und sie setzte sich auf den Boden, schlang die Arme um die Knie und begann zu schluchzen.

Er kniete sich neben sie, und sie klammerte sich an ihn. Er strich ihr über den Kopf, umarmte sie und ließ sie schluchzen. Es war ein trockenes, tränenloses Weinen.

»Ich kann nicht mal mehr richtig weinen«, sagte sie. »Anscheinend habe ich die üblichen Arten zu weinen schon aufgebraucht.«

»Liebste Clary. Natürlich ist es nicht deine Schuld. Selbstverständlich nicht.« Und dann fragte er: »Wieso ist Noël so wütend?«

»Weil er schon den Gedanken an Kinder haßt. Er sagt, es macht ihn wahnsinnig. Und *sie* – Fenella – sagt, daß es stimmt. Sie mußte ihm versprechen, daß sie nie eins bekommen würde, und jetzt sagt sie, ich hätte sie beide verraten. Aber das wollte ich doch nicht! Es war doch keine Absicht!«

»Willst du es denn haben?«

»Wie könnte ich denn? Er würde nie wieder mit mir reden; er würde mich nie wieder sehen wollen. Ich liebe ihn, und ich könnte nie so eigensüchtig sein, ihm das anzutun.« Einen Augenblick später sagte sie: »Es ist sowieso vorbei. Gestern haben sie es mir gesagt – Fenella hat es mir gesagt. Er kann es nicht einmal mehr ertragen, mich zu sehen. O Archie, ich weiß nicht, was ich machen soll! Ich weiß nicht, wie – wie man … an eine Abtreibung kommt, und außerdem kostet so was Hunderte von Pfund.«

»Wenn er das Kind nicht haben will, könnte er das bezahlen.«

Aber als sie ihn ansah, lag nur wortlose Verweigerung in ihrem Blick. Dann sagte sie: »Ich dachte, daß er mich liebt. Ich habe es wirklich geglaubt. Entschuldige, Archie, ich glaube, mir wird schlecht.«

Während sie weg war, nahm er Bücher, Zeitungen und ein paar Kleidungsstücke von dem einzigen Sessel. Ein Blatt Papier flatterte zu Boden. Er hob es auf. »Mein geliebter Noël«, las er, dann legte er das Blatt weg. Die Grenze zwischen dem, was ihn anging und was nicht, war plötzlich sehr durchlässig geworden. Das wichtigste war nun, ihr zu helfen. Er durfte nicht die Nerven verlieren und anfangen, diesen Mistkerl zu beschimpfen; er hoffte nur, daß Noël tatsächlich jede Verbindung zu ihr abbrach, das würde es ihr erleichtern, mit dieser Geschichte fertig zu werden. Aber er mußte aufpassen, daß er auf keinen Fall das Falsche sagte und sie damit provozierte, diesen Kerl zu verteidigen.

Sie kam zurück, und er führte sie zum Sessel, zog sich einen Küchenhocker näher und setzte sich zu ihr.

»Besser?«

»Das hoffe ich. Das war heute das dritte Mal. Normalerweise hört es danach auf.«

»Möchtest du einen Tee oder so?«

Sie schüttelte den Kopf. »Ich bin nicht sonderlich versessen darauf, aber ich sollte wohl einen Zwieback essen. Das soll gut sein, sagte Polly. Sie hat sich ein bißchen erkundigt.«

»Was hält Poll von der ganzen Sache?«

»Es ist schwierig, weil sie Noël, als sie ihm einmal begegnet, ist, nicht leiden konnte. Ich weiß nicht warum, sie mochte ihn einfach nicht, und da ich sie gefragt habe, hat sie es mir natürlich gesagt. Sie ist sehr wahrheitsliebend, also mußte sie es sagen.« Sie schwieg einen Augenblick, dann fügte sie hinzu: »Es beruhte auf Gegenseitigkeit. Noël hielt sie für oberflächlich.«

»Du bist doch nicht etwa derselben Meinung?«

»Nein«, sagte sie müde. »In manchen Dingen bin ich nicht derselben Ansicht wie er.«

»Wo ist der Zwieback?«

»Ich glaube, unter meinem Bett.«

»Hast du etwas zu Mittag gegessen?«

»Das kam mir sinnlos vor. Aber abends esse ich immer etwas.«

»Du meinst, es schmeckt dir, *und* du kannst es bei dir behalten?«

Das war ein alter Familienwitz. Sie lächelte beinahe. »War das nicht eine von Dads Putzfrauen? Dad hat offenbar immer besonders originelle.«

»Meinst du nicht, es wäre gut, es deinem Vater zu sagen?«

»Wenn es sich vermeiden läßt, lieber nicht. Ich nehme an, wenn ich das Kind bekomme, wird er es erfahren müssen – alle würden es erfahren ...«

»Nun«, sagte er, »darüber brauchst du jetzt nicht nachzudenken, und du brauchst auch noch keine Entscheidung zu treffen. Es wäre vielleicht gut, wenn du ein bißchen schlafen würdest. Ich bleibe oben in Polls Zimmer, und später gehen wir zusammen essen. Ist das in Ordnung?«

»Was wirst du denn machen?«

»Ich lese, oder vielleicht schlafe ich auch ein bißchen. Ich habe im Zug nicht viel Schlaf bekommen.«

Sie erklärte sich einverstanden, obwohl sie angeblich nicht müde war. »Aber ich habe ziemliche Kopfschmerzen.«

Er holte ihr Aspirin aus dem Schrank in dem winzigen Badezimmer und ein Glas Wasser. Als er wiederkam, lag sie schon im Bett. »Meine Güte, Londoner Wasser schmeckt wirklich abscheulich! Das fällt mir jetzt erst auf.«

Er zog die Vorhänge zu. »Ich bin oben, wenn du mich brauchst.«

»Ja. Archie? Bist du extra meinetwegen zurückgekommen?«

»Ja. Ich hänge ziemlich an dir, weißt du.«

»Ich hänge auch an dir«, erwiderte sie – das klang schon mehr nach der alten Clary.

Er wartete eine Viertelstunde, dann ging er noch mal nach unten, um nach ihr zu sehen: Sie schlief fest.

Als er allein war, konnte er wieder klarer denken. Sie hatte drei Möglichkeiten: Sie konnte das Baby bekommen und zur Adoption freigeben, sie konnte es selbst aufziehen, und sie konnte abtreiben. Es war wichtig, daß sie eine Entscheidung traf, ohne sich von anderen beeinflussen zu lassen. Er wußte nichts über Abtreibungen, nur, daß sie illegal waren, was bedeutete, daß es schwierig sein würde, jemanden zu finden, der es machte, und wahrscheinlich noch schwieriger, herauszufinden, ob derjenige zuverlässig war. Dann fiel ihm ein, daß Teresa, Louis Kutchinskys Freundin, vielleicht jemanden kannte, und Clary war ihr einmal begegnet, als er sie vor etwa drei Jahren zum Essen zu den beiden mitgenommen hatte. Er rief sie an und machte mit ihnen aus, daß er am nächsten Tag vorbeikommen würde. Wenn Clary abtreiben wollte, konnte er das zahlen, und er beschloß, es ihr zu sagen – das wäre kein Versuch der Einflußnahme, sie sollte nur wissen, daß diese Möglichkeit bestand. Wenn sie sich entschied, das Kind zu bekommen, würde Rupert es erfahren müssen; er fragte sich ohnehin, wieso sie es ihm noch nicht gesagt hatte. Aber wahrscheinlich hätte auch er, Archie, es nie erfahren, wenn Poll ihn nicht zurückgeholt hätte. Was um alles in der Welt wäre passiert, wenn Poll ihm kein Telegramm geschickt hätte – und wenn er nicht zurückgekommen wäre? Und wenn Teresa nichts wußte, wen sollte er dann fragen? Er war zu müde, um jetzt über all das nachzudenken. Er schrieb Polly einen Zettel, daß er in ihrem Zimmer sei und daß Clary schlafe, und ging und legte ihn unten auf die Treppe an der Wohnungstür. Dann kehrte er in Pollys Zimmer zurück und legte sich auf den Diwan.

Als er aufwachte, stellte Polly gerade ein Teetablett auf den Tisch. »Ich dachte, du würdest gern einen Tee trinken.«

»Danke, gern.«

»Du hast dich beeilt. Ich konnte dich am Telefon kaum verstehen und hatte schon Angst, du würdest vielleicht überhaupt nicht kommen.«

»Ich hoffe, es macht dir nichts aus, daß ich auf deinem Bett eingeschlafen bin.«

»Selbstverständlich nicht. Du bist braun geworden.«

»Es war heiß.«

Er setzte sich auf, und sie reichte ihm eine Tasse.

»Ziemlich schlimm, wie?«

»Ja. Arme Clary. Es hört sich so an, als wäre er ein richtiges Schwein.«

»Ganz bestimmt ist er das.«

»Sie hat gesagt, du könntest ihn nicht leiden. Wie ist er denn nun wirklich?«

Er sah, wie die Falten auf ihrer Stirn kamen und gingen – das war immer so, wenn sie angestrengt nachdachte.

»Wie ist er«, sagte sie bedächtig. »Bei ihm dreht sich *alles* nur um ihn selbst. Er war nur einmal hier – zum Tee. Clary wollte unbedingt, daß ich ihn kennenlerne. Aber es war eindeutig, daß er nur ungern gekommen war; er saß da und lächelte irgendwie spöttisch, als wir uns unterhielten, und ansonsten redete er nur mit Clary, vor allem über Dinge, die sie für ihn tun sollte. Zum Beispiel weigert er sich, irgendwelche Läden zu betreten, also müssen andere ihm alles kaufen. Er hat gesagt, sie soll in so einen scheußlichen Laden im East End gehen, um ihm eine besondere Art Socken zu kaufen, weil seine Füße so empfindlich sind und er soviel spazierengeht. Dafür braucht man einen ganzen Nachmittag. Und nicht etwa an einem Arbeitstag – er hat erwartet, daß sie das an ihrem freien Samstag macht. Clary erzählt immer, er hätte eine schreckliche Kindheit gehabt, aber mir kommt es so vor, als hätte das nie ein Ende genommen. Nur, daß er jetzt ein total verwöhntes Kind ist und die ganze Zeit erwachsene Leute dazu bringt, ihn für alles zu entschädigen. Fenella, seine Frau, ißt überhaupt kein Fleisch, weil sie denkt, daß er ihre Fleischration braucht, um bei Kräften zu bleiben. Diese verdammte Energie! Er reibt die arme Clary auf. Ganz abgesehen von dem, was er ihr jetzt angetan hat.« Sie sah ihn an und krauste angewidert die Nase. »Der Gedanke, daß Clary einen kleinen Noël bekommen könnte, ist wirklich unerträglich. Du mußt sie irgendwie davon abhalten, Archie.«

Diesen Gedanken, das wurde ihm jetzt klar, hatte er schon den ganzen Nachmittag angestrengt verdrängt.

»Sie muß diese Entscheidung selbst treffen«, sagte er. »Obwohl, wenn du wirklich der Ansicht bist, daß das eine solche Katastrophe wäre, kann man wohl nichts dagegen sagen, wenn du es auch aussprichst.«

»Ich hatte gehofft, daß du das für mich tun würdest.« Dann fügte sie hinzu: »Aber wahrscheinlich hast du recht. Es muß falsch sein, sie beeinflussen zu wollen, sonst würden wir nicht dauernd versuchen, uns gegenseitig dazu anzuspitzen.«

Poll ist anders heute, dachte er. Sie war elegant wie immer, in einem grasgrünen ärmellosen Kleid und leuchtendblauen Sandalen; ihr Haar hatte sie mit einem Band im selben Blau zusammengebunden. Es war nicht ihr Aussehen, das sich verändert hatte, sondern ihr Verhalten: Sie schien mehr Haltung zu haben, selbstsicherer zu sein, und in diesem Augenblick wurde ihm klar, daß sie ihn nie zuvor wie einen Gleichgestellten behandelt hatte. Es war über zwei Monate her, daß er sie zum letztenmal gesehen hatte. Sie wirkte kühler und gleichzeitig offener. Gerade, als er begonnen hatte sich zu fragen, ob das bedeutete, daß sie nicht mehr in ihn verliebt war, sagte sie: »Archie. Ich denke, ich sollte es dir sagen. Ich bin endlich über dich weggekommen. Oje, das klingt ziemlich unhöflich, wie? Ich meinte eigentlich nur, daß du dir keine Sorgen mehr machen mußt. Ich habe dich natürlich immer noch schrecklich gern. Aber mir ist klar, daß der Altersunterschied die ganze Sache ziemlich albern gemacht hat.« Sie lächelte liebenswert.

»Ich bin froh, daß du es mir gesagt hast«, meinte er. »Ist das plötzlich gekommen?«

»Ich denke, es war ein ganz langsamer Prozeß, aber *aufgefallen* ist es mir plötzlich. Und jetzt tut es mir irgendwie leid. Es muß ziemlich schrecklich für dich gewesen sein, das ist mir auch erst jetzt klargeworden. Ich dachte immer, es wäre nur für mich schlimm.«

»Nein, nein«, sagte er. »Es war vielleicht gar nicht so schlecht, daß du mit einem alten Knacker wie mir angefangen hast und nicht mit so einem Schwein.«

»Du bist kein alter Knacker! Weißt du, Archie, ich finde wirklich, du solltest heiraten. Das sage ich Dad auch immer wieder. Ich meine, es muß Tausende von Frauen in mittleren Jahren geben, deren Männer im Krieg umgekommen sind und die nur zu gern einen von euch heiraten würden.«

»O Poll!« Vor seinem geistigen Auge erschienen reihenweise Frauen mittleren Alters in schwarzen Strickjacken, die alle so aussahen, als ob eine Heirat das mindeste wäre, was er für sie tun könnte. »Sei nicht so herablassend! Es wird dich vielleicht überraschen, daß auch ich einmal hoffnungslos verliebt gewesen bin, also weiß ich, wie sich das anfühlt, und obwohl ich inzwischen darüber hinweg bin, habe ich immer noch die romantische Anwandlung, daß ich mich richtig verlieben will, bevor ich jemanden heirate. Und ich bin etwa sieben Jahre jünger als dein Vater. Nicht«, fügte er hinzu, weil dieser letzte Satz doch recht jämmerlich geklungen hatte, »daß das einen großen Unterschied macht. Ich gehe davon aus, daß dein Vater es genauso sieht wie ich.«

Sie war verdutzt, und dann lief sie rot an und entschuldigte sich, den Tränen nahe, wieder und wieder. »Es ist so schwierig, Leute, die man schon als Kind kannte, als Menschen zu sehen«, sagte sie. »Besonders Eltern. Aber du bist nicht mein Vater, Archie, du warst immer unser Freund, also habe ich nicht einmal diese Ausrede. Nun«, schloß sie tapfer, »ich hoffe, du wirst jemanden finden, in den du dich ganz furchtbar verliebst – wenn es das ist, was du willst. Wenn du es nicht willst, dann natürlich nicht.«

Viel später, lange nachdem er nach dem Abendessen mit Clary – das selbstverständlich nicht einfach gewesen war, aber insgesamt doch gut – nach Hause gegangen war, seine Briefe gelesen, ausgepackt und ein Bad genommen hatte, fragte er sich, ob er wohl jemanden finden würde oder ob er trotz allem, was Polly gesagt hatte, eine Grenze überschritten hatte, jenseits derer alles, was er immer gewollt und woran er geglaubt hatte, plötzlich unmöglich geworden war. Als er so im Dunkeln lag, konnte er sich eingestehen, daß er den Rest seines Lebens nicht allein verbringen wollte, und besorgt fragte er sich, ob das wohl am Ende dazu führen würde, daß er sich – wie er sich das als Möglichkeit für den armen Hugh vorstellte – für jemanden entschied, der zumindest verläßlich bei ihm bliebe.

Dritter Teil

Edward

1946

Er saß in dem Raum, den er bei sich immer noch als Büro des Brig bezeichnete. Er hatte hier überhaupt nichts verändert: Der riesige Schreibtisch stand immer noch da, ebenso die Getränkevitrine aus Lorbeerholz mit den schönen Karaffen und Kristallgläsern und Reihen vergilbter, gerahmter Fotografien – alle möglichen Leute aus der Firma, die neben riesigen Baumstämmen standen, der erste Lastwagen, selbst ein mit Holz beladener Pferdewagen. Außerdem waren da Fotos von riesengroßen Bäumen, die dem Brig in Kew oder auf einem Landsitz gefallen hatten, eins vom Brig selbst zu Pferde und dann die Familienbilder, vor allem zwei, die Edward sich immer wieder ansah, die ihn und Hugh in Uniform zeigten und aufgenommen worden waren, bevor sie 1914 nach Frankreich gingen. Zu den schlimmsten Dingen im Krieg hatte für ihn die ständige Sorge um Hugh gehört. Er erinnerte sich an diese erstaunliche Begegnung, nachdem sie beide monatelang in Frankreich gewesen waren, ohne miteinander in Verbindung treten zu können; ihre Pferde hatten einander gerochen und gewiehert, als sie auf dieser Straße nach Amiens aufeinander zugeritten waren. Und dann, nachdem er von Hughs Verwundung gehört hatte, war es ihm irgendwie gelungen, die Zeit herauszuschinden, dort hinzufahren und den armen alten Jungen zu besuchen. Der Anblick hatte ihn entsetzt – Hughs Kopf und Arm waren verbunden und sein Gesicht kreidebleich und hager gewesen, und selbst wenn er lächelte, war der gequälte Ausdruck nicht aus seinem Gesicht gewichen. Damals hatte er deutlich gespürt, wie sehr er seinen Bruder liebte, und als er wieder gehen mußte, in dem Wissen, daß es gut möglich war, daß sie einander niemals wiedersahen, hatte er dem alten Jungen einen Kuß gegeben. Keiner von ihnen hatte jemals erwähnt, was für eine Hölle es gewesen war, aber daß sie beide dort gewesen waren, hatte ein weiteres Band zwischen ihnen bedeutet.

Und nun dieser schreckliche Bruch. Es machte ihn wütend, daß Hugh dermaßen dagegen war, daß er Villy verlassen hatte und Diana heiraten würde; es gab offenbar nichts, was er, Edward, dagegen tun konnte. Und er war nicht nur wütend, sondern auch zutiefst verletzt. Er und Hugh waren immer zusammengewesen. Manchmal hatten sie sich auch gestritten – Hugh konnte ein störrischer alter Mistkerl sein –, aber es war ihnen immer gelungen, sich irgendwie zu einigen. Sie hatten zusammen gearbeitet, waren zusammen in Urlaub gefahren, hatten viel Zeit miteinander beim Golf oder Schach oder Squash verbracht. Hugh war, wie er nun dachte, vielleicht der Mensch, der ihm immer am nächsten gestanden hatte.

Er hatte ihn vor ein paar Minuten über die Sprechanlage angerufen, aber sie hatten gesagt, er sei schon gegangen, und Edward erinnerte sich, daß heute diese Party für Miss Pearson stattfand. Er beschloß, nicht hinzugehen. Er wird nicht wollen, daß ich auftauche, dachte er bedrückt. Gerade, als er von seinem Schreibtisch aufstand, klopfte es an der Tür, und Teddy kam herein. Edward war so froh, ihn zu sehen, daß er vorschlug, etwas zu trinken. »Nur ganz schnell, dann muß ich mich auf den Weg machen.«

Teddy war einverstanden.

Als er den Whisky herausholte, dachte er, wie erstaunlich ähnlich Teddy ihm doch geworden war: das gleiche lockige Haar, die gleichen blauen Augen, selbst der Schnurrbart war ähnlich geschnitten. Der Junge sah allerdings müde aus, aber er nahm an, daß das eine Mischung war aus schwerer Arbeit (er hatte Hartley angewiesen, Teddy nichts zu ersparen, nein, ihn sogar schwerer arbeiten zu lassen als jene Angestellten, die nicht Cazalet hießen) und einer Frau, von der er vermutete, daß sie im Bett unersättlich war. Er hatte die beiden in der vergangenen Woche mit Diana zum Essen ausgeführt; danach waren sie tanzen gewesen, und beim Tanzen mit Bernadine hatte er deutlich gespürt, daß sie ziemlich versessen auf Männer war.

»Zu Hause alles in Ordnung?«

»Ja, danke.«

»Und die Arbeit? Kommst du mit dem neuen Chef zurecht?« Hartley war letzte Woche nach Southampton gegangen.

»Ich glaube schon. Aber darüber wollte ich mit dir sprechen.«

»Oh. Ja?« Er war sofort mißtrauisch geworden.

»Die Sache ist ... wann werde ich eigentlich ein bißchen mehr Geld bekommen ...« Teddy schwieg, sah ihn kurz an und wandte dann den Blick ab.

»Mein lieber Junge, du arbeitest doch erst – wie lange? – drei Monate für uns!«

»Ich weiß. Darum geht es ja. Gerade sind die Gas- und Stromrechnungen gekommen, und ich kann sie einfach nicht bezahlen.«

»Dir ist doch wohl klar, daß du mehr bekommst als die meisten Leute, die eine neue Stelle antreten, von der sie eigentlich keine Ahnung haben? Erheblich mehr, als viele in ihrem gesamten Arbeitsleben sehen werden.«

»Ich weiß, Dad. Jedenfalls glaube ich das.«

»Du bekommst mehr als das, wofür diese Fußballer streiken wollten. Sie wollten sieben Pfund die Woche, nicht wahr? Nun, wenn ich mich recht erinnere, hast du neun. Damit solltest du eigentlich auskommen, Teddy, alter Junge.«

»Ich dachte ja, ich schaffe es. Ich hatte diese Rechnungen einfach vergessen. Das Problem ist, weißt du, daß Bernie nicht viel von Geld versteht. Und sie ist an ein warmes Klima gewöhnt, also läßt sie das Feuer die ganze Zeit an, sogar im August hat sie das gemacht. Und sie läßt immer überall das Licht brennen, weil sie die Wohnung so dunkel findet.«

»Das klingt, als solltest du mal mit ihr über diese Dinge reden ...«

»Ich habe es ja versucht. Aber ich will nicht dauernd damit kommen; es ist ohnehin nicht sehr lustig für sie, wenn ich den ganzen Tag weg bin. Ehrlich gesagt langweilt sie sich ziemlich.«

O Gott, dachte er. Auf was hat der Junge sich da eingelassen? Laut sagte er: »Wie hoch sind die Rechnungen denn?«

Teddy griff in seine Jackentasche und holte einen kleinen Stapel heraus, der von einer Büroklammer zusammengehalten wurde. »Das sind Mahnungen«, sagte er. »Sie drohen, uns alles abzustellen, wenn wir nicht zahlen. Das ist das Problem.«

»Sehen wir mal.«

Die Gasrechnung betrug achtundzwanzig Pfund – eine erstaunliche Summe für drei Monate in einer kleinen Wohnung. Die Stromrechnung war über zwölf und die fürs Telefon, die Teddy gar nicht erwähnt hatte, über dreißig. »Sie hat in den Staaten angerufen; ich habe ihr schon erklärt, daß wir uns das nicht leisten können.«

»Das sind insgesamt siebzig Pfund.«

»Ich weiß.«

»Sonst noch was?«

»Na ja, die Miete für den nächsten Monat ist auch bald fällig. Das sind sechs Pfund.«

»Teddy, du mußt für diese Dinge Geld beiseite legen. Jede Woche.«

»Wenn ich das tue, wie um alles in der Welt soll ich dann alles andere bezahlen?«

»Redest du vom Essen?«

»Ich meine das Essen, die Fahrt zur Arbeit und die Sachen, die Bernie braucht. Gar nicht zu reden von einmal die Woche Ausgehen, was nicht gerade viel ist, und Zigaretten und hin und wieder einem Essen im Restaurant. Bernie hat in ihrem Leben nicht viel gekocht, und sie findet die Rationierung unmöglich. Die Sachen reichen einfach nicht, also müssen wir hin und wieder ausgehen.«

Am Ende erklärte Edward sich bereit, die Rechnungen zu bezahlen, aber nur unter der Bedingung, daß Teddy einen anständigen Haushaltsplan aufstellte und im Rahmen seines Einkommens leben lernte. »Ich kann dir im Augenblick unmöglich mehr zahlen«, sagte er. »Das wäre Bevorzugung. Andere Leute, die für uns arbeiten, haben keine Väter, die sie aus solchen Situationen retten. Du hast dich selbst für diese Ehe entschieden. Daran hättest du vorher denken müssen. Du wirst deine Ausgaben eben einschränken müssen.« Er musterte Teddy, der das leere Whiskyglas in den Händen drehte; zunächst war er ganz offensichtlich dankbar gewesen, aber jetzt schien er zu schmollen.

»Ich werde es versuchen«, sagte er, »aber es ist nicht so einfach, wie du denkst.« Er stand auf. »Ich gehe jetzt.«

»Warte einen Augenblick, ich gebe dir einen Scheck. Aber benutz ihn auch wirklich, um die Rechnungen zu bezahlen.«

»Danke, daß du mir geholfen hast«, sagte Teddy, als Edward ihm den Scheck gab. »Selbstverständlich werde ich die Rechnungen damit bezahlen.«

»Warum schlägst du Bernie nicht vor, daß sie sich von deiner Mutter den einen oder anderen Tip für den Haushalt geben läßt?«

»Ich kann's ja versuchen.« Er klang, als hätte er keine große Hoffnung.

Edward fuhr Teddy noch nach Hause, wodurch er verspätet zu Diana kam.

Nachdem er Teddy abgesetzt hatte, fiel ihm ein, daß Bernadine angeblich von ihrem ersten Mann zwei Kinder hatte. Offenbar hatte sie sie zurückgelassen, sie waren nie wieder erwähnt worden. Vielleicht bedeutete das, daß sie keine Kinder mochte oder keine mehr haben wollte. Was vermutlich das beste wäre, dachte er grimmig.

Es war kein geeigneter Abend, um zu spät zu kommen, denn er brachte nicht die Nachrichten mit, die Diana hören wollte. Er hatte geglaubt, daß er zumindest Diana glücklich machen würde, wenn er Villy verließe und zu ihr zöge, aber das war nicht der Fall, oder zumindest nicht in dem Maß, wie er es erwartet hatte. Natürlich war sie begeistert gewesen, als er es ihr mitteilte und als er in das neue Haus zog, das sie ein paar Monate zuvor gefunden hatte. Es war ein großes und ziemlich modernes Haus aus den Dreißigern – im Grunde entsprach es nicht sonderlich seinem Geschmack, aber sie liebte es, weil es, wie sie sagte, leicht sauberzuhalten war. Es hatte drei Stockwerke, von denen das oberste, wie sie meinte, hervorragend als Wohnung für eine Haushälterin geeignet war, und sie hatte sofort eine Mrs. Greenacre eingestellt, eine Witwe, die sich um die Einkäufe und ums Kochen kümmerte. Außerdem hatte sie eine Tageshilfe für den Haushalt gefunden. Jamie ging jetzt in die Grundschule, also war nur noch Susan zu Hause, aber Diana hatte trotzdem ein Mädchen eingestellt, das sich jeden Tag von neun bis vier um die Kleine kümmerte. Ein ziemlich großer Haushalt, dachte er, und natürlich mußte er auch noch für Villy aufkommen. Er hatte begonnen, sein Kapital anzugreifen. Zudem hatte Diana, kaum daß sie sich im Haus eingerichtet hatte, begonnen, sich wegen des Scheidungstermins Gedanken zu machen. Anfangs hatte sie angenommen, daß er schon mit Villy darüber gesprochen habe, und er hatte es nicht übers Herz gebracht, ihr zu sagen, daß das nicht der Fall war. Er war davon ausgegangen, daß Villy sich von ihm scheiden lassen würde, aber im Lauf der letzten Monate hatte sie auf verschiedene Weise angedeutet, daß sie sich weigerte – oder zumindest nicht selbst die Initiative ergreifen würde. Und in der letzten Woche hatte Diana endlich Konkretes hören wollen. Sie hatten sich nach einer Dinnerparty – Freunde von ihr – ausgekleidet, und ihm war aufgefallen, daß sie ziemlich ruhig war.

»Müde, Liebes?«

»Ein bißchen.«

»Ich mochte deine Freunde recht gern.«

»Paddy und Jill? Ja, aber es war schade, daß die Carews nicht gekommen sind.«

»Ja? Warum eigentlich nicht?«

»Ich glaube, sie haben etwas gegen unverheiratete Paare.«

»Wie albern.« Er ging ins Bad, um die Zähne herauszunehmen und zu putzen – etwas, das er, anders als bei Villy, nicht vor Diana tun wollte. Als er zurückkam, saß sie immer noch vor dem Frisiertisch.

»Edward! Was ist los?«

»Was meinst du?«

»Wie geht es mit der Scheidung weiter?«

Er sagte, es sei viel zu spät, jetzt darüber zu reden, aber sie meinte, nein, sie wolle es nun wirklich wissen. »Ich verstehe schon, daß die ganze Sache einige Zeit brauchen wird, aber zumindest wäre mir wohler, wenn es endlich losginge. Und bis jetzt ist noch gar nichts geschehen, stimmt's?«

»Nichts Offizielles.«

»Du meinst überhaupt nichts, nicht wahr? Hast du mit einem Anwalt darüber gesprochen? Oder mit ihr?«

»Wenn du es unbedingt wissen willst – nein.«

»Aber wenn du nichts unternimmst, wird nie etwas passieren.«

»Es besteht immer noch die Chance, daß sie es einleitet.«

»Hast du ernsthaft vor, darauf zu warten?«

Er gab keine Antwort.

»Und wenn sie sich nicht rührt?«

»Ich weiß es nicht. Ehrlich, woher soll ich das wissen?«

Er fühlte sich in die Enge gedrängt: Es kam ihm so vor, als hätten sich alle – sogar sie – verschworen, um ihm das Gefühl zu geben, daß er im Unrecht sei. Und dabei hätte sie doch verdammt noch mal auf seiner Seite stehen sollen! Gerade als er glaubte, es wirklich nicht mehr ertragen zu können, lenkte sie ein: Sie stand auf, kam zu ihm und umarmte ihn: »Armer Liebling! Ich weiß, wie schwer es für dich war. Es war sehr tapfer von dir, dich all dem zu stellen ...« Sie sagte noch erheblich mehr in dieser Richtung, und allmählich fühlte er sich wieder besser. Sie gingen ins Bett und schliefen miteinander, und sie schien begieriger als sonst, was ihn freute, und danach, als sie dalagen und er sie im Arm hielt, sagte er, er werde sich mit Villy treffen, um mit ihr über die Scheidung zu reden.

Also hatte er mit ihr zu Mittag gegessen. Er hatte ein Restaurant in Soho ausgewählt, das er normalerweise nicht besuchte; er wollte weder Bekannten begegnen noch sich von den Kellnern ablenken lassen. Er hatte sie angerufen und einfach erklärt, er wolle mit ihr über einiges reden; sie hatte mißtrauisch geklungen, sich aber einverstanden erklärt.

Sie wartete schon am Tisch auf ihn, in ihrem dunkelblauen Kostüm und mit ziemlich viel rosarotem Lippenstift. Er begrüßte sie herzlich und bestellte Martinis.

Aber es war ein schwieriges Essen gewesen. Die Konversation war unberechenbar hin und her geschwankt zwischen sorgfältig ausgewählten Themen (er traf die Auswahl) und ihren plötzlichen, bitteren Seitenhieben, vorgebracht in einem Tonfall, den er theatralisch fand, der aber dennoch bewirkte, daß er sich sehr unbehaglich fühlte. Zum Beispiel hatte er sich nach ihrem Sommerurlaub bei der Duchy und Rachel erkundigt – sie hatte die Kinder nach Home Place gebracht –, und sie hatte erwidert: »Ich nehme an, ich werde für den Rest meines Lebens auf Wohltätigkeiten angewiesen sein und das Mitleid anderer ertragen müssen!« Bei diesem ersten Mal hatte er den Fehler gemacht, sie zu fragen, was um alles in der Welt sie meinte, und sie hatte ihn mit diesem schrecklich heroischen Lächeln angesehen, das ihn, wie ihm jetzt klarwurde, immer schon geärgert hatte, und gesagt: »Was ich damit meine? Ich meine, daß Bettler für jeden Brosamen dankbar sein müssen.«

Während des folgenden Schweigens hatte sie ihn nur abschätzend angesehen. Später, als er ihr von Teddy und seinen finanziellen Problemen berichtete und hinzufügte, er glaube nicht, daß Bernadine eine gute Ehefrau sei, hatte sie gesagt: »Nun, wir wissen ja, was in dieser Familie die Entschlüsse diktiert: Lust.« Sie hatte das Wort so widerwärtig klingen lassen, daß er spürte, wie er rot anlief. Alles in allem war das kein gutes Klima, um über die Scheidung zu sprechen. Dennoch, er hatte es Diana versprochen, also schnitt er das Thema an.

Sie finde schon den Gedanken schrecklich, erklärte sie. Niemand in ihrer Familie habe je diese schmähliche Prozedur über sich ergehen lassen. Sie sehe keinen Grund, wieso sie die erste sein sollte, nur damit der Beuteinstinkt einer Frau befriedigt werde, die immerhin ihr Leben zerstört hatte. Er sagte, er glaube, die Situation wäre damit geordneter und vor allem für die Kinder einfacher als die derzeitige Lage, worauf sie erwiderte, es wäre leichter für die Kinder, wenn diese Situation überhaupt nicht entstanden wäre.

Ob sie zumindest darüber nachdenken werde, hatte er gefragt.

»Was ich einfach nicht verstehe«, sagte sie, nachdem sie beide einige Zeit geschwiegen hatten, »ist, was dich dazu gebracht hat, mir vorzuspiegeln, wir würden zusammen ein Haus suchen, wenn du nie vorhattest, darin zu wohnen.«

»Ich dachte, du würdest dich sicherer fühlen, wenn du ein Haus hast.«

»Aber wenn ich gewußt hätte, was hinter meinem Rücken vorgeht, hätte ich vielleicht ganz woanders wohnen wollen – weit weg von allem.«

»Wenn du willst, kannst du das immer noch. Ich überschreibe dir das Haus, dann kannst du es verkaufen.«

»Ach, es ist doch vollkommen gleich, wo ich wohne!« rief sie.

»Es war nicht meine Idee. Louise dachte, du würdest dich wohler fühlen, wenn du ein Haus hättest.«

»Louise? Willst du damit etwa sagen, daß du mit Louise über mich gesprochen hast?«

O Gott, dachte er, wie dumm, daß ich das erwähnt habe. »Ich wollte alles richtig machen. Ich habe versucht, alles so gut wie möglich zu machen.«

»Das, was du mir angetan hast, kann man nicht ›richtig‹ machen. Aber du hättest zumindest davon absehen können, dich hinter meinem Rücken mit meiner eigenen Tochter zu verschwören. Begreifst du denn nicht, wie demütigend das für mich ist?«

»Ja, ja, inzwischen verstehe ich das. Es tut mir schrecklich leid. Ich wollte dich wirklich nicht aufregen ...«

»Mich nicht aufregen! O mein lieber Edward!« Sie lachte bitter, trank einen Schluck Kaffee und verschluckte sich. Das passierte ihr öfter, und für gewöhnlich in einem Restaurant oder an einem anderen öffentlichen Ort. Ihm war das schon seit Jahren nicht mehr peinlich, und nun reichte er ihr, nachdem er ihr ein Glas Wasser eingegossen und ihr ein paarmal auf den Rücken geklopft hatte, sein Taschentuch für den Niesanfall, der einsetzen würde, wenn sie wieder genug Luft bekam. Er lächelte ihr ermutigend zu, als sie sich die Nase putzte, mehrmals nieste, sich die Augen wischte – ihr Make-up war zu orangefarbenen Streifen verlaufen –, noch zweimal nieste, sich entschuldigte, sich die Nase putzte und wieder nieste. Sie sah schrecklich aus, vertraut, absolut nicht begehrenswert und irgendwie rührend. Zum erstenmal, seit er sie verlassen hatte, machte er sich klar, wie ungeheuer wichtig ihr Stolz für sie war.

»Ich bewundere immer, wie du mit diesen Anfällen umgehst«, sagte er.

»Ich habe immerhin einige Übung.« Jetzt klang sie ruhiger. Sie holte ihre Puderdose heraus und versuchte, während sie mißbilligende Laute von sich gab, ihr Gesicht in Ordnung zu bringen.

Er wußte nicht, was er noch sagen sollte. Es wäre unklug, Roly in irgendeiner Art zu erwähnen; sie hatte bereits verkündet, daß sie ihm keinesfalls erlauben würde, das neue Haus zu betreten und diese Frau kennenzulernen. Am Ende bot er an, ihr ein Auto zu kaufen, und das schien sie zu freuen. »Dann wäre es viel einfacher für mich, Lydia in ihrer Schule zu besuchen«, sagte sie.

Das war alles. Er zahlte, und sie verabschiedeten sich auf der Straße, ohne einander zu berühren; er zog den Hut, als wäre sie eine Fremde.

An diesem Nachmittag fragte er Rupert im Büro, ob er mit Zoë zum Abendessen in die Ranulf Road kommen würde, sah, daß Rupert zu einer Ablehnung ansetzte, und sagte: »Bitte, alter Junge. Es würde mir vieles leichter machen.« Also sagte Rupert, na gut, sie würden kommen.

Zumindest *das* wird Diana freuen, dachte er, als er zurückfuhr, nachdem er Teddy abgesetzt hatte. Es würde ihr über die andere Nachricht, die weniger gut war, hinweghelfen.

Sie trug ein neues Kleid in Dunkelblau und Smaragdgrün, und zum Glück registrierte er das, bevor sie erwähnte, daß es neu war. Sie hatte einen großen Shaker Martinis gemixt – nach dem Drink mit Teddy hätte er einen Whisky vorgezogen, aber er hatte nicht das Herz, es ihr zu sagen.

»Das war wirklich komisch«, sagte sie, »ich habe dieses Kleid in einer dieser schrecklichen kleinen Boutiquen an der Finchley Road entdeckt. Ich hatte Jamie dabei – bevor er wieder zur Schule mußte –, und die Verkäuferin hat gesagt: ›Wird sich dein Daddy nicht freuen, wenn er Mummy in ihrem neuen Kleid sieht?‹, und Jamie hat geantwortet: ›Er ist nicht mein Daddy. Er ist der Mann, mit dem Mummy zusammenlebt.‹«

»O Gott!«

»Die arme Frau wußte nicht, wo sie hinschauen sollte.«

»Ich habe Rupert und Zoë zum Abendessen eingeladen«, sagte er.

»Oh, gut. Ich möchte sie so gern kennenlernen. Schenk mir noch etwas ein, Liebling. Und wie war es heute mittag?«

»Gar nicht so übel.« Er spürte, daß sie wartete. »Sie wird darüber nachdenken«, sagte er. »Viel mehr kann ich nicht tun. Ich kann mich nicht von ihr scheiden lassen.«

»Hast du ihr von Susan erzählt?«

»Nein. Nein, das habe ich nicht. Sie ist ziemlich verbittert, weißt du. Es hat keinen Zweck, alles noch schlimmer zu machen.«

Wieder schwieg sie. So hatte ich mir die Abende mit ihr nicht vorgestellt, dachte er.

»Das klingt nicht sonderlich vielversprechend.«

Er erhob sich aus dem Sessel. »Ich muß mich waschen«, sagte er. Er wollte weg, bevor sie anfingen zu streiten.

Neben ihrem Schlafzimmer hatte er ein Ankleidezimmer mit angrenzendem Badezimmer. Er urinierte, wusch sich Hände und Gesicht und fuhr sich mit seiner Bürste mit dem Silberrücken durchs Haar. Er wurde langsam kahl. Er fühlte sich seltsam mutlos, und daran war er überhaupt nicht gewöhnt. Normalerweise dachte er überhaupt nicht darüber nach, wie er sich fühlte, er spürte es einfach, aber heute – die Besprechung der Geschäftsführung, in der Hugh sich gegen ihn gewandt hatte, und der darauffolgende Kompromiß; das Gespräch mit der Bank, die ihnen den Kredit nur zu überraschend harten Bedingungen gewährt hatte; sein Entschluß, mit weiteren zehntausend von seinem eigenen Geld Rechnungen zu begleichen (Schulgebühren für Lydia und Jamie, außerdem hatte er Villys Unterhalt geregelt, und nun hatte er ihr auch noch ein Auto versprochen); und dann Teddy, der Geld von ihm wollte – es war wirklich kein Wunder, daß er nach einem solchen Tag spürte, wie müde er war und wie sehr er sich von all dem in die Enge getrieben fühlte. Ihm fiel auf, daß er bei seiner Tagesbilanz das Mittagessen mit Villy ausgelassen hatte, das auf seine Art das Schlimmste gewesen war, aber darüber konnte er auf keinen Fall mit Diana sprechen, irgendwie fühlte er sich wegen Villy ziemlich schrecklich – verdammt, er war beinahe sechsundzwanzig Jahre mit ihr verheiratet gewesen, es mußte ein schrecklicher Schlag für sie sein, so plötzlich verlassen zu werden. Sicher, sie hatte sich nie für Sex und solche Dinge interessiert, aber es hatte ihr offensichtlich gefallen, verheiratet zu sein – so waren Frauen nun mal, man mußte sich nur ansehen, wie versessen Diana darauf war, und er mochte Frauen auch nicht, die eine Ehe für vollkommen unwichtig hielten … obwohl Heiraten nicht zu den Dingen gehörte, die Männer sonderlich begeisterten – er, zum Beispiel, würde es vollkommen in Ordnung finden, wenn die Situation mit Diana so bliebe, wie sie im Augenblick war. Das Problem war, daß er sie liebte, auf eine Weise, wie er Villy vermutlich nie geliebt hatte. Er dachte an Villy, wie sie im Restaurant gesessen hatte, als er hereinkam, mit Make-up, das sie sonst nur abends, für Partys, auflegte; der Lippenstift hatte ihren Mund schmal aussehen lassen und ihr einen verknitterten Zug verliehen, und der Puder hatte die Falten betont, die sich von den Nasenflügeln bis unter ihren Mund zogen. Als sie jung gewesen war, hatte sie auf eine ziemlich reizvolle Art jungenhaft ausgesehen, aber diese Eigenschaft verkraftete das Altern nicht; nun wirkte sie nur noch unfeminin und, nachdem sie sich verschluckt hatte, jämmerlich. Und als sie auf der Straße gestanden und beide nicht gewußt hatten, wie sie die Begegnung beenden sollten, hatte sie ihn angesehen, mit so einem Lächeln, das eigentlich kein Lächeln war – einer Art Grimasse, durchdrungen von Ablehnung, gedämpft von Selbstmitleid... Er staunte, daß ihm das aufgefallen war, sonst bemerkte er so etwas nie. Ihm waren in diesem Augenblick seltsame Überlegungen durch den Kopf gegangen: Ich kann sie nicht küssen, dann würde sie anfangen zu weinen. Ich kann ihr auch nicht die Hand schütteln, sie würde denken, ich wollte unfreundlich sein. Was zum Teufel soll ich tun? Und dann hatte er den Hut gezogen, ihr Lächeln erwidert und war gegangen. Jetzt fragte er sich, ob sie ihn je geliebt hatte. Darüber hatte er nie zuvor nachgedacht.

Als Diana ihn zum Essen rief, war das eine willkommene Ablenkung von diesen Gedanken. Das Eßzimmer sah festlich aus mit seinen silbernen Kerzenleuchtern und einer silbernen Vase mit weißen und gelben Chrysanthemen und einer weißen Tischdecke und Servietten und seiner Lieblingskaraffe voll Burgunder, und Mrs. Greenacre kochte gutes englisches Essen, Lammbraten, Austern mit Speck, und danach gab es einen anständigen Stilton, aber er merkte, daß er überhaupt keinen Hunger hatte, und obwohl er von allem nur ein wenig aß, um Diana nicht zu enttäuschen, bekam er Magenschmerzen, noch bevor die Mahlzeit zu Ende war. Diana war sehr fürsorglich, holte ihm Bikarbonat – ekelhaftes Zeug, aber es wirkte so prompt, daß ihm später sogar noch nach einem Cognac zumute war. Im Bett war er ernsthafter als sonst, um sie dafür zu entschädigen, daß das mit der Scheidung immer noch unklar war, und weil er es brauchte, daß sie, wie er es ausdrückte, auf seiner Seite war, und das schien auch der Fall zu sein: Sie wirkte erfreut und aufmerksam und glücklich, und sie schlief sofort danach ein. Aber er mußte feststellen – und das sah ihm überhaupt nicht ähnlich –, daß er nicht schlafen konnte; sein Magen fing wieder an, weh zu tun, und nachdem er einige Zeit wachgelegen und sich elend gefühlt hatte, stand er auf und machte sich auf die Suche nach mehr Bikarbonat.

Rupert

November 1946

»Was hältst du von ihr?«

»Sie scheint ganz nett zu sein.« Sie dachte einen Augenblick nach, und dann sagte sie: »Sie hat sehr häßliche Hände. Und diese Ringe, die Edward ihr geschenkt hat, machen das nur noch auffälliger.«

»O Zoë! Das wäre mir nie aufgefallen!«

»Du hast mich gefragt.«

»Ich habe es, glaube ich, ein bißchen allgemeiner gemeint.«

Sie fuhren die West End Lane entlang; es war spät und ziemlich neblig.

»Sie ist in vielem das Gegenteil von Villy, findest du nicht? Äußerlich, meine ich.«

»Sie hat erstaunliche Augen«, sagte er, »blau wie Glockenblumen. Du hattest doch sicher nicht erwartet, daß sie wie Villy sein würde?«

»Ich weiß nicht. Ich dachte, Männer suchen sich immer wieder denselben Typ Frau. Und es gibt auch einige Ähnlichkeiten.«

»In welcher Hinsicht?«

»Na ja, sie war ein bißchen dramatisch – was die Duchy theatralisch nennen würde.«

»Das konnte ich überhaupt nicht feststellen ...«, sagte er, aber sie unterbrach ihn.

»Doch! Sie hat sich sehr angestrengt, demonstrativ offen und ehrlich zu sein. Sie hat dauernd betont, wie sehr sie es schätzt, wenn Leute sagen, was sie denken, solche Dinge.«

»Du mochtest sie also nicht.«

»So würde ich es nicht ausdrücken.«

»Na ja. Wir müssen nicht eng befreundet mit ihr sein. Edward wollte, daß wir sie kennenlernen, und das haben wir nun getan.«

»Aber wir werden sie auch zu uns einladen müssen, und wir werden Villy nicht erzählen dürfen, daß wir sie kennen.«

»Und Hugh«, meinte er. »O verdammt.«

Sie waren beinahe am Ende der abschüssigen Straße angekommen, und plötzlich waren sie von dichtem Nebel umgeben. Rupert verringerte sofort die Geschwindigkeit, nachdem er beinahe in ein parkendes Auto gefahren war.

»Dieser Nebel ist so dicht wie vor dem Krieg!«

»Kannst du nach dem Rinnstein links Ausschau halten – und parkenden Autos? Kurbel dein Fenster runter.«

Das tat sie, und beißender Geruch drang ins Auto. »Ich kann bestenfalls drei oder vier Fuß weit sehen«, sagte sie, »fahr langsamer!«

Die Straßenlampen waren zu trüben gelben Flecken geworden, vor denen der Nebel wirbelte, als würde er auf sie zublasen, obwohl es windstill war. Nach ein paar Minuten hielt er am Rinnstein an. »Ich brauche eine Kippe«, sagte er. »Und wir müssen uns überlegen, welche Strecke am günstigsten ist. Wir werden Stunden brauchen.«

»Vielleicht hört es ja unterwegs irgendwo auf. Kann ich auch eine haben?«

»Sicher. Mach das Fenster ruhig wieder zu, solange wir nachdenken – wieso sollten wir weiterfrieren?«

»Wir könnten vielleicht zur Duchy fahren«, sagte er, nachdem er eine Zigarette angezündet hatte. »Das ist viel näher. Wir haben nicht zufällig eine Taschenlampe?«

»Ich fürchte, die hat Jules zum Spielen genommen.«

»Oder wir fahren die Edgware Road runter bis zum Marble Arch und dann die Bayswater Road entlang. Das sind alles Hauptstraßen. Da ist es heller, und es stehen keine geparkten Autos im Weg.«

»Aber in der Nähe des Parks könnte der Nebel schlimmer werden.«

»Möglich. Nun, wir könnten auch über Carlton Hill fahren und sehen, ob ...«

In diesem Augenblick krachte es hinter ihnen. Das Auto wackelte.

»O Gott. Bleib hier, Liebling.«

Er stieg aus, und eine Frauenstimme sagte: »Es tut mir furchtbar leid. Ich habe versucht, dem Rinnstein zu folgen, und Sie dabei einfach nicht gesehen.« Sie klang alt und verängstigt.

»Da kann man nichts machen«, sagte er. «Aber wir sollten uns den Schaden ansehen.«

»Ich habe eine Taschenlampe.«

Sie ging zu ihrem Auto zurück und holte die Lampe. Die Rücklichter an Ruperts Auto waren kaputt, was, wie er finster dachte, die Gefahr weiterer Auffahrunfälle noch vergrößerte.

»Es tut mir wirklich schrecklich leid«, sagte die Frau. Im Licht der Taschenlampe sah er, daß sie weißes Haar hatte und ein Abendkleid trug. »Wenn Sie eine Sekunde warten, gebe ich Ihnen meinen Namen und die Adresse.«

Er folgte ihr zur offenen Tür des Wagens und sah, daß noch jemand im Auto saß: ein Mann, der tief zu schlafen schien. Aber als die Frau nach ihrer Handtasche griff, hob er den Kopf und sagte sehr deutlich: »Frauen am Steuer!« und schien sofort wieder einzuschlafen.

»Mein Mann hat es ein bißchen übertrieben«, sagte die Frau – Entschuldigungen schienen ihre starke Seite zu sein. Sie reichte Rupert ein Stück Papier, auf das sie etwas geschrieben hatte.

»Haben Sie es noch weit?« Sie tat ihm leid.

»O nein, Gott sei Dank nicht. Wir haben eine Wohnung in der Abbey Road. Der Nachtportier wird ihm helfen. Und Sie?«

»Wir schaffen's schon.« Er wollte nicht hinter ihr herfahren, und zu seiner Erleichterung schien es ihr ähnlich zu gehen.

»Dann mache ich mich auf den Weg«, sagte sie. »Aber bitte setzen Sie sich morgen wegen des Schadens mit mir in Verbindung.«

Erst als sie eingestiegen, an ihm vorbei- und langsam davongefahren war, fiel ihm auf, daß er immer noch ihre Taschenlampe hatte.

Zoë schauderte. »Fahren wir weiter. Sonst passiert so was womöglich noch mal.«

Er meinte, sie sollten lieber den Wagen in einer Seitenstraße abstellen und zu Fuß gehen.

»Den ganzen Weg nach Hause?«

»Nein, zur Duchy. Oder zu Villy – ihr Haus ist noch näher.«

»Wäre es nicht besser zu fahren, wenn es so nahe ist?«

Er erklärte ihr, daß die Rücklichter kaputt waren. »Wenn noch jemand auffährt – was sehr wahrscheinlich ist –, sind wir dann schuld.«

Sie fuhren los.

»War sie allein, diese arme Frau?«

»Nein. Sie hatte ihren betrunkenen Mann dabei.

»Ich bin froh, daß du nicht betrunken bist.«

»Ich auch.«

Der Nebel schien noch dichter geworden zu sein.

»Soll ich mit der Taschenlampe aussteigen und vor dir hergehen?«

»Das könnten wir versuchen. Aber geh um Himmels willen nicht zu weit weg. Wir suchen nach einer Seitenstraße links.«

Es hatte keinen Sinn. Immer wieder verlor er sie, und dann hatte er Angst, sie oder jemand anderen anzufahren, während er konzentriert nach ihr suchte. Er hielt an, und sie war wieder verschwunden. Er hupte, und nach einer Weile kam sie zurück. »Es hat keinen Zweck. Ich verliere dich immer wieder.«

Also stieg sie wieder ein, und sie krochen weiter.

»Es muß doch bald eine Abzweigung kommen.«

Und endlich fanden sie eine Seitenstraße. Er bog ab, fuhr ein paar Meter weiter und hielt an. Die Stille, nachdem er den Motor abgestellt hatte, war unheimlich.

»Na los. Du hast leider nicht gerade die richtigen Schuhe zum Laufen an, armes Mädchen.«

»Es geht schon. Nur nicht zu schnell.«

»Das wäre sowieso unmöglich, Gott sei Dank, daß die Dame ihre Taschenlampe vergessen hat.«

»Wozu soll die gut sein? Sie ist nicht mehr sehr hell – die Batterie ist so gut wie leer.«

»Wir können damit immerhin die Straßenschilder lesen, wenn wir denn welche finden.« Er hakte sich bei ihr unter. »Bleib bei mir.«

Sie gingen auf die gegenüberliegende Straßenseite, und als sie auf eine Gartenmauer stießen, wandten sie sich nach links. »Das Schild wird irgendwo nahe der Ecke sein. Wir sollten die Taschenlampe behalten, und sei es nur für diesen Zweck. Priory Road. Das ist doch schon mal etwas.«

»Wie weit müssen wir noch?«

»Ich glaube nicht, daß es weiter als eine halbe Meile ist. Immerhin werden wir morgen wissen, wo das Auto ist.«

Inzwischen war ihnen beiden kalt: Die Luft war unangenehm, und sie konnten sich nicht schnell genug bewegen, um warm zu werden. Sie brauchten über eine halbe Stunde, um an die Ecke von Clifton Hill zu kommen.

»Wie spät ist es?«

»Zwanzig nach eins. Wir sollten lieber zu Villy gehen. Ihr Haus ist näher.«

Sie überquerten die Abbey Road, und dann konnten sie die Straße nicht finden.

»Es ist eine Kreuzung. Es muß irgendwo hier sein!«

»Wir glauben, daß wir geradeaus gehen, aber wir tun es nicht. Das ist das Problem.«

Nach einigem Hin und Her fanden sie es. »Villys Haus ist auf der linken Seite, etwa in der Mitte der Straße.«

»Es sieht anders aus als die anderen Häuser, also müßte es leicht zu finden sein.«

»Wir können doch die anderen Häuser auch nicht sehen, was nützt uns das also?«

Am Ende fanden sie es, gingen zur Haustür und klingelten. Nach dem zweiten Klingeln sahen sie, wie oben Licht anging, und dann hörten sie Villys Stimme aus einem offenen Fenster über ihnen. »Wer ist da?«

Villy kümmerte sich perfekt um sie, machte ihnen Tee mit Rum, brachte Zoë dazu, ihre Schuhe und die kaputten Strümpfe auszuziehen, und holte ihr ein Paar Pantoffeln. Sie überließ ihnen ihr Bett und sagte, sie werde in Lydias Zimmer schlafen. »Ich hoffe, diese Dinnerparty war es wenigstens wert«, sagte sie irgendwann, und Zoë meinte, ach nein, es sei recht langweilig gewesen. Sie gab Zoë ein Nachthemd und entschuldigte sich bedeutungsvoll dafür, daß sie keinen Schlafanzug für Rupert hatte.

Villys Schlafzimmer war kalt und ungemütlich, aber sie legten sich erleichtert ins Bett. Rupert dachte daran, wie schwierig Zoë früher bei einer solchen Gelegenheit gewesen wäre und wie unkompliziert sie jetzt war, und zog sie liebevoll an sich. Sofort spürte er, wie sie zurückzuckte. »Einfach nur, weil ich dich gern habe«, sagte er. Plötzlich war er vollkommen hoffnungslos.

»Das waren nur meine Fersen. Du bist dagegengestoßen, und ich habe an beiden gewaltige Blasen. Nein, nicht mal Blasen – sie sind aufgerieben.«

»O Liebling! Und du hast dich nicht einmal beschwert. Du bist wirklich ein braves, tapferes Mädchen.«

»Ich glaube nicht, daß ich brav bin, aber ein bißchen tapfer schon. Viel weiter hätte ich allerdings nicht mehr laufen können.« Sie legte den Kopf an seine Schulter und bewegte sich so, daß er den Arm um sie legen konnte. »Aber jetzt ist es vorbei.« Dann sagte sie: »Wahrscheinlich sind Abenteuer im wirklichen Leben immer so – nervenzerreißend und langweilig zugleich ...«

»Und erst, wenn man sich später an sie erinnert, sehen sie richtig abenteuerlich aus«, schloß er. Sie schwiegen, und er dachte, daß das nicht immer zutraf; daß es manchmal auch umgekehrt war.

Sie sagte: »Ich weiß nicht. Ich glaube nicht, daß das immer wahr ist.«

»Nichts ist immer wahr. Ende des Gesprächs. Schlaf jetzt.«

Sie gähnte leise, drehte sich auf die andere Seite, und Minuten später wußte er, daß sie schlief.

Es wird langsam besser, dachte er.

Am nächsten Morgen war der Nebel immerhin weniger dicht; Busse fuhren, die Autofahrer hatten die Scheinwerfer eingeschaltet, und die Passanten hatten sich die Schals über den Mund gezogen. Er schickte Zoë im Taxi heim, holte das Auto und kämpfte sich durch den Tag, der unter anderem einen Besuch beim Zahnarzt beinhaltete, eine Besprechung mit zwei Architekten, die unterschiedlicher Ansicht waren, und ein Mittagessen mit zwei Brüdern, denen eine der größten Baufirmen des Landes gehörte. Diese Brüder sagten ständig »wir« und waren immer einer Meinung. Anders als wir, dachte er grimmig. Nicht, daß *er* nicht mit

Edward oder Hugh ausgekommen wäre. Es waren Edward und Hugh, die Probleme hatten. Und dauernd fragten sie ihn, was er dachte, aber eigentlich wollten sie jeweils nur, daß er ihnen zustimmte.

Als er ins Büro kam – spät, wegen des Autos –, erfuhr er, daß seine Sekretärin die Grippe hatte. Nach der Besprechung mit dem Architekten wollte er unbedingt einen Bericht diktieren, solange er sich noch an die Einzelheiten erinnerte, also rief er Hugh an und fragte, ob er ihm seine Sekretärin schicken könne.

Rupert hatte Edwards altes Büro übernommen; er hatte nichts daran verändert, aber es gab auch nichts Persönliches, was er von seinem alten Büro hätte mitbringen können. Es war beinahe, als wollte er nicht zugeben, daß dies von nun an sein Arbeitsplatz sein würde. Aber selbstverständlich war das der Fall: Er mußte Jules' Ausbildung finanzieren, gar nicht zu reden von Neville, der zur Universität gehen würde. Und dann war da noch Zoë. Er fragte sich, ob das Leben nur darin bestand, daß Eltern jeden Gedanken daran, das zu tun, was sie wollten, aufgaben, um ihre Kinder großzuziehen, die ihrerseits wieder Kinder großziehen und jeden Gedanken an das, was sie wirklich tun wollten, aufgeben würden. Im Ruhestand würde er zu alt sein, um ernsthaft zu malen. Er beneidete Archie, der so frei von Verpflichtungen war und offenbar gar nicht wußte, was für ein Glück er hatte. Er wußte, daß diese Gedanken vor allem auf seine Müdigkeit zurückzuführen waren, und es war ohnehin kein geeigneter Tag, an Archie zu denken, denn er wußte, was immer er weiter dachte, würde dazu führen, daß er sich bei der nächsten Begegnung mit ihm noch unbehaglicher fühlte, als das ohnehin schon der Fall war.

Deshalb war er froh, als es leise an der Tür klopfte und Hughs Sekretärin eintrat. Sie war klein, so klein, daß dies sicher das erste war, was anderen an ihr auffiel. Ihr Haar war sehr hell und vollkommen glatt, und ihre Stirnfransen ließen sie wie einen Pagen aussehen. Sie sagte leise guten Morgen, als wäre sie unsicher, ob er von ihr überhaupt einen Gruß erwartete. Er fragte sie nach ihrem Namen.

»Jemima Leaf.«

»Also gut, Miss Leaf. Vielleicht setzen Sie sich dorthin, und wenn Sie wollen, können Sie den Schreibtisch benutzen.«

Es war alles ganz einfach. Er spürte, daß sie nervös war, also sagte er, sie solle ihn unterbrechen, wenn er zu schnell diktiere, und sie erklärte, das werde sie tun. Als er fertig war, sagte sie: »Dürfte ich vielleicht fragen, wie man«, sie blätterte in ihren Notizen, »Pinkerdo buchstabiert?«

»P-y-i-n-k-a-d-o.«

»Danke. Und Jarrah ist J-a-r-r-a-h?«

»Genau.«

»Ist es in Ordnung, wenn ich es heute nachmittag tippe?«

»Selbstverständlich. Vielen Dank, daß Sie mir geholfen haben.«

Sie stand auf, und er bemerkte, daß sie feste braune Schuhe trug, die sie auf Hochglanz poliert hatte. »Kann ich noch etwas für Sie tun?«

»Ich glaube nicht. Wenn Miss Marriott länger krank sein sollte, wäre es eine Hilfe, wenn Sie sich morgen um meine Briefe kümmern würden.«

»Solange Ihr Bruder mich nicht braucht.«

»Keine Sorge, Miss Leaf, ich werde ihn vorher fragen.«

»Eigentlich bin ich Mrs. Leaf.«

»Oh, entschuldigen Sie.«

Ihr sehr blasses Gesicht bekam ein wenig Farbe. »Es macht nichts, wirklich nicht«, sagte sie. »Ich bin verwitwet.«

Sie war gegangen, bevor er etwas sagen konnte.

Er aß zu Mittag und ging dann zum Zahnarzt. Mr. Yapp kümmerte sich schon seit Jahren um die Zähne aller Familienmitglieder. Er wurde langsam alt, und Rupert hoffte, daß er bald in den Ruhestand ging und Platz für einen Jüngeren machte, denn er gehörte der alten Schule an und war der Ansicht, daß eine gründliche Behandlung weh tun müsse.

»Zwei von Ihren Füllungen taugen nichts mehr«, sagte er in einem Tonfall, der andeutete, daß dies allein Ruperts Schuld sei.

»Oje.«

»Aber das können wir ändern. Wir bohren sie einfach aus und ersetzen sie. Das mit Ihrem Vater tut mir leid.«

»Ja.«

»Aber wir können nun mal nicht ewig leben.« Diesmal wollte er zweifellos andeuten, daß er genau das vorhatte, was Ruperts Unruhe nicht verringerte. »Erst mal eine kleine Spritze.«

Mr. Yapps Spritzen taten derart weh, daß einem danach alles banal vorkam. Aber dieser Tag war eine unglückliche Ausnahme. Rupert wäre am liebsten schon vor der Spritze wie ein Pferd zurückgescheut, doch das war nichts gegen das, was danach kam. Nach viel Bohren und Stochern mit einem spitzen kleinen Haken erklärte Mr. Yapp, leider habe sich der Verfall weiter ausgebreitet. Rupert bemühte sich, nicht zu ängstlich dreinzuschauen, weil er keine weitere Spritze provozieren wollte, aber er bekam trotzdem noch eine. »Das sollte jetzt genügen«, meinte Mr. Yapp. »Ich vergesse immer wieder, wie niedrig Ihre Schmerzschwelle ist.« Dann bohrte er weiter.

Eine Stunde später verließ Rupert die Praxis – naßgeschwitzt und mit einem Gesicht, das sich wie ein Gummiball anfühlte – und beschloß zum hundertstenmal, nie wieder zu Mr. Yapp zu gehen. Bis er wieder im Büro war, hatte die Wirkung der Spritzen nachgelassen, und nun begann sein Kiefer zu pochen; der ganze Kopf schmerzte. Als Mrs. Leaf mit der getippten Version des Berichts kam, fragte er, ob sie ihm eine Tasse Tee bringen könne.

»Ja, selbstverständlich. Es sind zwei oder drei Anrufe für Sie gekommen. Ich habe Ihnen die Notizen auf den Tisch gelegt.« Er überlegte, ob er sie bitten sollte, ihm von seinem Bruder eine Kopfschmerztablette zu besorgen, aber Hugh war sehr empfindlich, was diese Sache anging; er wollte meist nicht, daß jemand erfuhr, daß er Medikamente nahm, und da Mrs. Leaf noch neu war, wußte sie vielleicht nichts von seinen Kopfschmerzen. Dennoch, als sie den Tee brachte, lagen auch zwei Aspirin auf der Untertasse. Als er ihr dankte, sagte sie: »Ich dachte, Sie könnten sie brauchen. Jemand hat angerufen, um für morgen nach einem Termin mit Ihnen zu fragen, und bei dieser Gelegenheit habe ich in Ihrem Terminkalender gesehen, daß Sie beim Zahnarzt waren.«

»Wirklich, sehr aufmerksam von Ihnen.«

Immerhin, dachte er, als er wieder allein war, habe ich noch meine eigenen Zähne – anders als der arme Edward. Wenn sie auch nach der Zeit in Frankreich in einem schrecklichen Zustand waren, weil er dort selbstverständlich nicht hatte zum Zahnarzt gehen können. Einmal, als er eine Woche lang wirklich furchtbare Zahnschmerzen gehabt hatte, hatte Miche ihm den Zahn mit einer Zange gezogen. Gott, hatte das weh getan! Sie war wirklich gnadenlos gewesen. Aber als er jetzt daran dachte, wurde ihm deutlich, wieviel Mut und körperliche Kraft und vor allem Entschlossenheit das gekostet haben mußte. Nachdem ihr aufgegangen war, daß etwas passieren mußte, hatte sie sich sofort an die Arbeit gemacht. Er hatte sich auf einen hochlehnigen Stuhl gesetzt, den Kopf an die Lehne gelehnt, und dann hatte sie ihm eine Bandage um die Stirn angelegt, mit der sie ihn an der Stuhllehne festgebunden hatte. Er hatte sich an den Armlehnen festgehalten und versucht, sich nicht zu bewegen. Nach zwei Versuchen hatte sie den Zahn draußen, mit Wurzel und allem. Er merkte, daß er jetzt daran denken konnte, ohne daß die quälende Sehnsucht ihn überfiel, die einmal jeden Gedanken an sie begleitet hatte. Vielleicht konnte er sich endlich von ihr lösen? Er verspürte Bedauern – und Erleichterung.

Er erinnerte sich an jenen Abend im Juli vor anderthalb Jahren, als er den Zug von Southampton nach London genommen hatte und mit Archie essen gegangen war. An dem Abend hatte er Archie von Miche und seinen Gefühlen für sie erzählt. Sie waren in einem kleinen Restaurant in der Nähe von Archies Wohnung, das sich als französisch bezeichnete, aber nur eine jämmerliche Imitation von französischer Küche produzierte. Archie hatte ihm schweigend zugehört, als er erzählte, wie schwer ihm der Abschied gefallen war und wieviel schwieriger als erwartet sich das Leben in England gestaltete.

»Deshalb bist du also so lange geblieben«, hatte Archie schließlich gesagt.

»Ja. Es war vielleicht falsch, aber ich hatte das Gefühl, ich müßte es tun. Ich verdankte ihr immerhin mein Leben, sie hatte so viel für mich aufs Spiel gesetzt. Es war alles, worum sie mich je gebeten hat.«

»Ja. Aber für alle anderen war es schwer. Für Clary.«

»Ich denke, für Zoë war es noch schlimmer.«

»Hast du es ihr gesagt?«

»Nein. Ich weiß nicht, wie ich das anfangen sollte.«

Archie sah ihn nachdenklich an und stopfte sich die Pfeife. »Fang einfach am Anfang an, und mach von dort aus weiter.«

Rupert starrte ihn an, ein Anzeichen von Sarkasmus oder Kritik suchend, aber Archie erwiderte seinen Blick ganz ruhig. »Wie geht es denn so mit Zoë?« fragte er.

»Ziemlich angespannt. Selbstverständlich ist es für sie auch nicht einfach.«

»Warum sagst du das?«

»Ich weiß nicht. Ich meine vermutlich, daß ich so lange weg war ... Sie sagt, sie hätte mich für tot gehalten.«

»Das kannst du ihr nicht übelnehmen.«

»Ich nehme ihr überhaupt nichts übel. Es ist einfach – wenn ich es ihr sagte, wäre das wie ein Verrat an Miche. Außerdem würde sie – Zoë – mich dann fragen, ob ich Miche immer noch liebe, und die Antwort wäre ja.«

»Stehst du noch mit Miche in Verbindung?«

»Nein. Als ich gegangen bin, war es vorbei.«

»›Grausam, freundlich zu sein
Also geh mir jetzt aus den Augen
Wie du mir aus dem Sinn gehen wirst.‹«

»Was war das?«

Archie zuckte die Achseln. »Etwas, das ich einmal irgendwo gelesen habe. An den Anfang kann ich mich gar nicht mehr erinnern. Aber wenn du jemanden wirklich verläßt – weggehst und diesen Menschen nie wieder siehst –, wirst du ihn irgendwann aus dem Sinn verlieren. Ich meine, du hörst auf, an ihn zu denken, oder du denkst anders an ihn.«

»Du sprichst von Rachel.«

»Ja.«

»Jetzt habe ich eine Vorstellung davon, wie das für dich gewesen sein muß.«

»Es ist längst vorbei.«

Als sie zurück zu Archies Wohnung gingen, erinnerte er sich

daran, wie die Duchy einmal gesagt hatte, daß zur Verantwortung für eigene Taten auch gehörte, nicht andere damit zu belangen und ebenfalls unglücklich zu machen. Das erzählte er Archie, und der antwortete mit deutlicher Ironie: »Aha, daher kommt also das Zurückhaltungs-Syndrom der Cazalets. Ich hatte mich schon gefragt.«

»Du bist nicht dieser Ansicht?«

»Nein. Ich verstehe, wieso sie so denkt, aber ich finde, es ist eine Art Flucht, solche Dinge niemandem zu erzählen.«

Sie verbrachten den Rest des Abends damit, einander zu versichern, daß sie wirklich mehr Zeit zum Malen finden müßten.

Kurz bevor sie sich schlafen legten, fragte Archie: »Hast du Clarys Tagebuch gelesen?«

»Noch nicht.«

»Noch nicht? Sie hat Stunden damit verbracht, es für dich zu schreiben – jahrelang.«

»Nun, sie hat beschlossen, es mir nicht zu zeigen. Also kann ich es nicht lesen.«

»Ich glaube, du solltest sie ein bißchen anbetteln. Du weißt doch, wie Schriftsteller sind.«

»Das weiß ich nicht. Ich habe nie einen kennengelernt, es sei denn, du zählst den Brig mit. Glaubst du, daß sie das Talent dazu hat?«

»Ich denke schon.«

»Du warst sehr gut zu ihr, während ich weg war. Das hat sie mir erzählt.«

»Ich habe sie sehr gern.«

Es klopfte an der Tür, und Rupert fuhr erschrocken auf. Er hatte einfach nur dagesessen und Tee getrunken, nicht telefoniert, seine Notizen nicht gelesen …

»Herein.«

John Creswell steckte den Kopf zur Tür herein, und Rupert seufzte innerlich. Er wußte inzwischen, daß Cresswell Dianas Bruder war, den man vor kurzem wegen seines Gesundheitszustands aus der Armee entlassen hatte. Edward hatte ihm eine Stelle in der Registratur gegeben; niemand wußte so recht, was er eigentlich tun sollte, aber er saß in seinem kleinen Büro und kämpfte mit Zahlen, die er, was sehr schnell deutlich wurde, nicht verstand. Derzeit war er damit beschäftigt, die Weichholzlieferungen des vergangenen Monats an den Kai in London zu überprüfen. Wenn er Schwierigkeiten hatte, kam er immer zu Rupert, vor allem wohl, weil dieser geduldiger mit ihm war als alle anderen.

»Tut mir furchtbar leid, Sie zu stören«, begann er, wie er es immer tat, und legte ein Blatt Papier mit zittrigen Zahlen auf den Tisch, »aber nachdem ich damit fertig war, fiel mir ein, daß Sie vermutlich wollten, daß ich ausrechne, wieviel wir am Weichholz verdient haben, und nicht, wieviel wir dafür bezahlen mußten. Aber ich bin nicht ganz sicher. Ich habe dann auch damit angefangen, hier«, er zeigte mit einem tabakverfärbten Finger auf eine Stelle auf der Mitte der Seite, »aber dann fiel mir auf, daß sich, wenn wir große Mengen verkaufen, der Preis ändert, und ich war nicht ganz sicher, ob Sie wollen, daß ich einen Mittelwert errechne. Oder was sonst.«

Er zitterte, wie Rupert feststellte, und sah ausgesprochen krank aus. »Alles in Ordnung mit Ihnen?«

»Ein Anflug von Malaria. Keiner von den Anfällen, die ich als die ganz Großen bezeichne – das Hirn arbeitet noch. Bis zu einem bestimmten Punkt.«

Rupert brauchte eine Stunde, um zu verstehen, worin Creswells Problem denn nun bestand, was er hatte tun sollen und was er tatsächlich getan hatte, und als er schließlich alles ergründet hatte, war es Zeit, nach Hause zu gehen.

Es war immer noch neblig genug, um ihn daran zu erinnern, daß er wegen der Rücklichter noch nichts unternommen hatte. Er fuhr zu einer Werkstatt, aber sie sagten, die Birnensockel seien ebenfalls beschädigt. Am Ende ließ er das Auto dort und fuhr mit dem Bus weiter.

Es war wohl, so nahm er an, ein ganz durchschnittlicher Tag gewesen, bestehend aus einer Ansammlung kleiner Vor- und Nachteile: Insgesamt waren die Vorteile eher von der Art gerade noch verhinderter Nachteile gewesen, etwa, daß er das Auto ohne weitere Schäden in der Priory Road vorgefunden hatte, daß Mrs. Leaf ihm Aspirin gebracht hatte, daß der Nebel sich ein wenig gelichtet hatte, und immerhin war es ihm gelungen, die Architekten so lange zu bearbeiten, daß ihre Uneinigkeit sich nicht zum Nachteil der Firma auswirkte – eine sehr delikate Angelegenheit, bei der er sich beider Standpunkte mit gleichmäßiger Freundlichkeit und Begeisterung hatte anhören müssen, um dann zu versuchen, das zu sein, was Juliet »bombenfest neutral« nannte ... Das einzig Gute an Mr. Yapp war, daß er ihn hinter sich hatte und nie wieder hingehen würde. Der Brig, der hervorragende Zähne gehabt hatte, war immer der Meinung gewesen, Zahnärzte müßten einem weh tun, also hatte es die Tradition verlangt, daß alle in der Familie zu Mr. Yapp gingen. In so mancher Hinsicht sind wir alle vom guten alten Brig im Zaum gehalten worden, dachte er, und zwar oft, ohne es überhaupt zu merken. Zum Beispiel Home Place. Irgendwann würde er zu einem Drittel für den Besitz finanziell verantwortlich sein. Er war zunächst überwiegend wegen Zoë in die Firma eingetreten. Dann war der Krieg gekommen und mit ihm das kurze Zwischenspiel bei der Marine, bevor er zum Flüchtling geworden war. Und dann war er an den heimischen Futtertrog zurückgekehrt, vor allem, weil der Brig es von ihm erwartet hatte ... Jetzt fiel ihm wieder ein, daß er sich damals das Versprechen gegeben hatte, nach dem Tod des Brig die Situation noch einmal zu überdenken. Aber das hatte er nicht getan. Die Filiale in Southampton, die Mißstimmung zwischen seinen Brüdern und sein eigener emotionaler Konflikt hatten ihn zu sehr in Anspruch genommen. Entscheidungen waren nie seine Stärke gewesen: Nie war ihm etwas so klar schwarz oder weiß vorgekommen, daß eine Wahl einfach gewesen wäre. Seine Verwandten neckten ihn deshalb und machten aus etwas, das im Grunde ein Fehler war, einen exzentrischen Zug. Der vergangene Abend war ein wunderbares Beispiel. Er hatte sich bereit erkärt, mit Zoë zu Diana zu kommen, und sie hatten sich durch einen Abend gequält, an dem sich jeder viel zu sehr angestrengt hatte, perfekt zu sein: Edward war demonstrativ glücklich gewesen, Diana hatte zeigen wollen, was für einen bewunderungswürdigen Charakter sie hatte, und er und Zoë hatten sich geplagt, deutlich zu machen, wie sehr sie das alles zu schätzen wußten. Und dann das Ende des Abends, die Nacht in Villys Haus, einem trübseligen Ort, an dem es nach Verbitterung und Verzweiflung geradezu stank. Er fragte sich, wie Miss Milliment das aushielt, die arme alte Dame; es war ja wohl kaum anzunehmen, daß sie die Atmosphäre nicht spürte, und schon gar nicht war zu übersehen, daß der kleine Junge es tat. Er war unnatürlich ruhig und darauf bedacht, seiner Mutter Freude zu machen; das Frühstück war eine sehr verkrampfte Angelegenheit gewesen. Rupert stand zwischen den Fronten – anders als Hugh hatte er sich auf niemandes Seite gestellt.

»Aber man kann bei einer solchen Sache nicht Partei ergreifen!« sagte Zoë, als sie über den Abend sprachen. »Du magst vielleicht eine Meinung haben, aber nun ist es ohnehin geschehen, und nichts, was einer von uns beiden sagt, wird noch etwas ändern können.«

Er war nach Hause gekommen – es hatte angefangen zu regnen, und er war ziemlich naß geworden –, wo Jules ihn mit einer minutiösen Beschreibung ihres Tages empfing, und dann hatte er sich dankbar mit etwas zu trinken in ihrem – für ihn immer noch neuen – großen Wohnzimmer mit der hohen Decke niedergelassen, das nach Farbe roch, weil Zoë die neuen Bücherregale gestrichen hatte, die links und rechts vom Kamin eingebaut waren.

»Du klingst, als hättest du einen schrecklichen Tag hinter dir.«

»Es war ein ganz gewöhnlicher Tag, denke ich. Ich war nur schon müde, als er anfing.«

»Rupe, was würdest du davon halten, wenn ich mir eine Stelle suche?«

»Wenn du das willst, finde ich es in Ordnung. Was möchtest du denn machen?«

»Das ist es ja. Ich weiß nicht, was ich machen *könnte.*«

Während des Essens sprachen sie darüber, kamen aber zu keinem Schluß; es sah so aus, als wären die Jobs, die sie wahrscheinlich bekommen würde, zu langweilig, und für die interessanten würde sie eine Ausbildung brauchen. »Ich kann nicht mal Schreibmaschine oder Kurzschrift«, sagte sie, als wäre das eine neue und unwillkommene Information für ihn. »Man braucht Jahre für eine Ausbildung. Ärzte zum Beispiel. Sieben Jahre.«

»Möchtest du denn Ärztin werden?«

»Nein, das war nur ein Beispiel. Wenn ich so etwas machen

würde, wäre ich viel zu alt, bis ich endlich mit der Ausbildung fertig wäre. Ich bin wahrscheinlich jetzt schon für das meiste zu alt.« Sie angelte mit dem Löffel nach einem Stück Kandiszucker und kaute es mißmutig.

Die alte Zoë, dachte er. Solche Dinge hatte sie immer gesagt, und das hatte ihn geärgert. Jetzt fand er es liebenswert; sie war immerhin erst einunddreißig und viel zu jung, um sich so schrecklich alt zu fühlen. Er wollte sie gerade mit einer Reihe vernünftiger Ratschläge bedenken – des Sinns, sie solle genau überlegen, was sie wirklich machen wolle, und dann würden sie darüber reden, wie sie sich die notwendige Ausbildung verschaffen könnte –, als das Telefon klingelte.

»Ich gehe schon«, sagte er. Und einen Augenblick später: »Es ist für dich. Eine Miss Fenwick.«

»O Gott! Es muß etwas mit Mummy sein.«

Das Telefon war im Flur vor dem Eßzimmer; sie hatten sich den Luxus von zwei Apparaten geleistet, in jedem Stockwerk einen. Er verstand nicht, was sie sagte, aber er befürchtete, daß ihre Mutter gestorben sein könnte. Wie würde sie darauf reagieren? Mit Schuldgefühlen, nahm er an, sie hatte sich immer schuldig gefühlt, wenn es um ihre Mutter ging.

»Das war eine von Mummys Nachbarinnen. Sie hat Mummy ohnmächtig am Boden gefunden – sie sagt, sie ißt nicht genug. Ich wußte, daß es so ausgehen würde! Ich habe ihr versprochen, daß ich gleich morgen früh komme.«

Er sagte, er werde sie auf dem Weg zur Arbeit nach Waterloo fahren, doch dann fiel ihm ein, daß er das Auto nicht hatte.

Und danach, statt friedlich ins Bett zu gehen, stritten sie sich über Göring. Göring! Hinterher kam ihm das vollkommen absurd vor. Er hatte nach einer Zeitschrift gegriffen, die auf ihrer Seite des Bettes auf einem Tisch lag. Die Zeitschrift war bei einem Bericht über die Hinrichtung von zehn Nazi-Kriegsverbrechern im vergangenen Monat aufgeschlagen gewesen. Der Artikel beschrieb, wie sie sich vor der Hinrichtung verhalten hatten, und ein Foto von Göring nach seinem Selbstmord war abgedruckt. »Ziemlich schwerer Lesestoff«, hatte er gesagt, als sie aus dem Bad kam. »Was um alles in der Welt bringt dich dazu, so etwas zu lesen?«

»Es interessiert mich«, antwortete sie. »Aber sie schreiben nicht, wie es diesem Ungeheuer gelungen ist, die Zyanidpille zu verstecken. Man muß ihn doch durchsucht haben. Es wundert mich sehr, daß man sie nicht gefunden hat.«

»Das ist doch jetzt gleich, oder? Er ist tot, und wahrscheinlich ist es besser, eine Pille zu nehmen, als sich hängen zu lassen.«

»Es paßt mir aber nicht, daß er ein besseres Ende hatte!« rief sie. »Es wäre mir viel lieber gewesen, wenn sie ihn aufgehängt hätten – wenn er diese Angst und Demütigung in aller Öffentlichkeit hätte erleben müssen!«

»Zoë!«

»Nachdem wir nun wissen, was diese Leute getan haben, kommt mir Hängen noch viel zu gut vor.«

Er war entsetzt. »Liebling, du klingst wie eine dieser entsetzlichen Frauen, die strickend neben der Guillotine saßen. Und ich denke, Selbstmord ist ziemlich schrecklich. Der Ausweg eines Feiglings, da stimme ich dir zu, aber nicht einfach.«

»Nein, jemand der Selbstmord begeht, muß nicht unbedingt ein Feigling sein. Es hängt vom Grund ab. Göring hat es einfach für sich selbst getan.«

»Ich denke nicht, daß irgend jemand, der sich umbringt, es für andere tut«, wandte er – ganz harmlos, wie er dachte – ein, aber sie stürzte sich sofort auf ihn.

»Du hast keine Ahnung, wovon du redest!« In ihrer Stimme lag solcher Zorn, daß er ganz verdutzt war. Dann folgte ein kurzes, ziemlich furchterregendes Schweigen. Und schließlich sagte sie leiser, aber sehr betont: »Er war einer der bösesten und schrecklichsten Menschen, die je gelebt haben. Er hätte einen entsetzlichen Tod haben sollen. Das gilt für sie alle – jeden einzelnen von ihnen.« Und er sah, daß sie weinte. Sie saß auf der Bettkante, aber bevor er die Hand nach ihr ausstrecken konnte, war sie aufgestanden und ins Bad gerannt; er hörte, wie sie die Tür hinter sich verriegelte.

Er wußte absolut nicht, was er tun sollte. Das war eine Seite von ihr, mit der er noch nie konfrontiert gewesen war: In all den Jahren ihrer Ehe hatte sie alle möglichen Wutanfälle gehabt, aber er hatte immer gewußt, um was es dabei gegangen war. Sie war auf Clary und Neville eifersüchtig gewesen, sie hatte etwas haben wollen, das er sich damals als Lehrer nicht hatte leisten können, und während ihrer ersten Schwangerschaft war sie wirklich schwierig gewesen. Aber all das war in den frühen Jahren ihrer Ehe gewesen; sie war erwachsen geworden, und seit ihrer Rückkehr hatte sich nichts Derartiges mehr ereignet. Hatte sie ihre Periode? Nein, das war in der letzten Woche gewesen. Dann fiel ihm ihre Mutter wieder ein. Wenn das alte Mädchen allein nicht mehr zurechtkam und nicht genug Geld für ein Altenheim oder so etwas hatte, würde sie bei ihnen wohnen müssen, eine Aussicht, von der er wußte, wie sehr Zoë sie immer schon gefürchtet hatte; sie hatte immer alle Angebote seinerseits, ihre Mutter auch nur kurze Zeit zu Gast zu haben, ausgeschlagen. Sie mußte sich schreckliche Sorgen machen, daß dies nun die einzige Möglichkeit zu sein schien. Er unternahm erst gar keinen Versuch, sie durch die geschlossene Badezimmertür beschwichtigen zu wollen. Er ging ins Bett, schaltete das Licht auf seiner Seite aus und wartete.

Er wartete, bis sie beinahe lautlos aus dem Bad gekommen und ins Bett gegangen war und ihr Licht ausgemacht hatte; erst dann sagte er: »Liebling, es tut mir sehr leid. Ich weiß, um was es dir ging, und ich verstehe es wirklich.« Er streckte die Hand aus und berührte sie – sie war angespannt wie eine Klaviersaite.

Nach einem Augenblick sagte sie: »Woher weißt du das?«

»Ich habe nicht all die Jahre mit dir zusammengelebt, ohne ein klein wenig über dich zu erfahren. Ich weiß, wie dir ihretwegen zumute ist. Ich weiß, wie schwer es dir fallen wird. Aber wenn das das beste ist, muß sie selbstverständlich herkommen und bei uns wohnen, und ich werde tun, was ich kann, damit sie sich hier willkommen fühlt, und dir helfen.« Er umarmte sie, und sie setzte ihm keinen Widerstand entgegen. Er schob ihr eine Haarsträhne aus dem Gesicht, um sie zu küssen; sie gab einen Laut von sich, der zwischen Lachen und Weinen lag, er hätte nicht sagen können, was es nun war, und dann klammerte sie sich an ihn und sagte immer wieder seinen Namen, und er spürte, wie ungeheuer erleichtert sie war.

Er brachte sie am nächsten Morgen zum Zug. »Viel Glück,

Liebling.« Die Mischung aus Bahnhof, Kälte und ihrem romantischen Pelz erinnerte ihn an *Anna Karenina*. Das sagte er ihr, weil er glaubte, daß der Gedanke ihr gefallen würde, aber zu seiner Überraschung traten ihr Tränen in die Augen. »Es wird schon alles gutgehen. Ich rufe dich heute abend an um zu hören, was los ist.«

Sie nickte und trat vom Fenster zurück, als der Zug sich in Bewegung setzte.

Also gut, dachte er, als er den Bahnsteig entlangging; er verspürte diese Mischung aus Freiheit und Kummer, die sich offenbar immer einstellte, wenn man sich von jemandem verabschiedete, der eine Reise unternahm. Er war ziemlich sicher, daß Mrs. Headford zu ihnen ziehen würde, und obwohl er sich Zoë gegenüber unbeschwert gegeben hatte, empfand er diese Perspektive erdrückend. Ihre Anwesenheit würde – ganz abgesehen davon, wie es Zoë dabei erging – ihr Leben zweifellos einschränken. Er beschloß, aus seiner gegenwärtigen Freiheit das Beste zu machen: Er würde Archie anrufen und sehen, ob sie sich treffen und alles in Ordnung bringen konnten. Archie war seit dem Sommer oft weggewesen, er hatte vor kurzem seine Stelle bei der Admiralität aufgegeben und war fast von der Bildfläche verschwunden. Aber er schien einige Zeit in seiner Wohnung zu verbringen, wenn er auch zweimal Ruperts Vorschlag, sich mit ihm zu treffen, abgelehnt hatte. Er würde es noch einmal versuchen und ihn vom Büro aus anrufen, und wenn er in London war, würde er erklären, daß er, Rupert, ihn wirklich unbedingt sehen wollte. Das war auch der Fall: Von allem anderen abgesehen hatte er das Gefühl, sich bei Archie entschuldigen zu müssen. Selbst jetzt verspürte er, wenn er an jenen Abend im August dachte – er hatte ihn seitdem nicht gesehen – tiefe Verlegenheit, gemischt mit Scham.

Es war Ende August gwesen, und Juliet und Zoë waren noch in Home Place; Ellen war mit ihnen gefahren, und sie hatten auch Wills mitgenommen. Er und Hugh waren in London geblieben, aber an dem Abend hatte Hugh einen Termin gehabt, und er hatte sich spontan entschlossen, auf dem Heimweg vom Büro bei Archie vorbeizuschauen. Es war einer dieser erdrückenden Tage, an denen die Leute einander ständig versichern, daß ein gutes Gewitter die Luft klären würde. Archies Wohnung mit ihrem großen Fenster und dem Balkon auf den Platz hinaus würde ihm nach dem Büro, in dem gnadenlose Backofenhitze geherrscht hatte, wunderbar kühl vorkommen. Jemand ging gerade zur Haustür hinein, also gelangte er ins Treppenhaus, ohne klingeln zu müssen. Er ging die Treppe hinauf – zwei Stockwerke (armer Archie, dachte er nicht zum erstenmal, sein Bein war nie richtig ausgeheilt) – und klingelte an der Wohnungstür. Gerade als er dachte, daß Archie wohl noch nicht zurück war, ging die Tür auf – und Clary stand vor ihm.

»Dad!«

»Dich hatte ich hier nicht erwartet«, sagte er und gab ihr einen Kuß.

»Ich dich auch nicht«, erwiderte sie.

»Ich hab dich so lange nicht gesehen. Wie war der Urlaub?« Sie hatte ihm gesagt, sie habe mit Freunden in Urlaub fahren wollen – sie wollte einmal etwas anderes tun als den Sommer in Home Place verbringen.

»Ach, ganz in Ordnung.« Sie führte ihn ins Wohnzimmer. Auf dem Tisch lag ein gewaltiges Puzzle. »Ich wollte mir nur die Zeit vertreiben«, sagte sie. »Archie ist einkaufen. Er müßte eigentlich jeden Augenblick zurückkommen.«

Es herrschte eine seltsam angespannte Atmosphäre zwischen ihnen. »Wirst du mit ihm zu Abend essen?« Er wußte, daß sie das manchmal tat.

»Ja. Ja, das habe ich vor.«

Sie ist nicht so recht zum Ausgehen angezogen, dachte er. Sie trug eine Baumwollhose, die sehr weit aussah, und eines ihrer üblichen kragenlosen Männerhemden. Die Ärmel des Hemds und die Hosenbeine hatte sie aufgerollt, und sie war barfuß. Sie war sehr dünn geworden; vor allem ihr Gesicht war schmal. »Hast du schon eine neue Stelle?« Selbst, daß sie die alte aufgegeben hatte, hatte er via Polly von Hugh erfahren. Er hatte die Verbindung zu ihr wirklich beinahe verloren.

»Nein.« Sie war an den Tisch und zu ihrem Puzzle zurückgekehrt.

Er setzte sich in den großen Sessel am Kamin und zündete sich eine Zigarette an. Aus irgendeinem Grund war er nervös. »Clary – eins habe ich dich schon einige Zeit fragen wollen: Wie steht es mit diesem Tagebuch, das du für mich geschrieben hast? Ich möchte es so gern lesen.«

»Ich fürchte, da kommst du zu spät. Ich habe es verbrannt!«

»Warum um alles in der Welt hast du das getan?«

»Es war Kinderkram. Noël meinte ...« Sie hielt inne, und er sah, daß sie sich auf die Lippe biß. »Ich bin längst zu erwachsen für so etwas. Ich wollte nicht, daß jemand es sieht. Also habe ich es verbrannt.« Sie sah ihn an, und er hatte das Gefühl, daß sie ihn herausforderte. Die alte Clary, die etwas unternahm, damit er auf sie aufmerksam wurde.

»Das bedaure ich wirklich«, sagte er nach einem Augenblick. »Und ich habe das Gefühl, es ist meine Schuld. Ich habe die Verbindung zu dir verloren, und das gefällt mir nicht.«

»Ach ja?«

Sie hörten den Schlüssel im Schloß, und eine Sekunde später kam Archie ins Zimmer. »Sieh an«, sagte er, »du hier!« Irgendwie klang er nicht sonderlich begeistert.

»Ich war gerade auf dem Heimweg, und ich dachte, es wäre schön, dich zu sehen.«

»Du hättest sicher gern was zu trinken. Haben wir Eis im Haus, Clary?«

»Das nehme ich an. Ich hole es.«

»Clary sieht schlecht aus«, sagte Rupert.

Und Archie erwiderte: »Es ging ihr in letzter Zeit nicht so gut.«

»Sie sagt, sie hat noch keinen neuen Job gefunden.«

»Das hat Zeit.« Er war am Getränkeschrank beschäftigt. »Gin Tonic?«

»Gern.«

Die Balkontür stand offen, und Rupert ging darauf zu. »Wie war es in Frankreich?«

»Es war dasselbe und doch nicht dasselbe, wenn du verstehst, was ich meine. Ich bin nicht lange geblieben.« Er ging zur offenen Wohnzimmertür. »Clary! Es müßte auch noch eine Zitrone da sein. Könntest du die mitbringen? Und ein Messer?« Er zog die Jacke aus und warf sie aufs Sofa. »Gott, ist das heiß!«

»Ist es in deinem Büro auch so heiß wie bei mir?«

»Weniger heiß als gänzlich von jeglicher Frischluft abgeschnitten. Ihre Lordschaften von der Admiralität glauben nicht daran, daß Fenster sich auch öffnen lassen.« Er ging zu seiner Einkaufstasche, die er beim Hereinkommen neben der Tür abgestellt hatte. »Ich fürchte, das Tonicwasser wird höchstens lauwarm sein.«

Clary kam mit einer Schale Eis in einer und einer Zitrone und einem Messer in der anderen Hand herein. Sie reichte alles Archie und ließ sich dann wieder vor ihrem Puzzle nieder. Archie bereitete die Drinks zu und fragte nach Zoë. Rupert erklärte, sie sei noch mit Juliet und Wills in Home Place, aber wenn sie zurückkäme, würden sie sich nach einem Haus umsehen, denn sie hätten endlich einen Käufer für Brook Green gefunden. »Und wie geht es Poll?« fragte er Clary.

»Soweit ich weiß, gut.«

Das Unbehagen hielt an. Als Archie ihm vorschlug, er solle noch etwas trinken, bevor er sich auf den Weg mache, schlug er vor, sie beide zum Essen einzuladen, aber Clary sagte sofort: »Mir ist nicht nach Ausgehen.«

Archie sagte, er habe eine Schweinefleischpastete und einen Kopfsalat gekauft und er könne gern mit ihnen essen, wenn er möge, und er nahm die Einladung an, weil er dachte, wenn er nur mehr Zeit mit ihnen verbrächte, würde alles wieder werden wie früher, und außerdem nahm er an, er könne Clary dann nach Hause fahren und herausfinden, was mit ihr los war. Etwas stimmte nicht, da war er sicher, und Archie wußte, was es war.

Beim Essen unterhielt er sich mit Archie über unpersönliche Themen, vor allem über die Situation in Indien – es hatte drei Tage lang blutige Kämpfe in Kalkutta gegeben, und sie stritten sich längere Zeit, wenn auch ohne echte Begeisterung, darüber, ob es besser wäre, wenn die Moslems ihren eigenen Staat in Pakistan bekämen, was schließlich zu einer Auseinandersetzung über die Macht Großbritanniens, den Abschied vom Empire und allgemein den Rückzug aus der internationalen Politik wurde. Er hielt letzteres für einen Fehler; Archie war dafür. Clary, die nichts aß und nur an einem Salatblatt knabberte, schwieg.

»Wir langweilen dich«, sagte er.

»Nein, eigentlich nicht; ich habe sowieso nicht zugehört.«

»Warum ißt du nichts?«

»Ich habe keinen Hunger.«

»Du bist schrecklich dünn geworden.«

»Ich nehme an, das liegt daran, daß ich keinen Hunger habe.« Sie blockte ab, und er wußte nicht, was er tun sollte.

»Weißt du«, sagte er, als Archie in die Küche gegangen war, um Kaffee zu kochen, »ich glaube, ich habe euch den Abend verdorben.«

Als sie nichts erwiderte, insistierte er: »Clary, was ist los? Wenn du wütend bist auf mich, solltest du mir den Grund sagen. Wenn wir Kaffee getrunken haben, fahre ich dich nach Hause, und vielleicht kann ich ja dann mit reinkommen, und wir können uns einmal richtig unterhalten.«

»Ich gehe nicht nach Hause«, sagte sie. »Ich bleibe hier. Vorläufig jedenfalls.«

Er starrte sie an, und sie starrte zurück. »Wieso denn das?« fragte er schließlich. »Was ist hier los?« Er sah ihr in die Augen, die in ihrem ungewöhnlich blassen und hageren Gesicht unglaublich groß wirkten, und einen Augenblick lang gewahrte er den Schmerz in ihrem Blick. Dann wurde ihre Miene wieder starr und so ausdruckslos, wie sie schon den ganzen Abend hindurch gewesen war. Sie hatte sich wieder ihrem Puzzle zugewandt, und er zog sich einen Stuhl an den Tisch, ihr gegenüber. »Mädchen, was ist denn nur los mit dir? Ich sehe doch, daß du unglücklich bist. Ich habe dich gern, und früher hast du mir immer alles gesagt. Was ist denn? Was kann ich tun?«

»Du kannst überhaupt nichts tun.« Sie blickte von dem Puzzle auf. »Wenn du willst, sage ich es dir. Ich habe mich in jemanden verliebt und bin schwanger geworden. Und dann habe ich abgetrieben – ich habe das Baby getötet. Aber Archie hat sich die ganze Zeit um mich gekümmert.«

Archie! Plötzlich wurde ihm alles – alles, was an diesem Abend so merkwürdig und unbehaglich gewesen war – fürchterlich klar. Daß sie in dieser Wohnung war, hier wohnte; Archies Zurückhaltung, als er die Bemerkung über ihr Aussehen gemacht hatte;

sein Versuch, ihn loszuwerden – guter Gott, er war alt genug, um ihr Vater zu sein, kaum jünger als er selbst! Es war widerwärtig! Die vertrauensselige junge Clary – seine geliebte Tochter, verraten von seinem besten Freund. Er hätte ihn am liebsten umgebracht – ihn abgestochen ... mit einem Wutschrei sprang er auf und sah Archie in der Tür stehen. »Du Dreckskerl! Du verdammter Dreckskerl!« Zum erstenmal in seinem Leben wußte er, was es bedeutet, rot zu sehen. Als er auf Archie zustürzte, hatte er nur noch roten Nebel vor Augen.

»Immer mit der Ruhe! Du ziehst da einen vollkommen falschen Schluß!«

Im selben Augenblick hatte Clary ihn am Arm gepackt: »Dad! Dad, um Himmels willen!«

Er brauchte Minuten, bis er ihnen wirklich glaubte, aber am Ende blieb ihm natürlich nichts anderes übrig: Clary schien die ganze Sache beinahe komisch zu finden – zumindest absurd; er wußte nicht, was Archie dachte, aber er spürte, daß sein alter Freund sehr wütend oder zutiefst verletzt oder beides war. In seiner Verwirrung und Verlegenheit hatte er offenbar jede Menge Dummheiten von sich gegeben. Er wußte, daß er sich auch entschuldigt hatte – mehr als einmal – und daß er versucht hatte, ihnen begreiflich zu machen, wie es zu diesem Fehler gekommen war. Er hatte Clary gefragt, wieso sie ihm nichts gesagt hatte, und sie hatte nur geantwortet, sie habe befürchtet, er würde wütend auf sie sein. Archie hatte fast nichts gesagt; die meiste Zeit hatte er auf dem Balkon gestanden, mit dem Rücken zu ihnen.

»Ich nehme an, es war der Mann, für den du gearbeitet hast.« Das war eine Feststellung gewesen, keine Frage.

»Es ist gleich, wer es war«, sagte sie. »Es ist geschehen. Und jetzt ist alles in Ordnung, Dad.«

»Du siehst nicht so aus, als ob es dir sonderlich gutginge.«

»Ich bin einundzwanzig, Dad, und kein Kind mehr.«

Es ging noch eine Weile in dieser Richtung weiter, und er fühlte sich immer schlechter, was die ganze Sache anging – daß ihr so etwas passiert war, daß er die vollkommen falschen Schlüsse gezogen hatte, daß sie sich lieber an Archie als an ihn gewandt hatte ... Schließlich sagte er, es sei wohl besser, wenn er gehe, und

Archie ergriff zum erstenmal das Wort und meinte: »Ich denke, das ist eine gute Idee.«

Clary brachte ihn an die Wohnungstür.

»Hast du wenigstens genug Geld?« fragte er bedrückt. Er hoffte, ihr wenigstens damit helfen zu können. Aber sie sagte ja, es sei alles in Ordnung. Er hätte sie am liebsten in den Arm genommen und davongetragen. Sie gestattete ihm einen Kuß auf ihre kalte Wange, aber dann trat sie einen Schritt zurück und wich seinem Versuch, sie zu umarmen, aus. Er ging, von Archie noch bis zur Haustür begleitet, und dann allein zu seinem Auto. Es war beinahe dunkel. Er hatte das Gefühl, dies sei der schlimmste Abend seines Lebens.

Am nächsten Tag rief er Archie vom Büro aus an, um sich zu entschuldigen, aber man sagte ihm, daß Archie Urlaub hatte. Er rief im Lauf des Tages immer wieder in der Wohnung an, aber niemand ging ans Telefon. Seitdem hatten seine Versuche, sich mit Archie zu treffen – er hatte Nachrichten hinterlassen, daß er ihn unbedingt sehen wollte – zu nichts geführt, und als er in der Wohnung der Mädchen angerufen hatte, hatte Polly ihm schließlich gesagt, Clary sei bei Freunden. »Ich glaube, sie will sich endlich in Ruhe an ihren Roman machen«, sagte sie, »aber wenn sie sich bei mir meldet, richte ich ihr aus, daß du angerufen hast, Onkel Rupe.«

Danach hatte ihn sein Alltag überwältigt, die Probleme mit seinen Brüdern, die Suche nach dem neuen Haus, der Umzug – all das war dazwischengekommen. Doch nun würde er einen letzten Versuch unternehmen, mit Archie zu sprechen. Allein, dachte er. Er war sich einer unbehaglichen Eifersucht bewußt – daß Clary Archie eindeutig so viel mehr vertraute als ihm. Er wußte, er konnte sich nicht beiden gleichzeitig stellen.

Er erreichte Archie beim ersten Versuch in seiner Wohnung. Archie klang reserviert, aber er willigte ein, sich mit ihm im Savile Club zu treffen, dem sie beide angehörten.

Die Aussicht machte Rupert nervös, aber er war auch irgendwie erleichtert.

Polly

September – Dezember 1946

Danach, viele Male in den darauffolgenden Monaten, hatte sie daran gedacht, daß sie ihm um Haaresbreite niemals begegnet wäre. Sie war schon beinahe entschlossen gewesen, nicht zu einer weiteren dieser Stehpartys zu gehen, die Caspar und Gervase häufig gaben und zu denen sie sie stets einluden. Aber als ihre beiden Chefs ihr bei dieser Gelegenheit – im September – von der nächsten erzählten und sie gerade dazu angesetzt hatte zu erklären, daß sie fürchte, nicht kommen zu können – zu wollen –, hatte Caspar gemeint: »Du mußt einfach, Liebste, unbedingt. Ich finde, meine Liebe, daß du deine Anwesenheit bei diesen Anlässen als Teil deiner Tätigkeit bei uns betrachten solltest.« Und er war sich mit der Hand durchs silbrige Haar gefahren und hatte sie, den Kopf leicht schief gelegt, mit einem dieser unbeteiligten, klugen Vogelblicke bedacht. Er verband ein romantisches Aussehen mit einer forschenden, klugen Miene, die Menschen, die ihn nicht kannten, oft für einen Ausdruck von Mitgefühl hielten.

»Die Hand einer Frau«, hatte Gervase ihm beigepflichtet. Er klang allerdings, als handelte es sich dabei um eine unangenehme Notwendigkeit. Er war gerade von einem seiner halbjährlichen Besuche in Tring zurückgekehrt, wo Diät und Massage seinen Bauch kurzfristig zum Schmelzen gebracht hatten, und schlich sich immer wieder vor einen der Spiegel, um sein verbessertes Profil zu betrachten. »Du bist einfach ein fester Bestandteil unserer Inneneinrichtung. Mr. Beswick hat gerade die neue tabakfarbene Seidentapete aufgehängt, die wir mit deinem Bild vor Augen ausgewählt haben. Und bitte trag Weiß, meine Liebe.« Sie renovierten ihre Wohnung ständig, zogen, während die Arbeiten im Gang waren, ins Claridges um und schrieben beinahe alles als Spesen ab.

»Ich habe nichts in Weiß«, hatte sie gesagt. Aber schließlich hatte sie nachgegeben. Sie hatte ihr altes zitronengelbes Kleid angezogen, das sie am Siegestag und zum Essen mit ihrem Vater getragen hatte, aber es fühlte sich anders an, weil sie einen Kragen aus großen pfauenblauen Straßsteinen angenäht hatte, den Dad ihr bei Cameo Corner gekauft hatte. Und so stand sie also in dem großen Raum in Belgravia (zwei umgebaute ehemalige Kutschhäuser), der nun eine Symphonie aus Blau und Braun war, die tabakbraunen Wände betont durch einen enzianblauen Teppichboden »*à la* Bakst«, wie Caspar sagte, zusammen mit dreißig oder vierzig Leuten, von denen sie einige vom Sehen kannte. Eine ihrer Aufgaben bestand darin, runde Teller mit Canapés herumzureichen, die bei Searcy bestellt worden waren – für den Champagner hatten sie einen Kellner eingestellt. Wenn Gervase oder Caspar sie vorstellten, war sie immer »unsere wunderbare Polly, die sich im Laden um uns kümmert«. Das schien irgendwie jedermann davon abzuhalten, mit ihr sprechen zu wollen; es wurden ihr bestenfalls Fragen gestellt, wie Mitglieder der königlichen Familie sie immer stellten und bei denen Höflichkeit und Mangel an Interesse einander aufhoben. Wie gewöhnlich langweilte Polly sich noch mehr, als sie sich vorher hätte vorstellen können. Sie hatte nun schon über eine Stunde Sachen herumgereicht, und die Gäste lächelten immer ablehnender, wenn sie sich ihnen näherte, weil sie nichts mehr essen wollten. Also stellte sie den Teller ab und hielt nach dem Kellner Ausschau, der ihr ein Glas Champagner eingießen sollte, als eine der älteren blauhaarigen Damen ihr auf den nackten Arm tippte. »Ich weiß, wer Sie sind; Hermione Knebworth hat es mir gesagt. Könnten Sie sich vielleicht um meinen Neffen kümmern? Er steht da drüben. Er ist beklagenswert schüchtern und kennt hier niemanden.« Ohne eine Antwort abzuwarten, nahm sie Pollys Arm und führte sie in eine Ecke des Raums, wo ein Mann, ein Glas Champagner in der Hand, am Fenster stand und zu Boden starrte. »Gerald! Das ist Polly Cazalet, die für Caspar arbeitet, und sie möchte mit dir reden. Denk daran, auch hin und wieder etwas zu sagen.« Und dann zog sie sich zurück.

Sie sahen einander an, und er wurde rot – von den Wangenknochen bis zur Stirn, aber er trug auch einen sehr alten Tweedmantel, in dem ihm, wie sie annahm, vermutlich ohnehin viel zu heiß war. Hinterher versuchte sie sich immer zu erinnern, wie ihr erster Eindruck von ihm gewesen war, aber sie hatte nur noch das verschwommene Bild einer nicht allzu großen, eher untersetzten Gestalt vor Augen, mit blondem, sehr glattem und feinem Haar und einem breiten Mund, dessen Mundwinkel sich leicht nach oben zogen (das war das erste, was ihr aufgefallen war, weil Archie einmal gesagt hatte, das lasse auf Humor schließen, aber sie hatte diese Theorie zuvor nie überprüfen können, denn sie war nie jemandem mit so einem Mund begegnet). Seine Augen standen ein wenig vor, wie die eines wohlwollenden Froschs.

»Kennen Sie hier jemanden?«

»Nur meine Tante. Und die kenne ich eigentlich auch nicht. Tanten sind irgendwie Teil der Landschaft, finden Sie nicht?« Dann schien es ihn zu verunsichern, daß er so viel gesagt hatte, und er sah sie mit einem Anflug von Panik an.

Der Kellner kam und bot Polly ein Glas an.

»Ich hätte Ihnen eins holen sollen«, murmelte er, und wieder lief er rot an. »Würden Sie sich gern hinsetzen?«

»Ja.« Dankbar ließ sie sich auf dem Fenstersitz nieder.

Inzwischen kam es ihr seltsam vor, aber sie erinnerte sich, daß er ihr leid getan hatte. Sie bat ihn, sich zu ihr zu setzen, was er schließlich tat, in einiger Entfernung, um dann den Abstand zwischen ihnen zu beäugen, als wollte er ihn vermessen. Sie brachte ihn dazu, ihr ein wenig von sich zu erzählen: Er war bei der Armee gewesen, und davor hatte er mit seiner Familie auf dem Land gelebt; er hatte eine Schwester, die verheiratet war, und er war vor kurzem nach London gekommen, wo er nach dem Beschluß seiner Familie Jura studieren, zu Dinners gehen und Anwalt werden sollte. Diese Aussicht schien ihn nicht sonderlich zu begeistern. Er hatte sich eine Wohnung in Pimlico genommen. Als sie ihn danach fragte, meinte er, sie sei schrecklich klein. Und das sagte er, als sei das noch das Beste daran. Zwischen diesen Fragen und Antworten – es war tatsächlich eine Art Gespräch – schaute er sie immer wieder forschend an, und wenn er sah, daß sie es bemerkte, wandte er den Blick ab.

Schließlich kam seine Tante zu ihnen zurück und sagte, sie müßten jetzt gehen oder sie würden zu spät zum Essen bei den Laytons kommen. »Ich fürchte, du mußt dich losreißen. Hast du Miss Cazalet um Rat bei deiner Wohnung gebeten? Er hat sich eine schreckliche kleine Wohnung gekauft – ich habe gerade mit Caspar darüber gesprochen; ich habe gesagt, wenn Sie irgendwas damit anfangen können, müssen Sie ein Genie sein.«

»Geh hin und schau sie dir an, meine Liebe«, sagte Caspar am folgenden Tag. »Lady Wilmot ist ziemlich betucht, und er ist ihr einziger Neffe. Ein wenig ungehobelt, meinst du nicht auch?«

»Ich glaube nicht. Ich glaube, er ist einfach nur schüchtern.« Und vielleicht ein wenig schwach, dachte sie bei sich, aber davon äußerte sie Caspar gegenüber nichts. Sie verabredeten einen Termin, und ein paar Tage später machte sie sich auf den Weg zu dem Haus in der Ebury Street.

Er öffnete ihr die Tür; er trug denselben Tweed und, wie sie annahm, dasselbe Hemd. Er schien vollkommen verwirrt, sie zu sehen. »Ich dachte, einer der beiden würde kommen«, sagte er. »Sie wissen schon, einer der Männer, die die Party gegeben haben.« Er führte sie einen extrem schmalen, dunklen Flur entlang in ein ebenso dunkles Zimmer, dessen einziges Fenster nach Norden hinausging und schwer vergittert war und außerdem eine Aussicht auf eine schwarze Backsteinmauer und die Treppe zur Straße hinauf bot. Abgesehen von zwei Küchenstühlen und einem Stück schlammbraunen Teppichbodens war das Zimmer leer. Ohne ein weiteres Wort führte er sie den Flur entlang zurück zu dessen anderem Ende, wo sich mehrere Türen befanden. »Hier ist das andere Zimmer«, sagte er. Es war kleiner als das erste, aber heller, da das ebenso vergitterte Fenster nach Süden hinausging. An einer Wand stand ein Feldbett. Eine der anderen Türen führte in eine winzige Küche mit einem uralten Gasherd, einem flekkigen Porzellanbecken und einem Boiler, der an der Wand befestigt war. Es roch nach Gas. Die dritte Tür führte zum Bad: eine kleine, fleckige Wanne, Toilette und Waschbecken mit einem weiteren Boiler, der so plaziert war, daß man sich den Kopf stieß, wenn man in der Wanne aufstand. Auch hier roch es nach Gas und nach Moder. Die Hähne tropften, und das Linoleum auf dem

Boden wellte sich. »Das ist alles«, sagte er. »Verblüffend, was man auf so kleinem Raum unterbringen kann, nicht wahr? Das hat mich irgendwie angezogen.«

Wahrscheinlich kann er sich nicht mehr leisten, dachte sie. »Die Wohnung hat ihre Möglichkeiten«, sagte sie – das sagte man immer. Sie kehrten in das erste Zimmer zurück, und sie holte ihr Maßband und das Notizbuch heraus.

»Ich muß erst alles vermessen«, sagte sie, »und sehen, welche Wände tragend sind und so weiter.«

»Es ist furchtbar nett von Ihnen, sich solche Mühe zu machen.«

»Überhaupt nicht – das ist mein Job.«

»Ich dachte, Sie könnten mir einfach den einen oder anderen Rat wegen der Wandfarben und Vorhänge und solcher Dinge geben.«

»Nun, so etwas machen wir selbstverständlich, aber ich glaube, hier muß zuvor noch einiges getan werden.«

»Ich bin sicher, Sie wissen das am besten. Es ist meine erste Wohnung, also kenne ich mich wirklich nicht aus.«

Er half ihr beim Messen, was die Arbeit erheblich beschleunigte, und dabei stellte sich heraus, daß er schon in der Wohnung wohnte. »Zumindest schlafe ich hier«, sagte er. »Derzeit ist es ein bißchen schwierig, noch etwas anderes tun zu wollen.«

Sie tranken in einem Restaurant um die Ecke, das sie kannte, Kaffee. Das war Pollys Idee gewesen. »Ja? Wirklich? Gerade habe ich überlegt, ob es Sie stören würde, wenn ich Sie das frage.« Außer dem Kaffee bestellte er sich noch ein pochiertes Ei auf Toast und gebackene Bohnen. »Das Beste an der Armee waren die gebackenen Bohnen«, sagte er. »Zu Hause gab es so was nie. Nicht, daß ich viel Zeit dort verbracht hätte.«

»Wie meinen Sie das?«

»Na ja, seit meinem siebten Lebensjahr war ich in Internaten, und dann kamen der Krieg und die Armee – Sie wissen ja, wie das ist. Und nachdem Charles, mein älterer Bruder, gefallen war, hat es meiner Mutter Schwierigkeiten bereitet, mich in ihrer Nähe zu haben – sie sagt, ich erinnere sie zu sehr an ihn, wissen Sie. Eigentlich ist das komisch«, fügte er hinzu, als wäre ihm das gerade erst aufgefallen, »ich bin ihm nämlich kein bißchen ähnlich.«

»Wie war er denn?«

»Er war schrecklich intelligent, sah furchtbar gut aus und konnte sehr gut mit Mädchen umgehen und solche Sachen.« Dann sah er sie an, als wüßte er schon, was sie nun fragen würde, und sagte: »Nein. Um ehrlich zu sein, er konnte mich nicht ausstehen. Ich wünschte«, fügte er eilig hinzu, »Sie würden mir ein bißchen von sich erzählen.«

»Was möchten Sie denn wissen?«

»Ich? Alles! Am liebsten wüßte ich alles über Sie.«

Sie erzählte ihm von ihrer Familie und wie sie im Krieg in Home Place gewohnt hatten. »Meine Güte, das klingt, als wäre es lustig gewesen!« sagte er. »Erzählen Sie weiter!« Sie erzählte ihm, daß ihre Mutter an Krebs gestorben war und wie unglücklich das ihren Vater gemacht hatte, und sie sah, wie seine leicht vorstehenden Augen feucht wurden. »O Gott«, sagte er. Sie erzählte ihm von Simon, der jetzt in Oxford war, und von Wills, der gerade mit der Hauptschule angefangen hatte, und von Clary, mit der sie zusammenwohnte. Es war erstaunlich, wieviel sie ihm erzählt hatte, dachte sie später, aber er war ein so aufmerksamer Zuhörer, daß es irgendwie Spaß machte, ihm alles zu berichten. Als schließlich überdeutlich wurde, daß die Serviererin von ihnen erwartete, daß sie entweder gingen oder eine weitere Mahlzeit bestellten, wies Polly ihn darauf hin, und er sagte: »Schon gut. Ich esse einfach noch ein pochiertes Ei. Möchten Sie nicht auch eins? Ich meine, mein erstes war mein Frühstück; Ihres könnte ein frühes Mittagessen sein.«

Also bestellten Sie beide pochierte Eier, und während sie darauf warteten, meinte Polly, sie sollten wirklich noch ein wenig über die Wohnung reden. »Wie sind Sie darauf gekommen, ausgerechnet diese Wohnung zu nehmen?«

»Es war die erste, die ich mir angesehen habe. Und sie kam mir ganz passend vor – nett und klein –, also habe ich zugegriffen. Glauben Sie, es war eine Fehlentscheidung?«

»Man wird einiges daran tun müssen. Wieviel wollen Sie denn ausgeben?«

»Was immer Sie meinen.«

»Nein, ehrlich.«

»Was denken Sie denn?«

»Haben Sie irgendwelche Möbel?«

»Diese Stühle. Und das Bett.«

»Nun, ich gehe mal davon aus, daß Sie zwischen drei- und fünfhundert Pfund für Renovierung und Heizung ausgeben müßten – und dafür, daß die Feuchtigkeit beseitigt wird. Haben Sie ein Baugutachten erstellen lassen?«

Hatte er nicht.

Ohne nachzudenken neckte sie ihn: »Sie sind nicht sonderlich praktisch veranlagt, wie?«

Er wurde rot. »Nein. Das Schlimme ist nur, daß man immer denkt, unpraktische Leute wären furchtbar klug oder künstlerisch oder so etwas, und das bin ich auch nicht. Eigentlich spricht nichts zu meinen Gunsten.«

Aber eines spricht zu seinen Gunsten, dachte sie, als sie mit dem Bus zurück zum Laden fuhr. Sie wußte, daß andere Menschen ihr schnell leid taten, und er schien auf den ersten Blick ein idealer Kandidat dafür, aber das war nicht alles, oder nicht einmal das erste, was sie empfand.

Die Arbeit in seiner Wohnung wurde ihr übertragen, da Caspar und Gervase gerade mit der Dekoration von drei großen Hotelsuiten und einem gewaltigen Landhaus zu tun hatten, dessen Besitzer die Küche aus dem höhlenartigen Keller ins Erdgeschoß verlegen wollten. »Mach du das nur, meine Liebe. Das wird eine gute Übung sein, und bei diesem niedlichen kleinen Hühnerstall kannst du kaum etwas falsch machen.«

Eine Woche später, nachdem sie Zeichnungen angefertigt und bei einem Elektriker und einem Klempner einen Kostenvoranschlag angefordert hatte, befand sie, daß sie noch einmal mit ihm sprechen müsse, um seine Zustimmung einzuholen, und rief ihn frühmorgens an. »Oh, gut. Wann?« Spontan (so sagte sie sich) lud sie ihn zum Abendessen in ihre Wohnung ein. »Das ist schrecklich nett von Ihnen«, sagte er. Er klang sehr erfreut.

Sie kaufte ein wenig geräucherten Schellfisch und bereitete am Abend zuvor Kedgeree vor, was ihr am besten gelang, und einen Obstsalat aus Trauben und Bananen. Clary war weg, und sie hatte die Wohnung für sich, da Neville, der viele Wochen hier gewohnt hatte, wieder ins Internat zurückgekehrt war. Das war eine ziemliche Erleichterung, denn Neville war genauso unordentlich wie Clary, aber er aß auch alles, was er nur finden konnte und hatte in Clarys Zimmer ein Schlagzeug aufgebaut, einen Kontrabaß, eine Trompete und ein tragbares Klavier, um dort mit seinen Freunden bis tief in die Nacht zu üben, was sie davon abgehalten hatte, Leute einzuladen. Nicht, daß viel in dieser Richtung angestanden hätte. Mit Christopher hatte sie gerechnet, aber der hatte im letzten Augenblick abgesagt: Oliver war plötzlich krank geworden, und er konnte ihn nicht allein lassen. »Er hat Krebs«, hatte Christopher gesagt. »Der Tierarzt sagt, er muß eingeschläfert werden, wenn eine Operation nicht möglich ist.« Also hatte sie angeboten, für ein Wochenende zu ihm zu kommen, aber Christopher hatte erklärt, er wolle lieber allein sein. Sie war erleichtert gewesen, weil es sie immer traurig machte, wie er sie liebte, und sie fürchtete, wenn sie bei ihm wäre, würde er sie nach ihrer hoffnungslosen Liebe fragen und sie würde lügen müssen, weil sie wußte, daß sie Christopher niemals lieben würde, und wenn er wüßte, daß niemand sonst mehr da war, würde er sich vielleicht Hoffnungen machen.

Gerald traf absolut pünktlich ein und hatte ihr einen wunderschönen Farn mitgebracht. »Ich wußte nicht, was Ihnen gefallen würde«, sagte er, »aber ich habe Schnittblumen nie gemocht, und es gab nicht viel Auswahl an Topfpflanzen. Es ist seltsam«, sagte er, als sie die Treppe zu ihrem Zimmer hinaufgingen, »aber immer wieder kam mir die Idee, Ihnen eine Katze mitzubringen. Dann dachte ich, Sie hätten vielleicht ohnehin eine. Haben Sie eine?«

Sie verneinte, sagte aber, sie hätte gern eine. »Ich habe allerdings keinen Garten.«

»Na dann. Ja, das ist ein Nachteil von London: Es gibt nicht genug gute Gärten für Katzen.«

»Es gibt einige, aber nicht viele, auch in der Gegend, in der Sie wohnen.«

»Ja? Ich kenne London kaum. Aber Sie mögen Katzen, nicht wahr? Damit hatte ich doch recht, oder?«

Sie erzählte ihm von Pompey und wie sehr sie ihn geliebt hatte, und er erzählte ihr von einer Katze, die er mit sieben gehabt hatte, die immer in seinem Bett geschlafen und die er beim Radfahren in einem Korb mitgenommen hatte.

»Was ist aus ihr geworden?«

»Wir dachten erst, es wäre ein Kater, aber dann bekam sie Junge, und meine Eltern haben sie einschläfern lassen, als ich im Internat war.«

»Wie schrecklich!«

»Sie mochten nun mal keine Katzen. Ich hatte sie vor ihnen versteckt, aber als ich ins Internat mußte, haben sie es natürlich herausgefunden.«

Es muß ziemlich schwierig sein, eine Katze vor den eigenen Eltern zu verstecken, dachte sie, aber sie sagte es nicht.

Er saß in dem viktorianischen Sessel in ihrem Zimmer, sah sich um und schwieg.

»Gefällt es Ihnen?«

»Ich wußte, daß es mir gefallen würde. Es ist – elegant und bezaubernd. Paßt zu Ihnen.«

Er äußerte sich wohlwollend über alles: das grüne Eßzimmer, das Kedgeree – er ließ sich einen Nachschlag geben – und den Obstsalat. Einmal sagte er: »Meine Güte! Geht es mir gut hier!« und dann begegnete er ihrem Blick mit solch offener und dankbarer Freude, daß sie sich davon anstecken ließ.

Nach dem Abendessen holte sie die Zeichnungen heraus, die sie angefertigt hatte, und legte sie auf den Tisch. Er erfaßte sie viel schneller als die meisten Kunden, und als sie das anmerkte, sagte er: »Na ja, es ist ein bißchen wie Kartenlesen, oder? Und das mußte ich wirklich lernen.«

»Im Krieg?«

»Ja.«

»Wo waren Sie?«

»Überall. Bin irgendwo abgesetzt worden. Von Zeit zu Zeit.«

»Sie waren Fallschirmspringer?«

»Ja.«

Sie starrte ihn an und versuchte sich vorzustellen, wie es war, aus einem Flugzeug ins Nichts zu springen. »Ich weiß, ich sehe nicht danach aus«, sagte er beinahe entschuldigend. »Romantische Helden und all so was. Ich hingegen sehe mehr aus wie ein Frosch, was zu nichts nütze ist, solange man kein Frosch ist.«

Sie wollte sagen, daß er nicht wie ein Frosch aussah, aber er beugte sich über den Tisch und legte ihr die Hand auf den Mund. »Tun Sie's nicht«, meinte er. »Bisher war alles so wahr zwischen uns. Und ich möchte keine freundlichen Lügen. Stellen Sie sich vor, wie ich auf einem Seerosenblatt sitze. Ungefähr so!« Und er winkelte die Arme an und saß gebeugt da, die Augen weit aufgerissen. Er sah so unglaublich nach Frosch aus, daß sie lachen mußte. »Ich kann auch hervorragend schwimmen«, sagte er. »Nur das mit der Farbe stimmt noch nicht.«

»Ich bin noch nie einem Frosch begegnet.«

»Das ist nicht überraschend. Wir sind nicht so viele.«

»Finden Sie die Zeichnungen in Ordnung?«

»Ich vertraue Ihnen vollkommen.«

»Ich schlage vor, daß wir mit der Renovierung anfangen, und dann können Sie sich überlegen, wofür Sie weiteres Geld ausgeben wollen. Sie werden ein paar Möbel brauchen, Vorhänge und einen Bodenbelag. Aber das können wir ziemlich billig hinkriegen, wenn Sie das wollen – ich meine zum Beispiel Wandfarbe statt Tapeten, und wir könnten den Boden abschleifen, statt Teppichboden zu verlegen. Und es gibt Läden, in denen man recht günstig Möbel aus zweiter Hand bekommt. So habe ich es gemacht.«

»Ja? Sie hatten dabei wirklich eine gute Hand, das muß ich sagen.«

Sie kochte Kaffee, und sie nahmen ihn mit nach unten in ihr Zimmer. Inzwischen hatte sie das angenehme Gefühl, ihn ihr Leben lang gekannt zu haben, und dazu die Gewißheit, daß es noch viel mehr kennenzulernen gab. Sie redeten und redeten: über sich selbst, den Lauf der Welt, wieder über sich selbst – daß er eigentlich gar nicht Anwalt werden wollte und daß sie der Ansicht war, daß ihr Job eine Sackgasse darstellte –, darüber, ob irgend etwas, das sie je tun würden, die Welt und ihren beängstigenden, kriegsähnlichen, machtbesessenen Zustand je verändern könnte, ob die Kunst einen politisch zivilisierenden Einfluß hatte, ob die Menschen immer schon so gewesen und Veränderungen nur technologischer Art waren. Erst nach Mitternacht fiel ihnen auf, wie spät es war.

»Sehen wir uns morgen?« fragte er.

»Es ist schon morgen.«

»Nun, dann später am Tag?«

Das war der Anfang gewesen, vor einer Ewigkeit, wie es ihr jetzt vorkam. Sie trafen sich am nächsten Abend wieder und gingen essen, aber das war kein großer Erfolg – er war irgendwie anders, nervös, abgelenkt und unruhig. Es gab einen entspannteren Moment, nachdem ein ziemlich unangenehmer, herablassender Kellner versucht hatte, sie dazu zu bringen, etwas zu bestellen, das sie beide nicht wollten, und schmollend davongetrabt war. Gerald hatte diesen Kellner so treffend nachgeäfft – die nach vorn gezogenen Schultern, die gönnerhafte Miene und den Akzent –, daß sie lachen mußte. Er hatte gelächelt und war für kurze Zeit ruhiger geworden. Er brachte sie nach Hause, aber als sie fragte, ob er noch mit hereinkommen wollte, lehnte er ab. Dann sagte er, er müsse aufs Land zu seinen Eltern und werde ein paar Tage nicht dasein. »Rufen Sie mich an, wenn Sie wieder hier sind«, sagte sie.

»Danke, daß Sie mitgekommen sind«, antwortete er. Wie in einem Theaterstück, dachte sie: Es war, als hätte er irgendwelchen schrecklichen Klatsch über sie gehört und daraufhin seine Ansichten über sie geändert. Selbstverständlich konnte es nicht so etwas sein. Aber in den nächsten Tagen, wenn sie einkaufen ging, die Wohnung aufräumte, die Duchy und Tante Rach besuchte, dem armen Wills, der in der Schule war, einen Brief schrieb oder ihren Vater, der Onkel Rupe und Tante Zoë eindeutig vermißte, zum Abendessen einlud, dachte sie immer wieder über ihn nach – über Gerald, wie sie ihn nun bei sich nannte, obwohl sie einander nicht mit Vornamen angesprochen hatten.

In der nächsten Woche bekam sie einen Anruf von einem der Handwerker, die in seiner Wohnung arbeiteten; er hatte eine Frage, die sie nur auf der Baustelle beantworten konnte. Also ging sie in die Ebury Street, wo sie das erwartete Durcheinander aus Steinstaub, zerbrochenen Backsteinen und herausgerissenen Dielen vorfand. Sie hatten Wände herausgebrochen und zogen neue ein, um die Küche zu vergrößern, und das bedeutete auch, daß sämtliche Rohre verlegt werden mußten. Sie sah, daß das Feldbett jetzt mitten im Zimmer stand, weil der Elektriker den Boden entlang der Fußbodenleisten aufgerissen hatte. Man hatte Zeitungen darübergebreitet, beschwert mit ein paar Backsteinen, und das Telefon stand staubbedeckt daneben.

»Wäre es nicht einfacher, das Bett abzubauen?« fragte sie. »Es ist nur ein Feldbett, sie könnten es wegpacken.«

»Das geht nicht, weil der junge Herr noch drauf schläft«, meinte Mr. Doncaster. »Es wäre wirklich einfacher, wenn er eine oder zwei Wochen ausziehen würde, aber das will er nicht.«

»Ach, er ist wieder hier?«

»Mr. Lisle? Er war nur einen Tag weg. Ja, er ist hier. Und das bedeutet, daß wir jeden Abend alles wieder für ihn anschließen müssen – bis auf das heiße Wasser natürlich. Und das braucht Zeit.«

»Dann kümmern wir uns mal um Ihr Problem«, sagte sie. Sie war enttäuscht, daß er schon seit Tagen zurück war und nicht angerufen hatte. Sie fragte sich, ob er wohl gewußt hatte, daß sie an diesem Morgen kommen würde, und ausgegangen war, um ihr nicht zu begegnen. Und sie überlegte flüchtig, wieso sie das störte.

An diesem Abend – als sie nach dem Abendessen bügelte – gelangte sie zu der Ansicht, daß Gerald ihr fehlte, weil sie sich ohne Clary einsam fühlte. Als sie fertig gebügelt hatte, setzte sie sich an ihren kleinen Schreibtisch und machte eine Liste:

GERALD

Nachteile:

Sieht wie ein Frosch aus.

Hat gesagt, er würde »ein paar Tage« wegfahren, und das hat nicht gestimmt (nicht wahrheitsliebend).

Zieht sich ziemlich schrecklich an. (Muß auch schmutzig sein, wenn er in diesem Durcheinander wohnt.)

Kaut Nägel.

Scheint nichts tun zu wollen (beruflich).

Sehr wetterwendisch. Ich dachte, er mag mich wirklich, aber

das kann ja wohl nicht sein, sonst hätte er angerufen. (Hat er so getan, als würde er mich mögen?)

Seine Familie ist offenbar schrecklich.

Dann fiel ihr nichts mehr ein. Also begann sie mit der zweiten Liste.

Vorteile:

Ich rede gern mit ihm.

Er bringt mich zum Lachen.

Er ist ausgesprochen rücksichtsvoll.

Er ist nicht zudringlich geworden, wie die meisten Leute nach der zweiten Begegnung.

Er prahlt nicht. (Womit denn auch? Na ja, zum Beispiel mit dem Fallschirmspringen – Tapferkeit im Krieg und all so was.)

Er mag Katzen – und andere Tiere.

Er beschwert sich nie.

Ich mag ihn irgendwie mehr als die meisten anderen Leute.

Er hat eine angenehme Stimme.

Gute Ohren.

Schöne Hände, wenn man von den Nägeln (ein Detail) mal absieht.

Hier hielt sie inne und las noch einmal, was sie geschrieben hatte. Er hatte sich nie über sein Leben beschwert, das, nach allem, was er ihr erzählt hatte, ziemlich furchtbar gewesen sein mußte – sie hatten seinen Bruder ihm vorgezogen, hatten ihn dauernd weggeschickt, seine Katze umgebracht, und dann hatte er in den Krieg ziehen müssen. Lag das nur daran, daß er einen schwachen Charakter hatte und sich weder gegen seine Eltern noch gegen sonst jemanden aufgelehnt hatte, oder war es auf seine stoische Haltung zurückzuführen?

Clary – wie auch Louise vor vielen Jahren – hatte gesagt, sie solle vorsichtig sein, weil sie so schnell Mitleid habe mit anderen: Louise hatte sogar befürchtet, sie könnte einmal jemanden heiraten, nur weil er ihr leid tat. Früher war das sicher auch so, dachte sie, aber jetzt bin ich erfahrener. Mindestens vier Leute hatten ihr leid getan, weil sie behauptet hatten, rasend in sie verliebt zu sein, und weil sie sie nicht liebte. Na ja, Christopher hatte sich nicht so benommen, und deshalb tat er ihr noch mehr leid als die anderen, aber sie war trotzdem nicht der Ansicht, daß sie ihn lieben oder heiraten sollte. Also brauchte sie sich deshalb keine Gedanken mehr zu machen. Und sie war so unglücklich gewesen, weil Archie ihre Liebe nicht erwidert hatte. Wenn sie jetzt daran zurückdachte, konnte sie es kaum verstehen. Archie war selbstverständlich ein sehr netter Mensch, aber sie war ehrlich erleichtert, daß er sie nicht geliebt hatte. An dem Nachmittag, als er wegen Clary aus Frankreich zurückgekommen war, war sie schrecklich dankbar gewesen, daß er da war, weil sie wußte, daß er sich um Clary kümmern würde, aber als sie ihn angeschaut hatte, hatte sie auch gesehen, wie alt er war – natürlich hatte er älter ausgesehen, weil er zu wenig geschlafen hatte – und daß er kein Mann war, den sie küssen oder mit dem sie schlafen wollte. Sie hatte Clary gefragt, wie dieser Teil des Verliebtseins eigentlich sei; genaugenommen hatte sie sie sogar dreimal gefragt, allerdings nur einmal ganz offen. »Ich bin mir nicht sicher«, hatte Clary auf diese offene Frage geantwortet. »Ich habe nicht das Gefühl, es so recht begriffen zu haben – Noël sagt, das liegt an meiner kleinbürgerlichen Erziehung –, aber ich werde es dir sagen, Polly. Ich werde mich nicht so verhalten wie alle anderen in unsrer Familie, was das angeht.« Als sie das nächste Mal gefragt hatte, war sie zurückhaltender gewesen. »Wie ist es denn nun?«

Clary hatte ein wenig nachgedacht und dann gesagt: »Ich bin nicht ganz sicher, aber ich habe irgendwie das Gefühl, daß es vor allem etwas für Männer ist – aber das sagt einem keiner.« Und beim letzten Mal, kurz bevor Clary ihr sagte, daß sie schwanger war, hatte ihre Cousine sie nur gereizt angesehen. »Es hat einfach mit der Natur zu tun, und du weißt ja, wie die Natur so ist …« Und dann sagte sie: »Aber es geht, wenn man den anderen liebt.« Und schließlich: »Hör auf, mich auszufragen.« Und dann war sie in Tränen ausgebrochen. Sie hatte sich also an jenem Tag gefreut, Archie zu sehen, aber sie hatte auch gewußt, daß sie ihn nicht genug liebte, um das alles um seinetwillen auf sich zu nehmen.

Sie las ihre Listen noch einmal durch. Unter die Vorteile

schrieb sie: »Ich würde ihn gern wiedersehen.« Und unter die Nachteile: »Ich scheine ihm ziemlich egal zu sein.«

Am nächsten Abend rief sie ihn an.

»Wer ist da?« Er klang ungeheuer müde.

»Ich bin's, Polly.«

»Polly!« Er schien sich zu freuen.

»Hätten Sie Lust, am Wochenende zum Mittagessen zu kommen?«

»Ich habe ein Auto. Könnten wir nicht irgendwohin fahren, wo es Gras und Bäume gibt, spazierengehen und dann essen gehen?« Sie verabredeten, daß er sie am Samstagmorgen um elf abholen würde.

Das war einfach, dachte sie. Wenn man jemanden sehen wollte, fragte man ihn einfach. Warum hatte er sie nicht angerufen?

Er traf pünktlich ein, in einem anderen, aber ebenso alten Tweedanzug mit Lederflicken auf den Ellbogen und einem blauen Hemd mit ziemlich ausgefranstem Kragen. Das Auto erwies sich als ein verbeulter alter Morris Minor. »Wohin?« fragte er, nachdem er ihr die Tür aufgehalten hatte.

»Wir könnten zum Richmond Park fahren. Oder nach Kew – oder Hampstead Heath?«

»Wie Sie wollen.«

»Der Richmond Park ist am natürlichsten.«

»Kennen Sie den Weg?«

»Ich fürchte nein.«

»Das macht nichts; ich habe eine Karte.«

Nachdem er sich die Karte angesehen hatte, reichte er sie ihr. »Falls ich mich verfahre«, sagte er, »aber ich glaube, ich kann mich erinnern. Ich habe mich schrecklich gefreut, daß Sie angerufen haben.«

»Sie hätten mich auch anrufen können.«

»Ja, vielleicht ... aber ich war nicht sicher ...« Dann fügte er hinzu: »Ich bin doch eigentlich nur ein Kunde für Sie, das weiß ich. Ich wollte ... Ihnen nicht zu nahe treten.«

»Ich glaube nicht, daß Sie das tun würden«, sagte sie. Und ihr war plötzlich viel unbeschwerter zumute.

Zwei Stunden lang gingen sie im Park spazieren. Es war einer der schönsten Herbsttage dieses Monats: mild, mit hellblauem Himmel, die Sonne hinter Dunstschleiern verborgen, die Bäume immer noch voller bronzefarbener Blätter, und in der Ferne konnte man die Hirsche sehen. Während des Spaziergangs erzählte er ihr, daß sein Vater sehr krank sei und daß er deshalb weggefahren sei. »Ich dachte, er will mich vielleicht sehen«, sagte er, »aber das war nicht so. Also bin ich nur eine Nacht geblieben.«

»Nimmt es Ihre Mutter sehr mit?«

»Das kann ich nicht sagen. Sie zeigt so etwas nicht. Und sie spricht nicht viel mit mir.«

»Er wird doch wieder gesund werden, oder?«

»Nein, das glaube ich nicht.« Er schien nicht darüber sprechen zu wollen. Aber viel später, als sie beim Essen saßen, sagte er: »Ich mache mir Sorgen um meine Mutter. Ich weiß nicht, was sie tun wird, wenn mein Vater stirbt.«

Polly stellte sich vor, daß seine Mutter Tabletten nehmen oder sich ertränken würde. »Sie meinen, sie ist ... sie würde sehr unglücklich sein?«

»Nein. Nein, sie hat unser Haus immer gehaßt, und seit einer Ewigkeit spricht sie davon, irgendwo an die Riviera zu ziehen. Aber ich glaube nicht, daß sie viel Ahnung von Geld hat – nicht, daß es mir erheblich besser ginge, aber ich bin ziemlich sicher, daß nichts mehr übrig ist.« Dann sagte er, er wolle nicht mehr darüber reden und sie solle ihm lieber von ihrer Familie erzählen: »Es klingt, als ginge es da viel netter zu.« Also tat sie das, und wieder gingen sie so unbeschwert miteinander um wie bei seinem Besuch in ihrer Wohnung, wo sie von einem Thema zum anderen gekommen waren, als würden sie einander schon seit Jahren kennen, hätten einander aber lange nicht gesehen, so daß sich viel angesammelt hatte, worüber sie reden konnten.

Nach dem Essen fragte er, was sie nun tun wolle? Wozu er denn Lust habe? »Mir ist es gleich, solange wir zusammen sind.« Und dann wurde er rot. »Aber vielleicht reicht es Ihnen ja für heute.«

Sie gingen in die Tate Gallery. »Ich habe keine Ahnung von Gemälden«, sagte er. »Ich weiß nicht mal, was mir gefällt, aber ich wette, bei Ihnen ist das anders.«

»Wir hatten eine Gouvernante, die uns in Museen und Galerien geführt hat. Sie liebte Turner sehr. Ich zeige Ihnen seine Bilder.« Und das war ein Erfolg.

»Er ist wirklich schrecklich gut. Ich meine, es gefällt mir, diese Bilder anzusehen.«

Sie fuhren zurück zu Pollys Wohnung, und sie machte Tee und Toast mit Marmite, und dann ging er und kaufte eine Abendzeitung, um herauszufinden, was im Kino lief. Sie machte sich Sorgen, weil er so viel Geld für sie ausgab, denn sie wußte, daß er nichts verdiente, und es klang nicht, als ob seine Familie ihm viel geben würde, wenn überhaupt etwas. Aber als sie vorschlug, sie könnte ihre Kinokarte selbst bezahlen, sagte er: »Schon gut; ich habe einiges übrig, weil meine Tante mir dreitausend Pfund gegeben hat für eine Wohnung und die Einrichtung. Also bin ich im Augenblick beinahe reich.«

Sie fanden ein Kino, in dem *Meine Frau, die Hexe* lief, und danach aßen sie zu Abend, und dann brachte er sie nach Hause. Der Abschied war schwierig.

Er hielt ihr die Autotür auf und brachte sie zur Haustür.

»Danke für den schönen Tag«, sagte sie.

»O nein, ich danke Ihnen!«

Sie blieben noch einen Augenblick stehen und sahen einander an, dann sagte er: »Ich warte nur noch, ob Sie die Tür aufbekommen, und dann fahre ich.«

Also schloß sie auf, und er sagte: »Gut. Dann fahre ich jetzt.« Und das tat er.

Sie ging langsam die Treppe hinauf und fragte sich, wie sie gleichzeitig so vertraulich miteinander umgehen und dennoch stellenweise vollkommen unpersönlich sein konnten. Er hatte nicht ein einziges Mal etwas von sich gegeben, das einer »persönlichen Bemerkung«, wie ihre Familie so etwas nannte, nahegekommen wäre. Sie erinnerte sich noch, wie man sie als Kind für solche Bemerkungen getadelt hatte und daß sie diese »persönlichen« Bemerkungen immer viel interessanter gefunden hatte als die meisten anderen. Aber Gerald – sie hatte ihn nicht mit Namen angesprochen – hatte nichts gesagt, das auch nur entfernt als persönlich aufgefaßt werden konnte. Er hatte sie nicht einmal Polly genannt. Irgendwie ärgerte sie das ein wenig. Sie hatte sich, wie immer, Mühe mit ihrem Aussehen gegeben, und sie war daran gewöhnt, daß die Leute so etwas wie »Dieses Blau paßt wunderbar zu deinem Haar und zu deinen Augen« sagten – und heute war ihr nur der vollständige Mangel an solchen Sätzen aufgefallen. Sie hätte ihn beim Abschied ganz gern umarmt, weil sie traurig war, daß dieser Tag zu Ende ging; sie hatte sogar daran gedacht, ihn noch hereinzubitten, diesen Gedanken aber auch irgendwie beunruhigend gefunden. Er hätte glauben können, daß sie erwartete, daß er über Nacht blieb, mit allem, was das bedeuten mochte, und da die Erfahrung der armen Clary ihr noch sehr deutlich in Erinnerung war, wollte sie kein Risiko eingehen. Es hätte mich nicht gestört, wenn er mich geküßt hätte, dachte sie – es wäre sogar gut, mal herauszufinden, wie das nun eigentlich ist. Aber das hatte natürlich alles keinen Zweck, wenn er nicht wollte. Und er hatte keinerlei Anstalten gemacht. Oje, dachte sie, die Leute, mit denen ich einfach nur befreundet sein will, wollen das nicht, und wenn ich mir wünsche, daß jemand mehr will, scheint der nur Freundschaft zu wollen.

Am nächsten Morgen um neun klingelte das Telefon. Es war Gerald, und sie freute sich ungeheuer, als sie seine Stimme hörte. »Ich hoffe, ich rufe nicht zu früh an.«

»Nein. Ich trinke gerade Kaffee. Und Sie?«

Sie wollte ihn gerade fragen, ob er nicht auf einen Kaffee vorbeikommen wolle, als er sagte: »Als ich gestern abend zurückkam, habe ich ein Telegramm vorgefunden. Mein Vater ist gestern früh gestorben.«

»Oh.«

»Ich fürchte, ich muß hinfahren und mich um alles kümmern. Die Beerdigung und all das. Ich nehme an, ich werde eine Woche lang weg sein. Das wollte ich Ihnen nur sagen.«

»Ja.«

Sie wollte sagen, wie leid es ihr tat, aber er unterbrach sie. »Schon gut. Es gibt nichts, was Sie sagen könnten. Ich wollte nur, daß Sie es wissen. Damit Sie nicht denken, daß ich einfach so verschwunden bin. Nicht, daß es wichtig wäre, wenn ich das täte.«

»Es wäre sehr wohl wichtig!«

»Ja?« Plötzlich klang seine Stimme weicher. Dann sagte er in seinem üblichen Tonfall auf Wiedersehen.

Sie hörte zehn Tage lang nichts von ihm. Die Hälfte der Zcit verbrachtc sie damit, nicht an ihn zu denken – wenn sie begann, an ihn zu denken, lenkte sie sich schnell ab –, und während der anderen Hälfte versuchte sie, seine Wohnung bewohnbar zu machen. Die Installationen waren fertig, die Böden abgeschliffen, und sie hatte die Gitter und die schwarze Ziegelmauer weiß streichen lassen.

Als Gerald nach einer Woche noch nicht zurückgekommen war, beauftragte sie einen Maler und sagte, er solle das Schlafzimmer als erstes erledigen, falls der Besitzer zurückkäme. Caspar teilte ihr andere Arbeit zu – eine Atelierwohnung mit Blick auf den Fluß, die bereits umgebaut war und bei der sie sich nur um die Dekoration kümmern mußte. Normalerweise hätte sie sich darüber gefreut, mehr Verantwortung übertragen zu bekommen, jetzt war sie nur dankbar, daß sie sich ablenken konnte. Aber wovon? fragte sie sich, als sie in den Bus zu der Atelierwohnung stieg, in der sie mit dem Kunden verabredet war. War sie dabei, sich in Gerald zu verlieben? Und wenn ja, warum? Wenn sie unbeteiligt über ihn nachdachte, schien es keinen einzigen guten Grund dafür zu geben. Er schien ziellos dahinzuleben, und er sah ganz bestimmt nicht gut aus; er war nett, und sie war gern mit ihm zusammen, aber das lag wahrscheinlich nur daran, daß sie ihn nicht genug kannte, um von ihm gelangweilt zu sein. Vielleicht war sie jetzt einfach in dem Alter, in dem man sich gern in jemanden verlieben wollte, also konzentrierte man sich auf den Erstbesten. Das war ein deprimierender Gedanke, und weil er sie deprimierte, dachte sie, er entspräche vermutlich der Wahrheit.

Ihr Kunde erwies sich als junger Mann, der in der Stadt arbeitete und diese Wohnung als *pied à terre* wollte. »Meine Frau und die Kinder wohnen auf dem Land«, sagte er, »aber ich pendle nicht gern.«

Er wirkte sehr jung für einen Mann mit Frau und Kindern, wenngleich er schon kahl wurde. »Die Wohnung ist klein, aber die Aussicht gefällt mir, und es ist nicht weit zur Bank. Ich will, daß alles ganz einfach eingerichtet wird, aber hin und wieder bringe ich vielleicht Leute mit, also sollte es auch gut aussehen.« Der Wohnraum war relativ groß, das Schlafzimmer dagegen klein, und die Kochnische und das Bad waren kaum angemessen.

»Das Schlafzimmer stellt ein ziemliches Problem dar, nicht wahr? Wenn man ein Bett reinstellt, bleibt kaum noch Platz für Schränke.«

»Ach, ich dachte, ich benutze es nur als Schrankraum und schlafe im Hauptzimmer. Ich hätte gern ein ziemlich großes Bett.« Als er das sagte, erwischte sie ihn, wie er ihr einen nachdenklichen Blick zuwarf.

Sie hatte Farbproben und Muster von Vorhangstoffen mitgebracht, die sie jetzt auf dem Abtropfbrett in der Küche für ihn auslegte, aber er schien sich nicht sonderlich dafür zu interessieren. Sie fragte, ob er Möbel habe oder ob er wolle, daß sie welche für ihn kaufte. »Ach ja, besorgen Sie welche«, sagte er. »Irgendwas Modernes – wir haben auf dem Land Berge von Antiquitäten. Anabel ist verrückt nach dem Zeug.«

Als sie die Muster wieder in den Koffer steckte, stellte er sich hinter sie und sagte: »Hat Ihnen jemals jemand gesagt, wie attraktiv Sie sind?«

Sie spürte seine Hände auf ihren Schultern und drehte sich zu ihm um. »Ziemlich oft«, erwiderte sie.

»Ich habe mir überlegt, daß wir vielleicht zusammen essen sollten.«

»Nein danke.«

»Nun steigen Sie mal runter von Ihrem hohen Roß. Ich finde Sie wirklich ausgesprochen reizend.«

»Hat Ihnen jemals jemand gesagt, wie gönnerhaft Sie sind?«

Sein Lächeln verschwand. »Sie brauchen nicht unangenehm zu werden. Ich habe nur gefragt, ob Sie mit mir essen gehen.«

»Nein, das haben Sie nicht.« Sie klappte den Koffer zu und ging so entschlossen wie möglich zur Tür, aber ihre Knie zitterten.

»Sie haben eine sehr hohe Meinung von sich, wie?« Er sagte das mit einer gewissen schwächlichen Bosheit; sie hatte das Gefühl, gewonnen zu haben.

Aber als sie in den Laden zurückkam, erfuhr sie, daß er angerufen hatte, um den Auftrag zu stornieren. »Ich habe dir schon öfter gesagt, daß du Kunden gegenüber höflich bleiben sollst«, sagte Caspar. »Ich weiß nicht, was du gesagt hast, aber du hast ihn jedenfalls verärgert. Und er stinkt vor Geld. Gervase wird alles andere als erfreut sein.«

»Er hat sich an mich rangemacht«, sagte sie. »Es tut mir leid.«

»Na und? Du bist erwachsen, meine Liebe. Benimm dich entsprechend.« Kein Wort mehr von der Gehaltserhöhung, von der er am Morgen andeutungsweise gesprochen hatte.

Am Freitag morgen, bevor sie zur Arbeit ging, rief Gerald sie an. »Ich hoffe, ich habe Sie nicht gestört«, sagte er, »aber ich möchte Sie um einen Gefallen bitten. Hätten Sie vielleicht an diesem Wochenende Zeit?... Oh, gut. Könnten Sie morgen mit dem Zug nach Norwich kommen? Ich hole Sie am Bahnhof ab. Ich bin nämlich immer noch auf dem Land. Ich habe ein ziemliches Problem mit dem Haus meiner Eltern. Und Sie können so gut mit diesen Dingen umgehen. Ich dachte, Sie wüßten vielleicht, was ich machen soll.«

Sie erklärte sich einverstanden, den Zug um halb zehn von Liverpool Street aus zu nehmen.

»Es ist schrecklich nett, daß Sie kommen. Bringen Sie warme Sachen mit – es ist ziemlich kalt in dem Haus.«

Im Zug fragte sie sich, was das wohl für ein Haus war, und wieso es so problematisch war. Vielleicht wollte seine Mutter ins Ausland gehen, und er wollte es verkaufen. Sie war noch nie in Norfolk gewesen. Vielleicht war es ein Bauernhaus mit Balken überall und rauchenden Holzfeuern. Sie war einfach romantisch – es konnte genausogut ein modernes Haus sein, sogar ein Bungalow. Trotzdem, Häuser waren so knapp, daß es wohl kein Problem sein würde, es loszuwerden, wenn er das denn wollte.

Er stand auf dem Bahnsteig; sie sah ihn, bevor er sie entdeckte, und sie freute sich darüber ebenso wie über den Klang seiner Stimme am Telefon. Er trug einen Rollkragenpullover unter der Tweedjacke mit den Lederflicken. »Ich habe zu Hause eine Art Mittagessen vorbereitet«, sagte er, »wenn Sie es so lange aushalten. Es sind noch etwa zwanzig Meilen.«

»In Ordnung.«

Hier fuhr er ein anderes, etwas größeres, aber ebenso verbeultes Auto. »Es gehörte meinem Vater«, sagte er. »Es ist ein kleines bißchen bequemer.«

»Ist Ihre Mutter …?«

»Sie ist sofort nach der Beerdigung abgereist. Eine Freundin hat sie mit nach Frankreich genommen. Das ist, ehrlich gesagt, eine Erleichterung. Zumindest werde ich mich in Ruhe um alles kümmern können.«

Er klingt, als ob er eine schwierige Zeit durchmacht, dachte sie. »Gibt es viel, um das Sie sich kümmern müssen?«

»In gewisser Hinsicht ja. Und jede Entscheidung scheint wiederum von einer anderen abzuhängen; es ist nicht einfach, herauszufinden, wo ich anfangen soll, also dachte ich, ich fange mit Ihnen an.«

»Wie meinen Sie das?«

»Das erzähle ich Ihnen später. Ich möchte jetzt nicht darüber sprechen. Erzählen Sie mir, wie Ihre Woche war.«

Also erzählte sie ihm von der Atelierwohnung und ihrem Besitzer. Sie dachte, sie hätte es so erzählt, daß es witzig klang, aber sie sah, wie er die Stirn runzelte und dann zornig auf die Straße starrte.

»Ein unerträglicher Mensch«, sagte er, »aber ich nehme an, bei Ihrem Aussehen passiert Ihnen das relativ häufig.«

»Das Problem war, daß wir den Auftrag verloren haben, und Caspar und Co. waren nicht sehr erfreut.«

»Das Schlimme daran ist«, fuhr er fort, als hätte sie gar nichts gesagt, »daß er nicht einmal gewußt haben kann, wie Sie wirklich sind. Aber ich nehme an, solchen Leuten ist das egal.«

Ein paar Meilen später sagte er: »Empfinden Frauen auch wie dieser Mann? Ich meine, achten sie vor allem darauf, wie ein Mann aussieht?«

»Ich glaube, nicht so sehr. Natürlich reden sie auch darüber, ob Männer gut aussehen oder so.«

»Ja? Das dachte ich mir.«

»In Büchern jedenfalls. Aber ich weiß nicht, ob man sich darauf verlassen kann.«

Nach längerem Schweigen erklärte er: »Wenigstens hat sich

herausgestellt, daß meine Mutter eigenes Geld hat. Sie wird zurechtkommen – sie kann bequem in Südfrankreich leben, wenn sie das möchte. Und sie will auf keinen Fall hierbleiben.«

»Sie will das Haus also verkaufen?«

»Das Haus? Nein, mein Vater hat es mir hinterlassen. Das ist ja das Problem. Geld hat er mir nicht hinterlassen – es war keins mehr da.«

Er bog von der Straße ab, in einen Feldweg, wie sie zunächst dachte, aber als sie die hohen Bäume zu beiden Seiten bemerkte, erkannte sie, daß es sich um eine verwilderte Einfahrt handelte. Hinter den Bäumen erstreckte sich nach beiden Seiten hin ein Park mit noch gewaltigeren Bäumen, von denen die meisten offenbar im Sterben begriffen oder bereits tot waren. Nach etwa einer Viertelstunde begann ein Wald, und der Weg wurde zu einem Tunnel unter Bäumen. Dann verließen sie den Wald, nach einer scharfen Kurve erstreckte sich wieder Parklandschaft vor ihnen, und am Horizont tauchte ein gewaltiges Gebäude auf. Es war von gelblicher Farbe und hatte drei quadratische Türme. Die Allee war zu Ende; die Bäume waren offenbar gefällt worden, Stämme lagen auf der Seite. Das Gebäude war weiter entfernt, als sie gedacht hatte; sie rumpelten noch minutenlang über die Einfahrt, ohne daß es näher zu kommen schien, aber dann konnte sie Fenster ausmachen, die im kalten Sonnenlicht blitzten, und sie sah, daß es ein heller Backsteinbau war wie viele Häuser in London, mit Steinblenden, und daß die Türme aus rosafarbenen Ziegeln gemauert und mit Zinnen versehen waren. Es sah aus, als wäre es ein Krankenhaus oder ein edwardianisches Hotel gewesen; es war das häßlichste Gebäude, das sie in ihrem ganzen Leben gesehen hatte. Gerald, der schon seit geraumer Zeit schwieg, hielt hundert Meter von dem Haus entfernt an und machte den Motor aus. In der plötzlichen Stille hörte sie das Krähen von Raben. »Jetzt werden Sie meine Mutter verstehen«, sagte er schließlich. »Es ist gewaltig, aber sicherlich kein Zuhause.« Dann wandte er sich ihr zu. »Sie finden es schrecklich. Das hatte ich befürchtet. Deshalb mußte ich es Ihnen zeigen. Aber lassen Sie uns reingehen und etwas essen.«

Er ließ den Motor wieder an und fuhr vors Haus. Die Vorderfront – von der Länge eines Tennisplatzes – wurde von zwei Flügeln ergänzt, die in einem stumpfen Winkel nach hinten abbogen. Vor dem Haus erstreckte sich eine verwilderte Fläche, die einmal ein Rasen gewesen sein mußte, nun aber nur noch ein wirrer Dschungel aus Disteln, Brennesseln und Jakobskraut war. Die Flügel, die jeweils in einem Turm endeten, waren durch ein Bogengewölbe mit dem Haupttrakt verbunden. Er fuhr durch den rechten dieser Bögen in einen Innenhof, der von Gebäuden umgeben war, die wahrscheinlich einmal Ställe und Garagen gewesen waren. »Wir gehen hier rein«, sagte er und öffnete eine verglaste Tür. »Ich gehe am besten voran.«

Sie folgte ihm einen breiten, dunklen Flur entlang und durch ein zweites paar Türen. Sofort fiel ihr die Kälte auf. Hier war der Flur heller, weil es in regelmäßigen Abständen Oberlichter gab. Gegen Ende ging Gerald nach links durch eine Mahagonitür in einen Raum, der offenbar eine kleine Halle war, denn es gab mehrere Türen in einer der Wände. Er öffnete eine von ihnen und rief: »Nan! Wir sind wieder da«, schloß sie und ging zu einer anderen, hinter der sich ein kleines Wohnzimmer mit einem fürs Mittagessen gedeckten Tisch befand. Im Kamin brannte ein sehr kleines Kohlenfeuer. »Hier ist es geringfügig wärmer«, sagte er. »Es gibt Sherry, wenn Sie mögen. Setzen Sie sich ans Feuer, ich gehe ihn holen.«

Während seiner Abwesenheit sah sie sich das Zimmer an. Es war sehr hoch, und die Wände hatten Rosetten auf der Täfelung – die Täfelung in dunklerem, die Rosetten in hellerem Grün. Der Kamin war aus grauem Marmor, und ein sehr hohes Fenster ging auf einen weiteren Hof mit dem dritten Turm hinaus; dieser war von einer Kuppel gekrönt, unter der sich eine Uhr befand, die zwanzig nach vier zeigte. Die Vorhänge waren aus rohweißem Leinen mit einem Muster von Akanthusblättern, das sparsam in grüner Wolle aufgestickt war, und es gab einen Bücherschrank mit Glastüren, vollgestopft mit dunkelblauen Bänden. Ein Radio, dessen Lautsprecher mit einer untergehenden Sonne verziert war, stand auf einem der Beistelltische, die überall herumstanden: neben dem Sofa, neben jedem der beiden Sessel, auf deren einem sie saß, und vor einer großen Vitrine voller staubiger ausgestopfter Vögel. Das war alles ziemlich überraschend – und aufregend. Wenn das ganze Haus so mit Möbeln vollgestellt war wie dieses Zimmer, würde es Spaß machen, einiges davon für seine Wohnung auszusuchen.

Er kam mit dem Sherry, gefolgt von einer älteren Frau in einer geblümten Schürze mit einem Tablett. »Mr. Gerald, Sie wollen doch wohl die Zeit der jungen Dame nicht mit Sherry verschwenden. Sie wissen, wie es ist, warmes Essen diese langen Flure entlangzutragen – diese Suppe ist nicht mehr allzu warm.« Sie stellte die Suppe auf den Tisch und warf Polly einen forschenden Blick zu. »Guten Morgen, Miss.«

»Wir können den Sherry in die Suppe gießen«, sagte er.

»Oh! Tun Sie, was Ihnen gefällt, Euer Lordschaft! Der Vogel ist fertig. Ich bringe ihn in zehn Minuten.«

Nachdem sie gegangen war, goß er ihnen Sherry ein – in Gläser – und sagte: »Sie schikaniert mich ständig. Aber sie meint es nicht böse.«

»Ich hatte schon damit gerechnet, daß sie Sie Naseweis nennt.«

»Das wäre leicht zu provozieren, einfach indem ich ihr widerspreche. Die alten Gewohnheiten einer Kinderfrau.«

»Sie war Ihre Kinderfrau?«

»Ja. Sie war immer schon hier. Sie hat sich praktisch ihr Leben lang um uns gekümmert. Das ist auch so eine Sache.«

»Was?«

»Jetzt muß ich mich um sie kümmern.«

Es war Champignonsuppe aus der Dose, und sie gossen beide ihren Sherry hinein.

»Ich dachte, nach dem Essen zeige ich Ihnen das ganze Haus«, sagte er. »Es gibt Zimmer, die ich so gut wie nie betreten habe, und wahrscheinlich ist vieles in ziemlich schrecklichem Zustand.«

»Das wird den Verkauf eher schwierig machen.«

»Verkaufen? Ich kann es nicht verkaufen. Es ist mir durch eine dieser schrecklichen Treuhandschaften hinterlassen worden; ich kann es nicht abstoßen.«

»Oh.« Allmählich verstand sie, wieso er so zerstreut wirkte.

»Vielleicht könnte eine Organisation wie der National Trust helfen?« Sie hatte Caspar von dieser Institution reden hören.

»Die würden diese Bude nicht mit der Feuerzange anfassen. Sie ist nicht nur in einem schauerlichen Zustand, sie ist überhaupt schauerlich.«

»Was werden Sie also tun?«

»Ich weiß es nicht. Das hängt von ... einigem ab. Ich habe mich noch nicht entschieden.«

Der nächste Gang bestand aus Brathuhn mit Brotsoße, Kartoffelbrei und Rüben.

»Ein wunderbares Essen«, sagte sie nach dem Dessert – einem Törtchen mit Mandel- und Marmeladenfüllung – zu Nan und wurde mit einem Lächeln belohnt.

»Ich sehe es gern, wenn jemand seinen Teller leer ißt«, sagte die alte Kinderfrau.

»Wir sehen uns jetzt das Haus an, Nan«, sagte er.

»Paßt mit dem Fußboden im Ballsaal auf. Und versucht bloß nicht, ein Fenster aufzumachen. Rufen Sie mich, wenn Sie den Tee wollen.«

»Wir können gleich mit dem Erdgeschoß anfangen.«

Er ging voran. Ein weiterer Flur, an dessen Ende sich Türen mit Glaseinsatz in eine riesige Halle öffneten, von der aus sich eine breite Treppe mit einer Steinbalustrade nach oben zog und eine Doppeltür zum Haupteingang führte. Links der Halle befand sich ein Wohnzimmer, dessen Wände mit stark ausgeblichenem Seidendamast bezogen waren; die Stellen, an denen Gemälde gehangen hatten, waren im Vergleich beinahe leuchtend rosa. Die Möbel waren überwiegend mit Tüchern abgedeckt, und auf einem Haufen Ruß im Kamin lag ein toter Star. Zwei Türen, eine auf jeder Seite des Kamins, führten zum Ballsaal, dessen längere Wand vier Fenster zu einem Wintergarten hin hatte. Die Decke war weitgehend eingestürzt: Große Glassplitter lagen auf dem gefliesten Boden. Ein dickes, rostiges Rohr wand sich wie eine Riesenschlange in etwa einem Fuß Höhe um den ganzen Raum. Steingutkübel und glasierte Stehvasen beherbergten staubige Blumenerde und vertrocknete Farne. In einem steckte ein winziger Bleistift mit einer Seidenquaste, die zu einem schmutzigen Weiß verblaßt war. Durch die Fenster in der Außenwand blickte man auf die Überbleibsel eines streng angelegten Gartens, der von einer niedrigen Balustrade aus Backsteinen und Naturstein begrenzt wurde.

»Das muß einmal umwerfend gewesen sein!« sagte Polly, als sie an einer uralten Kamelie vorbeikamen, deren höchste Zweige durch das zerbrochene Glasdach ragten. Als sie das sagte, bemerkte sie, wie er sie ansah, und von da an war sie sich seiner vielen nervösen, fragenden Blicke bewußt.

Der nächste Raum war einmal die Bibliothek gewesen. Die Regale standen noch da, und sie waren etwa zur Hälfte gefüllt. An einer Wand wuchs ein recht auffälliger schwarzweißer Pilz, und es roch sehr modrig. Und so ging es weiter. Zwei weitere Wohnzimmer, ein Arbeitszimmer mit einer beinahe schwarzen Tapete und einem gewaltigen Doppelschreibtisch voller Papiere. Anders als die meisten Räume, die sie sich angesehen hatten, wirkte dieser, als sei er vor kurzem benutzt worden: Pfeifenrauch hing in der Luft, und im Kamin war Holz für ein Feuer aufgeschichtet. »Mein Vater hat hier viel Zeit verbracht«, sagte er. »Wir sollten es jetzt lieber im nächsten Stockwerk versuchen. Alles andere hier unten sind nur Stauräume für Gewehre und Schuhe, Vorräte, das Telefon, Toiletten, solche Dinge.«

»Wie viele Schlafzimmer gibt es?« fragte sie, als sie auf der Treppe waren, die von der Haupthalle nach oben führte.

»Ich weiß nicht. Wir können zählen, wenn Sie wollen.«

Oben an der Treppe führte ein breiter Flur in beide Richtungen, beleuchtet von einer Reihe runder Fenster beinahe in Deckenhöhe. Die Decke hatte gotische Gewölbe. Die Schlafzimmertüren waren aus Mahagoni, und in Augenhöhe waren kleine Messingrahmen angebracht. In einem steckte eine Karte, auf der in wunderbar deutlicher lateinischer Schrift »Lady Pomfret« stand. »Wenn am Wochenende Besucher kamen«, sagte er, »haben sie die Namen an die Türen geschrieben, damit die Leute wußten, wo sie untergebracht waren, und die anderen Besucher sie ebenfalls finden konnten. Es war ziemlich viel los«, ergänzte er finster. »Meine Mutter sprach liebend gern über diese Dinge. Als sie meinen Vater geheiratet hat, war das wilde Leben hier immer noch im Gange.«

Die Zimmer waren einander sehr ähnlich. Viele waren mit

einem Ankleidezimmer verbunden, in dem sich jeweils ein einzelnes Bett, eine Kommode, ein Schrank und ein Kamin befanden. Auch hier war fast alles mit Tüchern abgedeckt. Es gab in diesem Stockwerk fünfzehn Schlafzimmer und zwei Badezimmer; die Nachttöpfe waren aus blau-weißem Porzellan. In zwei Schlafzimmern gab es ein Waschbecken.

»Unter dem Dach ist noch ein Stockwerk«, sagte er, »aber vielleicht haben Sie genug für heute?«

»O nein! Ich möchte alles sehen.«

Also gingen sie nach oben.

»Ich nehme an, was in dem Haus steht, gehört Ihnen?« Sie fragte sich, ob die Mutter wohl zurückkommen und alles, was schön war, mitnehmen würde.

»Allerdings. Jeder einzelne Gegenstand.« Er klang so verzweifelt, daß sie beinahe gelacht hätte.

In den Räumen unter dem Dach hatten offenbar die Dienstboten gewohnt – eine ganze Menge, wenn man nach der Anzahl der Zimmer gehen konnte. Aber in einem dieser Kämmerchen machte sie eine Entdeckung. Sie wären beinahe gar nicht hineingegangen. Das Licht war schlechter geworden, und die Zimmer ähnelten einander auf bedrückende Weise. Er schlug vor, nach unten zu gehen und Tee zu trinken, aber es fehlten nur noch zwei Türen, also sagte sie: »Wir können es auch gleich zu Ende bringen.«

Das erste Zimmer war genau wie alle anderen: ein kleines Fenster, das auf die Zinnen hinausging und von außen her nicht gesehen werden konnte, ein Eisenbett ohne Matratze, ein Stuhl, eine lackierte Kommode, eine Glühbirne, die von der Decke hing, verblaßte geblümte Tapeten, ein winziger Kamin, der nie benutzt worden war ...

»Das letzte«, sagte er, als er die Tür öffnete. Auch dieser Raum war wie die anderen, mit einer Ausnahme: An den Wänden hingen schichtenweise Aquarelle, alle in identischen vergoldeten Rahmen. Das war so überraschend, daß Polly sich eines der Bilder genauer ansah. Es war ein Sonnenuntergang über einer wilden Küste, und es kam ihr irgendwie bekannt vor. Sie sah sich auch die anderen an. Alle waren sie voller Himmel und Licht, zu unterschiedlichen Tageszeiten: Landschaften, Seestücke, Küsten bei jedem Wetter und zu allen Jahreszeiten, Stürme, Sonnenuntergänge, graue Winter, sonnige Sommer, milde Herbste – alle vom selben Maler. Sie nahm eins von der Wand und trug es zum Fenster. In der rechten unteren Ecke stand deutlich »J.M.W. Turner«.

»Sehen Sie sich das mal an!«

»Es ist ziemlich gut, finde ich«, sagte er. »Meine Mutter konnte Aquarelle nicht ausstehen, es sei denn, sie hatte sie gemalt, also nehme ich an, daß sie diese hier ins Dienstmädchenzimmer verbannt hat, damit sie aus dem Weg waren.«

»Ist Ihnen die Signatur aufgefallen?«

Er starrte erst das Bild an, dann Polly. »Guter Gott! Der Bursche, dessen Bilder wir in der Tate gesehen haben! Wie seltsam!«

»Sie haben sie nie zuvor gesehen?«

»Nie. Sie müssen seit einer Ewigkeit hier sein. Und das ist gut so, denn wenn meiner Mutter klar gewesen wäre, was in dieser Dachkammer hängt, hätte sie sie sofort verkauft. Sie hat alle guten Gemälde verkauft – wann immer sie Geld brauchte.« Er sah zu, wie Polly das Bild wieder aufhängte, dann sagte er: »Ich nehme an, es sind alles Turners?«

»Sie könnten eines mit nach London bringen und es begutachten lassen. Ich nehme an, wenn eins echt ist, sind die anderen es auch.«

»Wie viele sind es?«

Sie zählten.

»Achtundvierzig.«

»Zweiundfünfzig. Hinter der Tür hängen noch vier.«

»Sie müssen schrecklich wertvoll sein«, sagte er; er schien wie betäubt.

»Ja.«

»Wenn ich sie verkaufte, hätte ich also ein bißchen Geld?«

»Selbstverständlich. Aber – was ist mit der Erbschaftssteuer?« Sie hatte gehört, wie ihr Vater nach dem Tod des Brig darüber gesprochen hatte.

»Ich glaube nicht, daß es damit Probleme geben wird. Als Mr. Crowther mir das Testament vorlas, stellte sich heraus, daß mein

Vater das Haus und den gesamten Inhalt zunächst meinem Bruder zugedacht hatte, und nach dessen Tod sollte es an mich gehen. Er hat es uns nie gesagt. Und überhaupt, es ist alles in einem Trust gebunden, damit ich es nicht verkaufen kann. Ich nehme an, diese Bilder wären Tausende von Pfund wert?«

»Ja.«

»Genug, um das Haus in Ordnung bringen zu lassen?«

»Das weiß ich nicht. Wahrscheinlich.«

»Aber wahrscheinlich nicht genug, um es zu renovieren und auch noch darin zu wohnen«, meinte er.

Als sie das Zimmer verließen, blieb er plötzlich stehen und sagte. »Nehmen Sie sich eins.«

»Was?«

»Ein Bild. Suchen Sie sich eins aus. Oder warten Sie bis morgen, bis das Licht besser ist. Nehmen Sie das, was Ihnen am besten gefällt. Immerhin waren Sie diejenige, die sie entdeckt hat.«

»Das kann ich nicht annehmen. Es ist sehr nett von Ihnen«, fügte sie hinzu, »aber ich glaube, Sie haben noch nicht begriffen wie ... wie wertvoll sie sind. Und Sie brauchen das Geld.«

»Wahrscheinlich. Und einerseits würde ich sie alle gern verkaufen, Nan ein Cottage kaufen, hier alles abschließen und nie wiederkommen. Was halten Sie davon?« Sie waren wieder auf der Haupttreppe. Er sagte: »Könnten wir uns einfach hier auf die Stufen setzen, und ich erzähle Ihnen etwas? Wenn wir erst mal unten sind, wird Nan uns dauernd mit ihren Plätzchen unterbrechen.«

»Na gut.«

»Erstens möchte ich wirklich gern, daß Sie sich ein Bild aussuchen. Wenn Sie es nicht selbst tun, muß ich das übernehmen, und ich greife bestimmt das falsche.« Bevor sie antworten konnte, fuhr er fort: »Und was halten Sie ansonsten von dem, was ich gerade gesagt habe – davon, das Haus einfach zu verlassen und so?«

»Ich nehme an«, sagte sie bedächtigt, bemüht, sich in seine Lage zu versetzen, »das hängt davon ab, ob Sie etwas für dieses Haus übrig haben. Denn wenn das der Fall ist, werden Sie irgendwann doch bereuen, es verlassen zu haben.«

»Wenn man es Ihnen hinterlassen hätte, was würden Sie tun?«

»O, ich denke, ich würde versuchen, darin zu wohnen. Ich würde zumindest einen Teil davon schön einrichten und dann sehen, wie es geht.«

»Ja?«

Sie erinnerte sich, daß er etwas ähnliches schon am Telefon gesagt hatte – und im selben Ton. Diesmal saß sie ihm gegenüber. Er fixierte sie, ebenso ernsthaft wie liebevoll. »Dann muß ich wohl ins kalte Wasser springen: Würden Sie mit mir hier leben wollen? Würden Sie mich heiraten und hier bei mir bleiben? Würden Sie zumindest darüber nachdenken?«

»Ich brauche nicht darüber nachzudenken«, sagte sie, denn sie hatte gleich gespürt, daß das wirklich nicht notwendig war.

»Meinst du das ernst? Willst du mich wirklich heiraten?«

»Ich will dich heiraten.« Es kam ihr so vor, als habe sie ihn immer heiraten wollen – als habe nie der geringste Zweifel daran bestanden.

»Ich wollte dich vom ersten Augenblick an heiraten«, sagte er. »Und je besser ich dich kennengelernt habe, desto mehr wollte ich es. Aber ich dachte, ich sollte mir besser keine Hoffnungen machen. Und gerade als ich anfing, doch zu hoffen, ist mein Vater gestorben und ich saß mit diesem Haus da und hatte kein Geld ... ich dachte, ich sollte es dir zumindest zeigen ... und dann die Turners ...«

»Ich hätte dich auch ohne einen einzigen Turner geheiratet.«

»Ja?«

Nachdem er sie geküßt hatte – ein sehr liebevoller, langer Kuß – und sie ein Stück von ihm abgerückt war, sah sie, wie das Glück ihn verändert hatte.

»Deine Augen sind wie Sterne – wie diese Saphire mit einem Stern drin«, sagte er und legte ihr die Arme um den Hals.

Sie verbrachten noch einige Zeit auf der Treppe, in einem Zustand freudiger Gelöstheit, und sagten nicht viel, bis die Dämmerung der Dunkelheit gewichen war und sie vom entfernten Dröhnen eines Gongs unterbrochen wurden.

»Das ist Nan mit unserem Tee.« Er nahm sie bei der Hand, und sie schlichen vorsichtig die dunkle Treppe hinunter zu der Tür zum Flur, wo er nach einem Lichtschalter tastete. Trübes gelbliches Licht erhellte den Flur, der zurück zu dem Zimmer führte, in dem sie zu Mittag gegessen hatten; das Feuer war nachgelegt und der Tisch zum Tee gedeckt worden.

Nan erschien wie durch einen Zaubertrick. »Ich habe mir die Freiheit genommen zu rufen, denn wir alle wissen, daß frische Scones auf niemanden warten«, sagte sie. Sie warf ihnen einen wissenden Blick zu, und dann beschäftigte sie sich mit einem zugedeckten Teller und einer silbernen Teekanne auf dem Tisch.

Nach einem langen Blick auf Polly sagte er: »Wir werden heiraten, Nan, und du bist die erste, die es erfährt.«

Sie richtete sich auf und wischte sich die Hand an der Schürze ab. »Ich habe mir schon beinahe so was gedacht«, sagte sie und schüttelte Polly die Hand. »Ich hoffe, ihr werdet sehr glücklich. Ich kenne ihn seit vor seiner Geburt, und er hat nicht eine Unze Bösartigkeit in sich.«

»Das klingt, als wäre ich ein Pferd!« protestierte er.

»Seien Sie nicht albern«, erwiderte Nan. »Ihre junge Dame hier sieht schon, daß Sie kein Pferd sind.« Sie wandte sich wieder Polly zu. »Sie können jetzt schön Tee trinken, wenn seine Lordschaft sich dazu herabläßt einzugießen. Rufen Sie mich, wenn Sie fertig sind.«

»Sie mag dich, meine liebe Polly – darf ich dich Polly nennen?«

»Wenn du nicht bei Miss Cazalet bleiben willst – oder«, fügte sie hinzu, und es machte ihr Spaß, es zum erstenmal auszusprechen, »in einiger Zeit auch Mrs. Lisle.«

»Ach ja, das ist auch noch so eine Sache. Ich fürchte, du wirst nicht Mrs. Lisle sein. Du wärest Polly Fakenham. Wenn du dich dauerhaft mit mir abgibst, macht das eine Lady aus dir.«

»Du meinst, sie hat das mit der Lordschaft ernst gemeint?«

»Wir könnten Lisle heißen, wenn dir das lieber ist. Ein Lord zu sein erweist sich normalerweise als teurer, und wie du weißt, habe ich kaum einen Penny. Alles, was ich dir bieten kann, ist die lebenslange Hingabe eines Froschs.«

»Nein. Ich denke, es wird mir Spaß machen, Lady Fakenham zu sein. Das klingt nach jemandem aus einem Stück von Oscar Wilde.«

»Es hängt am Haus«, sagte er. »Und immerhin kannst du, wenn wir unter uns sind, auch Gerald sagen.«

Stunden später lag sie in einem überraschend bequemen Bett in einem der vielen Gästezimmer, umklammerte eine Wärmflasche und trug ein altes langärmliges Nachthemd, das Nan für sie herausgesucht hatte. Sie dachte nach über diesen erstaunlichen Tag, an dem so viel geschehen war, das ihr Leben veränderte. Sie lag im Dunkeln, bedrängt von Erinnerungen an diesen Tag, aber auch an andere, längst vergangene Tage ... wie sie im Garten an der Lansdowne Road gelegen und Louise ihr gesagt hatte, sie werde bestimmt einmal aus reiner Gutmütigkeit jemanden heiraten, nur weil er ihr einen Antrag machte, und wie sie sich danach jahrelang davor gefürchtet hatte, daß das tatsächlich passieren könnte ... und hier war sie nun, mit Gerald, und Gutmütigkeit hatte nichts damit zu tun. Und sie dachte an Dad, wie er mit ihr in seinem Club gegessen und ihr gesagt hatte, sie werde sich schon eines Tages verlieben und heiraten, »aber du mußt erst Leute kennenlernen, ehe du den Richtigen findest.« Und dann war sie zu dieser Party gegangen, zu der sie überhaupt nicht hatte gehen wollen, und war ihm begegnet. Morgen würde sie Dad anrufen und ihm sagen, daß sie jemanden mitbringen würde, den er kennenlernen sollte, und er würde sofort wissen warum, und wenn er Gerald sah, würde er schrecklich erleichtert sein, weil Gerald so wunderbar war. Hier fiel ihr ein, daß ihre Mutter das nie erfahren würde, und tief vergrabene Trauer stieg plötzlich wieder in ihr hoch. Ich habe mich einfach daran gewöhnt, daß sie mir fehlt, dachte Polly, aber sie wird mir immer fehlen. Ich bin viel besser dran als der arme Wills, ich habe so viel mehr von ihr, woran ich mich erinnern kann. Dann dachte sie wieder an Gerald, um sich zu trösten. Sie dachte daran, wie komisch er sein konnte, wenn er unbefangen war. Und an diesem Abend hatte es auch keinen Mangel an »persönlichen Bemerkungen« gegeben: Er hatte ununterbrochen welche gemacht – tatsächlich hielt er sie offenbar für viel schöner, interessanter und bezaubernder, als sie in Wirklichkeit war. Was würde Clary von all dem halten? Inzwischen hatte sie das Gefühl, daß Clary nie wirklich in Noël verliebt gewesen sein konnte; sie hatte während der ganzen Geschichte viel zu nervös und unglücklich gewirkt, und das Ende war schrecklich gewesen. Nach der Abtreibung, nachdem sie in einer Art Erstarrung versunken war, hatte Archie sie dazu gebracht, in ein Cottage zu ziehen, das er für sie gefunden hatte, und dort ihr Buch zu schreiben. An den Wochenenden fuhr er zu ihr, um sie aufzuheitern und sie zu ermutigen – das nahm sie jedenfalls an, denn als sie vorgeschlagen hatte, auch mal vorbeizukommen, hatte Clary das offenbar nicht gewollt. Sie waren einander fremd geworden, und Polly hatte Angst, daß der Kontrast zwischen ihren jeweiligen Lebenslagen es nur noch schlimmer machen würde. Nein, das wird es nicht. Das kann einfach nicht sein. Ich habe sie wirklich gern, dachte sie. Sie hatte Gerald an diesem Abend von Clary erzählt – alles –, und er hatte wirklich gut zugehört und Anteil genommen. Clary würde Gerald mögen, und sie würde kommen und bei ihnen bleiben. Aber das Haus würde sie zum Lachen bringen: Es war so anders als jenes, das Polly ihr so oft als ihr zukünftiges Heim beschrieben hatte – es war beinahe das genaue Gegenteil; eine ziemliche Herausforderung, dachte sie träge. Sie wurde schläfrig. Es gab so viele Zimmer in diesem Haus, wahrscheinlich würde sie ihr ganzes Leben brauchen … Sie dachte an die Dinge, die sie heute erst über Gerald erfahren hatte. Er konnte Klavier spielen und war ein guter Reiter. Das hatte sie von Nan erfahren, und es waren die einzigen Gelegenheiten gewesen, bei denen er wieder rot geworden war – etwas, das ansonsten ganz aufgehört hatte. »Ich hatte solche Ehrfurcht vor dir«, hatte er gesagt. »Du bist mir vorgekommen wie ein Wunder. Es war, wie wenn man einen Schmetterlingsflügel von ganz nahe betrachtet: Jede Einzelheit ist vollkommen.«

Morgen wollten sie sich zusammen die Umgebung ansehen. Es gab einen See, der von Seerosen und Ried erstickt wurde, hatte er erzählt, und einen Rosengarten, aber die Rosen waren seit Jahren nicht zurückgeschnitten worden, und das Unkraut wucherte, und es gab auch hier Gewächshäuser, die halb verfallen waren, und einen ummauerten Gemüsegarten (den hatte er erwähnt, als sie darüber nachgedacht hatten, ob es sich wohl lohnen würde, Spargel anzubauen). Es gab einen Hyazinthenwald und anderes Waldland, aber der größte Teil des Nutzlandes war verkauft worden. Seine Mutter hatte entschlossen alles verkauft, was sie loswerden konnte. Das hatte sich herausgestellt, als Nan, von einem Glas Champagner geschwätzig geworden, mit einem kleinen, in braunes Papier gewickelten Päckchen angekommen war und es vor Gerald hingelegt hatte.

»Ich weiß, es ging mich eigentlich nichts an«, sagte sie, »aber es gibt so was wie richtig und falsch, und einige von uns wissen das, und andere nicht. Als ihre Ladyschaft den ganzen Familienschmuck zu einer Auktion nach London geschickt hat, konnte ich es einfach nicht zulassen, daß das hier auch verkauft würde. Er hat Ihrer Großmutter gehört, und wie Sie wissen, bin ich zu ihr in den Dienst gegangen, als ich dreizehn war. Ihre Großmutter hat ihn Ihrem Vater gegeben, für Ihre Mutter zur Verlobung, aber er war zu klein für den Finger ihrer Ladyschaft, und sie hat ihn nie gemocht. Er ist verschwunden – und das ist nie aufgefallen. Wenn Sie nicht heiraten würden, lieber Mr. Gerald, hätte ich ihn Ihrer Lordschaft trotzdem gegeben, obwohl Gott weiß, was Sie damit angestellt hätten.«

In dem braunen Papier hatte sich eine dunkelblaue Lederschachtel befunden und darin, in schmutzigweißen Samt gesteckt, ein Ring, ein ovaler Sternsaphir, umgeben von Diamanten. Jetzt tastete Polly danach und erinnerte sich, was er nach dem ersten Kuß über ihre Augen gesagt hatte, und eine solch reine Freude überfiel sie, daß sie glaubte, nicht nur Gerald, sondern alle Menschen auf der Welt zu lieben.

Die Frauen

Dezember 1946 – Januar 1947

»Wie war dein Weihnachten denn nun wirklich?«

»Ach, ich weiß überhaupt nicht, wo ich anfangen soll.«

Jessica war zum Tee gekommen, den sie mit Miss Milliment getrunken hatten, und daher hatten sie mit jener aufgesetzten Fröhlichkeit über Weihnachten gesprochen, die nichts über emotionale Untiefen aussagte. Jessica hatte Noras Weihnachtsbaum mit einem Geschenk für jeden Patienten beschrieben und erzählt, wie Father Lancing seinen Chor zum Weihnachtssingen mitgebracht hatte, wie sie, Jessica, vier Dutzend Pasteten gebacken hatte, die allein bei dieser Gelegenheit konsumiert worden waren, und wie die Rohre unmittelbar vor den Feiertagen eingefroren und gerade rechtzeitig zum Weihnachtsabend geplatzt waren. Villy hatte Jessica von ihrem ersten selbstgekochten Weihnachtsessen erzählt (Miss Milliment hatte bestätigt, wie gut es geschmeckt hatte) und daß die Kinder über den ganzen Wohnzimmerboden Domino gespielt hatten, daß Lydia behauptet hatte, Bernadine schummele, und Teddy richtig wütend geworden war. »Und ich habe einen Weihnachtskuchen gebacken, der aussah wie ein Bunker«, sagte sie.

Nun hatte sich Miss Milliment taktvoll in ihr Zimmer zurückgezogen, Lydia und Roland waren mit Rachel unterwegs, und sie hatte Jessica ganz für sich. Das Zimmer war einigermaßen warm. Es gab zwar praktisch keine Kohlen zu kaufen, aber die Firma hatte eine Wagenladung von Holzresten geschickt, und nun saßen die Schwestern zu beiden Seiten des Kamins, Jessica hingestreckt auf dem Sofa – die eleganten Schuhe hatte sie ausgezogen – und Villy auf dem einzigen bequemen Sessel.

Jessica dort liegen zu sehen, so elegant in ihrem beige-grünen Tweedkostüm mit einem genau zum Grün passenden Pullover, den Perlen ihrer Mutter und ihrem frisch frisierten Haar, versetzte Villy einen Stich. Wie sich die Lage doch verändert hatte! Nun war sie diejenige, deren Hände rauh waren von der Küchenarbeit, die nie Zeit für den Friseur zu haben schien, deren Kleidung danach ausgewählt wurde, ob sie zur Hausarbeit taugte und warm genug war. Sie war diejenige, die sich um Miss Milliment kümmern mußte und kleine Kinder hatte, die nicht an London gewöhnt waren, die sie bekochen und unterhalten und versorgen mußte, und noch schlimmer, sie mußte das alles allein tun, während Jessica mit ihrem gepflegten, ordentlichen Haus in Chelsea eine Tageshilfe und einen Mann hatte.

»Ich kann dir gar nicht sagen, wie schrecklich es war«, sagte sie, und sofort, als hätte sie das vorausgeahnt, versuchte Jessica angestrengt, die guten Seiten der Situation zu betonen. »Es muß doch schön sein, Teddy wieder zu Hause zu haben«, sagte sie.

»Natürlich bin ich froh, daß er wieder da ist. Aber ich mache mir Sorgen um ihn. Edward« (sie sprach seinen Namen mit einer neuen, bitteren Deutlichkeit aus) »zahlt ihm nicht genug. Er muß sich furchtbar krummlegen, um mit dem Geld zurechtzukommen. Und Bernadine – sie kommen einmal in der Woche zum Essen – hat mir erzählt, daß diese Person eine Haushälterin hat, eine Putzfrau und jemanden, der sich um ihr Kind kümmert! Ein ziemlicher Gegensatz zu den Zuständen hier.«

»Nun, du hast dir das Haus selbst ausgesucht …«

»Aber damals dachte ich, daß ich mit meinem Mann hier wohnen würde!« Sie schwiegen beide, und nachdem Villy sich eine Zigarette angesteckt hatte, sagte sie: »Und er hat ihr ein neues Auto gekauft.«

»Er hat dir das alte gegeben, nicht wahr? Den Vauxhall?«

»Das kann man doch wohl kaum vergleichen, oder? Ich brauche ein Auto. Sie hat jemanden, der sie herumfährt.« Dann lächelte sie, um zu zeigen, daß sie – wie schlimm auch alles sein mochte – mit der Situation zurechtkam.

Jessica, die ihr einen Grund zum Lächeln geben wollte, sagte: »Judy erzählt, daß Lydia in der Schule ungeheuer beliebt ist. Sie sagt, sie sei als Feste wunderbar gewesen. So eine schöne Stimme. Wie Daddy sich darüber gefreut hätte.«

»Ja, nicht wahr?« Einen Augenblick lang waren sie friedlich vereint in ihrer nostalgischen Zuneigung. »Aber ich nehme an, Mummy wäre einfach nur schockiert gewesen, daß sie einen Mann gespielt hat. Dabei wäre Shakespeare sonst für jede Mädchenschule unmöglich.«

»Nein, so war es nicht«, sagte Jessica. »Sie haben einfach die derberen Stellen ausgelassen, und die meisten Männer tragen ohnehin diese wallenden Gewänder. Ich glaube nicht, daß Shakespeare ein Problem war, wenn es um Anstand ging – nicht einmal für Mummy.«

»Wie geht es Judy?«

Jessica seufzte. »Sie macht eine schwierige Phase durch. Sie streitet sich mit Raymond, was er überhaupt nicht mag, und irgendwie kommt es einem so vor, als wäre sie zu groß für das Haus. Ständig fällt sie über irgendwas, und sie schreit, wenn man sie ebensogut verstehen würde, wenn sie leiser spräche. Ich glaube, sechzehn ist so ziemlich das schlimmste Alter.«

»Und Angela?«

»Gute Neuigkeiten: Sie ist schwanger.«

»Wie schön für dich!«

»Wenn sie nur nicht Tausende von Meilen entfernt wäre! Ich möchte natürlich hinfahren, wenn es auf der Welt ist, aber Raymond will mich nicht allein fahren lassen, und er kann Reisen nicht ausstehen. Ich muß sagen, manchmal beneide ich dich um deine Freiheit; du kannst deine eigenen Entscheidungen treffen.« Aber als sie die Miene ihrer Schwester sah, nahm sie das schnell zurück. »Ich weiß selbstverständlich, daß es schrecklich ist, Liebes, das weiß ich wirklich. Aber Raymond würde mich am liebsten keine Minute aus den Augen lassen, und ich empfinde das wirklich als einengend. Er mag keine Partys, er mag keine Konzerte, er mag überhaupt nichts, was Spaß macht. Am liebsten sitzt er in diesem Kutschhaus, das er umbaut, meckert darüber, was Nora seinem Haus angetan hat, und schikaniert die Handwerker.«

In dem darauffolgenden Schweigen sah Villy Jessica forschend an und dachte, wie verblüffend unsensibel ihre Schwester doch war. Das alles war Teil dessen, was sie jetzt ertragen mußte –

flüchtiges Mitleid der Art, wie man es für Leute aufbringt, die einen Gegenstand verlegt haben, und dann ging es schnell wieder zu den nicht enden wollenden kleinlichen Problemen ihres eigenen Lebens.

»Wie geht es Louise? Wäre es nicht an der Zeit …«

»Sie läßt sich kaum sehen. Ich dachte, ich hätte dir erzählt, daß sie sich bei dieser ganzen elenden Angelegenheit hinter meinem Rücken mit ihrem Vater verbündet hat – er hat es ihr erzählt, bevor er mit mir gesprochen hat –, und als ich sie dann endlich zu Gesicht bekam, hat sie unumwunden zugegeben, daß sie diese Person kennengelernt, ja sogar mit den beiden gegessen hat, also ist wohl eindeutig, auf wessen Seite sie steht.«

»Hast du ihn mal gesehen?«

Sie spürte Mitgefühl. »Vor Weihnachten das letztemal. Er hat mich zu einem Mittagessen gebeten, weil er wollte, daß ich die Scheidung einreiche.«

»Und, wirst du es tun?«

»Ich weiß es nicht. Wieso sollte ich eigentlich? *Ich* will ja nicht geschieden werden.«

Als Jessica nicht antwortete, sagte sie: »Glaubst du, ich sollte?«

»Na ja, es klingt, als wärst du in einer starken Position. Ich meine, wenn er es will und du nicht. Du könntest durchsetzen, daß er dich erheblich besser versorgt.«

»Geld interessiert mich nicht!«

»Liebling, ich hoffe, es stört dich nicht, wenn ich das sage, aber das liegt daran, daß du immer genug hattest. Wie du weißt, ist es mir ganz anders ergangen, und daraus habe ich gelernt, daß Unglücklichsein ohne genügend Geld unendlich viel schlimmer ist als Unglücklichsein mit Geld. Das war alles, was ich damit ausdrücken wollte.«

Sie wollte helfen. Sie irrte sich, selbstverständlich, aber sie meinte es gut. »Ich werde darüber nachdenken«, sagte Villy, um das Thema abzuschließen. »Das ist ein sehr hübsches Kostüm. Hast du es von Hermione?«

»Ja. Sie hat ein paar sehr schöne Tweedkostüme. Und es ist wunderbar, nicht mehr auf diese zugeteilten Sachen angewiesen zu sein. Ich fand die kurzen Röcke immer schrecklich. Du solltest einmal bei ihr vorbeischauen.«

Villy bot ihr etwas zu trinken an, und Jessica sagte, das sei reizend, aber nur ein Glas, dann müsse sie gehen. Für den Rest ihres Besuchs hielten sie sich an die sicheren Themen ... Christopher, der an Weihnachten zu Nora gekommen war, um zu helfen, hatte sich offenbar der Religion zugewandt, und Father Lancing, ein Mann der High Church, schien ihn zu mögen, oder umgekehrt – jedenfalls hatte Christopher alle möglichen kleinen Aufträge für die Gemeinde erledigt, »obwohl ich denke, das hatte auch damit zu tun, daß er Raymond aus dem Weg gehen wollte«. Roland nahm Stunden bei Miss Milliment, aber selbstverständlich würde er im nächsten Herbst wirklich zur Schule gehen müssen, sagte Villy, obwohl sie ihn nicht ins Internat schicken wollte. Miss Milliment war, von einer geringfügigen Taubheit abgesehen, unverändert; ihre Augen wurden allerdings immer schlechter. Jessica berichtete, daß Raymond und Richard sich am Weihnachtsabend ziemlich betrunken hatten und Nora schrecklich wütend gewesen war. »Aber in dem Fall denke ich, daß Raymond wirklich recht hatte; es war gut für Richard, ein bißchen Spaß zu haben.« Dann fügte sie hinzu, daß es eigentlich schrecklich sei zu denken, daß es Spaß machen müsse, sich mit Raymond zu betrinken, und sie lachten beide.

Sie waren wieder Freundinnen geworden, und Villy bedauerte es, als Jessica ging.

Bewaffnet mit ihren eigenen Kleidermarken und einigen, die die Duchy ihr zu Weihnachten geschenkt hatte, machte sie sich auf den Weg zu Hermione. Sie beschloß, vorher anzurufen, um sicherzugehen, daß Hermione auch da war. Sie war, und sie lud sie sofort zum Mittagessen ein. Villy stellte das Essen für Miss Milliment und die Kinder hin und versprach, rechtzeitig zum Tee zurück zu sein. Lydia erhob Einspruch: »Wirklich, Mummy, es ist schrecklich langweilig, mit Leuten essen zu müssen, die nicht in meinem Alter sind«, aber sie ließ sich mit der Erlaubnis, einen Kuchen zu backen, wieder beruhigen. »Du mußt allerdings Trockenei verwenden.«

Es war ein kalter Januartag; es hatte gefroren, und der Himmel sah nach Schnee aus; auf dem See im Regent's Park hatte sich eine Eisschicht gebildet, und das Gras war weiß vor Reif. Die Leute, die in der Baker Street auf den Bus warteten, waren vor Kälte ganz in sich zusammengesunken; selbst im Auto war es kalt, und Villy war froh, als sie den gemütlichen Laden in der Curzon Street betrat. Wie immer gab Hermione ihr das Gefühl, ein sehr willkommener Gast von hohem Rang zu sein. »Wie wirklich, wirklich reizend, daß Sie kommen konnten! Und es ist tatsächlich ein Glück, mein göttlicher Brauner lahmt nämlich, und ich kann diese Woche nicht zur Jagd. Miss MacDonald! Sehen Sie doch, wer hier ist!« Und Miss MacDonald, wie immer in nadelgestreiftem Flanell, kam aus dem Hintergrund, lächelte und erklärte, sie freue sich, sie zu sehen.

»Ich bin sicher, Miss MacDonald findet irgendwo eine Tasse Kaffee – ehrlich gesagt, ich könnte auch eine brauchen, wenn Sie so nett sein wollen.« Wieder lächelte Miss MacDonald und verschwand.

»Was ist denn mit Ihrem Hals?«

»Ich habe ihn letzte Woche gebrochen. Rory und ich haben diese riesige Hecke falsch eingeschätzt, und auf der anderen Seite war ein furchtbarer Graben. Wir sind beide gestürzt, aber unsere jeweiligen Ärzte waren der Ansicht, der Schaden sei nur oberflächlich. Rory muß sich ausruhen, und ich muß diesen schrecklichen Kragen tragen. Setzen Sie sich, meine Liebe, und dann überlegen wir zusammen, was Sie sich ansehen sollten.«

Villy setzte sich auf das gedrungene kleine Sofa, das einen neuen Bezug aus grauem Damast hatte, während Hermione sich steif auf einem Stuhl niederließ. »Ich brauche keine Festkleider. Dieser Tage gibt es für mich nichts zu feiern.« Sie blickte von ihrer Tasche auf, in der sie nach einer Zigarette gesucht hatte, und begegnete Hermiones klugem, kühlem Blick. »Das ist kein Selbstmitleid«, sagte Villy. »Es ist einfach eine Tatsache.«

»Ich war immer der Ansicht, daß diese englische Angewohnheit, sich gute Kleidung anzuschaffen, die man dann so gut wie nie trägt, schuld daran ist, daß sie alle so schäbig aussehen. Man sollte seine besten Sachen jederzeit tragen. Ich denke, was Sie jetzt brauchen, ist ein wirklich umwerfendes Tweedkostüm – und vielleicht ein bequemes Wollkleid, mit dem Ihr wundervoller Schmuck zur Geltung kommt. Aber wir werden sehen.« Das taten sie etwa zwei Stunden lang, und schließlich hatte Villy ein Kostüm aus dunkelgrau-cremefarbenem Tweed mit dunkelgrauem Samtbesatz gekauft, ein langärmeliges, hochgeschlossenes Kleid aus dünnem Wollstoff von der Farbe schwarzer Johannisbeeren und einen kurzen Mantel aus schwarzem Rehleder, der mit Kunstpelz gefüttert war. Selbstverständlich hatte sie sich noch vieles mehr angesehen und anprobiert – unter anderem, weil Hermione darauf bestanden hatte, einen langen, gerade geschnittenen schwarzen Abendrock aus Crêpe und eine dazu passende bunte Samtjacke. »Es ist reizend, aber ich werde es nie tragen«, hatte sie gesagt und da erst gemerkt, daß sie in den vergangenen zwei Stunden überhaupt nicht an ihre veränderte Situation gedacht hatte.

Hermione führte sie ins Berkeley, wo sie einen Tisch in einer ruhigen Ecke hatten und der Oberkellner sich benahm, als sei ihre und Hermiones Anwesenheit die Erfüllung seines Daseins. Nachdem sie sich für heiße Brühe und Fasan entschieden hatten, sagte Hermione: »Nun, nachdem wir außer Hörweite von Miss MacDonald sind, möchte ich wirklich wissen, wie es Ihnen geht und was überhaupt los ist. Wie viele Anwälte haben Sie?«

»Keinen. Edwards Anwalt hat mir einmal wegen Geld geschrieben, aber das ist alles. Warum?«

»Frauen, die sich scheiden lassen, haben im allgemeinen einen ganzen Stab von Anwälten um sich herum. Ich dachte, Sie würden sich von ihm scheiden lassen.«

»Ich weiß es nicht. Ihm wäre das nur recht.«

»Das ist kein Grund. Ich denke, Sie sollten es um Ihretwillen tun.«

»Warum?«

»Meine Liebe, er hat sich ganz schrecklich benommen. Es sei denn, er hat das inzwischen erkannt und sich anders entschieden ...«

»Nein, nein. Er wohnt jetzt mit ihr zusammen. Sie haben einen gemeinsamen Haushalt.« Sie hörte die Bitterkeit in ihrer Stimme und zuckte innerlich zusammen. »O Hermione, ich finde es so scheußlich! Ich kann einfach nicht aufhören, daran zu denken.

Zu wissen, daß er in London ist, nur ein paar Meilen entfernt, und morgens aufsteht und mit ihr beim Frühstück Pläne macht – er kommt ganz in meiner Nähe vorbei, wenn er abends zu ihr zurückfährt; er führt sie aus, geht mit ihr in seinen Club, so daß alle dort sie sehen können – sie waren sogar zum Abendessen bei Leuten, die mit uns beiden befreundet waren, und dann fahren sie zu ihrem Haus zurück, in ihr Schlafzimmer ...« Sie konnte nicht weitersprechen; ihre Phantasie hielt an dieser Stelle noch lange nicht inne, aber sie schämte sich der widerwärtigen Gedanken, die so leicht Besitz von ihr ergriffen, jede und jede Nacht, und sie so oft um den Schlaf brachten, bis sie sie in aller Widerwärtigkeit durchdacht hatte. Nicht hier! Nicht in diesem Restaurant, am hellichten Tag, im Beisein von Hermione. Sie griff nach ihrem Glas Wasser, trank ein paar Schlucke und versuchte, an etwas Hübsches, Harmloses zu denken. »Es war alles so ein Schock«, schloß sie – ziemlich jämmerlich, weil sie das schon so oft gesagt hatte. Osterglocken und Narzissen, dachte sie, dieses Gedicht von Wordsworth, in dem es von Klischees nur so wimmelte und das Daddy so geliebt hatte. Aber es war zu spät. Als sie Hermiones aufmerksames, bemüht ausdrucksloses Gesicht sah, kam sie sich bloßgestellt vor.

»Es muß furchtbar sein ... Und ich denke immer wieder, daß es besser für Sie wäre, ganz von ihm frei zu sein, damit Sie mit Ihrem Leben etwas anderes anfangen können.«

»Aber was könnte ich tun? Fürs Tanzen ist es zu spät, selbst wenn ich damit weitergemacht hätte. Ich habe alles für Edward aufgegeben.«

»Sie könnten unterrichten – vielleicht Kinder. Mehr und mehr kleine Mädchen wünschen sich Ballettunterricht.«

»Ich kann mir nicht vorstellen, daß irgend jemand mich einstellen würde. Ich bin schrecklich eingerostet.«

»Das wissen Sie doch gar nicht.«

Solange sie beim Essen saßen, kam es ihr so vor, als würde Hermione ihr jedesmal, wenn sie – und zwar ganz praktisch orientiert – erklärte, wieso sie etwas Bestimmtes nicht tun könne, einfach etwas anderes vorschlagen, bis sie schließlich von all diesen Möglichkeiten ganz in die Enge getrieben war.

Als sie wieder im Geschäft waren, wo sie ihre neuen Sachen abholte, sagte sie: »Ich denke, einer der Gründe, wieso ich mich nicht von Edward scheiden lassen wollte, war der, daß das bedeuten würde, einfach nachzugeben, einfach zu tun, was er will, und dabei ein Nichts zu werden.«

Worauf Hermione in ihrem ein wenig schleppenden Ton amüsiert erwiderte: »Das glaube ich nicht. Immerhin bin ich auch geschieden – und das ist geschehen, als es erheblich weniger akzeptabel war, und ich bin kein Nichts. Nie gewesen.«

»O, meine Liebe, verzeihen Sie. Selbstverständlich sind Sie das nicht, aber ich bin nicht so glamourös und unterhaltsam und all das, was Sie sind.«

»O! Was für eine arme, bedauernswerte Verstoßene! Und hier ist Miss MacDonald mit Sack und Asche für Sie.«

Als sie nach Hause fuhr, mußte sie immer wieder an das Gespräch beim Mittagessen denken. Selbstverständlich hatte sie ihre Ansicht nicht geändert, aber Hermiones Bemerkungen waren immerhin bedenkenswert. Sie war unsicher, aufgeregt und furchtsam: Die Zukunft hatte plötzlich mehr Kreuzwege, damit aber auch mehr Möglichkeiten, als sie sich je hatte vorstellen können. Vielleicht konnte sie ja wirklich eine kleine Ballettschule eröffnen? Das hatte überhaupt nichts mit der Scheidung zu tun – sie verstand nicht, wieso Hermione diese beiden Themen miteinander verknüpft hatte. Vielleicht sollte sie einmal mit Sid sprechen; die unterrichtete an einer Mädchenschule und hatte vielleicht die eine oder andere Idee, wie man so etwas bewerkstelligen konnte.

Aber als sie nach Hause kam, wurde sie vom Geruch verbrennenden Backwerks empfangen – und einer eisigen Kälte, weil Lydia alle Fenster geöffnet hatte, um den Qualm loszuwerden, wie sie erklärte. Miss Milliment lag auf den Knien vor dem Kamin im Wohnzimmer und versuchte, den Rost zu reinigen – das Feuer war ausgegangen –, damit ein neues Feuer angezündet werden konnte. O Gott! dachte sie. Wie konnte ich je daran denken, außer Haus zu arbeiten? »Man läßt euch für ein paar Stunden allein, und schon passiert ein Unglück!« schimpfte sie. »All die guten Lebensmittel verschwendet, und die Küche sieht aus, als hättest du hier zwei Tage lang gewütet, Lydia! Und warum hast du das Feuer ausgehen lassen? Du warst doch hier, oder?« Während sie sprach, half sie Miss Milliment auf die Beine.

»Ich fürchte, es war meine Schuld«, sagte Miss Milliment. »Ich bin nach dem Mittagessen über dem Kreuzworträtsel eingeschlafen und habe nicht alles im Auge behalten, wie es meine Aufgabe gewesen wäre.«

»Das war nicht Ihre Aufgabe. Lydia ist alt genug, um sich um diese Dinge zu kümmern.«

»Es war Roland, der den Kuchen verbrannt hat«, sagte Lydia. »Er hat das Gas höher gedreht, damit es schneller geht. Ich hätte ihm gleich sagen können, wie dumm das war.«

»Und man verpetzt andere nicht. Wie oft soll ich dir das noch sagen?«

»Ich glaube, ich bin inzwischen zu alt, um solche Dinge noch zu lernen.«

»Es war meine Schuld, Mummy, ehrlich. Wir haben Karten gespielt und den Kuchen vergessen. Und ich fürchte, ich habe oben einen Kurzschluß fabriziert, weil ich ein Experiment gemacht habe, und dann gab es einen Knall. Tut mir leid, Mum. Ich kümmere mich um das Feuer.« Er trat auf die Kacheln vor dem Kamin, und es gab ein knirschendes Geräusch; es kam von Miss Milliments Brille, die heruntergefallen war, als Villy ihr aufgeholfen hatte.

»Haben Sie eine Ersatzbrille, Miss Milliment?«

»Ich glaube, ich habe noch die alte, die ich getragen habe, bevor ich aus London weggegangen bin. Sie ist in dem alten Brillenetui von meinem Vater, weil es sein Brillengestell war. Irgendwo. Ich kann mich nicht erinnern wo.«

Stunden später hatte Villy den Kurzschluß repariert, das Feuer wieder angezündet, die Fenster geschlossen – es hatte angefangen zu schneien –, Lydia dazu verdonnert, die Küche aufzuräumen, und Roland, ihr dabei zu helfen. Sie hatte eine Ewigkeit damit verbracht, Miss Milliments umfangreiche Habe nach der Ersatzbrille zu durchsuchen, die sich, nachdem sie sie endlich gefunden hatte, als praktisch nutzlos erwies; sie hatte Tee für alle gemacht, mit Toast und Dosenfleisch statt des Kuchens, sie hatte den Backofen gesäubert, aus dem Schuppen im Garten Holz geholt,

Roland nach oben geschickt, damit er vor dem Abendessen noch badete, und einen weiteren Streit mit Lydia gehabt wegen ihres unaufgeräumten Zimmers, mit dem Ergebnis, daß Lydia in Tränen ausgebrochen war und ihr mitgeteilt hatte, sie habe Polly angerufen, und diese habe sie zum Abendessen eingeladen. Da sie dafür nur einen Bus die Abbey Road und die Baker Street entlang zu nehmen brauchte, hatte Villy es ihr erlaubt, unter der Bedingung, daß sie für den Rückweg ein Taxi rief, wofür sie ihr Geld gab. Lydia machte sich auf den Weg. Blaß und schmollend, und Villy fühlte sich ganz elend deshalb. Als sie von Rolands Bad nach unten gekommen war, hatte sie zufällig gehört, wie Lydia am Telefon sagte: »Es ist schrecklich hier.« Dieser Satz und die Stimme ihrer Tochter wiederholten sich immer wieder in ihrem Kopf. Sie strengte sich so an, und trotzdem war es schrecklich!

Roland hatte erklärt, er wolle kein Abendessen, und dann hatte sich herausgestellt, daß er Fieber hatte. Es konnte noch keine Erkältung vom Nachmittag sein – er mußte schon vorher etwas ausgebrütet haben. Sie gab ihm ein Aspirin und machte sich dann an die Zubereitung des Abendessens für sich und Miss Milliment, die, das war deutlich zu bemerken, fast nichts sehen konnte. »Morgen bringe ich Sie zum Optiker«, kündigte Villy an, »und lasse Ihnen gleich zwei Brillen machen.« Vor dem Essen goß sie sich einen sehr starken Gin ein. Das bedeutete, daß ihr die Vorräte ausgehen würden, bevor der Händler ihr eine neue Flasche zugestand, aber sie war so müde und zermürbt, daß ihr das gleich war. Sie gab Miss Milliment ihren Sherry, aber die alte Gouvernante stieß das Glas um, kaum daß sie einmal daran genippt hatte. »O, meine liebe Viola, was mußt du nur von mir denken?«

»Schon in Ordnung, aber ich fürchte, wir haben nur noch einen Tropfen übrig.«

Sie ging in die Küche, um ihn zu holen. Es würde vermutlich eine Woche dauern, bis die neue Brille fertig war, und bis dahin würde schlicht alles in Miss Milliments Leben gefährlich sein. Ich werde noch mehr ans Haus gefesselt sein als üblich, dachte sie, als sie die Kartoffeln aufsetzte und sich beim Gasanzünden den Finger verbrannte. »Verflucht!« Der plötzliche Schmerz trieb ihr die Tränen in die Augen.

Nachdem sie Miss Milliment den Rest des Sherrys gegeben hatte, goß sie sich Gin nach, ohne lange nachzudenken. »Die andere Hälfte« hatte Edward diesen üblichen zweiten Schluck immer genannt. Aber kaum hatte sie sich auf dem Sofa niedergelassen, da hörte sie Roland weinen. »Ich glaube, es geht ihm nicht gut«, sagte sie, und als sie nach oben lief, wurde ihr klar, daß Miss Milliment ihn nicht gehört hatte und daher auch nicht verstanden haben konnte, was sie meinte.

Roland saß aufrecht im Bett und weinte. Als er sie sah, rief er: »Mummy! Ich will, daß du bei mir bleibst!«

Sie setzte sich auf die Bettkante und nahm ihn in die Arme. Er war heiß, und sein Haar war feucht vom Schwitzen. »Liebling! Wie geht es dir denn?«

»Krümelig.« Er dachte einen Augenblick lang nach. »Ich fühle mich wie ein alter Keks. Warm und krümelig.«

»Kekse sind nicht warm«, sagte sie und strich ihm übers Haar. Seine Ohren standen ziemlich ab, obwohl Ellen sie mit Pflaster angeklebt hatte, als er noch ein Baby gewesen war, und mit seinen fiebrig glänzenden Augen und dem wirr abstehenden Haar, das genau denselben leicht asymmetrischen Haaransatz hatte wie ihres, sah er aus wie ein kleines Äffchen. »Möchtest du etwas zu trinken?«

»Etwas Kaltes. Und in meinem Bett sind Toastkrümel, die mich kratzen.«

Sie setzte ihn auf einen Stuhl, in die Daunendecke gewickelt und mit einem Thermometer im Mund, während sie sein Bett machte, das außer Krümeln irgendwelcher Art zwei Bären, die Einzelteile einer Taschenlampe, seinen liebsten Kipplaster und ein Heftpflaster enthielt, das sich von seinem Knie gelöst hatte. »Du hast so viel Zeug in deinem Bett; kein Wunder, daß es unbequem ist. Und jetzt sehen wir mal.« Er hatte immer noch 38,5, trotz des Aspirins.

Wieder begann er zu weinen. »Ich will nicht, daß du gehst.«

»Nur eine Minute, Liebling. Und jetzt stecken wir dich wieder in dein schönes, ordentliches Bett, zusammen mit Tedward und Grizzly.«

Als sie mit dem Saft zurückkehrte, sagte er: »Warum können

wir nicht mehr mit Ellen und Wills und Jules und allen zusammenwohnen? Warum müssen wir in diesem Haus allein wohnen?«

Sie erklärte ihm – nicht zum erstenmal –, daß die Familie nach London zurückgekehrt war, weil der Krieg zu Ende war, und überredete ihn, noch ein wenig zu trinken. Es schneite wieder, und sie half ihm, sich die Nase zu putzen. Aber als sie die Decken um ihn feststopfte, wurde er wieder unruhig. »Ich will nicht, daß du gehst!«

»Wie wäre es, wenn du heute nacht bei mir schläfst? Mit Tedward und Grizzly in meinem Bett? Ich hole dir ein Nachtlicht, und wenn du wach werden solltest, bin ich bei dir.« Das schien das Richtige zu sein. Sie brachte ihn in ihr Zimmer, dann ging sie wieder nach unten und suchte ein Nachtlicht, das sie auf eine Untertasse stellte. Als sie wieder zu ihm kam, lag er ganz friedlich in ihrem Bett. Sie gab ihm einen Kuß, und er nahm ihn zutiefst zufrieden entgegen. Als sie gerade gehen wollte, sagte er: »Mum, ich weiß jetzt, wieso Dad nicht herkommt.«

»Ja?«

»Die Decken sind zu niedrig für ihn. Es wäre besser, wenn wir ein größeres Haus hätten.«

»Ich werde mal darüber nachdenken. Schlaf gut.«

Sie wollte Miss Milliment sagen, daß sie nun endlich zu Abend essen könnten, aber in der Küche entdeckte sie, daß das Kartoffelwasser verkocht und die Kartoffeln angebrannt waren. Sie kippte sie aus dem Topf und schnitt die angebrannten Stücke ab. Es war weder Milch noch Margarine für Kartoffelbrei im Haus, also legte sie sie zusammen mit den Resten eines Hackbratens, den sie gemacht hatte, auf eine Platte. Das würde genügen müssen. Sie war zu erschöpft, um an Gemüse auch nur noch zu denken. Sie trank ihren Gin aus. Sie hatte keinen Hunger, aber Miss Milliment würde glücklicherweise nicht sehen, daß sie kaum etwas aß.

Doch Miss Milliment schien einiges zu wissen, ob sie es nun sah oder nicht. Nachdem sie über Roland gesprochen hatten – sie würden gleich morgen früh den Arzt rufen –, über den derzeitigen Streik der Speditionsfahrer, die Lebensmittelknappheit und die Frage, ob man die Armee dazu einsetzen sollte, bei der augenblicklichen Kartoffelknappheit Lebensmittel zu verteilen, sagte sie: »Viola, meine Liebe, es gibt da etwas, über das ich mit dir reden wollte ...« Doch da klingelte das Telefon.

Es war Lydia. Polly hatte gefragt, ob sie nicht über Nacht bleiben wollte. Ob das in Ordnung sei? Sie werde nach dem Frühstück zurück sein. »Spätestens zum Mittagessen«, sagte sie.

»Du hast doch gar nichts mitgenommen«, hörte sie sich schwächlich (und ziemlich sinnlos) sagen.

»Das geht schon. Polly leiht mir ein Nachthemd, und meine Zahnbürste hatte ich vorsichtshalber mitgenommen, für den Fall, daß sie mich fragt.«

»Also gut. Viel Spaß.«

»Den habe ich! Es ist prima hier!«

Und hier ist es schrecklich, dachte sie, als sie ins Wohnzimmer zurückkehrte. »Das war Lydia«, sagte sie und setzte sich wieder an den kleinen Gateleg-Tisch. »Sie übernachtet bei Polly.« Und dann brach sie plötzlich in Tränen aus.

Bis jetzt hatte sie darüber geschwiegen, daß Edward sie verlassen hatte. Selbstverständlich hatte sie die Tatsache als solche erwähnt und auch, daß er jetzt mit einer anderen zusammenlebte, aber sie hatte es auf eine Art getan, die jegliche Diskussion ausschloß – oder auch nur jede weitere Erwähnung. Miss Milliment hatte zugehört, hatte leise erklärt, wie sehr, sehr leid ihr das tue, und sich dann ebenfalls nicht mehr dazu geäußert. Aber nun kam alles heraus; Villy konnte sich nicht mehr bremsen: Das Bedürfnis, über diese schreckliche Demütigung und das Gefühl, versagt zu haben, zu sprechen; ihr Zorn, weil er sie angelogen und verraten hatte; ihr Ärger, weil sie glaubte, all diese Jahre eine gute Ehefrau gewesen zu sein und sich damit in gewisser Weise ein friedliches und sicheres Alter als verheiratete Frau verdient zu haben; ihre Angst davor, statt dessen ihr Leben nun allein weiterleben zu müssen – nicht, daß sie das Gefühl hatte, überhaupt von einem nennenswerten Leben sprechen zu können, aber nun mußte sie auch noch für jede winzige Freundlichkeit dankbar sein und sich Leuten verpflichtet fühlen, was in keinster Weise half, ihre Einsamkeit zu mildern, weil niemand je wissen würde oder auch nur wissen wollte, wie verzweifelt unglücklich sie war ... Sie hielt einen Augenblick inne und starrte Miss Milliment mit Tränen in den Augen an. Keine von beiden konnte die andere richtig sehen, aber Miss Milliment tastete auf dem Tisch herum, bis sie Villys Hand fand, und hielt sie fest. Und nun, sagte Villy, wolle Edward, daß sie sich scheiden ließe, damit er diese Frau heiraten könne, die ihr Leben zerstört habe. Und die Leute schienen das alle für vollkommen vernünftig zu halten! Sie sollte ihren Mann nicht nur verlieren, sondern ihn auch noch freiwillig einer anderen überlassen! Selbst Jessica, ihre eigene Schwester, habe ihr zu so etwas geraten. Und die Freundin, mit der sie heute gegessen habe, sei offenbar der Ansicht, die Scheidung würde sie anregen, als Ballettlehrerin neu anzufangen, da sie ihre eigentliche Karriere im Ballett ja für Edward aufgegeben habe und jetzt zu alt sei, wieder damit anzufangen. Sie dürfe gar nicht daran denken, was Mama von einer Scheidung gehalten hätte! Hier hielt sie inne, weil sie meinte, dies müsse für Miss Milliment ein Stichwort sein, schockiert zuzustimmen. Aber es kam anders. »Ich denke nicht«, sagte die alte Gouvernante, »daß Lady Rydals Ansichten zu diesem Thema dir jetzt noch viel nützen können, Viola. Seit ihrer Zeit hat sich vieles verändert. Genaugenommen war schon lange vor ihrem Tod sehr vieles anders geworden. Eine Scheidung bringt nicht mehr eine solche Stigmatisierung mit sich wie früher. Das ist auch unmöglich, wenn man bedenkt, wie viele Scheidungen es gibt – beinahe hunderttausend in den vergangenen beiden Jahren, wie ich neulich in der Zeitung gelesen habe. Nein. Ich mache mir Sorgen, weil du so unglücklich bist. Das spüre ich deutlich. Und darüber wollte ich mit dir reden.«

Wieder hörte sie Lydia sagen: »Es ist schrecklich hier«, und sie erwiderte beinahe zornig: »O! Sie meinen, ich ziehe ein langes Gesicht, und das führt dazu, daß alle sich hier unwohl fühlen. Nun, ich weiß nicht, was ich dagegen tun könnte. Ich kann an dem, was geschehen ist, nichts ändern.«

»Nein, das kannst du nicht«.

»Also?«

»Also solltest du über das nachdenken, was du ändern kannst.«

Villy schwieg. Sie wußte nicht – und sie wollte im Grunde auch gar nicht so genau wissen –, was ihre alte Gouvernante meinte; beinahe schmollte sie wie früher im Schulzimmer und erinnerte sich, wie Miss Milliment sie gelenkt, geführt, überredet hatte, Schlüsse zu ziehen, als wäre es ihr eigener Wille.

»Reaktionen zum Beispiel«, sagte Miss Milliment nach einer Weile. »Es ist möglich, Reaktionen zu verändern, und manchmal führt das zu besserem Verständnis.« Sie wartete einen Augenblick. »Ich finde, du bist ein so großzügiger Mensch. Ich wüßte niemanden sonst, der sich die Mühe macht, so stetig und unauffällig freundlich zu sein wie du, meine liebe Viola. Und ich habe das um so mehr bewundert, nachdem mir, seit du mir im Krieg Zuflucht gewährt hast, deutlich geworden ist, daß dein Leben dich enttäuscht hat, oder vielleicht sollte ich sagen, es hat dir offenbar nicht alle Möglichkeiten geboten, deine Begabungen vollkommen auszuleben. Habe ich nicht recht?«

So war es. So war es immer gewesen, aber jetzt war es ein bißchen spät, daran noch etwas zu ändern. »Ich bin über fünfzig!«

»Mein Vater ist gestorben, als ich dreiundfünfzig war, und erst dann habe ich angefangen, meinen Lebensunterhalt zu verdienen.«

Bei ihr war es etwas anderes gewesen. Ihr war nichts anderes übriggeblieben – es war kein Geld dagewesen –, aber das sagte Villy lieber nicht.

»Selbstverständlich war das aus finanziellen Gründen einfach notwendig. Aber es gibt auch andere Arten von Notwendigkeiten, nicht wahr?«

»Sie meinen, ich sollte mir Arbeit suchen – eine Stelle?«

»Ich glaube, es würde dir gefallen, etwas außerhalb des Haushalts zu tun, etwas, das dich interessiert. Es wäre es wert, einmal darüber nachzudenken.«

»Aber selbst wenn ich ... etwas finden würde ... was hätte das mit der Scheidung zu tun? Meinen Sie etwa auch, ich sollte das einfach abschütteln und sagen, gut, daß ich ihn los bin?«

»O, ich würde nie annehmen, daß du so etwas tust oder sagst. Das liegt nicht in deinem Wesen. Nein – wahrscheinlich ist es das, was er will, und es würde zu dir passen, wenn du so reagieren würdest.« Einen Augenblick schwieg sie. »Ich fürchte, du wirst das für einen unverschämten Vorschlag halten. Aber was immer du nun tust, wird schwierig sein. Edward ist weg, und das läßt sich nicht mehr ändern, also würde das Weiterbestehen der Ehe dich ebenso behindern wie ihn. Du wirst den Gedanken – wie unwahrscheinlich er auch sein mag –, daß er zu dir zurückkehren wird, nie ganz ablegen können, und ich fürchte, du wirst ihn bald hassen, weil er das nicht tut. Und es ist ausgesprochen schwierig, jemanden nicht zu hassen, solange man sich ihm gegenüber machtlos fühlt.« Ein kleines Lächeln bahnte sich den Weg über ihre Lippen. »Meine Güte! Wie ich meinen Vater manchmal gehaßt habe! Und wie elend ich mich um seinetwillen gefühlt habe! Meine liebe Viola, ich fürchte, ich habe die unangenehme Angewohnheit, erst zu lernen, nachdem ich die Fehler unwiderruflich gemacht habe. Danach – nach seinem Tod – war mir so deutlich, daß ich ihm meine eigenen Wünsche nie klargemacht hatte: Wie konnte ich also erwarten, daß er darauf Rücksicht nahm? Ich habe mich selbst als die pflichtbewußte Tochter betrachtet, die ihr Leben seiner Bequemlichkeit opfert. Erst später ist mir aufgegangen, daß Märtyrer keine gute Gesellschaft sind. Armer Papa! Wie langweilig das für ihn gewesen sein muß!«

Villy merkte, daß ihre Hand gestreichelt wurde. »Ich habe dich sehr gern, und ich bewundere dich«, sagte Miss Milliment. »Du bist in all diesen Jahren immer meine Lieblingsschülerin gewesen! Du hast alles so schnell verstanden und für dich selbst umgesetzt, und das habe ich auch deinem lieben Vater gesagt. Du bist auch seine Lieblingstochter gewesen.«

Als sie später neben Roland im Bett lag und das Nachtlicht brannte, falls er aufwachen sollte (das Fieber schien gefallen zu sein – seine Stirn war schweißnaß), verspürte sie die gleiche fiebrige Erleichterung. Zum erstenmal seit Monaten spürte sie das Gewicht ihres Körpers wieder – eine willkommene Schlaffheit, eine Erschöpfung, der zweifellos tröstlicher Schlaf folgen würde. Sie drehte sich auf die Seite, damit sie ihren Sohn sehen konnte: Der Anblick machte sie ganz schwach vor Liebe.

»Ich fürchte, ich habe ein winziges Tröpfchen vergossen, aber ich glaube, es ist nur aufs Laken gegangen, nicht auf die Decken.« Sie lächelte ihrer Tochter zu und tupfte sich den Mund mit der Serviette ab, die noch im Serviettenring steckte. Sie frühstückte im Bett, das rosafarbene Bettjäckchen um die Schultern drapiert. Sie konnte es nicht richtig anziehen, weil sie sich den rechten Arm gebrochen hatte, als sie ein paar Wochen zuvor beim Aussteigen aus dem Bus hingefallen war; sie trug immer noch einen Gipsverband und eine Schlinge. Das bedeutete selbstverständlich, daß sie nicht in der Lage war, sich allein an- oder auszuziehen, daß man ihr ins Bad und wieder heraushelfen mußte, daß jemand ihr das Essen schneiden mußte und, was das Schlimmste war, daß sie nicht stricken konnte – eine Beschäftigung, von der sie so abhängig geworden war, daß sogar Zoë bemerkt hatte, wie sehr es ihr fehlte.

»Ich hole dir einen Waschlappen.«

»Ich fürchte, dafür ist es zu spät. Es ist passiert, gleich nachdem du mir das Tablett gebracht hattest, aber ich habe dich nicht gerufen, weil ich dich nicht stören wollte.«

Diese Bemerkung – dieser Refrain sozusagen, denn sie sagte es mindestens ein halbdutzendmal am Tag – hatte fast, wenn auch nicht ganz, aufgehört, Zoë zu ärgern. Es gab Variationen – eine Bürde, eine Last, war etwas, das ihre Mutter angeblich nicht sein wollte, aber in dieser Hinsicht schienen ihre Anstrengungen zum Scheitern veurteilt. Sie wohnte jetzt schon fast drei Monate bei ihnen, und ohne Zweifel war sie still, nachdrücklich und manchmal auch recht auffällig all das, was sie nicht sein wollte.

»Ich nehme jetzt dein Tablett mit und komme später wieder, um dir beim Aufstehen zu helfen.«

»Keine Eile, Liebes. Wie es dir paßt.«

Während sie das Frühstücksgeschirr spülte, dachte Zoë verzweifelt daran, wie ihr Tag verlaufen war, bevor ihre Mutter zu ihnen gekommen war, und wie es von nun an sein würde. Sie hatte gewußt, daß es schwierig sein würde, aber die Schwierigkeiten waren anderer Art als jene, die sie vorhergesehen hatte. Inzwischen wußte sie, daß ihre Mutter sich seit den Tagen in der Wohnung in Earls Court sehr verändert hatte. Während der Jahre mit Maud auf der Isle of Wight hatte sie sich daran gewöhnt, im

Zentrum nicht enden wollender Aufmerksamkeit zu stehen. Maud hatte sie wie eine Halbinvalide behandelt, hatte alle langweiligen oder schwierigen Entscheidungen für sie getroffen und dabei zwar so getan, als übernehme die Freundin ihren Teil der Pflichten im Haushalt, tatsächlich aber das meiste allein erledigt.

Als Zoë sie im November nach London gebracht hatte, war Mrs. Headford wirklich jämmerlich drangewesen, traurig, abgemagert, müde, extrem bemüht und – vor allem Rupert gegenüber – rührend dankbar dafür, daß sie sie aufgenommen hatten, wie sie es ausdrückte. Aber kaum hatte sie sich ein wenig an die Situation gewöhnt, hatte sie immer mehr von Zoës Zeit in Anspruch genommen. Dauernd sprach sie von Maud, und immer in bezug auf sich selbst. »Sie hat mich so gern überrascht«, erzählte sie zum Beispiel. »Sie hat jemanden zum Tee eingeladen und es mir erst im letzten Augenblick gesagt oder ich habe es erraten, weil ich die Plätzchen im Ofen roch.« Oder: »Sie hat Überraschungen geliebt. Sie hat sich immer wieder was Neues ausgedacht, um mich aufzuheitern. Einmal sind wir den ganzen Weg nach Cowes gefahren, nur weil sie mich in eine bestimmte Teestube mitnehmen wollte. Und dann haben wir unsere ganze Zuckerration in diesem wunderschönen Geschäft verschwendet. Im Sommer hat sie manchmal den Tisch im Garten gedeckt! Sie hatte eine Art ländlicher Laube und eine Bank – nicht sehr bequem, muß ich sagen, aber sie hatte ein aufblasbares Kissen, und damit ging es viel besser. ›Solange du dich nicht an den Ohrwürmern störst‹, hieß es dann, ›können wir *al fresco* essen.‹ Und natürlich habe ich immer mitgemacht. Einmal in der Woche hat sie mich zum Friseur gebracht. ›Wir dürfen uns nicht vernachlässigen‹, hat sie immer gesagt, ›Krieg oder nicht‹.« Es war ein Friseurbesuch gewesen, der ihren Unfall am Bus zur Folge gehabt hatte. Selbstverständlich war sie allein gegangen, weil sie keine Last hatte sein wollen.

Das schlimmste war, daß Zoë spürte, wie ihre Gereiztheit und auch Langeweile wuchsen, und sie konnte sich dafür selbst nicht leiden. Das sagte sie Rupert manchmal, wenn sie allein waren, und seine Reaktionen darauf hatten sich im Lauf der Wochen verändert. Anfangs hatte er ihre Mutter verteidigt – »Sie ist wirklich schlimm dran« –, aber inzwischen war das der Bestätigung gewichen, daß Mrs. Headford tatsächlich ein wenig eine Spielverderberin war. Gestern – am Wochenende – hatten sie beim Tee gesessen, und Juliet hatte erzählt, daß sie in der Schule Vögel fütterten, daß das Brot aber gefroren und viel zu hart sei für ihre armen kleinen Schnäbel. Schließlich hatte sie gesagt: »Ich habe eine wunderbare Idee für die Vögel, Mummy. Den ganzen nächsten Sommer werde ich Würmer suchen und sie in eine Dose tun, und im Winter gebe ich den Vögeln dann immer einen oder zwei – wie bei der Rationierung.«

Mrs. Headford hatte gemeint: »Ich glaube, Würmer sind nicht nett für ein kleines Mädchen.«

»Ich will sie ja auch nicht essen, Oma.«

»Ich meine, es ist nicht nett, darüber zu sprechen.«

»Ich finde, sie sind sehr nett. Ich rede oft über sie. Ich rede über alles, was mir einfällt.« Und als sie sah, wie ihre Großmutter mit diesem nervtötend nachsichtigen Lächeln den Kopf schüttelte, hatte Jules erklärt: »Du brauchst ja nicht über sie zu reden, wenn sie dir angst machen.«

Rupert hatte Zoë angesehen und ihr zugezwinkert.

In der ersten Zeit hatten sie sich sehr angestrengt. Sie waren mit ihr ins Kino gegangen – Anna Neagle und Michael Wilding. Das war ein Erfolg gewesen: Mrs. Headford hatte festgestellt, daß Maud sie immer mit Anna Neagle verglichen hatte. Aber jedesmal, wenn jemand zum Essen kam, gelang es ihr, mit ihrer Geziertheit, ihren Klischees, mit einer Art banalem Egoismus, der jeden zu mechanischer Zustimmung zwang, den ganzen Abend zu verderben. Nach einem besonders verunglückten Abend, zu dem Zoë und Rupert Villy und Hugh eingeladen hatten und an dem Mrs. Headford über ihre (und Mauds) Ansichten zum Thema Scheidung doziert hatte, ohne sich im mindesten von Ruperts Versuchen, das Thema zu wechseln, beeindrucken zu lassen, waren sie zu dem Schluß gekommen, daß sie Einladungen nach Hause für die nächste Zeit vergessen konnten. »Nicht nur, daß sie sich in alles einmischt«, hatte sich Rupert beschwert, »sie ist dann auch nicht mehr dazu zu bewegen, sich geistig vom Fleck zu rühren.«

»Ich hätte ihr mehr von Villy erzählen sollen«, meinte Zoë. »Ich hatte ihr gesagt, daß Edward sie verlassen hat, aber ich habe nicht erwähnt, daß es zu einer Scheidung kommen würde.«

»Nun, ich glaube, wenn wir Leute einladen wollen, sollten wir das in Zukunft außer Haus veranstalten.«

»Aber das ist schrecklich teuer, und es ist so unfair dir gegenüber.«

»Du kannst nichts dafür.«

»Hugh schien es allerdings recht gutzugehen.«

»Ja, er freut sich sehr über Polls Verlobung. Er mag den Burschen wirklich gern.«

Nachdem Mrs. Headford sich den Arm gebrochen hatte, war es ein wenig besser geworden, was solche Situationen anging, denn sie hatte verkündet, wenn sie Gäste hätten, würde sie lieber im Bett essen, weil es ihr so peinlich sei, daß man ihr das Essen kleinschneiden müsse.

Aber dann waren erst Juliet und später Ellen krank geworden: die Grippe, hatte der Arzt gesagt – sie grassiere überall, und die Leute litten darunter, daß es praktisch immer zu kalt sei, weil die Brennstoffknappheit es unmöglich mache, Häuser oder auch nur Wohnungen ausreichend zu heizen. Und es war kalt geblieben. Es war der kälteste Februar seit 1881. Mrs. Headford hatte ihrer Enkelin zu Weihnachten eine dicke Strickjacke gestrickt, aber leider hatte sie dafür blaßrosa Wolle ausgewählt, und Juliet konnte Rosa nicht ausstehen. Sie stand bedrückt mitten im Zimmer, während ihre Großmutter sie bewunderte.

»Willst du dich nicht mit einem Kuß bei Oma bedanken?«

Juliet ging hinüber zum Sessel, kniff fest die Augen zu und drückte ihr rasch einen Kuß auf die Wange.

»Du bist so hübsch in Rosa.«

»Ich will aber nicht hübsch sein, Oma.«

Mrs. Headford hatte das für einen Scherz gehalten. Beim Tee war Juliet ohne die Strickjacke erschienen, hatte sich die Tweedmütze ihres Vaters verkehrt herum aufgesetzt und sich mit Kohle einen Schnurrbart gemalt. »So möchte ich aussehen«, hatte sie erklärt. Sie weigerte sich, die Jacke jemals wieder anzuziehen. Trotzdem hatte ihre Großmutter sie unweigerlich jeden Tag gefragt, wieso sie sie nicht trage, bis Zoë schließlich aus schierer Verzweiflung rote Mohnblüten auf die Kanten gestickt hatte.

Aber jetzt konnte Mrs. Headford nicht mehr stricken, und demzufolge stellte sich die Frage, wie sie die Zeit totschlagen sollte. Zoë bot an, ihr Bücher zu bringen – Romane, die sie für leicht lesbar hielt –, aber ihre Mutter öffnete die Bücher nur kurz, klappte sie wieder zu und sagte, eigentlich lese sie nur Bibliotheksbücher. Diese geheimnisvolle Vorliebe führte zu regelmäßigen Besuchen in der Leihbibliothek, wo sie Bücher auslieh, die sie zum Teil selbst besaßen. Rupert hatte ihr zu Weihnachten ein Radio geschenkt, und das half tatsächlich, auch wenn sie ständig darüber klagte, daß sie nicht ununterbrochen Radio hören oder lesen könne. Am liebsten hätte sie nur über ihr Leben auf der Isle of Wight gesprochen und den einen oder anderen kleinen Ausflug unternommen – letzteres wurde durch das Wetter erschwert und, als die Grippe ausbrach, durch Zeitmangel. Zoë hatte das Gefühl, ihre gesamte Zeit mit emsigen Exkursionen zum Einkauf von Lebensmitteln zuzubringen, mit langen Stunden, in denen sie diese zubereitete, und im Anschluß daran mit ermüdenden Versuchen, die Kranken – und ihre Mutter – dazu zu veranlassen, die Ergebnisse auch zu essen. »Ich weiß, daß ich eine schlechte Köchin bin«, jammerte sie Rupert am Abend vor, »aber sie mögen alle so unterschiedliche Dinge: Jules haßt Fisch und Milchpuddings, Mummy sagt, von Eintöpfen bekommt sie Magengrimmen, und Ellen ißt nichts anders als Bovril mit Milchpulver.«

Ellen erholte sich, und Rupert sagte, sie habe ihm gestanden, daß sie gern eine Woche bei ihrer verheirateten Schwester in Bournemouth verbringen würde.

»Ich wußte nicht mal, daß sie eine verheiratete Schwester hat.«

»Sie fährt im Urlaub immer zu ihr. Und sie sieht wirklich sehr zerbrechlich aus – Seeluft würde ihr guttun.«

»Selbstverständlich muß sie fahren.« Aber sie dachte auch daran, daß die Arbeit damit weiterhin an ihr hängenblieb, nachdem sie schon gehofft hatte, daß Ellen nun zumindest das Kochen wieder übernehmen würde.

Und mitten in der Woche – es ging Juliet schon besser, aber sie durfte noch nicht wieder zur Schule, langweilte sich und war ziemlich gereizt – lud Hugh Rupert und Zoë plötzlich zu einer Party ein, die er für Polly und Gerald gab.

»Ich muß selbstverständlich hierbleiben«, sagte Zoë. »Aber du solltest hingehen.«

»Liebling, du kannst doch sicher mitkommen. Juliet wird im Bett sein, und schließlich ist ja deine Mutter hier.«

»Sie kann nicht gut mit Jules umgehen.«

»Sie wird gar nichts mit ihr zu tun haben, weil Jules schläft. Und außerdem können wir ihr Hughs Telefonnummer geben.«

Also erklärte sie sich einverstanden. Sie war eine Ewigkeit auf keiner Party mehr gewesen und freute sich wirklich darauf. »Macht euch um *mich* keine Sorgen«, erklärte ihre Mutter. »Ich kann mir ja ein Ei kochen.«

»Das brauchst du nicht, Mummy. Ich bereite das Abendessen für dich vor, und Juliet wird schon schlafen, wenn wir gehen.«

Als Rupert aus dem Büro kam, stand sie hilflos vor ihrem Kleiderschrank. »Ich habe nichts anzuziehen.«

»Dann suche ich etwas für dich aus.«

»Du wirst deinen Abendanzug tragen müssen.«

»Ich weiß.« Er ging ihre Kleider durch. Sie hatte erheblich weniger als früher. »Das hier trägst du nie.« Er holte ein kurzes schwarzes Seidenkleid aus dem Schrank, das sie sich für ihren ersten Abend mit Jack gekauft hatte.

»Ich kann kein kurzes Kleid anziehen.«

»Niemand wird dich je darin gesehen haben – ich ganz bestimmt nicht. Und ich finde, es ist ein hübsches Kleid. Du solltest dir das Haar aufstecken.«

Am Ende zog sie es tatsächlich an. Immerhin, dachte sie, habe ich es nicht weggeworfen, also sollte ich es jetzt auch tragen. Es war einfach ein weiterer Schritt weg von Jack, und genau das wollte sie auch.

Sie erklärten Juliet, daß sie zu Onkel Hugh gehen und sie bei ihrer Oma lassen würden. Das gefiel ihr überhaupt nicht. »Ich will aber nicht hierbleiben, bei ihr. Ich will mit euch kommen und Wills besuchen.«

»Wills ist in der Schule, den könntest du jetzt gar nicht besuchen. Und du brauchst nicht mit Oma zu reden. Du wirst sowieso schlafen.«

»Nein! Sie kommt bestimmt in mein Zimmer. Sie *riecht so schrecklich*, Mummy!«

»Jules, das ist Unsinn – und sehr unhöflich.«

»Es ist nicht unhöflich, die Wahrheit zu sagen. Sie riecht ...« Sie zog die Nase kraus, während sie nachdachte, »... sie riecht irgendwie wie Irish Stew mit Veilchen drin.«

»Das darfst du ihr nicht sagen. Es würde sie sehr kränken.«

»Ich will ihr überhaupt nichts sagen. Sie kann nicht mit Kindern umgehen, meine Liebe. So ist das einfach.«

Rupert lachte, als sie ihm von diesem Gespräch berichtete, aber Zoë war beunruhigt. »Was, wenn sie einen schlechten Traum hat oder so?«

»Sie wird fest schlafen, und außerdem kann deine Mutter jederzeit bei Hugh anrufen. Wir sind doch nur ein paar Minuten entfernt.«

Ihre Mutter saß in dem Sessel, der dem Gasfeuer am nächsten stand. Zoë hatte ihr schon vorher beim Ausziehen geholfen, und jetzt trug sie ihren dicken gesteppten Morgenmantel. »Irgendwie mag ich dieses Buch nicht«, sagte sie. »Es handelt von einem Kirchenmann, der eine sehr schwierige Frau geheiratet hat – eine deprimierende Geschichte.«

»Vielleicht solltest du nicht weiterlesen und lieber dein Radio einschalten«, sagte Zoë und stellte das Tablett mit dem Abendessen auf den Kartentisch vor dem Sessel.

»O, nein, das lasse ich lieber. Die Batterien sind fast leer, so daß ich kaum noch etwas hören kann.«

»Das hättest du mir sagen sollen.«

»Ich wollte dich nicht damit belasten.«

»Hier ist Hughs Telefonnummer, falls etwas passiert. Wir sind ganz in der Nähe und können in ein paar Minuten hier sein. Juliet liegt schon im Bett. Wir warten noch, bis sie schläft.«

»Macht euch keine Sorgen. Ich bin sehr wohl in der Lage, mich um sie zu kümmern. Paß auf, daß du dich in diesem Kleid nicht erkältest, Zoë. Ich finde, es sieht sehr kurz und dünn aus.«

Rupert hatte angekündigt, er werde Jules eine Geschichte erzählen, um sie zu beruhigen, und Zoë ging nach oben ins Wohnzimmer, um dort auf ihn zu warten. Früher einmal, dachte sie, wäre ich ganz versessen auf diese Party gewesen. Vielleicht hätte sie wochenlang an nichts anderes gedacht, sie hätte vermutlich ein neues Kleid gekauft oder nähen lassen und wäre ungeheuer niedergeschlagen gewesen, wenn irgend etwas sie davon abgehalten hätte hinzugehen. Es schien lange her zu sein, daß sich beim Gedanken an solche Veranstaltungen etwas in ihr geregt hatte. Seit jenem Abend, bevor sie auf die Insel gefahren war, um ihre Mutter abzuholen, hatte sich ihre Beziehung zu Rupert in einer Art Schwebezustand befunden und sich weder zum Besseren noch zum Schlechteren verändert; sie waren höflich und freundlich zueinander, und es war, wie ihr allmählich klarwurde, ungeheuer großzügig von ihm gewesen, ihre Mutter trotz der vielen Nachteile, die das mit sich brachte, hier aufzunehmen. Die Anwesenheit von Mrs. Headford beschnitt auch die Zeit, die Zoë und Rupert allein miteinander verbringen konnten; aber das, dachte sie traurig, ist ihm vielleicht sogar ganz recht, ebenso wie mir. Zumindest hatte er sich nie dagegen ausgesprochen, und er neckte sie auch nicht mehr, wie er es früher getan hatte. Am unbeschwertesten waren sie, wenn es um Jules ging oder in Gesellschaft der Kleinen, die er innig liebte; aber den Rest der Zeit kam er ihr eher resigniert als distanziert vor. Sie warf einen Blick auf ihr Spiegelbild im Spiegel über dem Kamin – das hochgesteckte dunkle Haar, die dünnen schwarzen Träger des Kleides, die ihre weiße Haut betonten – und erinnerte sich, wie sie sich in Archies Wohnung betrachtet hatte, als sie sich dort umzog, bevor sie sich mit Jack traf, dem Fremden, den sie an dem Morgen im Zug kennengelernt hatte. Damals hatte sie sich die Perlen ins Haar gebunden, weil sie keinen anderen Schmuck dabeigehabt hatte; jetzt trug sie die Straßohrringe, die Rupert ihr vor Jahren geschenkt hatte, an dem Weihnachtsfest, bevor sie mit Edward und Villy in den Skiurlaub gefahren waren. Sie schaute ihr Spiegelbild immer noch an, aber sie sah es kaum mehr, weil ihr aufgegangen war, daß die Gefühle, die sie bei Rupert spürte, eine Spiegelung ihrer eigenen Empfindungen für ihn waren. Eine Art Resignation war an die Stelle ihrer früheren Distanziertheit getreten. Sie war ruhiger geworden und durch Verantwortungsgefühl und guten Willen gebunden – aber durch nichts Intensiveres. Am nächsten war sie einem natürlichen, spontanen Gefühl noch an jenem Abend gekommen, bevor sie zu ihrer Mutter gefahren war, als sie geglaubt hatte, Rupert hätte – irgendwie – von Jack erfahren. Sie erinnerte sich noch, wie entsetzt sie ihn gefragt hatte, woher er es wisse, und an die unglaubliche Erleichterung, als sich herausgestellt hatte, daß er nur von ihrer Mutter gesprochen hatte – er hatte keine Ahnung von Jack. Nun wurde ihr klar, daß sie auch enttäuscht gewesen war: Es war, als hätte man sie an die Kante einer Klippe gezerrt, wo ihr nichts übrigblieb, als zu springen, nur damit sie erkannte, daß es keine Klippe, sondern ein banaler Graben war. Wäre sie gezwungen gewesen, ihm mehr über etwas zu erzählen, von dem er bereits wußte, dann wäre es endlich vorbei gewesen, auf die eine oder andere Weise – Dinge wären in Bewegung geraten, sie wäre aus dieser Erstarrung befreit gewesen. Aber es kaltblütig zu tun, dazu fehlt mir einfach der Mut, dachte sie, und ihr Spiegelbild starrte verächtlich zurück.

»Sie schläft. Das ist aber wirklich ein hübsches Kleid!« Er griff nach ihrem Mantel und half ihr hinein.

»Wird es wirklich für alle etwas zu essen geben?«

»Ein Buffet. Seine Sekretärin hat das Ganze arrangiert. Sie ist ziemlich fähig, also wird alles in Ordnung sein.«

Hughs Haus wirkte vollkommen verändert. In dem großen, L-förmigen Wohnzimmer brannte ein duftendes Feuer, und der ganze Raum war voller weißer und blauer Hyazinthen. Hugh stand mit Polly am Kamin. Sie trug ein Kleid aus perlgrauem Seidendamast mit engem Oberteil und weitem, langem Rock, in dem ihre zierliche Taille zur Geltung kam.

»Das ist Gerald«, sagte sie, nachdem sie sie begrüßt hatte, und ein junger Mann mit vorstehenden Augen wurde rot.

»Also wirklich, Poll, du schaffst es, Schönheit immer wieder neu zu definieren.«

»Das liegt an meinem Kleid, Onkel Rupe. Dad hat es mir geschenkt.«

Sie sah, wie Hugh voller Stolz lächelte, und dachte, daß er viel jünger aussah. Als sie sagte, wie schön das Zimmer aussähe, lächelte er wieder und erklärte, Mrs. Leaf habe sich um alles gekümmert. »Sie ist auch hier«, fügte er hinzu. »Ich konnte wohl kaum zulassen, daß sie alles organisiert und dann nicht zum Fest kommt.«

Simon, hochgewachsen und elegant in seinem Abendanzug, erschien mit einem Tablett mit Champagnergläsern; es trafen neue Gäste ein, und die Party begann.

Während der ganzen Zeit – wenn sie etwas tranken, andere begrüßten, ins Eßzimmer gingen, um sich einen Teller und ein Glas Wein zu holen – war Zoë vollkommen fasziniert von Polly und Gerald. Selbst wenn sie gerade einmal nicht im Blickfeld waren, schien ihr Glück den Raum zu erfüllen: Ihre Liebe, die so deutlich auf Gegenseitigkeit beruhte, rief bei allen anderen ebenfalls Liebe hervor. Sie erinnerte sich an ihr erstes Abendessen in der Chester Terrace, bei dem sie Ruperts Eltern und seine Brüder kennengelernt hatte. Wie sehr sie damals in Rupert verliebt gewesen war! Und Rupert? Damals war sie sicher gewesen, daß er sie anbetete, aber inzwischen hatte sich ihre Auffassung davon, was das bedeutete, verändert; jetzt erkannte sie, daß sie sich in einen erheblich älteren Mann verliebt hatte, dessen Frau gestorben war und der zwei Kinder hatte. Sie war sicher gewesen, daß er sie begehrte, und hatte das mit Liebe gleichgesetzt; ihre Mutter hatte sie in dem Glauben aufgezogen, daß gutes Aussehen einem alles einbrachte, was man sich nur wünschte. Als sie Rupert geheiratet hatte, war sie in sein Begehren verliebt gewesen, in die Bewunderung, die er ihr entgegenbrachte; heute war sie nicht mehr sicher, was sie sonst noch empfunden hatte. Es hatte Philipp und seine sexuelle Rache für ihre Eitelkeit gebraucht und dann Jack (einen Augenblick lang konnte sie es nicht ertragen, daran zu denken, was Jack für sie empfunden hatte), um sie etwas über Liebe zu lehren. Jack ... hatte er sie überhaupt geliebt? Zumindest nicht genug, um bei ihr zu bleiben. Aber vielleicht war das ungerecht, vielleicht hatte er sie geliebt, und sie war Teil des Lebens gewesen, das er sich genommen hatte. Ich habe ihn geliebt, dachte sie, zum erstenmal ohne Qual, ich habe ihm nicht genügt, aber ich habe ihn geliebt. Das war ein Trost.

Im Auto auf dem Heimweg war Rupert sehr still. Als sie ihn

fragte, was er denke, sagte er: »Ich habe mir gerade gewünscht, daß Clary jemanden findet, der sie so liebt. Aber ich fürchte, sie ist anders als Polly.«

»Sie wird darüber hinwegkommen.« Sie wußte, daß Clary sich in einen verheirateten Mann verliebt und daß dieser die Affäre beendet hatte.

»Ja, aber über etwas hinwegzukommen bedeutet nicht, daß man danach derselbe Mensch ist wie zuvor. Clary liebt sehr ernsthaft.«

Als sie nach Hause kamen, stellten sie fest, daß Juliet aufgestanden war und barfuß und im Nachthemd herumlief. Die Hintertür, die von der Küche zum Garten führte, war offen, und Juliet zerstückelte einen Brotlaib. »Ich füttere die armen Vögel«, sagte sie zähneklappernd. »Ich habe ihnen schon eine Schüssel voll rausgestellt, aber ich glaube, es war nicht genug, deshalb will ich ihnen mehr bringen.«

Während Zoë die Tür schloß, einen Kessel für eine Wärmflasche aufsetzte und Jules in eine Decke wickelte, erklärte die Kleine, sie sei aufgewacht, weil sie von einer schrecklichen Möwe geträumt habe, die alles Futter gestohlen habe, »und sie hat die anderen Vögel mit ihrem schrecklichen Schnabel gehackt, also mußte ich ihnen doch ein bißchen Frühstück machen, Mummy.«

»Warum bist du nicht in Omas Zimmer gegangen?«

»Das bin ich. Sie hat geschlafen, im Sessel, und sie hatte Licht an. Sie mag Vögel nicht.«

»Setzen wir sie in ein heißes Bad«, schlug Rupert vor. »So wird sie am schnellsten wieder warm. Ich werde mich darum kümmern, und du gehst und siehst nach deiner Mutter.«

Zoë fand ihre Mutter, wie Jules es beschrieben hatte, allerdings war inzwischen das Bibliotheksbuch von ihrem Schoß gerutscht und halb vom Gasfeuer verbrannt.

»Oje! Ich muß eingenickt sein.«

»Und du hättest beinahe das Haus in Brand gesteckt, Mummy – sieh dir das Buch an!«

»Oje!«

»Und Juliet ist aufgewacht, und du hast sie nicht gehört – sie war in deinem Zimmer, und du hast fest geschlafen, und jetzt hat sie sich vermutlich den Tod geholt, weil sie im Garten rumgelaufen ist.«

»Das war sehr ungezogen. Das hätte sie nicht tun dürfen. Ich war die ganze Zeit hier. Sie hätte mich nur zu wecken brauchen.«

»Mummy! Du warst diejenige, die sich um sie kümmern sollte! Wir waren gerade mal einen Abend weg, und sie hätte umkommen können!«

»Schrei mich nicht an, Zoë, ich kann nichts dafür, wenn ich einnicke. Woher hätte ich wissen sollen, daß sie aufwacht? Du hast doch gesagt, das passiert nie!«

Bevor sie sich bremsen konnte, verlor Zoë vollkommen die Nerven. »Und *du* hast behauptet, du könntest auf sie aufpassen! Von der Möglichkeit, daß sie hier im Haus hätte verbrennen können einmal abgesehen, hat sie jetzt wahrscheinlich eine Lungenentzündung! Nach all den Monaten ist es das erstemal, daß ich dich um etwas bitte, und was passiert? Nun, dieser Fehler wird mir nie wieder unterlaufen, das kannst du mir glauben.«

Das Gesicht ihrer Mutter, ihr zitternder Mund und der verängstigte Blick hielten sie auf. Sie stand jetzt und zupfte erfolglos am Reißverschluß ihres Morgenmantels herum.

»Entschuldige. Ich mache das schon.«

»Ich gehe lieber erst mal ins Bad. Du brauchst nicht auf mich zu warten, ich kann allein ins Bett gehen.«

Zoë brachte das Essenstablett zurück in die Küche. Dann ging sie wieder ins Zimmer ihrer Mutter, drehte das Gasfeuer ab, nahm die Tagesdecke vom Bett und wartete. Sie war erschüttert und zornig, aber sie konnte das nicht auf sich beruhen lassen; sie wollte sich entschuldigen und dann verschwinden.

Ihre Mutter blieb lange im Bad, und als sie zurückkam, sah Zoë, daß sie geweint hatte.

»Es tut mir leid, Mummy. Ich hätte nicht derart die Nerven verlieren dürfen.«

Mrs. Headford ließ sich ohne ein weiteres Wort ins Bett helfen. »Soll ich dir die Schlinge abnehmen? Im Bett brauchst du sie doch sicher nicht.«

Sie löste das Seidentuch. Nachdem ihre Mutter sich hingelegt hatte, sagte sie: »Ich habe mein Bestes für dich getan. Du magst nicht viel davon halten, aber es war das Beste, was ich unter den Umständen tun konnte.«

»Das weiß ich. Ich wollte dich nicht zum Weinen bringen.«

»Es war nur, weil Maud mir so fehlt«, erklärte sie mit zittriger Stimme. »Es ist schlimm, in meinem Alter die einzige Freundin zu verlieren.«

»Ich weiß – das ist mir klar. Wir unterhalten uns morgen früh weiter.« Sie küßte die weiche, schlaffe Wange; ein leere Geste, die nur von Bedeutung gewesen wäre, wenn sie gefehlt hätte. »Soll ich das Licht ausmachen?«

»Wenn es dir nichts ausmacht?«

Nachdem sie gemeinsam Juliet ins Bett gebracht hatten, griff Rupert auf der Treppe zum Schlafzimmer nach ihrem Arm.

»Liebling, du zitterst ja! Ich bin sicher, ihr ist nichts passiert.«

»Ich habe Mummy gegenüber die Nerven verloren. Es ist meine Schuld – sie ist zu nichts in der Lage, nachdem sich ihre Freundin die ganzen Jahre um alles gekümmert hat. Maud hat wirklich alles übernommen und sie ermutigt, sich wie eine Invalide zu fühlen. Und jetzt ist sie genau das.«

»Ellen wird bald wieder dasein«, sagte er.

»Es wird einfacher werden, wenn Mummy den Gips los ist«, sagte sie.

»Jules ist ein zähes kleines Ding. Und im Garten ist es auch nicht kälter als in dem Badezimmer in Home Place. Sie ist an Kälte gewöhnt«, sagte er in dem vergeblichen Versuch, ihr ein Lächeln zu entlocken.

»Gehen wir schlafen. Es ist nach eins, und du bist todmüde.«

Sie hatte gedacht, sie würde nicht zur Ruhe kommen, aber sie schlief sofort ein und wachte am Morgen nur auf, weil Rupert ihr eine Tasse Tee brachte. Es war Samstag, also mußte er nicht zur Arbeit. Jules gehe es gut, sagte er; er hatte ihr Frühstück gemacht. Aber das Tablett für ihre Mutter mußte noch zurechtgemacht werden. Zoë trank den Tee, zog den Morgenmantel an und ging nach unten in die Küche, wo Rupert und Jules am Tisch saßen.

»Wir essen Räucherhering«, verkündete Jules.

»Räucherhering? Das kann nicht sein.«

»Madam hat Räucherhering befohlen«, sagte Rupert.

»Und das hier ist ein Exzellenzenhotel, wo es einfach alles gibt, Mummy.«

Sie hielt ihr ein Stück Toast hin, das mit Anchovispaste bestrichen war. Rupert hatte es in Fischform zurechtgeschnitten.

»Normalerweise essen die Gäste aber nicht mit dem Kellner«, sagte Zoë.

»Ich bin der Geschäftsführer«, erwiderte Rupert, »und das hier ist ein ganz besonderer Gast.«

Sie machte das Frühstück für ihre Mutter und betrat mit eher zittriger Entschlossenheit, so fröhlich und sanft wie möglich zu sein, Mrs. Headfords Schlafzimmer.

Sie war schon aufgestanden und halb angezogen. Das hieß, sie trug ihr Bettjäckchen noch, aber sie hatte es irgendwie geschafft, ihren Strumpfgürtel und die Unterhose anzuziehen, und mühte sich jetzt, die Strümpfe zu befestigen. Sie hatte das Gasfeuer entzündet und die Vorhänge an dem Fenster zurückgezogen.

»Mummy, du hättest auf mich warten sollen.«

»Du weißt, daß ich dir nicht zur Last fallen will.« In dem vertrauten Satz schwang Tadel mit.

»Das tust du auch nicht, ganz ehrlich. Es ist doch nicht deine Schuld, daß du dir den Arm gebrochen hast. Und es wird bald wieder besser sein.« Sie hatte das Tablett abgesetzt und kniete sich hin, um bei den Strümpfen zu helfen.

»Der Doktor hat gesagt, in der nächsten Woche. Also wird es nicht mehr lange dauern.«

»Nein. Das wird schön sein. Dann kannst du endlich den Pullover fertigstricken.«

Sie hakte den BH zu, der die weißen, schlaffen Brüste halbherzig umschloß, zog ihr das Unterhemd über den Kopf und den Hemdsärmel über den Gipsarm. Während sie das Hemd vorn zuknöpfte, sagte ihre Mutter: »Ich habe nachgedacht, Zoë. Ich würde lieber wieder nach Hause gehen – ins Cottage –, wenn ich den Gips los bin. Ich komme gut allein zurecht, und immerhin hat Maud mir das Cottage hinterlassen. Der Gedanke, daß es leersteht, gefällt mir nicht.«

»Aber du weißt doch, daß der Makler meinte, er könnte es über den Sommer vermieten, Mummy.«

»Der Gedanke, daß Fremde dort wohnen, zwischen all den Sachen, die Maud gehört haben, gefällt mir auch nicht. Und du, meine Liebe, hast dein eigenes Leben und willst mich hier nicht haben. Du hast mich nie gewollt.« Der Blick ihrer blaßblauen Augen begegnete dem von Zoë mit unabweisbarer Offenheit. »Ich merke es«, sagte sie, »wenn ich unerwünscht bin. Und es ist sinnlos, das Gegenteil zu behaupten. Ich mag nutzlos sein, aber ich bin nicht dumm. Sobald ich meine rechte Hand wieder benutzen kann, werde ich an Avril Fenwick schreiben, und sie wird Doris sagen, daß ich zurückkomme und daß sie das Cottage für mich vorbereiten soll. Ich möchte darüber nicht streiten. Ich habe mir das alles letzte Nacht genau überlegt. Würdest du bitte den Vorhang noch weiter zurückziehen, Liebes? Er nimmt das ganze Licht weg.«

Zoë ging zum Fenster und zog den Vorhang zurück. Draußen lag Schnee wie grauweißer Hagelzucker auf dem schwärzlichen Gras, und das Brot, das Jules verstreut hatte, lag in gefrorenen Brocken darauf. Zoë war verwirrt – bei allen Schuldgefühlen über ihr Versagen empfand sie auch unglaubliche Erleichterung, daß ihre Mutter wirklich gehen wollte (ihr wurde bewußt, daß das Schlimmste der Gedanke gewesen war, daß sie für immer bleiben würde) – zu der sich bald tiefe Scham gesellte –, weil sie so erleichtert war und weil sie sich überhaupt je so schlecht benommen hatte, daß ihre Mutter daran dachte abzureisen. »Es tut mir leid«, sagte sie schließlich, »ich weiß nicht, was ich sagen soll.«

»Ich glaube nicht, daß es noch irgend etwas zu sagen gibt.«

»Ich hätte letzte Nacht nicht so wütend werden dürfen, aber ich hatte Angst um Jules – das verstehst du doch sicher.«

Ihre Mutter trank einen Schluck Tee und setzte die Tasse wieder ab. »Weißt du, Zoë, seit du ein kleines Mädchen warst, hast du dich kaum einmal dafür entschuldigt, und wenn, hast du immer eine Ausrede gefunden, um darauf hinzuweisen, daß du nichts dafür konntest.«

Den ganzen schier endlosen Tag rang sie mit dieser Anklage. Entsprach das der Wahrheit, und war es gerecht? Wenn es wahr war, mußte es auch gerecht sein. Wie auch immer, es beschäftigte sie. Sie konnte Rupert nicht von der Entscheidung ihrer Mutter erzählen, weil sie nicht in Jules' Gegenwart darüber sprechen wollte. Sie schickte Rupert und die Kleine zum Einkaufen, räumte währenddessen die Wohnung auf und bereitete das Mittagessen zu. Sie hatte sogar daran gedacht, Rupert zu bitten, ein paar Batterien für das Radio ihrer Mutter mitzubringen. Zumindest *das* war ihr noch eingefallen. Aber als Rupert zurückkam und die Batterien einbaute, war selbstverständlich er derjenige, dem Mrs. Headford dankte.

Zoë hatte die Fleischration der Woche für einen Sonntagsbraten aufgehoben. Sie hatte sich für Schweinefleisch entschieden, weil Ellen, die sehr gut kochte, ihr beigebracht hatte, wie man Schweinebraten machte. Dazu gab es Apfelbrei, Kartoffelbrei und Kohl, der immer irgendwie wäßrig wurde, aber um diese Jahreszeit gab es keine große Auswahl an Gemüse.

Rupert schnitt den Braten auf. »Das sieht wirklich gut aus!« sagte er in diesem fröhlichen Ton, zu dem er sich immer zwang, wenn ihre Mutter zugegen war.

»Bitte keine Kruste für mich«, sagte Mrs. Headford.

»BITTE MEIN FLEISCH NICHT SCHNEIDEN!« rief Jules.

»Das ist nicht für dich, Liebes, es ist für Oma.«

»Oh. Kann ich ihre Kruste haben?«

»Nein. Du hast deine eigene Kruste.«

»Kein Kohl! Ich kann Kohl nicht ausstehen. Ich ...«

»Kohl ist gut für deinen Teint«, stellte Mrs. Headford fest.

»Was ist denn das?«

»Deine Haut«, sagte Rupert und stellte den Teller vor Juliet hin.

»Meine Haut? Meine *Haut*? Weißt du, was komisch ist, Mummy? Wenn Leute schwitzen? Wenn sie kleine Tropfen auf der Stirn haben, wenn ihnen warm wird? Warum gehen dann Regentropfen nicht durch die Haut nach drinnen? Ellen sagt, das tun sie nicht. Sie sagt, die Haut ist wasserdicht, aber wenn Schweiß rauskommt, kann das doch nicht sein, oder?«

»Ich verstehe, was du meinst«, sagte Rupert. »Vielleicht dringt ja einiges vom Regen durch, und du merkst es bloß nicht.«

»Ich glaube nicht, daß wir beim Mittagessen über so etwas sprechen wollen.«

»*Ich* schon, Oma.« Sie nahm ein Stück Kruste in die Finger und biß mit ihren scharfen weißen Zähnen hinein. »Worüber würdet ihr denn gern reden?« fragte sie. »O, ich weiß! Dad sagt, daß Polly heiraten wird. Im Juni. Darf ich Brautjungfer sein, Mummy? Diesmal bin ich dran. Lydia war es letztesmal, und jetzt ist sie viel zu alt. Sie heiratet einen Mann, der Gerald Lord heißt.«

»Nein, Liebes, er *ist* ein Lord. Er heißt Gerald Fakenham.«

»Was ist ein Lord, Dad?«

»Das ist ein Titel. Weißt du, wie Dr. Ballater ein Doktor ist.«

»Wofür sind Lords denn gut?«

»Gute Frage. Na ja, ich nehme an, für das gleiche wie andere Leute auch. Oder nicht, je nachdem.«

»Ich nehme an, er hat ein sehr schönes Haus und Ländereien«, sagte Mrs. Headford. »Und viel Geld. Sehr schön für deine Nichte.«

»Ich glaube nicht, daß er Geld hat, aber Hugh sagt, er ist eine ehrliche Haut, und die beiden scheinen sehr glücklich zu sein.«

»Eine ehrliche *Haut*, Dad? Wie kann jemand denn eine Haut sein?«

»Das ist nur eine Redewendung. Es bedeutet, daß er ein guter Mensch ist.«

»Jules, Liebling, iß endlich.«

»Das tue ich ja, Mummy, einen Bissen nach dem anderen.« Sie spießte ein Stück Fleisch auf die Gabel und biß ein Stück davon ab.

»Schneide es erst, Jules.«

»Eine Haut heiraten – das klingt albern.«

»Und sprich nicht mit vollem Mund.«

»Mummy, beides gleichzeitig kann ich nicht. Ich kann nicht gleichzeitig essen und *nicht* mit vollem Mund sprechen.«

So ging es weiter, und vorerst wurde die Atmosphäre durch Juliets Geschwätz ein wenig aufgelockert. Zumindest schnitt Zoës Mutter das Thema ihrer Abreise nicht an.

Danach gingen sie mit Jules in die Kensington Gardens, um zu sehen, ob der Teich zugefroren war. Zoë hatte von Bäcker ohne Marken ein wenig trockenes Brot bekommen, so daß Juliet die Enten füttern konnte – eine ihrer Lieblingsbeschäftigungen. Mrs.

Headford, die sie eingeladen hatten mitzukommen, hatte erklärt, sie werde sich lieber ein wenig ausruhen.

Vor Einbruch der Dunkelheit kehrten sie zurück. Es war kalt gewesen, und während sie zugesehen hatten, wie Juliet die Enten fütterte, hätte Zoë Rupert beinahe von ihrer Mutter erzählt, aber jedesmal, wenn sie dazu ansetzen wollte, hatte Juliet wieder ihre Aufmerksamkeit verlangt.

»Was ist denn, Liebling?«

»Nichts.«

»Irgendwas bedrückt dich doch.«

»Ich erzähle es dir später.«

Tee und Toast mit Marmite, um den Geschmack der grellgelben Margarine zu überdecken. Dann spielten sie Spiele mit Juliet, und Rupert gab sich große Mühe, seine Schwiegermutter zum Mitmachen zu bewegen, aber sie sagte, sie könne nicht mit einer Hand Karten spielen, und als er Bilderlotto vorschlug, meinte sie, sie könne sich nie erinnern, wo die Karten seien. »Dann eben Halma«, meinte er, und das spielten sie schließlich, obwohl Juliet meinte, sie möge es nicht besonders.

Endlich, in einer scheinbar endlosen Prozedur, war Juliet gebadet und ins Bett gebracht, war das Abendessen – überwiegend Reste – aufgetischt, gegessen und abgetragen, und nun erklärte Mrs. Headford, sie sei müde, sie wolle ins Bett gehen und dort noch ein wenig Radio hören. Also half Zoë ihrer Mutter beim Ausziehen, machte ihr eine Wärmflasche, wartete, während sie im Bad war, und half ihr ins Bett. Während der ganzen Zeit sprachen sie kein Wort über die Zukunft, sie verabredeten lediglich, daß Mrs. Headford morgen im Bett frühstücken und warten würde, bis Zoë Juliet zur Schule gebracht hatte, bevor sie ihr Bad nahm. Endlich konnte Zoë erschöpft ins Wohnzimmer flüchten.

»Es ist noch ein Tropfen Cognac da. Möchtest du ihn mit Soda oder pur?«

»Lieber mit Soda.«

»Sofort.«

»Also«, sagte er, als er ihr das Glas reichte, »was ist los? Die Atmosphäre beim Abendessen war ziemlich gedrückt.«

Sie sagte es ihm.

»Vielleicht meint sie es nicht ernst«, sagte er. »Es könnte sein, daß sie es nur sagt, weil du böse mit ihr warst.

»Es ist ihr Ernst. Ich meine, sicher hat es mit meinem Verhalten zu tun, aber sie meint es ernst.«

»Glaubst du denn, sie könnte allein zurechtkommen?«

»Vorher konnte sie es nicht.«

»Na ja, ich kann mir eigentlich nicht vorstellen, daß sie kocht oder so etwas. Sie hat heute keinen Finger gerührt, um dir zu helfen.«

»Das kann sie ja auch nicht, mit ihrem Arm. Aber sie sagt, sobald der Gips ab ist, will sie sich mit Miss Fenwick in Verbindung setzen – der Nachbarin –, damit das Cottage für sie vorbereitet wird.«

»Es wäre wohl nicht möglich, daß sie nur für den Sommer dorthin zurückkehrt, wenn es leichter ist – kein Feuer und so weiter – und den Rest des Jahres bei uns verbringt?«

»O Gott, ich weiß es nicht. Es ist einfach schrecklich, jeden Tag aufs neue. Ich weiß nicht, was ich mit ihr anfangen soll, und sie kommt überhaupt nicht mit Jules zurecht – und mit Ellen auch nicht.«

»Armer Liebling, ich sehe, wie schwer das für dich ist.«

»Für dich doch auch. Du bist viel netter zu ihr als ich, aber mit ihr allein zu essen ist schrecklich, und wir haben ja schon versucht, Leute einzuladen, und wissen jetzt, daß das unmöglich ist. Und so wird es noch Jahre und Aberjahre weitergehen. Sie ist noch nicht mal sechzig.«

»Ein bißchen liegt es auch an der Wohnung«, sagte er. »Es ist nicht genug Platz. Wenn sie ihr eigenes Wohnzimmer hätte, wäre es einfacher.«

»Das glaube ich nicht. Sie würde die ganze Zeit bei uns sein wollen – und selbst wenn nicht, ich hätte trotzdem Schuldgefühle.«

Sie sah schweigend zu, wie er eine Zigarette aus einem hellblauen Päckchen nahm und sie ansteckte. Dann sagte sie: »Wenn ich netter zu ihr gewesen wäre, als es noch einfacher war – ich meine, solange ich sie nur hin und wieder sehen mußte –, dann würde ich mich jetzt nicht so schlecht fühlen. O, die riechen viel besser als die, die du sonst rauchst. Gibst du mir eine?«

Er hielt ihr das Päckchen hin und gab ihr Feuer. Einen Augenblick lang fühlte sie sich an Jacks Zigaretten erinnert, aber nur kurz: Sie hatten nicht den leichten Geschmack nach Karamel wie Lucky Strikes.

»Wie kommst du an französische Zigaretten?«

»Ein Laden in Soho. Ich rauche sie nur hin und wieder.« Er klang verschlossen.

»Du kannst rauchen, was du willst, Liebling.«

»Tatsache ist, daß du nie mit ihr ausgekommen bist, und das weiß sie natürlich. Nicht, daß ich dir die Schuld gebe«, fügte er eilig hinzu. »Ich sage nur, daß es dadurch schwieriger ist. Vielleicht wäre es wirklich besser, wenn sie ginge.«

»Aber Rupert, das ist ja gerade das Problem. Ich habe das Gefühl, ich kann sie weder gehen lassen noch aufhalten.«

Sie sprachen noch eine ganze Weile darüber. Er erbot sich, mit Mrs. Headford zu reden, aber das lehnte sie ab. Sie hatte Angst vor dem, was ihre Mutter über sie sagen würde: Sie war in jenem Stadium, wo jeder Vorschlag, den er machte, sinnlos erschien. Schließlich gab er auf, und sie spürte, daß es ihn bekümmerte, keine Lösung gefunden zu haben.

»Ich denke, du glaubst nur, daß es keine Lösung gibt, weil du todmüde bist«, sagte er. »Komm ins Bett.«

Als sie ihm ins Schlafzimmer folgte, dachte sie daran, was diese Worte früher einmal bedeutet hatten.

Ein paar Tage später brachte sie ihre Mutter zu Dr. Ballater, der ihr den Gips abnahm. Ja, sagte er, sie könne den Arm wieder normal benutzen, die Muskelspannung würde bald zurückkehren. »Aber springen Sie nicht mehr aus Bussen«, fügte er hinzu und warf Zoë einen Blick zu, als hätte sie – so empfand sie es jedenfalls – ihre Mutter gezwungen, mit dem Bus zu fahren.

Mrs. Headford verbrachte den Nachmittag damit, Briefe zu schreiben, genauer gesagt – obwohl sie von mehreren Briefen gesprochen hatte – einen einzigen langen Brief, und sie bat Zoë, ihn zur Post zu bringen, wenn sie Juliet von ihrem Tanzkurs abholte. Das Thema ihrer Abreise kam nicht zur Sprache.

Zoë ging mit ihr einkaufen – zu ihrem alten Lieblingsgeschäft, Gaylor and Pope, wo nach dem Bezahlen an der Theke, wo man eingekauft hatte, das Geld und die Rechnung in eine kleine Röhre gesteckt und an einem Draht zum Kassierer geschickt wurden, und dann kamen die Quittung und das Wechselgeld auf demselben Weg zurück. Mrs. Headford hatte eine Liste gemacht, anhand derer sie sich vorarbeiteten: Unterhosen, warme Strümpfe, Pantoffeln, ein Band für ihren Sommerhut, Knöpfe für die Strickjacke, die sie nun fertig stricken konnte, Gummiband, Haarnetze, eine Bademütze und eine Tasche für ihr Strickzeug. Sie war unermüdlich, und es fielen ihr immer neue Dinge ein, an die sie beim Schreiben der Liste nicht gedacht hatte.

Zoë hatte beschlossen, unendlich geduldig zu sein und ihre Mutter nach dem Einkaufen zum Mittagessen auszuführen.

»O, das wäre schön«, sagte Mrs. Headford auf diesen Vorschlag hin. An der Marylebone High Street gab es eines dieser Restaurants, wo vor allem Frauen hingingen und wo in der Hauptsache Kuchen, Tee und Kaffee serviert wurden, aber auch einfache Mittagsgerichte wie Omelettes oder Blumenkohlauflauf; dorthin gingen sie und setzten sich an einen sehr kleinen runden Tisch, so dicht umgeben von ihren vielen Einkaufstaschen, daß die Bedienung sie kaum erreichen konnte.

»Sieht aus, als hätte ich den ganzen Laden leergekauft«, sagte ihre Mutter vergnügt.

»Einkaufen scheint dir gutzutun.«

»Ach, jetzt ist alles viel besser, nicht wahr, Zoë, wo du nun weißt, daß ich gehe.«

»Du weißt, daß ich mir deshalb Sorgen mache.«

»Ja, Liebes. Aber mir wird schon nichts passieren. Doris ist sehr nett zu mir, sie wird mir beim Kochen helfen, und, wie Maud schon immer sagte, auf Avril kann man sich wirklich verlassen. Und ich glaube, ich werde mir eine Katze anschaffen, damit ich ein bißchen Gesellschaft habe.« Später meinte sie: »Und natürlich mußt du mich mit Juliet besuchen kommen. Du weißt, wir haben es nicht weit zum Strand.«

»Sie ist fest entschlossen«, sagte sie am Abend zu Rupert.

»Vielleicht solltest du sie hinbringen und darauf bestehen, daß du mit dieser Freundin sprechen und sie bitten kannst, sich mit uns in Verbindung zu setzen, wenn irgend etwas nicht stimmt.«

»O Gott, ja, das sollte ich wohl tun.«

»Ich meine nur, wenn du dir schon Sorgen machst, wäre das sicher eine Möglichkeit, dich ein wenig zu beruhigen.«

Sie spürte, daß sie kurz davor war, sich mit ihm zu streiten, und daß diese Gefahr nur bestand, weil sie so voller widerstreitender Gefühle war. Sie erzählte ihm nicht, daß ihre Mutter, nachdem sie mit dem Taxi vom Einkaufen heimgekommen waren, gesagt hatte: »Weißt du, Zoë, du hast keine Ahnung, welches Glück du hast, daß dein Mann aus dem Krieg zurückgekommen ist. Du bist nicht mit vierundzwanzig Witwe geworden, wie ich es war, mit einem kleinen Mädchen, das ich allein großziehen mußte. Er ist ein sehr netter Mann, und du solltest tun, was in deiner Macht steht, um ihn glücklich zu machen.«

»Ich glaube, er *ist* glücklich.«

»Meinst du, Liebes? Nun, das weißt du sicher am besten.«

Weiter hatte sie nichts gesagt, aber dieser abschließende Kommentar beunruhigte Zoë. War er glücklich? Er war Juliet absolut ergeben, und wenn er etwas mit ihr unternahm, war er der alte Rupert, den sie geheiratet hatte – vergnügt und witzig, voller kleiner Scherze und immer bester Laune. Ihr selbst gegenüber war er geduldig, sanft und, wie sie jetzt dachte, ein wenig gelangweilt: Es gab nichts Unbeschwertes an ihrer Beziehung – sie schien aus einer Myriade kleiner Pflichten zu bestehen, und wann immer diese kurzfristig zu einem Ende zu kommen schienen, entstand eine Art Leere, eine gewisse Spannung und Unsicherheit. Und nachdem nun Ellen wieder da war, hatte Zoë weniger Arbeit und war entsprechend öfter angespannt.

Avril Fenwicks Antwort traf bald ein – sie muß sie gleich am Tag nach Erhalt des Briefes abgeschickt haben, dachte Zoë, als sie den Brief auf das Frühstückstablett ihrer Mutter legte.

Als sie das Tablett wieder abholen wollte, saß ihre Mutter immer noch im Bett, den Brief vor sich ausgebreitet, das Frühstück unberührt.

»Ach, Zoë!« rief sie. »Was für Neuigkeiten! So ein wunderbarer Brief! In meinem ganzen Leben habe ich keinen solchen Brief bekommen. Die arme Avril! Sie wollte es mir nicht sagen, weil sie dachte, es würde mich aufregen, aber nachdem ich ihr geschrieben hatte, hat sie – so schreibt sie jedenfalls – ganz klar gewußt, was sie zu tun hatte. Und immerhin war sie schon sechsundneunzig. Ein gutes Alter, wie Avril sagt, und sie hatte ein wunderbares Leben. Aber es ist so *freundlich* von ihr! Ich kann es gar nicht fassen.«

»Mummy, vielleicht sollte ich mir den Brief selbst einmal ansehen.«

»Tu das, Liebes. Es ist ein so wunderbarer Brief.«

Zoë las. Sie hatte schon erraten, daß die alte Mrs. Fenwick gestorben war, und überflog den Abschnitt, der sich mit ihren unzähligen – und, wie Zoë dachte, bisher sehr gut verborgenen – Tugenden beschäftigte. Ihr Mut, die Offenheit, mit der sie ungeachtet der Umstände immer gesagt hatte, was sie dachte, ihre Lebenslust – es folgte eine Aufzählung ihrer Lieblingsspeisen –, ihre hohen Ansprüche an das Verhalten anderer, ihre Geduld in einer schwierigen Ehe mit einem Mann, der entweder arbeitete oder sich mit seiner Schmetterlingssammlung beschäftigte und dessen früher Tod sich als ein Segen erwiesen hatte; Mrs. Fenwick habe irgendwie nie verstanden, wozu Männer gut seien ... Zoë gab auf und blätterte weiter zur nächsten Seite. Hier schlug Mrs. Fenwick mit einiger Umständlichkeit vor, daß Mrs. Headford sich vielleicht mit ihr zusammentun sollte, ihr Cottage mit ihr teilen, daß sie »es zusammen durchstehen« könnten. Sie erklärte, wie gern sie für sie sorgen würde, wieviel sie gemeinsam hätten, daß sie, wenn sie ihr Geld zusammenlegten, mehr davon haben würden und sich alle möglichen Ausflüge würden leisten können, und schließlich, wie freundlich es von Cicely wäre, diesen Vorschlag anzunehmen, denn nach all diesen glücklichen Jahren mit Mutter könne sie nur mit Schrecken daran denken, allein zu leben. Schließlich flehte sie Cicely an, in aller Ruhe und sorgfältig über ihre Entscheidung nachzudenken: bis dahin werde sie mit Freuden Cotter's End für ihre Rückkehr vorbereiten. Der Brief schloß mit »herzlichst, Deine Avril«.

»Ist das nicht wunderbar? An mich zu denken, wo sie doch mit ihrer Trauer zu ringen hat.« Sie zitterte vor Aufregung. »Wenn es dir nichts ausmacht, Zoë, werde ich ihr ein Telegramm schicken. Ich sollte sofort reisen. Zu denken, daß sie die Wochen nach der Beerdigung allein durchgestanden hat und ich es nicht einmal wußte! Je eher ich hinkomme, desto besser.«

»Möchtest du gern mit ihr sprechen? Du könntest sie anrufen.«

»Das geht nicht, Liebes. Sie hat kein Telefon. Ihre Mutter mochte das nicht. Sie hatten einige Zeit eins, aber ihre Mutter sagte, Avril habe zu viel telefoniert.«

Das Telegramm wurde abgeschickt, und darin kündigte Mrs. Headford an, daß sie in zwei Tagen eintreffen werde.

»Ich komme mit dir.«

»O nein, Liebes. Avril holt mich ab. Entweder in Ryde, oder sie kommt auf der Fähre rüber und erwartet mich am Bahnhof in Southampton.«

Den ganzen Tag sprach sie von Avril und ihrem Brief. Sie habe sich ohne jedes Zögern entschlossen, sagte sie, es sei eine wunderbare Möglichkeit. Und dann kam heraus – brach aus ihr heraus –, wie sehr sie sich davor gefürchtet hatte, allein zu wohnen: die langen Abende, die Geräusche in der Nacht, niemand, mit dem sie reden konnte, die Angst, nicht zurechtzukommen, wenn irgend etwas passierte – die Gasflaschen zum Beispiel waren so schwer und konnten gefährlich sein, sie konnten undicht sein, ohne daß man das merkte –, das Einkaufen, wo sie doch jetzt kein Auto mehr hatte und nicht fahren konnte und so weiter. All das machte Zoë nur noch deutlicher, wie unwillkommen sie sich in London – bei *ihr* – gefühlt hatte.

Nachdem Rupert von der Arbeit zurückgekehrt und informiert worden war, mixte er Martinis und ließ sich auf die gute Laune von Mrs. Headford ein. Er hörte sich an, was in dem Brief stand, durfte ihn anschließend selbst lesen und bekam seinen Inhalt noch einmal erzählt; und während der ganzen Zeit war er geduldig und liebenswert, während sie, Zoë, kaum ein Wort hervorbrachte. Als Ellen Juliet hereinschickte, damit sie gute Nacht sagte, meinte ihre Großmutter: »Ich fahre nach Hause, Juliet. Ich fahre zurück auf die Insel. Kommst du mich im Sommer besuchen?«

»Sind auch andere Leute auf der Insel?«

»O ja, Liebes. Alle meine Freunde. Es ist eine große Insel. Du warst schon mal da, erinnerst du dich?«

»Nein, damals war ich noch ein Baby.« Sie kniff die Augen fest zu, gab ihrer Großmutter einen Kuß und floh.

»Nun«, sagte Rupert, nachdem Zoës Mutter zu Bett gegangen war und sie allein im Wohnzimmer saßen, »Ende gut, alles gut. Wirst du sie hinbringen?«

»Nein. Sie hat ihrer Freundin ein Telegramm geschickt, und die wird *herkommen,* um sie abzuholen. Sie scheint es so zu wollen, da kann man nichts machen.«

»Das scheint mir doch eine gute Sache zu sein«, sagte er müde. »Diese Avril hat deine Mutter offenbar sehr gern.«

»Sie hat gesagt – Mummy, meine ich –, wie nett es für uns sein würde, wieder allein zu sein.«

»Und, wird es?«

»Ich weiß es nicht, Rupert. Wird es?« Sie sah ihn an, und einen Augenblick lang waren sie beide wie erstarrt. Sie begriff, daß dies schon lange Zeit so gewesen war und daß sie nun die Wahl hatten, es entweder dabei zu belassen oder zu einem besseren oder schlechteren Zustand zu finden.

Sie sagte: »Wir haben nie darüber gesprochen, wie es uns beiden in all den Jahren ergangen ist, in denen du nicht hier warst. Jetzt will ich darüber reden. Ich muß dir etwas sagen.«

Er hatte am Kamin gestanden und im Feuer herumgestochert. Jetzt richtete er sich auf, warf ihr einen raschen Blick zu und setzte sich auf die Armlehne des Sessels, der dem ihren gegenüberstand – beinahe, dachte sie, wie bereit zur Flucht.

»Das klingt sehr ernst, Liebling«, sagte er, und sie erkannte den Tonfall, den er immer hatte, wenn er fürchtete, sie werde eine Szene machen.

»Ja. Während du weg warst, habe ich mich in jemanden verliebt. Einen amerikanischen Offizier, den ich im Zug kennengelernt habe, als ich von einem Besuch bei Mummy auf der Insel zurückkam. Er hat mich gebeten, mit ihm essen zu gehen – und das habe ich getan. Das war im Sommer 1943: Ich hatte zwei Jahre lang nichts von dir gehört, das letzte war der Brief gewesen, den der Franzose gebracht hatte. Ich dachte, du wärest tot.« Sie schluckte. Das klang wie eine Ausrede, und sie wollte keine Ausreden. »Aber darum geht es gar nicht. Ich denke, ich hätte mich auch sonst in ihn verliebt. Wir hatten eine Affäre. Ich bin nach London gefahren, um mich mit ihm zu treffen, und habe der Familie alle möglichen Lügen erzählt. Immer nur kurz – er war nicht oft da, er hat für die amerikanische Armee Kriegsfotos gemacht. Nach der Landung in der Normandie war er noch öfter weg.« Sie dachte einen Moment nach, denn sie wollte nichts beschönigen und nichts auslassen. »Er wollte mich heiraten. Er wollte die Familie kennenlernen – besonders Juliet. Wir hatten deswegen unseren ersten Streit – eigentlich den einzigen, den wir je hatten. Weil ich das nicht wollte.«

»Ihn heiraten?«

»Nein, das schon. Aber ich wollte mit niemandem aus der Familie darüber reden, solange wir nicht wußten, ob du zurückkommen würdest oder nicht. Und dann, im Frühjahr darauf, fast ein Jahr nach der Invasion, mußte er in einem der Konzentrationslager fotografieren; ich glaube, es war Belsen. Etwa eine Woche später rief er plötzlich in Home Place an und bat mich, an diesem Abend noch nach London zu kommen, und ich konnte nicht, weil ich versprochen hatte, mich um die Kinder zu kümmern; Ellen hatte an dem Wochenende frei. Inzwischen war der Krieg fast vorüber und ich – ich habe mir vorgestellt, daß ich hinterher mit ihm nach Amerika gehen würde. Und dann bin ich mit den Kindern vom Nachmittagsspaziergang zurückgekommen, und plötzlich war er da, saß neben der Duchy am Teetisch. Duchy war wunderbar. Ich denke, sie wußte es, aber sie hat nie etwas gesagt. Sie meinte, wir sollten nach dem Tee ins Morgenzimmer gehen, damit wir ungestört wären. Jack war verändert – irgendwie unerreichbar. Er sagte, er müsse sofort nach London zurück, weil er am nächsten Morgen fliegen sollte. Er sollte zu einem anderen Lager. Er hat gesagt«, zum erstenmal spürte sie, wie ihre Stimme zitterte, »er sei froh, Juliet gesehen zu haben. Er hat gesagt, er werde lange weg sein. Dann ist er gegangen.« Sie hielt inne. »Ich habe ihn nie wiedergesehen.«

»Er ist ohne ein Wort nach Amerika geflogen?«

»Nein. Er ist tot.« Es war ungeheuer schwer, ihm zu sagen, wie Jack gestorben war, aber sie schaffte es. »Etwa sechs Wochen danach bist du zurückgekommen. O. Eine wichtige Sache habe ich ausgelassen. Er war Jude. Deshalb hat er sich umgebracht.«

Sie schwiegen lange. Dann stand er auf, kam zu ihr, nahm ihre Hände und küßte sie. »Du liebst ihn immer noch?«

»Nein. Ich glaube nicht, daß ich es dir hätte sagen können, wenn das noch der Fall wäre.« Dann bekam sie Angst, daß ein Teil der Wahrheit ausgespart geblieben war. »Ich werde ihn immer irgendwie lieben.«

»Das verstehe ich«, sagte er; sie sah, daß er Tränen in den Augen hatte.

»Es ist eine Erleichterung, es dir endlich gesagt zu haben.«

»Ich bewundere dich dafür. Ich *liebe* und bewundere dich. Du warst viel mutiger als ich.«

Und während sie noch versuchte zu verstehen, was er meinte, begann er, ihr seine Geschichte zu erzählen. Sie hörte ihm zu und konnte sich nicht erklären, wieso sie nie an so etwas gedacht hatte. Er war so lange weg gewesen; Pipette hatte ihn bei dieser Frau zurückgelassen – sie hatte ihn aufgenommen, und er war von ihr abhängig gewesen, was seine unmittelbare Zukunft anging. Als er bei seinem Bericht plötzlich seinen Kosenamen für Michèle gebrauchte, verspürte sie einen Stich der Eifersucht und war beinahe froh darüber. Als er ihr erzählte, welche Anstrengungen diese Frau auf sich genommen hatte, um ihm das Material zum Malen zu besorgen, dachte sie daran, wie wenig sie ihn je dabei unterstützt hatte, aber als er beschrieb, wie die Deutschen auf dem Bauernhof aufgetaucht waren, wurde ihr auch klar, wie machtvoll diese Mischung aus Isolation und Gefahr gewesen sein mußte. Und dann kam er zum schwierigen Teil. Die Invasion, daß er weiterhin auf dem Hof geblieben war und der Grund dafür. Er beschönigte nichts, entschuldigte sich nicht und tat nicht so, als habe er diese Frau nicht geliebt. Sie hatte gewollt, daß er blieb und das Kind sah, dann hatte sie ihn weggeschickt. Er sagte nicht einmal, daß er die Entscheidung selbst getroffen hatte. »Ich versuche wirklich, mit deiner Ehrlichkeit Schritt zu halten«, sagte er. »Wenn ich dir schon in nichts anderem gleichkommen kann. Es war unverzeihlich«, sagte er, »dich all die Zeit im ungewissen zu lassen. Ich habe Miche viel geschuldet, aber das vielleicht doch nicht. Trotzdem habe ich es getan. Archie war immer der Ansicht, ich sollte es dir sagen.«

»Archie? *Ihm* hast du es erzählt?«

»Nur Archie. Sonst niemandem.«

»Archie hat auch von Jack gewußt. Ich habe Jack eines Abends auf ein Glas mit zu ihm genommen, und es war Archie, an den Jack geschrieben hat, bevor ... er starb. Archie ist nach Home Place gekommen, um es mir zu sagen.«

»Offenbar landen alle Geheimnisse, die es in unserer Familie gibt, bei Archie.«

»Aber das ist wohl kaum seine Schuld. Er ist einfach ein so lieber, treuer Mensch, daß man sich ihm anvertrauen kann.«

»Du hast recht. O, Zoë, wie sehr du dich verändert hast!«

»Stehst du«, sie fürchtete die mögliche Antwort, »stehst du noch in Verbindung mit ihr?«

»Nein. O nein. Es war ausgemacht, daß wir uns endgültig trennen würden. Keine Briefe, keine Besuche, nichts.«

»Das muß sehr schwer gewesen sein.«

»Es war für uns beide sehr schwer.«

»Für sie auch? Woher weißt du das?«

»Für *uns*, mein Liebling. Es war schwer für uns.«

»Ich fürchte, wir haben es schlimmer gemacht, als es hätte sein müssen.«

»Ich weiß nicht. Es geht mir genauso wie dir. Ich hätte nicht über Miche reden können, solange es nicht wirklich vorbei war. Oder weit genug weg.« Er berührte ihr Gesicht, strich ihr mit dem Finger über den Wangenknochen. »Diese Erleichterung. Dich wieder zu kennen! Und du hast damit angefangen. Du warst die Tapfere!« Sie hätte sich gern seiner Freude, seiner Erleichterung angeschlossen, aber sie konnte nicht. Sie war noch nicht am Ende, und das, was noch zu sagen war, schien das Schlimmste von allem zu sein. Sie erinnerte sich, daß die Duchy gesagt hatte, man solle anderen nicht die Verantwortung für die eigenen Erfahrungen aufbürden – oder etwas in dieser Art. Die ganze Sache mit Philip war einer Frau passiert, die sie kaum mehr als sich selbst erkannte. Aber dann hatte sie das Kind gehabt, das von Philip gewesen war – und sie hatte Rupert all dem Elend ihrer Schwangerschaft, der Geburt und der anschließenden Trauer ausgesetzt, und während der ganzen Zeit hatte er sich um sie gekümmert, hatte nie von seiner eigenen Trauer gesprochen. Das mußte sie jetzt in Ordnung bringen, was immer es kosten mochte.

»Was ist denn? Was ist denn los?«

Sie spürte, wie sie rot wurde – vor Scham und Angst –, aber sie zwang sich, ihn anzusehen.

»Das erste Baby«, begann sie zögernd und versuchte, die richtigen Worte zu finden.

Sein Ausdruck veränderte sich, und einen Augenblick lang war es, als schaute er tief in sie hinein und sähe alles, was dort war; dann nahm er wieder ihre Hände und sagte in einem Tonfall, der sowohl sanft als auch ruhig war: »Es war eine Art Wechselbalg, nicht wahr? Ich denke, wir sollten es ruhen lassen. Glaubst du, wir schaffen das?«

Tränen traten ihr in die Augen, und in der ersten spontanen Geste seit seiner Rückkehr warf sie sich ihm in die Arme.

»Bleib, wo du bist. Ich bitte Mrs. Greenacre, dir Frühstück zu bringen.«

»Ich möchte nur Tee. Ich kann auf keinen Fall etwas Festes zu mir nehmen.«

»Armer Liebling!« sagte er herzlich. »Vielleicht solltest du lieber den Arzt anrufen.« Er hatte gebadet, sich rasiert und angezogen und stand jetzt mitten im Zimmer, bereit, zum Frühstück zu gehen.

»Das ist nicht notwendig, es ist nur eine Darmgrippe. Geh ruhig nach unten Liebling, sonst kommst du noch zu spät.«

»Also gut.«

Nachdem er weg war, stand Diana auf und ging zur Toilette, wo sie auch den größten Teil der Nacht verbracht hatte. Er hatte das Fenster offengelassen, und der Sturm hatte die Zahnputzbecher aus Bakelit vom Fenstersims in die Badewanne geweht. Sie bückte sich, um sie aufzuheben, und wieder wurde ihr übel. Sie schloß das Fenster. Graue Wolken rasten mit unnatürlicher Geschwindigkeit über den Himmel, und im Garten lagen überall winzige rosafarbene Blütenblätter, die von den Bäumen gerissen worden waren. Es sah aus, als würde es bald wieder regnen. Sie ließ warmes Wasser ins Becken laufen und wusch sich das Gesicht. Sie sah schrecklich aus. Früher hätte sie nie zugelassen, daß Edward sie überhaupt so sah, aber nun war das wohl etwas anderes – oder beinahe etwas anderes. Die Scheidung war in Gang gebracht, Gott sei Dank, aber man hatte sie schon gewarnt, daß es noch Monate dauern könne. Villy ließ sich wegen Ehebruchs scheiden; als Diana sich darüber gewundert hatte, hatte Edward erklärt, die Anwälte meinten, das oder böswilliges Verlassen seien die einzig möglichen Begründungen, und mit letzterer würde es noch erheblich länger dauern. Sie war nicht einmal romantisch bleich, ihr Gesicht war eher grau mit einem gelblichen Unterton, und ihr Haar sah verfilzt und glanzlos aus. Sie putzte sich die Zähne und griff nach Edwards Kamm, aber der strotzte vor Haaröl. Sie ging zurück ins Schlafzimmer, um ihren eigenen Kamm zu suchen; inzwischen zitterte sie.

Mrs. Greenacre kam mit einem Teetablett und zündete das Gasfeuer an. Sie schloß auch eines der Fenster – Edward bestand darauf, daß sie im Durchzug schliefen. Diana bat die Haushälterin, ihr ihre Handtasche zu bringen, und als sie allein war, holte sie ihr Rouge heraus und tupfte sich ein wenig auf die Wangenknochen. Edward würde sicher noch einmal zu ihr kommen und sich verabschieden, bevor er ins Büro ging.

»Du siehst schon viel besser aus, Liebling«, sagte er, als er hereinkam. »Ich sollte dich lieber warnen – die letzte Anordnung der Regierung besagt, daß wir vor September kein Feuer anhaben dürfen.

»O Gott! Dann mach es lieber aus.«

»Unsinn. Du bist krank. Ich werde nicht zulassen, daß du frierst. Gute Besserung, Schatz. Es wird ein bißchen später heute, ich gehe noch zum Arzt.«

»Ach ja.«

Er beugte sich vor, um sie zu küssen, und sie roch Lavendelwasser und Haaröl – Düfte, die sie an ihm für gewöhnlich erregten. »Paß auf dich auf.«

»Tut mir leid, daß ich so schrecklich aussehe.«

»Du siehst nicht schrecklich aus, du bist schön! Ich liebe dich – erinnerst du dich? Wie immer.«

»Ich liebe dich auch.«

Dann war er weg. Sie hörte, wie er mit Mrs. Greenacre sprach, und dann fiel die Haustür ins Schloß. Während sie einen Schluck Tee trank, mußte sie daran denken, wie oft sie dies in der letzten Zeit sagten. Es war eine Art ritueller Refrain, weniger eine Erklärung als ein Überzeugungsprozeß; ohne dieses Ritual hätte es sein können, daß alles nach und nach verschwand. Dieser Gedanke erschreckte sie: Es war seltsam, eigentlich unfaßbar, daß etwas, das sie so lange gewollt hatte, sie nicht über die Maßen glücklich machte. Es war eher so, daß die Vorstellung, es *nicht* zu haben, so schrecklich war, daß sie nicht einmal darüber nachdenken wollte. Im stillen führte sie ihre Unzufriedenheit auf die Unsicherheit zurück: Erst hatte sie befürchtet, daß er Villy nie um ihretwillen verlassen würde, dann hatte er es doch getan, und dann hatte er, obwohl er mit ihr zusammenlebte, sich nie entschieden genug um eine Scheidung bemüht, und am Ende doch. Aber diese ... Enttäuschung war geblieben, und erschwert wurde das Ganze durch die moralische Verpflichtung, wahnsinnig verliebt zu sein in einen Mann, der das alles für sie getan hatte. Und irgendwo, tief vergraben, weil sie nicht wollte, daß es wahr war, fürchtete sie, daß er ebenso empfand – die gleiche Enttäuschung, die gleiche Notwendigkeit, immer wieder über seine große Liebe zu ihr zu sprechen, um zu rechtfertigen, was er getan hatte. Also vollzogen sie jeden Tag, manchmal auch mehrmals am Tag, das Ritual, einander ihre Liebe zu erklären, obwohl es sie immer weniger tröstete.

Es war nicht einmal so, daß sie ein ganz und gar einfaches und leichtes Leben führten, künstlich oder nicht. Es hatte Probleme gegeben ... Und nun, weil es ihr schlechtging und sie zu nichts anderem genügend Energie hatte, mußte sie sich hinlegen und darüber nachdenken.

Zum Beispiel dieses schreckliche Wochenende, an dem Ian und Fergus zu ihnen zu Besuch gekommen waren. Sie waren an derselben Schule und verbrachten die meisten, wenn nicht alle Ferien bei ihren Großeltern in Schottland. Kaum waren sie im Haus gewesen, hatte Diana ihre Feindseligkeit gespürt, nicht nur Edward, sondern auch ihr selbst gegenüber. Bei Ian, dem ältesten, der nun beinahe siebzehn war, hatte sich das in Form von Schweigsamkeit geäußert und in der Entschlossenheit, sich auf keinen Fall beeindrucken zu lassen. Bei Fergus, zwei Jahre jünger, war es eher sinnlose Prahlerei gewesen, Berichte darüber, wie er beim Sport oder bei Prüfungen andere überflügelt hatte, oder einfach altkluge Bemerkungen. Wenn Edward mit ihnen sprach, hatten sie kaum geantwortet. Er war nett zu ihnen gewesen und hatte sie alle ausgeführt: Sie hatten sich *Nicholas Nickelby* angesehen und hinterher im Restaurant gegessen. Er hatte gefragt, was sie sonst noch gern tun würden, und sie hatten geantwortet, sie würden lieber allein etwas unternehmen. Was sie dann auch getan hatten, beinahe den ganzen Samstag lang, und sie hatten sich kaum darüber geäußert, wo sie gewesen waren. Jamie, der sich so sehr auf ihren Besuch gefreut hatte, war ebenso übersehen worden.

Sie hatte ein großes Zimmer im obersten Stockwerk des Hauses für sie vorbereitet, und als sie es ihnen zeigte, hatte sie gesagt: »Das hier wird euer Zimmer bleiben, also könnt ihr auch Sachen hierlassen für den nächsten Besuch.«

Und Ian hatte geantwortet: »Das ist nicht nötig, Mum. Wir werden nicht mehr herkommen. Wir sind lieber in Schottland.«

Nachdem sie und Edward die beiden zum Bahnhof gefahren hatten, hatte sie geweint. Er war sehr nett gewesen und hatte gesagt, sie könne es nun mal nicht ändern, daß es wegen des Krieges und allem für die Jungen in Schottland immer viel besser gewesen war. Aber sie hatte sie verloren, und irgendwie – vielleicht, weil sie nicht selbst daran schuld sein wollte – hatte sie alles auf Edward schieben wollen.

Und dann, erst vor kurzem, hatten sie einen richtigen Streit gehabt wegen der Nächte, die er in Southampton verbrachte. Er fuhr einmal in der Woche dorthin, und vor zwei Wochen hatte er angerufen und erklärt, er müsse eine Nacht länger bleiben. Sofort war ihr eingefallen, wie er Villy während des Krieges mit ihr betrogen hatte. Er hatte sie dann immer angerufen oder ihr erzählt, er habe Villy angerufen und ihr irgendeine Geschichte erzählt, die angeblich »alles ganz harmlos erklärt« habe. Vielleicht tut er jetzt genau dasselbe mit *mir*, hatte sie gedacht, und nachdem dieser Gedanke einmal aufgekommen war, hatte sie ihn sich nicht wieder aus dem Kopf schlagen können. Sie wußte besser als die meisten, wie empfänglich er für weibliche Verführungskünste war, und ebenso wußte sie besser als jeder andere, daß er nicht mehr so oft und so begeistert mit ihr schlief wie früher. Also war es offensichtlich – oder zumindest sehr wahrscheinlich –, daß er eine andere hatte. Sie versuchte, in dem Hotel anzurufen, wo er angeblich übernachtete, und es hieß, er sei ausgegangen. Als er nach Hause kam, hatte sie ihn darauf angesprochen. »Ich war im Speisesaal!« rief er. »Diese Dummköpfe, warum haben sie nicht nach mir gesucht – oder mich ausrufen lassen oder so?« Und einen Augenblick später fragte er: »Wieso wolltest du mich eigentlich sprechen?«

»Ich wollte wissen, wo du bist.«

»Ich hatte dir doch gesagt, wo ich bin.«

»Ja, aber sie konnten dich nicht finden.«

»Das ist doch nicht *meine* Schuld«, sagte er. »Ich werde mich nächste Woche deswegen beschweren.« Und dann fragte er: »Was hast du denn gedacht, wo ich bin?«

»Ich wußte es nicht. Natürlich dachte ich, du wärst im Hotel, sonst hätte ich ja nicht dort angerufen.«

»Ich meine, als du mich nicht erreicht hast.« Sein Blick war ziemlich ausdruckslos geworden, was, wie sie wußte, immer dann geschah, wenn er wütend wurde.

»Ich hatte keine Ahnung, Liebling. Ich habe mir Sorgen um dich gemacht.« Wenn sie doch nur an dieser Stelle noch etwas wie: »Immerhin habe ich dich doch recht gern« gesagt hätte, oder: »Ich hab mir Sorgen wegen deines armen Bauchs gemacht« (seine Magenbeschwerden waren manchmal ziemlich schlimm). Dann hätte sich vielleicht alles wieder beruhigt, aber sie hatte nichts dergleichen gesagt. Es hatte eine kurze Unterbrechung gegeben, als Mrs. Greenacre den Käse und den Sellerie brachte, und dann hatte er weiter nachgebohrt: Was sie geglaubt habe, wo er gewesen sei?

»Ich dachte, du wärst vielleicht mit einem hübschen jungen Ding unterwegs ...«

Er war erbost und kein bißchen geschmeichelt – einfach nur wütend. Sein Zorn war von jenem übertriebenen Nachdruck, den sie bei Leuten beobachtet hatte, die entweder unschuldig waren oder einer Handlung bezichtigt wurden, die für sie schon zur Gewohnheit geworden war. Am Ende hatte sie sich entschuldigt – zutiefst bedrückt und mit Tränen in den Augen –, und er hatte ihr verziehen. Danach erst war ihr eingefallen, daß sie ihn damit vermutlich nur auf Ideen gebracht hatte.

Es hatte natürlich auch bessere Zeiten gegeben. Ostern in Home Place zum Beispiel. Die Duchy verbrachte ein paar Wochen dort, und sie und Edward waren übers Wochenende eingeladen.

»Wer wird denn noch dort sein?« fragte sie. Sie war bei der Aussicht nervös und erfreut zugleich.

»Rupe und Zoë und meine Schwester Rachel und die arme alte Flo – das ist die Schwester der Duchy – und Archie Lestrange, ein alter Freund von Rupe. Praktisch die ganze Familie. Und Teddy und Bernadine – ich glaube nicht, daß sie schon mal dort war, und sie wird sich erheblich weniger auf eigenem Terrain bewegen, als es dir je passieren könnte, Liebling.«

»Eine Menge Leute, denen ich zum erstenmal begegne.«

»Du kennst Rupe und Zoë.«

»Wird Hugh auch dasein?«

Seine Miene umwölkte sich. »Nein. Er ist mit Wills und Freunden mit einem Boot unterwegs.«

Und so fuhren sie an einem Freitagabend hin. Es goß in Strömen, bis auf die letzten paar Meilen, als die Sonne plötzlich herauskam und das frische nasse Grün von Feldern und Bäumen zum Glitzern brachte; die Hyazinthen in den Wäldern sahen aus wie Holzrauch am Boden. »Das ist die schönste Zeit des Jahres«, sagte sie. Sie hatte Landleben immer mit Einsamkeit und schlecht geheizten Räumen assoziiert, aber jetzt war sie mit Edward unterwegs und sollte in seine Familie aufgenommen werden. Sie durchlebte ein paar Minuten reinen Glücks.

Edward lächelte und legte ihr eine Hand aufs Knie. »Das hier ist etwas ganz anderes als damals, als ich dich zu Islas Cottage gefahren habe«, sagte er, »nicht wahr, Schatz? Etwas ganz anderes.« Er hielt in Tonbridge an und verschwendete all ihre Zuckermarken für teure Pralinen; zwei Schachteln. »Veilchen- und Rosencreme für die Duchy«, sagte er, »sie liebt dieses Zeug. Und Trüffel für uns andere.«

Sie fuhren einen Hügel hinab, mit hohen Böschungen auf beiden Seiten und Wald zur Rechten. Dann tauchte rechts ein weißes Tor auf, und sie fuhren hindurch.

Das Haus, weitläufig und ziemlich heruntergekommen, war größer, als sie erwartet hatte. Ein kleiner Mann mit O-Beinen kam ihnen entgegen, um ihr Gepäck ins Haus zu tragen.

»Guten Abend, Tonbridge. Wie geht es Mrs. Tonbridge?«

»Sie hält sich sehr gut, Sir, danke. Guten Abend, Madam.«

Sie folgten ihm durch ein weiteres Tor zur Haustür.

In der geräumigen Halle führte Edward sie direkt zur Duchy, die auf einem großen Tisch Osterglocken arrangierte. Sie begrüßte Diana freundlich: Edward hatte gesagt, seine Mutter sei fast achtzig, aber das sah man ihr nicht an, und ihre Augen – von derselben Farbe wie Edwards – hatten einen offenen und, wie Diana dachte, geradezu beunruhigend direkten und klaren Blick. »Ich glaube, Rachel hat euch in Hughs Zimmer untergebracht«, sagte sie. Diana hatte sich schon gefragt, ob man ihnen erlauben würde, in einem Zimmer zu übernachten, und war ebenso erleichtert wie überrascht.

Auf der Treppe begegneten sie Rachel. Wie ihre Mutter trug sie Blau, aber sie war größer und sehr dünn. Sie hatte einen altmodischen Herrenschnitt – heutzutage wird so was vor allem von Lesbierinnen getragen, dachte Diana.

»Liebling! Du hast dir das Haar geschnitten! Wann ist denn das passiert?«

»Es ist noch nicht lange her. Du weißt, daß ihr in Hughs Zimmer seid, ja? Wir haben Teddy und Bernadine in dein altes gesteckt.«

Sie war leicht errötet – eine verborgene Anspielung auf Villy, nahm Diana an.

»Ich freue mich sehr, daß Sie kommen konnten«, sagte Rachel; ihr Lächeln war warmherzig, ihr Blick wie der ihrer Mutter.

Diana folgte Edward bis zum Ende der Galerie, wo es zwei Türen gab und einen Flur, der nach links abzweigte.

»Da sind wir!« Das Fenster des Zimmers ging nach vorn hinaus, wo auf dem Rasen eine Schuppentanne mit Osterglocken darunter stand. »Das Bad ist den Gang entlang, zwei Treppen runter und dann links«, sagte Edward. »Und die Toilette direkt daneben.«

Sie ging zur Toilette. Unter der Badezimmertür quollen Dampfwolken hervor, und es roch nach teuren Badezusätzen. Als sie zurückkam, hörte sie Lachen aus dem Zimmer neben ihrem. Die Tür ging auf, und Rupert stand vor ihr, in weißen Shorts und Hemd. »Hallo, Diana! Du weißt nicht zufällig, ob das Bad frei ist? Ich habe gerade ein eher demütigendes Squashspiel mit Teddy hinter mir, und Zoë sagt, ich rieche wie ein ziemlich teures Pferd.«

»Jedenfalls, wie ich mir vorstelle, daß eins riechen würde«, sagte Zoë, die nun ebenfalls herauskam. »Hallo.«

Sie lächelte Diana an. Sie hatte sich ein hellgrünes Badehandtuch wie einen Sarong umgeschlungen; das Haar hing ihr auf den Rücken, und sie sah sehr schön aus. Als Diana sagte, daß offenbar jemand gerade badete, meinte Rupert: »Das ist Bernadine. Sie ist schon seit Stunden da drin.«

»Wahrscheinlich ist Teddy bei ihr.«

»Ach ja?« Er ging den Flur entlang und hämmerte an die Tür. »Bist du da drin, Teddy? Beeil dich, ich brauche ein Bad.«

»Obwohl es wahrscheinlich kein heißes Wasser mehr gibt«, sagte Zoë. »Ich hoffe, Sie wollen nicht baden.«

Nein, das wollte sie nicht.

Wieder in ihrem Zimmer, fragte sie: »Ziehen wir uns zum Abendessen um?«

»Nur ein bißchen, nicht besonders. Samstags geben wir uns mehr Mühe.« Er mischte gerade etwas Weißes in ein Glas Wasser. »Ich dachte, ich gehe auf Nummer Sicher«, meinte er, »und trinke dieses Zeug, dann brauche ich mir keine Gedanken zu machen, was ich esse und was nicht.«

Es war ziemlich kalt in dem Zimmer. Sie packte aus, zog ihr langärmeliges, petrolblaues Wollkleid an und setzte sich an den Frisiertisch, um sich zu schminken.

»Liebling, ich lasse dich jetzt allein. Sie wollen, daß ich mich um die Getränke kümmere.«

»Wo finde ich dich?«

»Im Wohnzimmer. Die Treppe runter und dann gegenüber nach links. Beeil dich.«

Während sie sich kämmte, puderte und einen diskreten Hauch blauer Wimperntusche auftrug, dachte sie, wie merkwürdig es war, tatsächlich hier zu sein, an dem Ort, an dem sie sich Edward während des Krieges an jedem Wochenende vorgestellt hatte. Als Rupert und Zoë zum Abendessen bei ihnen gewesen waren, war ihr aufgefallen, wie wenig Rupert und Edward einander ähnelten, und Zoë, von der Edward gesagt hatte, sie sei sehr hübsch, war ihr doch ziemlich leblos vorgekommen. Vorhin, in dem hellgrünen Badehandtuch, hatte sie dagegen ausgesehen wie ein Filmstar, mühelos frisch und strahlend, mit dieser wunderbaren cremefarbenen Magnolienhaut und den klaren grünen Augen. Sicher, sie selbst war Jahre älter als Zoë, und gefärbtes und dauergewelltes Haar sah nie so ganz echt aus. Sie schlang sich einen mauvefarbenen Chiffonschal locker um den Hals, um die Falten zu verbergen, und machte sich auf die Suche nach Edward.

Er stand im Wohnzimmer und unterhielt sich mit einem sehr hochgewachsenen dunkelhaarigen Mann, der sich erhob, als sie hereinkam.

»Archie, das ist Diana«, sagte Edward. »Ich habe gerade einen phantastischen Martini gemixt.«

»Wie geht es Ihnen?« Ihr fiel auf, daß er hinkte; sein Haaransatz über der hohen Stirn war ein wenig schütter und seine Lider waren sehr schwer. Er sah sie auf eine Weise an, die durchdringend und gelassen zugleich war, und sie mißtraute ihm. Aber es wurde deutlich, daß alle in der Familie ihn sehr schätzten. Die Duchy bat ihn, sich beim Essen neben sie zu setzen. Sie aßen Lammbraten, was sie an das schreckliche Hochwasser erinnerte. »Zwei Millionen Schafe sind ertrunken«, sagte Rachel. »Die Armen.«

»Ich denke nicht, daß es für sie schlimmer war, als geschlachtet zu werden«, meinte Teddy. Er saß neben Bernadine, die etwas trug, das man nur als Cocktailkleid bezeichnen konnte; eine türkisfarbene Kreation mit goldenen Paillettenbändern um Ärmel und Halsausschnitt. Immer wieder schob sie Stücke von Haut und Fett auf Teddys Teller, und er aß sie gehorsam. Zu ihrer anderen Seite saß Edward, mit dem sie auf eine abgedroschene, mädchenhafte Weise flirtete, wobei er langweilig und forsch wirkte. Sie sprachen kurz über die Gewalt und Unsicherheit in Indien: Archie sagte, es sehe so aus, als ginge es hier zur Abwechslung einmal darum, zu teilen und *nicht* zu herrschen, und Edward machte seine übliche Bemerkung darüber, was für eine verdammte Schande es sei, das Empire so schnell wie möglich aufzugeben. Aber was sei von einer solchen Regierung schon zu erwarten?

»Ich liebe unsere Regierung«, meinte Rupert. »Findet ihr es nicht auch faszinierend, daß wir, kaum daß der Krieg vorbei ist, keine dramatischen Typen wie Roosevelt und Churchill mehr haben, sondern kleine, ruhige Männer bevorzugen, die wie Bankangestellte aussehen, wie Truman und Attlee? Dadurch bekommt der Frieden so etwas bequem Mittelländisches. Ich hätte gern noch ein wenig von diesem gebratenen ertrunkenen Lamm.«

Die Duchy sagte: «Hör auf, deinen Bruder zu necken, Rupert.«

Bernadine steckte eine Zigarette in eine lange Spitze und zündete sie an. Das stieß nicht auf Wohlgefallen, und einen Augenblick später murmelte Teddy: »Wir rauchen immer erst nach dem Port.«

Bernadine zuckte die Achseln und warf ihm einen wütenden Blick zu, dann lächelte sie und zuckte abermals die Achseln, als sie die Zigarette auf dem Rand des Tellers für die Knochen ausdrückte. »Ich werde mich nie an eure britischen Sitten gewöhnen.« Also mußte sie warten und schmollte sich durch Rhabarberkuchen und Käse.

»Das war doch wunderbar, Liebling! Sie haben dich alle gemocht – das war eindeutig«, sagte Edward, als sie schlafen gingen. »Du paßt erheblich besser in die Familie als Teddys Frau.«

Sie wollte gerade sagen, daß *dazu* ja wohl nicht viel gehöre, aber dann verkniff sie sich diese Bemerkung lieber. Statt dessen sagte sie: »Es muß sehr schwer sein für sie. Ich glaube, sie hat sich gelangweilt, das arme Ding.«

»Na ja, ich nehme an, sie ist wunderbar im Bett«, antwortete er. »Und du weißt ja, wie es ist, wenn man jung ist.«

»Sie ist nicht mehr jung. Sie sieht älter aus als Zoë. Ist sie die Art Frau, die du dir in Teddys Alter ausgesucht hättest?«

»O Gott, nein! Als ich in seinem Alter war, war ich wahnsinnig in ein süßes junges Ding namens Daphne Brook-Jones verliebt – wir waren sogar verlobt, aber wir haben nicht gewagt, unseren Familien davon zu erzählen.«

»Warum denn nicht?«

»Wir wußten, daß sie dagegen sein würden«, sagte er, und sie spürte, daß er es ihr nicht genauer erklären wollte.

»Wir waren immer vor dem Frühstück in der Row reiten«, sagte er. »Und ansonsten haben wir uns auf Partys getroffen.«

»Was ist denn aus ihr geworden?«

»O, sie hat einen anderen geheiratet«, sagte er.

»Und du?«

»Ich habe Villy kennengelernt.«

Also hat er geheiratet, um sich darüber hinwegzutrösten, dachte sie, nachdem er ziemlich beiläufig mit ihr geschlafen und sich dann abgewandt hatte. Sie hatte das Gefühl, daß an dieser ersten Liebe mehr gewesen sein mußte, als sie je erfahren würde. Aber zu wissen, daß er aus diesem Grund geheiratet hatte, verlieh ihr wieder mehr Selbstsicherheit.

Das Wochenende verlief angenehm, wenn auch ereignislos. »Es ist seltsam, ohne die Kinder hier zu sein«, sagte Rachel am Sonntag morgen.

»Ich bin hier«, wandte Teddy ein, der gerade ein gewaltiges Frühstück verschlang.

»Ja, aber du bist inzwischen erwachsen.«

»Louise auch. Und Simon. Und Polly und Clary.«

»Ja. Es sind nur noch die Kleinen übrig.«

»Sie sind nicht mehr so klein – sie sind so alt wie wir damals.«

»Mir fehlen der lange Tisch in der Halle und die Mahlzeiten mit den Kindern irgendwie«, sagte Rachel. »Kannst du diese Nadel für mich einfädeln, Zoë? Ich brauche eine neue Brille – ich kann überhaupt nichts mehr sehen.«

»Selbst Lydia hält sich für erwachsen«, sagte Teddy. »O Gott, beinahe hätte ich Bernies Tablett vergessen.« Sie ziehe es vor, im Bett zu frühstücken, hatte er zuvor gesagt, und nun schaufelte er erheblich mehr als ihren Butteranteil auf den Teller, bevor er es nach oben trug. Die Duchy, sagte Rachel, die es zutiefst ablehnte, wenn jemand, der nicht zu krank war, um überhaupt irgend etwas zu essen, im Bett aß, habe erklärt, er sei persönlich dafür verantwortlich, daß das Tablett rechtzeitig wieder unten sei, damit es mit dem restlichen Frühstücksgeschirr abgeräumt werden könne.

Diana ging mit der Duchy in den Garten und ließ sich den Enzian zeigen. »Er ist nicht so schön, wie ich gehofft hatte, aber ich freue mich trotzdem darüber. Gärtnern Sie gern?«

»Ich könnte mir vorstellen, daß es mir gefällt, aber ich hatte nie einen Garten, und als ich während des Kriegs in einem Cottage gewohnt habe, hatte ich nie die Zeit.«

»Ah. Aber Sie haben drei Kinder?«

»Vier. Drei Söhne und eine Tochter.«

Die Duchy fragte nach dem Alter der Kinder, und Diana erklärte, daß die älteren beiden bei den Großeltern wohnten. »Jamie ist gerade in die Schule gekommen, also ist nur noch Susan zu Hause.«

»Und wie alt ist sie?«

»Beinahe vier.«

»Und sie ist Edwards Kind«, sagte die Duchy ruhig. Es war kaum eine Frage.

»Ja – ja, das ist sie.«

Die Duchy schwieg einen Augenblick, dann sagte sie: »Ich glaube nicht, daß Edwards Frau das weiß, und nun, da es zur Scheidung kommen wird, besteht sicher keine Notwendigkeit, das allgemein bekanntzumachen. Ich hoffe, Sie sind ebenfalls dieser Meinung?«

»Ja.«

Sie erzählte Edward nichts von dieser Unterredung.

Ein großer Teil der Gespräche drehte sich um Familienangelegenheiten. Zum Beispiel um Pollys Hochzeit. Alle schienen sich sehr darauf zu freuen, die Feier sollte im Juli stattfinden. Diana kam sich ein wenig wie eine Außenseiterin vor, weil sie als einzige in diesem Kreis Pollys Verlobten nie kennengelernt hatte. »Ein netter junger Mann«, sagte die Duchy.

»Er ist nicht gerade schön«, vertraute Bernadine ihr an, »aber sie wird einen Titel haben, und sie sagen zwar, er hätte kein Geld, aber es hört sich irgendwie nicht danach an. Sein Haus ist so groß wie ein Hotel, also kann er ja wohl nicht so knapp dran sein wie Teddy und ich.« (Die Bemerkung über Polly war bei einem ziemlich langen offenherzigen »Schwatz« gefallen, den Bernadine mit Diana über ihre Geldknappheit und den Geiz der Cazalets geführt hatte. Diana wußte, daß dahinter nur der Wunsch steckte, sie möge Edward alles weitererzählen.)

»Hugh ist so froh. Er ist seit Pollys Verlobung ein ganz anderer Mensch geworden«, sagte Rachel. »Er sieht zehn Jahre jünger aus.«

»Clary wird sie vermissen«, sagte Rupert. »Sie sind schon so lange Freundinnen. Wann kommt sie denn nun nach London zurück, Archie, weißt du das? Archie?«

Er hatte seine Pfeife am Kaminrost ausgeklopft und schien die Frage nicht gehört zu haben. »Ich denke, sie wird zurückkommen, wenn sie mit ihrem Buch fertig ist«, sagte er.

»Das Beste ist, daß sie so unglaublich verliebt sind«, rief Zoë, und Diana sah, daß Rupert ihr einen sehr liebevollen Blick zuwarf. Sie sind auch verliebt, dachte sie, wirklich verliebt. Und einen Augenblick lang beneidete sie sie.

Aber am Sonntagabend, als sie allein waren, sagte Edward: »Freu dich nicht zu sehr auf diese Hochzeit.«

»Das tue ich nicht, aber warum sagst du das? Es klingt nach einer schönen Familienfeier.«

»Ich fürchte, wir werden nicht dabeisein können.«

»Warum nicht? Jetzt habe ich alle kennengelernt, und sie scheinen mich zu akzeptieren.«

»Weil Hugh will, daß Villy kommt. Deshalb. Villy war schrecklich nett zu Sybil, als sie im Sterben lag, und Hugh hat ihr das nie vergessen.«

»O. Bedeutet das, daß er sich weiterhin weigern wird, mich kennenzulernen?«

»Das weiß ich nicht. Kann schon sein. Er kann verdammt störrisch sein. Und wir haben auch noch andere Differenzen. Es geht nicht nur um dich.«

»Da bin ich aber froh«, sagte sie.

»Ja?« Er schien gekränkt. »Das wußtest du doch.«

Selbstverständlich wußte sie das. Es ging um die Art und Weise, das Kapital einzusetzen, um Southampton und Angelegenheiten, die, obwohl er ihr davon erzählt hatte, so nervenaufreibend, unlösbar und außerdem reichlich langweilig schienen, daß sie immer wieder vergaß, wie sehr sie ihn beschäftigten. »Liebling! Es tut mir leid! Ich weiß doch, daß du dir deshalb Sorgen machst. Ich wünschte nur, ich könnte dir irgendwie helfen.«

»Schatz, das tust du doch! Ich liebe dich sehr, weißt du das?«

»Ja. Und ich liebe dich.«

Und dann, als sie nach London zurückkamen, diese schreckliche Geschichte mit John. Das Krankenhaus habe vor einer Stunde angerufen, hatte Mrs. Greenacre gesagt, aber als sie in Home Place angerufen habe, sei ihr mitgeteilt worden, daß sie schon auf dem Rückweg wären. Es gehe um Major Cresswell. Er sei im Middlesex-Krankenhaus.

»Ich bringe dich hin«, sagte Edward, und sie fuhren sofort hin, ohne auch nur im Krankenhaus anzurufen.

»Glaubst du, er hatte einen Autounfall oder so?«

»Das weiß ich nicht, Liebling. Es könnte auch einfach ein besonders schwerer Malariaanfall sein.«

»Deshalb hätten sie uns doch wohl nicht angerufen?«

»Oder ein Herzinfarkt oder so was. Es hat keinen Sinn zu rätseln, wir wissen es einfach nicht. Wir müssen einfach so schnell wie möglich hin.« Es goß wieder in Strömen, aber zum Glück war nicht viel Verkehr.

»Er hat eine Überdosis genommen«, sagte die Stationsschwester, »aber man hat ihn zum Glück rechtzeitig gefunden. Wir haben ihm den Magen ausgepumpt, und jetzt geht es ihm einigermaßen gut. Ihr Name stand in seinem Adreßbuch, also haben wir Sie selbstverständlich angerufen.«

Sie führte sie auf die Station. Er lag in einem Bett am Ende des Saals. Neben dem Bett stand ein Stuhl, und sie setzte sich darauf. John war sehr grau im Gesicht und hatte die Augen geschlossen, aber er schlug sie auf, als Diana ihn ansprach: »Johnnie! Ich bin's, Diana.«

Er wirkte immer noch betäubt. »Tut mir schrecklich leid«, sagte er. »Ich wußte nicht mehr, was ich tun sollte.« Sie nahm seine Hand. Er sah sie ernsthaft an. »Es hat keinen Zweck«, sagte er. »Ich ... ich kann nicht mal ... Ich schaffe nicht mal *das*.« Er versuchte zu lächeln, und eine Träne lief ihm über die Wange.

Sie streichelte seine Hand. »Liebster Johnnie, es ist alles in Ordnung. Ich bin bei dir.«

»Ich hab niemanden, mit dem ich reden kann, weißt du?« Wieder schloß er die Augen, und ohne sie wieder zu öffnen, fügte er hinzu: »Das war das Gute am Lager. Daran gab es dort keinen Mangel.«

»Ich denke, du solltest jetzt erst mal schlafen. Ich komme morgen wieder, und wir unterhalten uns in Ruhe.«

»Armer alter Junge«, sagte Edward. »Was für eine schreckliche Sache.«

Durch geduldiges Nachfragen erfuhr sie, daß er in seiner Stelle bei der Firma nicht viel geleistet hatte, daß sie ihm eine Arbeit sozusagen zugeschnitten hatten, daß aber selbst das irgendwie nicht funktionierte. Er hatte ständig das Gefühl, es nicht zu schaffen, und fragte immer wieder andere um Rat. Hugh hatte ihn rauswerfen wollen, und Edward hatte ihn überredet, ihm noch ein wenig länger Zeit zu lassen.

»Weißt du was? Warum sprichst du nicht mal mit Rachel darüber? Sie ist ziemlich gut, was solche Sachen angeht.«

Und genauso war es gekommen. Diana hatte sie angerufen, sie war noch am selben Tag vorbeigekommen, sie hatten sich lange unterhalten, und Rachel hatte schließlich gesagt, sie werde John besuchen. »Es klingt, als wäre er ein einsamer, armer Mensch«, hatte sie gesagt.

Diana war dankbar und erleichtert gewesen. Dann hatte sie angefangen, sich Gedanken zu machen, was aus ihm werden sollte, wenn er aus dem Krankenhaus kam, was, wie sie bei ihrem zweiten Besuch erfahren hatte, bald der Fall sein würde. Theoretisch bestand die Möglichkeit, daß er zu ihnen zog, aber ihr war bei dem Gedanken nicht so recht wohl, und obwohl sie annahm, daß Edward sich einverstanden erklären würde, wußte sie auch, daß er es nicht wirklich wollte.

Aber Rachel hatte schon alles gelöst. »Ich hoffe, du hältst es nicht für Einmischung«, sagte sie noch am selben Abend am Telefon, »aber Schwester Moore sagt, es wäre eigentlich sinnlos, wenn er noch länger im Krankenhaus bliebe, also habe ich bei einer alten Kollegin von mir einen Platz für ihn gefunden – sie ist Krankenschwester im Ruhestand und nimmt hin und wieder Leute bei sich auf, die leichte Pflege brauchen oder sich von einer Krankheit erholen müssen. Sie wohnt in Ealing, also kannst du ihn besuchen. Ich habe ihr erzählt, was los ist, und sie ist ein sehr vernünftiger Mensch. Ich bin sicher, sie wird ihm ein wenig helfen können. Und inzwischen werden wir etwas finden, das besser zu ihm paßt, als bei Cazalets in einem winzigen Büro zu sitzen und sich mit Zahlen herumzuschlagen. Ich denke, wir sollten versuchen, ihm eine Stelle bei einer Gemeinde oder Institution zu besorgen, irgendwas, wo er automatisch auch Gesellschaft hat. Schwester Moore sagt, er habe Untergewicht, und seine Nieren seien nicht die besten, also braucht er erst einmal Ruhe. Ich habe ein wenig mit ihm darüber gesprochen und ihm gesagt, daß ich ihn besuchen werde, wenn er in Ealing ist.«

Als sie versuchte, Rachel zu danken, wurde sie unterbrochen: »O nein. So etwas mache ich gern. Ich hoffe nur, du hast nicht den Eindruck, ich wollte mich in eure Angelegenheiten einmischen. Er ist ein so reizender Mensch, und er hat wirklich Besseres verdient. Es muß Hunderte von Leuten wie ihn geben, die im Krieg ernstlich verwundet worden sind, aber auf eine Art, die nicht deutlich wird, so daß sie einfach nicht genug Aufmerksamkeit bekommen.« Sie hielt inne, um Atem zu holen. »Eines hat mich traurig gemacht. Er hat mir sein Adreßbuch gegeben, weil ich einen Zahnarzttermin für ihn absagen sollte. Die einzigen Adressen darin sind die des Zahnarztes und deine.«

Der Morgen war beinahe vorüber. Als sie aufstand, um ein Bad zu nehmen, dachte sie an ihren Besuch bei Johnnie eine Woche zuvor. Zwei Wochen bei Schwester Crouchback hatten Wunder gewirkt. Er schien weniger abgehärmt und ganz allgemein weniger jämmerlich; er hatte ein wenig Farbe bekommen und sah aus, als hätte sich jemand um ihn gekümmert – Hemd und Hose waren ordentlich gebügelt, das schüttere Haar gekämmt, die

Schuhe geputzt. »Er hat Stricken gelernt«, erklärte Schwester Crouchback. »Als hätte er nie etwas anderes getan. Und er hat die Ligusterhecke wunderbar geschnitten. Ich frage mich langsam, was ich ohne ihn anfangen soll.« Und sie sah, wie John errötete, als die Schwester schloß: »Es gibt doch nichts Besseres als einen Mann im Haus, obwohl man ihnen das natürlich nicht sagen sollte.«

Was für ein Glück ich doch habe, verglichen mit Johnnie, dachte sie. Und sie legte sich in die Wanne und zählte sich die Vorteile ihres Lebens auf: ein angenehmes, großes Haus, nicht schön, aber praktisch; eine Haushälterin, die ihr all die Arbeiten ersparte, die ihr Leben so lange bestimmt hatten; vier gesunde Kinder und Edward, der seine Ehe aufgegeben hatte, um sie heiraten zu können. Was wollte sie mehr? Aber irgendwie war ihr nicht danach, diese Frage tatsächlich zu beantworten.

Vierter Teil

Louise

Frühjahr 1947

Sie saß an dem eingebauten Frisiertisch, auf dem eine flache Pappschachtel und eine große Flasche Nagellackentferner standen. In der Schachtel befanden sich fünf sehr kleine Schildkröten, deren Panzer dick mit leuchtendgrünem oder -gelbem Lack bedeckt waren. Sie hatte sie am Morgen von einem Mann gekauft, der an der Ecke Madison Avenue/42nd Street gestanden hatte, mit einem ganzen Tablett voll dieser Tierchen. Sie kosteten jeweils fünf Cents, und Louise hatte sie gekauft, um ihnen das Leben zu retten, denn mit dem lackbedeckten Panzer konnten sie nicht mehr atmen. Sie holte einen Wattebausch aus der Schublade des Frisiertischs und tränkte ihn mit Azeton. Es dauerte lange, den Lack abzureiben; die ersten Lagen lösten sich recht schnell, aber in den winzigen Rissen blieb immer noch einiges hängen. Die Schildkröte zog den Kopf zurück, was sicher gut war, denn Louise wußte nicht, wie sich die Azetondämpfe auswirken würden. Als sie alle Farbe entfernt hatte, brachte sie das Tierchen ins Bad und wusch den Panzer mit warmem Wasser und ein wenig Seife. Dann trocknete sie ihn mit ihrem Handtuch ab und goß schließlich ein wenig Mandelöl in den Deckel einer Feuchtigkeitscreme-Dose, tauchte den Finger hinein und massierte das Öl sanft in den Panzer. Dann konnte sich die Schildkröte zu den anderen gesellen, die bereits gesäubert waren und in der Badewanne hockten. Sie waren jetzt seit beinahe drei Wochen in diesem Hotel, und Louise hatte insgesamt fünfunddreißig Schildkröten vom Lack befreit.

Michael war sehr nett gewesen. Die Schildkröten mußten jeden Tag aus der Wanne genommen werden, wenn sie baden wollten, dann setzte Louise sie in eine der Schachteln von ihren diversen Kleiderkäufen. Sie fütterte sie mit kleingehacktem Salat, den sie jeden Tag zum Frühstück bestellte. »Ein grüner Salat ohne Soße.« Sie hatte vor, sie auf dem Schiff mit nach England zu nehmen und dort dem Zoo zu übergeben. Michael hatte sie darauf hingewiesen, daß der Straßenhändler immer mehr anbieten würde, je mehr sie kaufte, und obwohl sie die Logik dieses Gedankens erkannte, schaffte sie es nicht, an den jämmerlichen kleinen Geschöpfen vorbeizugehen und nichts zu tun. Außerdem konnte sie sich mit dem Säubern der Schildkröten die Zeit vertreiben.

Sie waren wegen Michaels Ausstellung in einer Galerie an der 75th Street nach New York gekommen. Die Ausstellung war ein Erfolg gewesen: Porträtzeichnungen bekannter Persönlichkeiten waren verkauft worden, und außerdem hatte Michael mehrere Aufträge für Ölporträts erhalten. Deshalb war er auch nun beinahe jeden Tag unterwegs, um wenigstens einen Teil der Aufträge auszuführen (er würde noch einmal herkommen müssen, um alle fertigzustellen). Heute malte er Mrs. Roosevelt im Auftrag einer Wohltätigkeitsorganisation, die sie unterstützte. Morgens blieb Louise bis nach dem Frühstück im Bett und stand dann sehr langsam auf. Die meiste Zeit ging es ihr nicht gut, weil das Essen so fett war. Selbst wenn sie zum Frühstück nur um ein gekochtes Ei bat, bekam sie zwei, und es kam ihr wie eine schreckliche Verschwendung vor, sie nicht beide zu essen. Und an den meisten Abenden waren sie eingeladen – zu großen Dinnerpartys, bei denen die meisten Gäste zwanzig Jahre älter waren als sie und wo enorme Mahlzeiten serviert wurden: Steaks, so groß, daß sie über den Tellerrand hingen, Fisch in fetten sahnigen Soßen, köstliche Eiskrem. All das wurde nach mindestens anderthalb Stunden des Martinitrinkens zu sich genommen, und zu ihrer Überraschung hatte Louise registriert, daß viele Männer zum Essen auch noch große Gläser Milch tranken. Unbegrenzte Buttervorräte hatten ebenfalls zu ihrer Übelkeit beigetragen. Es war so wunderbar und ungewohnt, soviel davon zu bekommen, wie sie wollte, und dazu auch noch dieses sogenannte französische Brot. Manche Salate waren einfach erstaunlich für jemanden, der nur an ein paar schlaffe Blätter Kopfsalat, eine Scheibe rote Beete und eine halbe Tomate gewöhnt war. Sie aß zum erstenmal in ihrem Leben eine

Avocado, mit Krabben gefüllt und mit einer dicken rosa Soße bedeckt. Sie aß Auberginen, die sie köstlich und von ganz und gar ungewöhnlichem Geschmack fand. Und am besten waren die Platten voller Austern und Muscheln, mit denen viele dieser Essen begannen. Die ersten zwei oder drei Tage hatte sie alles verschlungen, was ihr vorgesetzt wurde, aber danach war sie gezwungen gewesen, vorsichtiger zu sein. Ihr war immer noch ein wenig übel, und außerdem hatte sie Rückenschmerzen. Michael war unglaublich großzügig gewesen; er hatte ihr beim Einkaufen vollkommen freie Hand gelassen, und sie hatte anhand der Liste, die sie zu Hause über die Kleidergrößen all ihrer Verwandten und Freunde gemacht hatte, Geschenke für alle gekauft. Nylonstrümpfe, wunderschöne, bequeme Schuhe aus Känguruhleder, Unterwäsche, Hosen, unzählige hübsche Baumwollhemden und Kinderkleidung, mit der Sebastian mindestens für die nächsten zwei Jahre auskommen würde. Hier einzukaufen war wie ein Rausch, nichts war rationiert, was das Auswählen erheblich einfacher machte, und sie fand alles unglaublich luxuriös und billig. Sie wußte, daß ein Pfund fünf Dollar wert war, aber das Geld kam ihr irgendwie unwirklich vor, wie beim Monopoly, es zählte kaum. Sie hatte sich einen schweren Veloursmantel gekauft und einen rosafarbenen Regenmantel – und einen für Polly, mit dunkelblauen Besätzen. Es gab Ledergürtel in jeder vorstellbaren Farbe; sie hatte für jeden, der ihr nur einfallen wollte, einen gekauft. Sie hatte meterweise weiße, dünne Rohseide gekauft, für Tante Zoë und Polly und Clary und natürlich für sich selbst. Sie hatte den Mädchen gesteppte Morgenmäntel gekauft. Jeden Vormittag stolperte sie beladen mit Schachteln und Tüten zurück ins Hotel und trug die angemessenen Geschenke auf ihrer Liste ein. Sie kaufte Schlafanzüge und Hemden für Michael. Sie lief und lief, bis sie völlig erschöpft war. Die Leute waren sehr nett zu ihr. Ihr Akzent schien alle zu erstaunen. »Sprechen Sie kein Englisch?« hatte ein Busschaffner gesagt, nachdem er versucht hatte zu verstehen, wo sie hinwollte, und als sie das verneint hatte, hatte er sich köstlich amüsiert und gemeint: »Lady, Sie sind wirklich etwas ganz Besonderes.«

So war es etwa zehn Tage lang gegangen, und gelegentlich

hatte auch jemand, den sie in der Galerie oder bei einer Party kennengelernt hatte, sie auf einen Besichtigungsausflug mitgenommen: nach Radio City, auf eine Fähre nach Ellis Island, wo die Einwanderer an Land gingen und überprüft wurden, ins Frick-Museum, wo Gemälde so präsentiert wurden, daß jedes von ihnen wie ein Edelstein wirkte. Die Buchläden waren voller Bücher, die auf weißem Papier gedruckt waren – weiß wie das Brot. Es war Frühling, der Himmel war blau, die Luft belebend, und in den schmaleren Straßen, wo sie öfter unterwegs war, war es wegen der hoch aufragenden Gebäude sehr kühl. Oft aß sie in einem Drugstore eine Kleinigkeit und trank große Gläser frischen Orangensafts, was ihr wie der Gipfel des Luxus vorkam.

Ihre Cousine Angela fiel ihr erst zwei Tage vor der Heimfahrt ein. Sie hatte Angela nie sehr nahegestanden, aber dennoch dachte sie, daß sie sich einmal treffen könnten. Sie schlug die Nummer im Telefonbuch nach: Es gab seitenweise Blacks, aber schließlich fand sie den richtigen Eintrag: »Earl C. Black«, und die Adresse war Park Avenue. Louise war lange genug in New York gewesen, um zu wissen, daß das eine gute Wohngegend war.

Angela ging ans Telefon und lud sie sofort zum Essen ein.

»Heute?«

»Wenn du Zeit hast.« Die Wohnung – Louise hatte gelernt, Wohnungen »Apartments« zu nennen – befand sich in einem imponierenden Gebäude. »Nimm den Fahrstuhl zum elften Stock«, sagte Angela, als Louise klingelte. Und dann stand sie in der offenen Tür. Sie trug einen schwarzen Rock und eine rote Umstandsbluse. »Was für eine reizende Überraschung! Ja, es ist in ein paar Wochen soweit«, sagte sie, als Louise bei der Umarmung ihren Bauch berührte.

Sie führte sie in ein großes, langgezogenes Wohnzimmer, dessen Fenster alle auf eine Seite hinausgingen. Der Teppichboden war hell, an einer Wand stand eine riesige Vitrine mit blauweißem Porzellan, und am anderen Ende, über dem Kaminsims, hing ein Porträt von Angela – in einem grünen Männerhemd und mit offenem Haar, auf einem Stuhl sitzend –, das Louise irgendwie bekannt vorkam.

»Ruperts Bild«, sagte Angela, die ihrem Blick gefolgt war. »Er hat es uns zur Hochzeit geschenkt. Ich mag es nicht besonders, aber Earl ist ganz verrückt danach. Na gut.« Sie zuckte vergnügt die Schultern um anzudeuten, daß sie alles dulden würde, wonach er verrückt war. »Du siehst reizend aus, Louise.«

»Du auch. Ich hab dich nie schöner gesehen.« Und das stimmte. Angelas helle Haut schimmerte, ihr Haar glänzte. Sie trug kein Make-up, abgesehen von rosafarbenem Lippenstift.

»Es ist mir auch noch nie besser gegangen. Ich komme mir groß wie ein Haus vor, aber das scheint normal zu sein.«

Sie wollte das Neueste von der Familie hören, und Louise, die versuchte, ihr soviel wie möglich zu erzählen, merkte plötzlich, wie abgeschnitten von den anderen sie inzwischen lebte. »Du weißt sicher, daß der Brig gestorben ist«, sagte sie.

»Ja. Das hat Mummy mir geschrieben. Und Christopher arbeitet nicht mehr auf dem Bauernhof, sondern wohnt jetzt bei Nora und Richard. Wie geht es deinem Baby? Aber er ist ja gar kein Baby mehr, er muß inzwischen etwa drei sein.«

»Ja. Es geht ihm gut. Er spricht, läuft und all das.«

»Ach, ich kann es kaum erwarten! Ich muß dir unbedingt das Kinderzimmer zeigen, das ich eingerichtet habe. Earl hat mir sämtliche Entscheidungen überlassen, und ich bin gerade noch rechtzeitig fertig geworden. Wir können Geflügelsalat essen. Ich hoffe, das ist in Ordnung. Earl dachte, ich wollte vielleicht lieber mit dir allein sein«, erklärte sie, als sie in die Küche ging, um das Essen zu holen, das bereits angerichtet war. »Er läßt dich grüßen und hofft, daß New York dir gefällt.«

»Ist er nicht mehr beim Militär?«

»Schon seit einer Ewigkeit nicht mehr. Er praktiziert wieder privat.«

»Ach ja, er ist ja Arzt.«

»Er ist Psychiater. Er hat im Erdgeschoß dieses Hauses ein kleines Apartment, in dem er arbeitet. Inzwischen hat er so viele Patienten, daß er kaum mehr neue annehmen kann. Er meint, wir sind bald reich genug, ein Cottage auf dem Land zu kaufen, damit das Kind in frischer Luft aufwachsen kann. Ich hatte solches Glück, Louise!«

»Ich finde, es war schrecklich tapfer von dir, ganz allein hierherzukommen und ohne deine Familie zu heiraten.«

»Die Reise war schon komisch, das kann ich dir sagen. Die schlimmste Überfahrt, die sie je hatten, wenn man dem Kapitän glauben darf, und außer mir waren praktisch alle seekrank. Ich hab nicht eine einzige Mahlzeit verpaßt. Wir waren insgesamt vierhundert.«

»Was meinst du mit ›wir‹?«

»GI-Bräute. Nur, daß ich natürlich keine war. Ich war nur eine Verlobte. Es war eine schreckliche Überfahrt. Aber dann hat Earl mich abgeholt und hierhergebracht, und wir haben am nächsten Tag geheiratet. Es war wunderbar. Nein, ich war überhaupt nicht tapfer. Ich wußte einfach, daß ich Earl heiraten wollte. Ich wußte, daß ich ihn liebe.«

Später, als sie Louise das Kinderzimmer zeigte, sagte sie: »Ich habe es in Blau eingerichtet, weil es in Rosa ziemlich albern wäre, wenn es ein Junge würde. Ich dachte, glücklicher könnte ich nicht sein, und dann wurde ich schwanger, und es wurde noch besser. Ist es dir auch so gegangen?«

»Eigentlich nicht.«

Angela warf ihr einen kurzen Blick zu und schwieg. Sie hatte bereits nach Michael gefragt, und Louise hatte ihr erzählt, daß die Ausstellung ein Erfolg war. »Möchtest du mit Michael zum Abendessen herkommen?« fragte Angela nun, nicht ohne Zögern.

»Wir fahren in zwei Tagen zurück, und er hat schon Pläne für die letzten beiden Abende. Ich würde viel lieber zu dir kommen.«

Vielleicht, weil sie in einem fremden Land war und so kurz vor der Abreise stand, und vielleicht vor allem, weil ihr ein so großer Teil ihres Lebens so unwirklich vorkam, sagte sie schließlich: »Ich fühle mich überhaupt nicht wie du. Ich habe mein Kind damals nicht gewollt. Und ich glaube nicht, daß ich Michael liebe. Ich denke, ich muß ihn verlassen.« Und dann wurde ihr die Bedeutung dessen, was sie da gerade gesagt hatte, bewußt, und sie brach in Tränen aus.

Angela rückte näher zu ihr – sie waren wieder im Wohnzimmer –, nahm ihr die Kaffeetasse aus der zitternden Hand, nahm Louise in die Arme und hielt sie schweigend, bis sie aufgehört hatte zu weinen. »Das tut mir sehr leid«, sagte sie schließlich. »Es muß schrecklich sein – so schwierig, furchtbar. Ich wünschte, ich könnte etwas für dich tun.«

Nachdem Louise sich die Augen getrocknet hatte, fragte sie: »Möchtest du vielleicht mit Earl darüber reden? Es kann eine Hilfe sein, mit jemandem zu sprechen, der außerhalb steht. Und er ist wirklich sehr liebevoll und gut in seinem Beruf.«

»Nein. Das habe ich versucht. Du wirst es doch niemandem in der Familie verraten? Ich meine – ich weiß noch nicht, was ich tun werde. Ich muß das allein entscheiden.«

»Selbstverständlich. Aber wir bleiben in Verbindung, ja?«

Louise nickte.

Als sie Louise zur Tür brachte, sagte Angela: »Ich habe das ernst gemeint. Du könntest herkommen und bei uns wohnen.«

»Ich danke dir. Das werde ich nicht vergessen.«

Menschen werden viel netter, wenn sie glücklich sind, dachte sie, als sie mit dem Fahrstuhl nach unten fuhr. Und was bedeutet das für mich?

Sie beschloß, zu Fuß zum Hotel zu gehen, dann brauchte sie mit keinem Taxifahrer zu reden. Angelas Vorschlag, sie solle mit Earl reden, hatte schmerzliche Erinnerungen in ihr geweckt. Earl war Psychiater, genau wie Dr. Schmidt, und an ihn zu denken tat immer noch weh. Am Anfang hatte es so ausgesehen, als könnte er ihr wirklich helfen: ein alter Mann mit weißem Haar und Bart und dunkelbraunen, durchdringenden Augen mit dunklen Ringen darunter. Sie hatte ihn in seiner dunklen Erdgeschoßwohnung aufgesucht, wo er auch seine Praxis hatte. Es war kalt gewesen, und das Tageslicht, das durch die Netzvorhänge fiel, hatte wie Nebel gewirkt. Aber er hatte einen so weisen und klugen Eindruck gemacht, und er hatte ihr wirklich zugehört – eine Erfahrung, die sie ihrer Ansicht nach noch nie im Leben gemacht hatte. Sie saß auf einem ziemlich unbequemen Sessel, er saß ihr gegenüber, und zwischen ihnen stand ein kleiner, wackliger Tisch. Dr. Schmidt war nicht durch Stella in ihr Leben gekommen, obwohl sie die erste gewesen war, die diesen Vorschlag machte, sondern durch Polly und Clary, die eine österreichische Freundin hatten, die solche Leute kannte. Also hatte sie ihre Cousinen gebeten, wegen »einer Freundin« einmal nachzufragen, und Clary hatte ihr einen Seitenblick zugeworfen, aber kein Wort mehr gesagt. Kurz darauf hatte eine von ihnen angerufen und ihr Dr. Schmidts Telefonnummer und Adresse gegeben. Louise hatte Michael davon erzählt, und er hatte sich offenbar gefreut. »Gute Idee«, hatte er gesagt. »Das könnte dir helfen, besser zurechtzukommen, Liebling.«

»Und wenn er mit dir sprechen will?« fragte sie.

»O, das kann ich mir nicht vorstellen. Das halte ich für sehr unwahrscheinlich.«

Sie rief an.

»Und wie haben Sie von mir gehört?« fragte Dr. Schmidt.

Sie erwähnte die österreichische Freundin.

»Ach so! Eine gute Freundin von mir.« Seine Stimme mit dem ausländischen Tonfall klang freundlich. Sie machte einen Termin aus.

Zuerst hatte sie nicht gewußt, was sie sagen sollte, hatte dagesessen, die Hände im Schoß verschränkt und über seine Schulter weggesehen. »Sie sind nervös«, hatte er festgestellt. »Das ist ganz natürlich. Immerhin kennen Sie mich nicht.«

»Ich weiß nicht, wo ich anfangen soll.«

»Irgendwo. Erzählen Sie mir, was Sie von Ihrem Leben halten.«

Danach war es ihr ziemlich leicht gefallen, ihm vieles zu erzählen. Anfangs hatte sie so große Angst gehabt, er würde sie für wertlos und schlecht halten, daß sie zu allem, was sie sagte, gleich die Beurteilung mitlieferte, um ihm zuvorzukommen; zum Beispiel sagte sie: »Sie sehen also, ich wollte nicht mal ein Kind haben, als die Gefahr bestand, daß Michael im Krieg umkommen könnte.« Und über ihre Affäre mit Rory: »Sie sehen also, ich war etwa zwei Jahre nach der Hochzeit schon untreu.« Hektisch ratterte sie ihre Verfehlungen herunter, nicht unbedingt in chronologischer Reihenfolge, sondern eher nach dem Ausmaß sortiert. Sie beobachtete ihn, wartete auf eine Reaktion, aber nichts in seiner aufmerksam interessierten Miene veränderte sich. Zweimal in der Woche ging sie jeweils für eine Stunde zu ihm, und nach den ersten zwei oder drei Sitzungen begann sie sich auf den

Augenblick zu freuen, in dem er endlich sein Urteil über ihr Leben verkünden und ihr sagen würde, was sie tun sollte. Aber das geschah nicht: Hin und wieder stellte er eine Frage, und das war alles. Nach und nach brachte sie das immer mehr auf, und als er nach etwa sechs Wochen – ganz unerwartet und ohne Zusammenhang mit irgend etwas von dem, was sie gesagt hatte – nach ihrem Verhältnis zu ihrem Vater fragte, verlor sie die Nerven: »Warum stellen Sie immer nur Fragen? Warum sagen Sie mir nicht einfach, was ich tun soll? Es ist mir gleich, ob Sie der Ansicht sind, daß ich mich schlecht benommen habe – das weiß ich sowieso –, aber warum sagen Sie nicht, was Sie denken?«

Er sah sie lange Zeit schweigend an. Dann lächelte er: »Ich bin nicht hier, um ein Urteil über Sie zu fällen«, sagte er. »In Ihrem Leben scheint es schon genug selbsternannte Richter zu geben, angefangen mit Ihnen selbst. Ich werde mich nicht auch noch dazugesellen.«

»Was – was machen Sie denn dann?«

»Ich bin hier, um Ihnen zuzuhören, damit Sie sozusagen Inventur in Ihrem Kopf machen können. Wenn ich sagen würde, das ist gut und jenes ist schlecht, würde es Ihnen sehr schwerfallen, alles auszusprechen. Ich glaube, das fällt Ihnen ohnehin schon schwer genug.«

»Ja?« Langsam wurde ihr das Ganze unheimlich.

»Ich glaube, Sie haben mir noch nicht erzählt, was Sie am unglücklichsten gemacht, was Sie am meisten verstört hat.«

»Nein.«

»Tief atmen«, sagte er. »Das wird Ihnen guttun.«

Sie holte tief Luft. »Ich habe es Ihnen nicht erzählt – ich habe es niemandem erzählt. Ein einziger Mensch weiß, daß es passiert ist, aber ich habe ihr nichts gesagt, wie es war, weil ich es einfach nicht aushalten konnte. Es hat mich so lange Zeit unglücklich und traurig gemacht, und dann, am Ende, hatte ich das Gefühl, daß ein Teil von mir gestorben war, als könnte ich beim Gedanken daran nichts mehr empfinden – und auch sonst nicht mehr viel.« Sie spürte, wie sich ihr die Kehle zuschnürte, und sie schluckte. »Es war schrecklich! Furchtbar! Und ich habe ihn so geliebt.«

»Es ist ganz natürlich, daß man seinen Vater liebt.«

»Mein Vater? Ich spreche nicht von meinem Vater! Nein! Ich spreche von einem Mann namens Hugo. Ich habe Ihnen von Rory erzählt, der eigentlich unwichtig war, aber nicht von Hugo.«

Sie erzählte ihm alles. Jede Einzelheit, an die sie sich erinnern konnte, und als sie bei den letzten Minuten war, die sie mit ihm verbracht hatte, kamen ihr die Tränen, aber sie erzählte auch noch von ihrem Aufenthalt in Holyhead und der Tatsache, daß Michael Hugos Brief verbrannt hatte, und von dem Essen in Hatton, Monate später, bei dem sie von Hugos Tod erfahren hatte, weil jemand ihn beiläufig erwähnte. Dann brach sie vollkommen zusammen und schluchzte, bis sie keine Tränen mehr hatte. Er sagte, sie müsse jetzt gehen, aber sie könne noch eine Weile im Nebenzimmer sitzen, bis sie sich gefaßt habe. »Wenn Sie das wollen.« Sie setzte sich in ein noch dunkleres Zimmer mit einem Diwan und einem Schrank mit einem langen Spiegel in einer der Türen und einem offenen, leeren Geigenkasten auf dem Tisch. Nach wenigen Minuten wußte sie, daß sie dort nicht bleiben wollte, und ging. Sie fühlte sich leicht und ausgetrocknet und ruhig.

Als sie das nächstemal hinging, bat er sie, ihr mehr von dieser Hugo-Geschichte, wie er sie nannte, zu erzählen. Sie wollte nicht – sie hatte das Gefühl, ihm schon alles gesagt zu haben –, aber er meinte, diesmal wolle er wissen, wie sie sich in den verschiedenen Situationen gefühlt habe. Sie kamen nicht weiter. Sie schmollte und schwieg bis zum Ende der Sitzung. Beim nächstenmal fragte sie ihn, was er denn um Himmels willen noch wissen wolle, und er sagte: »Alles, was ich nicht weiß.«

»Oder«, fügte er hinzu, als sie nicht reagierte, »Dinge, die Sie mir vielleicht erzählt haben, die ich aber nicht verstanden habe.«

Also ging sie alles noch einmal durch. Ihr kamen zwar hin und wieder die Tränen, aber sie brach nicht mehr zusammen. Als es darum ging, wie Michael Hugos einzigen Brief an sie vernichtet hatte, war sie weniger traurig als wütend auf Michael. Danach war sie erleichtert und Dr. Schmidt sehr dankbar. Sie hielt ihn für den vertrauenswürdigsten, intelligentesten und weisesten Menschen, dem sie je begegnet war. Es war unglaublich, jemanden zu haben, dem man alles sagen konnte, und zu *wissen*, daß man ihm vertrauen konnte. Inzwischen wußte er Dinge über sie, von denen sie immer geglaubt hatte, daß sie sie nie einem anderen Menschen würde anvertrauen können. Zum Beispiel, daß es mit Michael im Bett nie funktioniert hatte. »Und mit Rory?« hatte er gefragt. »Ach, Rory«, hatte sie geantwortet. »Die meisten Leute sind nicht so, oder? Wie ich, meine ich.«

»Wenn Sie sagen, die meisten Leute, dann gehen Sie davon aus, daß sie zu ihnen gehören sollten. Warum glauben Sie das?«

»Es würde alles viel einfacher machen, denke ich.«

»Ach so. Aber manchmal sind wir nicht wie die meisten Menschen. Und was dann?«

»Das weiß *ich* doch nicht. Ich habe das Gefühl, Sie stellen mir immer Fragen, zu denen Sie die Antworten längst kennen. Ich verstehe nicht, was das soll.«

Er sah sie ruhig an. Die Haut unter seinen Augen erinnerte sie an die Haut dunkler Trauben. »Selbstverständlich weiß ich warum. Sie wollen, daß ich die Antworten herausfinde ...«

Eines Tages sagte sie ihm, daß sie nach New York fahren würde – für ein paar Wochen, sie wußte nicht genau, wie lange. Dazu sagte er nichts; er schien abgelenkt. Am Ende der Sitzung fragte er, ob sie vielleicht zu einer anderen Zeit kommen könne, um fünf statt um drei? Das war ihr gleich. Mittlerweile merkte sie, wann ihre Stunde um war, weil es dann an der Tür klingelte und er hinging und den nächsten Patienten in das kleine Hinterzimmer führte, wo er wartete, bis sie gegangen war. Nie war sie einem anderen Patienten begegnet.

Als sie das nächstemal hinkam, fiel ihr auf, daß er einen anderen Anzug und eine Fliege trug. Der Tisch, der für gewöhnlich zwischen ihnen stand, war an einen anderen Platz gerückt worden und war mit einer bestickten Decke bedeckt, auf der ein Teller mit zwei Stücken Kuchen und zwei Weingläsern standen.

»Erwarten Sie Gäste?« fragte sie; irgendwie freute sie sich über diese Hinweise darauf, daß er so etwas wie ein Privatleben hatte.

Er lächelte. »Wir werden sehen.«

Als er sich auf sie stürzte, geschah das ohne jede Vorwarnung. Einen Augenblick saß er ihr noch gegenüber, den Kopf ein wenig zwischen die Schultern gezogen, und im nächsten lag er auf den Knien, umschloß sie mit überraschend kräftigen Armen, faßte sie im Nacken und zog ihren Kopf auf den seinen zu, bis sein Mund ihre Wange berührte und sich seitwärts und abwärts bewegte, bis er ihren Mund erreichte. Sie war so erschrocken, daß sie – für die scheinbar endlose Zeit, die diese Manöver dauerten – wie erstarrt war, aber als er seinen Mund auf ihren drückte, begann sie, sich zur Wehr zu setzen; sie versuchte ihn mit den Händen wegzuschieben, weil er ihre Oberarme gepackt hielt, biß die Zähne zusammen, um seine Zunge abzuwehren, und senkte schließlich den Kopf, um ihn mit der Stirn ins Gesicht zu stoßen. Da endlich wich er zurück, und sie bekam ihre Arme frei und konnte ihn so fest von sich stoßen, daß er seitlich auf den Boden fiel. Sie stand auf, und er versuchte ebenfalls mühsam, auf die Beine zu kommen.

»Warten Sie«, sagte er. »Sie verstehen das nicht. Ich bete Sie an ...«

»Ich *hasse* Sie!« wollte sie schreien, aber wie in einem Alptraum brachte sie keinen Ton heraus.

Ohne Mantel und Tasche lief sie aus dem Zimmer, den Flur entlang zur Haustür und die Treppe zur Straße hinab. Sie rannte die ganze Straße entlang bis zur Ecke, wo sie stehenblieb um zu sehen, ob er ihr folgte – aber das tat er nicht. Sie lief um die Ecke und immer weiter, und als sie die Hauptstraße am Park erreichte, merkte sie, daß sie kein Geld für einen Bus oder ein Taxi hatte. Es war spät, und der Park würde bald schließen. Sie lehnte sich gegen einen Geländerpfosten, um Atem zu holen, und wieder bekam sie Angst, daß er sie verfolgen könnte, also hielt sie das erste leere Taxi an, das sie erblickte. Irgendwer zu Hause würde ihr das Geld geben, das war ihr letzter zusammenhängender Gedanke. Als sie nach Hause kam, rief sie nach Nannie, die ihr das Geld für das Taxi gab und dann erklärte, Mummy sehe aber wirklich müde aus, und sie solle im Kinderzimmer eine schöne Tasse Tee mit ihnen trinken. »Sebastian würde das sicher gefallen.«

»Tut mir leid, mir ist nicht gut. Kann sein, daß ich etwas ausbrüte. Ich möchte einfach nur noch schlafen.« Michael war noch nicht aus dem Atelier zurück; sie warf sich aufs Bett und blieb einfach liegen, während es draußen dunkel wurde.

Sie hatte Dr. Schmidt nie wiedergesehen. Am nächsten Tag wurden ihr Mantel und ihre Handtasche gebracht, von einem jungen Mann, den sie nicht kannte, der sich aber als Hans Schmidt vorstellte. »Mein Vater hat mich gebeten, Ihnen das vorbeizubringen«, sagte er. Sie nahm die Sachen ohne ein Wort entgegen und schloß die Tür.

Als Michael fragte, wie sie mit Dr. Schmidt zurechtkäme, erklärte sie, sie könne ihn nicht leiden und werde nicht mehr hingehen. Er nahm diese Nachricht mit einer gewissen müden Duldsamkeit entgegen: Sie war so launisch, sie würde nie bei einer Sache bleiben.

Seitdem hatte sie eine Reihe von Alpträumen von Dr. Schmidt gehabt, allesamt Variationen über dasselbe Thema, so daß es in jedem Traum einen neuen Schreckmoment gab. Sie war mit etwas vollkommen Banalem beschäftigt, und plötzlich tauchte er vor ihr auf und kam auf sie zu. Einmal fuhr sie auf einer Rolltreppe abwärts und sah ihn auf der Seite, die nach oben führte: Er beobachtete sie mit seinen dunklen Augen. Als er auf gleicher Höhe mit ihr war, schien er zu verschwinden, aber dann drehte sich der Mann auf der Stufe unter ihr zu ihr um – und es war er. Ein anderes Mal lief sie ihm durch eine Reihe von Zimmern davon, und als sie die Tür, die aus dem Haus führte, aufriß, stand er davor. Diese Alpträume endeten immer damit, daß sie versuchte zu schreien und merkte, daß sie keinen Ton herausbrachte. Sie hielten den ganzen Winter über an, wurden allerdings nach und nach seltener. Jetzt erinnerte sie sich, wie sie sich den ganzen Winter über bei Dinnerpartys, zu denen sie und Michael eingeladen waren, immer wieder an dem abwechselnd mit Männern und Frauen besetzten Tisch umgesehen und sich gefragt hatte, ob diese Männer, wenn sie mit einer Frau allein waren, sich ähnlich verhielten wie Dr. Schmidt. Wenn das der Fall sein sollte, würde sie eine Möglichkeit finden müssen, damit umzugehen. Zum Beispiel konnte sie versuchen, so schrecklich auszusehen und sich so unangenehm aufzuführen, daß kein Mann jemals auch nur mit ihr sprechen mochte, aber diese Lösung hatte einen ernstzunehmenden Nachteil. Sie kam sich so wertlos und schuldbeladen vor – wegen Sebastian und auch wegen Michael –, daß sie sich überhaupt nur dann besser fühlte, wenn irgend jemand sie bewunderte. Sie wußte, daß die meisten sie schön fanden, und obwohl sie anderer Meinung war (sie hielt sich für zu knochig und ansonsten für langweilig), stützte sie sich irgendwie auf selbst unwichtige, beiläufige Bemerkungen, die ihr wenigstens hin und wieder ein gewisses Selbstwertgefühl gaben. Es hieß auch, sie sei intelligent – was sie für ebenso unbegründet hielt –, aber dennoch, wenn jemand sich darüber ausließ, half ihr auch das ein wenig. Sie konnte es sich also kaum leisten, darauf zu verzichten, und damit schien es ihr unmöglich, mit ihrem Problem zurechtzukommen.

In diesem Winter war sie einsam gewesen: Stella hatte endlich einen Job bei einer Londoner Zeitung gefunden, und die hatte sie sofort als Auslandskorrespondentin eingesetzt, was bedeutete, daß sie nur selten in London war, und immer nur für kurze Zeit.

Manchmal besuchte sie Polly in ihrer Wohnung, aber Clary war kaum jemals dort, und wenn, war sie kaum ansprechbar. Polly allerdings war immer noch dieselbe, was irgendwie tröstlich war. Manchmal beneidete Louise Polly: Sie hatte ihre eigene Wohnung, eine Arbeit, bei der sie hinreichend ernst genommen wurde, um damit Geld zu verdienen, und sie konnte selbst bestimmen, wie sie ihre Freizeit verbrachte. Alle Anstrengungen Louises, eine Stelle zu bekommen, hatten zu wenig oder zu gar nichts geführt: Sie hatte an einer Amateurlesung eines kommunistischen Theaterstücks in Ealing teilgenommen, ein paar kleine Rollen in Hörspielen gehabt und dreimal für Theaterrollen vorgesprochen, die sie nicht bekommen hatte. Beim Film gab es offenbar nichts mehr für sie zu tun, und sie hatte aufgehört, sich danach zu erkundigen.

Das erste Weihnachtsfest nach dem Krieg hatten sie in Hatton verbracht. Louise wäre viel lieber zu Hause geblieben, aber Michael war nicht zu erweichen gewesen, und da sie wußte – obwohl er es nie ausgesprochen hatte –, daß er es ihr übelnahm, daß sie nicht mehr zu Dr. Schmidt ging, hatte sie nicht gewagt, es auf einen Streit ankommen zu lassen.

Nach drei Wochen ununterbrochener Mißbilligung, weil sie rauchte, Alkohol trank, nicht schwanger und eine schlechte Mutter war – alles Volltreffer, wie sie bedrückt feststellte –, kehrten sie nach London zurück, und sie nahm ihren normalen Alltag wieder auf, der darin bestand, sich Mahlzeiten auszudenken, die Mrs. Alsop dann zubereitete, an Nannies freiem Tag etwas mit Sebastian zu unternehmen und hin und wieder allein zu den Orten zu gehen, die sie mit Hugo aufgesucht hatte. Eines Tages entdeckte sie in Portobello, im Fenster des Ladens, wo sie den Pembroke-Tisch gefunden hatten, ein Stück rot und cremefarben gestreifter Seide, das über einen mit Einlegearbeiten verzierten Tisch drapiert war. Es sei ein Rest eines Vorhangs, sagte der Mann im Laden, ein wenig ausgefranst an den Kanten, aber schönes Material. Er wollte drei Pfund dafür, und sie kaufte es, weil die Streifen ihr gefielen. Die roten Teile, warm und trotzdem leuchtend, waren Satin, die cremefarbenen Streifen Taftmoiré. Sie brachte den Stoff zum Schneider, der erklärte, es sei so eben möglich, ein Kleid daraus zu nähen, wenn der Rock möglichst gerade geschnitten würde und sie sich ein Mieder mit schmalen Trägern vorstellen könne. Es wurde ein romantisches Kleid, das vage an die Regency-Zeit erinnerte, und die erste Gelegenheit, es zu tragen, war eine Dinnerparty, die Michael gab und zu der er unter anderem seine Mutter, seinen Stiefvater und einen bekannten Dirigenten eingeladen hatte, der einer von Sebastians Paten war. Letzterer bestand darauf, daß Louise ihm sein Patenkind zeigte. »Er schläft längst«, sagte sie, als sie die Treppe zum Kinderzimmer hinaufgingen.

Sebastian schlief. Gemeinsam betrachteten sie ihn, wie er in seinem Bett lag, im Schein des Lichts, das durch die offene Tür hereinfiel. Louise drehte sich um und spürte, wie der Dirigent ihr die Hand auf die Schulter legte und versuchte, den Träger des Kleids herunterzustreifen. Als sie zurückwich, riß der Träger; sie starrte ihn an und hielt das Kleid über ihrer Brust fest. Er versuchte immer noch, sie anzufassen. »Du bist ein so verdammt attraktives Mädchen«, als sie sich zur Flucht wandte und ins Spielzimmer stürzte, wo sie Nannie dazu brachte, den Träger wieder anzunähen. Dieser Vorfall erwies sich als nützlich, denn nun wußte sie, daß sie auf so etwas nicht nur mit Panik, sondern auch mit Zorn reagieren konnte. Den ganzen Abend lang beobachtete sie diesen Mann – sein öliges schwarzes Haar, das er mit großer Wahrscheinlichkeit färbte, seine lächerlichen Hände, die groß und knotig waren wie die eines Ungeheuers, seine polierte Heuchelei, »Was für einen kleinen Engel ich doch zum Patenkind habe!«, und andere widerwärtige Bemerkungen, die er mit Zee austauschte, die Art, wie er immer wieder scheinbar teilnahmslos den Blick über sie gleiten ließ.

Und dann die Party für Angela ... und als sie daran dachte, wurde ihr noch einmal bewußt, wie sehr Angela sich verändert hatte. Damals war sie dünn gewesen, bleich, mit Wimperntusche und verblüffend roten Lippen, sehr kühl, wenn man ihr gratulierte, und sie hatte kaum gelächelt oder etwas gesagt. Jetzt war sie insgesamt greifbarer geworden: runder, weicher und von spontaner Herzlichkeit. Vielleicht gibt es ja wirklich glückliche Ehen, dachte sie. Selbstverständlich mußte das so sein: Es war nur ihre Schuld, daß ihre eigene Ehe ein Mißerfolg war.

Inzwischen war sie an der Straßenecke angelangt, wo der Mann mit den Schildkröten saß. Sie hatte Michael versprochen, keine mehr zu kaufen; er meinte, es paßten keine mehr in die Schachtel, in der sie sie mitnehmen wollte. Er war so nett gewesen, was die Schildkröten anging, daß sie glaubte, sich an dieses Versprechen halten zu müssen. Und wenn sie jetzt zum Beispiel drei kaufte, würden immer noch ein Dutzend übrigbleiben, und morgen würden es wieder mehr sein. Also blieb sie auf der anderen Straßenseite.

Michael war bereits im Hotel. »Wo hast du denn gesteckt?«

»Bei Angela – meiner Cousine. Ich habe mit ihr zu Mittag gegessen.«

»Aber jetzt ist es fast fünf!«

»Ich bin zu Fuß zurückgekommen. Es war ein ziemlich langer Weg. Und was macht das schon? Vor acht gehen wir doch nicht aus.«

»Das tun wir sehr wohl. Wir werden mit Aminie und Arthur Kesterman einen Aperitif trinken – du weißt schon, wir haben sie bei den Ameses kennengelernt.« Das wußte sie nicht, aber es schien sinnlos, das zu erwähnen. »Also solltest du dich lieber gleich umziehen. O verdammt! Da wollte vor dem Abendessen jemand kommen, um uns zu fotografieren. Wir werden ein wenig früher wieder hiersein müssen oder uns bei den Kestermans mit ihm treffen.«

»Wieso sollte uns jemand fotografieren wollen?«

»Na ja«, meinte er. Er band sich gerade die Smokingschleife. »Weil wir so schrecklich berühmt sind.«

»*Du* bist berühmt. Ich nicht.«

»Du bist auch berühmt – weil du meine Frau bist.« Er sah sie im Frisierspiegel an. »Jedenfalls wünschte ich mir, daß du *mehr* meine Frau wärst, als du offenbar sein möchtest. Hast du darüber einmal nachgedacht?«

»Worüber?« fragte sie dümmlich.

»Darüber, mit mir zu schlafen, Liebling. Weißt du, es ist ziemlich schwer, in deiner Nähe zu leben, von allen Seiten zu hören, wie hinreißend du bist, und zu spüren, daß du mich nicht willst.«

»Ich nehme an, es ist ... es tut mir leid.« Es machte sie störrisch und nervös, daß er dieses Thema gerade jetzt ansprach, als sie sich auszog. »Ich denke, ich sollte ein Bad nehmen.«

»Dafür ist keine Zeit mehr. Wir müssen in einer Dreiviertelstunde dort sein, und du weißt, wie lange es dauert, die ganzen Schildkröten da rauszuholen.«

Also badete sie nicht. Sie zog das Kleid an, das er für sie auswählte – er war sehr geschickt, wenn es darum ging, die richtige Kleidung für einen bestimmten Anlaß auszusuchen. Ihr kamen all diese Einladungen gleich vor, aber er behauptete, es gebe Unmengen feiner Unterschiede.

Es war ein langer Abend, und am Ende war Louise ein wenig betrunken. Ihre Unfähigkeit, sich neue Antworten auf Fragen auszudenken, die sie schon seit drei Wochen beantwortete – »Wie gefällt Ihnen New York?« – »Wie ist es, mit einem so berühmten und charmanten Mann verheiratet zu sein?« – »Wie viele Kinder haben Sie?«, gefolgt von »Wahrscheinlich fehlt er ihnen schrecklich!« –, hatte bewirkt, daß sie schon vor dem Essen zu viel trank und dann gar nichts mehr essen wollte.

Auch Michael hatte eine ganze Menge getrunken. Sie kamen

erst nach eins ins Hotel zurück, und als sie sich auszogen, sagte er: »Vergiß das Nachthemd, ich werde jetzt mit dir schlafen.«

Das ist mir gleich, dachte sie, als es vorbei war und er sich von ihr abgewandt hatte, es war mir sogar gleich, daß ich es nicht mochte; ich habe überhaupt nichts gespürt. Das war zweifellos ein Schritt in die richtige Richtung. Einfach nichts mehr darauf zu geben, egal, was geschah.

Auf dem Schiff nach England geschah das gleiche noch ein paarmal – mit demselben Ergebnis.

In Southampton holte Zee sie ab, Sebastian und Nannie waren bei ihr. Zee und ihr Chauffeur fuhren mit Michael nach London, und Louise, Nannie und Sebastian nahmen den Zug. »Das macht dir doch nichts aus, Liebling?« sagte Michael. »Mummy hat mich so lange nicht gesehen, sie möchte mich einen Augenblick für sich allein haben.«

Es war ihr gleich.

Sie kehrten an den Edwardes Square zurück. Stella war immer noch weg, Polly würde heiraten, und Mrs. Alsop kündigte am Morgen nach ihrer Rückkehr. »Es gibt Leute in diesem Haus, Madam, die glauben, man müsse sie ununterbrochen bedienen.« Da sie die letzten Wochen mit Nannie und Sebastian allein gewesen war, gab es keinerlei Zweifel daran, wen sie meinte. Nachdem Mrs. Alsop das Schlafzimmer – Louise war noch mitten im Auspacken – verlassen hatte, eindeutig enttäuscht, daß ihre Bombe nicht mit größerem Getöse geplatzt war, verbrachte Louise den Rest des Morgens damit, die Geschenke zu sortieren, die sie aus New York mitgebracht hatte. Als Michael gegen Mittag anrief und sagte, daß er am Abend nicht heimkommen würde, beschloß sie, die Geschenke für Polly und Clary in die Blandford Street zu bringen.

Zu ihrer Überraschung öffnete Neville die Tür. Er trug eine Schlafanzugjacke, und die Hälfte seines Gesichts war von Rasierschaum bedeckt. »Hallo, Louise«, sagte er. »Polly telefoniert, wie immer, also hat sie mich gebeten, die Tür aufzumachen. Ich verbringe die Ferien hier«, fuhr er fort, als sie die Treppe hinaufgingen. Inzwischen überragte er sie – er mußte über einsachtzig groß sein –, aber ansonsten sah er mit seinem wirren Haar und den abstehenden Ohren aus wie immer. »Erzähl mir was, solange ich mich rasiere«, sagte er, als sie an der offenen Badezimmertür angekommen waren. »Wenn du dich setzen willst, mußt du mit der Treppe vorliebnehmen. Poll kann es nicht ausstehen, wenn sie beim Telefonieren mit ihrem Lord gestört wird.«

»Wieso rasierst du dich um diese Tageszeit?«

»Ich bin schon fast auf dem Weg zur Arbeit. Und es ist ohnehin gleich, wann ich es tue. Ich weiß jetzt schon, daß es mich für den Rest meines Lebens schrecklich langweilen wird. Ich hatte daran gedacht, mir einen Bart wachsen zu lassen, aber so etwas wird in Stowe nur beim Kunstlehrer geduldet.«

Kurz darauf schnitt er sich. »Wenn ich es erst jeden Tag tun muß, wird mein Gesicht bald aussehen wie eine Eisenbahnkreuzung«, beschwerte er sich.

»Was arbeitest du denn?«

»Ich spüle Geschirr, im Savoy. Es ist todlangweilig, aber ich bekomme eine Mahlzeit umsonst, und sie zahlen bar. Ich spare, weil ich nach Griechenland will und in die Türkei und so.«

»Willst du allein fahren?« Das kam ihr unglaublich abenteuerlich vor.

»Nein, mit zwei Freunden, Quentin und Alex. Quentins Vater hat in der Botschaft in Athen gearbeitet, also kann er recht gut Griechisch. Wir kaufen einem Mann in Bletchley ein Oldsmobile ab. Ein ziemlich alter Wagen, aber der Mann sagt, es ist das erstaunlichste Auto, das er je in seiner Werkstatt hatte. Er will nur achtundneunzig Pfund dafür. Also spüle ich.« Er wischte sich die Schaumspuren aus dem Gesicht und trocknete es mit einem Geschirrtuch ab. »Was hältst du denn davon, daß Polly einen Lord heiratet?« fragte er.

»Ich habe ihn noch nicht kennengelernt. Magst du ihn?«

Er zuckte die Achseln. »Scheint ganz in Ordnung zu sein. Polly findet ihn natürlich superwunderbar. Das denken Leute wohl immer, bevor sie andere Leute heiraten. Es fällt ihnen offenbar überhaupt nicht auf, daß diese Leute genau wie alle anderen sind. Ich glaube nicht, daß ich mal heiraten werde. Aber an Pollys Stelle würde ich es schon tun, weil ich gern mal zu einer Krönung gehen würde. Obwohl ich annehme, wenn die nächste stattfindet, wird sie so alt sein, daß es ihr keinen Spaß mehr macht. Und es gibt niemanden auf der Welt, den *ich* heiraten könnte, um eingeladen zu werden.«

»Wieso willst du denn zu einer Krönung?«

»Einerseits wegen der Trompeten. Sie haben immer phantastische Trompeten und so, das habe ich gehört – der Mann, bei dem ich Trompetenunterricht habe, sagte das. Und andererseits wegen der Kostüme. Pelze, weißt du, und Samt und die ganzen Kronen. Ich denke, ich sehne mich nach unerreichbaren Erlebnissen – diejenigen, die für mich erreichbar sind, sind beinahe alle so langweilig, daß man es kaum beschreiben kann.«

»Was möchtest du denn später mal machen?«

»Machen? Überhaupt nichts. Na ja, ich möchte zur Uni, weil ich dadurch zumindest noch für ein paar Jahre dem Militärdienst entgehe, und bis ich in Cambridge oder wo auch immer fertig bin, gibt es vielleicht keinen mehr. Quentin meint, es besteht eine gewisse Chance. Simon kann es nicht ausstehen. Er ist bei der Luftwaffe, und er sagt, die Offiziere *verschimmeln* in ihren Badewannen.«

Er zog die Schlafanzugjacke aus – darunter trug er ein Hemd.

»Jetzt ist sie fertig mit Telefonieren, und ich bin fertig mit Rasieren. Du könntest mir nicht zufällig Sixpence für den Bus vorstrecken? Ich hab kein Geld mehr.«

»Du änderst dich nie«, sagte sie, als sie ihm das Geld gab. »Zumindest nicht, was Geld angeht.«

»Nein, dazu besteht auch kein Grund. Und ich war schon mein Leben lang pleite.«

»Schnorrt er schon wieder?« Polly war lautlos die Treppe heruntergekommen und beugte sich nun vor, um Louise einen Kuß zu geben. »Wenn er auch nur die geringste Gelegenheit gehabt hätte, hätte er mich auch noch um das Geld für den Bus angeschnorrt, und dann hätte er sich dafür etwas zu essen gekauft.«

»Stimmt. Ich sehe, ich bin durchschaut.« Er lächelte mit plötzlichem, betörendem Charme, ließ die Schlafanzugjacke achtlos auf den Boden fallen und ging.

»Komm rauf. Tut mir leid, daß ich gerade telefoniert habe.«

Sie sah ganz besonders hübsch aus, selbst in ihrem ältesten

blauen Pullover, dessen Ellbogen in einem helleren Blau gestopft waren, und dem verknitterten blauen Samtband, mit dem sie ihr rötliches Haar zurückgebunden hatte. Den ganzen Abend lang glühte sie: Es war, als schimmerte die Sonne aus ihr heraus. »Ich hatte nicht die geringste Ahnung, daß man sich so fühlen kann«, sagte sie, »so als würde der Rest meines Lebens ein Abenteuer voller Zauber sein. Ich bin so froh, daß ich ihn kennengelernt habe – beinahe wäre es gar nicht dazu gekommen.«

Irgendwann fragte Louise, ob sie denn *sicher* sei, absolut sicher, und Polly antwortete feierlich: »O ja. Das sind wir beide. Wir empfinden beide gleich.«

Sie zeigte Louise ihre Kleider. »Und das beste ist – aber ich habe es noch nicht – mein New-Look-Kostüm für nach der Trauung. Jemand in Paris hat damit angefangen. Es ist das absolute Gegenteil von diesen langweiligen praktischen Kriegskleidern. Ein riesig weiter Rock, eine enge Taille und wunderbare runde Schultern. Baumwolle – ein grünliches Pfauenblau mit schwarzen geflochtenen Besätzen an der Jacke. Du solltest dir auch so eins nähen lassen, Louise, es würde dir wunderbar stehen.«

Später sagte sie: »Weißt du, wie es ist, wenn man bei jemandem ganz aufgeregt ist und gleichzeitig ein vollkommen vertrautes Gefühl hat? So ist es mit Gerald.« Und dann fügte sie beinahe schüchtern hinzu: »Geht es dir auch so? Oder war es so, als du verlobt warst?«

»Ich kann mich nicht mehr erinnern. Wahrscheinlich. Ich weiß es nicht.«

»Erzähl mir von New York. War es schön?«

Sie versuchte, sich zu erinnern, wie es gewesen war, und versagte. »Es war … es war selbstverständlich ganz anders. Sauber und glitzernd, massenweise Essen und Läden, in denen es alles gibt.« Während sie sprach, wurde ihr mit einem Anflug von Panik klar, daß sich ihr nichts sonderlich eingeprägt hatte, daß ihr die ganze Reise trüb und unwirklich vorkam wie ein lange zurückliegender Traum, an den man sich nicht mehr genau erinnert, in dem die Ereignisse keine logische Folge haben und die Menschen nur eine gesichtslose Masse sind und alle mit derselben Stimme sprechen. Beinahe vier Wochen ihres Lebens – es war noch nicht einmal lange her –, und nichts davon war ihr geblieben.

»Ich hab dir ein paar Sachen mitgebracht«, sagte sie; jedenfalls glaubte sie es zu sagen, denn gerade kam ihr der erschreckende Gedanke, daß sie vielleicht manchmal überhaupt nicht existierte. Dann erinnerte sie sich an die Schildkröten – so grotesk mit ihrer schrecklichen grünen und gelben Farbe, wie sie ihre winzigen uralten Köpfe mit den winzigen schwarzen Perlaugen vor Angst zurückzogen, wenn man sie aufhob, aber langsam wieder vorstreckten, wenn man den Bauchpanzer sanft kratzte, wobei sie mit den Vorderflossen und den kleineren Hinterbeinen kleine schiebende Unterwasserbewegungen machten – und wie schön ihre Panzer ohne den Lack waren, und sie konnte Polly von ihnen erzählen. »Sie haben nur fünf Cents gekostet«, sagte sie, »zwei für einen Dime, also habe ich ganz viele gekauft.«

»Was hast du mit ihnen gemacht?«

»Ich habe sie in den Zoo gebracht; vier habe ich für Sebastian behalten, aber er scheint sich nicht sonderlich dafür zu interessieren.«

Polly sagte, Gerald habe einen Teich, sehr veralgt und in schlechtem Zustand, aber wenn diese Schildkröten aus Amerika kämen, würden sie sich vermutlich auch in einem Teich in Norfolk wohl fühlen. Wenn Louise sie also nicht mehr wollte, könne sie sich jederzeit um sie kümmern.

Polly freute sich sehr über ihre Geschenke. Sie unterhielten sich ein wenig über Clary, die jetzt wie eine Einsiedlerin in einem Cottage wohnte, das Archie für sie ausfindig gemacht hatte. »Es gefällt ihr hier nicht mehr«, sagte Polly. »Es erinnert sie an die falschen Dinge.«

»Ist sie noch sehr unglücklich wegen diesem Mann, für den sie gearbeitet hat?«

»Das weiß ich nicht. Aber du weißt doch, wie ernst Clary alles nimmt. Wenn sie jemanden liebt, dann tut sie das mit ganzem Herzen.«

Anders als ich, dachte Louise.

Kurz bevor sie ging, sagte sie: »Mußt du die Miete allein zahlen, während Clary nicht hier ist?«

»Nein. Onkel Rupe war so freundlich, Clarys Anteil zu übernehmen, weil Neville oft herkommt.«

»Wieviel zahlst du denn nun?«

»Die Hälfte. Fünfundsiebzig Pfund im Jahr. Es ist ziemlich billig, wegen der Geflügelrupferei im Keller. Manchmal stinkt es erbärmlich.«

Auf dem Heimweg im Taxi fiel ihr auf, daß sie nicht die geringste Ahnung hatte, ob fünfundsiebzig Pfund (oder hundertfünfzig für die ganze Wohnung) so billig waren. Ich müßte auf jeden Fall etwas verdienen, dachte sie, und zwar regelmäßig und nicht nur hin und wieder mit ein paar Radiosendungen, denn das wird nie für die Miete reichen – von allem anderen einmal ganz abgesehen! An diesem Abend versuchte sie aufzulisten, wofür sie Geld brauchen würde: Gas, Strom, ein Telefon (obwohl sie vermutlich auch ohne leben könnte), Busfahrkarten. Ihre Kleider würden für eine Ewigkeit reichen, aber es fielen ja noch andere Kosten an, wie die für Schuhreparaturen (sie war ziemlich stolz, daß ihr das eingefallen war), und dann noch solche Dinge wie Glühbirnen, Klopapier, Waschmittel für die Kleider (die Bettwäsche würde sie lieber in die Wäscherei geben), Zahnpasta und Tampons und Make-up ... Wenn sie Polly doch nur gefragt hätte, wieviel sie verdiente – aber dann fiel ihr ein, daß Onkel Hugh noch etwas beisteuerte, hundert im Jahr, also brauchte sie auf jeden Fall noch hundert mehr, als Polly verdiente, wieviel es auch sein mochte ...

Sie konnte nicht nach Hause zurückkehren, weil sie kein Zuhause mehr hatte. Selbst wenn ihre Mutter ihr irgendwann nicht mehr grollte, weil sie gewußt hatte, daß ihr Vater sie verlassen wollte, würde sie auf keinen Fall in diesem dunklen, bedrückenden kleinen Haus wohnen können. Aber da ihr Vater jetzt bei Diana wohnte, die ihr recht nett vorgekommen war, konnte sie die beiden vielleicht besuchen und erkunden, was sie glaubten, das sie tun sollte. Vielleicht zahlt er mir einen Schreibmaschinenkurs, dachte sie. Und nach einem solchen Kurs würde ich vielleicht Arbeit bekommen.

Sie rief an, und Diana war am Telefon. »Leider nein«, sagte sie. »Er hat sich schon früh hingelegt. Es geht ihm nicht gut.«

»Was hat er denn?«

»Er hat eine ziemlich schlimme Blinddarmoperation hinter sich. Er ist erst gestern wieder nach Hause gekommen.«

»Armer Dad! Kann ich ihn besuchen kommen?«

»Damit würde ich lieber noch ein paar Tage warten. Es geht ihm ziemlich schlecht, und ich lasse niemanden zu ihm.«

Sie sagte, sie werde am nächsten Tag wieder anrufen. Als sie das tat, wehrte Diana sie immer noch ab. Nach zwei weiteren solchen Tagen rief sie Onkel Rupe im Büro an.

»Er war sehr krank – er wäre beinahe gestorben. Ein Blinddarmdurchbruch – schreckliche Sache. Es ist passiert, während du in Amerika warst, sonst hätte Diana dir sicher Bescheid gesagt.«

»Sie will offenbar nicht, daß ich ihn besuche.«

»Nun, ich nehme an, sie will auf jeden Fall verhindern, daß er sich zu sehr anstrengt.« Dann sagte er: »An deiner Stelle würde ich einfach hingehen. Die Schwester hat mir erzählt, daß er nach dir gefragt hat. Er hat immer wieder gesagt: ›Ist meine Tochter hier?‹, und die Schwester wußte nicht mal, daß er eine Tochter hat, bis die Haushälterin es ihr gesagt hat. Also solltest du vielleicht einfach hingehen.«

Sie ging am Nachmittag hin, spät genug, daß er ausgeruht sein würde, und nahm einen Strauß aus weißem Flieder und gelber Iris mit. Als sie ihn kaufte, hatte sie das Gefühl, daß das womöglich für lange Zeit der letzte Blumenstrauß war, den sie sich leisten konnte, also gab sie noch einmal ordentlich Geld aus.

Die Haushälterin sagte, Mr. Cazalet ruhe sich aus, und Madam sei nicht im Haus.

»Ich wollte meinen Vater besuchen.«

»O! Da wird er sich freuen.«

Er saß im Bett, auf Kissen gestützt, und war wach. Ein Buch lag aufgeschlagen auf dem Bett, aber er las nicht. Er schien sich sehr zu freuen.

Die Haushälterin bot an, einen Tee zu bringen.

»Warum nicht?« sagte er. »Du magst doch welchen, oder, Liebes? Ach, es ist schön, dich zu sehen.«

Sie setzte sich auf einen Stuhl neben dem Bett. Er hatte sehr abgenommen, so daß seine Augen viel größer wirkten in dem Gesicht, das geschrumpft zu sein schien.

»Ich wußte, daß du nach Amerika wolltest«, sagte er. »Diana hat mir erzählt, daß du vorher angerufen hast, aber ich wußte nicht, wann du zurückkommen würdest.«

Sie erinnerte sich genau, Diana gesagt zu haben, daß sie vier Wochen wegbleiben würde, aber das erwähnte sie nicht.

»Jedenfalls bist du wieder da«, sagte er, »und das ist schön.«

Er streckte die Hand aus, und sie griff danach. »Ich wußte nicht, daß du krank warst, sonst wäre ich sofort zurückgekommen.«

Er drückte ihre Hand; er schien wirklich sehr schwach zu sein. »Das weiß ich doch.« Er schwieg einen Augenblick, und dann sagte er: »Ich hätte das beinahe nicht überlebt. Um ehrlich zu sein, ich dachte, ich hätte Krebs, also bin ich überhaupt nicht mehr zum Arzt gegangen, obwohl es mir ziemlich schlecht ging. Alles mein Fehler.«

»Armer Dad.«

»Und weißt du was«, er setzte sich ein wenig im Bett auf, was ihm eindeutig Schmerzen bereitete, »nach der Operation, als sie mir ziemlich schwere Schmerzmittel verabreicht haben, meinte die Nachtschwester – sie war wirklich ein Schatz! –, daß ich immer wieder erzählt hätte, ich müßte meine Orden polieren, weil der König zum Tee käme! Sie meinte, sie hätte mir sagen müssen, sie hätte die Orden zum Putzen weggebracht, weil ich sie natürlich nicht mit im Krankenhaus hatte, sie waren hier zu Hause. Komisch, was man bei solchen Gelegenheiten denkt, was?« Er setzte eine jämmerliche, jungenhafte Miene auf, die sie nie zuvor bei ihm gesehen hatte.

»Ja, ich nehme an, daß du irgendwo tief drinnen wolltest, daß er zum Tee zu dir kommt.«

»Um sich bei mir zu bedanken«, sagte er. »Für all die schrecklichen Dinge, die geschehen sind – alles für König und Vaterland, weißt du. Es gibt kaum einen Weg, einen dafür zu entschädigen.«

»Der Krieg?«

»Ich sag dir was. Ich mußte Leute *erschießen.* Nicht die Feinde – unsere eigenen Jungs. Ich mußte nachts die Runde machen und sie erschießen. Von ihrem Leiden erlösen. Darüber habe ich nie gesprochen – nicht mal mit Hugh.« Er sah sie ernst an. »Vielleicht hätte ich das nicht erwähnen sollen. Ich wollte dich nicht traurig machen. Das will ich um nichts in der Welt.«

»Es macht mich nicht traurig«, sagte sie. »Ich bin froh, daß du es mir erzählt hast. Soll ich dir deine Orden holen? Möchtest du sie gern sehen?«

»Sie sind in der Schublade dort.« Er zeigte darauf.

Sie lagen in drei Schachteln, zwei großen quadratischen und einer langgezogenen, schmalen.

»Die da sind nur für den Abendanzug«, meinte er und schob die längliche Schachtel weg. »Das hier sind die richtigen.«

Er klappte eine Schachtel auf, und darin lag, auf schmutzigem, zerdrücktem blauen Samt, das Military Cross, golden mit weißem Email.

»Hier ist die Querstange«, sagte er. »Ich habe es zweimal gekriegt.«

»Und du warst für das Viktoriakreuz vorgeschlagen, stimmt's?«

»Statt dessen habe ich die Querstange bekommen.«

Sie wurden von Stimmen unterbrochen: Diana und die Haushälterin näherten sich auf der Treppe.

»Nimm die Orden mit«, sagte er. »Ich möchte, daß du sie behältst. Ich werde dir nichts hinterlassen können. Steck sie in die Tasche, schnell.«

Sie tat, was er verlangte. Daß er damit so heimlich tat, schockierte sie.

Die Tür ging auf, und Diana kam mit einem Tablett herein.

Es folgte ein unbehaglicher Tee, währenddessen Louise deutlich spürte, daß Diana sie nicht leiden konnte – war sie eifersüchtig? Mißbilligte sie sie? Sie wußte es nicht. Aber, und das war schlimmer, sie spürte auch, wie nervös ihr Vater war, wie sehr er sich anstrengte, Diana versöhnlich zu stimmen oder doch zumindest zu beschwichtigen. Ununterbrochen betonte er, wie wunderbar Diana sei und wie rührend sie für ihn gesorgt habe; beide erzählten, wie er krank geworden und in einem Krankenwagen weggebracht worden war und wie sie ihren Sommerurlaub in Frankreich hatten verschieben müssen, was ihr Vater sehr beklagte, weil Diana unbedingt ein wenig Ruhe gebraucht hätte – was Diana wiederum abtat, auf eine Weise, die Louise seltsam an ihre Mutter erinnerte.

Das alles dauerte nicht lange: Sobald sie den Tee getrunken hatten, erklärte Diana, der Kranke brauche seine Ruhe. »Du liest jetzt ein wenig, Liebling, und ich bringe Louise raus.«

Er sah zu dem Buch hin, das aufgeklappt und mit dem Titel nach oben auf seinem Bett lag – es war ein Roman von Charles Morgan.

»Ich fürchte, das ist zu anspruchsvoll für mich«, sagte er. »Irgendwie komme ich nicht damit zurecht. Ich denke, ich werde einfach ein Schläfchen halten. – Komm bald wieder, ja?« sagte er, als Louise sich, beobachtet von Diana, zu ihm beugte, um ihm einen Kuß auf die Wangen zu geben.

Als sie sich aufrichtete, fing sie seinen flehentlichen Blick auf; er sah erschöpft aus. »Meine beiden liebsten Frauen«, sagte er, in einem Tonfall, der auf unbehagliche Weise versuchte, sie beide anzusprechen. Louise spürte, wie sich ihr die Kehle zuschnürte. Als sie von der Tür her noch einmal zu ihm zurückschaute, bemerkte er das, legte die Finger an die Lippen und warf ihr eine müde Kußhand zu.

»Ich komme ganz sicher wieder«, sagte sie.

Im Flur erklärte Diana: »Er wird sehr schnell müde. Deshalb hatte ich das Gefühl, daß er lieber noch keinen Besuch empfangen sollte.«

»Aber es ist doch wieder alles in Ordnung, oder? Ich meine – wird er wirklich wieder gesund?«

»Selbstverständlich. Es wird nur einige Zeit dauern, das ist alles.« Sie lächelte und nickte, als wollte sie das Thema damit abschließen. »Wie war Amerika?« fragte sie mit demonstrativer Gleichgültigkeit. Bevor Louise antworten konnte, ging eine Tür auf, und ein kleines Mädchen sagte: »Mummy, liest du mir jetzt vor, oder nicht? Ich warte und warte und warte.«

»Das ist Susan. Sag Louise guten Tag.«

»Louise guten Tag. Komm jetzt, Mummy.«

»Ja, ich komme. Ich verabschiede mich nur noch von Louise.« Sie küßte die Luft einen Zoll von Louises Wangen entfernt. »Ich lasse dich wissen, wann er einen weiteren Besuch verkraften kann.«

Nein, das wirst du nicht tun, dachte Louise, als sie auf der Straße stand. Dianas Feindseligkeit verblüffte sie, und das Verhalten ihres Vaters hatte sie beunruhigt. Er hatte nicht nur viel kränker ausgesehen, als sie erwartet hatte, er schien auch alles andere als glücklich zu sein. Zudem hatte er sich ganz anders benommen, als er mit ihr allein gewesen war, das wurde ihr jetzt unangenehm bewußt: Er hatte einen verwundbaren Eindruck gemacht – so hatte sie ihn nie gesehen –, und auf merkwürdige Weise so gewirkt, als hätte er das Gefühl, in der Falle zu sitzen. Wieso maßte Diana sich das Recht an, darüber zu entscheiden, ob Louise ihn sehen durfte oder nicht? Sie erinnerte sich daran, wie freundlich Diana bei ihrer einzigen anderen Begegnung gewesen war, im Club ihres Vaters, und das hatte zur Folge, daß sie sie noch weniger mochte. Als er vom Krieg gesprochen hatte, beinahe als wollte er ein Geständnis ablegen, hatte er so jung und verwundbar gewirkt, wie er – das wurde ihr jetzt klar – einmal gewesen sein mußte. Was immer er getan hatte, was immer ihm zugestoßen sein mochte, welche richtigen oder falschen Entscheidungen er getroffen hatte: Sie wußte nun, daß sie ihn immer noch mochte, immer noch liebte. Und das war eine außerordentliche Erleichterung.

Aber im Moment war es sinnlos, davon auszugehen, daß er in der Lage war, ihr zu helfen; Diana würde das nicht zulassen. Sie würde für sich selbst sorgen müssen. Das fühlte sich unangenehm an, aber auch richtig. Auf der langen Fahrt nach Hause, mit zwei Buslinien und umständlichem Umsteigen, nahmen die Dinge langsam Gestalt an.

Sie würde gehen. Wenn sie Michael verließ, würde sie auch Sebastian und Nannie zurücklassen müssen. Sie konnte sich auf keinen Fall um sie kümmern, weil sie kein Geld haben würde und am Anfang auch keine Arbeit und keinen Ort, an dem sie wohnen konnte. Wenn sie daran dachte, wurde ihr ganz elend. Es war wohl das beste, eins nach dem anderen anzugehen. Mit einer Wohnung anzufangen schien sinnvoll. Wenn es ihr gelang, die Miete aufzubringen, konnte sie vielleicht Clarys Hälfte der Wohnung in der Blandford Street übernehmen. Aber Polly würde bald ebenfalls ausziehen, und die ganze Wohnung würde sie sich niemals leisten können. Vielleicht kam Stella ja zurück und brauchte einen Platz? Das war möglich, aber darauf konnte man sich nicht verlassen. Dann erinnerte sie sich daran, daß einmal, im Winter, als sie mit Michael in einem Restaurant gesessen hatte, jemand eine Karte an ihren Tisch geschickt hatte. »Hätten Sie Interesse, als Model für *Vogue* zu arbeiten?« hatte darauf gestanden. Sie hatte die Karte verloren, aber sie konnte bei der Zeitschrift anrufen und fragen, ob man sie dort einstellen würde. Oder ich könnte so was machen wie Neville, dachte sie. Jeder kann abwaschen. Und ich habe einmal ein wenig Kochen gelernt. Vielleicht könnte ich auch Köchin werden.

Sie beschloß, an Stella zu schreiben und ihr von ihren Plänen zu berichten.

Es kam ihr sehr seltsam vor, zum Edwardes Square zurückzukehren – zu Nannie und Mrs. Alsops letztem Tag – und am Abend mit Michael zu einer Dinnerparty am Markham Square zu gehen. Ich kann Sebastian immer an Nannies freiem Tag sehen, dachte sie, solange ich eine Stelle habe, bei der ich für diesen Tag frei bekomme. Das erschien ihr nicht schwieriger, als überhaupt eine Stelle zu finden. Sie begann zu spekulieren. Sie konnte ein Stück schreiben, das hatte sie immer tun wollen. Oder sie konnte sich mehr anstrengen, wieder beim Theater Arbeit zu finden. Sie war schon beinahe zu Hause, als sie sich zu fragen begann, wie Michael reagieren würde, wenn sie es ihm sagte. Was immer er sagte, sie wußte irgendwie, daß es ihm nicht wirklich etwas ausmachen würde; vielleicht war er sogar erleichtert, vor allem, weil sie diejenige war, die ging, denn so würde er erheblich besser dastehen. Ich habe ihn dermaßen enttäuscht, daß es ihm am Ende nur helfen wird, wenn ich ihn verlasse. Er kann sich von mir scheiden lassen und Rowena heiraten. Kurz bevor sie nach Amerika gereist waren, hatte sie herausgefunden, daß die beiden sich wieder trafen – und auch das war eine Erleichterung gewesen. Zumindest fühlte sie sich seitdem weniger schuldig. Es schien nichts zu geben, das ihre Schuldgefühle gegenüber Sebastian hätte verringern können – nichts. Irgendwie konnte sie es kaum ertragen, daran zu denken. Ihn hatte sie von Anfang an enttäuscht, schon dadurch, daß sie ihn überhaupt zur Welt gebracht hatte. Sie hatte das Gefühl, daß sie ihr Leben lang dafür würde zahlen müssen.

Aber ansonsten gab ihr der Gedanke, daß sie endlich gehen würde, Auftrieb, ein Gefühl von Freiheit, als legte sie nun alle Verkleidungen ab, als könnte sie endlich beginnen, das zu sein, was sie von Anfang an hatte sein sollen. Eine verarmte geschiedene Frau von vierundzwanzig (sie würde noch älter sein, bis die Scheidung ausgestanden war), ohne besondere Fähigkeiten, ohne Qualifikationen. Das klang alles ziemlich furchterregend, aber es war eine Herausforderung, und sie mußte es wagen, ihr entgegenzutreten.

Clary

1946 – 47

»Es interessiert dich vielleicht, was Rupert gesagt hat.«

Sie war so wütend, daß sie ihn nur anstarrte.

»Er meint, es ist ziemlich sinnlos, daß du mich zu deinem Vater machst, weil du schon einen ganz guten hast.«

Das war der Anfang des schlimmsten Streits gewesen, den sie je mit jemandem gehabt hatte.

Sie sagte, sie habe noch nie etwas so Dummes gehört.

»Nun, da es dir offenbar ebenso absurd vorkommt, daß ich dich wie eine Erwachsene behandeln könnte ...«

»Du meinst, eine Affäre mit mir zu haben ...«

»Ja, auch das mag damit zu tun haben. Wir wissen es selbstverständlich besser, aber ich denke, Ruperts Verdacht war nicht so weit hergeholt.«

»Ach ja? Mir kommt es einfach nur widerwärtig und dumm vor.«

»Aha. Damit bin ich also nur noch eine Art Haushaltshilfe ... Tut mir leid, Clary, das hätte ich nicht sagen sollen.«

»Hast du aber. Du versuchst, so eklig zu sein, wie du nur kannst. Ich dachte, du wärst mein *Freund*! Es ist nicht nötig, mich wie ein Kind zu behandeln.«

»O doch!« Sie erinnerte sich, wie grimmig er dabei geklungen hatte. Sie hatte sich wieder über ihr Puzzle gebeugt (mit dem sie in dem Augenblick weitergemacht hatte, als Archie ihren Vater nach draußen brachte), aber er war zum Tisch gekommen und hatte den größten Teil davon auf den Boden gewischt.

»Ich behandele dich wie ein Kind, weil du dich wie eins benimmst. Wenn du willst, daß ich dich wie eine Freundin behandele, dann solltest du mir verdammt noch mal zuhören. Du warst sehr eklig zu deinem Vater, aber ich nehme an, du bist so mit deinen eigenen Angelegenheiten beschäftigt, daß dir das überhaupt nicht bewußt ist.«

»Du warst auch nicht gerade nett zu ihm. Ehrlich, du hast wirklich kein Recht, so zu reden.«

»O doch. Und das tue ich auch. Du mußt damit aufhören, Clary.«

»Womit aufhören?«

»In Selbstmitleid zu versinken, andere für deine Fehler zahlen zu lassen und von allen zu erwarten, daß sie dir Zugeständnisse machen, ohne ihnen auch nur zu sagen wieso. Hör auf, dir leid zu tun. Ich weiß, daß es dir nicht gutgegangen ist ...«

»O, besten Dank! Ich habe mich in jemanden verliebt, der mich gar nicht geliebt hat und mein Kind nicht wollte, ich hatte eine Abtreibung, und du sagst, es sei mir ›nicht gutgegangen‹! Du hast nicht die geringste Ahnung, wie das alles war!« Inzwischen weinte sie, aber vor allem vor Wut.

»Siehst du! Jetzt hör mir mal zu – als deinem *Freund*, da es angeblich das ist, was ich für dich sein soll. Du hast dich in jemanden verliebt, der bereits verheiratet war, woraus du hättest schließen können, daß du vielleicht ein wenig vorsichtiger sein solltest, aber er hat sich auch noch als egoistischer Dreckskerl erwiesen. Du hast entschieden, das Kind nicht zu bekommen, also mußtest du das alles durchmachen. Aber du hast vorher gewußt, daß er nicht vorhatte, seine Frau um deinetwillen zu verlassen – du hättest nur gern geglaubt, daß er das tut. Es *ist* dir sehr schlechtgegangen. Aber das Schlimmste ist vorbei, und es ist Zeit, sich anderen Dingen zuzuwenden. Zwing dich endlich dazu, etwas zu essen, hör auf mit diesen Weinkrämpfen, und kümmere dich wieder um dich selbst.«

»Ach so! Du hast genug von mir – warum sagst du das nicht einfach, statt um den heißen Brei herumzuschleichen wie eine verängstigte Katze?«

Das brachte ihn zum Lachen, was sie ganz und gar nicht beabsichtigt hatte.

»Ich gehe«, sagte sie. »Ich packe jetzt, und du wirst mich nie wiedersehen.«

Er umklammerte ihre Hände und verhinderte, daß sie aufstand. »Jetzt geht das schon wieder los! Wieder versuchst du, jemand anderem die Verantwortung für dein Verhalten zuzuschieben. Bleib sitzen. Ich bin noch nicht fertig mit dir.«

Sie blinzelte dic Tränen weg, damit sie sein Gesicht sehen konnte, das nicht so grimmig aussah, wie er klang.

»Liebes, ich bin dein Freund. Ich weiß, daß für dich im Augenblick alles nur schwarz aussieht, aber so wird es nicht weitergehen. Und es wird sich bessern, sobald du es nur wirklich willst.« Er streckte die Hand aus und strich ihr das Haar aus der Stirn. »Es kommt vor, daß man sich in den Falschen verliebt und darunter leidet. So etwas passiert. Und du bist jemand, der sich Hals über Kopf ins Leben stürzt, also hat es dich besonders schwer getroffen.«

»Immer, wenn ich jemanden liebe, stirbt derjenige oder geht nach Frankreich, oder es stellt sich einfach heraus, daß er mich nicht liebt.«

»*Clary!* Wer ist gestorben?«

»Meine Mutter natürlich. Aber ich glaube, darüber bin ich hinweg. Es zählt nicht mehr wirklich.«

»Alles zählt, Liebes. Aber nichts davon ist dein ganzes Leben.«

Darüber hatte sie damals gleich nachgedacht und seitdem noch viele Male.

»Was glaubst du denn, was ich tun sollte?«

»Nun, du könntest ins Cottage zurückkehren – die Woche über allein, und ich könnte an den Wochenenden vorbeikommen. Du könntest anfangen, dein Buch zu schreiben. Du könntest das Cottage etwas behaglicher machen und dich um den Garten kümmern. Wenn du körperlich arbeitest, wirst du ordentlich müde – dann kannst du auch wieder schlafen. Und Schriftsteller müssen essen. Du wirst schrecklich blutarmes Zeug schreiben, wenn du weiterhin von Salat und Kaffee lebst. Ich werde freitags abends vorbeikommen, und dann erwarte ich eine gewaltige warme Mahlzeit.«

Schließlich hatte sie zugestimmt, und am nächsten Morgen hatte er sie nach Paddington gebracht. Er hatte ihr Geld für das Taxi bis zum Cottage gegeben, und drei Pfund mehr für Lebensmittel. »In zwei Tagen komme ich«, sagte er, »und dann kaufen wir Vorräte für die nächste Woche.« Er stand auf dem Bahnsteig, und sie schob das Fenster herunter. »Leute, die sich Hals über Kopf ins Leben stürzen, sind sehr mutig«, sagte er.

Als der Zug anfuhr, winkte sie schnell, und er wandte sich gleich ab und ging zurück ins Bahnhofsgebäude. Sie war in einem leeren Abteil, also hätte sie ungestört weinen können, aber sie entschloß sich, das nicht zu tun. Sie saß da, ihr Notizbuch auf dem Schoß, und listete Dinge auf, die sie tun wollte, damit es ihr nicht soviel ausmachte, allein zu sein.

Am Anfang war es sehr schwer gewesen. Nachdem das Taxi sie am Ende des Wegs, der zum Cottage führte, abgesetzt hatte, nachdem sie den Fahrer bezahlt und er gewendet hatte und davongefahren war, blieb sie einen Augenblick an dem kleinen Tor stehen, das sich zu dem moosüberwachsenen schmalen Pfad zur Küchentür hin öffnete. Es war sehr kalt, es hatte sogar gefroren. Die Oktobersonne, hell, aber heuchlerisch, weil sie keine Wärme spendete, hing über den Buchen und Weiden, und das einzige, was man hören konnte, war das seltsam metallische Geräusch der Wasserhühner auf dem Kanal. Im Cottage schien es noch kälter zu sein, und hier war die Stille vollkommen. Sie stellte ihre Koffer ab und machte sich daran, im Wohnzimmer ein Feuer anzuzünden; sie füllte den Holzkorb mit Armen voll Holz aus dem Schuppen draußen. Noch vor zwei Tagen, am Montag morgen, war sie hier allein gewesen, nachdem Archie davongefahren war. Sie hatte es etwa bis zur Teezeit ausgehalten, dann war ihr plötzlich klar gewesen, daß sie keinesfalls allein bleiben konnte. Es gab kein Telefon, also war sie einfach in seiner Wohnung aufgetaucht. Er war gerade am Kochen gewesen, hatte aber sofort alles fallenlassen. Sie war in Tränen ausgebrochen und hatte erkärt, sie könne es nicht aushalten, sie könne einfach nicht allein sein. Sie wolle nichts essen, also brauche er sich nicht um das Abendessen zu sorgen, sie werde ein Bad nehmen und schlafen gehen. Am nächsten Abend war dann unerwartet ihr Vater aufgetaucht.

Jetzt war sie wieder hier, und diesmal mußte sie es durchstehen, sonst würde Archie sie nur noch verachten. Sie zündete das Feuer an, und dann ging sie ins Schlafzimmer und machte ihr Bett, das sie unordentlich zurückgelassen hatte. Es gab zwei

Schlafzimmer, ein großes und ein kleineres, und Archie, der das Cottage entdeckt und gemietet hatte, hatte ihr das größere überlassen, das ihr sehr gefiel, weil es zwei Rautenfenster hatte.

Sie machte sich ein Brot mit einem hartgekochten Ei und Tomaten, und während sie aß, sah sie sich ihre Liste an.

Das Zeug aus dem Garten verbrennen, das Archie abgeschnitten hat.

Im Kochbuch nachsehen, wie man Stew macht (für Freitag).

Das ganze Cottage putzen (zwei Schlafzimmer, das Wohnzimmer und die Küche; und das Bad). Fenster putzen (schmutzig vom Rauch).

Eine Einkaufsliste machen.

Buch anfangen.

Da stand es. Ganz unten auf der Liste, nur zwei Worte. Es klang nicht schwieriger, als das Bad zu putzen. Aber sobald sie mit der körperlichen Arbeit aufhörte – kein Holz mehr sammelte, nicht mehr abstaubte oder so etwas, sondern sich an den kleinen Tisch mit dem Küchenstuhl davor und dem leeren Papier setzte –, wurde sie von Gedanken und Gefühlen überwältigt, die nichts mit dem zu tun hatten, was sie schreiben wollte: ihr letztes Zusammentreffen mit Noël; seine Stimme, die, wie sie nun erkannte, voller Selbstmitleid gewesen war, ganz abgesehen von der Feindseligkeit, die sie zu diesem Zeitpunkt so erschüttert hatte.

»Du weißt genug über meine eigene Kindheit, um dir denken zu können, daß ich nicht zum Vater gemacht bin und es auch nie sein werde.« Das Essen mit Archie, nachdem er aus Frankreich zurückgekommen war, bei dem sie gesagt hatte, sie wolle das Baby nicht bekommen. Die darauffolgende Nacht, in der sie darüber geweint hatte, in der sie versucht hatte zu begreifen, daß Noël sie nicht nur nicht mehr liebte, sondern auch nie sonderlich geliebt haben konnte. Dann hatte Archie sie zu der Operation begleitet. Sie war mit ihm durch die Straßen gegangen, dann hatte man sie weggebracht, und sie hatte ihn im Wartezimmer zurücklassen müssen; schließlich hatte sie auf einem hohen, harten Tisch gelegen, und ein kleiner Mann von obszöner Fröhlichkeit hatte sich mit seinen gummibehandschuhten Händen forsch an ihr zu schaffen gemacht ... und dann ... Blut und Tränen. Ihre Rückkehr in die Blandford Street und ihre Unfähigkeit, dort zu bleiben. Sie wolle eigentlich nirgendwo sein, hatte sie zu Archie gesagt, und er hatte gemeint, wenn es ihr gleich sei, werde er eben für sie entscheiden. Er war mit ihr auf die Scilly-Inseln gefahren, mit ihr spazierengegangen, hatte ihr Bezique beigebracht, ihr aus *Mansfield Park* vorgelesen oder sie daraus vorlesen lassen, hatte so getan, als merkte er nicht, daß sie in ihrem Essen nur herumstocherte, daß sie immer wieder weinte, daß sie sich zurückzog oder ihn anfauchte. Er hatte sie dazu gebracht zu reden, über Noël – und über Fenella. Bald hatte er angefangen, Noël »die Nummer eins« zu nennen, und sie war seinem Beispiel gefolgt. Das hatte ihr zu einem gewissen Abstand verholfen, aber es hatte auch ihr Gefühl der Demütigung und des Versagens verstärkt. Sie hatte geschmollt, und er hatte sie gelassen. Er war wirklich mein Freund, dachte sie nun, als sie das leere weiße Blatt anstarrte, auf das sie alles hätte schreiben können. Sie hatte Archie sogar erzählt, was sie schreiben wollte. »Es geht im Grunde um Miss Milliments Kindheit und Jugend«, hatte sie erklärt. »Darum, wie es gewesen sein muß, nicht sonderlich gut auszusehen und niemanden zu haben, der einen wirklich mag. Sie hatte einen Bruder, den alle wunderbar fanden. Und selbst *er* war gemein zu ihr, wenn es um ihr Ansehen ging.«

»Was war mit ihrer Mutter?« hatte Archie gefragt.

»O – die ist gestorben. Sie hatte eine Tante, die die beiden Kinder aufzog, aber die ist auch bald gestorben.«

»O.« Sie hatte Archies forschenden Blick registriert und gesagt: »Natürlich war es bei der armen Miss Milliment ganz anders als bei mir. Ich hatte Dad, und er hat mich geliebt.«

»Ich nehme an, er tut es immer noch.«

Sie hatte gemeint, daß dies sicher in gewisser Weise der Fall sei, aber insgeheim hatte sie gedacht, wo er nun nicht mehr nur Zoë, sondern auch Jules hatte, könne er wohl kaum noch Zeit für jemanden wie sie haben. Sie hatte das Thema gewechselt und war zu Miss Milliment und ihrer viktorianischen Jugend zurückgekehrt. Nicht, daß sie vorhatte, darüber zu schreiben, wie es Miss

Milliment ergangen war, das wäre auch ausgesprochen schwierig gewesen, weil sie nur den groben Verlauf ihres Lebens kannte, vielmehr mußte sie Genaueres über das neunzehnte Jahrhundert wissen, in dem die Gouvernante aufgewachsen war. Praktische Dinge: die Zeiten der Mahlzeiten und was man gegessen hatte; wie Kleidung und Häuser ausgesehen hatten und was die Leute in ihrer Freizeit gemacht hatten. Archie hatte vorgeschlagen, sie sollte mit Miss Milliment über diese Dinge sprechen, aber sie war der Ansicht, daß dies unmöglich war. Sie schrieb nicht wirklich über Miss Milliment, aber sie fürchtete, daß Miss Milliment das denken könnte. Genaugenommen hatte sie die Idee, über Miss Milliments Zeit und ihre eigene zu schreiben, mit etwa derselben Art Person in beiden Zeiten. »Über die Hauptfigur mache ich mir keine Gedanken«, hatte sie gesagt. »Ich weiß, wie ich das mache.« Aber tagelang, ja wochenlang war das alles gewesen, was sie wußte. Das nackte Knochengerüst der Geschichte klapperte in ihrem Geist, aber die einzelnen Teile schienen nicht so recht zusammenzupassen.

Also beschloß sie, sich erst einmal um das Cottage zu kümmern, ihren anderen Pullover zu waschen und das Wohnzimmer zu putzen, das von der Holzasche ziemlich verstaubt war.

Das Putzen wurde dadurch erschwert, daß es ihr am richtigen Handwerkszeug fehlte. Der Teppichkehrer funktionierte kaum, bis sie herausfand, daß die kleinen Räder zu beiden Seiten der Bürsten fest in lange rote Haare eingesponnen waren, die sie einzeln herausziehen mußte. Der Staubwedel war selbst so schmutzig, daß sie das Gefühl hatte, damit alles nur noch schlimmer zu machen. Am Ende benutzte sie ein Küchenhandtuch. Das Cottage war mehr oder weniger möbliert gewesen, als Archie es gemietet hatte, aber das bedeutete auch nur, daß es ein Bett zum Schlafen gab, eine Heizplatte, auf der man sich ein Ei braten konnte, und einen wackligen Tisch mit Stuhl, an dem man dieses Ei essen konnte. Es gab ein durchgesessenes altes Sofa und einen Sessel im Wohnzimmer, eine einzige Lampe, einen abgetretenen Teppich und ein kleines Regal mit Büchern, die immer wieder zur Seite kippten, weil es keine Buchstützen gab. Sie war beim Abstauben, als sie die Entdeckung machte. Ein dunkelrotes Buch, größer als die anderen, das wohl deshalb ans Ende der Reihe gestellt worden war. Es hieß *Ein Buch mit sieben Siegeln,* und der Autor war anonym. Sie schlug es auf und versank sofort darin. Es ging um die Familie eines viktorianischen Geistlichen in Chelsea, und Clary konnte überhaupt nicht mehr aufhören zu lesen, bis es fast dunkel war und sie merkte, daß sie fror, weil das Feuer ausgegangen war.

Sie erinnerte sich an das Versprechen, das sie Archie gegeben hatte, machte eine Dose gebackene Bohnen auf und aß sie mit einem Teelöffel direkt aus der Dose, während sie, in den Mantel gewickelt, weiterlas – es war einfach zu umständlich, jetzt das Feuer in Gang zu bringen. Schließlich machte sie sich eine Wärmflasche und nahm sie mitsamt dem Buch mit ins Bett. Sie nickte ein, ohne das Buch zu Ende gelesen zu haben, und schlief die ganze Nacht traumlos durch.

Am nächsten Tag begann sie zu schreiben.

Als Archie am Freitag eintraf, hatte sie das gesamte Cottage geputzt und ein Irish Stew gekocht. »Und du hast dir sogar die Haare gewaschen!« rief er, nachdem er sie umarmt hatte. »Was bin ich froh, dich zu sehen!« sagte er. »Du siehst beinahe wie ein Mensch aus. Gut gemacht.«

Er hatte eine Unmenge Zeug im Auto: Decken, Badetücher, sein Grammophon, eine Kiste mit Schallplatten und eine weitere mit Büchern. »Ich hab dir ein paar viktorianische Romane mitgebracht; ich dachte, das hilft dir vielleicht.« Außerdem schleppte er zwei Flaschen Wein, seine Malutensilien und die Spielkarten herein. So gut war ihr noch nie ein Stew gelungen. Sie aßen jeder zwei Teller voll, tranken eine Flasche Wein und hörten Schallplatten dazu. »Wir wählen abwechselnd aus, dann gibt es keine häßlichen Szenen«, hatte er gesagt. Sie erzählte ihm von dem Buch, und er fragte sie nach ihrer eigenen Arbeit, und plötzlich wurde sie ganz nervös und schüchtern und sagte nur, es könnte sein, daß sie einen Anfang gefunden habe, aber er tauge wahrscheinlich nicht viel.

Am Samstag gingen sie einkaufen, Lebensmittel und andere Dinge, die sie im Cottage brauchten, und Wandfarbe, weil Archie meinte, die Wände im Wohnzimmer wären gelb viel schöner. Sie aßen in einem Pub, und nachdem sie zurückgekehrt waren und das Auto ausgeräumt hatten, überredete er sie zu einem Spaziergang am Kanal entlang. »Nur fünf Brücken weit, und dann drehen wir um«, sagte er. Es war ein milder, grauer Nachmittag, und auf dem Pfad lag eine dicke Schicht bunter Blätter, die von den Bäumen am Uferhang gefallen waren. Auch das graue, ruhige Wasser war mit ihnen überzogen. Ein paar Wasserhühner, die in unmittelbarer Nähe des Cottages lebten, schwammen auf die erste Bogenbrücke zu. Die steinerne Einfassung des Pfads war an vielen Stellen geborsten, und dort war überall Schlamm eingedrungen. Hin und wieder hörten sie die explosiven, rauhen Laute eines Fasans.

Eine Weile gingen sie schweigend nebeneinanderher, dann sagte er: »Ich habe beschlossen, diesen öden Job aufzugeben.«

»Willst du wieder anfangen zu malen?«

»Das weiß ich nicht genau. Wahrscheinlich. Wenn ich davon leben kann.«

»Vor dem Krieg ging das doch, oder? Aber damals warst du auch noch in Frankreich. Ich nehme an, das ist etwas anderes.«

»So oder so muß ich essen und irgendwo wohnen können. Und ich habe noch die Wohnung dort.«

»Willst du nach Frankreich zurück?«

»Weiß ich nicht. Das ist noch nicht klar.«

Die leise Unruhe, die sie befallen hatte, ließ wieder nach. »Ich nehme an, du wärst ganz schön einsam dort, wenn du jetzt hinfahren würdest«, sagte sie und merkte, wie er ihr einen Seitenblick zuwarf, bevor er antwortete.

»Kann schon sein.«

Später, als sie Crumpets toasteten, fragte sie ihn, wann er mit der Arbeit aufhören werde.

»Weihnachten«, sagte er. »So lange werde ich es noch aushalten müssen.«

Weihnachten schien noch weit entfernt. Sie war froh, diese Sache zunächst auf sich beruhen lassen zu können.

Es war schlimm, als er am Montag sehr früh wieder wegfuhr. Um halb sechs brachte er ihr eine Tasse Tee ans Bett, gab ihr einen Kuß auf die Stirn und sagte, er müsse los.

»Arbeite konzentriert, iß ordentlich und sieh zu, daß der Rasen gemäht wird«, sagte er. »Am Freitag komme ich wieder. Und ich werde genau sehen, ob du getan hast, was ich dir gesagt habe.«

Sie hörte, wie er den Motor anließ und wie das Motorengeräusch immer leiser wurde und schließlich verstummte. Nun würde sie fünf Tage und vier Nächte lang vollkommen allein sein. Sie stand auf und schaute aus dem kleinen Fenster. Vom Kanal stieg weißer Nebel auf, und eine dicke Drossel zog mit ruckartigen, zornigen Bewegungen einen Wurm aus dem Gras. Clary nahm an, daß die beste Möglichkeit, nicht daran zu denken, daß er nach London gefahren war, darin bestand, sich an die Arbeit zu machen und durchzulesen, was sie vor dem Wochenende geschrieben hatte. Das sollte zur Routine werden. Morgens stand sie auf, kochte sich einen Becher Tee und nahm ihn mit ins Bett, wo sie sich laut ihre letzten Seiten vorlas, denn sie fand, daß man auf diese Weise gut erkennen konnte, welche Sätze noch holperten, wo sich Wörter wiederholten oder seltsam klangen oder wo sie schlicht etwas vergessen hatte. Miss Milliment – sie hatte sie statt Eleanor Marianne genannt – war inzwischen sieben, ein ziemlich dickes kleines Mädchen mit dünnen Zöpfen. Dann fiel ihr ein, daß sie gar nicht wußte, ob die Mädchen damals Zöpfe gehabt hatten, vielleicht hatten sie das Haar ja offen getragen, ordentlich nach hinten gekämmt, so daß es ihnen über den Rücken fiel. Das Haar der armen Marianne war nicht von der Sorte, die in weichen Locken fiel – ebensowenig wie Clarys eigenes.

Nach dem Frühstück – Porridge und wieder Tee – holte sie sich einen Spiegel und betrachtete eingehend ihr Gesicht. Ihre Stirn war breit, aber eher niedrig, mit einem leicht asymmetrischen, geschwungenen Haaransatz. »Niedrige Stirn, fettiges Haar«, schrieb sie. Augenbrauen. Ihre waren ziemlich dick, und Polly hatte sie überredet, sie zur Mitte hin zu zupfen, damit die Lücke zwischen ihnen größer wurde. »Augenbrauen wachsen zu dicht zusammen«, schrieb sie. Augen. Ihre eigenen Augen, groß, grau und berechnend, wie sie sie kritisch bezeichnete, waren eigentlich ganz normal. »Kleine, graue Knopfaugen«, schrieb sie. Die Nase.

Klein und dicklich. »Klein und dicklich.« Nasen zu beschreiben war langweilig. Gesichtsform. Sie selbst hatte breite Wangenknochen, ein rundes Gesicht und ein ziemlich festes Kinn. »Dickliches Gesicht mit Kinn und Doppelkinn«, schrieb sie. Als sie fertig war, las sie alles noch einmal durch. Das Komische war, daß es irgendwie kein Bild ergab; es blieb einfach nur eine Aufzählung von Einzelheiten. Sie schloß die Augen und versuchte sich vorzustellen, wie Miss Milliment jetzt aussah, weit in den Achtzigern. (Es war schwierig, an sie nicht als an Miss Milliment zu denken. Sie beschloß, aus Marianne Mary Anne zu machen – viel besser für ein unscheinbares Mädchen.)

Es fiel ihr viel leichter, sie sich alt vorzustellen: ihr breites Gesicht, wie grauer Pudding, ihre überraschend weiche Haut, die Augen wie winzige Kiesel hinter der dicken Wasserschicht der Brillengläser, die Kaskade von Kinnen, das straff zurückgekämmte Haar von der Farbe von Austernschalen, das komplizierte Netz von Falten, das sich wie eine rissige Keramikglasur über ihr Gesicht zog, ihre stets sanft-beunruhigte Miene – das Produkt eines ganzen Lebens, in dem sie sich nie so recht sicher gewesen war, was sie denn nun sah –, die aber kurzfristig einem gleichzeitig durchdringenden und gutmütigen Blick weichen konnte, der einen irgendwie jeden oder alle ihrer für sich genommen unattraktiven Züge vergessen ließ. Ich glaube, meine Augen sind das Beste an mir, dachte Clary, aber das ist wohl bei den meisten Leuten so. Sie konnte sich nicht vorstellen, jemals durchdringend oder gutmütig dreingeschaut zu haben, aber daran war nichts zu ändern. Man wußte meist weniger über sich selbst, als andere meinten, und trotzdem konnte man wohl kaum über die Menschen in einem Roman nachdenken, ohne dabei auch über sich selbst nachzudenken. Das lag offenbar daran, daß man sich nie ganz sicher sein konnte, ob man die Gefühle anderer Menschen auch verstand, solange man sich nicht vollkommen in sie hineinversetzte. Und das wiederum bedeutete beim Schreiben, daß man alles aus sich selbst herauszog: Es war wie ein Irrgarten, und Clary fühlte sich darin verloren, fand es aber auch ungeheuer interessant.

So verging diese erste Woche überraschend schnell, und dann

war Archie schon wieder da, und die Wochenenden waren wunderschön. Er brachte immer etwas mit: Schokoladenkekse, ein Plakat von Madame Bonnard im Bad (im Cottage gab es keine Bilder), eine neue Schallplatte, das Schreibpult, das Polly ihr vor Jahren einmal geschenkt und das er aus der Wohnung abgeholt hatte. »Sie würde dich sehr gern sehen«, sagte er. »Ich dachte, du könntest vielleicht einmal montags mit mir nach London fahren und einen oder zwei Tage bei ihr bleiben?« Möglich.

Und kurz vor Weihnachten tat sie es schließlich. Sie fuhren am Sonntag abend, so daß Polly zu Hause sein würde, wenn sie eintrafen. Polly sah wunderbar aus, und sie empfing sie mit offenen Armen. »Es ist so schön, dich zu sehen«, sagte sie immer wieder. Sie trug einen hellroten Kordrock, eine himbeerrosa Bluse und einen sehr auffälligen Ring mit einem rauchig-blauen Stein, umgeben von kleineren Steinen, die wie Diamanten aussahen.

»Es sind tatsächlich welche«, sagte sie. »Gerald hat ihn mir geschenkt. Das wollte ich dir unbedingt erzählen. Ich bin in ihn verliebt, und wir werden heiraten.«

Das war ein Schock.

»Bist du auch sicher, Polly? Wirklich sicher?«

»Das fragen mich die Leute immer wieder. Selbstverständlich bin ich sicher. Ich glaube nicht, daß das etwas ist, wobei man je unsicher ist. Du bist es, oder du bist es nicht.«

»Was?«

»Verliebt.«

Sie schwieg. Sie wußte, daß dies zu den Unwahrheiten gehörte, die jeder selbst erkennen mußte. Aber vielleicht blieb Polly diese Erfahrung ja erspart. Polly gehört zu jenen Menschen, die manchmal alles richtig machen, dachte sie, als sie Pollys blitzende Augen und ihr Glück sah.

»Ich habe ihn gebeten, nach dem Abendessen herzukommen, damit ihr euch kennenlernt«, sagte sie jetzt. »Er weiß, daß du sowohl meine beste Freundin als auch meine Cousine bist.«

Während des Essens sprach Polly von nichts anderem. Von seinem riesigen, enorm häßlichen Haus, wie sie einander beinahe nicht kennengelernt hätten, daß sie im Juli heiraten und die Flitterwochen in Paris verbringen würden, wie gut er andere imitieren konnte, daß er nicht auf konventionelle Weise gut aussah (das bedeutet vermutlich, daß er häßlich ist, dachte Clary; dieser Tage beschäftigte sie sich schließlich beruflich mit dem Aussehen anderer Menschen und dessen Auswirkungen) – und je mehr Polly von Gerald erzählte, desto mehr mußte Clary an Gerald denken und desto schlechter fühlte sie sich.

Meine Güte, dachte sie, Liebe kann einen ziemlich langweilig werden lassen.

»Nein. Lieber nicht«, sagte sie, als Polly sie fragte, ob sie Brautjungfer sein wollte.

Als Polly nach ihr selbst fragte, hatte sie wenig oder nichts zu sagen. »Ja, man kann dort gut arbeiten«, meinte sie, als es um das Cottage ging.

Sie mache Fortschritte mit ihrem Buch. (Was konnte man schon über ein Buch sagen, das noch nicht einmal zur Hälfte geschrieben war? Sie hätte am liebsten überhaupt nicht darüber geredet.) Mit Archie darüber zu sprechen war etwas anderes.

Ja, sagte sie als Antwort auf die ernsteste Frage. Ja, sie sei über Noël hinweg. »Aber das meine ich ja«, fügte sie hinzu und stellte plötzlich fest, daß sie doch etwas zu sagen hatte. »Ich bin – mehr oder weniger – über ihn hinweg, und ich hatte einmal gedacht, das wäre ganz und gar unmöglich. Ich dachte, ich wäre vollkommen verliebt. Verstehst du denn nicht?«

»Was?«

»Daß es nicht so einfach ist, wie du denkst. Du magst jetzt in Gerald verliebt sein, aber woher weißt du, daß du es weiterhin sein wirst?«

»Ich verstehe. Aber ich *weiß* es, Clary. Ich weiß es wirklich. Es ist schrecklich schwer zu erklären, aber ...«

»Und was war mit Archie? Du hast doch auch geglaubt, daß du in ihn verliebt warst, oder? Und es hat eine Ewigkeit angehalten.«

»Das war etwas anderes.«

»Damals warst du nicht dieser Meinung.«

»Ich verstehe, was du meinst«, sagte Polly abermals. »Ich nehme an, jeder muß sich einmal in den Falschen verlieben, aber das bedeutet nicht, daß man den Richtigen nie findet. Sonst wäre ja überhaupt niemand verheiratet.«

»Das wäre vielleicht gar nicht so übel.«

»Sei nicht albern! Natürlich wäre das nicht gut!«

»Ich werde jedenfalls niemanden heiraten.«

»Ich glaube, das sagst du nur, weil es dir so schlecht ergangen ist. Ich muß zugeben, daß ich erheblich mehr Glück hatte, indem ich mich in Archie verliebt habe und nicht in Noël.«

In diesem Augenblick klingelte es, und Polly lief nach unten, um Gerald hereinzulassen.

Clary war gespalten gewesen, ob sie ihn nun mögen wollte oder nicht. Natürlich fand sie ihn einerseits nett, aber es gab einen störrischen, trotzigen Teil von ihr, der es ablehnte, Pollys Selbstzufriedenheit und Glück zu akzeptieren. »Ich weiß, daß du ihn mögen wirst«, hatte Polly mehr als einmal gesagt. Wie konnte sie das behaupten? Wieso sollte sie, Clary, jemanden nur deshalb mögen, weil Polly das annahm? Aber sie mußte zugeben, daß er ganz in Ordnung zu sein schien; er schmachtete Polly natürlich an, aber er war auch zu ihr sehr nett. Als Polly sagte, sie wolle nicht Brautjungfer sein, schaute er erst enttäuscht drein, aber dann sagte er: »Das kann ich dir nicht übelnehmen. Ich würde es auch nicht wollen.« Und er fragte sie viel genauer über das Cottage aus, als Polly es getan hatte, so daß Polly schließlich sagte: »Wieso sehen wir es uns nicht an? An einem Wochenende?« Und sie hörte sich selbst ziemlich unhöflich sagen: »O nein. Ich will dort niemanden haben. Es ist viel zu primitiv, vor allem für dich, Poll. Sie will mit Häusern immer irgendwas anstellen, sie einrichten und so.«

Und er sagte: »Ich weiß. Na ja. Mit meinem Haus hat sie entweder eine Lebensaufgabe übernommen, oder sie wird ihr Waterloo finden.« Er sah Polly an, und beide lächelten. Ständig sahen sie einander an und lächelten. Einmal griff er nach Pollys Hand und küßte sie, und Polly starrte danach mit einem so zufriedenen, seligen Blick auf die Hand, daß es Clary direkt – und schmerzhaft – ins Herz traf. Noël hatte sie nie, zu keiner Zeit, so behandelt.

Die Atmosphäre war dermaßen geladen mit solchen Dingen und regte zu so vielen schmerzhaften Vergleichen an, daß sie es am Ende nicht mehr aushalten konnte. Sie erklärte, sie sei müde und wolle ins Bett.

»Ich habe dein Bett frisch bezogen«, sagte Polly, die darauf bestanden hatte, mit ihr nach unten zu gehen. »Ich fürchte, Neville hat in deinem Zimmer ein gewaltiges Durcheinander angerichtet, aber wenigstens sind die Laken sauber.«

Und dann kam die unvermeidliche Frage.

»Du magst ihn doch, oder?«

»O ja, selbstverständlich. Ich finde, er ist ... richtig nett.«

»O, gut! Das hatte ich gehofft. Schlaf gut. Bis morgen.«

Aber sie konnte nicht schlafen. Wieder in diesem Zimmer zu sein, in dem sie hin und wieder eine Nacht mit Noël verbracht, wo sogar ihre letzte Begegnung stattgefunden hatte, brachte Elend und Qual in einem Ausmaß zurück, das sie längst nicht mehr erwartet hätte. Daß sie ihn so gern gehabt hatte, daß er sie niemals geliebt hatte, daß ihr das erst zu spät klargeworden war – all das tat mehr weh als je zuvor. Das war darauf zurückzuführen, daß sie nun alle drei Aspekte kannte, während sie ihr vorher nur einer nach dem anderen aufgefallen waren. Wieder und wieder hörte sie Noëls kalte, gereizte Erwiderung auf ihre Mitteilung, sie sei schwanger; wieder und wieder spielte sie sich im Geist Fenellas Stimme am Telefon vor, diese präzise Mischung aus Gleichgültigkeit und Feindseligkeit, die sie so vollkommen verblüfft hatte – die beiden waren also niemals ihre wunderbaren, lieben, engen Freunde gewesen. Nie. Clary hatte das dumpfe Gefühl, ausgenutzt worden zu sein, obwohl sie nicht verstand warum; auf jeden Fall war sie dumm genug gewesen, ein williges, ja begeistertes Opfer abzugeben. Und alles, was mit ihrer Schwangerschaft zusammenhing, fiel ihr wieder ein; sie erinnerte sich, wie sie nach der Abtreibung geblutet und geweint hatte, und weinte erneut, während ihr Stolz zerfiel, bis nichts mehr als Demütigung blieb. Die ganze Nacht quälte sie sich wegen all der Menschen, die sie verloren hatte. Ihre Mutter, die sie für immer verlassen hatte, indem sie gestorben war – von der ihr nur eine einzige Postkarte geblieben war und ein paar Erinnerungen, über die sie nicht hatte sprechen können, weil sie ihren Vater nicht traurig machen wollte. Und dann Dad selbst, der verschwunden war und sie jahrelang allein gelassen hatte. Er würde nie erfahren, was seine Abwesenheit sie gekostet hatte. Und als er wiedergekommen war, hatte er natürlich eine neue, viel hübschere Tochter vorgefunden, um die er sich kümmern mußte, und sie, die nun angeblich erwachsen war, war auf sich selbst gestellt. Und Polly würde bald heiraten, was wohl bedeutete, daß sie nicht mehr dieselbe Art Freundschaft haben wollte, wie sie die ganzen Jahre zwischen ihnen bestanden hatte. Clary hatte jenen Zustand erreicht, indem man nach immer neuen Gründen sucht, um sein Elend zu rechtfertigen. Und ich sehe auch nicht aus wie Polly, also wird mir niemals so etwas passieren wie ihr, dachte sie, als sie das Licht anmachte, um in ihrer Kommode nach einem Taschentuch zu suchen. Aber es stellte sich heraus, daß in der Kommode lauter Sachen von Neville waren – schmutzige Hemden, Noten, halbleere Keksschachteln, abgebrochene Bleistifte, Filmrollen ... Ihre Kommode! Vollgestopft mit Nevilles Sachen! Und er hatte sie nicht einmal gefragt, ob er ihr Zimmer benutzen könne! Sie fand eins seiner Taschentücher – aus dünnem Band war »N. Cazalet« daraufgenäht. Ich werde es einfach benutzen und mitnehmen, dachte sie trotzig. Und dann ging ihr auf, daß sie sich wie ein wütendes kleines Mädchen benahm und überhaupt nicht wie eine Erwachsene, die tragische Ereignisse hinter sich hatte.

In diesem Augenblick hörte sie, wie die Haustür ins Schloß fiel. Also verbrachte Gerald die Nacht nicht mit Polly. Sie machte das Licht wieder aus; sie wollte nicht, daß Polly noch einmal hereinkam.

Offenbar hatte sie schließlich doch ein wenig geschlafen, denn als sie wieder aufwachte, begann es gerade zu dämmern. Sie stand auf, packte den Rucksack, mit dem sie gekommen war, und schrieb einen Brief an Polly: »Ich fahre zurück zum Cottage, ich möchte arbeiten. Tut mir leid, aber ich will im Augenblick nicht in dieser Wohnung sein. Das hat nichts mit dir zu tun – es hat andere Gründe. Alles Liebe, Clary.«

Sie brachte den Brief nach oben und legte ihn vor Pollys Tür. Es war halb sieben. Sie verließ das Haus und ging zur U-Bahn-Station Baker Street, von wo aus sie einen Zug nach Paddington nehmen wollte, um zum Cottage zurückzufahren.

Es regnete stark, und sie wurde auf dem Weg zur Baker Street vollkommen durchnäßt; sie hatte gerade noch genug Geld für die Fahrscheine, aber nicht mehr für ein Taxi für das letzte Stück der Reise. Das bedeutete einen Fußweg von drei Meilen, falls nicht irgend jemand sie mitnahm. Der Zug war ungeheizt; sie saß allein im Abteil, wünschte, sie hätte etwas Heißes zu trinken, und hoffte, daß es aufhören würde zu regnen, bis sie Pewsey erreichte.

Selbstverständlich war das nicht der Fall. Es schien den ganzen Tag lang regnen zu wollen, wenn nicht bis ans Ende der Zeit. Nur eine einzige andere Frau stieg in Pewsey aus und wurde von einem alten Mann im Tweedanzug und mit Pfeife abgeholt. Sie rollten in einem alten Morris Minor davon, bevor Clary Gelegenheit hatte zu fragen, wohin sie fuhren. Bis dahin war die Fahrt so etwas wie eine Flucht gewesen; selbst als sie zitternd und naß im Zug saß, hatte sie das Gefühl gehabt, daß alles anders und besser werden würde, wenn sie erst einmal angekommen war. Aber nun, als sie müde in Richtung Cottage lief, wurden die Leere und das Schweigen bedrückend. Sie würde noch mindestens vier Tage allein sein, und Archie, der davon ausging, daß er sie am kommenden Freitag mit zurücknehmen würde, hatte ihr nicht die üblichen fünf Pfund für den Haushalt gegeben. Sie würde kein Geld haben, etwas zu essen zu kaufen, und Vorräte waren kaum noch da. Ihr wurde bewußt, daß Archie nun schon seit Wochen für sie sorgte, denn seit sie nicht mehr arbeitete, hatte sie kein eigenes Geld mehr. Sie hatte einfach nie daran gedacht, aber jetzt erschreckte es sie. Sie hing vollkommen davon ab, daß Archie zum angekündigten Zeitpunkt auftauchte, und vielleicht war er ihr böse, weil sie aus London davongelaufen war (ohne ihm Bescheid zu sagen – ich hätte ihn anrufen können, dachte sie jetzt), und kam am Freitag einfach nicht.

Sie hatte den Teil der Straße erreicht, der durch den Wald führte, doch statt daß das ein wenig Schutz vor dem Regen bot, lösten sich hier dicke Tropfen von den Zweigen und landeten direkt in ihrem Nacken, bis sie bis auf die Haut naß war. Nur ein einziges Fahrzeug kam ihr entgegen, ein Traktor, der in die Gegenrichtung fuhr und dessen Fahrer sie fragte, ob es ihr regnerisch genug sei.

Der Schlüssel zum Cottage lag unter einem Stein nahe der Hintertür. Clary war schwindlig vor Erschöpfung, aber immerhin war sie angekommen.

Sie kochte sich eine Kanne Tee. Sie wußte, als nächstes hätte sie das Feuer anzünden sollen, aber sie war einfach zu müde. Sie nahm den Tee mit nach oben und zog ihre nassen Sachen aus. Es schien das einfachste zu sein, den Schlafanzug anzuziehen und sich ins Bett zu legen, aber dort wurde ihr nicht warm. Ihre Füße waren eiskalt, und ihre Zähne klapperten – wie bei Leuten in Büchern, dachte sie. Also stand sie wieder auf, machte sich eine Wärmflasche, versuchte, sich das Haar ein wenig abzutrocknen, und holte sich ein paar Wollsocken. Zurück im Bett, begann sie langsam aufzutauen, bis ihr schließlich warm genug war, daß sie einschlafen konnte.

Sie wachte erst wieder auf, als es schon dunkel war, und sie hatte großen Durst und Hunger. Aber als sie sich aufsetzte, tat ihr der Kopf so weh, daß sie es nicht über sich brachte, nach unten zu gehen. Sie trank, was von dem kalten Tee übriggeblieben war, und nahm zwei Aspirin, die sie im Badezimmer fand. Die Wärmflasche war kalt geworden, also stand sie auf und füllte sie am Warmwasserhahn im Bad. Diese beiden Wege führten dazu, daß ihr wieder kalt wurde, und es dauerte eine Ewigkeit, bis das Frieren nachließ.

Sie verbrachte eine ganze Nacht mit fiebrigen Gedanken und Träumen. Es war schwer zu sagen, was davon was war – was sie dachte und was sie träumte. Archie tauchte auf und erklärte, sie habe ihn enttäuscht und er gehe nun nach Frankreich, und Noël sprach ebenfalls davon, wie enttäuscht er sei von ihr und daß er sie nie wiedersehen wolle, und Polly erklärte, sie sei so glücklich, daß sie keine Freunde mehr brauche, und jemand, dessen Gesicht abgewandt war und dessen Stimme sie nicht erkannte, wiederholte immer wieder, sie gehöre nirgendwohin. Und dann lief sie eine Straße entlang, auf eine Menschenmenge zu, aber als sie sie erreichte, rissen die, die ihr am nächsten waren, entsetzt die Arme hoch, wie um sie abzuwehren, und alle anderen verschwanden, und dann war die Straße wieder leer, nur war es jetzt ein Feldweg, an dessen Ende sie das Cottage zu sehen glaubte, aber als sie näher kam, war dort nur ein schwarzes Loch, und sie fiel hinein, und beim Fallen wurde es heißer und heißer, bis sie brannte, und ein trommelndes Geräusch kam aus ihrem Kopf und jemand sagte, sie solle die Augen aufmachen, aber sie befürchtete, wenn sie das täte, würde sich nichts ändern – kein Traum, kein Unterschied.

»... es ist alles gut, Liebes, wach auf. Ich bin bei dir.«

Es war Dad. Er saß auf der Bettkante und strich ihr mit seinen langen, schlanken Fingern über die Stirn. Sie starrte ihn entsetzt an, weil sie befürchtete, daß er gar nicht wirklich da war, und dann voller Angst, daß er böse auf sie sein könnte, weil sie hier im Cottage war, weit weg von zu Hause, obwohl sie sich nicht einmal mehr erinnern konnte, wo das war ... »O Dad!« sagte sie. »Dad! Ich bin so froh, daß du hier bist!« Aber als sie ihm ins Gesicht sah und sich freute, daß er gelächelt hatte, bemerkte sie seinen ernsten Blick und erkannte, daß es überhaupt nicht Dad war, sondern Archie.

»Ich bin's, Archie«, sagte er.

»Ich weiß. Jetzt sehe ich dich deutlich. Ich glaube, ich habe geträumt. Schreckliche Träume.«

Er nahm sie in den Arm, als sie zu weinen begann, und wiegte sie sanft, während sie versuchte, ihm alles zu erzählen – aber es waren nur unzusammenhängende Bruchstücke, die keinen Sinn ergaben.

»Ist nicht so schlimm«, sagte er immer wieder, als sie verzweifelt wiederholte, es sei niemand da, überhaupt niemand, sie habe niemanden finden können. »Ich habe ein paar Leute gesehen, aber sie sind verschwunden, als wären sie geschmolzen.«

»Das überrascht mich nicht«, sagte er. »Du bist glühend heiß. Jetzt beug dich mal ein wenig vor, damit ich deine Kissen aufschütteln kann.«

»Ist schon Freitag?

»Nein, es ist erst Dienstag.«

»Noch lange Zeit bis Freitag.«

»Das könnte man sagen.«

»Warum bist du dann hier?«

Er richtete sich auf, nachdem er ihr Teetablett vom Boden aufgehoben hatte, und sah sie einen Augenblick an – nachdenklich, wie sie dachte.

»Ich wollte dich sehen.«

»O. Mich sehen.« Sie verspürte eine andere Art von Wärme.

»Nur, um dich zu sehen«, sagte er und ging mit dem Tablett hinaus.

Sie lehnte sich wieder in die Kissen: Sie war plötzlich so zufrieden, erleichtert und froh, daß sie sich kaum mehr krank fühlte.

Er blieb die ganze Woche. Die ersten beiden Tage blieb sie im Bett, weil sie Fieber hatte. Er kochte ihr kannenweise Tee und brachte ihr eine Flasche Robinson's Gerstenwasser mit Zitrone und einen großen Krug Wasser zum Mischen. Er machte Feuer in ihrem Zimmer, und morgens, nachdem sie gebadet hatte, lag sie im Bett und las ein Buch mit dem Titel *Farm der Tiere,* das er ihr mitgebracht hatte, während er sie zeichnete. »Ich muß schließlich üben«, sagte er, »und da kannst du dich auch nützlich machen.«

Nach dem Mittagessen ging er einkaufen, oder er erledigte die Hausarbeit, während sie schlief. Jeden Nachmittag schlief sie tief und traumlos, und wenn es dämmerte und das Feuer heller schimmerte, wachte sie wieder auf.

Dann brachte er Tabletts mit dem Abendessen herauf, und danach spielten sie Karten. Sie führten schon seit Monaten Tabellen, und er meinte, sie schulde ihm bereits zweihundertdreiundfünfzig Pfund.

Als es ihr besserging, nahmen sie ihr normales Leben wieder auf, und als er am nächsten Montag nach London fuhr, machte sie sich wieder an ihr Buch.

Er hatte sie gefragt, wieso sie zurückgefahren sei, und sie erzählte ihm von Polly und Gerald – und ein wenig, wenn auch nicht viel, davon, wie sehr sie ihr Zimmer gehaßt hatte, wegen Noël.

»Wußtest du von Polly und Gerald?« fragte sie.

»Ja. Aber Polly wollte es dir selbst sagen.«

»Glaubst du, er ist gut für sie?«

»Ich glaube, er ist sehr gut für sie. Er ist wirklich ein netter Kerl, und sie wird eine prima Countess abgeben.

»*Was?*«

»Hat sie das nicht erwähnt? Er ist ein Lord. Also wird sie selbstverständlich eine Lady sein.«

»Lady wer?«

»Fakenham. Hat sie dir nicht von seinem Haus erzählt? Es ist riesengroß und in schrecklichem Zustand – genau das Richtige für Polly.«

»Ja, das stimmt. Ich sehe schon, daß das Haus irgendwie dazugehört. Ich dachte nur – ich meine, stell dir vor, sie heiratet ihn und alles geht schief? Sie hören auf, einander zu lieben; selbst wenn nur einer von beiden aufhört ...«

»Na ja, das wäre wirklich ziemlich traurig, aber ich denke, man muß solche Risiken eingehen, und ich nehme an, im Fall der beiden ist das Risiko sehr gering. Aber das ist ihre Angelegenheit, Clary. Du kannst niemandem vorschreiben, wen er lieben soll oder nicht.«

»Nein.«

»Hättest du dich im geringsten darum geschert, wenn ich dir geraten hätte, dich nicht mit Nummer eins, Noël, einzulassen?«

»Nein. Also gut, ich verstehe, du hast gewonnen.«

Sie verbrachten auch Weihnachten im Cottage. Er hatte sie gefragt, ob sie nach Home Place oder London fahren wollte, und sie hatte gesagt, sie wolle bleiben, wo sie sei. Das Buch hatte ein Stadium erreicht, in dem alles besser funktionierte, als sie sich zu Anfang hätte vorstellen können, aber sie hatte angefangen, sich wegen des Schlusses Gedanken zu machen, und wollte sich durch die Feiertage nicht unterbrechen lassen. Aber sie fühlte sich auch – obwohl sie das Archie gegenüber nicht erwähnte – unbehaglich bei dem Gedanken, das Cottage zu verlassen, wo sie doch sicher und von ihrem alten Leben abgeschnitten war. Sie wollte einfach nur schreiben, sich um den Garten kümmern und an den Wochenenden mit Archie zusammensein. Er brachte ihr bei, wie man Gemüsesuppe kochte und interessante Salate mit Kartoffeln oder Eiern oder Anchovis zubereitete. Sie säte Gemüse und pflanzte Knollen, die an Weihnachten sprießen sollten.

Einmal sprach sie auch mit ihm darüber, daß sie kein Geld hatte und daß er für alles zahlen mußte. Anfangs sagte er, sie könne es ihm zurückzahlen, wenn ihr Buch veröffentlicht werde, aber sie hatte immerhin in einer Literaturagentur gearbeitet und wußte, daß Autoren für ihr erstes Buch kaum je bezahlt wurden – und manchmal auch für die folgenden nicht. Als sie ihn darauf hinwies, meinte er, ihr Vater würde ihr vielleicht ein Taschengeld aussetzen, wenn sie ihn darum bitte. Also schlug sie vor, ihn ins Cottage einzuladen, aber Archie schien das nicht zu wollen und meinte nein, sie solle sich in London mit ihm treffen.

Seit Weihnachten arbeitete Archie nicht mehr, und obwohl er die Wohnung in London noch hatte, verbrachte er mehr und mehr Zeit im Cottage und war draußen und malte, wann immer das Wetter es erlaubte. »Ich könnte morgens hinfahren und abends zurückkommen«, sagte sie.

»Nein, fahr über Nacht«, sagte Archie. »Wenn du nicht an einem Wochenende hinfährst, wird er arbeiten müssen.«

»Warum willst du nicht, daß er herkommt?«

»Er könnte es falsch verstehen.«

»Ach, das! Ich könnte es ihm doch erklären.«

»Was würdest du ihm denn sagen?«

»Ich würde ihm sagen ... daß wir *Freunde* sind. Sind wir doch, oder?«

»Könnte man sagen.«

»Du scheinst darüber nicht sehr erfreut zu sein.«

»Was erwartest du denn? Daß ich vor Freude auf und ab hüpfe? Wie du?«

»Ich hüpfe nicht«, sagte sie. Offenbar fand er, daß sie nachtragend war und schmollte, und das gefiel ihr nicht. Den Rest des Nachmittags gingen sie getrennter Wege. Er war am Kanal und malte, und sie sammelte Zweige, die in dem Stück Waldgarten heruntergefallen waren, wo die Schneeglöckchen und Primeln wachsen sollten. Und dabei ging es ihr zusehends schlechter. Sie dachte daran, wie nett Archie gewesen war, wie er sich um sie gekümmert, das Cottage aufgetan und sie finanziell unterstützt hatte, wie er sie immer ermutigte, an ihrem Buch weiterzuschreiben – er hatte monatelang wirklich alles für sie getan. Sie dachte daran, wie gut er zu Neville gewesen war, als ihr Vater noch weg gewesen war, und wie taktvoll, als Polly sich in ihn verliebt hatte. Er war wirklich der liebste und beste Mensch, dem sie je begegnet war. Und sie machte schon Schwierigkeiten, wenn er ein einziges Mal etwas von ihr erwartete.

Als sie wieder ins Cottage kam, stand er am Spülbecken und wusch die Pinsel aus.

»Ich möchte mich entschuldigen«, sagte sie. »Ich war gemein zu dir. Selbstverständlich werde ich Dad nichts von unserem Leben erzählen. Wenn er mich fragt, werde ich einfach sagen, daß du schrecklich nett gewesen bist – wie eine Art zweiter Vater.«

Er schwieg. Er drehte sich nicht um, aber irgendwann hörte sie ihn lachen, also dachte sie, es wäre alles in Ordnung.

Sie fuhr über Nacht nach London und blieb bei Dad und Zoë in ihrer ziemlich großartigen neuen Wohnung am Ladbroke Square. Beide schienen sich sehr über ihren Besuch zu freuen, und Juliet kam von draußen hereingerannt, um sie zu umarmen.

»Du hast dir die Haare wachsen lassen!« rief sie. »Jetzt bist du erwachsen! Warum trägst du keinen Lippenstift? Mummy, ein Junge, der Hastings heißt, wird herkommen und bei uns bleiben, weil er weglaufen will.«

»Warum will er denn weglaufen?«

»Seine Eltern sind so grausam zu ihm. Er hat sich oben auf eine Mauer gestellt, weil er herunterspringen wollte, aber sie wollten das nicht, also haben sie ihn aufgefangen, als er gesprungen ist, und damit alles verdorben! Ich werde bei Pollys Hochzeit Brautjungfer sein! Wenn du hinkommst, kannst du mich in einem langen Kleid sehen, und vielleicht«, sie senkte dramatisch die Stimme, »ich bin fast sicher ... es kann immerhin sein ... mit Lippenstift. Ein bißchen jedenfalls.«

Zoë ging mit Jules hinaus, und Dad brachte sie nach oben ins Wohnzimmer, wo sie etwas trinken wollten.

»Laß dich erst einmal ansehen«, sagte er. »Du hast dich ziemlich verändert, seit ich dich zum letztenmal gesehen habe – und das ist weiß Gott viel zu lange her. Du bist sehr dünn geworden.«

»Ja? Ist mir nicht aufgefallen.«

»Aber es steht dir. Was hast du gemacht? Archie hat mir gesagt, daß du schreibst.«

Sie erzählte ihm von dem Buch. Keine Einzelheiten, aber daß sie daran schrieb. Dann fragte er von sich aus, wie sie mit dem Geld zurechtkäme, und sie erklärte, sie habe keins. »Ich habe

Polly nicht mal die Miete für die Wohnung gegeben«, sagte sie.

»Mach dir deswegen keine Gedanken«, sagte er. »Ich zahle die Miete jetzt für Neville. Er ist offenbar gern dort – er will nicht herkommen, und es schien mir nur vernünftig, daß er das Zimmer übernimmt.«

»O.« Wie sollte sie ihn nun noch um mehr Geld bitten?

»Aber das ist etwas anderes. Du mußt doch selbst Geld brauchen. Ich nehme an, Archie hat dich unterstützt. Das können wir nicht länger zulassen. Er hat wahrscheinlich ein wenig gespart, aber er erzählte, er wolle seine Stelle aufgeben,und dann wird er wahrscheinlich wieder nach Frankreich gehen und das Geld für seinen Neuanfang dort brauchen. Es ist die Hölle, wenn man nach so vielen Jahren wieder anfängt zu malen.«

»Hat er gesagt, daß er nach Frankreich will?«

»Er meinte, er wolle darüber nachdenken.«

»Wann war das?«

»Liebes, das weiß ich nicht mehr. Irgendwann im Herbst, glaube ich, nachdem er das Cottage für dich gefunden hatte. Ich glaube, er hat erwähnt, daß das Cottage sehr billig ist, fünfundzwanzig Pfund im Jahr. Wirst du dort bleiben, wenn du mit deinem Buch fertig bist?«

»Das weiß ich noch nicht.« Plötzlich hatte sie solche Angst, daß sie sich überhaupt nicht mehr auf das konzentrieren konnte, was Dad sagte. Wenn Archie nach Frankreich wollte, wieso hatte er ihr das nicht gesagt? Er hatte nur vor ein paar Monaten einmal gemeint, er hätte sich noch nicht entschieden. Wußte er jetzt, was er tun wollte?

»Jetzt fällt es mir wieder ein: Es war kurz vor Weihnachten.«

»Was?«

»Daß Archie über Frankreich gesprochen hat. Clary! Hör mir bitte zu! Ich wollte dir vorschlagen …«

Den Rest des Abends war sie vollkommen verzweifelt, obwohl sie sich sehr anstrengte, es die anderen nicht merken zu lassen. Zoë kam herein und meinte, Jules wolle ihr gute Nacht sagen, und sie ging nach unten zu Juliets Schlafzimmer. Es ist wahrscheinlich ein Mißverständnis, dachte sie auf der Treppe. Er würde mich doch nicht anlügen.

»Mummy sagt, daß du in einem Cottage wohnst. Gefällt es dir da?«

»Ja.«

»Mir würde so was nicht gefallen. Ich will auf einem Schiff wohnen. Oder in einem Flugzeug. Ja, in einem Flugzeug, weil ich keinen Garten haben will, dann brauche ich kein Unkraut zu jäten. Du bist meine Schwester, stimmt's? Irgendwie?«

»Ja, das bin ich. Wir haben denselben Vater.«

»Wo ist deine Mutter?«

»Sie ist gestorben.« Sie konnte das aussprechen, als ginge es um eine völlig andere Person.

Juliet umarmte sie und drückte sie fest an sich. »Das tut mir sehr, sehr, sehr leid.«

»Schon gut, Jules, das ist schon lange her.«

»O. Ich nehme an, es ist jetzt Geschichte. Wir haben in der Schule Geschichte, und da sterben die ganze Zeit irgendwelche Leute. Sie tun es dauernd, und dann müssen wir wieder was über eine neue Person lernen.«

Am nächsten Morgen fuhr Clary zurück. Sie hätte eigentlich erleichtert sein sollen. Dad hatte ihr hundertzwanzig Pfund im Jahr zugesagt, und er hatte ihr auf der Stelle zweihundert gegeben, damit sie Archie sein Geld zurückzahlen konnte. »Du wirst dir wahrscheinlich eine Arbeit suchen müssen«, sagte er. »Es ist nicht einfach, vom Bücherschreiben zu leben. Komm bald mal wieder. Verschwinde nicht wieder einfach.«

Archie holte sie am Bahnhof ab. Er beugte sich vor, um sie zu küssen, aber sie wandte sich ab, daß er nur ihr Ohr traf.

»Was ist denn?«

»Nichts. Dad wird mir Geld geben. Und er schickt dir diesen Scheck, für alles, was du für mich ausgegeben hast.«

»Ich habe kaum etwas für dich ausgegeben.«

Sie wollte nicht im Auto mit ihm darüber sprechen, also reagierte sie einfach nicht.

»Ich sage dir, was wir tun werden«, erklärte er, als er die Sachen, die er eingekauft hatte, auf dem Küchentisch abstellte. »Wir kaufen dir was Neues zum Anziehen, das könntest du wirklich brauchen. Ich kann diese zwei geflickten Pullover und die ausgebeulten Kordhosen bald nicht mehr sehen.«

»Nun, wenn du nach Frankreich gehst, wirst du sie ja nicht mehr sehen müssen.«

»Ach, darum geht es! Clary! Du hast wirklich ein Talent, aus einer Mücke einen Elefanten zu machen.«

»Ach ja? Es stört mich kein bißchen, daß du weggehen wirst, es stört mich nur, daß du es mir nicht gesagt hast. Anderen schon, aber mir nicht.«

»Das stimmt nicht.«

»Dad hat es mir erzählt, also versuch nicht, dich rauszureden.«

»Er hat mich gefragt, ob ich nach Frankreich zurückwill – nein, er hat gesagt, ich nehme an, du kehrst nach Frankreich zurück? Und ich habe gesagt, ich hätte mich noch nicht entschieden, aber es wäre möglich.«

»Daß du dort leben willst?«

»Ja. Wenn ich zurückgehe, habe ich schon vor, dort auch ein wenig zu leben.«

»Hör auf, Haare zu spalten. Du meinst es also ernst. Und ich nehme zur Kenntnis«, sie konnte nicht verhindern, daß ihre Stimme zitterte, »daß du mich nicht fragst.«

»Ob ich gehen darf? Nein.«

»Das meine ich nicht. Ob ich mit dir gehen will.«

Tödliches Schweigen. Er lehnte sich gegen das Spülbecken, mit dem Rücken zum Licht. Sie konnte sein Gesicht nicht sehen. Sie saß auf dem Küchentisch und nestelte an einem Taschenbuch herum, das im Einkaufskorb lag.

»Ich könnte nicht allein in diesem Cottage bleiben«, sagte sie. »Ich könnte nicht monatelang ganz allein sein. Ich würde verrückt werden, wenn ich niemanden zum Reden hätte. Das solltest du eigentlich verstehen.«

Plötzlich kam er zum Tisch, legte ihr die Hände auf die Schultern und verschränkte dann überraschend die Arme.

»Du könntest nach London zurückkehren«, sagte er. »Du wirst dir ohnehin eine Stelle suchen müssen, damit du Geld hast, während du schreibst. Wenigstens die erste Zeit.«

»Das weiß ich«, sagte sie. Sie spürte, wie ihr die Tränen kamen. »Ich weiß, daß ich eine Arbeit finden muß, und das werde ich auch. Es ist nur ... ich glaube nicht, daß ich irgendwas tun kann, wenn du einfach nicht mehr da bist. Du sagst mir, was ich tun soll. Und dann kann ich es tun.«

»Du hast dich daran gewöhnt, zwei Väter zu haben.«

»Wahrscheinlich.«

»Nun«, meinte er kühl, »es ist an der Zeit, daß du erwachsen wirst. Du mußt auf eigenen Füßen stehen. Ein Vater ist den meisten Menschen mehr als genug.«

»Warum hast du dich um mich gekümmert, wenn du so denkst?«

»Weil es dir schlechtging. Aber das ist jetzt anders, du bist darüber hinweg und bereit für den nächsten Schritt.«

»Welchen nächsten Schritt?«

»Ach, du wirst einen netteren Mann finden als Nummer eins und dich wie ein normales, erwachsenes Mädchen verlieben. Und jetzt hör auf zu schniefen und hilf mir beim Kochen.«

»Ich will nichts essen«, sagte sie und hörte, daß sie klang wie ein schmollendes Kind, was sie noch wütender und verzweifelter machte.

»Ich schon.«

Also schälte sie Kartoffeln und putzte Salat, und es wurde kein Wort mehr gesprochen. Nachdem sie die Kartoffeln aufgesetzt hatte, ging sie nach oben, um sich umzuziehen – für die Fahrt nach London hatte sie ihren einzigen Rock und ein Flanellhemd von Archie getragen. Sie zog ihre Baumwollhose an, eins von Dads alten Hemden und verzichtete bewußt darauf, sich zu kämmen. Erst sagte er ihr, sie sollte unabhängig werden, und dann wollte er neue Kleider mit ihr kaufen! Wenn er sich einbildete, daß sie ihr Aussehen veränderte, nur um ihm zu gefallen, dann hatte er sich geirrt. Sie konnte sich sehr wohl eine neue Arbeit suchen und mußte weder hier noch in der Blandford Street wohnen; sie konnte ganz von vorn anfangen. Wie schrecklich das Leben auch sein mochte, es ging immer weiter. Kein tröstlicher Gedanke. Sie zog das Hemd wieder aus und griff nach ihrem löchrigsten Pullover. Man kann sich nie wirklich auf andere verlassen – immer nur auf sich selbst.

Als sie wieder nach unten ging (was ihr ziemlich schwerfiel – ihre Würde war bedenklich ins Wanken geraten, aber sie würde wahrhaftig nicht aufgeben und anfangen zu »schniefen«, wie er es nannte), blickte er vom Kartoffelstampfen auf und sagte ruhig: »Clary. Ich würde nie irgendwelche Pläne machen und mich hinter deinem Rücken davonstehlen. Wenn du das gedacht hast, dann muß ich mich entschuldigen.« Er sah sie an und schien versöhnt.

Wochen danach arbeitete sie angestrengt – genauer gesagt, sie überarbeitete, was sie bisher geschrieben hatte. Sie war zur Perfektionistin geworden: Nichts von dem, was sie geschrieben hatte, schien ihr ganz richtig oder gut genug zu sein, und sie war besessen von dem Gedanken, zumindest das erste Kapitel zu vervollkommnen.

Im April kündigte Archie an, er werde das Wochenende in Home Place verbringen. Er war von einem seiner Besuche in London zurückgekommen, wohin er meist einmal in der Woche fuhr, und sagte es ihr beim Abendessen.

»Warum denn das?«

»Weil die Duchy mich darum gebeten hat. Edward und seine neue Frau werden zum erstenmal hinkommen, und sie hat mich gebeten, dabeizusein.«

»O.«

»Du könntest Poll übers Wochenende einladen. Ich bin sicher, sie würde sich freuen.«

»Das könnte ich selbstverständlich, wenn ich wollte.« Sie dachte darüber nach: Jeder Besuch eines Außenseiters würde bedeuten, daß sie nicht arbeiten konnte.

»Es würde dir guttun, ein paar freie Tage zu haben«, sagte er, als wüßte er, was sie dachte.

»Nein. Ich werde sie einladen, wenn ich mit dem Buch fertig bin.«

Also fuhr er los, und es fühlte sich sehr seltsam an. Sie verbrachte den Morgen damit, alles zu lesen, was sie geschrieben hatte, und dann beschloß sie, das erste Kapitel auf der gebrauchten Schreibmaschine, die Archie ihr zu Weihnachten geschenkt hatte, abzutippen. Wenn es getippt war, würde sie einiges vielleicht besser erkennen können. Aber auch in der neuen Gestalt schien es noch nicht richtig zu sein. Sie war verzweifelt, und am

Sonntag abend beschloß sie, es Archie zu zeigen – sie würde es ihn lesen lassen und sehen, wie er reagierte. Wenn er sagt, daß es überhaupt nichts taugt, werde ich aufhören müssen, dachte sie. Aber dann weiß ich es wenigstens.

Er kam in bester Laune zurück. Ja, es sei sehr schön gewesen. Ihr Vater sei dort gewesen, und Teddy mit seiner unglaublichen Frau. Sie fragte nach Onkel Edwards neuer Frau, und er sagte, sie sei sehr bemüht, allen zu gefallen, und er nehme an, daß sie schon ganz in Ordnung sei. »Was mir nicht genügen würde«, fügte er hinzu.

Nach dem Abendessen gab sie ihm das getippte Kapitel. »Ich will wissen, was du davon hältst«, sagte sie. »Solltest du es nicht gut finden, möchte ich das lieber gleich wissen. Dann höre ich auf.«

Er blickte von den Blättern, die sie ihm gegeben hatte, auf und sagte: »Selbstverständlich werde ich ehrlich mit dir sein, Clary, aber du darfst nicht vergessen, daß es nur meine Meinung sein wird – keine kosmische Erkenntnis. Du solltest nicht zuviel darauf geben.«

Sie konnte es nicht ertragen, mit ihm im selben Zimmer zu sein, während er las, also ging sie ins Bad und wusch sich das Haar. Als sie zurückkam, um es vor dem Feuer zu trocknen, war er fertig.

»Und?«

»Nun, einiges ist wirklich sehr gut. Ein paar Stellen kommen mir fast zu gut vor.«

»Wie meinst du das?«

»Als würdest du dir mehr Gedanken darum machen, wie du etwas tust, als daß du es überhaupt tust. Mir gefallen die einfacheren Stellen am besten. Sag mir, was du mit diesem Kapitel erreichen wolltest, was ich – der Leser – am Ende wissen sollte.«

Sie sagte es ihm. Es brauchte nicht lange und schien ziemlich wenig und einfach zu sein.

»Ja, das scheint ganz in Ordnung zu sein. Aber manchmal hast du dein Ziel verwischt, indem du zu ausführlich geworden bist. Zum Beispiel die Stelle, an der Mary Anne begreift, daß ihr Vater sich nicht für sie interessiert. Das ist ein Schock. Ich glaube nicht, daß sie in dem Moment darüber nachdenkt, wie das Zimmer aussieht, oder an ihre frühesten Erinnerungen an alles mögliche. Ich glaube, sie ist viel zu traurig über das, was ihr Vater gerade gesagt hat. Aber das ist nur eine unwesentliche Kritik. Es liest sich, als hättest du es dir häufig noch einmal anders überlegt und als wäre dabei das Gefühl ein wenig verlorengegangen. Das denke ich jedenfalls.«

»Im ersten Entwurf hatte ich nur geschrieben: ›Also gab es niemanden, der sie liebte.‹ Das war alles.«

»Siehst du? Das ist viel besser. Das Gefühl ist klar und deutlich. Lieber Himmel, ich bin sicher kein Literaturkritiker. Könnte ich den ersten Entwurf mal sehen?«

»Du wirst meine Handschrift nicht lesen können.«

»Ich glaube, das schaffe ich schon.«

Aber sie sagte, sie werde es für ihn abtippen.

Nachdem er die erste Fassung gelesen und gesagt hatte, sie gefalle ihm viel besser, war sie ungeheuer erleichtert.

»O Archie! Das freut mich wirklich! Ich hatte schon Angst, daß du sagen würdest, das ist auch schlecht, nur auf andere Art.«

»Und was hättest du dann getan?«

»Ich weiß nicht. Wahrscheinlich aufgegeben.«

»Sag das nie wieder. Wenn du dein Leben mit Schreiben verbringen willst, mußt du lernen, dich auf dein eigenes Urteil zu verlassen. Du kannst durchaus auf das achten, was andere sagen, aber entscheidend muß sein, was du selbst für richtig hältst.«

»Du fragst mich oft, was ich von deinen Bildern halte.«

»Ja, aber ich mache trotzdem weiter, was du auch sagst.«

Sie dachte daran, wie oft er ihr seine Bilder und Zeichnungen gezeigt und selbst abfällige Bemerkungen darüber gemacht hatte, und an die unzähligen, häufig absurden Berufsalternativen, die er sich ausgeheckt hatte für den Tag, an dem er das Handtuch werfen würde.

»Worüber lächelst du?«

»Nichts. Ich denke nur, wir sind uns in so mancher Hinsicht ziemlich ähnlich.«

Archie malte jetzt viel. Er brachte ein paar Bilder nach London, um sie Galeristen zu zeigen, und kam in ziemlich finsterer

Stimmung zurück. Nur einer habe sich interessiert gezeigt, sagte er, ein Mann, der ihm vor dem Krieg eine Ausstellung ermöglicht habe, aber jetzt werde das nicht möglich sein, er werde lediglich ein paar von Archies Landschaften in einer Sammelausstellung aufhängen.

»Das ist immerhin ein Anfang«, sagte sie.

»Ich kann ja wohl kaum von deinem Geld leben.«

»Im Augenblick reicht es noch«, erwiderte sie bestimmt.

»Gerade eben so. Aber ich rechne natürlich damit, daß du dich als eine Mischung aus Agatha Christie und Jane Austen erweist und Tausende machst, während ich einfach nur schrecklich gut sein werde – wie Van Gogh – und kaum etwas verdiene.«

»Komisch. Ich dachte immer, du würdest so etwas wie Mabel Lucie Atwell oder Burne-Jones werden und ich Virginia Woolf.«

Dieses Spiel machte ihnen Spaß: Sie tauschten um die Wette kunstvolle und verdeckte Beleidigungen aus.

Und dann, Anfang Juni, ging alles schief. Wenn sie danach versuchte, darüber nachzudenken, wie alles angefangen hatte, fielen ihr nur Kleinigkeiten ein, die Hitze etwa und daß Archie gesagt hatte, er schlafe nicht sonderlich gut. Sie hatte den Kessel aufgesetzt, bevor sie ein Bad nahm, und ihn einfach vergessen. Archie war schon unterwegs, um an einem Bild weiterzumachen, an dem er an den schöneren Tagen vor dem Frühstück arbeitete, also bekam er nicht mit, daß es anfing, verbrannt zu riechen. Als Clary es endlich merkte, wickelte sie sich in ein Badetuch und rannte in die Küche, wo alles voll schwarzem Rauch war. Sie stellte den Herd ab und griff, ohne nachzudenken, nach dem Kessel, wobei sie sich selbstverständlich verbrannte. Sie schrie vor Schmerz und ging zum Spülbecken, um die Hand unters Wasser zu halten, und dabei rutschte das Badetuch weg und fiel auf den Boden. Als Archie, der ihren Schrei gehört hatte, in die Küche kam, war sie nackt. Er holte eine Tube mit Brandsalbe aus dem Bad und sagte, sie solle die Hand trockentupfen. Dann wickelte er sie wieder in das Badetuch und verband die Hand. Es war eine ziemlich schlimme Verbrennung, es würde Blasen geben. Trotzdem schien er beinahe böse auf sie zu sein, erklärte, sie sei verdammt unvorsichtig, und deutete an – wenn er es auch nicht aussprach –, daß sie es nicht besser verdient hatte. Er setzte einen Topf mit Wasser auf (der Kessel war nicht mehr zu retten) und sagte, sie solle um Himmels willen nach oben gehen und sich etwas anziehen. Ganz anders, als *sie* sich verhalten hätte, wenn er sich beim Frühstück machen verbrannt hätte. Aber als sie ihn darauf hinwies, fauchte er sie nur abermals an, sagte, sie seien über sehr viele Dinge nicht derselben Ansicht, weigerte sich aber, das näher auszuführen.

Am Abend erklärte er, er werde für einige Zeit verschwinden. »Ich will mir über dies und das klarwerden«, sagte er, »und ich denke, das solltest du auch.«

Und während sie sich noch fragte, was er damit meinte, sagte er: »Es kann schließlich nicht ewig so weitergehen.«

»Warum denn nicht?«

»Clary, um Himmels willen, werde doch endlich erwachsen! Ich muß mich entscheiden, was ich mit meiner Wohnung in London mache – und mit der in Frankreich. Ich kann mir auf Dauer nicht beide leisten.

Und du mußt lernen, mit deinem Leben selbst zurechtzukommen und nicht in allem von jemand anderem abhängig zu sein.«

»Ich komme zurecht!«

»Gut. Dann wirst du ja keine Probleme haben, während ich weg bin.«

»Wirst du in Frankreich bleiben?«

»Kann sein. Das habe ich noch nicht entschieden. Aber es gehört auch dazu, daß ich dir nicht sagen muß, wo ich bin. Und umgekehrt.«

»Mir würde es überhaupt nichts ausmachen, dir zu sagen, wo ich bin.«

»Das weiß ich.«

»Wie lange soll das gelten?«

»Ich werde zu Pollys Hochzeit kommen.«

»Das ist doch erst Mitte Juli. Das sind noch sechs Wochen!«

»Ungefähr.«

»Ich sehe einfach nicht ein, wozu das gut sein soll!« Dann sagte sie: »Du hast gesagt, du würdest mir helfen, auszusuchen, was ich bei der Hochzeit anziehen soll.«

»Was, wenn das Cottage abbrennt? Oder ich schrecklich

krank werde?« Diese und noch viele andere Fragen stellte sie ihm. Aber er sah sie nur an, zuckte die Achseln, lächelte und sagte: »Nun ja, wenn es ganz schlimm wird, hast du immer noch deinen Vater in London. Ich gebe zu, daß du mit Kleidern keine gute Hand hast, aber Zoë wird dir gern helfen, und sie kann das viel besser als ich. Und den Wasserkessel vergessen gehört zu den Dingen, die einem mit zweiundsiebzig viel öfter passieren als mit zweiundzwanzig. Du mußt jeden erdenklichen Vorteil nutzen, den es mit sich bringt, so mitleiderregend *jung* zu sein.«

Er war so nervtötend ruhig und ohne jegliches Mitgefühl, daß sie eher wütend auf ihn war als ruhig, und als er am nächsten Morgen davonfuhr, küßte sie ihn nur kalt auf die Wange.

Die Außenseiter

Sommer 1947

Sie war ziemlich erschöpft, und das war kein Wunder. Sie war die halbe Nacht aufgewesen, denn von kurzen Besuchen im Bad einmal abgesehen, hatte sie ihre Koffer packen müssen. Sie hatte sofort damit angefangen, nachdem Kitty ihr gesagt hatte, sie würden wegfahren, aber nachdem sie alles vom Kaminsims und aus den beiden obersten Schubladen eingepackt hatte, war der Koffer schon voll gewesen. »Und woher soll ich wissen, was ich brauchen werde?« hatte sie gerufen, als sie hoffnungslos zugesehen hatte, wie Rachel den Koffer ausgepackt und von vorn angefangen hatte.

»Du wirst nur zwei oder drei Wochen weg sein, Liebes, dazu brauchst du doch sicher nicht sämtliche Fotos, und ich fürchte, die Porzellanhunde könnten zerbrechen, also lassen wir sie lieber hier. Vielleicht nehmen wir nur das hübsche Foto von Flo mit?«

Sie hatte genickt. Flo war nicht mehr da, das wußte sie nun – alles, was ihr geblieben war, war dieses Foto, auf dem sie das Sommerkleid trug, das sie, Dolly, nie so recht gemocht hatte, zusammen mit den Bernsteinperlen, die, wie sie einmal angemerkt hatte, eigentlich eher als Winterschmuck geeignet waren.

Sie hatte Rachel das Packen überlassen – und selbst Rachel war klargeworden, daß sie mehr als einen Koffer brauchen würde –, aber nach dem Abendessen und nachdem man ihr gute Nacht gesagt hatte, war sie wieder aufgestanden und hatte sich selbst um alles gekümmert. Sie würde nicht nur zwei Wochen wegbleiben, sondern viel länger – länger, als die anderen offenbar wußten. Also mußte sie mitnehmen, soviel sie nur konnte.

Es war sehr spät, als sie die Koffer umgepackt hatte, und sie bekam sie einfach nicht zu. Früher hätten das die Dienstboten übernommen, aber die kamen in der letzten Zeit, wie ihr aufgefallen war, kaum mehr in ihre Nähe. Als sie sich schließlich wieder ins Bett legte, war die Wärmflasche kalt geworden, und sie mußte ohne sie auskommen. Einmal hatte sie versucht, sie aus dem Heißwasserhahn im Bad nachzufüllen, aber es mußte etwas mit dem Stöpsel nicht stimmen, denn in der Nacht war sie ausgelaufen.

Rachel sagte, daß man sich mitunter an Dinge nicht so recht erinnerte, wenn man älter wurde, und diese Bemerkung hatte sie sowohl erzürnt als auch gekränkt. Das stimmte einfach nicht. Sie erinnerte sich vielleicht nicht immer an alles, aber wenn sie sich an etwas erinnerte, dann immer ganz genau und in allen Einzelheiten. In dieser Nacht war sie allerdings zu erschöpft, um an alles zu denken, und lange Zeit fürchtete sie, zu müde zu sein, um einschlafen zu können. Aber am Ende mußte sie doch eingedöst sein, denn nun war Rachel mit ihrem Frühstückstablett da und sagte, es sei ein wunderschöner Morgen.

Als sie nach dem Waschen wieder in ihr Zimmer kam, waren die Koffer zu, also war das wohl in Ordnung. Sie war nervös, weil sie nicht ganz sicher war, ob sie nach Stanmore oder Home Place fahren würden – oder vielleicht auch woandershin. Das beunruhigte sie nach einiger Zeit so sehr, daß sie sich schließlich daranmachte, es herauszufinden.

»Ich nehme an, der Garten in Stanmore hat unter unserer Abwesenheit gelitten?« sagte sie zu Kitty, als sie unten im Wohnzimmer saßen, während der Chauffeur das Gepäck ins Automobil lud.

»Liebes, das weiß ich nicht. Ich nehme an, die neuen Bewohner haben sich darum gekümmert. Ich glaube, wir sollten nicht dorthin zurückfahren, um nachzusehen, findest du nicht auch?«

»O nein. Selbstverständlich nicht. Es wäre überhaupt nicht wie Home Place. Der Garten, meine ich.«

»Ich freue mich wirklich auf meine Rosen dort. Manche werden schon blühen, andere, noch besser, gerade erst anfangen. Wird das nicht schön?«

Also fuhren sie nach Home Place. Sie war schon mit Flo dort zu Besuch gewesen, und sie hatten sich ein Zimmer geteilt, und Flo hatte das Bett am Fenster gehabt, weil sie absolut versessen auf frische Luft war.

Als sie ins Auto stiegen, bemerkte sie, daß Rachel nicht mit ihnen kam. »Sie wird mit Sid Urlaub machen«, sagte Kitty, als sie beide sicher zugedeckt im Fond saßen. Es schien seltsam, daß Rachel überhaupt so etwas wie Urlaub wollte. Sie selbst hatte nie im Leben Urlaub gehabt – es sei denn, man zählte den Aufenthalt am Meer, in Rottingdean, nachdem sie und Flo die Masern gehabt hatten. »Es diente nur der Rekonvaleszenz«, sagte sie, und Kitty antwortete: »Nun, die arme Sid war auch wirklich sehr krank.«

Darauf antwortete sie nicht. Es war nicht ihre Schuld, wenn Kitty alles durcheinanderbrachte, obwohl das eigentlich nicht so sein sollte – schließlich war Kitty die jüngere!

Aber sie genoß die Fahrt. Tonbridge fuhr nicht zu schnell, und sobald sie auf dem Land waren, gab es Wiesen mit Butterblumen und Wiesenschaumkraut und Cottagegärten voller Blumen. Kitty schaute aus dem Fenster und wies sie immer wieder auf solche Dinge hin, aber dann konnte sie sie natürlich nicht mehr sehen, weil sie längst vorbeigefahren waren. Trotzdem tat sie so, als hätte sie alles gesehen, denn sie wollte Kitty nicht den Spaß verderben. Ihr Mann war gestorben, vor einiger Zeit schon, aber es schien sie nicht unmäßig belastet zu haben – ein Grund mehr, wie sie dachte, für ihr Unverheiratetsein dankbar zu sein. Es war seltsam, wie oft sie dieser Tage so tun mußte als ob: Als hätte sie gehört, was die Leute sagten; als hätte sie (manchmal zumindest) verstanden, wovon um alles in der Welt sie gerade sprachen; als fühle sie sich erheblich wohler, als es tatsächlich der Fall war; als brauche sie ihre Brille eigentlich kaum (sie konnte sie nie finden und hatte genug davon, immer danach fragen zu müssen); als hätte sie wunderbar geschlafen, obwohl das kaum je der Fall war; als wüßte sie, wer diese vielen Leute waren, die Kitty besuchten.

Sie wußte selbstverständlich, daß sie zu der riesigen Familie gehörten, in die Kitty eingeheiratet hatte, aber das half auch nicht weiter, wenn es um die jeweilige verwandtschaftliche Beziehung ging. Und vor allem mußte sie fast die ganze Zeit so tun, als wäre sie nicht müde. Was wirklich die größte aller Lügen war: Sie war beinahe ununterbrochen müde; meist wachte sie morgens schon müde auf. Ach ja, und sie konnte nichts mehr richtig verdauen. Als sie noch jung war, hatte Flo immer gesagt, sie habe einen Pferdemagen. Das hatte sie damals alles andere als freundlich gemeint, aber es war doch erheblich besser gewesen, als überhaupt nichts mehr richtig verdauen zu können, was neuerdings für sie der übliche Zustand war. Aber »da kann man nichts machen«, sagte sie laut, und Kitty warf ihr einen Blick zu und meinte: »Ja, da kann man nichts machen. Die Landluft wird uns beiden guttun.«

Sie war froh, als sie endlich ankamen, und sie tranken den Tee draußen auf dem Rasen, obwohl ihr ein wenig kühl wurde, aber Kitty bat Eileen, ihr eine dickere Strickjacke zu holen, auf die sie leider ein wenig Erdbeermarmelade kleckerte, aber sie wußte, daß sie in einem ihrer Koffer noch eine Jacke hatte.

Nach dem Tee bestand sie darauf, selbst auszupacken, obwohl Eileen sich anbot, ihr zu helfen. Es ermüdete sie, aber sie hatte das Gefühl, so könnte sie sich besser merken, wo alles war. Im Augenblick war niemand hier außer den Dienstboten, also aß sie mit Kitty, die ansonsten allein gewesen wäre. Aber bald danach erklärte sie, sie werde jetzt nach oben gehen, um sich ein wenig in ihrem Zimmer einzugewöhnen. Kitty begleitete sie, was bedeutete, daß sie schneller die Treppe hinaufsteigen mußte, als sie es allein getan hätte, und nachdem Kitty sich von ihr verabschiedet hatte, mußte sie sich erst einmal ziemlich atemlos aufs Bett setzen. Sie hatte sehr gut gegessen: Mrs. Cripps hatte ein Huhn gebraten – das hatte sie schon als Kind immer gemocht –, und es hatte neue Kartoffeln und Spinat aus dem Garten gegeben. Zum Nachtisch Rhabarberkuchen, und sie hatte immer gern Rhabarber gegessen und ganz vergessen, daß sie ihn nicht mehr vertrug. Nun hatte sie eine leichte Magenverstimmung. Sie blieb ein paar Minuten auf dem Bett sitzen, um sich auszuruhen. Das Fenster stand offen, und der Himmel hatte einen schönen, beruhigenden Lavendelton angenommen – es war immer noch ziemlich hell. Sie war wirklich erschöpft, aber sie mußte unbedingt noch einmal ins Bad, also stand sie wieder auf. Beim Auspacken hatte sie immer das Gefühl gehabt, daß in ihrem Zimmer etwas fehlte, wenngleich ihr nicht einfallen wollte, was, aber als sie aus dem Bad zurückkam, wußte sie es sofort. Flos Bett war verschwunden. Es hatte immer am Fenster gestanden, und nun war dort einfach nur der leere Raum, den es einmal eingenommen hatte. Das bedrückte sie: Es war, als wolle derjenige, der das Bett weggenommen hatte, wer immer es gewesen war, Flos Existenz leugnen. Nicht ihre derzeitige Existenz, sie wußte, daß Flo gegangen war – zu ihrem Schöpfer, zu Papa und Mama und ihrem lieben Bruder, der im Krieg gefallen war –, aber ihre Existenz ganz allgemein. Sie hatte dieses Zimmer immer mit Flo geteilt, und daß sie nun nicht mehr hier war, bewirkte, daß sie sich viel einsamer fühlte. Dann hatte sie eine sehr gute Idee: Sie würde *ihr* Bett ans Fenster schieben und dort schlafen, wo Flo geschlafen hatte. Daß dann da eine Lücke sein würde, wo ihr eigenes Bett gestanden hatte, machte nichts; schließlich wußte sie sehr gut, daß *sie* existierte. Sie schaute das Bett an und fragte sich, ob sie die Kraft aufbringen würde. »Wer nicht wagt, der nicht gewinnt«, sagte sie und fing an zu schieben. Das Bett stand auf Rollen, also bewegte es sich zeitweise recht leicht, aber manchmal blieb es auch im Teppichboden hängen. Sie gab nicht auf, schob immer wieder ein kleines Stück weiter, und am Ende, nach einem letzten Ruck, stand es genau dort, wo Flos Bett immer gestanden hatte.

Sie mußte sich schnell hinsetzen. Sie hatte ein schreckliches Magendrücken bis weit nach oben in die Brust und kniff die Augen zu, um es besser ertragen zu können. Als sie die Augen wieder öffnete, schien das Zimmer voller kleiner Fliegen zu sein – die waren zweifellos durch das offene Fenster hereingekommen. Sie drehte sich zum Fenster um. Das Licht, das einen dunkleren, graueren Lavendelton angenommen hatte, schien fliegenfrei zu sein, aber ihre Brust schmerzte immer noch, und sie drehte sich um, um die Kissen aufzuschütteln, damit sie aufrecht sitzen konnte, aber als sie sich zurücklehnte, war es, als drücke etwas gegen ihre Brust, das schmerzende Drücken eines schweren Gewichts, das sie erdrücken würde, wenn sie nicht aufpaßte ... Sie hörte eine entfernte, ein wenig keuchende Stimme, die ihr sagte, sie solle ruhig bleiben (konnte das Flo sein?), und wandte sich wieder dem Fenster zu, aber nun war es dort draußen dunkel – überhaupt keine Farben mehr –, und auf das Dunkel folgte ein so blendendweißes Licht, daß sie mit einem Schrei der Angst und des Erkennens darauf zufiel ...

»Schläfst du?«

Sie bekam keine Antwort, aber das war kein Wunder, es war sowohl für sie als auch für Rachel ein ereignisreicher Tag gewesen. Nur daß Rachel den anstrengenderen Teil abbekommen hatte. Nachdem sie am Morgen die Duchy und Dolly nach Home Place auf den Weg gebracht hatte, hatte sie selbst noch packen müssen. Sie hatte die Wohnung abgeschlossen und war dann zur Abbey Road gekommen, um *ihr* bei denselben Dingen zu helfen. Sie mußte sich immer noch nachmittags ausruhen und hatte Rachel angefleht, das gleiche zu tun. Aber das hatte sie selbstverständlich nicht getan; sie hatte die ganze Zeit damit verbracht, aufzuräumen, die Lebensmittel wegzuwerfen, die während ihrer Abwesenheit verderben würden, die Abtrockentücher zu waschen und beim Zeitungshändler die Rechnung zu bezahlen. Um fünf, als Sid nach einem langen, erfrischenden Schlaf erwachte, hatte Rachel ihr Tee gebracht. Und bei dieser Gelegenheit hatte sie ihr von den möglichen Zukunftsplänen der Duchy erzählt. Zu Anfang hatte sie befürchtet, das könnte bedeuten, daß Rachel in Home Place festsitzen würde, und sie hatte bedrückt darauf gewartet, zu erfahren, wie wenig von Rachels Zeit dann für sie abfiele. Aber Rachel hatte erklärt, die Duchy werde allein in Sussex ganz und gar zufrieden sein, solange die Familie an den Wochenenden vorbeikomme, und sie, Rachel, könne die Wohnung am Carlton Hill behalten, wenn sie das wolle, oder sie verkaufen und sich eine andere suchen. Sie war immer noch so schwach, daß jedes intensivere Gefühl ihr die Tränen in die Augen trieb, und Rachel, die das vorausgesehen hatte, hatte sich zu ihr aufs Bett gesetzt und sie in die Arme genommen. »Wir haben viel Zeit, darüber zu reden«, sagte sie. »Konzentrieren wir uns jetzt lieber darauf, den Zug zu erwischen.« Sie fuhren nach Schottland, mit dem Schlafwagen, das Auto fuhr im selben Zug mit nach Inverness, und wenn sie erst einmal dort waren – sie hatten noch keine weiteren Pläne gemacht –, würden sie einfach die Gegend erforschen und zwei Wochen lang bleiben, wo es ihnen gefiel. Sie waren zum Abendessen in ein bezauberndes Restaurant in der Charlotte Street gegangen, das Rupert ihnen empfohlen hatte, und dort hatten sie an einem Tisch mit einer Lampe mit einem roten Schirm gesessen und ein köstliches französisches Menü zu sich genommen. Sid mußte immer noch vorsichtig sein, durfte nichts Fettes essen und keinen Alkohol trinken, aber das störte sie überhaupt nicht. Sie war berauscht von der Vorfreude auf die bevorstehenden Abenteuer und dem Gefühl von Freiheit, und ihre Liebste sah so glücklich aus, wie sie selbst sich fühlte. »Meine Freundin war krank«, hatte Rachel zum Kellner gesagt, »also brauchen wir eine *einfache* Mahlzeit.« Und er hatte das verstanden und ihnen bei der Auswahl geholfen: Consommé Julienne, gegrillte Scholle und Himbeeren. Dann waren sie nach King's Cross gefahren, hatten das Auto abgeliefert und ihren Schlafwagen gesucht. Es war gerade noch Zeit gewesen, sich fürs Bett fertig zu machen, und dann war der Zug auch schon angefahren.

Nun lag sie im Dunkeln, lauschte den rhythmischen Fahrgeräuschen und dachte darüber nach, wie seltsam das Leben doch war.

Kaum ein Jahr zuvor, kurz nachdem Rachel mit ihren Eltern nach London gezogen und der Brig gestorben war, hatte sie geglaubt, es gebe für Rachel und sie keine gemeinsame Zukunft mehr. Rachel schien ihr aus dem Weg zu gehen, es sah beinahe aus, als fürchtete sie sich vor ihr, und gleichzeitig war sie offenkundig verzweifelt unglücklich. Es war wie eine Folter gewesen, zusehen zu müssen, daß sie es nur noch schlimmer machte. Schließlich hatte sie an Rachel geschrieben und gesagt, sie glaube, sie sollten einander vielleicht eine Weile nicht sehen. Es hatte sie viel gekostet, das zu schreiben, aber es war die letzte Möglichkeit gewesen; Rachels abgehärmtes Gesicht und ihre häufigen Andeutungen, wie nutzlos sie doch sei, und dazu die Tatsache, daß sie, Sid, offenbar nichts tun konnte, ihr diese Bürde zu erleichtern, hatten sie so deprimiert, daß sie das Gefühl gehabt hatte, dies sei alles, was sie Rachel bieten könne. Rachel hatte geantwortet, sie sei auch der Ansicht, daß dies vielleicht für »eine Weile« besser sei; sie hoffe, mit der Zeit imstande zu sein, »damit umzugehen«; sie bezweifle, jemals auch nur eine Minute von Sids Zeit wert gewesen zu sein, und sie bedaure zutiefst, sie so gequält zu haben. »Ich bin es einfach nicht wert!« hatte sie geschrieben. »Ich schäme mich so sehr!«

Also hatte sie Rachel während dieses Frühjahrs und Sommers nicht zu Gesicht bekommen – nur ein einziges Mal zufällig auf der Straße. Sie hatte gearbeitet, unterrichtet und schließlich eine ältere Frau gefunden, die sich um das Haus kümmerte, das ziemlich verkommen war, seit Thelma – von der sie glücklicherweise nichts mehr gehört hatte – nicht mehr bei ihr wohnte. Dann war im Herbst ihre Schwester Evie über sie hereingebrochen. Ihre letzte Beziehung war zu Bruch gegangen, und sie war so nervtötend gewesen wie eh und je. Sid hatte ihr helfen müssen, eine Stelle zu finden. Kurze Zeit hatte sie bei HMV gearbeitet und in der Oxford Street Schallplatten verkauft, aber sie hatte es Sid ununterbrochen übelgenommen, zu einer derart banalen Tätigkeit gezwungen zu sein, und bald hatte sie sich in diverse Krankheiten geflüchtet, die verhinderten, daß sie zur Arbeit ging – was am Ende natürlich dazu führte, daß man ihr kündigte. Dann war sie richtig krank geworden, hatte Gelbsucht bekommen, und Sid hatte sie pflegen müssen. Und gerade als Sid schon gefürchtet hatte, sie nie wieder loszuwerden (die Hälfte des kleinen Hauses in der Abbey Road gehörte ihr, und Sid war nicht in der Lage, sie auszuzahlen), hatte ihr der Dirigent, mit dem sie zu Beginn des Krieges ein kurzes Verhältnis gehabt hatte, eine kleine Summe hinterlassen. Sie war ein ganz anderer Mensch geworden. Fünftausend Pfund! Sie würde nach Amerika gehen, wo es so viele Orchester und Musiker gab, für die sie arbeiten konnte. Sie hatte sich neu eingekleidet – und dafür nicht nur ihre eigenen, sondern auch Sids sämtliche Kleidermarken verwendet – und war verschwunden. Was für eine Erleichterung!

An jenem ersten Abend, als sie wieder allein im Haus war und nur noch ein schwacher Hauch von *Abend in Paris* an die Anwesenheit ihrer Schwester erinnerte, hatte sie drei gewaltige Gin getrunken und sich einer Orgie mit Brahms-Schallplatten hingegeben. Bevor sie ins Bett gegangen war – ohne Abendessen, sie hatte es einfach nicht über sich gebracht, sich auch noch darum zu kümmern –, hatte sie das Fenster geöffnet, um diesen Duft loszuwerden, von dem ihr regelrecht übel wurde. Es war Februar gewesen und eiskalt. Sie hatte mitten in der Nacht aufstehen und die Fenster wieder schließen müssen.

Nach all der Arbeit in der Schule und mit dem Haus und mit Evie war sie so müde gewesen, daß sie beschlossen hatte, den Morgen über im Bett zu bleiben und sich die Nachrichten anzuhören. Evie hatte darauf bestanden, das Radio in ihrem Zimmer zu haben, solange sie krank war, und Sid hatte es in ihr eigenes Zimmer geholt, als es Evie wieder besser gegangen war. Die Hauptnachricht war, daß Großbritannien sich im Juni 1948 aus Indien zurückziehen würde. Nach Attlees Entscheidung, Lord Wavell zurückzuholen und an seiner Stelle Lord Louis Mountbatten damit zu betrauen, den Übergang Indiens zur Selbstregierung zu überwachen, hatte es im Parlament stürmische Debatten gegeben. Mr. Churchill, jetzt Oppositionsführer, war wütend gewesen, aber er hatte Mr. Attlee nicht bewegen können, seine Entscheidung noch einmal zu überdenken. Sid fragte sich, ob Attlee wirklich wußte, was er tat. Trotz der Verstaatlichung der Kohlengruben waren die Kohlen knapp, und die Lebensmittelrationen waren neuerlich verringert worden – es sei denn, man zählte, daß man jetzt für Twopence mehr Corned Beef pro Woche bekam. Den ganzen Winter über war es immer wieder zu Streiks und Stromsperren gekommen, und insgesamt hatten sie für eine Siegernation einiges ausstehen müssen.

Den ganzen Tag lang, während sie trotz des schrecklichen Wetters einkaufen ging, noch ein paar Zeitungen mehr in die Ritzen der alten Fensterrahmen stopfte, um die Kälte auszusperren, und sich eine Reihe von heißen Getränken machte, um endlich warm zu werden, grübelte sie, wieso sie sich eigentlich nicht wesentlich besser fühlte, nachdem Evie endlich verschwunden war. Schließlich glaubte sie, hungrig zu sein, aber als sie versuchte, etwas zu essen, konnte sie es nicht. Ihr war übel, und am Abend hatte sie furchtbare Kopfschmerzen und Fieber. Sie ging ins Bett, und am nächsten Tag fühlte sie sich noch viel schlechter. Sie war so krank, daß sie nicht einmal nach unten in die Küche gehen konnte, und den ganzen Tag nur Wasser aus dem Zahnputzglas im Bad trank.

Später – sie war nicht sicher, wieviel später, aber es waren wohl etwa zwei oder drei Tage – hörte sie es mehrmals an der Tür klingeln. Der verrückte Gedanke, es könnte Rachel sein, trieb sie aus dem Bett, und sie taumelte nach unten, um aufzumachen. Vor der

Tür stand die Duchy, bis zum Kinn in Mantel und Schal gehüllt und mit einem Strauß Schneeglöckchen in der Hand.

»Ich bin heute morgen hier vorbeigekommen«, sagte sie, »und habe die Milchflaschen draußen gesehen, die Sie nicht reingeholt hatten, und da habe ich gedacht, vielleicht geht es Ihnen nicht gut. Meine liebe Sid!«

Der Anblick eines vertrauten Gesichts und die freundliche, leise Stimme, die so besorgt klang, waren zuviel für sie. Sie brach auf dem Stuhl im Flur zusammen. Sie konnte noch sagen, daß es ihr nicht gutging, und dann hatte sie offenbar das Bewußtsein verloren, denn als nächstes spürte sie, daß sie den Kopf zwischen den Knien hatte, und hörte, wie die Duchy telefonierte.

»Ich habe den Arzt angerufen«, sagte die Duchy. »Glauben Sie, Sie schaffen es zurück ins Bett, wenn ich Ihnen helfe? Meine Liebe, Sie hätten uns wirklich anrufen sollen, wir sind doch in der Nähe und wären sofort gekommen.« Selbst jetzt fiel ihr auf, daß die Duchy Rachel nicht erwähnte.

Sie blieb, bis der Arzt kam, der verkündete, Sid habe Gelbsucht. Dann ging die Duchy in die Küche und kochte eine Kanne sehr schwachen Tee. »Ich fürchte, Milch ist nicht gestattet«, sagte sie, »aber etwas Heißes wird Ihnen guttun.«

Als sie ging, erklärte sie, sie werde am nächsten Tag wiederkommen. »Aber Sie sollten mir einen Schlüssel geben«, meinte sie, »dann müssen Sie nicht aufstehen.«

Doch es war Rachel, die vorbeikam, und nicht am nächsten Tag, sondern noch am selben Abend. Sie brachte eine Dose Suppe und ein wenig Obst, und es gab keine dramatische Wiedervereinigung. Sid war zu krank, um sich überrascht oder erfreut zu zeigen, und Rachel kümmerte sich genauso fürsorglich um sie, als hätten sie sich in den letzten Monaten alle paar Tage getroffen. Sie holte frisches Bettzeug heraus und machte ihr Bett; sie brachte eine Schüssel warmen Wassers, damit Sid sich waschen konnte; sie kämmte ihr sanft das Haar. Sie wärmte die Suppe auf und ermunterte Sid zum Essen. »Versuch nicht zu reden, Liebes«, sagte sie. »Ich weiß, wie schwach du dich fühlen mußt. Eine der Schwestern im Babyhotel hatte Gelbsucht, und sie hat sich schrecklich gefühlt. Ich habe dir ein wenig Gerstenwasser gemacht.«

Als Sid am nächsten Morgen aufwachte, war sie da, und es kam heraus, daß sie die Nacht in Evies Zimmer verbracht hatte.

»Du solltest nicht allein sein«, sagte sie.

Rachel pflegte sie wochenlang. Sid hatte jenen wenig schmeichelhaften Gelbton angenommen, der zu der Krankheit gehört, und sie war so schwach, daß sie stundenlang nur dalag und sich fragte, ob sie wohl die Kraft haben würde, sich das Haar aus der Stirn zu streifen. Rachel hatte sich als wunderbare Krankenpflegerin erwiesen. Kein Wort fiel über ihre Trennung, nur einmal, als Sid versucht hatte, ihrer Dankbarkeit Ausdruck zu verleihen, sah sie, wie Rachel langsam rot wurde, als sie antwortete: »Du weißt gar nicht, wie sehr es mich freut, etwas für dich tun zu können.«

Sie nahm das gern an, und sie sonnte sich in Zuneigung und Pflege. Als sie sich besser fühlte, ging Rachel manchmal nachmittags nach Hause. Irgendwann konnte Sid schließlich wieder aufstehen und an den schöneren Tagen im Garten sitzen, und die Duchy schickte ihr Tulpensträuße und Obstkompott mit, das sie von Home Place mitgebracht hatte. In einer wunderschönen Woche im April fuhr sie mit Rachel und der Duchy dorthin. Sie fuhren mit dem Zug, und Tonbridge holte sie vom Bahnhof ab. Die Duchy verbrachte den ganzen Tag im Garten, und manchmal spielte Sid abends die vertrauten Sonaten mit ihr, während Rachel auf dem Sofa lag, rauchte und ihnen zuhörte. Sie schliefen in getrennten Zimmern, und wenn sie sich für die Nacht zurückgezogen hatten, saß sie am Fenster, roch den Duft des Goldlacks, der von den Beeten auf dem Rasen aufstieg, spürte, wie sich die alte Sehnsucht nach Rachels Armen, ihren Küssen, ihrer endlosen Gegenwart wieder regte, und wünschte sich, ihre Geliebte wäre eine Julia, denn dann ... »Je mehr ich gebe, je mehr auch hab ich: beides ist unendlich«, das war die Zeile, die ihr in diesen einsamen Frühlingsnächten immer wieder durch den Kopf ging. Und dann hatte die Duchy nach ein paar Tagen plötzlich nach London zurückkehren müssen. Die Frau, die sich um die alte Tante Dolly kümmern sollte, hatte nicht weitermachen können; es hatte Probleme in ihrer eigenen Familie gegeben, und sie hatte angerufen, um das zu erklären. Und Sid hatte angenommen, damit wäre ihre

Zeit in Home Place zu Ende, weil Rachel mit ihrer Mutter zurückkehren würde. Aber die Duchy hatte nichts davon hören wollen.

»Ihr bleibt und bringt eure Woche hier zu Ende«, hatte sie zu Sid gesagt. »Es tut Ihnen so gut. Es tut euch beiden gut«, hatte sie hinzugefügt und Sid mit diesem offenen, direkten Blick angesehen, mit dem sie so vieles zu erkennen schien.

An diesem Abend war Rachel in ihr Zimmer gekommen und hatte zitternd auf ihrer Bettkante gesessen. »Ich möchte die Nacht mit dir verbringen«, hatte sie gesagt. »Das wollte ich immer schon, aber ich war so egoistisch.«

»Liebste, du bist der selbstloseste Mensch, den ich je kennengelernt habe«, hatte sie angesetzt, aber Rachel hatte ihr die Hand auf den Mund gelegt und gesagt: »Ich meine, wenn man jemanden liebt ... gibt es Dinge ...« Ihre zitternde, leise Stimme war vollends verklungen. Dann hatte sie tief Luft geholt und gesagt: »Du mußt mir zeigen, um was es geht, denn ich weiß es nicht. Ich habe es wirklich nie gewußt – und was immer ich darüber denke, ist vermutlich falsch.« Und es war offensichtlich gewesen, was es Rachel kostete, sie direkt anzusehen, als sie, mit einem leisen Lachen, sagte: »Ich werde mich wahrscheinlich nicht besonders geschickt anstellen ...«

Ihr war klargeworden, wie schändlich es gewesen wäre, dieses Angebot nicht anzunehmen – dieses liebevolle Geschenk. Wäre sie ihrem Stolz treu geblieben – hätte sie kein Opfer angenommen, ganz gleich, wie liebevoll es ihr dargeboten wurde –, hätte sich nichts verändert. Rachel hatte den Mut gefunden, und das mußte sie ebenfalls. Als sie die Bettdecke zurückgeschlagen hatte und Rachel sich neben sie legte, schlang Sid die Arme um ihre zitternden Schultern und sagte: »Ich liebe dich, und auch wenn dies hier zu nichts führt, werde ich dich lieben bis zum Tod. Wir haben beide Angst, aber davor brauchen wir keine Angst zu haben.«

Danach mußte sie an Dornröschen denken – ein einziger Kuß hatte nicht genügt, sie zu wecken, aber sie hatten einen Anfang gemacht.

»Du meintest, du hättest mir etwas Wichtiges zu sagen?«

Sie sagte es ihm.

»Aber ... wo willst du hin?«

Sie sagte es ihm.

»Aber was wirst du tun? Wie willst du deinen Lebensunterhalt verdienen? Ich meine, du wirst nicht in der Lage sein, Nannie zu bezahlen.«

»Ich dachte, es wäre das beste, wenn ich Sebastian und Nannie bei dir ließe. Ich könnte mich an Nannies freiem Tag um ihn kümmern.«

Er überlegte einen Augenblick. »Das ist ein ziemlicher Schock für mich, Liebling«, sagte er, »aber ich nehme an, du hast gründlich darüber nachgedacht. Über die Folgen. Könntest du nicht für eine Weile zu deinem Vater oder zu deiner Mutter ziehen und noch einmal über alles nachdenken?«

»Nein. Meine Stiefmutter, oder was immer sie ist, würde mich nicht bei sich haben wollen, und zu Mummy werde ich ganz bestimmt nicht ziehen.«

»Ich verstehe. Ich kann mir keine zwei Haushalte leisten.«

»Das weiß ich. Ich bitte dich auch nicht, für mich zu sorgen.«

Er sah sie an. Es war ein heißer, grauer Tag, und sie trug ein ärmelloses kaffeebraunes Leinenkleid und weiße Sandalen, und das lange, seidige Haar wurde von einem braunen Stirnband aus Samt gehalten. Sie war vierundzwanzig und seit fünf Jahren seine Frau; ihr Anblick bereitete ihm immer noch Freude, obwohl alles andere an ihr kein bißchen zufriedenstellend war.

»Es tut mir leid, daß du mich nicht liebst«, sagte er, und sie antwortete höflich: »Mir auch.«

»Ich nehme an, es war der Krieg – wir hätten warten sollen, bis er zu Ende war. Oder meinst du, das hätte keinen Unterschied gemacht?«

»Ich glaube nicht.« Sie steckte sich eine neue Zigarette an. Sie raucht zuviel, dachte er.

»Was hast du denn vor?« fragte er. »Willst du zurück zum Theater?«

»Ich glaube nicht. Ich nehme an, ich bin nicht gut genug. Ich werde mir irgendeine Arbeit suchen. Ich denke, wir sollten uns lieber scheiden lassen.«

»Du hast keinen Grund, dich von mir scheiden zu lassen. Ich habe dich nicht gebeten zu gehen.«

»Das weiß ich. Ich dachte, du möchtest dich vielleicht von mir scheiden lassen. Das macht mir nichts aus. Es gibt nur noch zwei Dinge ...«

»Ja?«

»Wäre es vielleicht möglich, daß du mir ein wenig Geld gibst für die Tage, an denen ich mich um Sebastian kümmere? Für Busfahrkarten und den Zoo und solche Sachen? Denn ich werde am Anfang bestimmt nicht viel haben.«

»Und was ist das andere?«

»Nun ja«, er sah, daß sie leicht errötete, »ich dachte, da ich wirklich keine Qualifikationen für irgendeine Arbeit habe, könntest du mir vielleicht eine Schreibmaschine bezahlen und eins dieser Bücher, dann könnte ich es mir selbst beibringen. Ich weiß nicht, was Schreibmaschinen kosten, aber vielleicht finde ich ja eine gebrauchte.«

»Sonst noch was?«

»Nein.«

»Ich sehe schon, daß ich dir nicht fehlen werde«, meinte er mit gewisser Bitterkeit, »aber was ist mit Sebastian? Es ist doch sehr seltsam, daß du ihn einfach so verläßt.«

»Das nehme ich an. Aber er könnte auf keinen Fall bei mir so leben, wie er es gewöhnt ist. Ich könnte mir Nannie nie leisten, und wie sollte ich das Geld für ihn verdienen, wenn ich die ganze Zeit bei ihm bleiben müßte? Außerdem bin ich ohnehin keine gute Mutter. Das war ich nie, das weißt du.«

Er dachte an das, was seine Mutter immer über Louises Mangel an mütterlichen Empfindungen sagte, und schwieg. Das war eine ihrer unangenehmsten – und unnatürlichsten – Seiten.

»Ich werde meine Sekretärin bitten, dir eine Schreibmaschine zu besorgen«, sagte er. »Und ich werde dir selbstverständlich ein kleines Taschengeld für Sebastian geben.«

»Danke, Michael. Ich bin dir wirklich dankbar. Und es tut mir leid, daß ich als Ehefrau so versagt habe. Es tut mir leid.«

»Wann willst du gehen?«

»Irgendwann diese Woche. Wahrscheinlich morgen. Polly zieht am Wochenende zu ihrem Vater, für die Zeit bis zu ihrer Hochzeit, und sie will mir vorher noch alles zeigen.«

»Und dann bist du dort allein?« Ihm war eingefallen, daß das für sie eine bedrohliche Vorstellung sein mußte.

»Am Anfang schon. Aber vielleicht wird Stella nach London zurückgeschickt, dann könnte sie zu mir ziehen; und wenn nicht, werde ich jemand anderes finden. Wegen der Miete. Wenn ich schon gehe, ist es besser, es bald zu tun.«

»Ja. So ist es wohl.«

Und damit war alles gesagt.

»Mein armer Liebling! Was für ein Schlag!«

»Ach, Mummy, ich denke, es ist zu unser aller Besten. Wir hatten kein großartiges Eheleben – schon seit einer Ewigkeit nicht mehr.«

»Was ist mit Sebastian?«

»Sie läßt ihn bei mir.«

»Sie ist wirklich sehr seltsam! Er könnte im Sommer mit Nannie nach Hatton kommen. Ist das nicht eine gute Idee? Und du bist selbstverständlich auch eingeladen, Liebling, wann immer dir danach ist.« Sie tunkte eine Erdbeere in ein *wenig* Zucker und Sahne und hielt sie ihm hin. Sie saßen im Garten hinter dem Haus in der Sonne und tranken Tee.

»Selbstverständlich wirst *du* dich von *ihr* scheiden lassen müssen.«

»Ja. Damit wäre sie einverstanden.«

»Und sie wird zu ihrer Mutter ziehen?«

»Nein. Sie wird in der Wohnung wohnen, die ihrer Cousine gehört hat – derjenigen, die nächste Woche heiratet.«

»Den Sohn der armen Lettie Fakenham. Den häßlichen?«

»Genau.«

»Seit ich ihr nach dem Tod ihres ältesten Sohns geschrieben habe, habe ich nichts mehr von ihr gehört. Die arme Frau, sie war vollkommen verzweifelt. In diesem monströsen Haus festzusitzen mit diesem häßlichen Sohn und einem Mann, der zum Steinerweichen langweilig war, und sie war etwas ganz anderes gewöhnt – jedenfalls in ihren Jugendjahren. Aber zurück zu dir, Mikey. Wie sieht es mit dem Geld aus? Ist sie sehr gierig? Sie war ziemlich hochnäsig und extravagant, als ihr in New York wart.«

»Das weiß ich. Aber der größte Teil von dem, was sie gekauft hat, waren Geschenke für andere, und sie hatte nie zuvor die Gelegenheit, Kleider zu kaufen – ich denke, all diese Läden, in denen man keine Marken brauchte, sind ihr zu Kopf gestiegen. Und außerdem«, fügte er hinzu, »hatte ich ihr gesagt, sie könne tun, was sie wolle.«

»Aber wie soll es jetzt weitergehen?«

»Sie erwartet nicht, daß ich für sie aufkomme. Sie hat mich wirklich nur um sehr wenig gebeten.«

»Ich nehme an, sie hat wieder einen Liebhaber.«

»Nein, das glaube ich nicht. Sie sagt nein, und ich glaube ihr. Sei nicht zu hart mit ihr, Mummy. Und wenn es nur um Sebastians willen ist.«

»Du hast recht, das darf ich nicht. Du bist ein so viel netterer Mensch als ich. Ich habe etwas von einer Tigerin an mir.«

Darüber mußte sie selbst lachen. »Nun, mein Lieber«, sagte sie, als er ging, »wir müssen bei allem auch die guten Seiten sehen. Du hast einen wunderbaren Sohn, meinen Enkel. Ich glaube, es war immer meine schlimmste Befürchtung, daß es dazu nicht kommen würde. Jetzt bin ich eine glückliche Frau. Und Großmutter.«

»Was für Neuigkeiten?«

»Wie bei den meisten Nachrichten hängt das davon ab, von welcher Warte aus man das Problem betrachtet.«

»Wie geht es dir jetzt?« fragte sie, nachdem er es ihr erzählt hatte.

»Ich weiß es nicht. In gewisser Weise bin ich erleichtert. Aber ich habe natürlich auch ein wenig das Gefühl, versagt zu haben.«

Sie hatten in Rowenas Haus zu Abend gegessen und saßen noch im Eßzimmer. Die Fenster standen offen, aber es regte sich kein Lüftchen; die Kerzen auf dem Tisch brannten ohne jegliches Flackern. Zwischen ihnen standen ein Sahnekännchen und ein

Strauß hellrosa Rosen, die beinahe verblüht waren. Das Mädchen hatte das Kaffeetablett gebracht und war für den Abend entlassen worden. Rowena beugte sich vor, und er sah, wie sich ihre Brüste in dem tief ausgeschnittenen Kleid bewegten.

»Liebster Mikey, es tut mir so leid. Es muß schrecklich gewesen sein. Für dich und für sie auch.«

»Ja. Wahrscheinlich.« Er hatte noch nicht darüber nachgedacht, wie Louise sich gefühlt haben mochte; immerhin war sie es gewesen, die ihn verlassen hatte, also hatte er es nicht für nötig gehalten, über ihre Gründe nachzudenken.

»Was ist mit dem Kind?«

»Sie läßt ihn bei mir. Meine Mutter wird ihn im Sommer nach Hatton holen.«

»O.«

»Ich bin froh, daß ich es dir gesagt habe.«

»Sag mir, soviel du willst.«

Und das tat er. Er erzählte, wie Louise ihn an diesem Morgen mit ihrer Mitteilung überrascht hatte, wie er danach ins Atelier gegangen war, aber nicht hatte arbeiten können, wie er seine Mutter angerufen hatte und wie nett sie gewesen war, und wie froh er gewesen war, als er sie, Rowena, angerufen und gehört hatte, daß sie an diesem Abend Zeit hatte.

»Es muß ein Schock gewesen sein. Ich meine, selbst wenn man so etwas beinahe erwartet, ist es ein Schock, wenn es dann passiert«, sagte sie.

Sie war einmal aufgestanden, während er ihr alles erzählt hatte, aber nur, um den Cognac zu holen und ihnen einzugießen.

»Wann geht sie?«

»Morgen«, sagte er. »Ich frage mich ... weißt du, schon der Gedanke, eine grausam lange Nacht mit ihr im selben Haus zu verbringen ... ich glaube, ich kann das nicht.«

Ihre Miene hellte sich auf. »Liebster Mikey! Du brauchst nicht um den heißen Brei herumzuschleichen. Du bist hier sehr, sehr willkommen.«

Wenn ihm zwei Jahre zuvor jemand gesagt hätte, daß die Arbeit einmal der einfachste Teil seines Lebens sein würde und alles andere ausgesprochen schwierig, hätte er kein Wort davon geglaubt.

Er war, am Ende einer anstrengenden Woche, auf dem mühsamen Weg von der Kaianlage nahe der Tower Bridge zurück nach Tufnell Park. Das Wetter war abwechselnd drückend heiß und stürmisch gewesen, und was immer er bei der Arbeit trug, war bald schweißdurchtränkt. Bernie hatte erklärt, sie habe genug davon, seine Hemden zu waschen, und er war dazu übergegangen, das selbst zu tun. Das Problem war: Wann immer er ihr gegenüber bei etwas nachgab, dachte sie sich etwas Neues aus. Er hatte das unangenehme Gefühl, daß sie die Achtung vor ihm verlor, obwohl sie ihn im Bett immer noch mochte. Dort erlebten sie jetzt – oder vielleicht war das immer schon so gewesen – ihre besten Stunden, dort konnte sie fordernd sein, ohne ihm etwas übelzunehmen, und manchmal war sie sogar zärtlich. Aber langsam spürte er, daß diese Nächte ihren Tribut forderten. Sie wollte so viel, und wenn er sagte, er sei müde, fühlte sie sich davon nur provoziert, ihn wieder und wieder zu erregen. Und das konnte sie nur zu gut. Aber nun war er oft müde, wenn er morgens aufwachte, und wenn er dann nicht schnell aus dem Bett sprang, wachte sie ebenfalls auf und wollte es noch einmal tun. Dadurch kam er manchmal spät zur Arbeit, und noch häufiger bedeutete es, daß er kein Frühstück bekam. Er mußte zugeben, daß sie alles andere als eine Hausfrau war. Sie hielt das Bad sauber, wenn es auch mit ihren Make-up-Utensilien vollgestopft war, aber der Rest der Wohnung war eine Katastrophe. Sie haßte Kochen, obwohl sie in Arizona damit angegeben hatte, alle möglichen amerikanischen Gerichte zubereiten zu können. Hier redete sie sich damit heraus, daß die Zutaten nicht zu bekommen seien. Sie kümmerte sich um so wenig, daß er sich angewöhnt hatte, samstags morgens einkaufen zu gehen.

Und was Geld anging, war sie vollkommen hoffnungslos. Dad hatte ihm einmal mit den wichtigsten Rechnungen ausgeholfen, und Mum steckte ihm hin und wieder auch einen Fünfer zu, aber er wollte sie nicht öfter bitten. Er hatte das Geld für die Miete und eine kleine zusätzliche Summe auf einem separaten Konto hinterlegt, was selbstverständlich bedeutete, daß er Bernie weniger geben konnte. Das verstand sie nicht. »Du hast doch gesagt, deine Eltern wären reich«, sagte sie. »Du hast immer wieder davon gesprochen, daß ihr zwei Häuser habt und Dienstboten, und das bedeutet, daß ihr reich seid, und dann komme ich rüber, und du bringst mich in ein solches Rattenloch.« Er glaubte nicht, daß er so viel von diesen Dingen gesprochen hatte. Nur, wenn sie ihn nach seiner Familie und seinem Zuhause ausgefragt hatte – »verhört« war wohl das richtigere Wort –, hatte er ihr etwas erzählt. Er hatte genug davon, sich dauernd entschuldigen zu müssen, für die Wohnung, den Mangel an Geld zum Tanzengehen oder für Nachtclubs – und dann mußten sie auch noch ständig im Taxi fahren, weil sie Schuhe trug, in denen sie angeblich keinen Schritt tun konnte, obwohl sie dann stundenlang darin tanzte. Sie erwartete, jede Woche zum Friseur gehen zu können, im West End, wo selbstverständlich alles teurer war, und sie kaufte immer neues Make-up und beschwerte sich, weil sie keine Kleider kaufen konnte. »Du hast Tonnen von Kleidern!« hatte er gesagt.

»Ich habe sie alle schon mal getragen. In Amerika *behalten* wir unsere Kleider nicht wie Antiquitäten, wir schmeißen sie weg und holen uns neue.« Sie ging oft allein ins Kino, weil sie sich langweilte – sie hatte ja den ganzen Tag nichts zu tun. Auch das kostete Geld. Am Ende hatte er sogar die goldenen Manschettenknöpfe, die Dad ihm zum Eintritt in die Firma geschenkt hatte, versetzen müssen, oder besser gesagt: verkaufen, denn er würde sie niemals auslösen können. Außerdem hatte er ein paar Fischmesser in die Pfandleihe gebracht, die die Duchy ihnen zur Hochzeit geschenkt hatte, und ein paar andere kleinere Dinge. Mittlerweile grauste ihm davor, in die Wohnung zurückzukehren, wo sie schmollend saß, manchmal noch nicht einmal angezogen, und wo es nichts zu essen gab, sondern statt dessen einen Streit darüber, daß sie es sich nicht leisten konnten, ins Restaurant zu gehen – bis er am Ende wieder losziehen mußte, um Fisch und Pommes frites zu kaufen.

Heute war Freitag, und ein heißes, wenig einladendes Wochenende lag vor ihm. Die Wohnung war in der Hitze unerträglich, sie ging nach Süden hinaus, und einige der Fenster ließen sich nicht einmal öffnen. Er würde versuchen, Bernie zu überreden, mit ihm nach Hampstead Heath zu fahren und dort ein Picknick zu machen. Sie lag gern in der Sonne, und er würde ein bißchen Ruhe finden, denn schließlich konnte sie nicht erwarten, daß er mit ihr schlief, wenn so viele Leute in der Nähe waren.

Er stieg in der Holoway Road aus dem letzten Bus und ging die Tufnell Park Road entlang zu der Straße, in der sie im obersten Stockwerk eines hohen, schmalen Hauses wohnten. Er schloß die Haustür auf – im Treppenhaus roch es immer nach Katzen und manchmal auch nach Essen; es gab vier Wohnungen im Haus – und stieg hinauf zu seiner Wohnung. Wie aufregend das am Anfang gewesen war! Verheiratet zu sein, eine eigene Wohnung zu haben …

Es war still in der Wohnung. Normalerweise hatte sie das Radio an.

»Bernie! Ich bin wieder da!«

Keine Antwort. Sie war nicht im Wohnzimmer, das zur Kochnische hin offen war, was bedeutete, daß sie entweder im Schlafzimmer oder in dem winzigen Bad sein mußte. Aber sie war nirgendwo zu finden. Es war ungewöhnlich, daß sie um diese Zeit außer Haus war – sollte sie zu einer späteren Kinovorstellung gegangen sein als sonst?

Dann bemerkte er, daß im Kleiderschrank – dessen Türen offenstanden – all ihre Sachen fehlten. Das Bett war nicht gemacht, aber auf dem Kissen, festgesteckt mit einer Sicherheitsnadel, entdeckte er ein Blatt Papier. Er riß es von der Nadel und las.

> Ich gehe. Ich halte es nicht mehr aus. Ich wollte es Dir heute früh nicht sagen, weil ich Dir nicht weh tun wollte. Ich habe Ma schon vor Wochen angerufen, damit sie mir das Geld für die Heimreise schickt. Gestern ist es angekommen. Ich bin überzeugt, daß es besser so ist, für uns beide. Ich hoffe, Du verstehst das und nimmst es mir nicht übel.
> Bernie

Er mußte es zweimal lesen, um es wirklich zu begreifen. Sie war weg? Sie war weg. Einfach so! Sie mußte es schon gewußt haben, seit sie ihre Mutter angerufen hatte, von der sie immer behauptet hatte, daß sie sie nicht ausstehen könne, aber sie hatte ihm kein Wort gesagt. Er hatte das seltsame Gefühl, von Emotionen überwältigt zu werden, ohne die geringste Ahnung zu haben, um was es dabei eigentlich ging. Sie war weg, einfach so. Was bedeutete, daß sie ihn belogen hatte, denn erst gestern abend hatten sie darüber gesprochen, was sie zu Pollys Hochzeit anziehen würde (sie mochte es, wenn er sich für solche Dinge interessierte). Dabei hatte sie die ganze Zeit gewußt, daß sie gar nicht hingehen würde. Sie waren *verheiratet*, und sie war verschwunden und hatte ihm nur einen Zettel hinterlassen! Was für eine verdammte Unverschämtheit! Jetzt wußte er, was er fühlte: Er war wütend, weil sie ihn so zum Narren gehalten hatte, weil sie sich so wenig um ihn scherte, daß sie sich nicht im geringsten angestrengt hatte, mit ihm und der Ehe zurechtzukommen. Sie hatte ihn *angelogen*. Sie hatte gelogen, was ihr Alter anging – als sie aus Amerika ausgereist waren, hatte er ihren Paß gesehen und festgestellt, daß sie mehr als zehn Jahre älter war, als sie behauptet hatte. Er hatte ihr das verziehen, weil sie ihm so leid getan hatte.

Jetzt ging er in der Wohnung umher, das Blatt zerknüllt in der Hand. Im Spülbecken stapelten sich schmutziges Geschirr und die Reste ihres letzten Abendessens. Auf ihrer Tasse war ein leuchtendroter Lippenstiftabdruck. Er griff danach und warf sie quer durch den Raum. Sie prallte auf den Gasherd und zerbrach. Bernie hatte ihn nie geliebt – das wußte er nun. Vom Sex einmal abgesehen, hatte er sie nicht interessiert. Offensichtlich hatte sie es für praktisch gehalten, ihn zu heiraten: Sie hatte geglaubt, sie würden ein großes Haus und Dienstboten und Unmengen von Geld haben. Nichts von dem, was er ihr erzählt hatte, hatte sie wirklich verstanden. Sie hatte so verliebt getan, hatte erklärt, sie werde ihm bis ans Ende der Welt folgen – und sie hatte nicht einmal versucht, Tufnell Park zu überstehen. Er mußte sich auf den Sessel mit den kaputten Sprungfedern setzen, weil ihm die Tränen kamen.

Der Rest des Abends war schrecklich. Er hätte so gern mit jemandem gesprochen, aber das Telefon war abgestellt, weil sie die Rechnung nicht bezahlt hatten. Er war hungrig und müde und durstig, und es war (selbstverständlich!) nichts zu essen im Haus.

Müde ging er los, in ein Pub, und trank ein Bier, aber er konnte die Leute nicht ertragen, die tranken und sich unterhielten und rauchten und lachten, als wäre nichts geschehen. Er ging zur Imbißbude, kaufte etwas und kehrte in die Wohnung zurück. Aber der Fisch, umgeben von fettigem Teig, ekelte ihn an. Er aß ein paar Pommes frites, dann legte er sich auf das ungemachte Bett. Es roch nach *ihnen*, und das bewirkte, daß er sich noch elender fühlte. Er stand wieder auf und fing an, die Küche aufzuräumen, dann machte er im Wohnzimmer weiter, bis er so müde war, daß es ihn nicht mehr interessierte, wie das Bett war, und er sich einfach angezogen fallen ließ und einschlief.

Er erwachte erst sehr spät und erinnerte sich daran, daß er allein war. Er verspürte so etwas wie vage Erleichterung, aber dieses Gefühl schob er schnell wieder weg. Er war ein verlassener Ehemann – Erleichterung war da fehl am Platz. Er stand auf und badete und rasierte sich, wonach er sich erheblich besser fühlte. Und dann, als ihm gerade klarwurde, daß er noch vor dem Frühstück einkaufen gehen mußte, weil nichts im Haus und sogar der Rest Milch sauer geworden war, klingelte es an der Tür. Jemand muß die falsche Klingel erwischt haben, dachte er. Niemand hatte sie je besucht. Er ging nach unten.

Als er die Tür öffnete, stand Simon davor.

»Dad hat mir deine Adresse gegeben«, sagte er. »Ich habe gestern abend versucht, dich anzurufen, aber offenbar ist dein Telefon kaputt.«

Es war wunderbar, ihn zu sehen, und daß er so unerwartet gekommen war, machte es noch besser. Teddy nahm ihn mit in die Wohnung und erzählte ohne jede Vorrede, was passiert war.

Simon war ausgesprochen mitfühlend. »Mann!« sagte er immer wieder. »Armer Kerl. Ziemlich gemein, dich einfach so sitzenzulassen. Aber es klingt auch irgendwie, als wärest du ohne sie besser dran. Nach allem, was ich so von meinen Freunden höre, sind Frauen ziemlich unzuverlässig – einen Tag so und den anderen so, wenn du verstehst, was ich meine.«

Er trug einen schönen alten Tweedanzug mit einer gepunkteten Fliege und blauen Socken. Teddy kam sich im Vergleich dazu ziemlich schäbig gekleidet vor.

»Ich bin wegen Polls Hochzeit nach London gekommen. Zu Hause machen sie deshalb ein derartiges Theater, daß ich mich lieber abgesetzt habe, und ich habe dich seit einer Ewigkeit nicht mehr gesehen …«

»Ich bin wirklich froh, daß du hier bist.«

Als Simon hörte, daß er noch nicht gefrühstückt hatte, schlug er vor, sie sollten rausgehen und ein frühes Mittagessen zu sich nehmen. »Ich habe mir Dads Auto geborgt«, sagte er. »wo fahren wir hin?«

Sie aßen in einem Pub in der Nähe von Hampstead Heath, und danach gingen sie spazieren und sprachen über ihre Zukunft – von der sie beide den Eindruck hatten, sie sei aufregend unsicher. Simon war in Oxford fertig – »Natürlich weiß ich noch nicht, wie ich abgeschnitten habe« – und würde wohl bald eingezogen werden, wovon er nur verächtlich sprach, was er aber, wie Teddy spürte, insgeheim fürchtete. Teddy spekulierte weiter über Bernadine und meinte, er müsse sich wohl von ihr scheiden lassen. »Das ist wohl das übliche«, sagte er so weltgewandt wie möglich, aber er fand die Aussicht ebenso deprimierend wie furchterregend. Er hatte nicht die geringste Ahnung, wie er das anfangen sollte. Man brauchte Anwälte dazu, das wußte er, und das würde vermutlich Geld kosten – wie beinahe alles, was angenehm oder ekelhaft war.

»Die Sache ist die«, meinte Simon, als sie sich auf einer Wiese vor einem kleinen Gehölz niedergelassen hatten, »du solltest lieber vorsichtig sein und dich nicht so bald mit einer anderen Frau einlassen. Oder heirate zumindest nicht gleich.«

»Am Ende muß man sie doch immer heiraten«, sagte er. »Mädchen sind ganz versessen darauf, habe ich festgestellt.« Er hielt es nicht für nötig, Simon zu sagen, daß Bernie bisher seine einzige Erfahrung auf diesem Gebiet darstellte – wenn man den einen oder anderen Kuß nach einem Tanzabend nicht zählte. Er war zwei Jahre älter als Simon, und die Tradition verlangte, daß er mehr wußte.

»Ist die Sache es wirklich wert?« fragte Simon später, als sie zum Auto zurückgingen.

»Was?«

»Sex – mit einer anderen Person, meine ich. Ich hätte es beinahe einmal probiert«, fügte er beiläufig hinzu, »aber als es dann soweit war, kam es mir alles ein bißchen… ich weiß nicht… kompliziert vor. Ich hatte Angst, sie würde eine falsche Vorstellung von mir bekommen.«

Irgendwie wußte Teddy, daß dem nicht so gewesen war, aber er mochte Simon, und er wußte aus seiner Zeit als Soldat, daß die Leute über ihre Eroberungen mehr logen als über alles andere.

»Es kann umwerfend sein«, sagte er. »Aber man muß natürlich die Richtige finden.«

»Ja. Und das kann ewig dauern«, meinte Simon.

Dann klatschten sie über die Familie.

»Polly ist unglaublich glücklich. Nur daß sie jetzt plötzlich wegen der Hochzeit nervös wird. Du hilfst auch als Platzanweiser aus?«

»Ja.«

»Wir könnten zusammen zu Moss Bros gehen und unsere Cuts aussuchen. Neville sollte auch helfen, aber er hat sie immer wieder Lady Fake genannt, und sie haben sich verkracht.«

Beide hatten wieder Hunger, also suchten sie sich eine Teestube und schlugen sich dort die Mägen voll, weil die Kellnerin ihnen immer wieder neue Scones und Kuchen brachte.

»Ich nehme an, sie ist vollkommen ausgehungert nach Sex«, meinte Simon. »Wir sind die einzigen Männer hier.«

Dann fuhren sie zurück zu Teddys Wohnung.

Er bat Simon, mit raufzukommen. Er fürchtete sich davor, allein in die Wohnung zurückzukehren.

»Klar doch. Hast du Angst, daß sie es sich anders überlegt hat und zurückgekommen ist?«

Daran hatte er überhaupt nicht gedacht. Aber nun wurde ihm klar, daß er doch sehr hoffte, daß dies nicht der Fall war. Und als sich herausstellte, daß die Wohnung so leer war, wie er sie verlassen hatte, verspürte er enorme Erleichterung. Simon hatte das Mittagessen und den Tee bezahlt, also erklärte er, er werde Fisch und Pommes frites zum Abendessen holen, und Simon kaufte das Bier.

»Erinnerst du dich an das Lager, das du mit Christopher gebaut hast, vor dem Krieg?«

»Und an deinen Kampf mit ihm? Ja.«

»Ich wollte mich gar nicht mit ihm schlagen. Ich konnte bloß nicht ertragen, daß er mich ausgeschlossen hatte.«

»Ich wollte damals auch nicht weglaufen und im Wald wohnen. Aber er war absolut versessen darauf.«

»Was ist eigentlich aus ihm geworden?«

»Dad sagt, er wohnt jetzt bei seiner Schwester – du weißt schon, die diesen armen Kerl geheiratet hat.«

»Das klingt nach keinem schönen Leben.«

»He, das hätte ich beinahe vergessen! Ich habe im Auto noch eine Flasche Whisky; die hatte ich als Geschenk für dich gedacht. Ich springe schnell runter und hole sie.«

Sie tranken jeder zwei große Whisky, und danach schien alles gleich viel besser zu sein.

»Wie ist es denn, in der Firma zu arbeiten?« fragte Simon beiläufig.

»Ich glaube, es könnte schon ganz in Ordnung sein. Wenn ich nicht mehr nur untergeordnete Arbeiten machen muß. Warum? Willst du es mal versuchen?«

Simon schüttelte den Kopf. »Lieber Gott, nein. Ich will kein Geschäftsmann sein.«

»Was hast du denn vor?« fragte er. Er fand es ein wenig beleidigend, wie Simon seine Arbeit abtat.

»Weiß ich nicht. Na ja, eigentlich schon. Ich würde gern in die Politik gehen. Ich wäre gern im Parlament. Weißt du, ich möchte ... Dinge verändern.«

»Diese Regierung ablösen oder so?«

»O nein. Ich bin *für* diese Regierung. Ich werde Labour-Politiker sein.«

»Du meinst, du bist für die ganzen Verstaatlichungen?«

»Ja. Aber es ist nicht nur das. Ich bin absolut gegen die Tories. Weißt du, daß der Ärztebund einen Fonds ins Leben gerufen hat, um Ärzten zu helfen, die nicht mit dem Nationalen Gesundheitsdienst zusammenarbeiten wollen? Sie meinen, sie wollten einige Abschnitte des Gesetzes verändern, aber im Grunde wollen sie überhaupt keinen Gesundheitsdienst. Das sind Tories, bis zum letzten Mann, und sie stellen sich gegen alles, was ich für Fortschritt halte. Die Arbeiter sind ihnen vollkommen egal.«

»Aber sicher sind doch auch einige Tories Arbeiter. Sieh mich an.«

»Ja, aber du weißt, daß du eines Tages im Büro sitzen und die eigentlichen Arbeiter rumkommandieren wirst. Es gibt Tausende von Menschen, die ihr Leben lang arbeiten und nie eine solche Chance haben werden.«

»Man braucht sowohl Arbeiter als auch Chefs. Es können nicht alle Chefs sein, ganz gleich, was du tust.«

»Nein, aber sie könnten unter besseren Bedingungen arbeiten. Anteile an den Gewinnen erhalten. Darum geht es doch bei der Verstaatlichung. Die Eisenbahnen gehören jetzt *jedem*, ebenso wie die Kohlenbergwerke.«

In dieser Weise fuhr er noch eine Weile fort, und Teddy hörte zunächst zu und dann nicht mehr, und dann ging er in die Küche, um einen Krug Wasser zu holen, mit dem sie ihren Whisky verdünnen konnten. Beinahe wünschte er, er wäre ebenfalls zur Universität gegangen. Es gab nichts, worüber er so lange und mit solcher Autorität hätte reden können wie Simon. Gut, er wußte einiges über Hurricane-Flugzeuge, aber das würde ihm in Friedenszeiten nicht viel nutzen. Und eines Tages würde er eine Menge über Holz wissen – und wie sein Vater sein.

Nachdem Simon aufgehört hatte, über Politik zu reden, und ihn mit ziemlich schleppender Stimme bezichtigt hatte, ohnehin nicht daran interessiert zu sein, tranken sie noch einen und kehrten zu dem – wie Teddy dachte – viel interessanteren Thema ihres eigenen Lebens zurück.

Es begann, indem sie über ihre Väter sprachen. Er erzählte Simon, wie krank sein Vater gewesen war, fügte hinzu, daß Hugh und sein Vater offenbar nicht miteinander zurechtkämen, und meinte, er fände das ein bißchen ungerecht, nach der Operation und allem.

»Das wußte ich gar nicht. Ich war natürlich nicht oft hier, aber Dad kommt mir viel ausgeglichener vor. Ich glaube, er ist endlich über Mums Tod hinweg. Vielleicht freut er sich auch nur so wegen Poll.«

»Was immer es sein mag, wenn du eine Gelegenheit findest, könntest du ja vielleicht erwähnen, daß mein Dad ihn gern mal sprechen würde – ich meine, nicht im Büro, sondern irgendwo unter vier Augen.«

»Gut. Man sollte allerdings meinen, sie wären alt genug, mit so etwas selbst fertig zu werden, findet du nicht?«

»Vielleicht sind sie auch schon wieder zu alt dazu.«

»So ist das Leben. Wenn man jung ist, zwingen sie einen ununterbrochen, schreckliche Sachen zu tun, und dann hat man wahrscheinlich ein paar Jahre, in denen man sich wirklich *aussuchen* kann, was man machen möchte, bevor man schließlich zu alt und zu schwach ist, um noch irgendwas genießen zu können.«

»Und wenn man sich etwas aussuchen kann, wählt man das falsche«, sagte Teddy. Er fing wieder an, sich wegen Bernie Gedanken zu machen; er fragte sich, wo sie wohl war und ob er versuchen sollte, sie zu finden. Er sagte etwas in der Art, aber Simon sprach sich dagegen aus, etwas zu unternehmen.

»Sie ist diejenige, die dich verlassen hat«, sagte er. »Sie wird es sich wohl kaum noch anders überlegen. Und du weißt nicht mal, ob du das wirklich willst. Sicher, ich könnte mich irren«, meinte er, aber in einem Tonfall, der andeutete, daß er dies für ziemlich unwahrscheinlich hielt, »aber *ich* denke, du bist ohne sie besser dran. Soll ich heute nacht hierbleiben? Ich glaube sowieso nicht, daß ich noch nach Hause fahren könnte – ich bin ziemlich hinüber.«

Teddy kam auf die Beine und suchte ein paar saubere Laken, und Simon bot ihm an, ihm beim Bettenmachen zu helfen, aber sie schafften es einfach nicht. Sie zerrten in der falschen Richtung an den Laken, keiner wußte, was der andere tat, und schließlich fielen sie lachend aufs Bett.

»Erinnerst du dich noch, wie wir im Wald dieses widerliche Zeug getrunken haben? Auf Strangewaysmajor?«

»Und Bobby Riggs? Ja. Und wir haben versucht, eine von den Zigarren vom Brig zu rauchen.«

»*Du* hast das versucht. Mir war schlecht. Und du hast gesagt, das wäre bestimmt der Fisch, den wir zu Mittag gegessen hatten.«

»Ich wußte schon, daß es nicht daran lag«, sagte er, »aber du hast so schrecklich ausgesehen, daß ich dich ein bißchen aufheitern wollte.«

»Und *ich* wollte *dich* aufheitern«, sagte Simon so liebevoll, daß Teddy spürte, wie ihm die Tränen kamen.

»Du warst prima«, sagte er, »absolut *prima.* Ich finde, mit Männern kommt man viel besser aus als mit Frauen«, meinte er, als sie sich schließlich ordentlich aufs Bett gelegt hatten.

»Das stimmt, alter Junge. Absolut. Männer machen nicht dauernd wegen der falschen Sachen Theater.«

»Welche Sachen?«

»Ach, ich weiß nicht, Hochzeiten. Und Spinnen. Und wie sie aussehen … Wie viele Frauen kennst du denn, mit denen du über Verstaatlichungen sprechen könntest? Mir ist noch keine begegnet. Keine einzige. Mann, dieses Bett ist ziemlich wackelig.«

»Bernie hat sich auch nicht für Kampfflugzeuge interessiert. Ich habe versucht, ihr Interesse daran zu wecken, aber ohne Erfolg. Was stimmt denn nicht mit dem Bett?«

»Es fühlt sich an, als würde es schwanken.«

»Du bist betrunken – daran liegt es. Ich bin auch betrunken.«

»Wir sind beide betrunken. Wir haben die Flasche leergemacht, weißt du. Und das Bier, vergiß nicht das Bier beim Abendessen. Wir sollten wohl lieber schlafen.«

»Es wird aber schlimmer, wenn ich die Augen zumache.«

Dennoch mußte Simon kurz darauf eingeschlafen sein, denn er reagierte nicht mehr, als Teddy noch etwas zu ihm sagte, und nachdem er noch gedacht hatte, daß er wahrscheinlich die ganze Nacht wach liegen und an Bernie, das Ende seiner Ehe und das Alleinsein denken würde, konnte er sich auch an nichts mehr erinnern.

Jemima wußte, es lag wahrscheinlich daran, daß sie – von allem anderen abgesehen – ein bißchen *müde* war, aber irgendwie hatte sie die gesamte vergangene Woche damit zugebracht, mit Dingen abzuschließen, damit fertig zu werden und Vorbereitungen für etwas vollkommen anderes zu treffen, das aber noch nicht eingetreten war. Gestern hatte sie das Büro aufgeräumt. Es war eines jener seltsamen, altmodischen Büros, denen man das Aufräumen kaum anmerkte. Es sah danach einfach leerer aus, aber ansonsten kein bißchen anders, mit seinen dunkel getäfelten Wänden, an denen in schmalen schwarzen Rahmen Dutzende verblichener Fotografien hingen, mit dem riesigen Doppelschreibtisch aus Mahagoni, dem langen schwarzen Chesterfield, bei dem aus winzigen Löchern die Roßhaarpolsterung hervorstach, den gewaltigen Eßzimmerstühlen (mit Armlehnen), einem Fenster, das den Londoner Schmutz offenbar nie ganz loswurde, dem dunkelgrünen Rollo, das immer auf halber Höhe hängenblieb, und dem einstmals bunten, nun aber abgetretenen türkischen Teppich – der gesamte Raum schien für einen finsteren Riesen eingerichtet zu sein. Sie kam sich winzig vor darin – gut, sie war nicht sonderlich groß, aber das war einfach lächerlich. Selbst die Gegenstände auf dem Schreibtisch wirkten kleiner als üblich: die Schreibunterlage, der Kalender mit dem Silberrahmen, den sie gerade auf Freitag, den 18. Juli, eingestellt hatte, und seine Familienfotos. Eins von jedem seiner Kinder, als sie noch klein waren: Simon in Shorts und mit einem Spielzeugboot auf den Knien, Polly, die letzte Woche geheiratet hatte, als ernsthaftes kleines Mädchen in einem ärmellosen Sommerhänger, und William als Kleinkind mit weißem Leinenhut, mit seiner Mutter auf einer Wiese. Sie trug ein ziemlich formloses geblümtes Sommerkleid, und es mußte windig gewesen sein, denn aus ihrem Nackenknoten hatten sich ein paar Haarsträhnen gelöst. William sah aus, als wollte er sich losreißen, und sie betrachtete ihn mit einer Art resignierter Zuneigung. Das größere Foto, das nur sie allein zeigte, war nicht mehr da.

Außerdem standen auf dem Schreibtisch Tintenfässer, Holzproben und Ablagen für Akten in unterschiedlichen Bearbeitungsstadien. Sie hatte alles gerade ausgerichtet, ja sogar symmetrisch aufgebaut, hatte in den Fällen, in denen sie dazu imstande gewesen war, die Morgenpost beantwortet, die Briefe für ihn zusammengeheftet und sie mitten auf die Schreibunterlage gelegt. Sie fühlte sich seltsam, als sie das tat, denn es sollte das letztemal sein, und niemand sonst im Büro wußte davon.

Dann hatte sie ihre Schreibmaschine in dem kleinen Büro hinter dem seinen zugedeckt, ihren Hut und ihre Tasche genommen und war nach draußen geschlüpft. »Gehen Sie heute früher?« hatte der Botenjunge gefragt.

»Ja. Mr. Hugh ist heute nicht da«, hatte sie erwidert. Aber

warum hatte sie sich überhaupt genötigt gefühlt, darauf zu reagieren? Das ging Alfie überhaupt nichts an.

Sie ging nach Hause, um für die Jungen zu packen. Ihr Zuhause war – seit nunmehr sieben Jahren – der untere Teil eines Hauses in der Bloomfeld Road am Regent's Kanal gewesen. Sie hatte sich dafür entschieden, weil die Miete niedrig war und weil es einen großen Garten für die Jungen gab. Die Wohnung hatte zwei Schlafzimmer und ein Wohnzimmer im Erdgeschoß und ein Eßzimmer und eine winzige Kochnische im Tiefparterre. Sie war feucht und schlecht zu heizen, und in der Wohnung darüber wohnten sehr seltsame Leute, vor denen sie sich ein wenig fürchtete – aber sie war seit Kens Tod ihr Heim gewesen.

Sie war daheim, lange bevor die Jungen aus der Schule kamen, was gut war, denn so konnte sie ihre Sachen mit viel mehr Ruhe packen. Sie waren ziemlich aufgeregt bei der Aussicht, zwei Wochen in ein Ferienlager zu gehen, und ihre einzige Sorge war, ob es dort genug Pappelblätter für ihre Nachtfalterraupen geben würde. Sie holte den abgenutzten alten Lederkoffer heraus, der einmal Ken gehört hatte. Er ließ sich nicht mehr richtig schließen und mußte mit einem Riemen zugebunden werden. Sie hatte schon am Wochenende gewaschen, also ging es nur noch darum, genug von allem abzuzählen. Zwei Unterhemden für jeden, zwei Shorts, vier Hemden und einen Pullover. Sie konnten ihre Turnschuhe auf der Fahrt tragen und die Sandalen einpacken. Vielleicht noch ein paar Socken zusätzlich? Aber sie wußte, daß sie sie ohnehin nicht anziehen würden. Sie konnten auf der Fahrt die Regenmäntel anziehen – nur daß sie auch die nicht tragen würden, und sie würde sie anbetteln müssen, sie nicht im Zug liegenzulassen. Sie würden die Rationsbücher brauchen, und Jemima legte für den Notfall einen Zettel mit der Adresse und der Telefonnummer hinein. Am Ende packte sie noch die Badehosen, Mützen und Handtücher ein. In dem kleineren Koffer konnten sie ihre Bücher, Taschenmesser und anderes Zeug verstauen. Tom hatte ein Vergrößerungsglas, mit dem er liebend gern Feuer entzündete, und Henry würde seine Boxkamera mitnehmen wollen. Und natürlich mußten auch Hoighty, der graue Affe (der Tom gehörte), und Sparker (Henrys Bär) mit. Wie die Raupen reisen würden, wußte sie nicht. Das seltsame an dieser ganzen Sache war, daß sie nicht nur für zwei Wochen verreisen würden; sie würden gar nicht hierher zurückkommen. Die Jungen wußten das und schienen sich darüber zu freuen, aber als sie sich in dem überfüllten, unordentlichen Zimmer umsah, das überzuquellen schien von ihren Besitztümern und Interessen, tat es ihr doch weh. Es war das Ende eines Zeitalters.

Jetzt kamen sie zurück. Vom Fenster aus konnte man die Straße sehen, und Jemima entdeckte Elspeth, das Mädchen, das sie dafür bezahlte, die beiden zur Schule zu bringen und abzuholen, an der Gartentür. Sie öffnete die Tür, und die Jungen brachen in den Garten ein wie eine Flut. Elspeth winkte, drehte sich um und ging. Gut, daß sie sie schon bezahlt und erklärt hatte, daß sie sich im Herbst wieder mit ihr in Verbindung setzen würde. Sie eilte nach unten, um die Jungen hereinzulassen.

»Wir müssen noch packen!« riefen sie. »Wir müssen alles zusammensuchen, was wir mitnehmen wollen.«

»Nicht alles. Nur Sachen für vierzehn Tage im Lager. Dafür werdet ihr nicht alles brauchen.«

Sie starrten einander an. »Doch!«

»Wir brauchen alles, weil wir doch jetzt nicht wissen können, was wir nächste Woche haben wollen.«

»Ihr habt nur einen kleinen Koffer. Den könnt ihr vollpacken, und das reicht. Was ihr zum Anziehen braucht, ist schon eingepackt.«

»Wir werden gar nichts zum Anziehen brauchen. Mr. Partington sagt, es gibt einen großen See, und wir werden die meiste Zeit auf dem Wasser sein.«

»Und *im* Wasser!«

»Geht rauf und wascht euch vor dem Essen.«

»Was gibt es denn?«

»Gebackene Bohnen und Toast.«

»Oooch, schon *wieder*?«

»Ihr liebt doch gebackene Bohnen.«

»Wir mögen sie ganz gern«, gestand Tom ihr zu. »Aber wir bekommen sie so oft, daß von Liebe keine Rede mehr sein kann.«

»Daran läßt sich nun mal nichts ändern. Mehr ist nicht da. Die Eier hebe ich für euer Frühstück auf.«

»Weißt du was?« sagte Henry, der ihr in die Küche folgte. »Wir könnten die Eier jetzt essen und die Bohnen zum Frühstück. Das wäre doch fast das gleiche.«

Es ging den ganzen Abend lang so weiter. Manchmal gab sie nach und manchmal nicht; sie akzeptierten ihre Niederlagen gut gelaunt und ihre Erfolge mit Freudengeschrei. Sie waren so aufgeregt, daß sie sie nach dem Tee in den Garten schickte, um Dampf abzulassen. Als sie sie endlich dazu gebracht hatte zu packen, ihnen ein Bad eingelassen und sie hineinkomplimentiert hatte, waren sie nach all diesen Verhandlungen reichlich erschöpft. Sie würden morgen sehr früh aufstehen müssen – sie mußten um acht in Paddington sein –, und sie mußte noch ihre eigenen Sachen packen. Sie ließ sie im Bad, während sie den Tisch abräumte und spülte, und als sie zurückkam, hatten sie schon die Schlafanzüge an und saßen nebeneinander in Toms Bett, hatten eine Taschenlampe zerlegt und versuchten, sie wieder in Gang zu bringen. Ihr blondes Haar war feucht, und sie schienen sich nicht sonderlich gut abgetrocknet zu haben, aber sie sahen so rosig geschrubbt und brav aus, wie es immer nur nach einem Bad möglich schien.

»Henry hat so getan, als wäre er blind«, sagte Tom. »Die Schlafanzugknöpfe hat er nach dem Gefühl zugekriegt, aber er ist immer wieder irgendwo angestoßen. Es muß ziemlich viel Zeit kosten, blind zu sein.«

»Man braucht lange, bis man etwas getan hat«, stimmte Henry ihm zu. »Aber wenn die Leute jeden Tag üben würden, wäre es nicht mehr so schlimm, wenn sie blind würden.«

»Aber denk bloß an all die anderen Sachen, die man auch noch üben müßte«, sagte sie. »Nur ein Bein zu haben wie John Silver zum Beispiel.«

»Rede abends lieber nicht von ihm, Mum. Du weißt, daß ich das nicht mag.«

»Aber es wäre lustig, so zu tun, als hätte man nur ein Bein«, sagte Henry. »Kann man mit einem Bein schwimmen, Mum?«

»Wenn ich dich festhalten würde«, meinte Tom.

Sie sind einander so ähnlich, dachte sie, aber sobald einer von ihnen sprach, wußte sie, welcher es war. Die meiste Zeit wußte sie es ohnehin, aber außer ihr konnte kaum jemand sie unterscheiden. Tom hatte Henry immer beschützt, und Henry hatte immer auf Tom gehört.

Nachdem sie ihnen ein weiteres Kapitel aus *Bevir* vorgelesen hatte, einem Buch, von dem sie nie genug bekommen konnten, gab sie ihnen einen Gutenachtkuß. Es war schon weit nach acht.

An diesem Abend hätte sie wirklich gern etwas getrunken; daran dachte sie, als sie in die Küche ging, um sich etwas zu essen zu holen, aber sie hatte sich Alkohol nie leisten können. Ihre Pension und das Gehalt hatten gerade gereicht, um über die Runden zu kommen, aber es war immer schwierig gewesen. Vor allem wegen der Zwillinge; sie brauchten immer zur selben Zeit neue Sachen. Sie hatte ihre eigenen Kleider selbst genäht und die Jungen in den Ferien zu ihren Eltern gebracht. Ihre Mutter strickte ihnen sämtliche Pullover, und ihr Vater hatte ihr den Sekretärinnenkurs bezahlt, nachdem Ken noch während ihrer Schwangerschaft gefallen war – es war immerhin eine Möglichkeit gewesen, sich von einem trübseligen Tag zum nächsten zu retten. Sie waren kaum ein Jahr zusammengewesen; viel weniger, wenn man nur seine Urlaube zählte, und das waren die einzigen gemeinsamen Tage gewesen, die sie gehabt hatten. Der Rest der Zeit hatte aus ängstlichem Warten bestanden – nur daß sie selbst ebenfalls eingezogen gewesen war und auf einem Bomberflughafen an der Ostküste gearbeitet hatte. Nach ihrer Hochzeit hatten sie himmlische zehn Tage gehabt, und das war die längste zusammenhängende Zeit gewesen, die sie miteinander verbracht hatten. Danach waren es immer nur achtundvierzig Stunden gewesen, und einmal eine Woche, weil er die Grippe gehabt hatte.

Er hatte die Jungen nie gesehen – sie waren erst fünf Monate nach seinem Tod zur Welt gekommen. Er hatte von ihnen gewußt, wenn auch nicht, daß es zwei waren – sie hatte erst eine Woche vor der Geburt erfahren, daß sie Zwillinge bekommen würde. Da war sie natürlich bereits ausgemustert gewesen und voller Panik, wie sie das alles schaffen sollte. Sie hatte sich eine Arbeit suchen wollen, sobald sie entwöhnt waren, aber als es dann soweit war, hatte sie keine Stelle gefunden, bei der sie so gut bezahlt worden wäre, daß sie jemandem hätte Geld dafür geben können, sich um die Babys zu kümmern. Ihre Mutter hatte sich angeboten, die beiden zu nehmen, aber Jemima hatte es nicht ertragen, sie so weit weg zu geben, und wieder nach Hause zu ziehen wäre ihr wie ein Eingeständnis des Versagens erschienen. Also hatte sie an den Abenden zu Hause Schreibarbeiten erledigt, wenn sie konnte, und als die Jungen alt genug gewesen waren, um zur Schule zu gehen, hatte sie sich um die Stelle bei der Firma Cazalet beworben – und sie bekommen.

Sie hatte keinen Hunger, also machte sie sich nur eine Kanne Tee und nahm sie mit ins Schlafzimmer, weil sie noch packen mußte. Das würde nicht lange dauern: Sie hatte nicht viele Kleider, und die meisten waren ziemlich abgetragen. Ihre Eltern hatten ihr das Geld für die Sachen gegeben, die sie morgen tragen würde, und sie hatte sich eine Leinenmischung in Kornblumenblau ausgesucht und sich daraus ein sehr schlichtes Kostüm mit kurzer Jacke und ziemlich langem Rock nähen lassen. Sie hatte sich gegen einen Hut entschieden, und jetzt überlegte sie, daß das vielleicht ein Fehler gewesen war. Nun war es zu spät. Ihre Freundin Charlie würde ihr ihre beste Handtasche leihen – eine dunkelblaue Tasche aus wunderbar weichem Leder, die ihr Mann aus Rom mitgebracht hatte. Ihre Männer waren in derselben Staffel gewesen, aber George hatte überlebt und war Oberstleutnant geworden – sie hatte damals gedacht, wenn Ken überlebt hätte, hätte er diesen Rang sicher auch erreicht. Sein Foto, in einem Lederrahmen, stand auf dem Kaminsims. Es war aufgenommen worden, als sie sich verlobt hatten, und er war damals zweiundzwanzig gewesen, ebenso wie sie. Er war in Uniform, die Mütze saß ein wenig schief, und er lächelte beinahe, aber eigentlich hatte er diesen Ausdruck ruheloser Energie, als wollte er unbedingt gleich weitermachen mit allem, was gerade anstand, um zum nächsten Punkt zu kommen. Wie gut sie sich an diesen Blick erinnerte! Wie oft hatte sie sich das Bild angesehen und gebetet, daß er schnell gestorben sein mochte, ohne Schmerzen. Und wie oft hatte sie geweint, weil sie zu viel wußte, um das wirklich glauben zu können? Es war Navigator in einer Wellington gewesen. Sie hatten einen Angriff geflogen, bei Tag, und Kampfjäger hatten die Maschine noch weit vor dem Ziel abgefangen. Sie hatten einen Motor verloren, hatten die Bomben über der Nordsee abwerfen müssen, und als sie mit dem verbliebenen Motor zurückgeflogen waren, war ihr Heckschütze getroffen worden, und Ken war nach hinten gegangen, um sich um ihn zu kümmern. Sie hatten ihre Basis erreicht und eine Bruchlandung gemacht. Zwei Männer waren noch rechtzeitig herausgekommen, ehe das Flugzeug, dessen Tanks immer noch fast voll waren, explodiert war, aber Ken hatte nicht zu ihnen gehört. Der Oberleutnant, der sie befehligt hatte, war zu ihr gekommen, um ihr davon zu erzählen. Sie erinnerte sich noch, wie sie gefragt hatte: »Er ist doch sicher sofort tot gewesen?« Und John hatte geantwortet: »Er hat nichts mehr gespürt.« Aber sie mußte immer daran denken, daß er sie bei diesen Worten nicht angesehen hatte. Die letzten, vielleicht die allerletzten alten Tränen traten ihr in die Augen. Es war Zeit, damit abzuschließen und den alten Schmerz gehen zu lassen: Es war geschehen, und nichts konnte daran etwas ändern. Sie griff nach dem Bild, drückte einen Kuß darauf, und legte es in den Koffer, den sie morgen nicht mitnehmen würde. Sie würde das Foto für die Jungen aufheben.

»Bist du aufgeregt? Ganz bestimmt.« Charlie beantwortete ihre Frage gleich selbst. Sie war gekommen, um Jemima beim Anziehen zu helfen. Sie hatte die Jungen weggebracht: Frühstück, ein Taxi – sie fuhren leidenschaftlich gern Taxi, und es kam selten genug vor. Sie fuhren nach Paddington, die Nachtfalterraupen in einer Schuhschachtel mit Löchern im Deckel auf ihrer beider Knien. Eine Papiertüte mit an diesem Morgen frisch im Garten gepflückten Blättern war in einer der Toilettentaschen. »Sie fressen eine ganze Menge, weißt du, bevor sie sich verpuppen«, hatte Tom gesagt. Der Abschied von ihr schien ihnen nicht schwerzufallen; sie hatten einander, und Jemima war einfach froh, daß sie glücklich waren.

»Ich wünsche euch schöne Ferien«, sagte sie, als sie die beiden umarmte.

»Die haben wir ganz bestimmt«, erwiderte Henry.

»Du auch, Mummy«, hatte Tom hinzugefügt, und Henry hatte genickt.

»Wenn wir zufällig ein zahmes Kaninchen finden, könnten wir es mitbringen?«

»Wenn es wirklich gern mitkommen möchte«, sagte sie. Dann erklärte der Mann, der sie betreuen würde, sie müßten jetzt alle einsteigen, also war sie gegangen.

Zu Hause hatte sie gebadet und sich das Haar gewaschen, und dann war Charlie gekommen, die sehr gepflegt aussah und ihr einen kleinen Strauß gelber und weißer Rosen mitbrachte. »Ich habe dir ein Brot mit Ei gemacht«, sagte sie. »Ich wette, du hast noch nichts gegessen.«

Sie hatte nicht geglaubt, daß sie auch nur einen Bissen würde herunterwürgen können, aber es ging. »Du bist wirklich eine gute Freundin.«

»Ich freue mich so für dich. Du hast es wirklich verdient, zur Abwechslung mal Glück zu haben. Ich will dir nur noch schnell die Stirnfransen schneiden – sie sind ein kleines bißchen zu lang.« Sie schlang Jemima ein Badetuch um den Hals und schnippelte an ihrer Stirn entlang. »So ist es besser. Wie steht es mit Make-up?«

»Ich habe nicht viel. Ein bißchen Lippenstift.«

»Ein wenig Rouge kann nichts schaden. Du bist sehr blaß, Liebes.«

Also legte Charlie ihr Make-up auf. »Du wirst trotzdem aussehen wie vierzehn«, sagte sie.

Dann war sie angezogen, und es war Zeit zu gehen. Charlie fuhr sie nach Kensington.

»Er ist einundzwanzig Jahre älter als ich«, sagte sie, als sie über den Campden Hill fuhren.

»Das stört dich doch nicht, oder? Nicht, wenn du ihn liebst.«

»Ich liebe ihn wirklich«, sagte sie, und während sie es aussprach, war sie ganz von Liebe zu ihm erfüllt: für seine Sanftheit, seine Herzlichkeit gegenüber den Jungen, die Art, wie sein leicht gehetzter Blick plötzlich zärtlich und freudig wurde, wenn er sie ansah, seine verblüffende Offenheit (»Ich möchte immer genau wissen, was du empfindest«, hatte er gesagt, »selbst, wenn sich herausstellen sollte, daß wir nicht derselben Meinung sind – ich möchte es immer wissen«), seine überraschende Fähigkeit, Liebe und Zuneigung zu zeigen, das Gefühl, daß seine Loyalität keine Grenzen kannte, und dann die Entdeckung – vor ein paar Wochen erst –, daß er der perfekte Liebhaber für sie war, geduldig, empfindsam, freudig und voller Überschwang. Er hatte sie gefragt, ob sie vor der Hochzeit mit ihm schlafen wolle, hatte gesagt, das solle sie entscheiden. »Ich bin ganz sicher«, sagte er, »aber es wäre mir lieber, wenn ich wüßte, daß du ebenso empfindest.« Und sie hatte eingewilligt, weil sie sich ein wenig fürchtete – seit Kens Tod hatte sie weder Zeit noch Gelegenheit gehabt, sich zu verlieben, und daher mit keinem Mann geschlafen, und sie hatte Angst, entweder ihn oder sich selbst zu enttäuschen. Charlie hatte sich um die Jungen gekümmert, und er war mit ihr an einem heißen Juniabend in ein Hotel gefahren, und als sie im Zimmer gewesen waren, hatte er gesagt: »Laß uns jetzt ins Bett gehen, und danach essen wir.« Und er hatte ganz recht gehabt, denn sie war sehr nervös gewesen. Danach, erfüllt von einem Glück, das sie kaum mehr kannte, hatte sie gesagt, wie froh sie sei, daß er diese Reihenfolge vorgeschlagen habe. »Ach, ich wollte einfach nicht, daß du noch mehr Gelegenheit hast, dir Gedanken zu machen«, hatte er gesagt und eine Flasche Champagner geöffnet – sie war immer wieder überrascht, was er mit einer Hand alles tun konnte –, und als er ihr ein Glas reichte, hatte er gesagt: »Liebste Jemima, willst du mich wirklich heiraten?« Und sie hatte erklärt, eingedenk dessen, was gerade geschehen sei, habe sie überhaupt keine andere Wahl, und er hatte gemeint, das habe er gehofft. Sie hatten den Champagner getrunken, waren anschließend zum Abendessen nach unten gegangen und hatten begeistert Pläne für ihr gemeinsames Leben geschmiedet.

Und nun stand dieses gemeinsame Leben unmittelbar bevor.

»O ja, ich liebe ihn wirklich.«

Und Charlie meinte: »Dann hast du keinen Grund, dir Sorgen zu machen. Du hast dir schon immer zu viele Gedanken gemacht. Jetzt solltest du endlich lernen, damit aufzuhören.«

Er wartete vor dem Standesamt auf sie, mit seinem jüngeren Bruder und dessen Frau, die zusammen mit Charlie Trauzeugen sein sollten. Sie standen in einem kleinen, büroähnlichen Zimmer, und dann legte sie ihre Hand auf den mit schwarzer Seide überzogenen Stumpf, und sie gingen auf den Beamten zu, der die Zeremonie sofort eröffnete. Es war schon nach wenigen Minuten vorbei: Er beugte sich zu ihr, um sie zu küssen, und dann umarmten die anderen sie. Sie unterschrieben – Jemima zum erstenmal mit ihrem neuen Namen.

»Es war so schnell vorbei«, sagte sie, als sie mit Hugh zum Auto ging.

»Aber der wirklich gute, lange Teil hat gerade erst angefangen«, erwiderte er. Dann blieb er stehen. »Du machst dir doch keine Sorgen wegen der Jungen, oder? Wir können ihnen heute Abend Postkarten schicken.«

»Ich sorge mich um überhaupt nichts mehr«, sagte sie. »Um nichts auf der Welt.«

Und das entsprach der Wahrheit.

»Bist du sicher, daß wir nicht mit zum Bahnhof kommen sollen?«

»Ganz sicher.«

Sie standen zu dritt vor dem Restaurant, in das seine Eltern ihn zu einem Abschiedsessen eingeladen hatten. Es war kein einfaches Unternehmen gewesen, aber ihm war klar gewesen, daß es für sie noch viel schwieriger war als für ihn, und er hatte sein Bestes getan, daß alles ruhig blieb. Er hatte nicht auf die feindseligen Bemerkungen seines Vaters über seine Zukunft reagiert und versucht, die – wie er dachte – vollkommen irrelevanten und oberflächlichen Ängste seiner Mutter bezüglich desselben Themas zu beschwichtigen. Er hatte sie abgelenkt, indem er sie seinerseits ausgefragt hatte, ein nur zu bekannter Trick, der dennoch bei den meisten Menschen funktionierte (noch etwas, das er von Father Lancing gelernt hatte). Über Pollys Hochzeit zu reden war ebenfalls eine gute Ablenkung gewesen: Seine Mutter hatte das alles ungeheuer genossen, und sein Vater war immerhin von Geralds Titel beeindruckt. Es war seltsam: Sein Vater, der einmal eine so erschreckende und entscheidende Kraft in seinem Leben gewesen war, hatte kaum noch Einfluß auf ihn, und daß er sich nun sogar als Snob erwies, ließ ihn nur um so jämmerlicher dastehen. Zumindest ließ er, Christopher, sich nicht mehr von ihm herumschikanieren. Es war beim Essen zu dem einen oder anderen Vorfall gekommen. Sein Vater hatte ihm einen Drink angeboten, und als er abgelehnt hatte, hatte er ihn bedrängt, hatte versucht, ihn dazu zu bringen, etwas zu bestellen und zu trinken, ob er nun wollte oder nicht. Erst als seine Mutter sich eingemischt hatte – »Raymond siehst du denn nicht, daß er das wirklich nicht will?« –, waren ihm unzählige andere Anlässe aus seiner Kindheit eingefallen, bei denen sie versucht hatte, ihn zu beschützen, und damit oft alles nur noch schlimmer gemacht hatte. Er hatte sie plötzlich voller Zuneigung angesehen: Das Geld und die (schmerzlich deutliche) Enttäuschung über ihren Mann hatten sie altern lassen; sie trug jene künstlich heitere Miene zur Schau, die er inzwischen mit innerer Unzufriedenheit in Verbindung brachte. Auch sie tat ihm leid.

»Du wirst dich doch bald melden, nicht wahr, Liebling?« sagte sie nun schon wieder – sie hatte es während des Essens bereits mehrmals gesagt.

»Ich nehme an, er wird wieder bei uns sein, ehe du dich recht besonnen hast«, meinte sein Vater. »Willst du ein Taxi?«

»Nein danke. Ich fahre mit dem Bus.«

»Zu welchem Bahnhof mußt du denn? Wenn es Victoria ist, können wir dich mitnehmen.«

»Ich muß nach Marylebone, Mummy. Aber das macht nichts. Vielen Dank für das wunderbare Essen. Es war wirklich prima«, sagte er. Er schüttelte seinem Vater die Hand und legte seiner Mutter den Arm um die knochigen Schultern. »Ich werde ganz bestimmt schreiben. Immerhin fahre ich nicht ans Ende der Welt.« Er lächelte und gab ihr einen Kuß, als er sah, daß ihre Augen feucht wurden.

»Ich hoffe, du wirst glücklich, mein Junge. Zumindest, daß es dir gutgeht.«

»Ganz bestimmt.«

»Komm schon«, sagte sein Vater. Er legte schützend den Arm um sie. »Wir gehen jetzt ins Kino, damit du Ablenkung hast.«

Alle sagten noch einmal Lebewohl, und dann wandte er sich ab und ging zur Bushaltestelle. Er hatte es hinter sich.

Im Bus, der irgendwann auch in der Baker Street vorbeikam,

mußte er unwillkürlich an Polly denken, die er so sehr geliebt hatte. Nach jenem Wochenende im Wohnwagen hatte er ebenso *für* sie als um ihretwillen gelitten: Auch sie kannte die Qualen unerwiderter Liebe. Als Oliver krank wurde und am Ende, trotz aller Bemühungen des Tierarztes und Christophers hingebungsvoller Pflege, eingeschläfert werden mußte, war er mit der Leiche vom Tierarzt zurückgekommen und hatte sie im Wald hinter dem Wohnwagen begraben. Es war, als hätte er seinen einzigen Freund verloren. Er hatte Oliver in seinen letzten Augenblicken im Arm gehalten, seinen armen Körper gespürt, die vorstehenden Rippen, das matte Fell, und dann hatte Oliver ihn angesehen, und noch als der Tierarzt ihm die Spritze gegeben hatte, war der Blick seiner schokoladenbraunen Augen voller Vertrauen und Liebe gewesen. Sekunden später war sein Körper erschlafft. Christopher hatte es irgendwie geschafft, nicht zu weinen, bis er Oliver im Kofferraum des Autos verstaut hatte.

Der Wohnwagen kam ihm ohne den Hund schrecklich leer vor. Er trauerte und zog sich von den Hursts, die ihn immer wieder zum Essen einluden, zurück.

Dann bat ihn Mrs. Hurst – Marge – eines Tages, einen alten, kranken Nachbarn zur Kirche zu fahren. »Normalerweise nimmt Tom ihn mit, aber er ist erkältet. Ich möchte nicht, daß er aus dem Haus geht.«

Also fuhr Christopher den alten, arthritischen Witwer zur Kirche. Man merkte, daß der alte Mann bei jeder Bewegung Schmerzen hatte, und er ging an Krücken.

»Das ist sehr freundlich von dir, Junge«, sagte er. »Ich verpasse die Sonntagsandacht nicht gern.«

Christopher dachte, wo er schon einmal in der Kirche sei, könne er ebensogut beten. Er betete für Oliver, und danach war er irgendwie ruhiger.

An diesem Abend beschloß er, es endlich zu wagen und Nora zu fragen, ob er in ihrem Haus von Nutzen sein könne. Immerhin wäre ich dann zu etwas gut, dachte er.

Ja, meinte sie, sie würde sich sehr über seine Hilfe freuen. Es gebe viel zu tun. »Ich weiß nicht wohin vor lauter Arbeit«, schrieb sie. »Du wärst eine große Hilfe.«

Allerdings wurde es ganz anders, als er erwartet hatte. Er brauche keine Pflegearbeit zu leisten, sagte Nora, als sie ihn am Bahnhof abholte, nur hin und wieder jemanden heben – ihr Rücken sei davon nicht besser geworden. »Und wir haben einen Garten«, fügte sie hinzu. »Es wäre wunderbar, wenn du dich um das Gemüse kümmern könntest. Und manchmal könntest du ein wenig mit Richard reden. Er langweilt sich ziemlich, weil ich soviel zu tun habe.«

Es war Richard, der ihn erschreckte. Nach außen hin sah er kaum anders aus als bei der Hochzeit – ein wenig aufgeschwemmter im Gesicht, und sein Haar war dünner –, aber bald stellte Christopher fest, wie schrecklich unglücklich sein Schwager war. Anfangs fand er Richard nur ziemlich verwöhnt und kleinlich; er schien eine beinahe kindliche Freude daran zu haben, Nora zu ärgern. Sein Hauptziel im Leben bestand darin, sich Zigaretten zu beschaffen und zu rauchen, wenn Nora nicht da war, und an Alkohol zu trinken, was immer er erreichen konnte. Er spannte Christopher für diese Ziele ein. »*Sie* braucht nichts davon zu erfahren. Ich will nur ein klein wenig Spaß, und Gott weiß, daß es davon an diesem Ort nicht viel gibt.« Als Nora entdeckte, daß Christopher Richard geholfen hatte, hielt sie ihm eine gewaltige Standpauke: »Es ist schädlich für Richard«, sagte sie. »Leute, die sich kaum bewegen können, haben ohnehin Probleme mit den Lungen – und Rauchen ist der Tropfen, der das Faß zum Überlaufen bringt.« Und: »Wir können uns Alkohol einfach nicht leisten. Und es wäre wirklich ungerecht, wenn Richard welchen bekäme und die anderen nicht. Ich will gerecht bleiben.«

Also sagte er, als Richard ihn das nächstemal bat, ihm Zigaretten zu kaufen, er wolle das lieber nicht tun, und erklärte warum. Er war naiv genug zu glauben, daß das genügen würde, aber natürlich war das nicht der Fall.

Es war Winter, und er verbrachte einen großen Teil des Tages damit, Holz für den Kamin im Gemeinschaftsraum zu sägen. Eines späten Nachmittags kam er mit einem Korb voll Holz in das kleine Wohnzimmer, das Nora und Richard benutzten, und sah, daß Richard mit seinem Stuhl zur Seite gesackt war. Der Stuhl stand an der üblichen Stelle in einer Ecke des Zimmers, so daß er aus dem Fenster schauen konnte, was er laut Nora gern tat. Als Christopher zu ihm ging, um ihn aufzurichten, sagte er: »Ich hab versucht ... hat nicht geklappt ... tauge zu gar nichts.«

Tränen liefen ihm über die Wangen, und Rotz tropfte ihm aus der Nase. Christopher nahm ein Papiertaschentuch, um ihn abzuwischen.

»Putz mir die Nase«, sagte Richard, und in diesem Augenblick hörten sie Nora kommen.

»Lieber Himmel, ist es kalt hier!« rief sie. »Christopher, du hättest dich wirklich besser um das Feuer kümmern können. Wir wollen doch nicht, daß der arme Richard eine Lungenentzündung bekommt.« (Er hatte nur geniest.)

»Ich bin gerade erst reingekommen«, sagte Christopher und kniete sich hin, um Holz nachzulegen.

»Bald gibt es Tee«, sagte Nora. »Mrs. Brown hat ein paar schöne Scones gebacken, und es gibt Rhabarbermarmelade, die magst du doch so gern.« Richard nieste abermals. »Liebling, bekommst du wieder eine Erkältung?«

»O, ich ziele auf eine Lungenentzündung«, antwortete er in diesem sowohl kindlichen als auch süffisanten Ton, den er ihr gegenüber so oft anschlug und den sie, wie Christopher aufgefallen war, überhaupt nicht wahrzunehmen schien.

»Nun«, meinte sie fürsorglich, »wir werden alles tun, um das zu verhindern, aber falls du dich wirklich erkältet haben oder sogar eine Bronchitis bekommen solltest, gibt es ein gutes neues Medikament dagegen. Also brauchst du dir keine Sorgen zu machen. Ich gehe jetzt und hole den Tee.«

Als sie weg war, sagte Richard ausdruckslos: »Ich *will* nicht, daß die Bazillen getötet werden. Ich will sterben. Das ist das einzige, was ich wirklich will.« Am Ende des Satzes sah er Christopher an. Es bestand kein Zweifel, daß er es ernst meinte, und Christopher war entsetzt.

Er setzte sich neben ihn. »Kann ich irgend etwas für dich tun?«

»Ja, du könntest mir helfen, mich zu Tode zu saufen, was geringfügig besser wäre als eine Lungenentzündung. Ich glaube nicht, daß Dr. Gorley ein neues Medikament *dagegen* hat. Und ich glaube, hinter den Büchern da drüben ist noch eine Kippe. Die könntest du mir anstecken. Es ist gerade noch Zeit, bis der Engel des Lebens mit den aufregenden Scones zurückkommt.«

Er holte die Zigarette. Es war die letzte in dem kleinen Päckchen. Er steckte sie an und schob sie Richard zwischen die Lippen. Richard inhalierte tief und nickte Christopher zu, sie wieder rauszunehmen. Dann lächelte er. »Du bist ein netter Kerl, das weiß ich. Mit das schlimmste an meinem Leben ist, daß andere Leute ständig glauben, zu wissen, was das Beste für mich ist. Aber das tun sie nicht. Nur ich kann das beurteilen. Noch einen Zug, bitte.«

»Ich verstehe langsam, wie sich Eisbären im Zoo vorkommen müssen«, sagte er nach dem zweiten Zug. »Sie sitzen in der Falle. Sie können nichts von dem tun, was normale Eisbären tun, die nicht gefangen sind. Natürlich setzt man bei mir voraus, daß ich Möglichkeiten habe, die Eisbären nicht zugänglich sind. Intellektuelle oder spirituelle Möglichkeiten – so würde Father Lancing es wohl ausdrücken. Aber leider«, wieder lächelte er, und einen Augenblick lang erkannte Christopher, wie liebenswert er einmal gewesen sein mußte, »sind sie mir offenbar entgangen. Ich kann nicht einmal *lesen*. Ich wäre selbst als Hund besser dran.«

Plötzlich mußte Christopher an Olivers Tod denken, daran, wie er ihn im Arm gehalten hatte, als der Tierarzt ihm die tödliche Spritze gab.

»Ich glaube, ich verstehe, was du meinst«, sagte er und steckte Richard die Zigarette zum drittenmal in den Mund. »Aber sie meint es nur gut.« Auch Nora tat ihm leid.

»O ja«, sagte Richard müde. »Glaub nicht, daß ich das auch nur eine Sekunde vergesse. Noch einen Zug. Sie wird gleich dasein. Und dann rauch selbst weiter, wenn es dir nichts ausmacht. Sie bemerkt den Rauch immer, und so wird sie denken, daß du es warst. Glaubst du an Gott?« fragte er nach dem letzten Zug.

»Ich ... das frage ich mich selbst seit einiger Zeit.«

»Du bist ein ziemlich ehrlicher Bursche, nicht wahr?«

»Glaubst du an Gott?«

»Ich strenge mich verdammt an, es nicht zu tun. Wenn es ihn gäbe und er damit für meinen Zustand verantwortlich wäre, wären die Folgen zu erschreckend ...«

»So!« Nora schob mit dem Tablett die Tür auf. »Christopher, es ist nicht sehr freundlich von dir, vor Richard zu rauchen.«

»Tut mir leid.« Er warf die Kippe ins Feuer und fing einen Blick von Richard auf: Er hatte Christopher beobachtet und zwinkerte nun.

Als er Father Lancing das nächstemal sah – er hatte sich angewöhnt, manchmal nach dem Abendessen bei ihm vorbeizugehen –, erzählte er ihm von diesem Vorfall. »Er ist so verzweifelt unglücklich. Als er sagte, daß er sterben will, konnte ich das wirklich verstehen.«

»Ja.«

»Und ich sehe auch, wie selbstlos Nora ist, aber manchmal habe ich das Gefühl, daß sie sich irrt.«

»Das muß nicht unbedingt ein Widerspruch sein.« Father Lancing stopfte sich seine kleine schwarze Pfeife.

»Ich verstehe auch, wieso er nicht an Gott glauben will.«

»Ich auch.«

»Nora glaubt an Gott. Sie hat mir einmal gesagt, es sei ihr größter Trost, mit ihm reden zu können.«

Father Lancing schwieg einen Augenblick, dann sagte er: »Reden ist eine gute Sache, aber wenn es um Gott geht, ist es vielleicht wichtiger zuzuhören.« Er zündete sich die Pfeife an. »Dabei geht es unter anderem beim Beten. Man zeigt damit an, daß man zuhören will.« Dann fügte er nachdenklich hinzu: »Man bezeichnet Menschen gern als selbstlos, wenn sie etwas tun, das wir nicht tun möchten. Selbstlos zu sein ist ausgesprochen schwierig. Den meisten gelingt es immer nur für ein paar Minuten.«

»Was kann ich nur für die beiden tun?«

»Liebst du sie?«

Er dachte nach. »Nein, ich glaube nicht. Sie tun mir nur schrecklich leid.«

»Versuch, sie zu lieben. Dann wirst du eine erheblich bessere Vorstellung davon bekommen, was du tun kannst.«

Als es zu diesem Gespräch kam, kannte er Father Lancing schon ziemlich gut. Er brachte einigen Patienten die Kommunion, und es gab ein oder zwei Leute, die zur Kirche gefahren werden konnten; schon bald nach Christophers Ankunft hatte Nora diese

Arbeit ihm übertragen. Er war in der Schule gefirmt worden, aber seit er die Schule verlassen hatte, war er nie zur Kirche gegangen – von jenem einen Mal in Sussex abgesehen. Nach ein paar Wochen lud Father Lancing ihn zum Tee ein, und er nahm die Einladung an. Der Priester wohnte in einem großen, feuchten Haus, zusammen mit einer kleinen, stillen Haushälterin, die Christopher wie ein Geist vorkam, denn wenn sie sprach – was selten vorkam –, war es immer nur ein leises, hohes Flüstern. Father Lancing arbeitete ausgesprochen schwer: Christopher war zunächst nicht klar gewesen, daß er die Einladung zum Tee zwischen allen möglichen Gemeindepflichten unterbringen mußte, und er dachte auch nicht daran zu fragen, wieso der Geistliche ihn eingeladen hatte; er nahm einfach an, daß sein Gastgeber sich einsam fühlte, weil er so allein hier wohnte, aber nach und nach begriff er, daß das nicht der Fall war. Wenn Father Lancing nicht gerade Messen las, besuchte er seine Pfarrkinder oder ging zu Versammlungen; er liebte Kinder und Musik, und er verwendete viel Energie darauf, mit seinem Chor zu arbeiten und der örtlichen Grundschule bei ihren Ausflügen und kleinen Festen zu helfen. Er war der High Church eng verbunden; einige im Dorf mochten das nicht und hörten die Sonntagsmesse in einer anderen Kirche, aber Father Lancings Kirche war trotzdem immer angenehm voll, und zweimal in der Woche nahm er die Beichte ab. Als Christopher zum erstenmal zu ihm ging, fragte Father Lancing, was ihn nach Frensham verschlagen habe, und er erklärte, wie nutzlos er sich nach Olivers Tod vorgekommen sei, und daß er etwas Sinnvolles habe tun wollen. Während dieser Gespräche wurde er immer wieder ermutigt, über sich zu sprechen, und bald hatte er das Gefühl, daß Father Lancing mehr von ihm wußte als jeder andere, sogar mehr als er selbst.

Die Gespräche hatten immer einen philosophischen Hintergrund, genauer gesagt, einen christlich-philosophischen. Zum Beispiel sagte Father Lancing, nachdem Christopher ihm von Polly erzählt hatte und dem Schlag, den es ihm versetzt hatte, zu erfahren, daß sie nach ihrer unglücklichen Liebe jemanden gefunden hatte, den sie heiraten wollte, »also hätte sie mich ohnehin nie geliebt«: »Aber du hast sie geliebt, und das ist ein wahres Geschenk.«

»Ein *Geschenk*?«

»Sicher. Liebe ist ein Geschenk.«

»Wie der Glaube?«

»Man könnte sogar sagen, daß Glaube eine andere Art von Liebe ist, nicht wahr? Was hältst du davon?«

Und so weiter.

Nach dem Gespräch über Richard und Nora kehrte er mit dem Entschluß zu ihnen zurück, sie zu lieben. Er stellt fest, daß es einfacher war, Richard zu lieben als seine Schwester. Er versuchte, mit ihr über Richard zu sprechen, und sagte, es sei möglicherweise besser, ihm ein paar Freuden zu gestatten, selbst wenn sie ihm gesundheitlich nicht sonderlich wohltäten, aber sie unterbrach ihn sofort: »Ich weiß, daß du es gut meinst, Christopher«, sagte sie, »aber leider ist guter Wille nicht alles. Ich arbeite jetzt seit Jahren mit diesen Leuten, und ich weiß wirklich, was für sie das Beste ist.«

»*Du* meinst es also nur gut, ja?« hatte er nicht widerstehen können zu sagen, und sie hatte heiter geantwortet: »Aber selbstverständlich. Wie kannst du etwas anderes auch nur *denken*?«

Inzwischen ging er zur Kirche, weil er es wollte. Er sagte Father Lancing, daß er auch beichten wolle, und der Priester meinte, er nehme dienstags und freitags Beichten ab, und drückte ihm ein Buch in die Hand. »Das wird dir eine Vorstellung davon vermitteln, wie so etwas abläuft.«

Er ging hin. Am Anfang hatte er geglaubt, nicht viel zu beichten zu haben, aber dann war es doch eine überraschende Menge. Noch überraschender war, daß Father Lancing keine moralischen Anmerkungen machte, sondern sich auf praktische Fragen wie »Wie oft?« beschränkte. Nachdem er seine Absolution und Buße erhalten hatte, ging er in die Kirche und betete, flammend vor guten Vorsätzen.

Bald fand er heraus, daß sie nicht anhielten, genauer gesagt, daß er sie im Alltag nur allzu schnell vergaß. Er war umgeben von traurigen und unglücklichen Menschen, und wenn es ihm schwerfiel, ihnen ihr Schicksal irgendwie zu erleichtern, nahm er ihnen ihr Unglück übel.

Dann stellte er eines Tages beim Holzmachen im Schuppen

fest, daß er eine ganz andere Art von Leben wollte, und etwas, das Father Lancing über Mönche gesagt hatte, fiel ihm wieder ein. »Als Mittelpunkt des Universums kann man sich selbst betrachten oder Gott. Mit einer anderen Person funktioniert das nicht.« Damals hatte er nur höflich zugehört und gedacht, daß er diese Ansicht nicht teilte, aber nun war es ihm plötzlich klar. Er selbst wollte ganz bestimmt nicht im Mittelpunkt des Universums stehen – also blieb nur noch Gott.

Er rannte mit seinen Neuigkeiten zu Father Lancing, der das alles ziemlich ruhig aufnahm, so ruhig, daß Christopher beinahe verärgert war.

»Und was hast du jetzt vor?« fragte der Priester schließlich.

»Ich finde, ich sollte mich einer Gemeinschaft anschließen. Ich denke, ich sollte Mönch werden.«

»Ja?«

»Ja. Anscheinend bin ich in der Welt zu nicht viel nütze. Ich sollte lieber versuchen, mich aus ihr zurückzuziehen.«

Father Lancing antwortete nicht sofort. Er war damit beschäftigt, seine übelriechende Pfeife auszuklopfen. Dann sagte er: »Ich glaube nicht, daß sie dich irgendwo aufnehmen werden, wenn du aus der Welt davonlaufen willst. Es geht eher um ein Auf-etwas-Zurennen als ums Wegrennen.«

»Auf Gott? Das meine ich ja!«

Father Lancing legte ihm die Hände auf die Schultern.

»Ich könnte dich zu jemandem schicken, der mit dir reden würde«, sagte er. »Das könnte einiges für dich klären und zumindest nichts schaden.«

Also ging er nach Nashtun Abbey. Er verbrachte zwei Tage dort und führte mehrere lange Gespräche über seine mögliche Berufung. Das Kloster faszinierte und elektrisierte ihn. Dort erfuhr er, neben vielem anderen, daß er zwei oder drei Jahre als Postulant würde verbringen müssen – falls sie ihn überhaupt aufnahmen –, um schließlich Novize zu werden. Und während dieser Jahre würde es ihm jederzeit freistehen zu gehen.

Aufgeregt kehrte er nach Frensham zurück; er hatte keine Zweifel, keine Angst – er *wußte* es. Es hing nur noch davon ab, ob man ihn aufnehmen würde.

Wochen vergingen, und er hörte nichts. Er ging zu Father Lancing.

»Father Gregory hat mir geschrieben«, sagte der Geistliche. »Er ist der Ansicht, daß du Zeit brauchst und mehr erfahren mußt über das, was du vorhast – damit du wirklich weißt, ob du berufen bist. Ich sehe schon, du bist enttäuscht. Meinst du denn, alles zu wissen? Nun, die Menschen neigen dazu. Höhenflüge auf spirituellem Gebiet unterscheiden sich in nichts von anderen. Du brauchst nur nachzumachen, was andere vorher getan haben, und schon bist du an der Spitze. War es das?«

Ein Volltreffer. Christopher spürte, wie er rot wurde.

»Für den Fall, daß du weitere Anleitungen möchtest, hat man mich gebeten, sie dir zu geben, also verzweifle nicht, St. Christopher.« Er lächelte so liebenswert, als er das sagte, daß Christopher mit ihm lachen konnte.

»Du und Father Lancing – was habt ihr eigentlich vor?« fragte Nora, als er fragte, ob er mehr Zeit für seine Besuche bei dem Geistlichen haben könne.

»Er unterrichtet mich.«

»O, gut. Er ist ein wunderbarer Mensch. Und es macht mich sehr glücklich, daß du angefangen hast, zur Kirche zu gehen.«

Richard war weniger froh. »Ich sehe schon, wie sie dich vereinnahmen. Bald wirst du erstklassige Gründe dafür haben, dich selbst zu verleugnen – und mich, wenn es soweit ist.«

»Nein, das nicht.« Er hatte beschlossen, Richard weiterhin zu helfen, was die Zigaretten anging, und jeden Monat kaufte er eine Halbliterflasche Whisky, die er angeblich mit Richard teilte – wobei er selbst nur kalten Tee zu sich nahm.

Er sagte Father Lancing, er wolle mit niemandem sonst über seine Absichten sprechen. Inzwischen stritt er sich oft mit ihm, und einmal, als sie verabredet waren und der Geistliche nicht erschien, war Christopher schrecklich wütend auf ihn – was er bei ihrer nächsten Begegnung auf Anhieb wußte.

»Du warst böse auf mich, weil ich etwas anderes zu tun hatte. Warum? Bist du wichtiger als andere Menschen?«

»Sie hätten mir Bescheid sagen können.«

»Das wäre möglich gewesen. Aber ich war im Krankenhaus

und wollte denjenigen, bei dem ich war, nicht allein lassen. Das ist alles.«

»Ich verstehe.«

»Nein, das tust du nicht, aber du wirst es verstehen.«

Jetzt kam die Abzweigung zu Pollys Straße. Er spähte in die Straße hinein, war aber nicht sicher, ob er ihr Haus sah.

Er hatte nicht zu der Hochzeit gehen wollen, und als Father Lancing ihn nach den Gründen fragte, hatte er gesagt, er habe Angst vor den Gefühlen, die ihn überfallen könnten.

»Wenn das der Grund ist, solltest du lieber hingehen. Und was ist mit deiner Cousine? Hast du nicht gesagt, sie hätte dich sehr gern; bedeutet das nicht, daß sie sich freuen würde, wenn du kämst?«

»Ja, aber ich dachte nicht, daß das das Wichtigste wäre.«

»Du bist das Wichtigste, nicht wahr? Dein spiritueller Zustand.«

Verblüfft starrte er seinen Freund an und fühlte sich ertappt, weil er tatsächlich so gedacht hatte und nun begriff, daß Father Lancing anderer Ansicht war.

»Ich versuche, bestimmte Dinge aufzugeben«, sagte er schließlich.

»Aha. Das ist es. Das Problem ist nur, daß dein spiritueller Stolz bei solchen Gelegenheiten wirklich ins Kraut schießt. Gott braucht es nicht, daß du dir für seine Liebe zu ihm gratulierst.« Aber auch das sagte er mit solcher Freundlichkeit, daß Christopher es irgendwie ertragen konnte.

»Ich verstehe. Wirklich«, sagte er. »Ich gehe hin.«

Es war sehr merkwürdig für ihn. Er hatte in der Kirche gekniet und gebetet, daß sie glücklich werden und die richtige Wahl getroffen haben möge. Es schien seltsam, daß sie Kinder haben würde, die er nie sehen würde, daß er von diesem Tag an nichts mehr von ihr erfahren würde. Sie wurde von ihrem Vater zum Altar geführt, gefolgt von Lydia und einem kleinen Mädchen, das vermutlich Onkel Ruperts jüngste Tochter war. Ihr Gesicht konnte er wegen des Schleiers nicht sehen, aber ihre Stimme, als sie das Jawort sprach, war vollkommen klar. Danach gingen sie in die Sakristei, und dann kam sie zusammen mit ihrem Mann durch den Mittelgang zurück und hatte den Schleier zurückgeworfen, und er sah, wie glücklich sie war.

Als er sich beim Empfang in der Schlange der Leute, die darauf warteten, ihr zu gratulieren, endlich nach vorn gearbeitet hatte, hellte ihre Miene sich auf, und sie trat einen Schritt vor, küßte ihn und sagte: »Gerald, das hier ist Christopher – mein liebster Vetter.«

Ob es nun an der schimmernden weißen Seide lag, dem Schleier, den Perlen an ihrem Hals, ihren strahlenden dunkelblauen Augen oder allem zusammen, er wußte es nicht, aber es war beinahe, als strahlte Licht von ihr aus – er war erschüttert und sprachlos, und eine Sekunde lang fürchtete er, daß er sie immer noch liebte. Und dann war er einfach froh, daß er sie liebte, und diese Freude wurde begleitet von einem Gefühl lebendigen Friedens.

»... und du mußt uns besuchen kommen«, sagte sie, und ihr Mann lächelte und erklärte, das müsse er wirklich unbedingt tun. Er hätte es ihr gern gesagt, aber dies war weder der Zeitpunkt noch der Ort dafür. Im Verlauf der Feier – während all der Ansprachen, der Trinksprüche, der allgemeinen Freude – versuchte er, so viele Verwandte wie möglich zu sehen und ihnen schweigend Lebewohl zu sagen. Clary, dünn und mit langem Haar und in einem grünen Kleid, war die einzige, die ihn unaufhörlich ansah (ihm war nie zuvor aufgefallen, wie schön ihre Augen waren) und die wahrnahm, daß er sich verändert hatte. »Ich weiß nicht genau, in welche Richtung, aber du bist anders als früher. Du siehst aus, als hättest du etwas erfahren, das dir guttut.«

»Das habe ich.«

Da hatte sie ihn angegrinst und wieder wie das Mädchen ausgesehen, an das er sich erinnerte, mit stets schmuddeligem Gesicht und Kleidern, die immer zerrissen oder fleckig waren. Die Duchy schien ein wenig kleiner geworden zu sein, wirkte ansonsten aber unverändert. Außerdem waren da Onkel Hugh, der so anders aussah, beinahe, als wäre er vergnügt – »Bei der letzten Hochzeit, bei der wir uns begegnet sind, hattest du meine Hosen an, erinnerst du dich?« sagte er –, und weitere Vettern. Simon und Teddy, sehr elegant in ihren Cuts und erfreut, ihn zu sehen, sprachen beide von dem Lager im Wald. Damals hatte er versucht, vor etwas zu flüchten – er hatte immer vor etwas weglaufen wollen, weil er noch nicht gefunden hatte, worauf er *zugehen* konnte ...

Der Busschaffner rief die Treppe hinauf, daß die nächste Haltestelle Marylebone sein werde, und Christopher stieg aus. Mein letzter Bus, dachte er – nicht, daß ihn das gestört hätte, er stellte es nur fest.

»Mir kommt es so vor, als wolltest du es vermeiden, dich den Dingen zu stellen«, war eine der Bosheiten gewesen, die sein Vater beim Mittagessen von sich gegeben hatte.

Als er zum Bahnhof ging, dachte er, daß es ihm seltsamerweise am schwersten gefallen war, Richard zurückzulassen. Er hatte Nora gesagt, daß er zu Exerzitien wollte, aber sie wußte zu viel von diesen Dingen, und nachdem sie ihn ausgefragt hatte, wohin und wie lange, und er nur gesagt hatte, er wisse es nicht, aber wahrscheinlich werde es Monate dauern, hatte sie ihn forschend angesehen und gesagt: »Ich verstehe. Oh, ich hoffe so sehr, daß du berufen bist!« Und dann hatte sie beinahe schüchtern hinzugefügt: »Eine Sache. Würdest du Richard bitte verschweigen, daß du für immer gehst? Er hat dich ziemlich liebgewonnen, und es würde ihn traurig machen. Es wird ihm leichter fallen, es zu erfahren, wenn er sich daran gewöhnt hat, wieder ohne dich auszukommen.«

Sie liebte ihn wirklich – auf ihre Art. Also hatte er sich einverstanden erkärt. Ihm war nicht wohl dabei, er wäre lieber ehrlich gewesen, aber Richard war ohnehin betrübt über seinen Abschied, so daß Christopher annahm, Nora könne dieses eine Mal recht gehabt haben.

»Ich will lieber nicht sagen, daß es ohne dich nicht mehr dasselbe sein wird, denn es *wird* dasselbe sein – immer genau dasselbe: beschissen.«

Nora hatte sie an diesem letzten Abend allein gelassen – mit einem Taktgefühl, dessen Christopher, wie er beschämt erkannte, sie nicht für fähig gehalten hatte. Sie hatten zusammen getrunken, und Richard hatte drei Zigaretten geraucht.

»Es geht nicht nur um den Schnaps und die Kippen«, sagte er, »ich *rede* gern mit dir. Aber du kommst ja wieder, also habe ich etwas, worauf ich mich freuen kann, und das ist besser als nichts.«

Einem Impuls folgend hatte Christopher sich vorgebeugt und Richard auf die Wange geküßt, und Richard war zusammengezuckt – beinahe, als hätte er ihm weh getan. »Mach schon, verschwinde«, hatte er gesagt.

Vielleicht konnte er Richard schreiben. Aber Nora würde ihm den Brief vorlesen müssen, und das würde einen gewissen Einfluß auf den Inhalt des Briefes haben, das wußte er. Wenn man mir überhaupt erlaubt, Briefe zu schreiben, dachte er, und eine gewisse Furcht vor dem, was vor ihm liegen mochte, beschlich ihn. Aber als er erst einmal im Zug saß und seinen Koffer verstaut hatte, kehrte jenes Gefühl von Abenteuer und Herausforderung zurück, das diese Reise ins Innere – zum Mittelpunkt des Universums – mit sich brachte, und er dachte, daß die Dinge, die er aufgeben mußte, nicht Gegenstände oder Menschen waren, die er kannte, sondern geheimnisvolle, ihm bisher unbekannte Dinge, die in ihm selbst lagen, denn nur so würde er Raum für einen neuen Bewohner schaffen können.

Archie

1946 – 47

Bis zu diesem Zeitpunkt hatte er immer geglaubt, wenn man sich nicht entscheiden konnte, was man tun sollte, läge das daran, daß man nicht wußte, was man wollte. Wie falsch das ist, dachte er, als er den vertrauten Weg entlangfuhr, weg vom Cottage, die kurze Strecke durch den Wald und dann an der Einfahrt zum Bahnhof vorbei. Drei Meilen entfernt ... Er konnte immer noch umkehren, aber er wußte, daß er das nicht tun würde. Er würde diese langweilige, ihm nur allzu bekannte Straße weiterfahren bis in die Vororte von London und von dort aus zu seiner leeren, vernachlässigten Wohnung. Sechs Wochen sind nicht so lang, sagte er zu sich selbst wie zu einem anderen. Trotzdem kam ihm die Zeitspanne unendlich vor. Aber dieser Morgen war wirklich der Tropfen gewesen, der das Faß zum Überlaufen brachte. Sie nackt in der Küche zu sehen, mit ihrer verbrannten Hand – die Phantasien über einen Körper kamen in nichts dem Eindruck der Realität gleich –, hatte ihm mehr als alles andere deutlich gemacht, daß er dieses Leben mit ihr, das so von Unehrlichkeit durchdrungen war, nicht länger fortsetzen konnte.

Sooft er auch darüber nachdachte, er konnte nicht festmachen, in welchem Augenblick er denn nun angefangen hatte, sie zu lieben. Sicher, als er aus Frankreich zurückgekommen war und sie so verzweifelt vorgefunden hatte, hatte er alles stehen- und liegenlassen, um sich um sie zu kümmern; es war ihm sogar gelungen, seinen Zorn und seine Verachtung für diesen widerlichen Kerl, der ihr solchen Schmerz bereitet hatte, beiseite zu schieben oder doch zumindest zu verbergen. War das Liebe? Oder hatte er es nur getan, weil er sie *kannte* – ihre Fähigkeit, jemanden aus ganzem Herzen zu lieben, und all die Verluste, die sie bereits hatte hinnehmen müssen? Er konnte sich niemanden vorstellen, der weniger geeignet gewesen wäre, mit einer so vollkommenen Zurückweisung und einer Schwangerschaft fertig zu werden. Das erste, was er über sie erfahren hatte, noch ehe er sie kannte, war, daß sie ihre Mutter verloren hatte. Er erinnerte sich, wie er bei einem dieser langen Spaziergänge mit Rupert in Frankreich, als der Freund von Isobels Tod noch zutiefst erschüttert gewesen war, darauf hingewiesen hatte, daß seine Tochter – Clarissa war ihr Name, nicht wahr? – ebenso trauern mußte wie Rupert selbst und sicherlich seine Liebe brauchte. Rupert hatte gesagt: »Und der Junge ist auch noch da, ich habe zwei Kinder.« Und er hatte erwidert: »Der Junge ist noch ein Baby. Das Mädchen ist alt genug, um Trauer zu empfinden. Du mußt zurückfahren und dich um sie kümmern.«

Das hatte Rupert schließlich auch getan, offenbar mit großem Erfolg, denn als Archie sie dann kennenlernte, war sie sechzehn und litt sehr darunter, daß ihr Vater verschwunden und – wie Archie damals ebenso wie beinahe alle anderen geglaubt hatte – vermutlich tot war. *Sie* hatte das nie geglaubt. Ihre treue Liebe hatte ihn damals gerührt und war ihm viel wichtiger gewesen als ihr kindliches, ungepflegtes Aussehen. Sie hatte sich nie darum gekümmert, wie sie aussah, war nie eitel gewesen. Er erinnerte sich daran, wie er sie zum erstenmal gesehen hatte, bei seinem ersten Abendessen in Home Place, in einem Hemd mit Knöpfen, die nicht zueinander paßten, und mit angeknabberten Fingernägeln und Tintenflecken auf den Händen, was beinahe – aber nicht ganz – darüber hinwegtäuschte, wie wohlgeformt diese Hände waren. Die schlecht geschnittenen Stirnfransen über diesen verblüffend ausdrucksvollen Augen. Er hatte das damals nur mit dem Auge des Malers und mit freundlichem Interesse wahrgenommen. Das war die Tochter seines besten Freundes Rupert. Als die ganze Familie ihn so herzlich aufgenommen hatte – das verdankte er der Duchy – und nachdem er Zeit genug gehabt hatte, all diese Kinder, wie er damals von ihnen dachte, kennenzulernen, war sie ihm immer wie eine Außenseiterin vorgekommen. Sie hatte nichts von der Cazaletschen Schönheit – weder die blauen Augen, noch den direkten Blick, das helle bis blonde Haar, die klare Haut, die Größe, die langen Arme und Beine; sie war klein und untersetzt, hatte ein rundes Gesicht, die Augen ihrer Mutter, schwere Brauen und feines, dunkles Haar, das immer zerzaust war und so aussah, als müßte es dringend gewaschen werden. Damals hatte er sie jedenfalls nicht geliebt. Aber als dieser kleine Franzose mit seiner Geschichte und der Botschaft für sie angekommen war und er gesehen hatte, wie sich das auswirkte – ihre Augen wie Sterne, ihre ungeheure Freude, die einen Augenblick lang erschüttert worden war, als Pipette sagte, die Botschaft sei schon acht Monate alt, und wie sie einen Moment später zu ihm aufgeblickt und gesagt hatte, es sei »nur eine Frage der Zeit; wir müssen eben warten, bis er wiederkommt« –, war er ausgesprochen gerührt gewesen, denn inzwischen wußte er ein wenig über die Intensität ihrer Liebe und ihrer Sehnsucht. Nachdem er sich das Bein gebrochen hatte, kam sie oft in sein Zimmer, wahrscheinlich, so dachte er, weil er der einzige Mensch war, der zuließ, daß sie über ihren Vater sprach, und er war verblüfft – und mitunter amüsiert – angesichts ihrer ausführlichen Phantasien über Ruperts Abenteuer. Und dann das Tagebuch, das sie für ihren Vater geschrieben hatte. Eines Tages hatte sie ihm ein paar Seiten davon gezeigt, und er hatte viel mehr über sie erfahren. Sie hatte einen lebhaften, wendigen Geist, obwohl sie im Alltag ungeschickt war, überall anstieß, ihre Sachen zerriß; sie konnte selbst in kleinen Dingen leidenschaftlich reagieren. Am Abend nach Pipettes Besuch hatte er festgestellt, daß er sie sehr achtete, er hatte erkannt, daß sie wirklich wußte, was Liebe bedeutete, und jetzt dachte er – auch wenn er sich nicht genau erinnern konnte –, daß er vermutlich schon damals befürchtet hatte, daß sie diese Liebe dem Falschen schenken könnte.

Danach, so nahm er an, hatte er wohl versucht, eine Art Vater für sie zu sein. Hätte er nur geahnt, wie das einmal auf ihn zurückfallen würde! Als die Mädchen nach London gezogen waren, hatte er sie ausgeführt, manchmal gemeinsam, später aber oft einzeln … Warum? Damals hatte er sich gesagt, es müsse schwer für sie sein, immer die schöne, makellose, charmante Polly neben sich zu haben. Er erinnerte sich, wie sie sich eine Dauerwelle hatte machen lassen, weil Polly auch eine hatte, und wie ausgesprochen unvorteilhaft das krause Haar gewesen war –

ebenso wie ihre Versuche mit Make-up, die immer darauf hinausliefen, daß sich alles bald auflöste und sie Augen bekam wie ein Panda, daß die Wimperntusche verlief, weil sie entweder weinte oder sich die Augen rieb oder zuviel lachte, und daß sie sich den Lippenstift innerhalb von Minuten ableckte. Immer noch kleckerte sie beim Essen, und immer noch, auch mit siebzehn, machte sie sich nicht viel aus ihrem Aussehen. Aber eigentlich stimmte das nicht. Er erinnerte sich an einen Abend, an dem er mit ihr im Lyons Corner House gesessen und sie ihn gefragt hatte, ob Schönheit wichtig sei – inzwischen war die schreckliche Dauerwelle herausgewachsen, und ihr Haar war wieder kurz und glatt –, und was immer er damals auch gesagt hatte, es hatte sie traurig gemacht, und er hatte alles noch schlimmer gemacht, indem er sagte, daß er sie so gern habe, wie sie sei, und sie hatte versucht, barsch zu sein, was sie immer tat, wenn sie fürchtete, weinen zu müssen, und dann hatte sie ihm erzählt, daß Rupert ihr einmal gesagt hatte, sie sei schön, und daß ihr das das Gefühl gegeben hatte, weniger häßlich zu sein. Sie würde sich wohl auf ihren Charakter verlassen müssen, hatte sie gemeint. Und dann hatte sie ihm eine Geschichte über sich und Neville erzählt und wie sie festgestellt hatte, daß sie hübsch sein wollte. Plötzlich war er von Zuneigung für sie überwältigt worden, wie sie da saß, gefangen zwischen dem, was sie für ein unerfreuliches Äußeres hielt, und ihrer unbeirrbaren Ehrlichkeit. Er hatte sie umarmen und mit jenen Albernheiten trösten wollen, die genügend Wahrheit enthielten, um die Lügen zu verdecken, und sie hatte das glücklicherweise verhindert, indem sie ihn fragte, wieso er so sentimental dreinschaue. Hatte er sie damals geliebt?

Er erinnerte sich daran – sie mußte damals schon neunzehn gewesen sein –, wie Lydia gesagt hatte, sie würde gern mit ihm nach Frankreich gehen, und wie ihn das auf die Idee gebracht hatte, lieber Clary mitzunehmen – damit sie, falls notwendig, über Ruperts Tod hinwegkam. Etwa zu der Zeit hatte er ihr gesagt, sie solle die Hoffnung nicht aufgeben. Es war ein sehr warmer Maiabend gewesen, und sie hatte ein Leinenkleid getragen und war schrecklich verschwitzt gewesen, aber er hatte sehr wohl bemerkt, wie sie rot wurde, als er ihr sagte, wie sehr er sich freue, sie zu sehen. Und damals war es ihm so vorgekommen, als betrachte sie ihn nun nicht mehr nur als Ersatzvater. »Ich staune, wie wenig ich über dich weiß«, hatte sie gesagt. Es war ihm beinahe wie ein Kompliment vorgekommen.

Sie hatten darüber gesprochen, daß sie aufgehört hatte zu schreiben, und er hatte sie deswegen getadelt. Sie war ins Bad gegangen – wahrscheinlich, um zu weinen. Als sie zurückgekommen war, hatte er versucht, sie wegen Rupert zu ermutigen, und sofort hatte sie geglaubt, er teile ihre Hoffnung – eine Falle, die er eigentlich hätte voraussehen müssen, aber am Ende hatte er sich irgendwie herauswinden können.

Und dann der Abend der Siegesfeier. Als sie ins Restaurant kam, hatte sie ungewöhnlich *soignée* ausgesehen: Sie war erwachsen geworden, ihr Haar war besser geschnitten, und der schwarze Rock und das Männerhemd standen ihr gut. Ihr Haar war naß, also hatte sie es zumindest gewaschen. Sie hatten einen schönen, außergewöhnlichen Abend verbracht, hatten in der Menge vor dem Palast gestanden, länger, als er vorgehabt hatte, weil sie es so sehr genoß; er hatte gewußt, daß er auf dem langen Heimweg Schmerzen im Bein haben würde. Sie hatten im Hyde Park eine Rast eingelegt und sich auf eine Bank gesetzt, und da war ihm klargeworden, wie alt er ihr vorkommen mußte. Sie hatte gesagt, sie wisse von Pollys Verliebtheit in ihn und finde es lächerlich, sich in jemanden seines Alters zu verlieben. Als er sagte, er müsse ihr ja unglaublich alt vorkommen, hatte sie sich verraten, indem sie sagte, nicht *unglaublich*, er scheine nicht älter geworden zu sein, seit sie sich kennengelernt hätten. Dann hatte sie begriffen, daß sie ihn gekränkt hatte, und sich entschuldigt. Sie habe nicht sagen wollen, er sei *alt*, sie meine nur, er sei zu alt für Polly.

Sie hatte bei ihm übernachtet, weil sie nicht mehr nach Hause gekommen wäre; sie saß in seinem Bett, in seiner Schlafanzugjacke, und er brachte ihr Kakao. Und dann erzählte sie ihm, daß ihr Vater immer die Haut von ihrem Kakao gegessen hatte, was ihr gezeigt hatte, wie sehr er sie liebte, und sofort tat er das gleiche, um sich nicht ausstechen zu lassen. Wenn Rupert tot ist, hatte er gedacht, wird sie meine Liebe brauchen.

Und dann hatte sie ihn plötzlich bis ins Mark getroffen. Es

hatte damit angefangen, daß Zoë ihr ein paar von Ruperts Hemden gab, und sie nur die abgetragenen nahm, weil es wie Aufgeben gewesen wäre, auch die anderen zu nehmen. Aber sie war der Ansicht, sie sollte einen Pakt mit ihm schließen, demzufolge sie sich bereit erklärte, falls Rupert nicht innerhalb eines Jahres nach Hause käme, zu akzeptieren, daß er niemals wiederkommen würde. Und dann hatte sie ihm erzählt, wie ihre Liebe zu ihrem Vater sich verändert hatte – anfangs hatte er ihr einfach schrecklich gefehlt, aber jetzt wollte sie um seinetwillen, daß er noch lebte. Es war ihm sehr schwergefallen, dazu etwas zu sagen. Aber irgendwie war es ihm gelungen, und als er ihr gute Nacht sagte, war sie beinahe wieder ein Kind gewesen und hatte ihm die Wange für einen Gutenachtkuß zugewandt. »Immerhin habe ich noch dich, liebster Archie«, hatte sie gesagt. In jener Nacht, als er schlaflos dalag, war ihm klargeworden, daß ihn ihre Bemerkung über ihren Vater so getroffen hatte, weil er sich wünschte, sie würde so etwas über ihn sagen. Jetzt nahm er an, daß in dieser Nacht eine Art Liebe ihren Anfang genommen hatte. Er hatte einen Pakt mit sich selbst abgeschlossen, daß er, falls Rupert wirklich tot sein sollte, alles tun würde, um seine Stelle einzunehmen. Sollte er aber zurückkommen, konnten sich die Dinge auch ganz anders entwickeln. Ja, das war der Anfang gewesen oder zumindest doch der Augenblick, in dem er sich eingestanden hatte, daß er nicht ihr Vater sein wollte.

Rupert war zurückgekommen, und damals hatte er geglaubt, das würde seine Beziehung zu ihr radikal verändern. Aber das war nicht geschehen, und er gab Rupert die Schuld daran: Er war viel zu sehr mit seinen eigenen Problemen beschäftigt, die er sich, wie Archie verärgert dachte, selbst eingehandelt hatte. Aber waren nicht alle Probleme selbstgemacht – warum also nicht auch die seinen?

Er war nach Frankreich gegangen und dort nicht zufrieden gewesen; er hatte nicht genau gewußt, was ihm fehlte, nur, daß die Aussicht, allein hier zu leben, ihm nicht erstrebenswert erschienen war. Erst als Polly ihm das Telegramm geschickt hatte, als er versuchte, mit ihr zu telefonieren und hörte, daß Clary in Schwierigkeiten steckte, war ihm wirklich klargeworden, daß er sie liebte.

Als sie ihm in der Blandford Street die Tür geöffnet hatte, war das ein Schock gewesen. Sie hatte furchtbar ausgesehen, so als hätte man ihr einen tödlichen Schlag versetzt. Aber andererseits hatte sie schon monatelang ziemlich schlecht ausgesehen – sie hatte sich, wie zu erwarten gewesen war, mit erschöpfender Intensität verliebt, und Archies instinktive Abneigung gegen den Mann, für den sie sich entschieden hatte, gegen dieses ganze jämmerliche Verhältnis, hatte ihn mürrisch und ablehnend reagieren lassen. Aber nun war etwas schiefgelaufen. Einen Augenblick lang hatte er gedacht, die Beziehung sei einfach nur zu Ende gegangen, sie brauche Trost und Unterstützung in der schweren Zeit, die man nach einem solchen Bruch durchmachte. An eine Schwangerschaft hatte er überhaupt nicht gedacht – und schon gar nicht daran, daß sich das Paar zusammentun würde, um sie zu verstoßen. Als er festgestellt hatte, daß Nummer eins mit ihr nichts mehr zu tun haben wollte, war er wütend und zugleich erleichtert gewesen, aber damit war das Problem ihrer Schwangerschaft auch praktisch an ihm hängengeblieben. Er wollte sie auf keinen Fall beeinflussen. Er beruhigte sie und brachte sie dazu, sich ein wenig auszuruhen. Ihr war so übel gewesen, daß sie unbedingt ein Abendessen brauchte, und er hatte das Gefühl, es wäre gut, etwas mit ihr zu unternehmen. Natürlich wollte er nicht, daß sie das Kind von diesem widerlichen Kerl bekam, und bald stellte er fest, daß Polly ebenso dachte. Aber sie waren sich auch einig, daß sie sie nicht beeinflussen durften, daß Clary das selbst entscheiden mußte.

Sie hatte sich für eine Abtreibung entschieden, und er hatte sie hingebracht, gewartet und sie wieder zurückgebracht. Danach schien sie auf andere Art zu verzweifeln. Er war mit ihr auf die Scilly-Inseln gefahren, auf eine kleine, hübsche Insel, war viel mit ihr spazierengegangen, hatte ihr komplizierte Kartenspiele beigebracht, abwechselnd mit ihr aus einem Roman vorgelesen – und vor allem über Nummer eins und seine Frau gesprochen. Das alles schien zwar in gewisser Weise zu helfen, aber andererseits machte es alles nur noch schlimmer. Seine Versuche, Noël lächerlich zu machen, bewirkten zwar, daß sie weniger in ihn verliebt war, aber zugleich spürte sie die Demütigung um so heftiger. Also ließ er davon ab und bemühte sich, sie wieder für ihre Schreibversuche zu interessieren – die Nummer eins auch beinahe zerstört hatte. Sie fauchte ihn an, weigerte sich, anständig zu essen, und versank oft für Stunden in Schweigen, aber eines Tages, als er zurückgefaucht hatte, sagte sie: »Was soll ich nur tun? Ich *will* ja nicht so sein, aber was soll ich tun?«

Als sie zurückgekommen waren, hatte er also das Cottage gemietet, über einen Bekannten, der froh war, es bewohnt zu wissen: »Es ist ziemlich primitiv und im Winter schrecklich feucht.« Es kostete nur fünfundzwanzig Pfund im Jahr. Er brachte sie hin und kehrte zu seinem langweiligen Job zurück, von dem er sich schon viel zuviel Urlaub genommen hatte. Er hatte ihr versprochen, die Wochenenden mit ihr zu verbringen, aber sie hatte ihn verblüfft, indem sie schon am Montag abend, nach kaum einem Tag ohne ihn, wieder auftauchte. Und am nächsten Abend hatte Rupert vor der Tür gestanden, und es war zu dieser schrecklichen Szene gekommen, als Rupert annahm, er, Archie, sei verantwortlich für Clarys Schwangerschaft. Was ihn erschüttert hatte – und bei Gott, es hatte ihn wirklich erschüttert! –, war, daß Clary es für vollkommen absurd hielt, daß Rupert so etwas auch nur denken konnte. Und dann hatte Rupert das Messer noch einmal in der Wunde herumgedreht, indem er beim Abschied sagte, es sei sinnlos, Archie zu einer Vaterfigur zu machen, wo sie doch schon einen Vater habe! Er hatte losschreien wollen, daß er verdammt noch mal nicht ihr Vater sein wollte, aber dann war er doch zu vorsichtig gewesen. Vorsichtig bin ich, dachte er bitter, und sonst nichts.

An dem Abend hatte er begonnen, um ihre Unabhängigkeit zu kämpfen. Sie hatten sich gestritten, und er hatte gesagt, er behandele sie wie ein Kind, weil sie sich wie eins benehme; sie solle aufhören, sich selbst leid zu tun, und noch vieles andere mehr. Das Problem war, wenn es ihm tatsächlich gelungen war, so etwas einigermaßen streng darzulegen, sagte oder tat sie etwas, das ihm beinahe das Herz zerriß, und er mußte sich ungeheuer zusammennehmen, um fest und vernünftig zu bleiben. Weil nur das funktionierte. Er schickte sie zurück ins Cottage, und als er am nächsten Freitag hinkam, hatte sie etwas gekocht, und er spürte, daß sie tief in ihrem neuen Buch steckte, auch wenn sie ihm nichts darüber erzählen wollte.

Er berichtete Rupert, was er unternommen hatte, und Rupe, der Probleme mit seiner Schwiegermutter hatte, sagte nur: »Besten Dank, alter Junge. Sag Bescheid, wenn ich etwas tun kann.«

Den ganzen Herbst über war er jedes Wochenende hingefahren. Er erinnerte sich jetzt – es schien schon so lange her zu sein –, wie weh es ihm damals getan hatte, sie zurück ins Cottage zu schicken. Er wäre ihr beinahe hinterhergefahren, um zu sehen, ob alles in Ordnung war, aber das hätte alles verdorben. Sie mußte lernen, allein zurechtzukommen.

Sie zu dem Besuch bei Polly in London zu bewegen, war keine gute Idee gewesen. Als er am nächsten Morgen feststellte, daß sie nicht mehr in der Blandford Street war – oder zumindest nicht ans Telefon ging –, hatte er voller Panik Polly an ihrem Arbeitsplatz angerufen. Als Polly ihm sagte, Clary sei zurück zum Cottage gefahren, war er erst erleichtert gewesen, aber dann hatte er angefangen, sich Gedanken zu machen, und schließlich war er um sechs Uhr morgens aufgestanden und hingefahren und hatte sie fiebernd vorgefunden. Er hatte sie aus einem Alptraum geweckt, und fast hätte er sie in die Arme genommen und ihr gesagt, daß er sie liebte, aber sie hatte im ersten Augenblick gedacht, er wäre ihr Vater, und das hatte ihn zurückgehalten.

Sie war ohnehin nicht in der Verfassung für solche Geständnisse: Sie war krank und verängstigt, und als er sie in die Arme nahm, ging es nur darum, daß sie sich ausweinen und ihm zusammenhanglose Einzelheiten ihres Traums erzählen konnte. Er war geblieben und hatte sie gepflegt, und im Büro hatte er eine Reihe von Lügen erzählt. Inzwischen hatte er gekündigt, und das interessierte ihn alles nicht mehr.

Langsam wurde sie erwachsen. Ihr war aufgegangen, daß sie kein Geld hatte, und obwohl er es einerseits genoß, für sie verantwortlich zu sein, war ihm doch andererseits klar, daß dies ein Schritt in die richtige Richtung war. Wenn sie Geld brauchte, solange sie an ihrem Buch schrieb, mußte sie eben ihren Vater darum bitten. Also schickte er sie los, und sie kam mit zweihundert Pfund und übelster Laune zurück. Es stellte sich heraus, daß sie sich darüber aufgeregt hatte, daß er vielleicht nach Frankreich gehen wollte. Er hatte ihr erzählt, daß er seine Stelle aufgeben wollte, und bei der Gelegenheit hatte er auch Frankreich erwähnt, nun aber dachte sie, er hätte es geplant, ohne ihr etwas davon zu sagen.

Am Anfang hatte er gedacht, jetzt geht das schon wieder los. Sie erwartet, daß ich stets greifbar bin und sie unterstütze.

Das Problem war, daß er – obwohl er sich noch nicht entschieden hatte – Frankreich als Möglichkeit offenhalten mußte; er brauchte eine Art Zuflucht für den Fall, daß alles schiefgehen sollte. Und es sah ganz danach aus. Sie hatte ihn als ihren zweiten Vater bezeichnet, bevor sie losgefahren war, um Rupe zu besuchen. Aber es war auch eindeutig, daß der Gedanke an seine Abreise sie mit Angst, ja mit Panik erfüllte. Als sie erklärte, sie könne ohne ihn nicht im Cottage bleiben, hätte er beinahe alles verdorben; er hatte sie berührt und sich erst im letzten Moment zusammenreißen können. Er war kühl und streng gewesen, hatte sogar gesagt, sie werde sich sicher bald wie jede normale junge Frau in einen netten Mann verlieben. Sie hatte geschmollt – womit er viel besser zurechtkam als mit ihrer Angst.

Aber im Lauf des Nachmittags war er zu der Ansicht gelangt, daß es nicht gut war, wenn sie glaubte, er mache hinter ihrem Rücken Pläne, und er hatte sich entschuldigt.

Nun hielt er vor seinem Haus, holte den Koffer aus dem Auto und ging hinein. Die Wohnung kam ihm unendlich bedrückend vor. Er fragte sich, was sie jetzt wohl tat. Gut, daß er nie dazu gekommen war, ein Telefon im Cottage installieren zu lassen; er wußte, daß er der Versuchung, sie anzurufen, jetzt nicht würde widerstehen können.

Und wenn es schon darum ging, auf eigenen Füßen zu stehen – was war eigentlich mit ihm? Er mußte entscheiden, was er tun, wovon er leben wollte, wenn seine kleine Erbschaft und das wenige, was er vom Verkauf einiger Bilder gespart hatte, aufgebraucht waren. Rupert wußte eine Menge darüber, wie man überlebte, wenn man zu malen versuchte. Er würde ihn fragen.

Seine Beziehung zu Rupert hatte sich beträchtlich verändert, vor allem, seit sie gemeinsam in Home Place gewesen waren, um Diana in der Familie willkommen zu heißen. »Ich wäre wirklich dankbar, wenn Sie kommen würden«, hatte die Duchy gesagt. »Sie kennen uns alle so gut, und Sie sind ein so wunderbarer Diplomat.« Also war er hingefahren und hatte die Gelegenheit zu einem längeren Spaziergang mit Rupe genutzt, als Zoë Kopfschmerzen hatte und sonst niemand mitkommen wollte.

»Ich bin zwar kein guter Spaziergänger«, hatte er gesagt, »aber es gibt da etwas, das ich wirklich gern einmal allein mit dir besprechen würde.«

»Gut.«

»Eigentlich«, hatte er ein paar Minuten später gemeint, »wäre es einfacher für mich, wenn wir uns hinsetzen könnten.«

Also setzten sie sich auf den alten Baum in dem Gehölz hinter dem Haus, auf dem die Kinder immer gespielt hatten.

»Du scheinst etwas auf dem Herzen zu haben. Was ist denn los – du weißt, daß du mir vertrauen kannst.«

»Was meinst du denn?«

Rupert sah ihn an, lächelte und sagte: »Ich glaube, du hast dich in jemanden verliebt und bist nicht sicher, ob das gut ist. Aber ich wette, es ist eine gute Sache.«

»Da wäre ich an deiner Stelle nicht so sicher.«

»Ich habe also recht?«

»Ja. Ich habe mich verliebt. In Clary«, sagte er schnell. »Warte einen Moment. Ich habe kein Wort davon zu ihr gesagt. Sie hat keine Ahnung.«

»*Clary!* Lieber Himmel! Das meinst du doch nicht ernst?«

»Doch. Ich wäre ja wohl ziemlich dumm, so etwas zu sagen, wenn ich es nicht ernst meinte.«

Schweigen. Dann sagte Rupert, eindeutig bemüht, behutsam zu sein: »Meinst du nicht, daß du ein bißchen alt bist für sie?«

»Ich wußte, daß du das sagen würdest. Zoë ist aber auch erheblich jünger als du, stimmt's?«

»Zwölf Jahre. Aber du – du bist fast zwanzig Jahre älter als sie. Das ist doch sicher noch etwas anderes.«

»Es ist etwas anderes, aber es muß nicht unbedingt schlechter sein.«

Wieder Schweigen. Dann sagte Rupert: »Wie lange geht das schon so?«

»Es *geht* überhaupt nichts! Wie lange ich in sie verliebt bin? Das weiß nur Gott allein. Ich denke, etwa seit sie achtzehn war – nur daß ich es nicht gemerkt habe.«

»Und wie steht sie zu dir?«

»Das ist das Problem. Ich habe in all der Zeit, die du weg warst, irgendwie deinen Platz eingenommen, und so sieht sie mich immer noch.« Er sah ihn an – und spürte, wie seine Augen brannten. »Man kann sich so etwas nicht aussuchen, das weißt du«, sagte er. »Es trifft einen einfach.«

»Ja. Archie, ich weiß nicht, was ich sagen soll. Daß dir das nach all dieser Zeit – nach Rachel und all dem – wieder passiert ...«

»Nichts ist passiert.« Und dann fügte er resigniert hinzu: »Ich glaube nicht, daß sie auch nur die geringste Ahnung hat.«

»Na ja ... wäre es nicht ... ich meine, es wäre wahrscheinlich besser für dich, wenn du mit ihr darüber reden würdest. Dann würdest du es wenigstens wissen.«

»Das kann ich nicht – jetzt nicht. Ich weiß einfach, daß es nicht der richtige Zeitpunkt ist. Außerdem glaube ich nicht, daß ich es ertragen könnte. Wenn ich mit ihr rede und sich herausstellt, daß es überhaupt keinen Zweck hat, wäre das für mich das Ende jeglicher Beziehung zu ihr – das weiß ich, und das könnte ich nicht aushalten.«

»Warum sagst du es mir dann?«

»Ich denke, ich hatte die Hoffnung, daß du es nicht so schlimm finden würdest. Meine Absichten, meine ich. Vollkommen ehrenhaft.« Er hatte versucht zu lächeln – und die Nerven verloren. Bis zu diesem Punkt war ihm klar gewesen, was für eine Belastung das alles schon so lange dargestellt hatte und wie isoliert er sich bei seinen Versuchen gefühlt hatte, damit umzugehen. Er hatte mit Rupert darüber gesprochen, und Rupert hatte wie ein wahrer Freund reagiert. Er war sitzen geblieben und hatte ihn alles erzählen lassen, ohne ihn zu unterbrechen oder ihm zu widersprechen. »Es steht so viel auf dem Spiel«, hatte er gesagt. »Ich liebe sie wirklich – alles an ihr –, aber sie muß erwachsen werden, ihr eigenes Leben führen und eine Wahl treffen, die nicht von mir abhängt.«

Und am Ende hatte Rupe gesagt: »Du hast mir deutlich gemacht, daß du sie wahrhaftig liebst. Und das ist es, was zählt. Wir sind etwa gleich alt. Ich denke, in deiner Situation ginge es mir genauso.«

Er hätte ihn küssen können – zumindest hatte er ihn umarmt. Rupe hatte geschworen, es niemandem zu sagen. »Nicht einmal Zoë?« Nicht einmal Zoë.

Jetzt würde er Rupe anrufen und fragen, ob sie sich vielleicht treffen könnten.

Aber Rupe konnte ihm nicht sonderlich weiterhelfen, was das Malen und Geldverdienen anging. »Mir war irgendwann klar, daß ich entweder das eine oder das andere hinbekommen würde«, sagte er, »und mit einer Familie war ich besser beraten, mich für das andere zu entscheiden. Du könntest ausprobieren, ob es hilft, wenn du an einer Schule unterrichtest.«

»Das ist eine gute Idee.«

Er erklärte, er wolle Clary sechs Wochen lang allein lassen und sie würden sich erst bei Pollys Hochzeit wiedersehen. »Ich nehme an, dann werde ich ins kalte Wasser springen müssen, aber bis dahin werde ich warten.«

Und Rupe, von dem er wußte, wie schwer es ihm fiel, sich zu entscheiden, meinte, es sei sicher gut, Clary einige Zeit sich selbst zu überlassen und zu warten. Inzwischen schien Rupe – vielleicht, weil die Situation so hoffnungslos war – auf seiner Seite zu stehen.

Nach dem Wochenende in Home Place war er ein wenig erleichtert zum Cottage zurückgekehrt, weil er mit Rupe gesprochen hatte und dieser ihn nicht beschimpft oder abgewiesen hatte – nicht, daß das etwas an seinen Gefühlen für Clary geändert hätte, aber es war gut, daß Rupert Bescheid wußte.

Und dann hatte sie gefragt, ob er ein Kapitel ihres Buches lesen wolle. Selbstverständich hatte er das gewollt – und war überraschend enttäuscht gewesen: Es hatte ihr überhaupt nicht ähnlich gesehen, war viel unbeholfener und überladener, als er erwartet hatte. Aber dann hatte sie erklärt, wie oft sie den Text überarbeitet hatte, und er hatte ihren ersten Versuch gelesen, und das war wirklich sie selbst gewesen, klar und einfach – und begabt.

Wie wunderbar, ehrlich sagen zu können, daß er es für gut hielt. Und dennoch, selbst in diesem Zusammenhang hatte er sie davor warnen müssen, nicht zu sehr auf das zu achten, was er – oder andere – von ihrer Arbeit hielten.

Kurz darauf hatte er einige seiner eigenen Arbeiten nach London gebracht, in der Hoffnung, ein Galerist möge sich dafür interessieren. Ohne Erfolg. Genauer gesagt, mit einem jämmerlich geringen Erfolg. Sein alter Galerist hatte sich bereit erklärt, ein paar Landschaften in eine Gemeinschaftsausstellung aufzunehmen.

Er brachte die erste Woche ohne sie hinter sich, indem er alle möglichen erfolglosen Versuche unternahm, Arbeit zu finden – keine Stelle als Lehrer, kein Erfolg bei anderen Galerien. Eine der unangenehmen Eigenschaften seiner Wohnung war, daß er dort nicht malen konnte. Das Wochenende war schrecklich. Sie fehlte ihm, er machte sich Sorgen um sie, er wäre am liebsten im Cottage gewesen. Er war einsam, wollte aber niemanden sonst sehen. Er ging allein ins Kino und fragte sich, was sie von dem Film halten würde, er ging in Pubs, wo er immer wieder, wenn er mit Leuten sprach, in dieselbe hohle Auseinandersetzung darüber geriet, wie die Regierung mit der Dollarknappheit umgehen sollte – es hieß, die Rationen sollten wieder verringert werden, es werde eine Steuer von zehn Pfund pro Jahr auf Autos erhoben, und natürlich fragten sich alle, wer hinter den Briefbomben steckte, die der Außenminister und der Schattenkandidat der Opposition erhalten hatten. »Sind es die Roten oder die Juden?« fragte ein verdrießlicher, angetrunkener Mann immer wieder, bis Archie ihn am liebsten geschlagen hätte, statt dessen aber den einfacheren Ausweg wählte und ging. Und natürlich Indien. Die Leute in den Pubs schienen der Ansicht zu sein daß die Unabhängigkeit Indiens a) eine Schande war und b) vollkommen unwichtig, weil es sich sowieso nur um verdammte Ausländer handelte.

Also ging er nicht mehr allein in Pubs. Er las, er ging essen, und abends fiel er müde ins Bett, weil er so viel herumgelaufen war. Warum schmerzte sein Bein in London mehr als auf dem Land? Und am Sonntag abend dachte er, es wäre gut möglich, daß er nicht nur sechs Wochen auf diese Weise zubrachte, sondern den

Rest seines Lebens. Er lag im Bett und dachte: Ich rede die ganze Zeit davon, daß *sie* unabhängig von *mir* werden soll, dabei sollte es vielleicht umgekehrt sein.

Deshalb sagte er, als Rupert ihn am Montag anrief, um ihm mitzuteilen, daß die alte Tante Dolly gestorben war, und ihn zu bitten, nach Sussex zu fahren und der Duchy ein wenig unter die Arme zu greifen, selbstverständlich zu.

Aber es war richtig, von ihr wegzugehen, dachte er, als er am nächsten Morgen nach Home Place fuhr. Er konnte einfach nicht weiter der Ersatzvater bleiben und ruhiges Unbeteiligtsein heucheln, wenn er etwas ganz anderes empfand. Wieder und wieder mußte er an diesen Augenblick in der Küche denken. Ihre Schönheit, ihr Erschrecken über die Verbrennung und die Tatsache, daß sie ihn als Mann so offenkundig überhaupt nicht zur Kenntnis nahm, hatten ihn so schwer getroffen, daß er einfach nicht mehr konnte. Wenn er geblieben wäre, hätte er ihr alles gesagt, und die Chancen, in diesem Augenblick damit erfolgreich zu sein, wären, wie er dachte, gleich null gewesen. Er hatte einfach gehen müssen.

Es war tröstlich, wieder in das alte Haus zu kommen. Die Duchy freute sich ehrlich, ihn zu sehen. »Ich glaube, sie ist ganz plötzlich gestorben«, sagte sie, »ein Herzinfarkt oder Herzschlag; ich glaube nicht, daß sie gelitten hat.«

»Aber sie wird Ihnen fehlen«, meinte er.

»Ach, wissen Sie, das glaube ich eigentlich nicht. Sie war so abhängig geworden. Es ist schwierig, eine Verbindung zu jemandem aufrechtzuerhalten, wenn Abhängigkeit das Wichtigste ist. Finden Sie nicht auch?«

»Sehr schwierig.«

Als jene aus der Familie, die zur Beerdigung gekommen waren, wieder ihrer Wege gegangen waren und er sich ebenfalls aufmachen wollte, sagte die Duchy: »Rupert hat mir erzählt, daß Sie Ihre Stelle aufgegeben haben und wieder malen wollen. Wo wollen Sie das denn tun?«

Er sagte, er sei nicht sicher. Er wisse nur, daß er nicht in London malen könne.

»Sie gehen nach Frankreich zurück? Haben Sie nicht mal erwähnt, daß Sie dort ein Haus haben?«

»Eine Wohnung. Zwei Stockwerke über einem Café. Ich weiß es nicht. Ich dachte, ich sollte auf jeden Fall noch bis zu Pollys Hochzeit bleiben.«

Sie schwiegen beide einen Augenblick, und die Duchy kratzte sich Butter auf den Toast. »Wenn Sie gern herkommen und hier malen würden, finden wir sicher Platz für Sie, und ich würde mich an den Abenden sehr über Ihre Gesellschaft freuen.«

Also fuhr er nach London zurück, um seine Malsachen zu holen. Die Woche über war er mit der Duchy allein; die Duchy arbeitete im Garten, und er malte draußen, wenn das Wetter es zuließ; es gab häufig Gewitter, aber danach war die Landschaft, gereinigt durch den heftigen Regen, im wiederkehrenden Sonnenlicht besonders schön. Morgens lag schwerer Tau auf den Wiesen wie winzige Diamanten, die sich langsam auflösten, während die Gänseblümchen sich zur Sonne hin öffneten. Abends überzog, wenn es heiß genug gewesen war, perliger Nebel den Boden. Alles, was er sah, schien ununterbrochen in Bewegung zu sein und sich zu verändern. Er ging dazu über, an zwei oder drei Bildern gleichzeitig zu arbeiten, wegen der unterschiedlichen Tageszeiten und des wechselhaften Wetters. Zum erstenmal wurde ihm bei seiner Arbeit bewußt, was er alles nicht sah. Er mußte daran denken, wie er unzählige Male versucht hatte, sie zu zeichnen, ohne daß ihn das Ergebnis je zufriedengestellt hatte. Das hatte wohl etwas damit zu tun, daß man mit dem ersten Blick gleich alles wahrnehmen mußte und nicht nur einzelne Teile speichern durfte. Als die Duchy sich erkundigte, wie er vorankam, sagte er etwas in dieser Richtung – über Landschaften – und stellte fest, daß sie sein Dilemma unerwartet gut verstand.

»Es hat etwas damit zu tun, daß man sich auf diesen ersten Blick verlassen muß, nicht wahr?« sagte sie. »Dann vertieft man sich in einen Teil dessen, was man gesehen hat, und vergißt den Rest.«

Er war so überrascht, daß er unwillkürlich fragte: »Woher wissen Sie das? Haben Sie selbst einmal gemalt?«

»Ach, als ich jung war, haben alle ein wenig gemalt. Das war damals einfach in Mode. Allerdings hatte ich ernsthafte Absichten. Ich wäre gern auf eine Kunstschule gegangen, aber meine

Mutter wollte nichts davon wissen. Und als ich verheiratet war, war es irgendwie leichter, Klavier zu spielen. Das wurde als nützlichere Fähigkeit betrachtet.«

An den Abenden spielte sie, und er zeichnete sie, und eines Tages, als es nicht aufhören wollte zu regnen, fragte er, ob er sie beim Üben malen dürfe. Also holte sie das große Tuch heraus, mit dem sie den Teppich im Wohnzimmer vor der Sonne schützten, und er stellte seine Staffelei darauf.

Aber er konnte nicht vergessen, was sie über den ersten Blick gesagt hatte, und eines Tages zeichnete er Clary nach der Erinnerung – ziemlich rasch. Als die Duchy ihm am nächsten Tag seinen Blumenstrauß brachte – sie war der Ansicht, daß in allen benutzten Zimmern Blumen stehen sollten –, sah sie die Zeichnung und sagte: »Clary! Das ist Clary, wie sie leibt und lebt! Wann haben Sie das gemacht?«

»Vor nicht allzulanger Zeit«, antwortete er so beiläufig wie möglich.

Sie erwähnte das Bild mit keinem Wort mehr, aber ein paar Tage später beim Tee sagte sie: »Die Ruhe hier scheint Ihnen gutzutun, obwohl Sie arbeiten. Ich hatte das Gefühl, daß Sie dringend eine Art Atempause brauchten. Stimmt das?«

»Ich glaube schon.«

»Mein Lieber, ich will nicht aufdringlich sein, aber ich finde, daß diese Familie sich so viele Jahre lang auf Sie verlassen hat – was Zuneigung und Unterstützung in so mancher Hinsicht angeht. Ich fände es traurig, wenn nun Sie einmal so etwas brauchten und nicht von einem von uns bekämen.«

»Warum sagen Sie das?«

»Ach, ich habe nur das Gefühl, daß Sie nicht sonderlich glücklich sind, und ich frage mich, ob das wirklich so sein muß.«

Nach ein paar Minuten, während derer er hektisch überlegte, ob er sich ihr anvertrauen sollte oder nicht, sagte sie: »Sie sind so gut zu uns gewesen – vor allem zu Rupert und seiner Familie, zu ihm und Zoë, zu Neville, als er dieses Problem mit der Schule hatte, und zu Clary. Das werde ich Ihnen nie vergessen.«

Also erzählte er es ihr – teilweise jedenfalls. Daß er in ein Mädchen verliebt sei, so jung, daß er nicht wisse, wie er sich ihr nähern solle. Er versuchte angestrengt, ihre Identität geheimzuhalten – er war sehr allgemein und sehr lahm.

Sie setzte ihre Teetasse ab und sah ihn nachdenklich an.

»Als ich geheiratet habe, war ich viel zu jung«, sagte sie. »Ich wußte überhaupt nichts. Wahrscheinlich hätte man mich als ein übergroßes Kind bezeichnen können. Und William kam mir damals unglaublich alt vor. Er war nur sieben Jahre älter als ich, aber mir erschien es wie eine ganze Generation.« Mit einem leisen Lächeln fügte sie hinzu: »Es hat mir nicht geschadet. Ich bin schließlich doch erwachsen geworden. Und sogar alt.« Immer noch sah sie ihn mit dieser entwaffnenden Offenheit an; dann glitzerten ihre Augen in einer Weise, die ihn an Neville erinnerte, obwohl ihm diese Ähnlichkeit nie zuvor aufgefallen war, und sie sagte: »Sie schätzen sich selbst nicht hoch genug ein. Zu meiner Zeit wären Sie als sehr guter Fang beschrieben worden.«

Als er an diesem Abend schlafen ging, fühle er sich so gut wie seit Wochen nicht.

Er wäre beinahe zu spät gekommen, und als er die Kirche endlich betrat, war sie schon ziemlich voll. Er sah sich um, ob Clary bei Rupert und Zoë saß, konnte sie aber nicht entdecken.

»Neben Neville ist noch ein bißchen Platz«, sagte Teddy. Als er die Bank gefunden und Neville ihn begrüßt hatte – »Wenn Mädchen sich ansonsten auch so aufdonnern dürften, gäbe es gar keine Hochzeiten« –, sah er, daß sie mit Louise und einem schlanken, dunkelhaarigen Mädchen auf einer schräg gegenüberliegenden Bank saß.

»Wir sitzen auf dieser Seite, weil Lord Fake nicht so viele Freunde hat wie Poll«, erläuterte Neville und senkte die Stimme ein wenig, weil der Organist angefangen hatte zu spielen – zum Glück nicht Wagner, dachte Archie. Dann erhoben sich alle, und er konnte sie nicht mehr sehen.

Als Polly den Gang entlangkam und ihm im Vorübergehen kurz zulächelte, dachte er, daß wohl jeder, der so eindeutig glücklich war, hinreißend aussehen würde.

»Laß uns rausgehen«, sagte Neville. »Heutzutage weiß man nie, wie lange das Essen bei solchen Festen reicht.«

Er wartete vor der Kirche, während die Fotos gemacht wurden, daß auch sie endlich herauskam.

»Hast du dein Auto dabei?« fragte Neville.

»Ja.«

»Dann fahre ich mit dir.«

»Da wirst du warten müssen; vielleicht will ich ja noch mehr Leute mitnehmen.«

Sie trat mit Louise und dem anderen Mädchen aus der Kirche. Sie trug ein grünes Kleid mit rundem Ausschnitt und engen Ärmeln bis zu den Ellbogen. Der ein wenig ausgestellte Rock reichte ihr bis weit unter die Knie, und ihre Schuhe verursachten ihr sichtlich Schmerzen. Der Aufzug wurde von einem lächerlichen Hut verdorben – einem Strohhut mit gerader Krempe und einem grünen Band, das ihr über den Rücken hing. Es lag gar nicht an dem Hut, sondern einfach daran, daß ihr Hüte nicht standen. Sie schien das zu wissen, denn kaum war sie draußen, setzte sie ihn ab, sah sich kurz um und hängte ihn auf eine Stange des schmiedeeisernen Geländers. Er sah, wie Louise lachte und ihn wieder herunternahm. Dann entdeckten sie ihn. Er wußte von der Duchy, daß Louise ihren Mann verlassen hatte. »Ich fürchte, sie hat einen Weg durch die Wüste vor sich«, hatte die Duchy gesagt, »und wie wir wissen, gibt es dort viele wilde Stammeskrieger.«

Also begrüßte er Louise als erste, und sie stellte das schlanke Mädchen als Stella Rose vor. »Wir werden uns Pollys alte Wohnung teilen«, sagte sie. Die ganze Zeit stand Clary ein wenig hinter den beiden anderen, und als er sie ansah, spürte er, daß sie ihn ebenfalls angeschaut hatte.

»Hallo«, sagte er und zwang sich, zu ihr zu gehen und ihr einen flüchtigen Kuß auf die Wange zu geben. »Du siehst ziemlich gut aus, muß ich sagen.«

»Zoë hat es für mich ausgesucht. Aber sie meinte, ich müßte diesen Hut tragen.« Sie war ein wenig errötet, und jetzt, als er direkt vor ihr stand, sah sie ihn nicht an. Stolz, dachte er – sie will nicht zugeben, daß ich ihr gefehlt habe.

»Du hast mir gefehlt«, sagte sie ziemlich lässig. »Aber ich muß zugeben, daß es meiner Arbeit gutgetan hat. Du weißt schon – keine Ablenkungen wie Kochen und so.«

»Kommt endlich!« sagte Neville. »Ehrlich, wir sollten jetzt wirklich losfahren.«

Alle vier drängten sich zu ihm ins Auto. Neville saß vorn, weil Louise meinte, wenn er sich zu ihnen auf die Rückbank setzte, würde er ihnen die Kleider versauen.

Wir werden nach dem Empfang noch genug Zeit zum Reden haben, dachte er, als er zum Claridges fuhr. Und er fing an, sich vorzustellen, wie es sein würde, wenn er an diesem Abend mit ihr zum Cottage zurückfuhr. Also legte er es während des Empfangs nicht sonderlich darauf an, mit ihr zu sprechen, und sie hielt sich ebenso zurück.

Nachdem er Gerald kennengelernt hatte, konzentrierte er sich darauf, die Runde zu machen oder wie immer man das nennen mochte.

Miss Milliment trug ein Strickkostüm in der Farbe von Blaubeerkuchen, was vor dem lachsrosa Damast des riesigen Sessels, in dem man sie abgesetzt hatte, nicht sonderlich vorteilhaft aussah. »Was für ein glücklicher Tag!« sagte sie, als er sie begrüßte. »Archie, nicht wahr? Meine Augen sind nicht mehr, was sie einmal waren.« Und später meinte sie: »Oh, Archie, ich fürchte, mir ist ein kleines Stück Kuchen, vielleicht auch nur die Dekoration, heruntergefallen. Vielleicht können Sie es seitlich vom Sessel finden? Vielen Dank. Ich war ziemlich sicher, daß ich recht hatte.«

Dann Lydia – im Kleid einer Brautjungfer – und Villy.

»Mummy, wenn es irgendwie möglich ist, will ich Judy nie wieder begegnen müssen. Hallo, Archie! Gefällt dir mein Kleid? Ich habe gerade Mummy von meiner schrecklichen Cousine erzählt. Sie ist wütend, weil sie keine Brautjungfer ist, und wenn ihr mich fragt, ist es auch höchst unwahrscheinlich, daß sie je eine Braut sein wird, denn ich kann mir nicht vorstellen, daß irgendwer so dumm sein könnte, sie zu heiraten.«

»Das genügt jetzt«, sagte Villy. »Geh und reich ein paar Teller herum.«

»Liebe Villy, wie geht es dir?«

»Besser, glaube ich. Jedenfalls habe ich zu tun. Zoë und ich versuchen uns mit einer kleinen Tanzschule; in diesem Bereich haben wir beide ein bißchen Erfahrung, wenn auch sehr unterschiedlicher Art. Ich bin mir nicht ganz sicher, aber ich glaube, es wird Zoë sehr guttun, etwas Konstruktives zu tun zu haben.«

Rachel und Sid.

»Die Duchy hat sich so gefreut, dich einmal für sich zu haben«, sagte Rachel. »Wir haben ihr vorgeschlagen, daß wir auch herunterkommen, nicht wahr, Sid, aber sie wollte nichts davon hören.«

»Nein, sie wollte Sie ganz für sich haben. Aber heute abend bringen wir sie zurück und bleiben übers Wochenende, um sie über Ihre Abreise hinwegzutrösten.«

»Sid gibt mir Fahrunterricht«, sagte Rachel, »aber ich fürchte, dabei hat sich bisher nur herausgestellt, daß ich links und rechts nicht unterscheiden kann.«

»Sie fährt noch ziemlich unsicher«, meinte Sid voller Zuneigung, »und hat den Orientierungssinn einer Eintagsfliege.«

»Liebes, das finde ich jetzt aber nicht sehr freundlich.«

Aber nichts zwischen diesen beiden könnte wirklich unfreundlich sein, dachte er.

Zoë, die in einem sehr blaßrosa Kostüm mit taillierter Jacke und langem Rock und einem breiten rosafarbenen Strohhut, der ihrer Haut einen zusätzlichen köstlichen Rosaton verlieh, absolut hinreißend aussah. »Archie!« Sie küßte ihn. »Ist das nicht ein wunderbares Fest?«

»Ich höre, du machst mit Villy eine Tanzschule auf?«

»Eine kleine. Ich weiß nicht, ob es funktionieren wird, aber der Gedanke daran hat Villy ein bißchen aufgeheitert, und das ist die Hauptsache.«

»Archie, darf ich dir Jemima Leaf vorstellen?« Das war Hugh mit einer sehr kleinen, gepflegten blonden Frau.

Als er sie fragte, ob sie eine Freundin des Bräutigams sei, sagte Hugh, bevor sie selbst etwas erwidern konnte: »Sie ist eine Freundin von mir.« Aber er sagte es so, als fände er es ganz außergewöhnlich, eine zu haben. Hugh wurde zu jemandem gerufen, und Archie blieb, um sich mit Mrs. Leaf zu unterhalten. Sie habe zwei Kinder, erzählte sie, und arbeite für die Firma Cazalet – genauer gesagt für Hugh. Hinterher fragte er sich, was das wohl zu bedeuten hatte. Schließlich verschwand Polly, um sich umzuziehen, und die wenigen noch anwesenden Gäste unterhielten sich darüber, wie gut die Ansprachen gewesen seien und wie sehr ihnen das Fest gefallen habe. Er beobachtete Clary seit einiger Zeit aus dem Augenwinkel: Sie redete mit Christopher – war das nicht der Vetter, der den Zusammenbruch gehabt hatte und der so an diesem Hund hing? Er ging hinüber zu ihnen.

»Christopher, nicht wahr? Lange her, daß ich Sie gesehen habe.«

»Es ist lange her, daß überhaupt jemand ihn gesehen hat«, sagte Clary.

»Was macht Ihr Hund?« fragte er nach einer Pause, in der keiner von ihnen etwas gesagt und er schon angefangen hatte, sich zu fragen, ob er womöglich störte.

»Er ist gestorben.«

»Das tut mir leid.«

Aber mit einem erstaunlich liebenswerten Lächeln antwortete Christopher: »Er hatte ein sehr gutes Leben, und ich denke, es geht ihm auch jetzt gut.«

»Christopher glaubt an einen Hundehimmel«, sagte Clary, »aber ich kann mir nicht vorstellen, daß es ohne ihre Menschen dort sehr angenehm für sie ist.«

»Dann werde ich wohl eines Tages auch dorthin müssen«, sagte Christopher. »Fürs erste muß ich aber einen Zug erwischen.«

»Was meinst du«, fragte er, als sie allein waren, »sollen wir noch etwas essen gehen, bevor wir losfahren?«

»Wir müssen uns erst von Poll verabschieden«, sagte sie rasch und ging auf die Tür des Saals zu. »Wir müssen rausgehen.« Er folgte ihr.

Aber nachdem alles vorbei war, als die kleine Menge winkend zurückblieb und sie sich einander zuwandten, sagte sie: »Können wir im Auto reden?«

»Warum nicht?«

Er schloß ihr die Beifahrertür auf und setzte sich ans Steuer.

»Die Sache ist«, meinte sie, immer noch ohne ihn anzusehen, »daß ich mit meinem Buch beinahe fertig bin, und ich denke, ich sollte allein sein, bis alles erledigt ist. Wenn es dir nichts ausmacht.«

Er war verblüfft. »Du hast doch früher nicht aufgehört zu arbeiten, nur weil ich da war. Warum jetzt auf einmal?«

»Ach, na ja ... das Ende ist ziemlich schwierig, und ich denke, es wäre besser, wenn ich mich allein darauf konzentrieren könnte. Ich brauche nur noch ungefähr zwei Wochen.«

»Also gut. Wenn du es so willst.«

»Ja. Wenn es für dich in Ordnung ist.«

»Sag nicht, daß du es nur tust, wenn es für mich in Ordnung ist, wenn du weißt, daß du es sowieso vorhast.«

»Also gut. Wenn du mir wirklich einen Gefallen tun willst«, fuhr sie fort, »dann hol mir ein Taxi, und ich verschwinde. Ich wäre am liebsten überhaupt nicht gekommen, aber ich wußte, daß Poll mir das übelnehmen würde.«

»Ich fahre dich.«

»Ich kann genausogut ein Taxi nehmen.«

»Mag sein, aber ich bin nun mal hier. Ich fahre dich.«

Die Fahrt war seltsam unbehaglich. Einmal sagte er: »Was ist los?«

»Nichts. Ich will einfach zurück an meine Arbeit.«

»Alles in Ordnung im Cottage?«

»Alles wie immer, wenn du das meinst.«

Er war beinahe froh, als sie am Bahnhof ankamen. Sie stieg aus, winkte noch einmal, sagte: »Danke fürs Herfahren« und hatte sich schon umgedreht, als er ihr nachrief: »Clary! Wie erfahre ich, daß du fertig bist?«

»Ich schicke dir eine Postkarte in die Wohnung«, sagte sie und war verschwunden, ohne noch einen Blick zurückzuwerfen.

In diesen vierzehn Tagen dachte er oft verbittert, wenn er gewollt hatte, daß sie unabhängig wurde, dann war sein Wunsch absolut in Erfüllung gegangen. Sie schien nicht sonderlich erfreut gewesen zu sein, ihn zu sehen. Sie hatte es immer mit Extremen, dachte er manchmal; sie ist ein extremer Mensch, sie kennt keine Halbheiten. Immerhin, wenn er es genau betrachtete, lief er so wenigstens nicht Gefahr, einem kranken oder verängstigten kleinen Mädchen einen Antrag zu machen: Sie hatte in den letzten sechs Wochen an Haltung gewonnen, und sie legte eine Leidenschaft für ihre Arbeit an den Tag, die bewundernswert war.

In dieser Zeit dachte er über alles an ihr nach: ihr leidenschaftliches Wesen; ihre Entschlossenheit; ihren leicht asymmetrischen Haaransatz, ihre uferlose Neugier, die sich auf alles richten konnte und nicht nachließ, bis sie erfahren hatte, was sie wollte; ihre kleinen, runden, vollkommen weißen Brüste; ihre wunderbaren Augen, die ein so klarer Spiegel ihrer selbst waren – nur daß er bei der Hochzeit keine Gelegenheit gehabt hatte, hineinzusehen, so daß er nicht wußte, was sie empfand. Es war, als hätte er einen Teil von ihr verloren. Das Vertrauen? War es das, was mit ihrer Abhängigkeit verschwunden war? Oder hatte sie sich auf andere geheimnisvolle Weise verändert? Er überlegte sogar, ob sie sich vielleicht verliebt hatte. Aber in wen? Sie kannten dort niemanden; es war vielleicht ein Wanderer vorbeibekommen – an den Wochenenden gingen Leute auf dem Pfad am Kanal spazieren –, aber sie hatte so schwer gearbeitet, sie hatte sicher keine Zeit gehabt, jemanden kennenzulernen. Und sie hätte es ihm erzählt. Sie log nicht und hatte ihm nie etwas Wichtiges vorenthalten. Es war verrückt, so etwas auch nur zu denken.

Als er ihre Postkarte endlich bekam – vierzehn Tage später an einem Freitagmorgen, an dem Tag, an dem, wie ihn die Morgenzeitung informierte, die »Sonne über dem Britischen Raj« unterging –, hatte er bereits das Gefühl, ein wenig den Verstand verloren zu haben.

Ganz bewußt, aber aus Gründen, die ihm selbst nicht klar waren, traf er erst am Nachmittag am Cottage ein. Es war wieder ein heißer, sonniger Tag, und er genoß es, aus dem Auto zu steigen und die warme, saubere Luft zu atmen – einen Hauch von Karamel vom trocknenden Heu und den pfefferigen Geruch von Phlox, den sie neben dem bemoosten Weg zur Küchentür angepflanzt hatte. Er rief ihren Namen, einmal, aber sie antwortete nicht. Er räumte das Auto aus, die Lebensmittel, die er am Morgen gekauft hatte, und seine Malutensilien, und trug alles in die Küche: Die Tür war offen, also mußte sie in der Nähe sein.

Die Tür, die vom Wohnzimmer in den Garten führte, stand ebenfalls offen, und nun sah er sie: Sie lag auf der Wiese, eins der alten Sofakissen unter dem Kopf. Als er näher kam, sah er, daß sie schlief, aber als er noch näher herantrat, mußte ein Geräusch sie geweckt haben, denn sie setzte sich erschrocken auf. Sie trug ihren alten schwarzen Baumwollrock und ein ärmelloses weißes Mieder, das er nie zuvor an ihr gesehen hatte.

»Hier bin ich endlich«, sagte er und hockte sich ins Gras, um ihr einen Begrüßungskuß zu geben. Sie umarmte ihn nicht zur Erwiderung, wie sie es früher getan hatte, und er war vage beunruhigt.

»Freust du dich nicht, mich zu sehen?«

»Doch – in gewisser Weise.«

»Ich bin froh, daß du mit deinem Buch fertig bist.«

»Ja. Ich auch. In gewisser Weise.«

»Und in anderer?«

»Na ja, es ist eine Art von Abschied von den Personen darin. Als würde man ihnen Lebewohl sagen. Ich habe mich an sie gewöhnt. Und ich sage ohnehin ungern Lebewohl.« Sie hatte die Arme um die Knie geschlungen, und allmählich spürte er ihre Anspannung.

»Es wird andere Personen geben«, sagte er.

»Ich wußte, daß du das sagen würdest«, meinte sie.

»Ich habe dir auch etwas zu sagen. Etwas, das du sicher nicht wußtest ...«, begann er. Er hatte nicht das Gefühl, daß dies der richtige Augenblick war, aber etwas trieb ihn dazu, es endlich auszusprechen.

Doch bevor er weiterreden konnte, sagte sie: »Es gibt etwas, das ich dir sagen muß.«

Er wartete, aber sie schwieg, und in dem Schweigen fühlte er sein Herz schlagen.

»Ich wollte dich fragen, was du von einem Urlaub in Frankreich halten würdest«, sagte er verzweifelt: eine feige Halbheit, aber inzwischen hatte er Angst.

»Nein«, sagte sie. »Ich fürchte, das geht nicht.«

Sie muß sich verliebt haben, dachte er, als er ihre Hände ansah (sauber), ihre Fingernägel (nicht angeknabbert), ihr Haar (glänzend vor Pflege). O Gott! Sie sah genauso aus – glühend, bezaubernd – wie ein Mädchen, das gerade den richtigen Mann gefunden hat ...

»Clary, du mußt es mir sagen – ganz gleich, wie schwierig es ist, du mußt mir verdammt noch mal sagen ...«

»SCHON GUT!« schrie sie, so laut, daß er sah, wie sie selbst darüber erschrak. Sie hatte zu Boden gestarrt, jetzt blickte sie zu ihm auf.

»Erinnerst du dich an das, was Polly passiert ist – vor einer Ewigkeit?«

Er wußte nicht, wovon sie sprach.

Er sah, wie sie schluckte und sehr blaß wurde.

»Ich kann nicht mit dir nach Frankreich fahren, und ich kann nicht mit dir so weiterleben wie bisher. Das habe ich herausgefunden, als du weg warst. Ich hatte vorher keine Ahnung, aber jetzt weiß ich es.«

»Liebes, versuch bitte, mir zu sagen, wovon zum Teufel du sprichst.«

»Wenn du über mich lachst, bringe ich dich um«, sagte sie ganz wie die alte Clary. »Ich habe herausgefunden, daß ich ebenso für dich empfinde wie Polly damals. Anfangs wollte ich es nicht glauben, weil ich es einfach nicht wahrhaben wollte. Aber es stimmt. Es ist schlicht und einfach wahr.« Sie schniefte, und eine sehr große Träne lief ihr über die Wange. »Ich könnte kein Wochenende ertragen mit dir als Onkel oder Schulmeister oder was auch immer. Es ist ...« Jetzt hatte sie Tränen in den Augen. »Es ist wirklich sehr unangenehm. Für mich jedenfalls. Dich bei der Hochzeit zu sehen, war wie ein elektrischer Schlag. Verstehst du?«

Eine Sekunde lang dachte er, er müsse laut loslachen – vor hysterischer Erleichterung. Statt dessen nahm er ihre Hände in seine, und als er wieder sprechen konnte, sagte er: »Was für ein außerordentlicher Zufall. Das ist genau das, was ich dir auch sagen wollte.«

Er dachte, das wäre das Ende, nun würden sie einander endlich in die Arme fallen, aber er hatte nicht mit ihrem Unglauben gerechnet, mit ihrer Unsicherheit, ihrem Mißtrauen, daß er womöglich nur versuchte, freundlich zu sein, »es mir leichter zu machen«, wie sie es ausdrückte. Er stand auf und zog sie auf die Beine.

»Ich liebe dich so sehr«, sagte er, »und ich habe dich so lange schon geliebt.«

Sie zu küssen machte ihn schwindlig, aber es war sie, die sagte: »Sollten wir uns nicht lieber hinlegen?«

Sie gingen langsam und ein wenig stolpernd – weil sie einander ansehen und am Fuß der Treppe stehenbleiben mußten, weil die Stufen zu schmal waren. Er nahm ihre Hand und führte sie, dann küßte er sie wieder. »Erinnerst du dich an den Abend, als Pipette diese Nachricht von deinem Vater brachte? Wie du gesagt hast: ›die zweite Botschaft der Liebe‹?«

Sie nickte, und er sah ihre Augen, in denen nun kein Mißtrauen mehr stand.

»Das ist die dritte«, sagte er, »die dritte Botschaft der Liebe.«

»Aber da du hier bist«, sagte sie, »erreicht sie mich direkt und nicht durch einen Boten.«

Danksagung

Ich möchte Jane Wood danken, meiner geduldigen, freundlichen, aufmerksamen und ermutigenden Lektorin während drei von vier Bänden … Ich glaube nicht, daß ich ohne sie so weit gekommen wäre.